웃음으로 조선을 그리

영미편

瀬尾編

우리고전의풍경

웃음으로 조선을 그리다,
영미편
瀛尾編

이운영 지음 · 이진경 옮김

성균관대학교
출 판 부

목차

상권

과거시험

술

바둑

하권

장기

활쏘기

딴 이야기들

서설

1.

몇 해 전, 번역 학위논문을 위한 자료를 물색하기 시작했다. 학부 전공을 한문으로 하지 못했고 번역만을 집중적으로 익혔던 터라, 자료 선정에서 오로지 지도 선생님의 안목에 의지할 수밖에 없었다. 『영미편(瀟尾編)』은 선생님이 추천해주신 여러 자료 가운데 하나였다. 추천받은 양질의 문헌들을 한 꼭지씩 번역해보고 이런저런 이유로 목록에서 지워나간 뒤, 가장 마지막에 『영미편』이 남게 되었다. 한문 문장을 공부로 접한 지 그리 오래되지 않아 여러 종류의 문장을 잘 안다고 할 순 없었지만, 『영미편』을 한 페이지 번역하고 나서 예사롭지 않음을 느껴 바로 번역을 결정할 수 있었다. 이제껏 접해보지 못한 『영미편』의 내용과 형식이 흥미를 뭉게뭉게 불러일으킨 데다 논문은 어차피 길고 지루한 여정일 수밖에 없으니, 적어도 내게 재미있는 문장들을 번역한다면 그 기간의 힘듦이 상쇄되지 않을까 하는 얄팍한 심산도 있었다.

그렇게 시작된 번역이었다. 만만치 않은 분량과 『영미편』만의 독특한 표현들로 인해 녹록치 않은 작업이었지만, 그 과정에서 느꼈던 즐거움도 컸다. 이 자료가 품고 있는 의미 있는 가치들 가운데서도 '웃음'이라는 요소가 작업 내내 나를 실제로 웃겨주었기 때문이다. 슬랩스틱

코미디와 같은 일화들과 그를 뒷받침해주는 탄탄한 묘사들은 요즘의 서사물에 견주어도 손색이 없을 듯했다. 『영미편』의 저자인 이운영(李運永)은 사람들이 이 책을 읽고 배를 잡고 웃기를 바랐다. 자료를 번역하면서 한두 번쯤은 손뼉치고 웃거나 피식대며 실소하거나 가끔은 뭉클해지기도 했으니, 이운영은 적어도 첫 독자이자 역자인 내게서만큼은 자신의 소망을 달성한 셈이다.

위트 넘치는 사람은 아니지만, 위트를 좋아하고 지향하는 인간으로서, 『영미편』은 내게 안성맞춤인 번역거리가 돼주었다. 무엇보다 이 자료를 처음부터 끝까지 살뜰히 읽어볼 수 있었던 첫 번째 독자가 되어 기쁘다. 이러한 『영미편』이 지닌 가치와 성격에 대해 좀 더 구체적으로 소개하고자 한다.

2.

『영미편』의 저자인 이운영(李運永, 1722~1794)은 18세기를 걸쳐 살았던 경화사족(京華士族)으로, 본관이 한산(韓山), 자는 건지(健之), 호는 옥국재(玉局齋)이다. 그는 고려 말 문신이자 학자인 이곡(李穀)의 15대손이며, 고려 말의 삼은(三隱) 중 한 사람인 목은(牧隱) 이색(李穡)의 14대손이다. 또한 고조는 이조참판을 지낸 이정기(李廷夔), 증조부는 이조판서(贈吏曹判書)인 이병철(李秉哲), 중부(仲父)는 판서 이태중(李台重)이며, 백형(伯兄)은 문인화가이자 은사(隱士)인 단릉(丹陵) 이윤영(李胤永)으로, 이들은 『영미편』의 주요 등장인물들이기도 하다. 노론 벌열(閥閱) 가문이었던 이운영의 집안은 서대문 밖에 오랫동안 터를 잡고 살며

'새문의 이씨[新門之李]'라고 불렸다.

이운영은 학계에서 주로 가사(歌辭) 작가로 알려져왔다. 특히 그의 허구적이고 서사적인 가사들은 사대부의 경험이나 정서를 서술하는 임진왜란 이전 시기의 가사와는 다소 다른 면모를 보여주는 작품들이었다. 이러한 가사 외에도 영·정조 연간에 다양한 산문과 한시를 남겼는데, 이 가운데 1781년에 완성한 『영미편』도 포함되어 있다. 이운영은 자신의 문집 『옥국재유고(玉局齋遺稿)』 권10, 「기년록(紀年錄)」에, 서사성 강한 '여항의 패사(稗史)'와 작가 자신 및 친인척과 관련된 기록성 일화들인 '예전에 겪은 일'로써 『영미편』 총 121편의 일화들을 구성한다고 밝혔다. 이를 통해 『영미편』이 필기와 야담의 성격을 모두 아우르는 저작임을 알 수 있다. 또한 둘 가운데서는 야담의 특징을 더 지향하고 있다.

『영미편』 자체에는 창작의 경위를 알 수 있는 서문이나 발문이 실려 있지 않다. 다만 따로 발문이라고 명명하지는 않았으나, 발문 성격인 「단설(單說)」 52번을 통해 『영미편』의 간략한 간행 내력을 알 수 있다. 여기에서 『영미편』이 처남인 임매(任邁, 1711~1779)가 지은 『난실만필(蘭室漫筆)』(『잡기고담(雜記古談)』의 별칭)의 영향을 받아 창작되었다는 점과 1781년 음력 3월경에 충청도 황간(黃澗)의 유배지에서 저술이 완료되었다는 사실을 밝히고 있다.

『영미편』은 다른 판본이 없는 유일본으로 현재 일본 교토대학(京都大學) 가와이문고(河合文庫)에 소장되어 있다. 상하 2책으로 구성되어 있으며, 각 책의 첫 장 하단에 이운영의 맏아들인 이희연(李羲淵, 1755~1820)의 '한산이씨희연사정(韓山李氏羲淵士靖)'이라는 인장이 찍혀 있다. 본문은 단정한 해서체(楷書體)로 필사되어 있으며, 보존 상태가

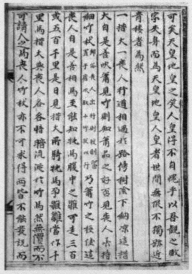

『영미편』 표지와 본문 그리고 상·하권에 각각 찍힌 이희연의 인장

매우 양호해서 글자의 결락이 거의 없다.

『영미편(潁尾編)』은 상징적인 서명(書名)이다. 이운영은『영미편』이란 서명을 자신이 귀양살이하는 처소가 영수(潁水)의 하류이기 때문에 지었다고『옥국재유고』에서 밝히고 있는데, 본래 '영미(潁尾)'는 요(堯) 임금 때 은사 허유(許由)가 은거하던 곳인 '영수(潁水)의 하류'를 이르는 말이다. 또한 실제 이운영이 유배생활하던 황간에는 '영(潁)'자가 들어간 지명이 없고,『영미편』의 마지막 일화가 허유(許由)와 관련된 이야기로 끝맺고 있다는 점에서도『영미편』은 이운영이 유배생활 중인 자신의 처지를 은사의 상황에 빗대어 붙인 서명임을 추정할 수 있다.

『영미편』은 야담류의 저작에서 선례가 없는 독특한 구성을 하고 있다. 121편의 일화들은 소재별로 분류된「과장(科場)」,「주장(酒場)」,「기장(棋場)」,「박장(博場)」,「사장(射場)」 등 다섯 개의 장으로 구분되어 있으며, 그 외에「단설(單說)」,「습유(拾遺)」가 추가되었다. 각각의 장은 과거시험, 술, 바둑, 장기, 활쏘기에 관한 흥미로운 일화들을 담고 있으며,「단설」에서는 앞의 장에서 다루지 않은 여러 다른 소재의 홑 이야기들을 모았고, 마지막「습유」에서는 미처 다하지 못한 이야기들을 덧붙여 놓았다. 이렇게 장으로 구성된 체재는 이전까지의 야담에서 볼 수 없던 특징으로, 흥미와 재미에 집중하는 작가의 주제의식을 보다 집약적이고 선명하게 전달해준다.

전술했듯 이운영은 남을 웃기고 싶다는 바람을 담아『영미편』을 저술했으며,『옥국재유고』에서 이를 명시적으로 밝히고 있다. 실제로는 웃음만이 아닌 다양한 감정의 결을 보여주는 일화들로 구성되어 있기는 하나,『영미편』은 해학과 웃음이라는 특징을 가장 두드러지게 보여준다. 다채로운 내용과 형식을 통해 이러한 특징이 생동감 있게 구현되고 있기에, 이 『영미편』이야말로 가사(歌辭) 작가에 더해 노련한 야담 창작자이기도 한 그의 면모를 십분 확인시켜주는 작품이다.

형식적으로『영미편』은 '장(場)'의 소재별 분류라는 체재 상의 특징이 있다. 또한 패관소설체인 백화(白話)와 음차(音借) 등과 같은 특정 표현방식이 중복되어 사용되었으며, 세밀한 묘사를 통해 이야기에 생동감을 더하고 대화체의 상투적 사용으로 현장감을 강화하고 있다. 나아가 잘 알려진 가사 작가답게 한문 저작임에도 한글 투를 적극 활용하여 우리 속담을 한문으로 바꾸어 표현하거나 한글 어휘와 이두어(吏讀語)를 곳곳에서 구사하고 있다. 이는 구어적이고 꾸미지 않은 소박한 문체로 서술되어 '구연화(口演化)'라는 이야기판의 원리를 받아들이며 발전해온 야담의 특성을 잘 보여준다. 내용적으로는 작가가 직접 견문하거나 창작한 일화 대부분이 기존의 필기·야담집에서 잘 보이지 않는 새로운 것들이며, 당시 풍속과 생활의 면면을 구체적이고 자세하게 담아내고 있다. 골계(滑稽)와 소화(笑話)의 발전적인 모습들도 확인되며, 아울러 사대부의 시각을 통한 이운영의 자전적 서술과 그의 가문 의식을 엿볼 수 있는 일화들도 다수 포함되어 있다.

3.

『영미편』이 보여주는 다양하고 세련된 웃음의 층위는 저자 이운영의 취향과 기질을 반영하고 있다. 내·외직을 두루 거친 이운영은 1780년 황간 현감으로서 임기가 다해 서울로 돌아왔다가, 이듬해 바로 다시 황간으로 귀양 가게 된다. 1781년 시작된 유배생활은 1782년 해배로 짧게 끝나는데, 그 기간 동안 이운영은 『영미편』을 완성한다. 직접 견문하거나 창작하면서 평소 갈무리해두었던 재미난 이야기들을 유배지에서의 짧은 체류기간 동안 써내려간 것이다. 귀양지에서 여러 서적을 집필하는 것은 조선의 사대부들에게 흔히 있는 일이지만, 그 주제가 웃음기가 가득 묻어나는 필기·야담집인 것을 보면 유배기간을 휴가처럼 보내고자 한 저자의 기질을 엿볼 수 있다.

실제 이운영은 일생 유람과 풍류를 즐기던 인물이었으며, 평생 바둑도 매우 즐겼다. 그의 호인 옥국재(玉局齋)는 김조순(金祖淳, 1765~1832)의 아버지가 성천 지방의 유명한 옥돌[玉石]을 선물로 보내오자 이것으로 바둑판을 만들고 스스로 지은 것이며, 『영미편』 중 「기장(棋場)」은 바둑만을 소재로 한 장을 엮어 잘 알려지지 않은 국수(國手)들의 이야기와 바둑에 대한 그만의 애호를 드러냈다. 이러한 그의 취향에다 웃음과 해학을 좋아하는 기질이 더해져 사람들이 즐기고 웃을 수 있는 『영미편』과 같은 저작을 저술하게 되었던 것으로 보인다. 이와 같은 이운영의 성격은 그의 일생을 기록한 자료들에서 확인할 수 있다.

무신년(1788)에 오재순(吳載純)이 이조판서로 있을 때 부군을 순흥부사로 수망(首望)하자 주상이 낙점하지 않고 하교하기를 "이 사람은 연한(年限)이 이미 지났으니, 지금 낙점 받는다면 피차 모두 전형(銓衡)의 자리에서 어긋나게 되거늘 어찌 살펴 헤아리지 않고 이러한 잘못을 저지르는가?" 했다. 이해 여름 부군께서 대궐에서 오 대감을 만나게 되었는데 오 대감이 예전에 잘못 천거한 것에 대해 사과하자, 부군이 웃으며 답하셨다. "옛날에 망년(忘年)의 사귐이 있었다더니 지금 다시 보게 되었군요." 듣고 있던 자들이 크게 웃으며 말했다. "저 친구의 해학은 늙어도 줄지를 않는군!"

마음 맞는 사람을 만나는 데 심취하여 고상한 해학으로 어울리니 풍채가 우뚝했으며, 집안의 친척들 10여 명과는 하루도 서로 떨어지지 않고 화락하고 화목하여 형제간과 다름없었다. 말이 혹 궁통(窮通)과 득실(得失)에 미치게 되면 번번이 아연(啞然)히 크게 웃으니, 그 소리가 좌중을 흔들었다.

첫 단락은 이운영의 아들인 이희연(李羲淵)과 이희현(李羲玄)이 쓴 「선부군유사」의 기록이다. 망년의 사귐이란[忘年之交] 원래 '나이 차이를 잊고 허물없이 서로 사귀는 것'을 말하는데, 이운영은 자신의 '나이를 잊고[忘年]' 벼슬에 천거한 오재순의 실수를 가볍게 묘사하는 동시에 오재순과 자신의 우의(友誼)에 대해 언급하면서 자칫 무거울 수 있는 사과 자리의 분위기를 화기애애하게 풀어내고 있다. 듣는 사람들이 "해학이 여전하다"며 평하는 것에서 이러한 중의적 해학과 순간적 재치로 사람들을 즐겁게 해주는 모습이 평소 그의 면모였음을 알 수 있다. 사람들과 만나서 즐거운 농담으로 어울리는 것에 큰 의미를 두었던 이운영의 성품은 해학성 강한 국문 가사와 야담집을 쓰게 한 바탕이었다. 둘째 단락은 이민보(李敏輔)가 쓴 「이건지묘지명(李健之墓誌銘)」으로 역시 사람들과 어울리며 고상한 해학을 즐긴 이운영의 모습을 기록하고 있다.

이러한 일화와 묘지명 외에도, 천성적으로 해학을 즐기고 어디서든 남을 웃기길 좋아하여 그가 있는 곳에서는 항상 웃음이 끊이지 않은 장면들이 「선부군유사」 곳곳에 남아 있다. 이러한 기질을 고려하면 우스개와 익살이 담긴 『영미편』의 창작은 그의 저술의도인 '남 웃기기'에 앞서 자신에게 먼저 즐거움을 주는 과정이었을 것이다.

　마지막으로 18세기의 빼어난 인물들에 대한 기록인 『병세재언록(拜世才彦錄)』에서는 이운영에 대해 "성격이 기이한 것을 좋아했고 범속한 데서 벗어나 노년에는 양륜거(兩輪車)를 타고 다녔다"라고 평하고 있다. 단편적이긴 하나 이는 『영미편』 일화들 속 개성적인 인물들에 대한 묘사와 유사하며, 전술한 이운영의 기질과도 부합한다. 그의 타고난 성향이 전형적이지 않고 장난기 있는 주인공들이 다수 등장하는 『영미편』 저술에 주요한 동력이자 바탕이 되었음을 다시 확인할 수 있다.

4.

『영미편』은 형식과 내용 면에서 공히 독특하다고 할 만한 자료이다. 18세기 서사문학의 흐름 속에서 새로운 면모를 보여주는 『영미편』의 의의는 다음 세 가지로 정리해볼 수 있다.

　첫째, 『영미편』은 대부분 이제껏 알려지지 않은 새로운 이야기들을 담고 있어 한문 서사의 전통을 풍부하게 해주는 자료로서 가치를 지닌다. 기존 문헌의 것을 옮겨 실은 경우가 많은 18세기 야담집에 비해 『영미편』은 자신이 견문하고 구상한 내용을 서사로 창작하고 있기에 이 시기 야담의 생성과 정립 단계를 적실하게 보여준다.

　특히 견문한 내용에 직접 서사성을 가미한 점은 당대 여타의 야담과 성격을 달리하는 지점이며, 무엇보다 야담의 성격에 소화와 골계의 요소를 강화하여 이 시기 서사 전통의 새로운 양상을 보여주고 있다.

게다가『영미편』속의 소화나 골계적 요소는 당대의 사회적 흐름에 대응하거나 치열하게 그에 맞서는 시선을 잘 드러내지 않아 이 시기 필기·야담의 흐름과도 무관하다. 이렇게 흥미와 재미를 통해 당대 사회를 새롭게 그려내는 서사물이란 점에서『영미편』은 18세기 필기·야담의 흐름을 보완할 수 있는 자료적 성격을 지닌다.

『영미편』은 야담이 본격적으로 등장하는 시기에 나왔다. 그러나 그 일화들이 19세기의 대표적 야담집인『계서야담』,『청구야담』,『동야휘집』등에 대폭 전재되거나 문헌 전승의 형태로 정착되지 못함으로써 한문 서사의 계보에서 벗어나 있다. 따라서『영미편』은 조선 후기의 단편 서사 양식으로서는 거의 유일무이한 독자성을 지니는 텍스트라 할 수 있다.

둘째,『영미편』은 풍속사, 더 나아가 문화사의 측면에서 주목할 만하다. 당대 생활 전반의 습속과 양태를 눈앞에 보이는 듯 생생하게 구현해내고 있기 때문이다. 몇몇 일화들은 그 묘사를 따라 그리면 그럴법한 풍속화가 될 수 있을 정도다. 특히 과시(科試) 제도와 응시자, 그 실태를 자연스럽게 일화 속에 녹여 묘사한「과장」의 일화들은 김홍도의「공원춘효도(貢院春曉圖)」와 같은 풍속화를 연상시킨다.「공원춘효도」상단의 강세황의 제발(題跋)은『영미편』의「과장」속 상황과 인물에 대한 묘사와 매우 흡사하다.『영미편』이 그저 풍속의 나열에 그치지 않고, 구체적인 설정과 입체적인 인물 묘사를 통해 당대 현실을 실감나게 재현해냈음을 확인해볼 수 있는 대목이다.

조선 후기 서사문학사에는 새로운 이야기들이 등장하는데, 18세기 야담들에도 이러한 시대적 흐름이 반영되면서 새로운 이야기가 창작되는 경향이 확인된다. 무엇보다 서사의 세밀함과 생생함이 이전 시기보다 두드러진다. 『영미편』은 바로 이러한 기류 속에서 첨예한 위치를 점하며, 발전된 서사체를 갖췄다는 가치를 지닌다.

셋째, 『영미편』은 옛사람들의 다양한 웃음 코드를 엿볼 수 있다는 점에서 소화의 발전된 서사로서 가치를 지닌다. 전술했듯이 『영미편』의 가장 큰 저술 목적은 바로 해학성이다. 이운영이 해학성을 추구한 이면을 정확히 파악하자면 그 시대적·문학사적 배경에 대한 보다 심층적 논의가 필요하지만, 이를 차치하고서라도 『영미편』의 해학성이 어떻게 구현되는지 먼저 주의 깊게 살펴볼 필요가 있다.

『영미편』 속 소화들은 요즘 사람들이 읽어도 충분히 웃기고 재미있으며 기발하다. 물론 현대의 웃음 코드에 꼭 부합하는 것은 아니라 이운영이 의도한 포복절도할 만큼의 폭소가 수시로 유발되는 건 아니다. 그러나 해학의 강도보다는 그 구현 방식과 서사 전개의 치밀함이 현대의 웃음 유발 방식과 닮아 있다. 점층적으로 고조되는 상황과 생동하는 인간 군상들이 보여주는 옛사람들의 다양한 웃음의 면면은 오늘날 우리에게도 그다지 억지스럽지 않다. 시대성에 기인하는 웃음 소재나 인물의 전형성은 지금 관점에서 보면 구태의연함이 없을 수 없으나, 웃음을 유발하는 방식과 감각은 충분히 현대적이라는 의미다. 같은 이야기라도 누가, 어떻게 기록하느냐에 따라 그 완성도는 달라진다. 그런 면에서 능숙하게 해학성을 구현해내고 있는 이운영의 『영미편』은 18세기 소화사(笑話史), 나아가 서사문학사에서 나름의 위상을 확보한다.

더구나 『영미편』의 웃음은 당대의 필기·야담 속 그것과는 다소 무관한 양상을 보여준다. 조선시대의 소화나 골계는 대체로 통속적이고 보편적인 도덕이념을 추구하는 사례가 많았다. 하지만 『영미편』은 오

김홍도의 「공원춘효도」

로지 웃음에만 그 목적성을 두고 있다. 특히 저속한 소화와는 거리를 둔 채 전아성(典雅性)을 발휘하면서 명랑하고 건강한 면모를 보여준다. 물론 자전적 서술과 관련된 일화에서 전대의 필기·야담의 면모를 유지하고도 있지만, 웃음이라는 측면에서 볼 때 18세기 서사의 새로운 경향을 보여주는 독보적 자료임은 분명하다.

5.

서명만 전해져오던 『영미편』이 한 권의 책으로 번역되어 세상에 나오기까지 여러 선생님의 관심과 애정과 도움이 있었다. 그렇기에 필자의 이름으로 책이 나오는 것은 반가운 동시에 겸연쩍은 일이기도 하다. 번역이 쉽지 않은 과정이었다 해도 어쩐지 다된 밥에 숟가락 하나 얹는 기분을 지울 수 없다. 부디 『영미편』이 지닌 가치를 제대로 드러내는 번역이 되었기를 바라며, 『영미편』이 더 많은 이들이 찾는 읽을거리가 되어 필자가 느낀 재미와 즐거움을 공유했으면 한다.

끝으로 지도교수이신 진재교 선생님, 출판에 많은 도움을 주신 안대회 선생님을 비롯해, 학위논문을 심사해주신 정환국, 김영진, 윤재환 선생님, 그리고 첫 책임에도 흔쾌히 출간을 허락하고 상세히 길잡이 해준 성균관대학교출판부에 감사의 말씀을 드린다.

2023년 세밑에
이진경

일러두기

1. 옥국재(玉局齋) 이운영(李運永, 1722~1794)의 『영미편(瀴尾編)』을 현대어로 번역하고 주석을 달았다. 저본은 일본 교토대학(京都大學) 가와이문고(河合文庫)에 소장되어 있는 필사본이다.

2. 『영미편(瀴尾編)』이란 서명에서 '영(瀴)'자는 '영(穎)'의 이형자(異形字)이다. 서설에서는 일괄적으로 '영(穎)'으로 통일해서 썼다.

3. 저본에는 없으나 편의상 각 일화 앞에 일련번호와 소제목을 붙였다.

4. 독자의 이해를 돕기 위해 설명이 필요한 간단한 내용은 본문 ( )안에 간주(間注)로, 긴 내용은 각주로 달았다. 【 】로 표기된 부분은 원주(原注)다.

5. 인물의 생몰년과 행적, 복잡한 사건의 역사적 배경, 난해한 문구의 근거들은 각주로 밝혔다. 이러한 각주의 내용은 관련 문헌 및 논문 등을 참고하여 작성했다.

6. 『영미편』은 이본(異本)이 없는 유일본이므로 교감할 사항이 많지 않았다. 그러나 부수나 획수가 명확히 틀린 한자는 원문에 교감 주를 달았으며, 문맥을 살펴 잘못된 글자를 바로잡는 이교법(理校法)과 타 자료와의 대조를 통한 타교법(他校法)을 모두 사용했다.

7. 저본의 훼손으로 판독이 불가능한 글자는 ■로 표시했다.

8. 저본의 훼손으로 판독이 불가능하지만 문맥상 유추가 가능한 글자는 ( )로 표시했다.

9. 저본에는 원래 없는 글자지만, 있어야 할 글자가 빠진 경우에 〈 〉로 표시했다.

10. 원문은 줄을 바꾸어 쓰지 않았고, 번역문은 장면 전환, 내용 변화, 저자의 평어 활용 등의 기준에 따라 줄을 바꾸고 들여쓰기 했다.

영미편
瀬尾編

상권

과거시험

科場

1

거벽을 통해 합격한 소년

황해도 사람인 참의(參議) 현광우(玄光宇, 1696~?)[1]가 향시에 합격하여
회시에 응시하러 가게 되었다. 그는 한 노인과 소년과 동행하다가 마침
내 시험장에 함께 들어갔다. 시제는 바로 필함(畢諴)과 관련된 일[2]이었
다. 노인은 원래 대단한 거벽(巨擘)[3]이었던지라 시제를 보자 물이 솟고
산이 치솟듯 글의 구상이 떠올라 짧은 시간 내에 한 편을 완성한 뒤 시
권을 펼쳐 술술 써 내려갔다. 현령[현광우—옮긴이]도 반쯤 구상하여 막
쓰려고 했는데, 소년은 공부가 덜 되고 서툴러서 쓰지 못하고 그저 현
령이 시권을 제출할 때 구절을 곁눈질하여 다듬어 백지로 내는 것만은
면하려고 했다.

---

1 본관은 순천(順天), 자는 여부(汝夫)이다. 아버지는 현서익(玄瑞翼)이며, 현명익(玄溟翼)에게
   입양되었다. 정언·장령·헌납·집의·사간 등 주로 언관직을 역임하였다.
2 필함은 당나라 운주(鄆州) 수창(須昌) 사람으로 자는 존지(存之)이다. 당 선종(唐宣宗) 때 한
   림학사였던 필함이 강족(羌族)을 격파할 대책을 상세히 올리자, 황제는 필함을 절도사로 임
   명해서 공을 세우게 했다. 『신당서』, 「필함열전」.
3 거벽은 원래 글을 잘 짓는 대가를 말한다. 그러나 조선 후기에 다른 사람을 시켜 과거 답안을
   대신 작성하는 일이 성행하면서, 대술(代述)하는 사람을 거벽이라 일컬었다.

노인은 이미 시권을 다 썼으나 시간이 아직 일러서 시험장에는 시권을 낸 유생이 한 명도 없었다. 노인은 시권을 펼쳐 한번 읽어가며 격식에 어긋난 오자와 낙자(落字)를 점검했다. 한 줄을 다 읽으면 위에서부터 시권축을 말았다. 이렇게 서너 차례 했는데, 작게 읊조리거나 크게 외우기도 하고 손으로 박차를 맞추고 부채로 땅을 두드리던 중 실수로 먹병을 건드려 병이 갑자기 시권 위로 엎어져버렸다. 병 속에 가득 들어 있던 연지(臙脂) 먹물은 물푸레나무〔水靑木〕 껍질을 담근 물로 진하게 갈아낸 해주 수양매월(首陽梅月) 먹물이었다.4 별안간 땅에 먹물이 콸콸 쏟아지고 방울방울 떨어져 자문지(咨文紙)5의 앞면에 붙은 시권을 모두 더럽혔고 연폭(連幅)한 두 폭의 시권에는 산수화 병풍 같은 얼룩이 생겼다. 이 노인은 외마디 비명도 지르지 못하고 두 눈이 그렁그렁해서 눈물만 줄줄 흘렸다.

현령과 소년도 탄식과 안타까움을 금치 못하여 곡진한 말로 노인을 위로하자, 노인은 마침내 눈물을 훔치고 자리에 앉았다. 현령은 시권을 다 써서 내고는 소년의 초고를 가져다 몇 군데를 고쳐주려 했다. 갑자기 소년이 노인에게 말했다.

"시생은 존장께서 마음이 편치 못함을 잘 압니다. 하지만 존장의 오늘 일은 다 운수이니, 이제 와서 어찌할 수 없습니다. 존장이 지은 글은 이미 쓸모없이 되었으니 시생이 저의 시권에 깨끗하게 써서 제출해도 무방할 것입니다. 감히 존장께서 허락해주시길 청합니다."

---

4 물푸레나무〔水靑木〕는 '물을 푸르게 만드는 나무'라는 뜻으로 그 껍질을 삶을 물로 먹을 갈아 먹물을 만들기도 한다. 수양매월은 황해도 해주에서 만드는 고급 먹이다.
5 중국과 왕복하던 외교문서에 쓰이던 종이인데, 그 종이가 목판처럼 몹시 두껍고 단단하여 종이의 이름이 되었다.

노인이 깜짝 놀라 소년을 보았고 못마땅한 기색을 띠었다. 한참 뒤에 노인이 갑자기 크게 외쳤다.

"자네의 말이 참으로 옳다. 어서 자네 시권을 가져와 쓰게. 아아! 지금 내 나이 일흔세 살로 이제껏 회시(會試)에 응시한 것이 10여 차례인데, 오늘 지은 문장이 가장 만족스럽구나. 나는 비록 이번 생에 더는 급제할 가망이 없지만, 향리(鄕里)의 소년이 마침 이런 기회를 만나 진사(進士)가 되겠구나. 나쁜 일만은 아니니, 어서 시권을 가져와 쓰게."

소년은 기쁨을 금치 못하며 시권을 펼치고 붓을 뽑았다.

그러자 현령이 말했다.

"내가 자네보다 글씨를 빨리 쓰니 내가 대신 써주겠네."

그러더니 붓을 적셔 써 내려갔고, 노인이 그 옆에서 일일이 한 구절씩 불러주었다. 제1, 2구를 다 쓰고 제3구 일곱 자를 쓰려고 할 때 노인이 말했다.

"이 아래 일곱 자는 쓰지 말게."

그리고 손가락으로 일곱 자를 비울 곳의 경계를 정해주고 나서야 네 구 이하를 이어 붙인 앞뒤의 시험지에 연달아 써 내려갔다. 이어 뒤폭에 다 쓰고 나서 노인이 말했다.

"지금부터는 비어 있는 제3구 일곱 자를 써도 되네."

현령이 말했다.

"알겠습니다."

노인이 목소리를 낮추어 말했다.

"'학(學)'자를 쓰게."

현령이 글자를 썼다. 노인이 왼손으로 쥘부채를 펼쳐 '학(學)'자를 덮고, 오른손으로는 거울을 눈에 대고 좌우를 둘러보고 사방팔방을 경계하며 혹 남이 지나가며 볼까 두려워했다.

현령이 말했다. "부채로 글자를 덮으면 먹물이 마르지 않으니 치우고 싶습니다."

노인이 한사코 말리며 "이 일곱 자는 중요한 부분이니 남이 보면 끝장이네"라 말하고는 다시 부채를 쥐고 단단히 글씨를 덮었다.

노인이 또 말했다.

"'사(士)'자를 쓰게."

현령이 다시 글자를 썼다. 노인은 또 부채로 덮더니 사람이 오는지 살폈다. 계속해서 "'존(存)'자를 쓰게." "'지(之)'자를 쓰게"라 하고, '가(可)', '거(去)', '의(矣)'자를 쓰라고 말했다. 다 쓰면 글자마다 부채로 덮었는데, 다 쓰고 보니 바로 '학사존지가거의(學士存之可去矣)'라는 일곱 자였다.

현령이 말했다.

"이 일곱 자가 무엇이 신기하기에 존장께서는 이렇게 숨기십니까? 또 '존지(存之)' 두 글자는 무슨 말입니까?"

그러자 노인이 말했다.

"자네가 책을 많이 읽지 않아 이것을 이해하지 못하는 거라네. '존지(存之)'는 바로 필함의 자(字)일세. 이 시험장에는 필시 '존지'를 쓸 수 있는 자가 드물 것이니, 이 '존지' 두 자면 반드시 합격할 걸세. 자네는 여러 말 말게."

드디어 시권을 내어 채점할 때가 되었다. 참시관(參試官)과 부시관(副試官)들이 잠깐 보고는 어떤 이는 "맹물 같다"고 하고, 어떤 이는 "고담(古談) 같다"고 하고, 어떤 이는 "우활하다"고 하면서 붉은 붓으로 그것을 지웠다. 또 '학사존지(學士存之)'를 읽고 모두 "흉하군! 도대체 무슨 말인가?"라 하며 그것을 지웠다.

오직 상시관(上試官)만이 천천히 붉은 붓으로 지운 곳을 다시 살리면서 말했다.

"유생이 참으로 정밀하게 글을 썼는데, 시관이 언뜻 보고 지워버렸구나. 이 또한 예로부터 있던 병통이니, 공들은 경계할 줄 알아야 한다."

시관들이 말했다.

"'학사존지'가 말이나 됩니까? 이런데도 떨어트리지 않으면 이 과장(科場)에는 낙복지(落幅紙)[6]가 더는 없게 될 것입니다. 사면의 붉은 붓자국이 비껴 부는 바람 속의 빗줄기와 관혁장(貫革場)의 화살촉처럼 날아 들어온 듯합니다."

상시관이 그때 정색하고 앉으며 말했다.

"공들은 필함의 자를 아는가?"

시관들이 모두 답했다.

"필함의 자는 전기에도 실려 있지 않고 패설에도 나오지 않으니 후세의 누군들 알겠습니까? 하지만 그것을 알고 모르는 것이 이 시권을 채점하는 것과 무슨 관계가 있습니까?"

상시관이 말했다.

"공들이 이렇게 노둔하고 경솔하거늘 다른 이의 글을 깔보는 것이 가당한가? '존지'는 바로 필함의 자일세. 이 유생이 박람(博覽)하여 이것을 알고서 쓴 것이니, 글에 흠결이 있더라도 응당 너그러이 봐

---

6 과거에 떨어진 사람의 답안지로, 대개 서울과 지방의 시험장에서 비변사로 보내면, 비변사에서 분배하여 변방 군대의 지의(紙衣)나 화전(火箭) 따위를 만드는 데 사용했다.

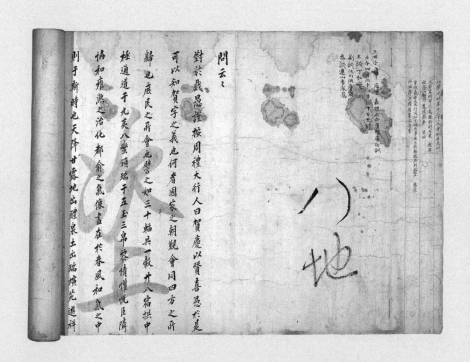

'차상'이라 적힌 시권

주어야 하네. 또 내가 전편(全篇)을 보니 참으로 우활하여 맛은 없지만, 시제(試題)의 본뜻을 그르치지 않았으니, 이는 필시 5, 60년 전에나 있던 글재주이지. 5, 60년 동안 문체가 크게 변하여 이 작품이 요즘 공들의 안목에 들어맞지 않다고 해도, 이 글은 결코 떨어트려서는 안 되네."

그리고는 크게 '차상(次上)'[7]이라고 쓰자, 시관들은 몹시 부끄러워 감히 더 말하는 자가 없었다. 소년은 마침내 높은 등수로 합격했다.

---

7 시권의 성적을 평가하는 등급 가운데 넷째 등의 첫째 급을 이른다. 시권의 성적을 평가하는 등급은 상상(上上)·상중(上中)·상하(上下), 이상(二上)·이중(二中)·이하(二下), 삼상(三上)·삼중(三中)·삼하(三下), 차상(次上)·차중(次中)·차하(次下)로 나뉜다.

2

대제학 박태상의 안목

만휴(晚休) 박공(朴泰尙, 1636~1696)은 우리 선친의 외조부로 인재를 알아보는 식견으로 한 시대에 이름이 났다. 한번은 대제학으로 증광 초시(增廣初試)를 주관했는데, 표제는 '한나라의 군신이 원릉(園陵)에 하례하려고 행행(幸行)한 날 감로(甘露)가 능원 나무에 내렸네'였다.

만휴가 측간을 갔다 돌아오니 시관들이 시권을 하나 가져다 붓으로 마구 지우고 있었다. 만휴가 얼핏 보니, '어찌 다른 산이 없겠는가마는 오로지 능원 나무에 내렸네. 마침 이날 일어났으니 천지의 마음을 알 수 있구나[豈無他山, 必於園陵之樹. 適在是日, 可見天地之心]'라는 구절이었다. 만휴가 황급히 말했다.

"공들은 멈추시오. 구상한 시구를 살펴보니, 이 시권은 소홀히 보아 넘겨서는 안 되네. 정신을 모아 다시 살펴보시게."

---

1 박태상의 본관은 반남(潘南), 자 사행(士行), 호 만휴당(萬休堂)·존성재(存城齋), 시호는 문효(文孝)다. 갑술옥사로 소론이 중용될 때 이조참판, 홍문관대제학 등을 지냈고 인현왕후 복위에 관한 옥책문(玉冊文)을 지어 올렸다.

2 한나라 명제와 관리들이 원릉을 알현할 때 능원 나무에 감로가 내려 상릉례에 바친 내용이 『후한서』, 「음황후기」에 보인다.

시관들은 평소 만휴의 인재를 알아보는 식견에 감복하고 있던 터라 모두 즉시 붓을 던지고 시권을 꼼꼼히 살펴보았는데, 조금 전에 마구 지웠던 곳이 온전히 백옥같이 흠이 없었다. 시관들은 모두 입을 모아 "우리의 취한 눈이 하마터면 재주 있는 이를 놓칠 뻔했구나!"라 하고 그를 높은 점수로 뽑았다.

3
낙방할 뻔한 박사후

영산(靈山) 현감 박사후(朴師厚, 1701~?)[1] 어른은 책을 두루 많이 읽고 견문이 넓어서 지은 정시(程詩: 科詩)가 넉넉하고 중후하며 공교(工巧)했다. 바닷가의 일출에 대하여 지은 시에서 쓴 '용안(龍顔)을 등지고 뉘 집에 머무를까. 어복(魚腹)이 당도하여 내 걸음 재촉하네〔龍顔在背宿誰家, 魚腹當頭催我行〕'[2]라는 한 구절을 보면, 그의 공부가 이른 경지를 알 수 있다. 그러나 집을 떠나 성균관에서 공부할 때는 여러 번 실패하여 이름이 과방(科榜)에 걸리지 못했다.

우리 족조(族祖)인 정곡(井谷) 부제학(副提學) 공[3]은 학교수(學敎授)로서 성균관의 제도를 마련했다. 박공의 시권을 보고 처음에는 제1, 2, 3

---

1 본관은 반남(潘南), 자(字)는 덕재(德載)이다. 1733년(영조9) 계축(癸丑) 식년시에 합격하였다. 영조 대에 참봉, 봉사, 감찰, 영산현감 등을 지냈다.
2 박사후의 시구는 임금에게 추방당한 굴원의 심정을 서사하고 있다. 굴원은 회왕(懷王)을 객사하게 한 자란(子蘭)을 백성들과 함께 비난하다가 모함을 받아 양쯔강 이남의 소택지로 추방되었다. 그때 지은 「어부사」에서 "차라리 소상강으로 달려가, 물고기의 배에 장사 지내리라"라고 했다.
3 이운영의 족조(族祖)인 이병상(李秉常, 1676~1748)으로 그는 경종 때 부제학을 지냈다.

구를 지우고 다시 붉은 붓을 적셔 포두구(鋪頭句)⁴를 지우려 하다가 문득 나지막이 한 번, 소리 높여 또 한 번 읊고서 다시 제1, 2, 3구를 살펴보았다. 그리고 서리(書吏)에게 붉은색 붓으로 지운 흔적을 닦아내라 명하고, 연이어 7, 8구에 비점을 찍고 '이하(二下)'⁵라고 써서 장원으로 뽑았다. 이때부터 박공은 가는 곳마다 반드시 명성이 나서 크게 떨쳤다.

---

4 시(詩)에서는 일곱 번째와 여덟 번째의 구절, 부(賦)에서는 아홉 번째와 열 번째 구절을 가리킨다.
5 시문을 평하는 등급의 하나로, 이등 가운데 셋째 급이다.

4

신은을 부끄럽게 만든 조문명

어느 해 무렵 남원(南原) 부백(府伯) 아무개의 사위인 아무개가 사마시
(司馬試)에 합격하여 영예롭게 남원에 당도했다. 남원 부백은 크게 휘장
을 치고 경내의 진사들을 모두 초대했다. 연회에 참석한 신은(新恩)[1] 스
무여 명은 풍채가 매우 아름답고 단정한 소년들이었다. 좌중에 있던
여든이 된 진사가 신은에게 물었다.

"존공(尊公)은 나이가 얼마나 되오?"

"열아홉 살입니다."

"초장(初場)에 합격한 것이오?

"종장(終場)에 합격했습니다."

"시권을 낸 것은 의(義)로 하였는가? 의(疑)로 하였는가?"[2]

---

1 새로 과거에 급제한 사람을 이르며, 신래(新來)라고도 한다.
2 의(疑)는 '사서의(四書疑)'로 사서 중에서 의심할 만한 대목의 글 뜻을 묻는 것이고, 의(義)는
'오경의(五經義)'로 오경의 글 뜻을 해석하게 하는 것이다. 사마시(司馬試)는 생원시(生員試)
와 진사시(進士試)로 구성되는데, 생원시는 오경의(五經義)와 사서의(四書疑)의 제목으로 유
교 경전에 관한 지식을, 진사시는 부(賦)와 시(詩)의 제목으로 문예 창작의 재능을 시험했다.
초시(初試)와 복시(覆試)로 진행되고, 대과(大科)를 볼 수 있는 자격이 주어졌다.

"의(義)로 했습니다."

노인이 또 물었다. "의를 지은 것은 모두 몇 수인가?"

"나이가 어린지라 글 짓는 공부에 힘을 기울이지 못했습니다. 초시(初試) 전에 세 수를 지었고, 회시(會試) 전에 두 수를 지어 평생 도합 다섯 수를 지었습니다."

"경화사부(京華士夫)가 어찌 의를 지은 것이 이렇게 많은가?"

신은(新恩)이 웃으며 말했다.

"종장(終場) 공부에 힘을 쓰는 자들은 글을 많이 지어 5, 6백 수가 되기도 하고 아무리 적어도 1백 수 정도는 지어야 숙련됩니다. 지금 다섯 수의 의를 지어 요행히 참방했는데, 존공께서 많이 지었다고 하시니 참으로 이해할 수 없습니다."

"이 늙은이는 의를 지은 것이 4천 수인데, 일흔이 넘어서야 진사가 되었지. 내 예전에 겪은 것을 말해보겠네. 나는 젊을 때 의를 5백 수 짓고 나아가 과거에 응시했지만 연달아 떨어졌네. 또 5백 수를 지었지만 다시 떨어졌지. 분발하여 1천 수를 지은 뒤에야 매번 과방(科榜)에 이름은 올랐으나 여전히 회시(會試)에는 낙방하였다네. 또다시 1천 수 정도를 지었으니 모두 3천 수를 지은 셈인데, 이때부터 시제를 보면 처음부터 구상하지 않고 쓰기만 하면 바로 문장이 되었지. 과방에서 매번 반드시 장원을 차지하고 간혹 2, 3등이 되기도 했지만 끝내 회시에는 낙방하여 마음속으로 괴이하게 여겼다네. 아마도 공부에 끝내 미진한 점이 있어서였겠지? 다시 앉아 1천 수를 지었고 이렇게 하다 나이가 여든을 넘게 되었다네. 어느 해 향시(鄕試)에서 또 초시 장원을 하고 이듬해 회시에 응시하게 되어 시험장에 들어갔는데, 문이 닫히고 시제(試題)는 아직 걸리지 않았었네. 나와 동향의 몇몇 소년들이 자리를 잡고 앉았을 때, 갑자기 용모단정하고 걸음걸이가 차분하며 점잖은 경화(京華)의 한 소년이 자리로 와서 말하더군.

'노인께서는 남원에 사십니까?'

'그렇네.'

또 묻더군.

'어르신께서 의를 1만 수 지으신 것이 정말입니까?'

'1만 수는 터무니없이 전해진 말이나, 이렇게 백발노인이 되었으니 자연히 지은 글이 수천은 된다네'라고 했지.

소년이 '나이가 어린지라 저는 의의 정식(程式)을 전혀 모르겠습니다. 바라건대 노장께서 지도해주십시오'라고 하더군.

나는 마음속으로 괴이하게 여겼네. 듣건대 경화의 젊은이들은 대부분 허무맹랑(虛無孟浪)하다고 하니, 이 소년도 필시 초시에서 차술(借述)3을 했을 거라 여겼지. 그래서 이렇게 답했네.

'존공이 참으로 의의 정식(程式)을 모른다면 어떻게 초시를 쳐서 이 과장에 들어올 수 있었는가?'

'저는 승보 초시(陞補初試)와 합제 초시(合製初試)로 오늘 과장에 응시했습니다. 그러나 의로 글을 짓는 것은 할 수 없을 뿐만이 아니라4

---

3 남이 대신 지어준 글을 자기 글인 것처럼 제출하는 행위이다.
4 사학(四學)에서는 합제, 승보시를 통해 생원·진사시 회시에 응시할 수 있는 자격을 부여했는데, 초시의 형태로 동학, 중학, 남학에서 우수자를 선발하고 이들을 모아 합제(合製), 합강(合講), 승보시를 보였다. 승보의 시험과목은 부(賦) 1편과 고시(古詩) 1편이었고, 사학합제는 시와 부의 제술, 『소학』과 사서 강서로 각 5인씩을 선발했으므로, 이 소년은 사서의(四書疑)로 시험을 쳐본 적이 없는 것이다.

다른 사람의 글도 본 적 없으니, 제가 어찌 조금이라도 어르신을 속이려는 마음이 있겠습니까?'

이 늙은이가 마침내 기두(起頭)는 이러하고, '개(蓋)'자는 이러하고, 시이(是以)는 이러하고, 대저(大抵), 오호(嗚呼), 편종(篇終)은 이러하다[5]고 한 편의 정시(程試)를 반복해서 알려주었네.

소년은 '이와 같을 뿐이라면 그리 어려울 게 없군요. 처음 배우는 사람도 충분히 흉내 내어 지을 수[依樣葫蘆] 있겠습니다[6]라더군.

나는 이렇게 말했다네.

'그리 어렵지 않지. 그저 문장을 엮을 줄만 알면 할 수 있으니 공은 노력하시오.'

소년이 마침내 일어나 몇 십 보를 옮겼을 때 내가 크게 외쳤네.

'감히 한마디 더 하고 싶구려.'

소년이 다시 자리로 오자 내가 말했네.

'당돌하지만 존공의 성명을 알아 합격자 발표 뒤 공의 합격 여부를 알고 싶소.'

소년은 '소인은 조문명(趙文命, 1680~1732)[7]이라 합니다'라고 한 뒤, 일어나 읍하고 갔네. 과방이 나오고 보니, 그가 바로 장원(狀元)이더군.

---

5 『명고전집』 제12권, 「대책(對策)」에 관련 용어를 설명하고 있다. "기두(起頭)는 일반적인 얘기나 고어를 인용하여 말하되, 반드시 한 편의 주지를 드러내고 길게 쓸 필요는 없다. 개자(蓋字)는 기두의 뜻을 부연하여 말하거나 한 편의 뜻을 풀이한다. 시고(是故)는 시행하지 않으면 안 된다는 뜻을 거듭 말한다. 편종(篇終)은 글 속의 요점을 다시 말하거나 마음속에 있는 하고 싶은 말을 한다."

6 '의양호로(依樣葫蘆)'는 '다른 사람이 그려 놓은 조롱박을 본떠서 그린다'는 뜻이다. 관련 고사가 『동헌필록』 권1에 보인다.

이 늙은이는 4천 수를 짓는 공부가 쌓이고 나서야 5등 안에 들었는데, 조군이 문장을 잘하는 선비라 해도 평생 의로 어떻게 글을 짓는지 모르다가 그저 내 말을 한 번 듣고, 첫 솜씨로 지은 글이 어찌 2백 명 중 장원을 할 리가 있을까라고 생각했지. 이는 필시 차술이리라 여겨 급히 과작(科作)을 구해다 보니, 스스로 지은 것이지 차술이 아니었네. 그 글은 정밀하고 정확하며 화려했지만, 정식을 잘 몰랐기에 다만 내 말에만 의지해 조목조목 지었고, 행여 정식에 어긋날까 감히 함부로 붓을 휘두르지 않았더군. 하반부의 구절은 지루하고 번만한 말이었으나, 경서(經書)의 뜻을 드러내 밝힌 것이 요약되고 분명했으니 마땅히 장원감이었네. 이 늙은이의 글을 보자면 붓끝은 매끄럽지만 끝내 군더더기 말과 장황한 문자가 뒤죽박죽이었으니, 이 때문에 장원을 조공에게 양보할 수밖에 없었지. 나는 사마천과 소동파를 경외할 일이 아니라, 경외할 만한 이들은 바로 재주 있는 경화의 선비들이라고 생각했다네. 저 조공이 그러했기에 존공의 다섯 수의 의를 많다고 말한 것이니, 내 말이 망령된 것은 아닐 걸세."

신은들은 몹시 부끄러운 낯빛이 되었다.

---

7 본관은 풍양(豊壤), 자 숙장(叔章), 호 학암(鶴巖), 시호는 문충(文忠)이다. 『경종실록』 편찬에 참여했으며, 도승지·경연동지사·어영대장에 이어 대사성·이조참판을 지냈다. 문집에 『학암집』이 있다.

5

황룡이 똬리 튼 방석의 주인

어느 해 여주(驪州) 목사 아무개는 동헌의 방석 위에 똬리를 틀고 있던 황룡이 갑자기 광풍과 우레가 크게 치자, 하늘로 치솟아 올라가는 꿈을 꾸었다. 목사는 잠에서 깨어서도 일부러 미적대며 자리에서 일어나지 않았다. 당시는 춘당대시(春塘臺試)[1]가 머지않을 때였기에 목사는 먼저 이 방석에 앉을 자가 누구인지 보고 싶다고 생각했다. 잠시 뒤 목사의 아들이 서실(書室)에서 나와 안부를 여쭈며 방석 옆의 빈 곳에 앉았다.

목사가 말했다.

"어찌 방석에 앉지 않고 지인(知印)[2]배나 왕래하는 곳에 앉아 있느냐?"

그러자 그 아들은 손으로 방석을 밀고 몸을 움직여 앞에 깔린 자리에 앉았다. 목사는 몹시 근심스러웠지만 내버려두고 일어나 관세(盥洗)를 마치고 문을 열고 앉았는데, 좌수(座首)가 들어와 그 방석에서 배알했다.

---

1 나라에 경사가 있을 때, 임금이 몸소 나와 창경궁 춘당대에서 보이던 문무과의 시험이다.
2 지방관의 관인(官印)을 보관하고 날인하는 일을 맡던 조선시대 토관직이다.

"이번 춘대(春臺)에 자네는 응시하려고 하는가?"

"저는 태어나서 이제껏 과문(科文)을 익힌 적이 없어 백일장도 응시 못했거늘, 춘당 대과(大科)를 어찌 감히 마음먹겠습니까?"

"과거시험은 운수에 달렸으니, 꼭 스스로 글을 잘할 필요는 없다. 운수가 통한다면 글을 얻지 못할까 어찌 근심 하리오?"

"과장(科場)에 간혹 대필(代筆)하여 시권을 내는 자가 있었다 해도, 지금 세상에 누군들 사방팔방을 돌아보면 여주의 좌수가 대술(代述)한 과문이라는 것을 모르겠습니까? 공적으로 말하면 당장 외창(外倉)의 분조(分糶: 환곡 방출—옮긴이)와 순사(巡使)의 행부(行部)[3]로 거행할 일이 매우 많고, 사적으로 말하면 시험에 쓰이는 물품과 노자를 마련할 수 없으니, 황공하지만 감히 명을 받들지 못하겠습니다."

목사가 언성을 높이며 말했다.

"내가 한번 말했는데, 좌수가 어찌 감히 여러 말을 하는가?"

그리고는 공방(工房)을 불러 강을 따라 내려갈 배를 구하게 하고, 작은 종이에 시구(試具)와 노자에 쓸 약간의 물품들을 써서 서명하고 도장을 찍어서 주며 말했다.

"내일 출발해서 시험장에 들어가면 일을 잘 처리하도록 해라. 혹 시권을 백지로 내고 돌아온다면 곤장을 맞고 파면을 면치 못할 것 이다."

좌수는 공손히 답하고 물러나와 이튿날 일찍 배를 탔고, 하루가 지나 경강(京江)[4]에 도착했다. 하지만 어릴 때부터 시골에 살면서 집에서

---

3 관찰사가 관할 구역을 순시하여 수령이 한 정치의 성과를 살피던 행사다.

농사를 돌보았고, 그렇지 않을 때는 좌수가 아니면 도감(都監)으로 오랫동안 향청(鄕廳)에 있었던 터라, 한 번도 흥인문(興仁門) 안을 밟아본 적이 없어 도성에 들어와도 밥을 얻어먹으며 지낼 곳이 없었다. 일전에 출가한 사촌누이가 두 번째 다리 근처에 산다는 말을 들었기에, 온 성 안을 헤매어 다니다 간신히 그 집을 찾았다. 사촌누이에게 가서 사촌 형님을 만나게 되었는데 형님은 격조했던 차에 소소한 집안일들에 관해 듣고 여기까지 오게 된 까닭을 물었다.

좌수는 사정을 상세히 말하고 이어 "과거(科擧)에 응시하는 것은 절대로 내가 바란 일이 아닌데, 성주(城主)의 명에 내몰려 이렇게 천신만고의 길을 오게 되었습니다. 장차 제가 어찌하면 백지로 시권을 내지 않을 수 있겠습니까?"라고 했다.

몹시 골머리를 앓고 있을 때, 옆에 있던 사촌누이의 남편이 말했다. "자네는 염려 말게. 내가 시험장에 들어가면 동학(同學)한 벗들 네댓 명이 있을 것이네. 급제할 글을 짓고자 한다면 어렵지만, 백지 내는 것만 면하고자 한다면 아주 쉽지. 그저 내 수염에 닭산적이나 많이 달아주게."

이들은 함께 크게 웃고는 자리를 파했다.

이틀이 지나고 시험장에 들어가기 위해 삼경쯤에 홍화문(弘化門) 밖에 가서 문이 열리길 기다렸다. 좌수는 몹시 피곤해 많은 선비들이 모여 서 있는 속에서 앉아 졸았는데, 꿈에 금관은 쓰고 조복(朝服)을 입은 어떤 사람이 홀(笏)로 좌수의 어깨와 등을 때리며 말했다.

---

4 뚝섬으로부터 양화진(楊花津)에 이르는 한강 일대를 가리킨다.

"일어나라! 이렇게 '공(拱)'자를 잊어버리면 어찌하느냐?"

좌수가 깜짝 놀라 일어서자, 마침 문이 열렸다. 무리를 따라 만사일생(萬死一生)으로 간신히 시험장에 들어서니 해가 뜰 때쯤 시제가 내걸렸다. 그 사촌누이의 남편 및 그의 동학 몇 사람이 한창 머리를 숙이고 둘러앉아 글을 지을 사람은 짓고, 베껴 적을 사람은 베껴 적고 있었다.

모두 어수선하고 허겁지겁했지만, 좌수만은 한가롭게 일없이 앉아 있었다. 시험장에 들어올 때 사촌누이가 약과(藥果) 두 덩이를 찢어진 책장에 싸서 주며 말했었다.

"시험장에서는 필시 배가 고플 것이니 이것을 꺼내 드세요."

좌수가 소매 속을 더듬어 약과를 꺼내 먹고는 책장을 보니 원래 이 책장은 『표동인(表東人)』[5]에서 나온 것이었다. 책장에는 깨끗하게 써진 표(表) 한 편이 병서(竝書)되어 있었는데, 읽어보니 시제에 해당되어 시소(試所)에 내걸린 시제와 한 글자도 다르지 않았다. 좌수가 비록 글을 짓지는 못해도 어릴 적 통사(通史) 두세 권은 공부한 터라 대략 몇 글자는 이해할 수 있어서, 이를 보고 마음속으로 몹시 괴이하게 여겼다. 동접(同接) 사람들이 모두 차례대로 시권을 내자 좌수가 그제야 말했다.

"이 『표동인』은 도대체 어떤 글입니까? 좋건 나쁘건 간에 이것을 베껴 시권을 내면 어떻겠습니까?"

공(公)들이 살펴보고 머리를 맞대어 한 번 읽어보더니 모두 말했다.

"조대(措大)는 어찌 이를 일찍 말하지 않았는가? 이것은 뛰어난 작품이라 이를 베껴서 시권을 내면 백지로 내는 걸 면할 뿐 아니라 갑

---

5 『표동인』은 현재 3종의 필사본이 전해진다. 이 중에서 고려대 소장본(만송 D5 A125)은 한 고조(漢高祖)에서 송 도종(宋度宗)까지 64왕의 기국(器局)을 표체(表體)로 평한 책이다.

과(甲科)도 가능하고 을과(乙科)[6]도 가능하네!"

동접 사람들이 말했다.

"아무개가 서법(書法)이 빠르니, 여주(驪州) 조대의 시지(試紙)를 가져

와서 쓰게."

그들 중 한 사람이 사람들의 권유에 따라 붓을 빼 들고 쓰자, 붓놀

림이 나는 듯하고 글자체도 매우 단정하여 순식간에 반 이상을 써 내

려갔다. 그런데 문득 『표동인』의 책장을 보니, 콩알만 한 크기의 불똥

이 떨어진 흔적으로 인해 한 글자가 빠져 있었다. 그 사람은 붓을 멈추

었고 사람들이 그곳에 알맞은 글자를 찾아내려고 고심했다.

갑(甲)이 "모(某)자는 어떠한가?"라고 했다.

을(乙)은 "순하지 않네"라고 했다.

병(丙)이 "그 글자는 매우 좋은걸!"이라고 했다.

갑(甲)은 "온당치 않군"이라고 했다.

사람들은 논쟁하며 말했다.

"삼사(三士)[7]가 모이면 대제학(大提學)인데, 이 한 글자를 어찌 얻지

못할 리가 있겠나?"

한창 글자를 고심하고 고치던 중, 좌수가 갑자기 꿈속에서 '공(拱)'

자를 잊어버린 일을 생각해내고는 갑자기 말했다.

"'공'자는 어떻습니까?"

사람들이 한목소리로 말했다.

---

6 갑과(甲科)와 을과(乙科)는 과거(科擧) 성적에 따라 나누는 등급이다. 급제한 사람을 갑(甲)
 ·을(乙)·병(丙)으로 나누는데, 갑과는 3인, 을과는 7인, 병과는 23인으로 모두 33인이다.
7 상사(上士), 중사(中士), 하사(下士)를 말한다.

"매우 좋군. 매우 좋아! 이 조대가 바로 훌륭한 문사(文士)였군."

마침내 '공'자를 써서 시권을 내니, 좌수는 갑과 제일인(甲科第一人)으로 뽑히게 되었다.

6

두 응시생의 눈치 싸움

과장(科場)의 청탁과 뒷길은 그 유래가 오래되었다. 옛날 춘당대(春塘臺)에서 시험을 치를 때, 어떤 경화(京華)의 선비가 최말축(最末軸)과 최말장(最末張)으로 시권을 내기로 시관과 약속했다. 그는 시권을 다 썼지만, 일부러 내지 않고 다른 사람들이 시권을 다 내도록 기다리고 있었다. 먼 시골 출신 조대(措大)가 그의 옆에 나란히 앉아 있었는데, 경화의 응시생이 고의로 꾸물대는 정황을 보고 괴이하게 여기게 되었다. 이런 행동에는 필시 신묘한 수가 있을 거라 은밀히 생각해서 자신도 시권을 다 썼지만 내지 않으면서 경화 응시생의 동정을 살폈다.

이즈음 날이 저물었고, 대(臺) 위에서는 이제 시장(試帳)을 덮으니 신속히 시권을 제출하라는 외침이 이어졌다. 시험장의 선비들은 이미 모두 시권을 제출했기에 장원봉(壯元峰)에 올라 술병을 열고 술을 마시거나, 연못가에 앉아 손으로 물을 떠서 세수하기도 했고, 부채로 가리고 늘어지게 자는 자, 밥그릇을 물에 씻는 자, 담배 피는 자, 닭산적을 먹는 자, 양산을 접고 자리를 마는 자, 오가는 자, 서거나 앉아 있는 자, 마주 서 짝지어 이야기하는 자 등등 그 모습이 가지각색이었다. 시험장에서 시권을 내지 않은 자는 오직 이 경향(京鄕)의 두 응시생뿐으로,

김준근의 『기산풍속화첩』 중 「과장에 들어가는 두 선비」

팔짱을 끼고 마주 앉아 수시로 서로를 흘겨보니 두 마리 닭이 싸우려는 형상과 매우 비슷했다.

곧 해가 지려 하자, 참다못한 경화의 응시생이 먼저 지방의 응시생에게 물었다.

"군은 어찌 시권을 다 쓰고도 내지 않소?"

지방의 응시생이 말했다.

"이것이 바로 '내가 부를 노래를 사돈이 부른다〔我歌査唱〕'[1]는 경우구려. 그러는 군은 어찌 시권을 내지 않소?"

경화의 응시생이 말했다.

"나는 평생의 성벽(性癖)이 반드시 최말축(最末軸)에 시권을 내는 것이라 군이 시권을 내면 나도 낼 것이오."

지방의 응시생이 말했다.

"괴이하구려! 군의 성벽이 어쩌면 그리 나와 똑같소? 이것이 바로 '시인(詩人)의 의사(意思)'구려. 군이 내지 않으면 나 또한 내지 않을 것이오."

경화의 응시생이 말했다.

"계속 이렇게 시권을 내지 않으면 예백(曳白)하는 꼴이 아니겠소."[2]

지방의 응시생이 말했다. "지방의 한미한 선비가 어찌 춘당시에서 급제할 리 있겠소? 시권을 냈는데 낙방한다면 예백보다 조금도 나을

---

1 원문의 '아가사창(我歌査唱)'은 편자 미상의 한역(漢譯) 속담집인 『동언해』에 실려 있는 속담으로, 내가 할 말을 도리어 상대방이 먼저 한다는 뜻이다.
2 '예백'은 과거 시험장에서 글을 짓지 못하고 흰 종이를 그대로 내는 것을 뜻한다. 이 구절은 꾸물대며 시권을 내지 않는 지방 응시생의 행태를 보고 한 글자도 못 쓴 것 아니냐는 경화 응시생의 은근한 조롱을 담고 있으며, 이를 통해 시권을 내도록 부추기고 있다.

게 없소. 차라리 예백할지언정 나는 죽어도 시권을 내지 않겠소."

경화의 응시생이 말했다.

"오늘 꿈이 나쁘더니, 촌구석의 토목(土木)공이[3]를 만났구나. 이 무슨 우환인지!"

지방의 응시생이 말했다.

"오늘 밤 꿈자리가 사납겠구나. 경화의 학질 귀신[瘧疾魔][4]을 만났으니. 이 무슨 액운인지!"

경화의 응시생은 이 지방의 응시생을 어쩌지 못하여 애만 태우다 참지 못하고 또 그에게 말했다.

"지금 우리 두 사람 다 예백하게 될 것이니, 군은 다시 생각해보시오. 어찌 잘 처리할 방도가 없겠소?"

지방의 응시생이 말했다.

"한 가지 좋은 방도가 있소. 군은 내 시권을 들고, 나는 군의 시권을 들고서 각자 죽을힘을 다해 달려가면 발이 빠른 자가 마지막에 시권을 내는 셈이 되니, 군의 생각은 어떠시오?"

경화의 응시생이 말했다.

"참으로 좋소!"

이에 두 사람은 각각 시권을 바꿔 들고 움켜쥐고는 세 걸음을 한 걸

---

3 토목공이는 어리석고 미련한 사람을 놀림조로 이르는 말이다. 본래 토목공이는 자린고비 설화에 등장하는 또 다른 구두쇠인데, 자린고비와 더불어 경쟁적으로 절약하는 인물이다.

4 학질 귀신은 고대 중국 신화 속의 제왕인 전욱(顓頊)의 불초한 아들 중 하나이다. 『수신기』와 『신이경』 등에 따르면 전욱의 불초한 아들 셋이, 하나는 장강에 살며 학질 귀신이 되었고, 하나는 약수(若水)에 살며 도깨비가 되었고, 하나는 집에 살며 어린아이를 죽이는 소귀(小鬼)가 되었다고 한다.

음처럼 달리니, 천신(天神)이 등 뒤에서 멈추라고 고함친다고 해도 다리가 말을 듣지 않을 지경이었다. 높은 곳은 뛰어오르고 푹 팬 곳은 뛰어넘어 유건(儒巾)의 두 귀가 한껏 바람을 맞아 뒤쪽으로 접혀 날리니, 마치 달음질 같아 순식간에 대(臺) 아래에 가까워졌다. 경화의 응시생이 황급히 지방 응시생의 시권을 냈는데, 지방 응시생은 경화 응시생의 10여 보쯤 뒤에 있다가 그가 시권을 내는 것을 보자마자, 발을 헛디뎌 강전(薑田) 귀퉁이의 연못 속으로 빠져버렸다. 더불어 시권도 진흙탕 속에 굴러 처박혔다.

경화의 응시생이 지방 응시생의 시권을 내고 나서 비로소 뒤돌아서니, 숨은 헐떡이고 땀이 비 오듯 했다. 자세히 보니 지방 응시생이 안고 있던 시권이 연못에 빠져 있었는데, 경화의 응시생이 깜짝 놀라 소리치고 발을 구른들 이미 어찌할 수 없었다. 지방의 응시생은 마침내 시험에 합격했다.

7

숙부의 시권을 베낀 조카

꩜

후계(后溪) 조유수(趙裕壽, 1663~1741)[1]는 문장으로 명성이 높았는데, 특히 변려문(騈儷文)에 뛰어났다. 하지만 글을 짓기 힘들어 했기 때문에 늦게까지 급제하지 못했다.

만휴(晚休)[2]가 문형(文衡)으로 있을 때, 절제(節製)[3]에 대한 명이 있어 패(牌)를 받고 합문 밖에 나갔다. 북계(北溪) 이상국(李相國: 李世白, 1635~1703)[4]은 내국(內局)의 도제조(都提調)로 먼저 합문 밖의 반열에 있었다. 만휴가 수차례 예를 행하고 두 손을 땅에 짚은 채 말했다.

"저는 지금 성균관으로 가 시사(試士)를 하려 합니다. 지금 조정에는

---

1 자는 의중(毅仲), 호는 후계(後溪), 본관은 풍양(豊壤)으로 조형(趙珩)의 손자다. 연풍현감·옥천군수·회양부사 등을 거쳐 통정대부·판결사에 이르렀다.
2 박태상(朴泰尙, 1636~1696)의 호로, 이운영의 진외조부[아버지의 외조부]다.
3 절일제(節日製) 또는 절일시(節日試)라고도 한다. 매년 정월 7일, 3월 3일, 7월 7일, 9월 9일마다 성균관의 거재 유생(居齋儒生) 및 지방 유생들에게 보이던 시험으로, 이에 합격하면 문과의 전시(殿試)나 복시(覆試)에 응시할 자격을 주거나 시상하기도 했다.
4 본관은 용인(龍仁), 호는 우사(雩沙)·북계(北溪)다. 기사환국 때 도승지로 송시열을 유배시키라는 전지를 쓰지 않아 파직되었으며, 서인 집권 후 한성 판윤·이조판서·우의정·좌의정에 이르렀다.

제학(提學) 후보가 매우 모자라 근심스러운데, 유생 중 문장이 뛰어난 자가 있어 급제하면 전문형(典文衡)이 될 만합니다. 제가 뽑고자 하니 어떨지요?"

북계가 말했다.

"누구입니까?"

"조유수입니다."

"나 또한 이 사람의 명성을 들어봤으니, 뽑는 것이 마땅하지요."

"저는 이 사람과 어떠한 교분도 없고 그의 글을 한 번 본 것뿐이니, 지금 제가 뽑더라도 사사롭다고 할 수 없겠습니다. 하지만 이는 끝내 고관(考官)이 먼저 응시자에게 마음을 둔 것이니, 충분히 마땅한 도리가 아닐까 염려되었습니다. 그러므로 의심스러워 결정하지 못하고 감히 여쭙니다."

"대감의 뜻은 참으로 조정을 위하여 대제학을 구하려는 것에서 나왔을 뿐이니, 이는 특정 유생에게 마음을 둔 것이 아닙니다. 그런데 대감의 인재를 보는 식견으로 그의 글을 얻어서 등용하는 것은 괜찮지만, 혹시라도 탁봉(坼封)[5]해서 보거나, 사람을 시켜 그가 낸 시권축(試券軸)을 엿보는 등의 일은 해서는 안 됩니다."

"저는 예전에 그가 사사로이 지은 글을 보고, 그의 문장을 충분히 알 수 있었습니다. 그러니 뒷길의 부정한 일 같은 짓을 차마 어찌 하겠습니까?"

"그렇다면 힘써서 반드시 인재를 얻어 혹시라도 버려지는 진주가 없

---

5 시권의 오른편 끝 근봉(謹封) 부분, 즉 시권에 성명 등을 써서 종이를 접어 풀로 붙여 봉미(封彌)한 부분을 열어 보는 것이다.

게 하십시오."

만휴는 마침내 성균관으로 가서 시제(試題)를 내걸어 후계가 오랫동
안 구상하던 내용 중에 해제(解題)가 같고 함의(含意)가 거의 비슷한 것
으로 출제했다. 후계의 두 조카가 그를 따라 시험장에 들어왔다. 작은
조카는 먹을 갈고 벼루를 씻어 후계의 초고를 가져다 점검하며 시권을
썼는데, 그 내용은 『유취(類聚)』, 『동인(東人)』 등의 책에서 가져온 것이
었다. 큰조카는 후계의 뒤에 서 있다가 후계가 지은 것을 보고 순식간
에 자신의 시권에 베껴 옮겨 적었는데, 첫 구부터 '하도(何圖)' 위의 네
개의 장구(長句)를 한 글자도 고치지 않고 그대로 썼다. '하도' 아래는
자신이 지어 썼는데, 방금 본 대로 베껴 쓴 것이 권지(券紙)에 합당한 것
이었다. 작은 조카가 이를 보고 깜짝 놀라 즉시 사촌 형을 잡아당겨 귀
에 대고 목소리를 낮추며 말했다.

"형님! 이게 무슨 짓입니까? 오늘 대제학이 우리 숙부의 변려문을
가상히 여기고, 또 숙부가 이제껏 급제하지 못함을 애석해했다는
것을 형님은 어찌 듣지 못했습니까? 오늘의 시제는 바로 숙부가 오
랫동안 숙고하던 내용과 같은 해제입니다. 오늘은 숙부가 반드시 등
제할 것이거늘 형님이 숙부의 장구 네 개를 써서 먼저 시권을 내버
린다니요! 이는 남도 하면 안 될 짓인데, 조카가 어찌 이런 짓을 한
단 말입니까?"

종형이 말했다.

"하! 어찌 이렇게 상황 파악을 하지 못하느냐. 숙부는 오늘 틀림없
이 예백(曳白)하실 텐데, 내가 숙부의 글로 급제하는 것이 어찌 안
될 일이냐? 내가 시권을 다 쓰더라도 숙부가 만약 시권을 내신다면
내 시권을 찢어버리는 것이 무에 어렵겠느냐? 내 시권은 일단 접어

책보에 싸둘 테니, 너는 어디 한번 보아라. 숙부는 틀림없이 예백하실 것이다."

후계는 고심하며 '하도' 아랫부분을 짓는데, 글자마다 퇴고(推敲)하고 구마다 다듬어서 겨우 한 구절이 완성되면 높고 낮게 읊조리다가 부채로 땅을 서너 번씩 두드렸다. 마침내 작은 조카를 불러 시권을 쓰게 했지만, 산으로 떨어지는 해를 멈추게 할 힘은 없었다. 이날 후계는 끝내 예백을 했고, 그의 큰조카는 시험에 합격했다.

8

처가살이 한풀이

෴

권(權) 아무개 공은 여주(驪州) 원씨(元氏)의 집에서 처가살이를 했다. 권공은 몸집이 크고 주량과 먹성이 보통 사람의 수십 배였는데, 공거문자(公車文字)[1]에는 그다지 힘쓰지 않아 쉰 살이 되도록 이름이 방목(榜目)에 걸리지 못했으며 생업에도 뜻이 없었다. 원씨는 본래 부유한 집안이었지만 권공을 몹시 야박하게 대우했기에 그에게 베푸는 것이 해가 갈수록 줄어들었다.

원씨는 권공이 과거에 응시할 때마다 이렇게 말했다.

"쓸데없는 짓이다. 공연히 길에서 방값과 주모의 술빚만 허비할 뿐이야."

그러나 권공은 과거시험이 있다는 말을 들으면 반드시 응시하러 갔다.

어느 해 무렵 권공은 별시 초시(別試初試)에서 참방(參榜)했는데, 초시(初試)에 합격한 선비들 대부분은 밤낮으로 분주히 강독하고 글을 지었으나 권공만 글을 읽지도 짓지도 않고 이웃에 술이 있다는 말을

---

1 신하들이 임금에게 상소한 글로, 응시(應試), 응제(應製), 소장(疏章) 따위의 시문을 이른다.

들으면 아침부터 가서 양껏 마셔댔다.

날마다 이렇게 지내다가 응강(應講) 날이 되자 선비들을 따라가서 강석(講席)에 올랐다. 권공은 강(講)을 해야 할 장(章)을 보더니 목구멍 사이에서 지렁이같이 가느다란 소리를 냈는데, 작은 소리가 끊어졌다 이어졌다 하여 듣는 사람들은 그 구두(句讀)를 분별할 수 없었다. 고관(考官)들이 휘장 안에서 말했다.

"거자(擧子)는 글 읽는 소리가 왜 그리 작은가?"

권공이 또 아주 작게 소리 내어 말했다.

"밤낮으로 책을 읽고 외다 보니 목에 종기가 나 소리를 크게 낼 수 없습니다."

고관이 말했다.

"거자는 뭐라고 말했는가?"

권공이 또 똑같이 중얼거리자, 시관이 말했다.

"거자의 말을 알아들을 수 없다."

서리(書吏)가 "거자의 목에 종기가 났다 합니다"라고 하자, 고관이 말했다.

"종기를 앓고 있지만, 강(講)하는 것도 중요하다. 어찌 강하는 소리를 듣지 못하고서 출생(出栍)[2]하는 법이 있겠는가? 더 큰소리로 읽어보라."

권공이 또 작게 중얼거렸다.

"이미 경신년(庚申年) 말의 강(講)[3]이 아니거니와 강에는 두 번 읽는

---

2 사슬을 내어놓는 것이다. 사슬은 강경과(講經科)의 등급을 매긴 패 쪽을 이르는데, "통(通)·약(略)·조(粗)·불(不)"의 글자를 썼다.

김준근의 『기산풍속화첩』 중 「강경과에 응시한 선비」

법규가 없고, 목구멍이 정말 병들어 소리를 높일 가망이 없습니다."

그러자 고관은 말했다.

"그렇다면 '불(不)'자를 쓰고 물러나게."

"저는 이미 독강(讀講)을 해서 한 글자, 반 구절도 잘못 읽지 않았는데, 제가 왜 '불'자를 씁니까?"

"고관이 듣지 못한 강(講)을 어찌 출생한단 말인가?"

"거자는 읽었지만, 고관이 듣지 못했으니 이게 어찌 거자의 죄란 말입니까? 시소(試所)에서는 분명히 '어떤 구두(句讀)를 네가 잘못 읽었다면 '불'자를 쓰라'라고 했습니다. 그렇지 않은데도 거자가 공연히 '불'자를 씁니까?"

이렇게 반나절을 논쟁하며 권공은 끝까지 버티고 앉아 물러나지 않았다. 고관들은 지루함을 견디다 못해 마침내 '조(粗)' 생(牲)을 내주었다.

회시(會試) 날이 되어 선비들이 모두 전정(殿庭)에 모였다. 어떤 재상의 자제가 막 방석을 가져와 한자리 차지하고 앉았는데, 병조(兵曹)의 모(某) 서리가 역서(役書)[4]를 시험장에 들여 재상 자제를 나오게 하여 월랑(月廊) 세 칸 앞 기둥 아래로 가게 하고서 귓속말을 했다.

"간밤 꿈에 이 기둥 아래에서 황룡이 하늘로 치솟아 날아갔으니, 진

---

3 '경신년 글강 외듯 한다'는 속담은 '한 가지 일을 여러 번 되풀이하여 신신당부함'이나 '하지 않아도 좋을 말을 거듭 되풀이함'을 이르는 말이다. 여기에서 원문의 '경신년말강(庚申年末講)'은 이 속담과 의미가 상통한다. 관련하여 편자 미상의 한역(漢譯) 속담집인 『동언해』에서는 '경신년서강(庚申年書講)'을 '일시재강, 하기중복(一試再講, 何其重復)'이라고 풀이했다. 이 구절은 『영미편』 하, 「단설」 28에서도 쓰이고 있다.

4 어떤 일을 위해 만들어 쓰거나 보내는 글을 말한다.

사님은 반드시 이 기둥 아래에 앉고 다른 사람이 와서 앉지 못하게 하십시오."

그 진사는 기둥 아래 자리를 펴고 기둥에 등을 딱 붙이고 앉았다. 해가 뜨자 책문(策問)의 제목이 내걸렸는데, 진사는 본래 글재주가 뛰어났기에 쓰기만 하면 곧 허두(虛頭)가 완성되었고, 잠시 뒤 또 중두(中頭)가 이루어졌다. 시권을 가져다 벼루를 열고 먹을 갈려 할 때, 권공이 마침 이곳을 지나갔다. 권공과 이 진사는 안면이 좀 있기에 권공이 앉으며 말했다.

"오늘은 구상이 꽉 막혀 정녕코 시권을 백지로 낼 듯하네. 자네는 얼마나 지었나? 잠깐 날 보여주게."

진사가 말했다.

"초안만 쓰고 아직 완성하지 못해서 보여줄 만한 것이 없네."

권공이 불쾌한 얼굴로 말했다.

"평생 친구는 정의(情誼)가 중한 법인데, 시장(試場)의 문자를 비밀로 하고 보여주지 않는다면 이것이 어찌 도리겠는가?"

그리고는 태산 같은 큰 몸집으로 기둥 아래 자리에 밀치고 앉았다. 이 진사는 본디 비리비리한 약골로 낙엽처럼 가벼운지라 권공이 어깨로 비비고 무릎을 들이밀자 저절로 사대육신이 기둥 밖으로 밀려났다. 시문은 오히려 다음 일이었고, 진사는 제 몸이 기둥 밖으로 밀려나는 것이 몹시 걱정되어 결국 소매에서 초고를 꺼내 권공에게 보여주며 말했다.

"자네는 제발 조금 물러나 앉아 잠깐만 보게나."

권공은 초고를 소매에 넣고 몸을 일으키며 말했다.

"이제는 내 일이 풀리겠군. 이 허두·중두를 얻었고 시험장에 허다한 벗들이 있으니, 어디에서든 축조(逐條)를 얻지 못할까? 이 아래로 원폐(原弊), 구조(救措), 편종(篇終)은 내가 짓더라도 어려울 게 없네."5

그리고는 곧 큰 발걸음으로 자리를 뜨며 말했다.

"자네는 본래 글을 잘하니, 다시 짓게. 이 종이는 내가 가지고 감세."

그 진사는 깜짝 놀라 쫓아가 도로 뺏고 싶었지만, 스스로 생각해보니 힘으로 상대가 안 되어 뺏어 올 수 없고, 또 자신이 한번 기둥 아래자리에서 일어서면 혹시 다른 사람이 자리를 차지할까 두려워 결국 권공을 쫓아가지 않고 새로 글을 지었다. 권공은 그 자리를 떠난 즉시 시권을 썼는데, 축조 이하는 다른 사람의 글을 이용하기도 하고 직접 짓기도 해서 시권을 냈다.

권공은 도성에서 하루를 머물러 쉬고, 이튿날 조랑말을 타고 도성을 나와 고향으로 돌아갔다. 하룻밤을 객점에서 묵고 이튿날 일찍 출발해서 길을 가니, 그날 정오가 되자 여주까지의 거리가 20여 리쯤 남게 되었다. 몹시 피로해져 잠시 나무 그늘 아래 쉬고 있을 때였다. 갑자기 도성 쪽 길에서 급히 소식을 전하는 심부름꾼 몇 명이 나타나더니 나무 그늘 아래로 와서 권공에게 물었다.

"여기서 여주 읍내까지는 몇 리쯤 되고, 어떤 길을 통해 가야 합니까?"

---

5 허두(虛頭), 중두(中頭), 축조(逐條), 원폐(原弊), 구조(救措), 편종(篇終)은 대책문(對策文)의 주요 단락들의 명칭이다. '허두'는 책문(策問)의 내용을 종합·평가하여 앞으로 기술될 내용의 논지를 보인다. '중두'는 좀 더 구체적으로 앞으로 전개될 대책문 한 편의 내용을 요약한다. '축조'는 관련 사례들을 제시하고 이에 대해 포폄한다. '설폐(說弊)'는 문제로 제시된 폐단들을 당대의 맥락에서 더 구체적으로 제시한다. '구조'는 폐단을 해결할 수 있는 단초가 될수 있는 경전 문구를 인용하고, '원폐'는 폐단의 직접적이며 구체적인 원인을 명시한다.

"무엇 때문에 묻는가?"

"비봉(秘封)[6]을 가지고 가는 중입니다."

"자네가 방목(榜目)을 꺼낸다면, 내 응당 갈 길도 가리켜 보여주고 급제한 사람이 사는 집 골목도 알려주겠네."

그가 방목을 꺼내주이 보니 이광좌(李光佐, 1674~1740)[7]가 장원(壯元)이었고, 권공도 방목에 올라 있었다. 권공은 여주로 가는 길을 빙 둘러 알려주고 말했다.

"여기서부터 곧장 남쪽으로 가서 아무 산 우측에서 아무 내를 건너 동쪽으로 조금 더 가면 여주 길일 터이니, 여기서는 50리 거릴세. 이광좌의 집은 읍내 아무 방향에 있고, 권 선달은 처가인 원씨(元氏) 집에서 살고 있네. 권은 몹시 가난하니 그 집을 찾아도 대접할 돈이 한 푼도 없을 것이고, 원씨는 본디 큰 부자이긴 하지만 매우 인색해서 자네들이 가도 소득이 없을 것이니, 자네들은 내 말만 믿고 서둘러 이광좌의 집부터 먼저 찾아가서 일부러 꾸물대며 시간을 끌게. 그러다 황혼이 되면 원씨 집으로 가서 한 사람은 방성(榜聲)[8]을 외치고, 한 사람은 북쪽 울타리로 뛰어 들어가 벽을 부수고 다락에 올라가게. 이쯤 되면 온 집안의 아녀자와 종복들이 필시 중문(中門)을 둘러싼 채 엿보며 모두 앞쪽에 있어 더 이상 사람이 없겠지만, 뒤쪽도

---

6 시지(試紙)의 겉봉투로, 응시자의 성명, 나이, 거주지, 향관(鄉貫), 사조(四祖)가 기록되어 있다.

7 본관은 경주(慶州)이며, 자는 상보(尙輔), 호는 운곡(雲谷)이다. 1727년 실록청 총재관이 되어 『경종실록』, 『숙종실록』, 「보유편」의 편찬을 맡았으며, 영조에게 탕평을 상소하여 당쟁의 폐습을 방지하기도 했다. 문집 『운곡실기』가 있다.

8 과거(科擧)에 합격한 사람을 알리는 방꾼이 방을 전하기 위하여 크게 외치던 소리다.

망을 봐야 하네. 다락 위에서 오랫동안 모아 놓은 은전과 구리그릇, 무명 같은 물건들을 자네들 마음껏 움켜쥐고 나와서 곧장 외랑(外廊)으로 들어가 또 옷이며 살림살이를 걷어 가게."

그들은 '예예'라고 대답하고 떠났고, 권공은 곧 하인에게 말했다.

"내가 과거에 급제했다. 너는 말을 채찍질해서 속히 달려 집으로 가서 부디 이를 말하지 말고 그저 잠시 동안 비봉을 지닌 무리를 기다려라."

권공이 마침내 말에 올라 샛길을 따라 먼저 출발하니 신시(申時)가 되기 전에 집에 도착했다. 그 부인에게 몰래 말해 약간의 옷과 항아리와 곡식을 거두어 깊이 숨기게 하고, 또 이 일을 말하지 말라고 간곡하게 부탁하고, 큰 주발로 술 한 잔을 찾아 마시고는 드디어 원씨를 만나러 갔다.

원씨가 말했다.

"이번에도 공연히 돈만 썩혀버렸군!"

잠시 뒤, 광좌(光佐)의 집에서 방성이 들리자 이웃에서 깜짝 놀라 달려가니, 구경하는 자들이 오고 가며 문밖에 줄을 이었다. 해가 어둑해져 가까이 있는 사람은 알아볼 수 있고 멀리 있는 사람은 흐릿하게 보일 때, 비봉을 지닌 무리 중 하나가 곧장 원씨의 집으로 들어가 크게 방성을 외치고 집안에 있던 재물을 모두 가지고 갔고, 다락의 재물도 모두 낚아채 갔다. 권공은 이튿날 아침 응방(應榜)[9] 길을 떠날 때가 되자, 타고 갈 말이 없다고 걱정했다.

---

9 과거 급제자를 호명하고, 임금이 친림하여 이들에게 사은숙배(謝恩肅拜)를 받고 꽃을 내리고 잔치를 베푸는 행사이다.

원씨가 말했다.

"내 말을 타고 가게."

"장인어른의 이 말은 명마(名馬)이자 값도 비싼 것인데, 저는 몸집이 무거워 타고서 2백 리 가까이 빨리 달리면 병이 날까 염려됩니다."

"응방이 중한 일이니, 말이 병나는 것을 근심할 겨를이 있겠는가. 또 이 말은 자네가 계속 타게. 말은 탐라(耽羅)에서 새로 사온 것이니, 날마다 3백 리를 가고 값은 엽전 4백 꿰밀세."

권공은 늘 말했다.

"급제한 것이 유쾌한 게 아니다. 장인어른이 이 말을 아껴 평소 내가 5리나 7리 타고 나가는 것도 한 번 허락한 적이 없다가 이제는 내 말이 되었으니, 이것이 유쾌한 일이지."

9

실수하고도 합격한 늙은 선비

참판(參判) 정언섭(鄭彦燮, 1686~1748)[1]은 체직되어 영변부사(寧邊府使)에서 돌아왔다. 그 후 3, 4년이 흘러 영변의 유생 세 사람이 감시 회시(監試會試)에 응시하러 도성에 들어왔다. 회시 초장(會試初場) 이튿날 세 유생이 정 대감에게 와서 문후를 여쭙고 소매 속에서 시험장에서 지었던 시를 꺼내 잘된 곳과 잘못된 곳을 듣고 입락(立落)이 어떠할지 알고자 했다. 그중 한 사람은 나이 많고 글재주 있는 선비로, 정 대감이 영변에 있을 때 자주 뵈었었고, 두 소년은 정 대감과 초면이었다. 정 대감은 나이 많은 선비의 글을 가져다 잠깐 보고는 접어두고, 차례로 두 소년의 글을 가져다 두세 번 훑어보고 천천히 말했다.

"운수가 있으면 참방(參榜)을 기대해볼 만하다."

그러나 나이 많고 글재주 있는 선비의 글에 대해서는 끝내 한마디도 언급하지 않았다.

---

1 본관은 동래(東萊)고, 자는 공리(公理)다. 영조 초기 대관으로 있으면서 강경한 언론 활동을 하여 파직되었으며, 이후 사면되어 동래 부사·충청도 관찰사·도승지·한성부 우윤·병조참판·호조참판·예조참판 등을 두루 지냈다.

선비는 마침내 '내가 여러 해 관가를 출입하며 얼굴을 뵌 정(情)이 꽤 있고, 또 과문(科文)을 칭찬하고 격려해주며 노력하라 권면해주신 적도 있다. 지금 내 글을 보고 혹 마음에 덜 차더라도 권면과 칭찬을 받으리라 믿었다. 지금 두 소년에게만 참방을 기대할 만하다고 말씀하시니 참으로 괴이한 일이며 매우 서운하구나'라 생각하여 앞으로 가까이 다가가 고쳐 앉으며 물었다.

"소생의 글에 어떤 흠이 있습니까?"

정 대감은 한참을 묵묵히 있다가 드디어 말했다.

"시험장의 일이 황급하다 해도 일 처리가 어찌 이리 어수선한가? 자네의 글을 자네가 다시 자세히 보게."

나이 든 선비는 자기 글을 가져다 보고 또 보고는 말했다.

"다시 보아도 격식에 어긋나거나 망령되게 쓴 곳이 없어 전편(全篇)이 제지(題旨)를 잃지 않은 듯합니다."

정 대감이 말했다.

"자네는 어찌 어제 취해서 오늘도 깨지 못했는가? 편(篇)은 진실로 제지(題旨)를 잃지 않고, 구어(句語)도 사람을 감동시키는 점이 많네. 하지만 제1, 2 두 구의 압운은 어떠한가?"

나이 든 선비가 다시 초고를 가져다 보니, 제1구에 '천(天)'자를 압운하고 제2구에 또 '천'자를 압운한 것이었다. 선비는 이를 얼핏 보고 외마디 소리도 내지 못한 채, 두 눈에는 그렁그렁한 눈물이 비처럼 흘렀다. 정 대감은 물끄러미 그를 보면서 못내 딱하게 여겼다. 그러더니 좋은 말로 위로하며 말했다.

"격식에 어긋나는 것도 무방하고 망령되게 쓴들 무슨 문제겠는가. 통하는 수단이라면 이런 것들도 할 수 있네. 그러나 처음 두 구에 같은 운자를 거듭 쓰다니, 고금(古今)에 어찌 이런 일이 있겠는가? 다만 연달아 쓴 것을 시관(試官)의 취한 듯 몽롱한 눈이 깨닫지 못해도 전혀 이상한 일은 아닐 걸세."

결국 시관의 눈이 흐릿하여 이 유생은 우수한 성적으로 급제했다.

10

승천하는 구렁이를 본 남구만

남구만(南九萬, 1629~1711)[1]이 별시 초시(別試初試)에 합격해 동학하는 벗 갑(甲) 아무개, 을(乙) 아무개와 함께 아현(鵝峴)에서 책문(策問)을 짓고 있었다. 회시(會試) 시기가 임박한 어느 날, 갑자기 어떤 이가 와서 말했다.

"동대문 밖 마장교(馬場橋) 옆에 황룡이 공중에서 떨어져서 온 도성 사람이 몰려가 구경하고 있네."

남(南)은 구경하기 위해 급하게 말을 채비해 나가면서 갑 아무개에게 함께 가자고 청했다. 그러나 갑 아무개는 "나는 가지 않겠네"라고 했다.

"가지 않는 것은 무슨 뜻이 있어서인가?"

"용을 보는 것은 등과(登科)에 있어 경계하는 일이네. 지금 회시가 바로 코앞인데, 땅에 떨어진 용을 보러 가는 것은 매우 상서롭지 못하니 나는 가지 않겠네."

---

1 본관은 의령(宜寧), 자 운로(雲路), 호는 약천(藥泉) 또는 미재(美齋)다. 서인으로서 남인을 탄핵했다. 우의정·좌의정을 거쳐 영의정까지 지냈으며, 기사환국 후에는 유배되기도 했다. 문집에 『약천집』이 있다.

"용을 보는 것이 과거시험에 해롭다는 말은 본래 황당무계하네. 가령 그 말에 근거가 있다 해도 온 세상에 등과(登科)한 자들은 무수히 많지만, 예로부터 용을 보았다는 자는 얼마나 되는가? 종신토록 급제하지 못하더라도 나는 반드시 보러 가겠네."

그리고는 여러 번 갑 아무개를 일으켰지만, 그는 끝내 말을 듣지 않았다. 다시 을 아무개에게 같이 가자고 청하니, 을 아무개는 처음에는 곤란해 하다가 남(南)이 극구 그를 일으켜 세우며 강권하자 몸을 일으켰다. 그러나 갑 아무개가 또다시 극렬하게 말리자 다시 돌아와 앉았다. 을 아무개는 권유와 만류에 따라 동쪽으로 갔다가 서쪽으로 갔으며, 일어나려 했다가 다시 앉은 것이 모두 예닐곱 번이었다.

얼마 안 되어 해가 지려고 하자 남(南)은 마침내 혼자 가게 되었는데, 그가 막 동쪽 성곽을 빠져나왔을 때 비린내가 코를 찔렀다. 마장교에 도착해보니 구불구불한 구렁이가 모래밭에 비스듬히 누워 있었다. 천지(天地)가 뒤섞여 하나의 황금 세계가 되자, 이 신물(神物)은 때때로 머리를 들고 공중을 향해 숨을 내뿜었고, 숨을 내뿜을 때마다 머나먼 공중에서 한 조각 흑운(黑雲)이 날아왔다. 계속 숨을 내뿜자 여러 조각의 흑운이 사방에서 내려와 용의 온몸을 가렸고, 잠시 뒤 천지가 모두 컴컴해지더니 용이 다시 보이지 않았다. 이때 광풍과 우레가 크게 쳤는데, 흑운이 걷히자 용은 이미 하늘로 올라간 뒤였다. 이것은 바로 구렁이가 용으로 변화한 것이었다.

이 과거(科擧)에서 남(南)은 장원(壯元)을 하여 나중에 정승에 올랐고, 갑 아무개도 훗날 등과해서 재상의 반열에 들었다. 그러나 을 아무개만은 세 사람 중 글을 가장 잘했음에도 대소과(大小科)에서 모두 급제하지 못하고 음사(蔭仕) 또한 되지 못했다.

남(南)이 차라리 급제하지 못하더라도 반드시 용을 보려 한 것과 갑 아무개가 차라리 용을 보지 않는 것으로 반드시 급제에 뜻을 둔 것은 비록 우열(優劣)을 논할 만하지만, 각자 자신이 고수(固守)하는 점이 있다는 점에서는 동일하다. 저 을 아무개는 몰리면 가고, 저지당하면 머물러서 자기의 주견(主見)이 자신의 칠척(七尺) 몸을 전혀 다스리지 못했으니, 저 두 사람은 저렇게 성취하고, 이 한 사람이 유독 성취가 없는 것은 당연하다 하겠다.

11

운수 좋은 술고래 조대

~

글도 잘하고 글씨도 잘 쓰는 한 조대(措大)가 있었다. 그러나 그는 술을
너무 좋아하여 과거시험에 응시할 때마다 시제(試題)를 보면 반드시 큰
술잔으로 한 잔 한 잔 다시 또 한 잔을 마셔댔다. 그러다가 이내 혼미
하여 정신을 차리지 못하고 온 천지가 어두워져 차가운 이슬이 내리면
퍼뜩 잠이 깨서 일어나니, 그때는 시험장에 한 사람도 없고 시장(試帳)
은 이미 덮은 뒤였다. 앞의 과거(科擧)도 이와 같이 치르고, 뒤의 과거도
이와 같이 치러 평생 시권을 내보지도 못하니, 친한 벗들이 매번 그를
비웃었지만, 그 또한 개의치 않았다.

　세월은 강물처럼 흘러 어느덧 나이가 마흔을 넘자 두 아들이 장성
했는데 모두 문필(文筆)에 뛰어났다. 그가 시험을 치러 가면 두 아들이
따라 들어가니 아비가 술에 취해 쓰러져도 한 아들은 글을 짓고 한 아
들은 글을 써서 방(榜)이 나면 늘 높은 점수로 합격했다. 그러나 회시(會
試)에서는 항상 글을 짓지 못하고 흰 백지를 그대로 가지고 나와 전후
로 초시(初試)에 합격한 것만 거의 스무 번이 넘었다. 일흔한 살에 또 초
시에 붙었는데 회시 날을 며칠 앞두고 두 아들이 아버지를 모시고 앉
아 눈물을 떨구니 조대가 말했다.

"너희들은 어찌하여 우느냐?"

"아버님의 연세가 이미 많으셔서 앞으로는 더 이상 과거에 응시하실 수 없을 것입니다. 저희가 이번 회시에만은 희망을 걸고 있지만, 아버님께서는 필시 다시 과음하시고 백지 시권을 그대로 가져오실 것이니, 저희가 어찌 울지 않을 수 있겠습니까?"

조대는 아들들이 눈물 흘리는 것을 보고 진정 어린 말을 듣자, 절로 숙연히 감동되어 마침내 이렇게 말했다.

"내 너희들을 위해 술을 마시지 않을 것이다. 아녀자들에게 말해 떡을 쪄서 고리에 담고 술병은 치워버려라."

두 아들은 명을 받들고 매우 기뻐서 서책과 필묵(筆墨) 등의 물건을 정돈하며 술은 치우고 떡을 싸서 한 보따리를 만들었다. 시험 날 두 아들은 아버지를 부축해서 극문(棘門)[1] 밖에 이르러 아버지를 시험장 안으로 전송하고 문밖에서 종일토록 기다렸다.

이 조대가 시험장에 들어간 때는 9월 그믐께로, 찬 서리가 내리기 시작할 때라 날씨가 쌀쌀했다. 노인은 몸이 몹시 차갑고 속이 비었다고 느껴 술을 마시고 싶은 마음이 굴뚝같았지만, 아들들에게 술을 마시지 않겠다고 약속한 데다가 마시고 싶어도 술이 없었다. 그는 우선 고리를 열어 떡 한 조각을 꺼내 씹었다. 그런데 이는 평소 입에도 대지 않던 것이라 속에서 받질 않아 억지로 삼키자 목구멍에 가시가 돋는 듯했다. 입에서 침을 섞어가며 간신히 삼키고 손에 있던 것은 다시 고리로 던져버렸다. 조대는 처량해지고 만사가 마음에 들지 않아 팔짱만

---

1 과거시험을 보는 장소에 일반인들이 함부로 드나드는 것을 막기 위해 가시울타리를 설치했는데, 이를 극위(棘圍)라 했다. 극위는 과거 시험장의 별칭이기도 하다.

끼고 앉아 있을 뿐이었다.

그때 갑자기 근처 우산 아래 있던 두 사람이 말하는 소리가 들렸다.

"추운 날씨는 곧 풀리고 시제가 금방 내걸릴 걸세. 우리 우선 한 잔
마심이 어떠한가?"

말소리를 들어보니 바로 남쪽 이웃에 사는 어느 친구의 아들이었
다. 노인은 이내 그 사람의 자(字)를 불렀다.

"아무개 군."

그 사람은 귀를 기울여 한번 듣더니 역시 이 노인을 알아보고 황급
히 일어나 와서 말했다.

"지척에 앉아 있었는데도 어르신이 자리에 계신 줄 몰랐습니다."

이에 노인이 말했다.

"자네, 술이 있는가?"

"예. 있습니다."

"날씨가 차서 기운이 편하지 못하네. 자네가 술 한 잔만 나눠주게."

그 사람은 "오늘 날씨는 겨울과 다름없으니, 작은 술잔으로는 취기
가 오르지 않을 것입니다"라 말하고는 큰 바가지에 술을 가득 따라 올
렸다. 노인은 "과하네"라고 말하고는 3분의 2를 덜어냈다. 그 사람이
말했다.

"어르신의 주량을 시생이 익히 압니다. 이 술은 과하지 않은데 어찌
덜어내십니까?"

노인은 머리를 흔들고 손을 내저으며 말했다.

"과하네. 과해."

그 사람은 "과하지 않습니다"라고 하며, 억지로 술을 올렸다.

"내 두 아들에게 술을 마시지 않기로 약속했지만, 날씨가 차서 술

을 찾아 마셨네. 자네가 굳이 이렇게 권하니 반은 덜어내어 나와 함께 마시세."

그 사람이 비로소 노인의 진정(眞情)을 알고는 술의 반을 덜어내고 올렸다. 노인은 한 번에 들이켜 술잔을 비우고는, 얼굴에 온통 기쁜 기색이 가득하여 웃으며 말했다.

"의적(儀狄: 하후씨(夏后氏) 때 술을 처음 발명한 사람—옮긴이)은 참으로 성인(聖人)이로구나! 이제부터는 사람들을 깜짝 놀라게 할 만한 구절을 지을 수 있는데, 시제를 거는 것이 어쩌면 이리 더딜꼬?"

잠시 뒤 대(臺)에서 크게 외치는 소리가 나면서 높은 곳에 시(詩)와 부(賦) 문제가 해제(解題), 압운(押韻)과 함께 내걸렸고,[2] 시험 시간을 분명하게 크고 뚜렷이 써서 풀로 붙이고 끈으로 꿰어 판자에 걸어 두었다. 이 노인은 머리를 들어 시문(試文)을 한 차례 훑어보고 정신을 모아 구상하려고 했지만, 워낙에 대주가(大酒家)였던지라 아까 마신 술이 모자랐다. 이렇게 정신 한쪽은 모두 조구(糟丘)[3]의 고향에 있었으니, 상여(相如)의 목구멍은 더욱 말라갔고[4] 동야(東野)의 어깨는 움츠러들었다.[5]

조대는 억지로 수염만 배배 꼬며 괴롭게 읊조리다 갑자기 팔짱을 끼고 무심해졌다. 친구의 아들에게 다시 술을 찾으러 가고 싶었지만, 아까 이미 머리를 흔들고 손을 내저으며 '과하네, 과해'라고 했던 터라,

---

2 시제(試題)는 경전이나 고문 가운데서 글귀를 취하여 제시하는데 논(論), 부(賦), 시(詩), 표(表)의 경우 문제의 주제를 제시하는 해제를 함께 게시했다.
3 조구는 술지게미가 너무 많이 쌓여 언덕이나 누대처럼 된 것을 이른다. 『한시외전』에 "걸 임금은 술로 연못을 만들어 배도 띄울 만했으니, 술지게미 언덕은 높기가 10리를 바라볼 만하여 소가 물을 마시듯 술을 마시는 자가 3천 명이었다"라고 했다.

다시 술을 받으러 가기는 무안했다. 앉았다 누웠다 하며 차마 가만있을 수 없어 마침내 몸을 일으켰다. 몇 걸음 옮기며 갈팡질팡하던 중 문득 가까운 곳에서 세 소년이 둘러앉아 술병을 열어 조심스레 술을 따르고 있는 모습이 보였다. 그중 한 소년에게 다가가 보니, 바로 이성(異姓)의 먼 조카뻘이었다. 노인은 발길을 멈추고 목소리를 냈다.

"소년이 술이 있는데, 혼자 마시는 것이 가당한가?"

이 소년은 돌아보고 깜짝 놀라 사죄하며 "척장(戚丈)께서 여기 계신 줄 몰랐습니다"라 하고 한 잔을 따라 올렸다.

"밤껍질에 술을 따르니, 목구멍을 적시기도 부족한데 뱃속을 어찌 적실꼬?"

"시험장이라 큰 잔을 구하지 못했습니다. 작은 잔이지만 연달아 부어 드시면 괜찮을 듯합니다."

노인은 "참으로 좋구나!"라 하고 연거푸 예닐곱 잔을 따라 마시더니 비로소 몸을 돌려 돌아가 앉았다. 그러나 끝내 술이 양에 차지 않은지라 점점 더 술을 마시고 싶어진 노인은 다시 일어나 뒷짐을 지고 온 시험장을 돌아다녔다. 술이 있는 곳이면 친하거나 아니거나, 안면이 있거나 없거나 간에 술을 청해서 마셨다. 남정(南庭: 성균관의 명륜당 남쪽 뜰—옮긴이)에서는 흰 막걸리를 들이켜고, 북정(北庭: 성균관의 명륜당 북쪽 뜰—옮긴

---

4 술을 마시고 싶어 하는 조대의 모습을 늘 갈증을 느끼는 소갈병을 앓는 상여의 모습에 빗대어 묘사한 구절이다. 상여는 전한 시대의 문장가 사마상여(司馬相如)로, 그는 평소에 소갈병(消渴病)을 앓았다. 『사기』 권117, 「사마상여열전」.

5 동야는 중당(中唐)의 시인 맹교(孟郊, 751~814)의 자다. 맹교는 어려서부터 빈곤했으며, 46세에 뒤늦게 진사시에 합격한 후 하급 관리를 몇 차례 역임했다. 가정에서는 부인이 일찍 죽었고, 세 아들도 요절하는 등 여러 면에서 불우한 시인으로 꼽힌다.

이)에서는 붉은 미주(美酒)를 마시며 큰 주발과 작은 잔으로 마구 순서
도 없이 뱃속으로 들이부었다.

마침내 노인이 비틀대자 발밑의 평지가 솟았다가 꺼지는 듯했고,
옥산(玉山)이 절로 무너지려는 모습으로[玉山自頹]6 돌아가 지금 몸이
시험장에 있다는 것도 까맣게 잊어버렸다.

이 노인은 전부터 취해서 이 지경이 될 때마다 시지(試紙)를 종이끈
으로 왼쪽 다리에 단단히 묶고는 곧 잠이 들었는데, 이번에도 했던 대
로 시지를 왼쪽 다리 주변에 묶고 부채를 찢어 얼굴을 가리고, 책보, 벼
루와 붓, 떡 그릇을 모두 끌어와 베개를 만들어 배를 드러내고 누워버
렸다. 기분이 얼큰히 취해 엉덩이를 수레 삼고 정신은 말이 되어[尻輪神
馬]7 무하향(無何鄉)8 속으로 달려가 자신도 모르게 우레처럼 코를 골
았다.

곧 서쪽 해가 산에 떨어지고 입장했던 많은 선비들은 떠들썩하게 시
권을 내고는 차례로 서책을 거두어 문을 나갔다. 가장 늦은 한 소년이
시권을 내고 지나가다 취해 곯아떨어진 노인을 보게 되었는데, 자세히
보니 바로 자신의 조부와 호형호제하는 막역한 친우였다. 이 노인이 평
소 술 취해 곯아떨어져 시험지를 그대로 가지고 나온다는 것을 이 소년

---

6 용모가 아름다운 사람이 술에 취해 몸을 가누지 못하는 것을 '옥산퇴(玉山頹)'라고 한다.『세
설신어』,「용지」에 관련 고사가 보인다.

7 술에 만취해서 몸을 제대로 가누지 못하고, 정신은 날뛰고 있는 조대의 모습이다. 원문의 '고
륜신마(尻輪神馬)'는『장자』,「대종사」에서 나온 말로 엉덩이를 수레로 삼고 정신은 말이 되
어 유유히 노닌다는 뜻이다.

8 무하향은 '어디에도 없는 고을[無何有之鄉]'이라는 뜻으로『장자』,「소요유」에 나오는 말이
다. 현실의 제약을 벗어난 무위자연(無爲自然)의 이상향을 가리키는데, 여기에서는 조대가
만취해서 인사불성이 된 상태를 비유한다.

도 익히 알고 있던 터라, 직접 보고는 안타까움을 금치 못하여 노인의 귀에다 대고 큰 소리를 내며 깨우려 했다. 천 번을 외쳐도 답이 없고 만 번을 불러도 답이 없자 다시 두 손으로 노인의 몸을 뒤집으며 연신 노인을 불렀다. 이 노인이 마침내 실눈을 뜨고 소년을 똑바로 보며 말했다.

"네가 언제 나한테 술 한 잔 대접한 적 있느냐? 내가 취했다고 누가 그러더냐? 나는 오늘 술을 한 잔도 마시지 않았다."

노인은 또 말했다.

"건곤천지(乾坤天地)에 회시는 무슨 물건인가? 가소롭고 가소롭다. 진사(進士)는 무엇이며 급제(及第)는 무엇인가? 왕후장상이 모두 가소롭구나."

그러더니 갑자기 부채로 땅을 두드리며 "공자(孔子)와 도척(盜跖)이 모두 속된지고!"라 하고는 곧 눈을 감고 정신을 잃었다.

이 소년은 어찌할 줄 몰라 일어서려 하다가 문득 왼쪽 다리에 묶인 시지를 발견했고 곧 한 번 읊조렸다. 마침내 시문(試文) 한 편을 다리에서 풀어낸 시지에 허둥지둥 급히 썼고, 황급히 다 쓰고 나서 최말축(最末軸)에 시권을 냈다. 다시 와서 부축해 일으키려 했지만, 노인은 태산처럼 무거워서 만 마리 소로도 움직일 수 없을 정도라 소년도 어쩔 수 없이 시험장을 나갔다.

마침 황혼이 되자 노인은 얼굴에 내리는 이슬을 맞고 그제야 하품하고 기지개를 켜며 일어났다. 그러나 하늘은 이미 어두웠고 시청(試廳)에는 줄 지은 촛불이 반짝였으며 시험장은 텅 비어 한 사람도 없었다. 잠에서 깬 안갯속에 빠진 듯 어지러울 때, 오늘 자기에게 일어났던 일을 곰곰이 생각해보니 서초패왕(西楚伯王)의 배를 가라앉히고 솥을 깨버린〔沈舡破釜〕 웅대한 계획9은 몇 잔 술에 모두 사라져버린 터라 얼굴을 들고 다시 두 아이를 볼 수가 없었다. 한창 천만 가지 생각을 하던 중 손으로 왼쪽 다리를 더듬어보니 시지 또한 사라지고 없었다. 문득 좋은 방도가 떠올라 입 밖으로 말하지 않고 마음속으로 가만히 헤아리길, '돌아가 아이들을 만나면 내 장차 이렇게 말하리라'라 하고 마침내 붓과 벼루, 헝클어진 양 귀밑머리를 정리하고, 유건(儒巾)을 뒤통수에 걸친 뒤 극위문(棘圍門)을 나섰다.

이때 두 아들은 각각 좌우의 문짝을 잡고 고개를 숙이고 울고 있었다. 이 노인은 부채로 두 아이의 어깨를 때리며 말했다.

"아비가 나왔는데, 너희들은 자느냐? 큰놈이나 작은놈이나 모두 개돼지로구나."

두 아들은 깜짝 놀라 좌우로 부축하며 말했다.

"아버님은 어찌하여 이 지경으로 과음하셨습니까? 오늘도 아무것도 쓰지 않고 시험지를 들고 나오셨습니까?"

"내 오늘은 아주 일찍 시권을 냈다. 너는 내 왼쪽 다리에 시지가 없는 걸 보아라. 시권을 내고 난 뒤에 술을 마신들 어떠하랴. 좀 마시고 내 이제야 잠이 깨서 나오는 길이다."

두 아들은 이 말을 듣고 서로 쳐다보고 기뻐하며 노인을 부축해 말에 태워 집으로 돌아왔다. 방에 들어오자마자 두 아들이 초고(草稿)를 보여주길 청하니 노인이 크게 꾸짖으며 말했다.

"네놈들은 어른을 봉양하는 도리는 전혀 모르는구나! 내 과음하고

---

9 술을 끊고 마지막 시험에 임했던 조대의 결심을 비유한 구절이다. 항우가 진나라와 싸우러 가면서 하수(河水)를 건넌 뒤 배를 모두 가라앉혔고, 솥과 시루를 깨뜨리고, 막사를 불태우고, 사흘 양식을 지니고서 사졸에게 반드시 죽을 것임을 보여주었던 고사에서 유래한다. 『사기』, 「항우본기」.

막 술이 깨서 몹시 시장하고 피로하다. 너희들은 저녁밥을 가져오라 재촉하고, 잠자리를 정리해서 내가 밤새 편안히 자고 난 아침을 기다리는 것이 마땅하거늘 지금 이렇게 초고를 찾아보려 하느냐?"

두 아들은 공손히 "예"라고 말한 뒤 물러나 저녁밥을 받들고 왔다. 식사가 끝나자 노인은 말했다.

"너희들은 물러가라. 자고 싶구나."

두 아들이 물러나자 노인은 등을 밝히고 앉아 퇴고해가며 시문(試文)을 지어 만족스럽게 전편(全篇)을 마무리했다. 고지(藁紙: 귀리의 짚으로 만든 종이―옮긴이)를 몇 군데 먹으로 더럽혀 반듯하게 접으니, 시험장에서 은밀히 지은 초고의 모양과 똑같았다. 그것을 소매 속에 넣고 밤새 편안히 잤는데, 이튿날 아침이 되니 두 아이가 문안(問安)을 하러 왔다. 노인이 그제야 말했다.

"내 소매 안에 시험장에서 쓴 초고가 있으니, 너희들은 꺼내서 보아라. 초고는 제지(題旨)를 그르치지 않아 꽤 만족스러우나, 시험에 붙고 떨어지는 것은 운수에 달린 것이지 글에 달린 것은 아니다."

두 아들이 소매를 더듬어 초고를 꺼내 머리를 맞대고 한 번 읽어보니, 정말 만족스러운 훌륭한 글이었다. 아들들은 매우 기뻐 펄쩍펄쩍 뛰며 말했다.

"이번에는 아버님께서 반드시 좋은 점수로 합격하실 것입니다."

노인은 베개에 기대어 크게 웃으며 말했다.

"너희들은 과거시험이 운수에 달린 것이지 글에 달린 게 아님을 모르는구나."

아들들이 물러 나와 바로 응방(應榜)에 필요한 물품을 준비했고, 노인은 몹시 걱정스러워 극구 말렸지만 듣지 않았다. 방(榜)이 나오는 날이 되자 두 아들은 문을 들락이며 방성(榜聲)이 이르길 애타게 바랐다. 노인은 매우 근심스러워 두 아들을 불러 말했다.

"너희들은 전혀 이해하지 못하겠지만, 나는 반드시 낙방할 것이야."

이 말이 끝나기도 전에 방(榜)을 든 자가 크게 외치고 문에 들어서니 두 아들은 너무나 기뻐서 꺼꾸러지듯 문을 나섰다. 노인이 재빨리 외쳤다.

"이는 필시 헛된 소리일 것이니 너희들은 경거망동하지 말아라!"

두 아들이 직접 방목(榜目)을 가져와 올리며 말했다.

"이 방목에는 분명히 아버님의 성명이 이렇게 쓰여 있으니, 어찌 헛된 소리라고 하십니까?"

"놀랍고 괴이한 일이구나! 방(榜)이 이와 같더라도 절대 이럴 리가 없다. 나는 틀림없이 낙방이다."

그리고는 정직하게 말하려고 할 때, 그 석양의 시험장에서 지나가다가 급하게 시문을 써준 소년이 축하하러 왔고, 그날의 사정을 자세히 말해주었다. 노인은 이내 큰 소리로 말했다.

"내가 말하지 않았느냐? 과거시험은 운수에 달렸지, 글에 달린 게 아니라고."

12
밥 한 그릇만도 못한 과거시험

어느 조대(措大)는 본래 대대로 시골 농사꾼으로 살면서 약간의 논밭을 소유하고 있었다. 그는 어릴 때부터 농사 돌보는 것을 일로 여겨 꿈에도 글을 짓거나 과거에 응시할 생각이 없었다. 나이 근 스물이 되어 부인을 맞이했는데, 부인의 가문은 가난했지만 집안이 번성하여 일가 모두 부지런히 학문을 닦고 과거에 응시했다. 때문에 매번 초시(初試)에 참방(參榜)하는 자가 적어도 네댓 명이 되었다. 부인이 시집온 지 여러 해가 흘렀지만, 남편이 한 번도 과거에 응시하지 않자 이를 괴이하게 여겨 하루는 조용히 조대에게 왜 과거에 응시하지 않는지를 물었다. 그러자 조대가 말했다.

"과거시험은 지푸라기 줍듯 쉬운 일이 아니오. 내 논밭의 온갖 일을 내버려두고 이런 허무맹랑한 짓을 하는 것은 좋은 계책이 아니오. 게다가 과거에 한 번 응시하는 데 비용이 많이 드니, 나는 맹세코 응시하지 않겠소."

"그렇지 않습니다. 제가 서방님 집의 수확을 보니 일 년을 써도 뜰에는 매번 노적이 열 가리 남짓 남고, 어디에는 논이, 어느 고을에는 밭이 얼마쯤 있으며, 소가 몇 마리나 있고 매년 반드시 땅을 산 것이 천여 금(金)입니다. 집안사람들의 벌이는 주리지 않고 추위에 떨지 않기만 하면 족하거늘, 이렇게 큰 부자가 되어서 어디에 쓰시겠습니까? 과거에 응시해서 급제하는 것이 기필(期必)할 수는 없지만, 아들을 낳아 과거에 응시하고 손자를 낳아 과거에 응시하여 더욱 부지런히 공부에 힘쓰면 앞으로 과거에 급제하는 일도 가망이 있습니다. 이런 식으로 자손을 위해 계획하는 것이 바로 양반가의 도리인데, 그저 논밭 가운데 머리를 파묻고 대대손손 쌀과 보리만 알고 낫 놓고 기역자도 모른 채 과거시험이 어떤 물건인지도 모른다면, 정말 근심스러운 일이 아니겠습니까? 한 번 과거에 응시할 때 비용이 많이 든다 해도 일 년에 백 금(金)에 불과하니, 이 집안에서 이 재물은 아홉 마리 소의 털 중 한 터럭일 뿐인데, 서방님은 어찌 이렇게 쓰기를 아까워합니까? 또 명색이 선비로서 과거 소식이 있을 때마다 꼭 응시하면 울타리 아래 시골 사람들이 모두 양반으로 대우할 것입니다. 그렇게 하지 않는다면 좌수(座首)나 별감(別監) 집안과 같을 뿐이니, 양반이라 불리지 못할 것입니다. 서방님은 부디 다시 생각하십시오."

조대가 고개를 숙이고 곰곰이 부인의 말을 생각해보니 참으로 일리가 있었다. 그는 급히 말했다.

"어진 아내의 말이 과연 옳은 소견이구려. 이제부터 나는 올가을 식년 감시(式年監試)[1]에 응시하러 가겠소."

---

1 식년에 보이는 국자감시를 말한다. 식년은 국가에서 과거시험을 보이거나 호적을 작성하는 시기를 지정한 해이다. 조선시대에는 자(子)·묘(卯)·오(午)·유(酉)가 드는 해에 과거를 보이고 호적도 다시 만들었으며, 문·무과의 중시(重試)는 10년에 한 번씩 병년(丙年)에 시행했다.

아내는 닭을 잡고 쌀을 찧어 조대를 전송했다.

조대가 시소(試所)로 가 과거시험을 치르고 돌아오니 열흘이 걸렸다. 집으로 돌아온 지 며칠 지나자 방목(榜目)이 나왔다는 소리가 들렸는데, 조대는 낙방했고 풍문으로 모 읍의 아무개는 장원이 됐고, 모 읍의 아무개, 아무개와 아무개는 높은 점수로 합격했다는 소식이 전해졌다. 조대가 내실로 들어가자 그 아내가 말했다.

"제 집안에서는 모 촌의 작은아버지가 우등 성적으로 합격했고, 이번 방목에서 모 촌의 나이 어린 아저씨도 참방했습니다. 모 촌의 아무개 아우도 참방하고 모 촌의 아무개 조카도 참방했습니다."

조대는 말했다.

"나와는 상관없소. 말만 들어도 질리니, 저녁밥이나 빨리 가져오시오."

이때 밥상을 이미 차려놓았기에 아내는 여종을 불러 상을 들고 오게 했다. 조대가 수저를 들어 주먹만 한 크기로 밥을 떴다. 수저를 입으로 가져가며 아내를 돌아보고 말했다.

"좀 전에 누가 우등으로 합격했고, 누가 참방했다고 했소?"

"아까 이미 말했는데 다시 말해서 뭘 합니까?"

"내가 잊어버렸으니 나를 위해 한 번 더 말해주시오."

아내는 다시 "모 촌의 작은아버지가 우등 성적으로 합격했습니다"라고 말했다.

조대가 그때 입을 크게 벌리고 수저를 넣어 순식간에 밥을 삼키며 말했다.

"초시(初試)가 좋다고 하나, 그 맛이 이 큰 술의 밥만 못하오."

조대는 또 수저를 들며 말했다.

"또 누가 참방했소?"

아내가 웃으며 말했다.

"모 촌의 나이 어린 아저씨입니다."

조대가 또 밥을 삼키며 말했다.

"그가 초시에는 합격했어도 이 저녁밥은 먹지 못할 게 분명하오."

조대는 밥을 다 먹고 손가락을 꼽아가며 계산했다.

"이번 시험장에서 지필묵(紙筆墨)으로 낭비한 돈이 얼마, 왕래하며 든 노자가 얼마라오. 닭과 쌀을 허비한 것도 무수하고 쓸데없이 손해 난 내 쌀은 도합 몇 말이겠소. 만약 이 정도의 쌀을 풀어서 자모지례(子母之例)[2]의 이자나 장리(長利)를 받거나 어촌에서 소금을 사고 산골에서 면포(綿布)를 샀다면, 응당 얼마를 벌었겠으며 좋은 밭을 몇 두락이나 살 수 있었겠소? 공연히 사리에 어두운 아녀자의 말을 듣고 이렇게 재산이 축나는 불필요한 짓을 했소. 게다가 과거는 참으로 나 같은 사람이 될 수 있는 것은 아니지만, 기왕에 응시를 했는데 낙방하고 보니 끝내 좀 겸연쩍고 부끄러운 기분이 들어 아무개나 아무개가 참방했다는 소식을 듣는 것이 내 마음에 싫지 않을 수 없소. 이제부터 맹세코 나는 과거에 응시하지 않을 것이오."

---

2 1년간의 이자가 원금의 2할 이내가 되도록 정한 이자율이다.

13
시권 바꿔치기

한 조대(措大)는 공거문(公車文)을 잘하여 이제껏 초시에 합격한 것이 거의 수십 차례였지만 운수가 기박(奇薄)하여 회시(會試)에서 매번 떨어졌다. 나이가 일흔이 되어 또 향시(鄕試)에 합격해서 회시에 응시하려고 반촌(泮村)에 머물게 되었다.

조대는 어느 날 이른 아침에 혼자 앉아 있다가 아침 해가 막 비추어 주인집 동벽(東壁) 장지문에 바른 종이를 보게 되었는데, 바로 시지(試紙)였다. 일어나 그 앞으로 가서 자세히 살펴보니 바로 자신이 예전에 회시에서 제출했던 시권으로, 총 세 길[丈]이었고 모두 입격한 것들이었다.

조대는 몹시 괴이했다. 이렇게 된 까닭을 알 수 없어 참으로 오리무중(五里霧中)이었다. 때마침 주인이 들어왔다. 조대는 주인을 방으로 불러 물었다.

"이 시지가 어째서 이 장지문에 발려 있는 것인가?"

"낙복지(落幅紙)[1]를 인가(人家)의 벽에 바르는 것은 본래 흔히 있는 일인데, 어찌 이상하게 여겨 물으십니까?"

"이 낙복지는 입격한 시권이니, 이상한 일 아니겠는가?"

"생원님은 이제껏 이 묘리(妙理)를 모르십니까?"

"나는 전혀 모르겠네."

"이것은 바로 환비봉(換秘封)[2]입니다."

"환비봉이라 하는 것은 다만 비봉을 바꾸는 것이고, 원폭(原幅)은 생원과 진사가 된 자의 집으로 돌려보내야 하는 것인데, 이 시권은 어째서 여기 장지에 발려 있는 것인가?"

"환비봉하는데 그저 비봉을 바꾸기만 한다면 이는 진부하고 아둔한 도적질이지요. 근래 시관(試官)도 이 폐단을 알게 되어 간사한 짓을 막는 방도를 더 만들었습니다. 환비봉하여 비봉을 바꾸기만 하는 경우는 할봉(割封)[3]할 때 칼로 잘라낸 부분을 접어 도장을 찍습니다. '천지(天地)'라는 글자 획의 농도와 생숙(生熟)은 좌우가 똑같기가 어려우니, 이를 통해 간사한 정황이 탄로 납니다. 지금은 사람들이 온갖 꾀를 내어, 시소(試所)의 아전이 낮은 등수로 입격한 시권을 가져다 시제(試題)부터 시문(試文)에 이르기까지 원폭대로 다른 종이에 베껴 옮기고, 붉은 붓으로 비평하고 지워서 할봉의 자호(字號)

---

1 과거에 떨어진 사람의 답안지로, 대개 서울과 지방의 시소(試所)에서 비변사로 보내면, 비변사에서 분배하여 변방군인의 지의(紙衣)나 군문(軍門)의 화전(火箭) 따위를 만드는 데 사용했다.

2 비봉을 바꿔치기한다는 뜻이다. '비봉'은 시지(試紙)의 겉봉으로, 응시자의 성명·나이·거주지·향관(鄕貫)·사조(四祖)가 기록되어 있다. 비봉을 바꿔치기하는 것은 당시 합격자를 바꿔치기하는 대표적인 부정행위였다.

3 과거 답안지인 시권의 오른쪽은 응시자의 인적 사항을 기재한 후 서너 차례 접어 밖에서 내용을 확인할 수 없도록 했다. 이 부분을 '피봉(皮封)' 또는 '비봉(秘封)'이라고 한다. 피봉은 채점을 시작할 때 답안에서 잘라내어 따로 보관했다. 이를 할봉(割封)이라고 한다. 할봉을 하는 이유는 채점을 할 때 응시자가 누구인지 알 수 없도록 하는 것이다.

를 써놓고 접어 도장을 찍어 모두 원래 시권대로 만듭니다. 그리고 원폭은 그대로 가지고 와서 낙복지처럼 이용하지요."

"그렇다면 어떤 사람이 이런 형편없는 짓을 한단 말인가?"

"관주인(館主人)[4]이 우두머리이고 시소의 서리(書吏)가 그다음이지요. 관주인은 멀리서 온 손님의 방값만 받으니, 어떻게 손님 접대를 책임지면서 자신의 의식(衣食)이 부족하지 않을 수 있겠습니까? 간혹 이런 횡재가 있어야 살림을 겨우 지탱할 수 있습니다."

조대는 천장을 쳐다보고 길게 탄식하며 옷자락이 젖도록 울었다.

"생원님은 어찌해서 이토록 상심하십니까?"

"장지문에 발려 있는 저 세 폭의 시권은 모두 나의 예전 시문(試文)들이네."

조대가 말을 마치기도 전에 주인은 얼굴이 온통 붉어지며 깜짝 놀라 말했다.

"이는 바로 제가 한 소행이니, 생원님의 시권인줄 전혀 몰랐습니다. 제가 정말 재앙이 자손에게 미칠 일을 저질렀습니다."

"주인은 그런 말 말게. 이 모두 나의 운수지. 내 오늘에야 과거는 운수에 달린 것이지 글에 달린 게 아님을 알았네. 나는 내일 집으로 돌아갈 것이니 주인은 내 행장(行裝)을 준비해주게."

"생원님, 회시가 모레인데 내일 돌아가신다니 이 무슨 말씀이십니까?"

---

4 관주인은 성균관 입학시험을 보려고 서울에 올라온 시골 선비가 성균관 근처에서 묵던 집 또는 그 집의 주인을 이르는 말로, 반주인(泮主人)이라고도 한다. 한번 관주인이 되면 사마시(司馬試)에 합격한 뒤에도 그 인연이 이어졌다.

"사람 힘으로 하늘이 정한 일을 어찌할 수 없네. 입격한 시권 세 개가 회시(會試)에서 모두 비봉(秘封)을 바꿔치기하는 데에 들어갔으니, 내가 어찌 진사가 될 팔자겠는가? 내 맹세코 내일 돌아가겠네."

"사람 힘이 어찌 하늘이 정한 일을 이기지 못하겠습니까? 이번에는 제가 생원님을 반드시 진사로 만들 것이니, 생원님은 다시는 돌아간다는 말은 마시고 안심하고 잘 드시고 푹 주무십시오."

"주인이 어찌 나를 진사로 만들 수 있단 말인가?"

"이는 어렵지 않으니, 다시 응당 환봉(換封)의 수단을 쓸 것입니다."

"내 늙어 머리가 셀 때까지 공부해서 환봉으로 진사가 되는 것은 영광된 일이 아니고, 또 일이 혹 탄로라도 나면 큰일이 날 걸세."

"생원님의 시문은 세 번 입격하여 모두 바꿔치기 당했으니, 지금 시권을 바꿔치기해서 진사가 된다 해도 영광스럽지 않을 일이 조금도 없습니다. 또 생원님의 연세가 이미 일흔이시니 진사가 되는 것만이 제일 좋은 수인데, 어찌 영광이고 아니고를 논하십니까? 일이 탄로 나는 것에 대해서는 의심하지 마십시오. 제 솜씨로 이 일을 하면 귀신도 모르니, 생원님은 더는 의심하지 마십시오."

이 조대는 주인에게 기어코 만류 당해 돌아가지 못하고 시험장에도 들어가지 못했는데, 결국 팔도에서 손꼽히는 뛰어난 거벽(巨擘)을 통해 비봉을 바꿔치기해서 진사가 되어 떠났다.

14
대사성의 큰 도량

어느 해 무렵 대사성(大司成) 아무개는 승보시(陞補試)를 실시하여 초초(初抄)에서는 수양산(首陽山)[1]으로 고풍(古風: 古體詩)의 시제(試題)를 내고, 재초(再抄)에서는 부춘산(富春山)[2]으로 시제를 냈다. 동자들은 그저 홍문(鴻門)의 주연(酒宴)[3]이나 역수(易水)의 이별[4] 등과 같은 사실적인 고사(古事)를 원했기에 전날에 수양산 시제를 만나 구상이 궁색하여 불평하는 자가 많았다. 이제 또 부춘산 시제를 만나자 동자들은 매우 화가 나 심지어 삿대질하며 욕설까지 했다.

---

1 수양산은 중국 산서성(山西省)에 있는 서산(西山)이다. 은나라가 주 무왕에게 멸망 당하자 백이와 숙제 형제는 주나라 곡식을 먹지 않겠다면서 수양산으로 들어가 「채미가(采薇歌)」를 부르며 고사리만 뜯어 먹다가 굶어 죽은 고사가 전한다.

2 부춘산은 중국 절강성(浙江省) 동려현(桐廬縣) 서쪽에 위치한 산으로 후한 광무제 때의 은자인 엄광(嚴光)이 숨어 살았던 곳으로 유명하다.

3 중국 진나라 말에 섬서성(陝西省)의 홍문(鴻門)에서 열린 항우와 유방의 연회이다. 항우의 모신(謀臣)인 범증의 계략으로 유방은 죽을 위기에 처했으나, 번쾌와 장량의 도움으로 위기를 벗어났다.

4 역수는 중국 하북성(河北省)에 있는 강이다. 전국시대 자객 형가가 연나라 태자 단의 원수를 갚기 위해 진왕을 죽이려고 떠날 때, 역수 가에서 전송 나온 지기들과 작별하면서 "바람이 쌀쌀하니 역수가 차도다. 한번 간 장사는 다시 돌아오지 않으리!"라고 노래했다.

한 동자가 종이에 큰 글씨로 '어제는 수양산이더니 오늘은 부춘산이네. 선생은 산은 좋아해도 소자(小子)는 산이 싫구나. 선생이 산을 좋아하신다면 어찌 일찍 산으로 돌아가지 않는가. 산이 좋아도 산으로 돌아가지 않으니 실은 거짓으로 산을 추구함이네〔昨日首陽山, 今日富春山. 先生雖好山, 小子不好山. 先生如好山, 何不早歸山. 好山不歸山, 眞是假獵山〕'라고 써냈다. 대사성은 이를 보고 한 번 웃고는 구(句)마다 점을 찍고 '이상(二上)'의 점수를 썼다.

이번 무술(戊戌: 1778)년 7월 16일에 영동(永同) 지현(知縣) 아무개가 백일장을 실시했는데, 고풍(古風)의 시제가 바로 '무술년 가을 7월 16일에 계산(稽山)【계산은 영동의 별호이다】의 객관에 올라 소동파의 적벽(赤壁) 고사(故事)를 추억하며 느끼는 바가 있으니, 천 번 죽일 만하고 만 번 죽일 만한 점이 있다'[5]였다.

반백의 늙은 조대(措大)가 동자 대신 다음과 같은 두구(頭句)를 지어 주었다. '죄는 무거운데, 벌이 가벼워 은혜롭게 계산에 보임(補任)되었네.' 영동 지현은 이를 보고 크게 노해 글을 지은 자를 잡아 엄히 다스리고자 했다. 이에 그 시권을 가지고 휘장(揮場)[6]하여 시권을 낸 동자를 불렀다. 그 동자가 매우 기뻐서 응당 장원이 되었다고 생각하여 나아가 뵈니, 지현이 물었다.

"이것을 네가 썼느냐? 아니면 누가 대신 써준 것이냐? 이실직고해

---

5 소동파는 1079년 조정의 정치를 비방하는 내용의 시를 썼다는 죄목으로 양자강 가 황강현(黃岡縣)으로 좌천되었다. 황강현에 있는 적벽(赤壁)에서 뱃놀이한 일을 적벽 고사(故事)라고 하는데, 소동파는 이곳을 주유가 조조를 격파한 적벽으로 잘못 알고 전후 「적벽부」를 지었다고 한다. 원래 적벽대전 현장인 적벽은 중국 호북성(湖北省)에 있다.
6 과거에 합격했다고 합격자의 명단을 들고 과거장 가운데를 돌아다니며 외치던 일이다.

라. 사실대로 말하지 않으면 중죄를 면치 못할 것이다."

동자가 그제야 사실대로 답하자, 바로 대작(代作)한 유생을 잡아들여 칼을 씌워 가두고 물었다.

"나에게 무슨 죄과(罪過)가 있느냐? 너는 죄는 무거운데, 벌이 가볍다고 했다."

유생이 말했다.

"감히 사또께 죄가 있다고 말한 것이 아니라 소동파를 가리킨 것입니다."

지현은 화가 풀리지 않았지만, 좌우의 빈객들이 극구 말려서 일이 마무리되었다.

저 '죄는 중한데 벌이 가볍다'는 구절은 당연히 말이 안 되는 것인데 자신과 무슨 상관이 있기에 이렇게까지 화가 났는가? 화가 났더라도 칼을 씌우고 가둔 것은 더욱 과한 짓이다. 애석하다! 영동의 지현은 일찍이 팔각산 대사성의 큰 도량을 들어보지 못했구나.

15

숙부에게 인정받은 김춘택

북헌(北軒: 金春澤, 1670~1717)[1]의 시문을 죽천(竹泉: 金鎭圭, 1658~1716)[2]은 그다지 인정하지 않았는데, 북헌은 이에 대해 심복(心服)하지 않았다. 죽천이 한번은 승보시(陞補試)[3]를 실시하라고 명하고, 아침에 성균관으로 들어갔다. 이때가 9월 초였다. 북헌은 즉시 죽천이 한가롭게 거처하는 집으로 들어가서 시중하는 아이종에게 물었다.

"어젯밤에 영감께서 무슨 책을 보시더냐?"

아이종은 책상 위 책 한 권을 가리키며 말했다.

"바로 이 책입니다."

---

1 김춘택(金春澤)의 본관은 광산(光山)이며, 자는 백우(伯雨), 호는 북헌(北軒)이다. 숙종 때 폐비복위운동을 벌이는 등 당쟁에서 서인 노론을 대표하는 인물로 활동했으며, 그로 인해 제주 등지에서 오랜 기간 유배생활을 했다.

2 김진규(金鎭圭)의 본관은 광산이며, 자는 달보(達甫), 호는 죽천(竹泉)이다. 인경왕후(仁敬王后)의 오빠이며 송시열의 문인이다. 숙종 때 붕당정치로 관직에 등용되고 여러 번 파직되었고, 1710년 대제학을 지내고 공조판서를 거쳐, 1713년 좌참찬이 되었다.

3 승보시는 소과 초시에 해당하는 시험으로, 성균관의 대사성이 사학(四學)의 유생에게 매년 10회, 뒤에는 매달 1회씩 12회에 걸쳐 시행했다. 합격자에게는 생진과(生進科)에 응시할 자격이 주어졌다.

북헌이 보니 『세설신어(世說新語)』였다. 북헌이 책상 옆에 쭈그리고 앉아 책 아래쪽을 살펴보니, 털 한 가닥이 들어갈 만한 아주 작은 틈이 있었다. 새끼손가락 손톱 끝을 그 틈새에 끼워 넣어 책을 펼쳐보니 맹가(孟嘉)의 낙모(落帽) 고사(古事)[4] 부분이었다. 마침내 책을 덮고 문을 나섰는데, 길에서 어느 벗을 만났다. 벗은 가는 모시로 된 푸른색 도포를 입고 나귀를 타고 동쪽을 향해 가고 있었다.

북헌이 물었다.

"자네는 어딜 가는가?"

"반시(泮試)를 보러 가네."

"반시에서 장원을 하고 싶은가? 참방만 하면 족한가?"

"참방도 기필하기 어려운데 장원이 어찌 그리 쉽겠는가?"

"나를 따라오게."

벗이 따라오려 하지 않자 북헌이 끌어당겨 같이 가서 '답조낙모(答嘲落帽)'라는 시를 급히 써서 이 벗에게 주며 말했다.

"이것을 베껴 내게."

"이 시제가 나올 줄 어찌 아는가?"

"반드시 이 시제가 나올 것이니 여러 말 말고 속히 들어가게."

이 벗은 반시를 보러 가서 시제를 보고 그대로 써내어 과연 장원을 차지했다.

죽천은 방(榜)을 발표하고 집에 돌아온 즉시 북헌을 불러 말했다.

---

4 낙모는 가을바람이 불어 모자를 떨어뜨린다는 말로, 진(晉)나라 맹가가 일찍이 환온(桓溫)의 참군(參軍)으로 있을 때, 중구일(重九日)에 환온이 베푼 용산(龍山)의 주연(酒宴)에 참석했다가, 술에 흠뻑 취해 바람에 모자가 날아가는 것도 알아차리지 못했다는 이야기에서 유래한다. 『세설신어』, 「식감」.

"내 이번 방(榜)에서 시 하나를 얻었는데, 근래에 없던 좋은 작품이다."

"근래에 아무개와 아무개 말고 어찌 별다른 사람이 있겠습니까?"

"그렇지 않다. 아무개와 아무개는 모두 그에 미치지 못하고, 너희들 같은 무리는 몇 등급 더 떨어진다."

"어찌 그럴 리 있겠습니까? 그 기구(起句)를 알고 싶습니다."

죽천이 외운 것을 알려주자 북헌이 말했다.

"평범하군요. 소질(小姪)도 당연히 이런 구절을 지을 수 있습니다."

"망발(妄發)하지 마라. 네가 어찌 이런 구절을 지을 수 있단 말이냐?"

"제2구를 듣고 싶습니다."

죽천이 또 외우자 북헌이 말했다.

"방금 전 이실직고하지 못했으니 소질이 참으로 죄를 지었습니다. 그러나 이는 바로 소질이 지은 것입니다."

"미리 써두었던 것이냐?"

"아닙니다. 당일 지은 것입니다."

"너는 이 시제(試題)가 나올 줄 어찌 알았느냐?"

북헌은 그제야 그날의 정황을 상세히 고했다.

죽천이 말했다.

"그렇다면 너는 어째서 '조낙모(嘲落帽)'라고 짓지 않고 '답(答)'자를 붙였느냐?"

"숙부께서 이 시제를 내신다면 반드시 시험장에 이를 미리 구상해둔 자가 있으리라 생각하셨을 것입니다. 또 숙부께선 신기한 것을 취하시기에 소질이 이렇게 짐작하여 '답'자를 붙였습니다."

이때부터 죽천은 문장을 평하여 의논할 것이 있을 때마다 북헌을 대우해 상황이 이전과 크게 달라졌다고 한다.

일설에 따르면, 이 시 11구는 예전에 이서우(李瑞雨, 1633~1709)[5]가 지은 것이란 말도 있다. 한 유생이 이를 얻었지만 그 아래를 채워 넣지 못하고 있었는데, 북헌이 이를 완성한 뒤 죽천이 얻어 구절마다 비점을 찍고 11구 아래로는 주필(朱筆)로 동그라미를 쳐서 지웠다. 이후 그는 북헌에게 이렇게 말했다.

"이번에 얻은 시 한 편이 정말 훌륭하다. 최근에 이런 솜씨는 없으니 아마 이서우가 예전에 지은 것인 듯한데, 11구 아래는 다른 사람이 완성했으니 이는 필시 네가 지은 것이렷다."

그제서야 북헌이 숙부의 인재 보는 식견에 심복했다고 한다.

지금 이 두 이야기가 모두 존재하니, 어느 것이 맞는지 알 수 없다.

---

5 본관은 우계(羽溪), 자 윤보(潤甫), 호는 송곡(松谷)이다. 1675년(숙종1) 문장에 재주가 있다 하여 허목(許穆)의 추천을 받아 정언이 되었다. 인조반정 이후 대북가문 출신으로는 처음으로 청직(淸職)에 올랐다.

16

합격을 위한 처방

좌랑(佐郎) 심여경(沈餘慶, 1674~?)[1]은 만휴(晚休: 朴泰尙, 1636~1696)의 소싯적 벗이다. 감시(監試) 날짜가 다가와 만휴가 심여경을 방문했을 때, 심여경은 문을 닫고 붓과 벼루를 열어 정문(程文)[2]을 짓고 있던 중이었다.

만휴가 말했다.

"낙방할 문장을 지어서 뭣 하느냐?"

그러자 심여경이 말했다.

"거참 괴이한 일입니다. 제 글은 분명 대감의 글보다 낫고 대감의 글은 분명 제 글보다 못한데, 대감은 대제학이 되시고 저는 쉰 살이 되도록 방목(榜目)에 이름이 오르지 못했으니, 이 무슨 까닭입니까."

"과연 자네의 글이 나보다 낫고 내 글이 자네에게 미치지 못하지. 그러나 자네가 지은 글은 끝내 한 칸을 이르지 못했으니[未達一間],[3]

---

1 본관은 청송(靑松), 자는 성보(誠甫)다. 1674년(현종15) 42세로 식년시에 합격했다. 경종 때와 영조 때, 봉사·참봉·사직령·이인찰방·공조정랑 등을 지냈다.
2 과거(科擧)의 고시장에서 쓰는 일정한 법식이 있는 글이다.

이제 한번 내 말을 따른다면 반드시 초시에 합격할 것이네."

"정말 그렇다면 대감의 말을 따르는 것이 무엇이 어렵겠습니까. 다만 대감의 말이 꼭 그렇지는 않을까 두렵습니다."

"꼭 그렇게 될 것이네. 소싯적 절친한 벗인 자네가 노유(老儒)가 되어 과거에 임하는데 내 어찌 장난을 치겠는가?"

"저는 오로지 대감의 말씀을 따를 것이니, 말씀해주십시오."

만휴는 "오늘부터는 글을 짓지 말고 『사략(史略)』 일곱 권을 가져다 다섯 번 정독하게"라 하고 떠났다. 이에 심은 방을 깨끗이 쓸고 정신을 가다듬어 『사략』 한 질을 다 읽고 나서 시험을 쳤는데, 과연 좋은 성적으로 합격했다. 심은 만휴에게 가서 감사해하며 말했다.

"『사략』을 보는 것이 어째서 과거에 합격하는 방법입니까?"

만휴는 "차차 알게 될 것이네"라 하고 한담(閑談)을 나누고 헤어졌다. 회시 날이 다가오자, 만휴는 다시 심을 방문했다.

심이 말했다.

"제가 대감의 말대로 해서 초시에는 합격했지만, 늙어 흰머리가 되어 과거에 임하려니 글짓기가 몹시 힘듭니다."

그러자 만휴가 말했다.

"자네는 반드시 회시에 합격하고 싶은가?"

"그렇습니다."

"그렇다면 글을 짓지 말고 다시 『사략』을 가져다 열 번 정독하게."

---

3 원문 중 '미달일간(未達一間)'은 한나라 양웅의 『법언』, 「문신」에 나오는 구절로, "애석하다. 공자는 문왕에게 마음을 침잠해서 그 경지에 이르렀는데, 안자가 또한 공자에게 마음을 침잠했건만 한 칸을 이르지 못했다"라고 했다.

"그렇게 하면 회시에 반드시 합격합니까?"

"내 어찌 망언을 하겠는가? 반드시 합격할 것이니 의심하지 말게."

심은 다시 『사략』을 열 번 읽었고, 마침내 진사가 되었다. 심은 내심 몹시 이상하여 뒤에 조용히 만휴에게 물었다.

"『사략』을 다섯 번, 열 번 읽는 것이 과문(科文)에 무슨 도움이 됩니까? 제가 대감 말대로 해서 효과를 봤으니 그 까닭을 알고 싶습니다."

"자네는 많이 읽고 두루 알아서 이미 뱃속에 육경백가(六經百家)의 학문이 쌓여 있네. 그러니 글을 쓸 때마다 반드시 뱃속에 쌓인 것을 다 쓰고자 해서 결국 그 글에 간략함이 부족해졌으니, 이것이 이른바 검율문(黔絆文)[4]이라네. 남들이 자네에게 많이 말해주었고 자네도 스스로 병통이라고 알고 있지만, 끝내 그것을 고칠 수 없었지. 이때문에 『사략』이 증세에 알맞은 약이 된 것뿐이네."

"『사략』이 어찌하여 약이 됩니까?"

"사서(史書)는 『자치통감(資治通鑑)』만한 게 없지만, 너무 양이 많아서 그것을 요약해서 『통감강목(通鑑綱目)』을 만들었고, 또 『통감절요(通鑑節要)』가 생겼네. 그래도 여전히 그 번다함이 싫어, 줄이고 또 줄여 절대로 어쩔 수 없는 큰 사건만 취하여 남긴 것이 바로 『사략』이지. 그러니 정확하고 간결함은 이 책만 한 것이 없네. 이 때문에 자네가 효과를 본 것일세."

"그렇다면 대감이 다시 저에게 대과(大科)에 급제할 방도를 알려주십시오."

---

4 맥락상 간결하지 못하고 장황한 문장을 말하는 듯하다.

만휴가 크게 웃으며 말했다.

"분수가 아닌 것을 바라지 말게. 자네는 사람됨이 허술해서 급제할 수 없고, 혹여 되더라도 안 되는 것만 못할 걸세."

심은 문필로 세상에 이름이 났지만 끝내 대과에 급제하지 못하고 관직이 수부원외랑(水部員外郞)5에 그쳤다. 지금 돈의문(敦義門) 현판에 쓰인 글자가 바로 심좌랑의 필체다.

---

5 '수부(水部)'는 '공조(工曹)'를 달리 이르는 말이다. 심여경은 공조정랑을 지냈다.

17

무익한 글짓기

숙종 정유(丁酉: 1717)년에 감시(監試)가 있었다. 식년 초시(式年初試)가 병신(丙申: 1716)년 가을에 시행되어야 했지만, 조정에 일이 생겨 이듬해 가을로 미루어 시행된 것이다. 당시 갑오, 을미, 병신 3년조(三年條)의 승보 학제(陞補學製)[1]가 모두 시행되지 못했던 터라, 초시(初試) 뒤나 회시(會試) 전에 하루를 거르거나 날마다 더불어 시행되었다. 아버님(李箕重, 1697~1761)은 승보 합제(陞補合製)의 초시에 모두 합격하여 풍양(豊壤)에 계신 지촌(芝村: 李喜朝, 1655~1724)[2] 어른께 나아가 배알했다.

지촌이 말했다.

"너는 이제 회시 양장(兩場)을 치를 것인데 종장(終場)의 문장은 네

---

1 승보 학제는 승보시(陞補試)와 사학 합제(四學合製)의 총칭이다. 승보시는 소과 초시에 해당하는 시험으로 성균관의 대사성이 사학(四學)의 유생에게 매달 1회씩 시행하여 합격하면 생원·진사 시험에 응시할 자격이 주었다. 사학 합제는 성균관 대사성이 매년 4계절에 사학의 유생에게 보이는 시험이다. 제술(製述)과 강서(講書)를 시험하여 성적이 우수한 사람에게 생원·진사의 복시(覆試)에 응시할 자격을 주었다.

2 이희조의 본관은 연안(延安), 자는 동보(同甫), 호는 지촌(芝村)·간암(艮菴)이다. 해주목사 때 석담에 있는 이이의 유적에 요금정(瑤琴亭)을 세웠다. 이후 이조참판 등을 거쳐 대사헌을 지냈다. 주요 저서에는 『지촌집』 등이 있다.

김준근의 『기산풍속화첩』 중 「과거에 급제한 선비」

가 겪어보지 못한 것이니, 어찌할 계획이냐?"

그러자 아버님이 대답했다.

"회시가 아직 7일 남았으니, 오늘 도성으로 돌아가 내일부터 벼루를 열어 대여섯 수 지을 계획입니다."

"무익하다. 글은 짓지 말고『심경(心經)』을 가져다 열 번 정독하거라."

아버님은 물러 나와『심경』을 읽었고 과거에 응시해 정문(程文)의 의(義: 五經義)를 지어 올려 진사시와 생원시에 모두 합격했다.

18

나는 노론이다

영조 경술(庚戌: 1730)년 정시(庭試)에서 선비를 뽑을 때의 시제는 바로 본조 실록청에서 찬진(撰進)한 『숙묘보감(肅廟寶鑑)』[1]이었다. 우리 중부 (仲父: 李台重, 1694~1756)[2]인 판서 부군(判書府君)은 회제(回題)[3] 밑의 단구(短句)에서 "별록(別錄) 같은 책에는 더욱 대의(大義)가 있다"라고 했다. 같이 시험 보던 아무개가 말했다.

"오늘 고관(考官)은 모두 소론(少論)이네. 자네의 단구는 곧 노론(老論)이라는 자기소개이니, 이렇게 하고도 떨어지지 않을 수 있겠는가?"

중부는 말했다.

---

1 『국조보감』은 조선시대 역대 왕의 업적 가운데 선정(善政)만을 모아 편년체로 서술한 역사서이다. 그 가운데 『숙묘보감』은 이덕수(李德壽)가 숙종 1대의 사적을 찬집하여 15권으로 완성했다.

2 이태중의 본관은 한산(韓山), 자 자삼(子三), 호 삼산(三山), 시호는 문경(文敬)이다. 신임사화 때 화를 입은 노론 4대신의 신원을 주장, 당쟁을 일삼는다는 탄핵으로 유배되었다. 후에 다시 이광좌를 탄핵하다가 유배되었다. 황해도 관찰사·예조참판·호조판서 등을 지냈다. 문집에 『삼산집』이 있다.

3 과거에서 시험하던 시(詩)의 열두째 글귀. 또는 부(賦)의 열셋째와 열넷째의 두 글귀를 이른다.

"떨어지더라도 이런 시제(試題)를 만나면 이런 구(句)를 써야만 노론의 습기(習氣)와 성벽(性癖)이 있는 것이니, 나는 꼭 쓰겠네."

그리고는 시권을 냈다.

당시 삼종숙(三從叔: 李德重, 1702~?) 감사공(監司公)도 이 구를 썼다. 이날 고관은 사람을 편파적으로 골라 뽑았는데, 노론 한두 명을 뽑아 줘서 책임을 면하려고 했다. 다만 누군지도 모른 채 우리 중부와 종숙의 시권을 보고 곧바로 '삼하(三下)'라 썼다. 이 방(榜)에는 모두 스무 명이 들었는데, 우리 중부와 종숙 말고는 더 이상의 노론은 없었다.[4]

---

4 1727년(영조3)에 완성된 『숙종실록』은 노론의 주도로 편찬되었기에 소론은 공정성에 문제를 제기했다. 소론은 『숙종실록』의 개수를 청하게 되었고, 노론은 당연히 반대하는 입장이었다. 이때 영조는 보궐(補闕)만 허락하여 1728년 3월에 『숙종실록보궐정오(肅宗實錄補闕正誤)』가 완성된다. 아울러 시제로 등장한 『숙묘보감』은 소론인 윤순(尹淳, 1680~1741)의 주도로 완성된 것이다. 노론인 이태중은 이미 완성된 『숙종실록』을 다시 거론한 것에 대해 불만이었고, 시제로 등장한 『숙묘보감』에 대해서도 호의적인 입장이 아니었을 것이다. 그렇기에 '별록에 대의가 있다'는 것은 『숙종실록』을 개수하려는 (『숙묘보감』은 1730년 5월 6일에 완성되었고, 이 시험은 같은 해 2월 15일에 치러졌다) 소론의 행태에 대한 조롱적 표현이라 할 수 있다. 이 시험의 합격자는 문과 방목에 의하면 다음과 같다. 李時熙, 李山培, 尹敬龍, 李顯良, 趙榮國, 李重寅, 金始燁, 鄭履儉, 宋敎明, 洪正輔, 成範錫, 李德重, 曺命敬, 沈埜, 李錫福, 李元煥, 朴師昌, 李台重, 鄭廣運, 洪重一.

19

시권을 늦게 내는 폐단

반상(泮庠)의 제술시(製述試)에서 유생들이 한가롭게 담소하며 시권을 늦게 내는 일을 고상한 멋으로 여긴 것은 그 유래가 오래되었다.

홍계적(洪啓迪, 1680~1722)[1] 공이 대사성으로 있을 때 승보시(陞補試)를 실시했다. 정읍(庭揖)[2]을 행한 뒤 시제를 내걸어 평정건(平頂巾)[3]을 쓴 두 서리에게 월대(月臺) 위에 나누어 세우게 했다. 수많은 아방(亞房) 사령들이 온 시험장으로 퍼져나가자, 공은 크게 외쳤다.

"유생이 시권을 늦게 내는 것이 여러 해 동안 고질적인 폐단이었다. 오늘 반드시 이 폐단을 바로잡을 것이니 많은 유생들은 모름지기 이런 뜻을 잘 알아, 반드시 정해진 시간 내에 시권을 내도록 하라. 오시(午時)가 지나면, 이적선(李謫仙: 李白)과 소동파가 다시 살아나서 그 글이 구슬이나 비단 같이 훌륭하다 해도 결코 성적을 매기지 않

---

1 본관은 남양(南陽), 자 혜백(惠伯), 호는 수허재(守虛齋)이다. 대사헌으로 있을 때 노론의 선봉이 되어 귀양 갔다가 역모 가담죄로 문초를 받던 중 옥사했다. 문집에 『수허재유고』가 있다.
2 성균시(成均試) 때, 정부(政府)·관각(館閣)의 당상관들이 의자에 앉으면, 모든 유생이 뜰에 들어와 읍(揖)을 하던 일이다.
3 각 사(司)의 서리가 머리에 쓰던, 앞이 낮고 뒤가 높아서 턱이 진 두건 모양의 관모다.

을 것이니, 온 장내에서는 잘 알도록 하라."

유생들은 이를 듣고 모두 마주 보고 냉소했다. 어떤 이는 부채로 얼굴을 가리고 자고, 어떤 이는 장자(莊子)와 사마천(司馬遷) 및 당송팔대가의 책을 펼쳐 크게 읽으며 진한(秦漢) 이래 문장 짓는 지름길에 대해 같이 논하고, 어떤 이는 작년 가을 풍악(楓岳)과 해산(海山)의 장관을 유람했던 일을 말하면서 글을 구상하여 지을 뜻이 조금도 없었다.

곧 오시(午時)의 반이 지났을 때, 한 유생이 시권을 냈다. 홍공은 곧장 '이하(二下)'라 쓰고 휘장(揮場)하며 크게 외쳤다.

"1천(一天)[4]에 '이하'가 나왔으니, 유생들은 잘 알도록 하라."

유생들은 서로 쳐다보며 안색이 변했지만, 여전히 힘써서 글을 빨리 완성할 생각이 없었고, 편안하고 한가로운 이전의 태도는 변함없었다. 조금 뒤 다시 한 유생이 시권을 내자, 홍공은 또 '이하'를 써서 휘장하며 말했다.

"2천(二天)에서 또 '이하'가 나왔으니, 유생들은 잘 알도록 하라."

이때부터 점점 시권을 내는 자가 줄을 이어 끊이지 않았는데, 연달아 '이하' 혹은 '삼상(三上)'을 쓰고 차례대로 휘장하며 말했다.

"높은 등수가 이미 많이 나왔다. 이후에 내는 시권은 '차상(次上)' 외에 다른 등수는 없을 듯하니, 유생들은 잘 알도록 하라."

이에 온 시험장의 유생들이 허둥대기 시작하여 마치 북쪽 오랑캐가 압록강을 건너고 왜구가 대마도를 건너온다는 소식을 들은 듯했고, 또

---

4 시험이 끝난 후 답안지를 거두어들여 정리하는 과정을 작축(作軸)이라고 한다. 답안지를 열 장씩 한 축으로 묶어 순서대로 '천자축(天字軸)', '지자축(地字軸)' 등으로 이름 붙이며, 열 장짜리 한 축의 시권을 앞에서부터 '1천(一天)', '2천(二天)', '3천(三天)'과 같은 방식으로 자표(字標)를 매겼다.

큰 바다 가운데서 뱃사공이 갑자기 광풍을 만난 것처럼 모두 갈팡질팡하며 초고도 짓지 않고 시권을 펼쳐 날듯이 써나가니, 옥석을 가릴 겨를도 없이 황급히 써서 앞다투어 시권을 내는 것이었다.

시권을 다 거두고 시각이 정오(正午)의 말미가 되었을 때, 홍공은 그제야 가장 잘된 작품 몇 편을 골라 뽑아 '이상(二上)'과 '이중(二中)'이라 쓰고, 나머지는 그 우열을 비교해서 차례대로 나누었다. 방목을 낸 후 홍공이 말했다.

"오늘 일찍 낸 시(詩)와 부(賦)가 예전에 촛불 아래에서 고심하며 지은 작품보다 못하지 않다는 것을 내 알았다."

홍공이 대사성으로 있을 때, 많은 유생 중에 시권을 늦게 내는 옛 폐습(弊習)을 감히 따라 하는 자가 더는 없었다.

20
대필한 시권

숙종 갑술(甲戌: 1694)년에는 남인(南人)이 정국(政局)을 담당하고 있었다. 사학 교수(四學教授)들이 사등학제(四等學製)[1]를 시행하고 나니, 방(榜)마다 남인 아홉 명에 서인은 한 명이어서 뽑힌 서인들이 도합 열여섯 명이었다. 이해 겨울 남인들이 모두 출거(黜去)[2]되고, 청성(淸城)[3]이 대사성이 되어 합제(合製)를 실시하려고 했다. 어느 날 청성은 다른 이의 소개를 통해 그 열여섯 명 중 한 명을 불러들여 물었다.

"당신의 문필(文筆)은 어느 정돕니까?"

그는 답했다.

"평범하여 남보다 나을 것은 없으니 그저 남들과 같을 뿐입니다."

"평범한 것을 스스로 좋아한다면 어찌 남보다 나아지겠습니까? 당신은 합제 시험장에서 시(詩) 여덟 수, 부(賦) 여덟 수를 지어 시간 안

---

1 춘등(春等), 하등(夏等), 추등(秋等), 동등(冬等)의 학제이다.
2 갑술환국(甲戌換局)을 말한다. 1694년(숙종20) 폐비민씨복위운동을 반대하던 남인(南人)이 화를 입어 실권하고 소론과 노론이 재집권하게 된 사건이다.
3 미상이다. 1694년(숙종20) 겨울 즈음에 대사성은 수촌(睡村) 이여(李畬, 1645~1718)로 청성(淸城)이란 명칭과 연관성을 찾을 수 없다.

에 시권을 낼 수 있겠습니까?"

"할 수 없습니다."

"열여섯 개의 시권을 필사(筆寫)할 수는 있겠습니까?"

"그것이라면 죽을힘을 다하여 해볼 만합니다."

"시와 부, 각 한 구씩을 한번 써보십시오."

그 사람이 이내 그것을 쓰자 청성이 말했다.

"합제일(合製日)에 당신은 자신의 글을 짓지 말고 열여섯 개의 시권을 필사만 하십시오."

그 사람은 시험장으로 가 열다섯 명의 시권을 필사하고, 열다섯 명이 힘을 합해 자신의 시문을 짓도록 요구해서 그것을 제출했다. 청성은 이 열여섯 명의 사람만을 뽑아서 출방(出榜)했다.

21

뇌꼴 같은 첫인상

목곡(牧谷) 이상서(李尙書: 李箕鎭, 1687~1755)[1]는 택당(澤堂: 李植, 1584~
1647)의 증손이고, 외재(畏齋: 李端夏, 1625~1689)의 종손이며 수촌(睡
村: 李畲, 1645~1718)의 조카이다. 몸가짐을 단속하고 문장이 훌륭하여
사우(士友)들이 모두 기대했으며 명성이 자자했다. 정유(丁酉: 1717)년
가을, 인천(仁川) 윤심재(尹心宰, 1701~?) 어른이 종형인 임재공(尹心衡,
1698~1754)을 따라 처음 승보시를 치는 시험장에 들어갔다. 많은 유생
들이 이제 막 하연대(下輦臺)[2]에 모여 문이 열리길 기다리고 있었다. 인
천공이 임재공에게 말했다.

"군범(君範: 李箕鎭의 字—옮긴이)이 응당 오시겠지요?"

임재공이 말했다.

"반드시 들어오실 것이네."

---•---

1 이기진(李箕鎭)의 본관은 덕수(德水)이며, 자는 군범(君範), 호는 목곡(牧谷)이다. 이인좌의
  난 때 대사성을 지냈으며, 동지사(冬至使)로 청나라에 다녀왔다. 저서에 『목곡집』이 있다.
2 가마[輦]를 타고 오던 임금이 가마에서 내리는 지점으로, 주변보다 지대가 높기 때문에 '대
  (臺)'라고 한 것이다. 참고로, 명륜당(明倫堂)의 대문은 동재(東齋)의 남쪽에 있는 동향의 두
  칸 문인데, 하연대의 위치는 이 문의 바깥, 중석교(中石橋)의 안에 해당한다.

"군범이 오시면 형님은 꼭 알려주셔야 합니다."

"알겠네."

해가 점차 높아지자 향교(香橋: 성균관 입구에 있는 다리—옮긴이) 밖에서 말, 나귀, 노새를 타거나 걸어오는 자들과 경박한 자, 점잖은 자, 단정한 자들이 삼삼오오 또는 십백(十百)으로 무리 지어 모두 연대(輦臺) 아래 모여들었다.

가장 늦게 온 어떤 유생은 몸집이 미륵(彌勒)처럼 퉁퉁했고, 몸에는 무명으로 된 푸른색 도포를 걸치고 있었는데, 진땀을 줄줄 흘리고 숨이 차 헐떡이며 연대 위에 섰다. 임재공이 일어나 그에게 읍하며 말했다.

"노형께서 어제 동상(東庠)의 방(榜)에서 또 낙방하셨으니 안타깝습니다."

그 사람이 말했다.

"날마다 낙상(落傷)하여 장차 어혈이 종기로 곪는 지경을 면치 못할 듯하네."

그리고 몸을 돌려 사람들이 모여 있는 연대(輦臺) 아래로 가버렸다.

인천공이 말했다.

"방금 형님이 일어나 읍했던 자는 누구입니까?"

"그이가 군범이다."

"제가 군범의 명성을 질리도록 듣고 항상 한번 뵙고 싶었는데, 지금 보니 바로 뇌골(餒骨)【뇌골은 어긋나서 시체(時體)에 맞지 않는 것을 뜻하는 우리나라 사람들의 방언이다】이었군요! 형님은 어째서 매번 군범, 군범 하셨습니까? 군범의 뒤에서 무명 봇짐을 걸머지고 있는 유순한 총각은 누구입니까?"

"군범의 서자(庶子)다."

"봇짐 속 물건은 무엇이고요?"

"군법의 서책이지."

인천공이 박장대소하며 말했다.

"만고천하 어디에 서자를 거느리고 승보 시장(試場)에 들어오는 명하사(名下士)가 있답니까? 단지 여주(驪州)[3]의 약정(約正)[4]일 뿐이니, 이제부터 형님은 군법에 대해 말하지 않는 것이 마땅합니다."

이 해 가을 목곡은 합제 초시에 급제하고 회시에도 급제하여 다음 병인(丙寅, 1746)년에 평안도 관찰사로 나갔다. 인천공은 강서 현령으로 제수되어 아버지 포암공(圃巖公: 尹鳳朝, 1680~1761)을 모시고 부임했는데, 임재공이 포암공을 뵈러 서쪽 관아에 들렀다. 갔다 돌아오는 길에 인천공이 임재공을 전송하려고 함께 평양(平壤)으로 갔는데, 목곡공이 임재공과 인천공을 맞이하여 연광정(練光亭)[5]에 올라 크게 풍악을 베풀었다.

술이 거나하게 취하자, 임재공이 인천공에게 목소리를 낮춰 넌지시 물었다.

"경이(敬以: 尹心宰의 字—옮긴이), 여주의 약정이 지금은 어찌 되었는가? 내 자네가 정유년 가을 하연대 옆에서 했던 말을 군범에게 들려주고 싶군."

---

3 군범 이기진의 집이 경기 여주에 있었다.
4 약정은 조선시대 향약 조직의 임원이다. 수령이 향약을 실시할 때 보조적인 역할을 하였고 실무적인 면에서는 중추적인 위치에 섰다.
5 평양부의 대동강가 덕암(德巖) 위에 있는 정자 이름으로, 감사 허굉(許硡, 1471~1529)이 지었다고 한다. 관서팔경(關西八景) 중 하나로, 제일루대(第一樓臺), 만화루(萬和樓) 등으로도 불렸다.

인천공이 머리를 숙이고 손을 내저으며 말했다.

"형님, 이 무슨 말씀입니까? 젊을 때 함부로 말한 것을 후회해도 소용없군요."

22

경지에 도달한 글짓기

~~

강(姜) 빙군(聘君)[1]은 사간(司諫) 이민곤(李敏坤, 1695~1756)[2]과 여러 해 공
거문을 함께 공부했다. 어느 해 증광 초시(增廣初試) 초장(初場)에서 자
리를 같이하고 앉아 '논(論)'을 짓는데, 이공이 강공 초고의 기두(起頭)
일고여덟 줄을 보고 이내 자리를 옮겨 다른 곳으로 가려고 했다.

강공이 말했다.

"후이(厚而: 李敏坤의 字─옮긴이), 갑자기 왜 따로 앉으려는 겐가?"

그러자 이공이 말했다.

"지금 자네의 기두를 보니, 내가 지어봤자 그에 못 미칠 것을 분명히
알겠군. 오늘 시험장에서는 '논'과 '의(疑)' 각 한 수씩만을 뽑는데 많
이 뽑아도 각 두 수에 불과하니, 내 차라리 '의'를 지어서 내겠네."

그리고는 일어나 다른 곳으로 가 '의'를 지어서 시권을 안고 현제판

---

1 강 빙군은 이운영의 후처인 진주강씨(晉州姜氏)의 아버지 강규환(姜奎煥, 1697~1731)이다.
   강규환은 『영미편』 하, 「단설」 15에서도 주인공으로 등장한다.
2 본관 전주(全州), 자 후이(厚而), 호 임은(林隱)이다. 보령현감·헌납 등을 지냈다. 탕평책을
   반대하다 유배되어 유배지에서 죽었다. 후에 도승지로 추증되었다.

(懸題板) 아래로 갔다. 강공은 이미 '의심(疑心)'[3]의 시권을 가지고 있었다. 한창 외치며 답안지를 다 거두어들이고 나자, 이공이 괴이하게 여겨 강공에게 물었다.

"자네는 좀 전에 '논'을 지었는데, 지금 또 '의심'의 시권을 가져온 것은 어째서인가?"

"아까 '논'은 계부(季父)에게 지어 드린 것이니, 지금 이 시권이 내 시권일세."

이공이 강공의 시권을 가져 와 읽고 말했다.

"오늘 장은 내 헛걸음 했으니, 종장(終場)에서 힘써볼 것이네."

중장(中場)과 종장을 치르며 두 공은 같이 공부하여 시권을 지어냈다. 출방(出榜)하자 강공은 삼장 장원(三場壯元)을 이루었고 이공은 책문(策問)으로 2등을 차지했으며, 강공의 계부인 진사 주우(姜柱宇, 1685~?)씨도 우등으로 합격했다.

과문(科文)이 비록 얄팍한 기예지만, 과문을 짓는 것이 이 정도 경지까지 도달할 수 있다면 이 또한 유쾌한 일일 것이다. 강공은 경술(經術)을 고수했지만, 성력(星曆), 지리(地理), 병가(兵家) 등의 글들도 두루 알아 한 시대에 높은 명성이 있었다. 그러나 술을 지나치게 좋아해 병이 나서 끝내 대과(大科)에는 급제하지 못하고 마흔이 되기 전에 생을 마쳤다.

---

3 '의심'은 의심경의(疑心經義)를 이르는 듯하다. 『광해군일기〔중초본〕』 56권, 광해 4년 8월 20일 기사에 "생원시의 의심경의(疑心經義)에 있어서 덩달아 베끼는 폐단에 대해서는 전일에 대간의 계사와 묘당과 관각(館閣)에서 이미 갖추 진달하였습니다"라는 내용이 보인다.

23

자랑스럽지 않은 장원

유생(儒生) 아무개는 수년간 반상(泮庠)에서 시험을 치르면서, 평생의 간절한 소망이 시험장에서 마지막 축(軸), 마지막 장(張)으로 시권을 내는 것이었다. 그러나 그렇게 할 수가 없었다.

경신(庚申: 1740)년 팔초(八抄)인가 구초(九抄)의 시험장에서 구상이 꽉 막혀 삼경(三更) 후에야 겨우 글을 완성하여 시권에 썼는데, 장내를 보니 텅 비어 사람이 없었다. 그는 비로소 숙원(宿願)이 이루어졌다며 몹시 기뻐했다. 그러나 아직 컴컴한 곳에 사람이 있을까 걱정되어, 오른손에는 시권을 쥐고, 왼손에는 등불을 들고 은행나무 밑, 동서 월랑(月廊), 명륜당 뒤편과 뒷간과 부엌에 이르기까지 두루 돌아봤지만 한 사람도 없었다. 이에 빨리 가서 시권을 내려고 했다. 시권을 걷는 아전은 평정건(平頂巾)을 벗고 몸을 새우처럼 구부린 채 기둥 사이에서 자고 있었고, 아방(亞房) 사령 몇 사람도 머리를 두 무릎에 파묻고 우레처럼 코를 골고 있었다. 기둥 사이에서 자고 있던 아전을 흔들어 깨워 시권을 내려 하자, 아전은 그제야 두 눈을 비비고 시권 끝에 '9월(九月)'[1] 두 글자를 쓰고 말했다.

"오늘은 시권을 거둔 것이 이상하군요. 이 서방님이 시권을 내시면

'월자축(月字軸)'이 꽉 차서 딱 수백 장이 되겠습니다."

유생은 깜짝 놀라 물었다.

"닭이 곧 울려고 하네. 아직도 시권을 안 낸 자가 있단 말인가? 이 서방은 어떤 사람인가?"

"새문〔新門〕 밖 반지(盤池)가의 이 서방님은 이름이 광려(李匡呂, 1720~1783)[2]인데, 그분이 아직 시권을 내지 않았습니다."

유생은 다시 물었다.

"그는 어디에 있는가?"

"지금 대청 아래에 있습니다."

유생이 앉아서 어둠 속을 뚫어지게 보니 희미한 불빛이 거적 밖으로 새어 나왔다. 그가 거적을 걷고 들어가 보니, 이(李)는 무명천을 온몸에 두르고 시권지를 펼쳐 켜켜이 쌓인 앞 시권 위에 놓고 있었다. 모든 시권에는 이미 시구가 쓰여 있었지만, 매 구절마다 한 자, 혹은 두세 자가 비어 있었다. 그는 고심해서 글자를 찾고 퇴고하여 적당한 글자를 얻으면 빈 곳에 써넣고, 피곤하면 불을 끄고 누웠다.

유생은 나와서 대청 앞에 앉아 그의 동정을 살폈는데, 한참 뒤 이(李)는 아이종을 불러 불을 들게 했다. 유생이 또 들어가 보니 그는 다

---

1 시험이 끝난 후 답안지를 거두어들여 천자문의 순서대로 정리하는 과정을 작축(作軸)이라고 한다. 답안지를 열 장씩 한 축으로 묶어 순서대로 '천자축(天字軸)', '지자축(地字軸)' 등으로 이름 붙이며, 열 장짜리 한 축의 시권을 앞에서부터 '1천(一天)', '2천(二天)', '3천(三天)'과 같은 방식으로 자표(字標)를 매겼다. 9월(九月)은 '월자축(月字軸)'의 열 장의 시권 중 아홉 번째 거둔 시권이다.

2 이광려의 본관은 전주(全州), 자 성재(聖載), 호는 월암(月巖)·칠탄(七灘)이다. 친척인 이광사 등과 함께, 조선의 대표적인 양명학자인 정제두의 학문을 이어받은 강화학파의 일원이었다. 문집에 『이참봉집』이 있다.

시 고심하며 적당한 글자를 찾아 써넣고, 또 불을 껐다. 이렇게 일고여덟 차례나 하자 유생은 지루함을 견디지 못해 더는 들어가 보지 않고 나와서 있던 곳으로 돌아왔다. 그러나 그의 작품에 탄복할 부분이 많은 것을 보고 그가 이번에 반드시 장원을 하리라 생각했다.

그런데 방(榜)이 나오고 보니 자신이 장원을 차지하고 그의 이름은 방에 없었다. 유생은 몹시 괴이하게 여겨 며칠 뒤 자신의 시권과 시권 뒤에 '월(月)'자가 쓰인 축을 찾아보았다. 비로소 이(李)가 당일 백지 시권을 냈음[曳白]을 알게 되니, 자신이 마지막 장(張)으로 내어 차지한 장원을 스스로 자랑스럽게 여기지 않았다.

24

내가 합격한 이유

병인(丙寅: 1746)년 가을, 나는 승보시(陞補試) 재초(再抄)에 응시했다. 대사성은 남태량(南泰良, 1695~1752)이었고 시제는 '군왕이 가생(賈生)을 박대했다 말하지 말라[休道君王薄賈生]'[1]였다. 저물녘에 시권을 내고 시험장을 두루 다니며 다른 사람들의 시구를 보고 있었는데, 참판 홍재(洪梓, 1707~1781)[2]가 명륜당 뒤편에 앉아 한창 수염을 꼬아가며 고심하고 있었다.

홍 대감의 생질인 김정례(金正禮: 金履安, 1722~1791)는 남태량과 혐의(嫌疑)가 있어 시권을 내지 않고, 대신 외삼촌을 위해 시권을 필사하려고 시권지를 세 겹으로 넓게 접어 땅에 펴놓고 종이 위 여백 부분을 펼쳤다. 그리고는 붓을 적셔 붓대를 잡고서 홍 대감이 적절한 시구를 얻길 기다리고 있었다.

---

1 한나라 가의(賈誼)는 어린 나이에 태중대부(太中大夫)로 발탁되어 대대적인 개혁을 주장하다가 대신들에게 참소를 입었다. 그리하여 장사왕(長沙王)의 태부(太傅)로 좌천되어 서른셋의 젊은 나이에 죽었다. 『한서』 권48, 「가의전」.
2 자는 양지(養之), 본관은 남양(南陽)이다. 1753년(영조29) 문과에 급제, 대사성에 이르렀으며, 동지 부사(冬至副使)로 청나라에 다녀왔다. 글씨에 능했다.

홍 대감이 고심했으나 쉽게 쓰지 못하고 있을 때, 내가 정례에게 전체를 활짝 펼쳐 보여주길 청했는데, 그 첫 구는 다음과 같았다.

"상강(湘江)은 유유하니, 그대는 조문하지 말라. 서경(西京)은 화평하여, 남형(南荊)이 아니라네〔湘水悠悠君莫吊, 西京愷悌非南荊〕."

전편이 원만하고 고상하며 경구(警句)가 많아, 나는 심히 부러워 감탄하며 이번 방(榜)에는 필시 홍(洪)이 장원일거라 생각했다.

그런데 방이 나오자, 나는 뽑히고 홍은 낙방해서 내심 괴이하게 여겼는데, 나중에 홍이 백지 시권을 냈음〔曳白〕을 듣게 되었다. 나는 그가 쓴 열여덟 구를 곁에 서서 곁눈질하는 자들을 보고, 잠시 뒤 걸어 나와 10리를 가 성문을 나왔다. 홍 대감이 고심하며 퇴고하고, 끝까지 회제(回題) 아래 한두 구절을 소홀히 하지 않았던 점이 내 마음속에 지금까지도 풀리지 않는 의문이다.

25

연날리기와 시험성적

갑자(甲子: 1744)년에 나는 승보시(陞補試) 팔초(八抄)에 응시했다. 은행나무 아래에 오줌을 누는데, 갑자기 연 하나가 담장 밖에서 날아들어 점점 아래로 떨어졌다. 내가 몸을 날려 실을 낚아채 슬슬 당기자, 올라가던 실이 짧은지라 공중으로 겨우 한 길(丈) 남짓 떠오르다가 결국 땅으로 떨어졌다. 나는 곧 몸을 돌려 돌아왔는데, 대사성이신 진암(晉菴)이 상공(李天輔, 1698~1761)[1]이 내려다보시며 껄껄 웃으셨다.

이날 방에서 나는 '삼중(三中)'을 얻었는데, 이전에 나의 참방(參榜) 성적은 매번 '삼하(三下)'와 '차상(次上)' 사이였다. 이날 지은 것이 전날보다 낫지 않은데도 등급이 한층 높아진 것은 아마도 이공께서 어릴 때부터 연에 대해 벽(癖)이 있었기에, 내가 연 날리는 것을 보고 기뻐 상을 내리신 것일 것이다.

---

1 이천보의 본관은 연안(延安), 자 의숙(宜叔), 호 진암(晉菴), 시호는 문간(文簡)이다. 이조판서 · 병조판서. · 우의정 · 좌의정을 거쳐 영의정에 승진된 후 돈령부영사로 전임했다. 1761년 재차 영의정이 되었으나 지병으로 숨졌다. 문집에 『진암집』이 있다

26

윤면승 이름 놀리기

기사(己巳: 1749)년 승보(陞補) 시험장에서 나는 윤체건(尹體健: 尹勉升, 1720~?)[1]과 자리를 같이하고 앉았다. 체건이 막 칼로 비봉(秘封)을 잘라 자신의 이름을 쓰고 있을 때 한 친구가 지나가며 그를 놀렸다.

"지루하군. 윤면승! '승(升)'자에 무슨 좋은 뜻이 있기에 취하여 이름으로 삼았는가? 매번 방에서 '차상(次上)' 윤면승이니, 그 이름만 보아도 지루하구먼."

체건의 처남인 유원지(柳元之, ?~?)가 말했다.

"자네가 말하지 않아도 이 형님은 내년에는 반드시 개명할 걸세."

"그걸 어찌 아는가?"

"이 형님의 본명은 '두(斗)'자인데, 과거(科擧) 공부를 하고자 하는 생각으로 '화(禾)' 변(邊)의 '두(斗)'자를 취하여 이름을 지었네. 그런데 나이가 많이 들어 과거는 가망이 없자, 그저 승보 초시라도 하고 싶

---

1 윤면승(尹勉升)의 본관은 파평(坡平), 자는 순지(順之)·체건(體健)이다. 1767년(영조43)에는 경희궁 숭정전에서 성균관 유생들에게 시험을 보였는데 이때 윤면승이 수석을 차지했다. 1769년 2월에 사헌부지평에 제수됨으로써 삼사의 요직을 시작했다.

은 마음에 '두(斗)'를 '승(升)'으로 바꾸었지. 지금은 승보 초시도 가망이 없고 바라는 것은 그저 합제(合製) 초시일 터이니, 내년에는 필시 '승(升)'을 '합(合)'으로 바꿀 걸세. '말[斗]'에서 '되[升]'가 되고, '되[升]'에서 '홉[合]'이 되어, 줄고 또 줄었으니, 이 형님의 만사(萬事)도 점점 더 시들시들해질 테지."

그러자 듣는 사람들이 모두 포복절도 했다. 10년 후 체건은 진사가 되고 급제도 해서 지금은 옥관자(玉貫子)를 하는 당상관이 되었다. 아! 구천에서 다시 살아나올 수 없으니, 체건은 원지에게 귀해진 것을 생색내고 자랑할 수 없구나.

27

훔쳐 쓴 시구

봉조하(奉朝賀) 대부[1]께서 한 번은 이런 얘길 해주셨다.

"내가 소싯적에 승보장(陞補場)에 들어가 시제를 보고 구상이 꽉 막혀 한참이 지나도록 첫 구도 짓지 못했다. 그러다가 문득 지척에 앉아 있던 윤순(尹淳, 1680~1741)[2]이 기초(起草)한 것을 봤는데, 그 첫 구가 흠이 없고 쓸 만하더군. 내가 즉시 내 시권에 옮겨 적자, 윤이 쳐다보고 말했지.

'자네는 어찌 남의 시구를 훔치는가?'

'이 구가 자네가 지은 것인가? 예부터 시인의 생각은 매한가지라는 말이 있네. 자네가 이런 구(句)를 지을 수 있는데, 나라고 이런 구절을 짓지 못하겠는가? 때마침 자네가 이 구를 짓는 상황에 나도 이 구절을 지었을 뿐인데, 자네는 어찌 내가 시구를 훔쳤다고 하는가?'

그러자 윤은 크게 웃고 더 이상 아무 말 안 하더군."

---

1 이운영의 족조(族祖)인 이병상(李秉常, 1676~1748)이다.
2 본관은 해평(海平), 자 중화(仲和), 호 백하(白下)·학음(鶴陰)이다. 송나라 미남궁체(米南宮體)를 잘 쓰는 당대의 명필이었다. 문집에 『백하집』, 글씨에 『백하서첩(白下書帖)』, 「고려산적석사비(高麗山積石寺碑)」(江華), 「영상홍서봉비(領相洪瑞鳳碑)」등이 있다.

28
야단법석 청파접

⌘

무인(戊寅: 1758)년 승보시(陞補試)에서 나는 김정례(金正禮: 金履安, 1722~1791)와 자리를 같이하고 앉았다. 매번 해가 질 때쯤 청파접(靑坡接)[1]의 한 부대가 떼로 와서 사방을 둘러싸고 서서 우리가 지은 글을 곁눈질로 보곤 했는데, 정례는 이것을 견딜 수 없이 괴로워했다.

나도 시권을 낸 다음 그들의 동정을 살피러 가곤 했는데, 정례는 번번이 내가 어디를 가는지 물었다.

내가 말했다.

"청파접을 보러 간다네."

"그들은 어디에 있는가?"

"동쪽 월랑 넷째 칸에 있네."

"볼 만한 것이 있나?"

"장관(壯觀)이지! 어찌 볼 만할 정도뿐이겠는가?"

---

1 청파는 동접(同接)의 이름이다. 시험장에서 유생들은 여러 명이 동접을 이루어 시험을 치렀는데, 한 사람이 먼저 답안을 제출하고 다른 사람들의 답안 작성을 도와주거나 제출된 답안을 이용하여 여러 장의 답안을 작성하는 일이 흔히 있었다.

정례가 말했다.

"나도 시권을 내고 보러 가겠네."

그러나 정례는 매번 사, 오경쯤에 시권을 냈기 때문에 이제껏 한 번도 보러 갈 수 없었다. 제10초(抄)에서 정례는 삼경 말에서 사경 초쯤 시권을 내고 서책과 붓, 벼루를 정리하고 있었다. 드디어 내가 말했다.

"오늘은 자네가 일찍 냈으니, 청파접을 보러 갈 수 있겠군."

정례는 "좋지!"라고 하더니 몸을 일으켜 가서 한원례(韓文洪, 1736~?)를 불러 함께 동쪽 월랑으로 갔다.

이때 신사원(申史源, 1732?~?), 최훤(崔烜, 1732~?), 이한경(李漢慶, 1729~1772), 신맹권(申孟權, 1730~?) 등의 무리 열두세 사람이 촛불 네댓 개를 밝히고 동시에 시권을 펼쳐 쓰고 있었는데, 이제 쓰기 시작하는 자도 있고, 반쯤 쓴 자도 있고, 거의 다 써가는 자도 있었다. 그들이 쓰는 붓은 대부분 망가지고 닳은 수필(水筆)[2]이었다. 간혹 새로 묶은 족제비 꼬리털을 가져와 칼로 뾰족한 끝을 잘라내고 쓰는 자도 있고, 얇지도 두껍지도 않은 서찰 종이를 굵은 대추씨 크기로 손끝으로 단단히 말아, 대롱에 꽂고 먹물을 적셔 종이에 휘갈기는 자도 있었다. 그 글자는 크기가 손바닥만 했고, 어떤 획은 검은 절굿공이 같고 어떤 획은 마른 나뭇가지 같아 모두 해괴하기 이를 데 없었다. 그들은 한 구절을 쓸 때마다 시권을 들어 주변에 보여주며 말했다.

"어떠한가?"

갑(甲)은 "자네가 너무 뛰어나니 나는 붓을 놓겠네"라 하고, 을(乙)은

---
2 촉을 항상 물에 담가 두어 물기를 말리지 않고 쓰는 붓이다.

"매우 쳐야겠군. 칭찬하자면 청천(靑天)에 우뚝하고, 비방하자면 황천 (黃泉)에 묻히겠지"라고 하니, 그 품평하고 때리고 야유하는 모습과 언 행이 우리와는 매우 달랐다. 그중에는 누워서 달게 자는 자도 있었는 데, 그 볼기를 주먹으로 쳐서 불러일으키면 자던 이는 눈을 비비고 다 리를 쭉 뻗으며 일어났다.

어떤 이가 말했다.

"내 어제 저물녘 양천(陽川) 땅엘 갔다가 승보시 포고(布告)를 듣고 칠흑 같은 밤에 30리를 걸어왔더니, 발이 부르트고 물집이 잡혀 몹 시 아프네. 누가 주머니에 침(針)을 갖고 다니는 이 있는가? 내 물집 좀 터트려주게."

누군가 말했다.

"나한테 말을 치료하는 침이 있네. 자네는 버선을 벗고 다리를 들어 보게."

그러자 몇 사람이 그 사람의 버선을 강제로 벗기고 모로 눕혀 발을 드러냈고, 한 사람이 작은 침으로 물집 잡힌 곳을 찔렀다. 그 사람이 크게 아프지 않은데도, 짐짓 크게 아이고! 라고 외치며 앓는 소리를 내니 동접(同接)이 모두 크게 웃었다.

또 어떤 이가 말했다.

"처의 병이 매우 심해 오늘 작문에는 전혀 마음을 쏟을 수가 없네."

"자네 처의 병은 며칠 뒤에 위중해질 것이야"라고 누군가 말했다.

그 사람은 "어째서 그러한가?"라며 깜짝 놀랐다.

"요 며칠은 9초(抄)와 10초, 서학제(西學製)며 중학제(中學製)로 날마 다 분주하지만, 며칠 후 승보(陞補)와 합제(合製)가 끝난 뒤에는[3] 자 네는 처와 밤낮으로 같이 있으면서 헤아릴 수 없이 음흉한 짓을 할 터이니, 병이 어찌 위중해지지 않겠는가?"

처가 아프다던 사람은 부채로 말한 사람을 때렸고, 그 무리와 우리는 다 같이 크게 웃었다. 그리고 우리는 종 치는 소리를 듣고 몸을 돌려 나왔다.

정례는 이렇게 말했다.

"청파접은 과연 가관이구먼! 내 여러 해 반정(泮庭)에서 노닐었네만, 오늘 같은 날을 본 적 없으니 예전에 갔던 것은 모두 헛걸음이었군."

---

3 9초(抄)와 10초는 승보시의 아홉 번째와 열 번째 시험이며, 서학제(西學製)와 중학제(中學製)는 사학합제(四學合製) 시험이다. 사학합제는 성균관 대사성이 매년 사계절에 사학(四學: 中學, 東學, 南學, 西學)의 유생에게 보이는 시험으로 제술(製述)과 강서(講書)를 시험하여 성적이 우수한 사람에게 생원·진사의 복시(覆試)에 응시할 자격을 주었다.

29

촌 아낙의 아픈 봄

~

죽천(竹泉: 金鎭圭, 1658~1716)이 대사성으로 있을 때, 한 유생이 다음과
같은 부(賦) 한 구를 지어냈다.

"송옥(宋玉)의 슬픈 가을[1] 같고, 월금(越金)의 아픈 봄 같네(同宋玉之
悲秋, 類越金之傷春)."

죽천이 이 구절을 몇 번 읊조려봤지만 '월금의 아픈 봄'의 출처를 알
수 없었다. 하지만 대구(對句)가 좋았으므로 비점(批點)하고 '삼중(三中)'
을 매겼다.

방(榜)이 나오는 날 죽천은 그 시권을 소매에 넣고 초헌을 타고 직접
부를 지은 유생의 집으로 가서 '월금'의 출처를 물었다. 그 유생이 말
했다.

"'송옥의 슬픈 가을'이란 구절은 썼지만, 그 대구를 얻지 못하고 있
었는데, 해가 점점 지니 백지 시권을 낼까(曳白) 두려워 마음대로 지어

---

1 송옥은 전국시대 초(楚) 경양왕(頃襄王) 때 대부로, 사부(辭賦) 작품을 남겼다. 굴원의 제자
라고 알려져 있다. 작품으로 「구변」이 전해지며, 그 첫 구에 "슬프구나, 가을의 기운이여!"라
고 했다. 이 때문에 후대에 송옥은 가을을 슬퍼하고 번민하는 대표적 인물로 여겨졌다.

내어 쓴 것이기에 고사(古事)가 없습니다"라고 말했다.

죽천이 웃으며 말했다.

"고사가 없는 것을 지어내어 쓴 것이 고사가 있는 듯하니, 이것이 더 어려운 일이다. 지어냈다 하더라도 필시 그렇게 쓴 까닭이 있을 터이니, 그대는 말해보라."

"우리 마을에 '월금'이라는 촌아이가 있었는데, 몇 해 전에 요절했습니다. 아이의 어미는 못내 슬퍼했지만, 촌 아낙이 아이가 죽은 날을 기억하지 못하여 매년 봄, 앞 들판의 풀이 푸르러지면 꼭 '월금'을 부르며 '네가 이맘때 갔구나!'라고 곡을 합니다. 그래서 우연히 그 일이 떠올라 쓴 것입니다."

"이런 일이 있었기에 그대가 이런 구절을 쓸 수 있었던 것이지, 이런 일이 없었다면 그대가 꾸며내 쓰는 것을 잘한다 해도 이렇게 할 수는 없었을 것이다."

30

백지 시권 내기

나는 감시(監試)를 한성시(漢城試)라고 부르는 것에 대해 미심쩍은 적이
있었다.

마침 조보(朝報)를 보다가 옆 사람들에게 물었는데, 봉조하 대부(李
秉常, 1676~1748)께서 웃으며 말했다.

"너 같은 후생(後生)은 모른다. 옛날에 감시를 한성부(漢城府)[1]와 동
학(東學)에서 열었기 때문에 그리 부르는 게다."

"한성부도 좁아서 장(場)을 열기 어려운데, 더구나 동학에서 어찌했
습니까?"

"옛날에는 너처럼 어리고 글이 능숙하지 않은 자는 애초에 장에 들
어오질 못해서 인사(人士)들이 그리 많지 않았지. 어릴 때 동학과 담
장을 사이에 둔 집에서 살 때가 기억난다. 장이 열리는 날이 되면 나
는 종일 담장 밑에 서서 시험장 동정에 귀 기울이곤 했었다. 정해진
시간이 지나면 대청 위에서 크게 외쳐서 시간이 지났는데도 아직

---

1 조선시대에 서울의 행정과 사법을 맡아보던 관아다. 1396년(태조5)에 한양부를 고친 것으로
삼법사(三法司: 刑曹, 司憲府, 漢城府) 중 하나이다.

시권을 내지 못한 유생은 퇴거(退去)하라 했지만, 유생들은 계속 시권을 써서 반드시 장막 뒤로 넣으려고 했었지. 이럴 때면 군졸들이 세 겹으로 꼰 굵은 새끼줄의 양 끝을 쥐고 온 뜰의 유생들을 몰아냈는데, 유생은 백지 시권을 갖고 돌아오는 것(曳白)을 큰 수치로 여기고 이를 죽어도 갖고 싶어 하지 않았기에, 문을 나가자마자 발돋움해서 뛰어올라 그 시권을 담장 밖에서 던졌다. 그럴 때마다 나는 스무 장이나 서른 장 혹은 마흔여 장을 주웠는데, 반쯤 쓴 것, 서너 줄 쓴 것, 또는 점 하나도 찍지 못한 것들도 있었다. 가져와서 글자 연습을 하면 아주 좋았지. 아! 지금은 그 옛날에서 50여 년이 흘렀으니, 인사(人士)의 많고 적음, 문체(文體)의 성쇠(盛衰), 사습(士習)의 부정(不正)함이 참으로 많아졌구나."

지금 계산해보니 내가 봉조하 대부의 말씀을 들은 지 어느덧 40여 년이 흘렀다. 그 사이 온갖 것이 바뀌었으니, 달라짐을 어찌하리오. 옛사람은 백지 시권을 그대로 가지고 나오는 것을 수치로 여겼지만, 지금 사람은 도리어 정해진 시간보다 늦게 제출하거나 백지 시권 내는 것을 고상한 풍치로 여긴다. 유생의 수는 80, 90년 전보다 열 배는 되는지라 학제(學製:四學合製)를 중학(中學)과 서학(西學)에서 시행하는 것은 절대 불가능한 일인데도, 지금도 예전처럼 하며 바로 잡을 생각도 하지 않는다. 이 때문에 유생 중에는 장에 들어오지 않고 여염집에 앉아 써내는 자도 있고, 심지어 자신의 집에 앉아 써내는 자도 있다. 이는 진실로 단정치 못한 선비의 풍습이니, 양학(兩學)에서 장을 여는 것은 사리에 맞지 않다. 조정에서 이를 바로잡아 고칠 방도를 생각하지 않으니 개탄스러울 뿐이다.

31

기녀의 편지 한 통

세상에는 가짜가 진짜가 되는 경우가 간혹 있다. 예전에 제술(製述)은 잘하지만, 강(講)에는 능하지 못한 어느 조대가 동당 초시(東堂初試)에 응시하여 합격했다. 조대의 친구들은 하나같이 중요하지도 않고 확실한 결과도 나지 않은 것이라며 웃어넘겼고, 조대 역시 시험에 대해 마음 편하게 받아들이고 있었다. 그러다가 회시(會試) 날짜가 다가오자, 점쟁이에게 물어 일곱 개의 대문(大文)과 강장(講章)을 얻게 되었다. 이를 외우고 익힌 지 며칠 만에 곧 통달하게 되어 입을 열어 배강(背講)하니, 한 글자도 틀리지 않았다.

드디어 강석(講席)으로 간 조대에게 연달아 여섯 개의 강장이 출제되었는데, 모두 점사(占辭)와 똑같았다. 조대는 이미 매우 익숙하게 외우고 있던 터라 여섯 개 모두 무사히 성적을 받았는데, 일곱 번째 강장은 점사에서 말해주지 않은 것이어서 한 번도 외우지 못한 것이었다. 조대는 시장하다는 구실로 두세 차례 억지로 음식을 청했다. 장내(帳內)에서 여러 번 강 하길 재촉하자, 다시 설사병을 핑계로 측간에 가길 청했다. 응강(應講) 시관(試官)이 허락은 했지만, 부정행위를 막기 위해 군졸 하나를 대동하게 했다.

조대는 측간으로 가 앉았고 군졸은 측간 문 앞에 서 있었는데, 조대가 일부러 시간을 끌며 일어나지 않자 군졸이 독촉했다.

조대가 말했다.

"자네는 경군(京軍)인가? 향군(鄕軍)인가?"

"향군으로 서울에 번(番)을 들러 왔습니다."

"무슨 읍에 사는가?"

"모(某) 읍입니다."

"그러면 자네는 읍내에 사는가? 아니면 읍내 밖 마을에 사는가?"

"읍내에 살고 있습니다."

"읍내에 산다하니, 혹 모 기녀를 아는가?"

"압니다."

"잘 있는가?"

"잘 있지요. 그런데 생원님께서 어찌 그 기녀를 아십니까?"

"어느 해 무렵 모 사또가 그 읍을 다스리실 때, 내가 따라가 책방에서 3년을 지내며 그 기녀와 함께 지냈었지. 산과 바다에 맹세하며 정애(情愛)가 비할 바 없었는데, 길이 멀고 세월이 오래 지나 소식은 끊겼지만, 정을 잊지 못하고 있네."

"그렇다면 생원님이 혹시 모 고을에 사는 모 생원님 아니십니까?"

"그렇다네. 자네가 어찌 내 사는 곳을 아는가?"

"제가 이곳에 올 때 그 기녀가 연서(戀書) 한 통을 써 제게 주고, 막걸리 한 주발을 사서 제게 권하더니, 했던 말을 하고 또 하며 이 편지를 생원님께 전해 달라고 너무도 간곡히 제게 부탁했습니다. 허나 저도 시골 촌백성이라 처음 도성에 들어와 동서남북을 분간 못 하고 다녔으니, 어찌 생원님 집을 찾아 편지를 전할 수 있었겠습니까? 편지는 지금까지 제 주머니 속에 있습니다."

그러더니 손으로 주머니를 더듬어 편지를 꺼내 조대에게 건넸다. 조대가 다급한 손길로 뜯어보니 깨알 같은 글씨로 가로세로 마구 쓰여 있는 것이 모두 애절하게 그립다는 말이었다. 조대는 그것을 보고 또 보고, 한 번 보고 두 번을 봤다.

이러할 때, 대청 위의 서리가 멀리서 그 광경을 보고 크게 외쳤다.

"저기 측간의 강생(講生)이 종이를 펴 보는데, 군졸은 어찌 금하지 않는가?"

시관은 "아, 이 무슨 말인가?"라 하고, 서리에게 가서 그 종이를 뺏고, 강생도 속히 잡아 오라고 분부했다. 조대는 서리가 오는 것을 보고, 황급히 두 손바닥을 펼쳐 기녀의 서찰을 돌돌 말아 밤 한 알 크기로 동그랗게 만들고는, 입속에 넣어 침에 흠뻑 적셔 꿀꺽 삼켜버렸다. 종이는 빼앗지 못하고 강생만 잡아 오자 시관이 말했다.

"좀 전에 측간에서 너는 무슨 종이를 가져다 보았느냐? 강장이 아니더냐?"

조대는 말했다.

"응강이 지엄하거늘 어찌 감히 사사로이 강장을 보며, 또 어찌 앞으로 내실 강장에 대처할 수 있겠습니까? 좀 전의 종이는 소매 속에 있던 휴지로 더러운 것을 닦으려 했던 것입니다."

그러더니 휴지를 꺼내 보여줬다.

시관이 말했다.

"허튼소리! 아까 낸 강(講)할 대문은 쓸 수 없다."

그리고는 즉시 다른 대문을 출제했는데, 바로 점사에서 말해줬던 그 문장이었다. 조대는 곧바로 벼락처럼 순식간에 대문과 언석(諺釋)과장하주(章下註)를 강하니, 익숙한 길에서 가벼운 수레를 모는 듯, 언 강에서 썰매를 타는 듯 막힘이 없었다. 읽기를 마치자 시관들은 모두 서로 쳐다보고 칭찬하며 '통(通)' 생(栍)을 내주었다. 이 조대는 버젓이 명경과(明經科)에 급제하게 되었다.

32

과거에 응시한 이유

한 조대가 버젓이 동당 초시(東堂初試)에 합격했다. 응강(應講)하는 날 무리를 따라가서 강석에 오르자, 장내에서 강장(講章)을 출제했다. 조대는 서리를 돌아보며 말했다.

"내가 창자가 비어 목소리가 나오지 않으니, 내장탕을 좀 가져오게."

조대는 다 먹고 나서 말했다.

"이걸로는 부족하니 닭곰탕을 갖다주게."

또 "수육과 복어(鰒魚), 증편과 밥도 주게"라 하더니, 먹고 또 먹고 배부를 때까지 실컷 먹었다. 더는 먹고 싶은 생각이 들지 않은 뒤에야 서리를 돌아보고 천천히 말했다.

"내 배가 8, 9할은 찼네. 내 이제 양주(楊州)로 70리를 가려 하는데, 한낮에 객점에서 점심을 먹지 않아도 배고프지 않겠는가?"

"그렇겠지요."

그러자 조대는 '불(不)'자를 쓰고 자리에서 일어났다.

시관이 말했다.

"거자(擧子)는 어찌 먹기만 하고 강(講)을 하지 않는가?"

"선비가 과거에 응시하는 것은 이처럼 먹고 살기 위한 수단에 불과한데, 오늘 벌써 배부르게 먹었으니 어찌 강할 필요가 있겠습니까?"
이렇게 말한 조대는 일어나 떠나버렸다.

33

궁녀와 청개구리의 눈

✧

한 조대는 본래부터 경(經)에 뛰어났다. 그는 여러 차례 응강(應講)했지만, 강장(講章)을 보면 반드시 잘못 읽어 낙방했다. 아주 늦은 나이까지 태학(太學)의 하재(下齋)[1]에서 지냈는데, 친림 전강(親臨殿講)에 응시하여 또 불합격하고 나오자 친구가 와서 물었다.

"이번에는 또 어찌하여 불통(不通)을 맞았는가? 어느 경서(經書)의 어떤 대문(大文)에서 무슨 글자를 잘못 읽었는가?"

조대가 말했다.

"운수인지라 어찌할 수 없네. 내 눈 속과 뱃속에는 시경, 서경, 주역, 중용, 대학, 논어, 맹자의 대문이 대주(大註), 소주(小註), 언해와 더불어 빽빽하게 펼쳐진 채 분명히 새겨져 있네. 내 목소리는 큰 종소리 같고 입술소리, 잇소리, 혓소리가 모두 오음육률(五音六律)과 조화로우니, 내 어찌 강(講)을 하고서 불통될 리 있겠는가? 예전에 여러 번 불통된 것은 강석이 매번 어수선해서 내 마음이 번번이 동요해서

---

1 '태학'은 성균관의 별칭이다. 성균관 학사(學舍)에는 상재(上齋)와 하재(下齋)가 있는데 상재에는 생원과 진사가, 하재에는 그 밖의 유생이 거처한다.

지. 장 밖에서는 서리며 대간이 기침하는 소리, 읍(揖)하며 인사하는 소리가 나고, 장 안에서는 시관들이 토론하거나 사사로이 수작하며, 독강(讀講) 때는 부채로 책상을 치며 칭찬하는 것 등 마음을 동요시키지 않는 것이 없으니, 이 때문에 내가 매번 불통된 것이네.

이번에는 예전 응강과 달랐지. 전(殿)에 올라 주상(主上)께 절하고 강석에 앉으니 시관, 승지, 한림 주서(翰林注書)들이 모두 엎드려 고개를 숙였고, 사방에 기침 소리, 읍하며 인사하는 소리가 들리지 않아 온 전각 안이 엄숙하고 고요했네. 어좌(御座) 앞에서는 향로의 연기가 피어올랐는데 푸른 향내가 휘감기며 사람에게 스며들더군. 이당시 내 마음은 고요하고 정신은 집중되어 여섯 개의 강장이 이미 다 순통(純通)이었으니, 급제는 내 손 안의 물건일 뿐이었지. 마음에서 갑자기 청삼(靑衫)이며 복두(幞頭),[2] 녹비화자(鹿皮靴子),[3] 야자금대(也字金帶)[4]들이 떠오르더군. 또 주서, 전적, 병·예조 좌랑, 강진현감, 양산 군수가 떠올랐지. 또 문득 지평으로서 패(牌)를 받들고, 사헌부의 나졸(邏卒)들이 벌써 내 말 머리에서 창도(唱導)하는 모습도 떠올랐네. 이윽고 일곱 번째 강장이 출제되자 나는 입을 열고 혀를 놀려 장(章)을 거의 다 읽어냈고, 네댓 글자 되는 한 구절만 남은

---

2 절상건(折上巾)이라고도 하며, 우리나라에서는 신라 때부터 착용하였다. 조선시대에는 백관들의 공복(公服)에 착용하였으나 사모(紗帽)가 보편화되면서 점차 밀려났다.
3 사모관대를 할 때 신던 사슴가죽으로 만든 신이다. 바닥은 나무나 가죽으로 만들고 검은빛의 사슴가죽으로 목을 길게 만드는데 모양은 장화와 비슷하다.
4 허리에 띠는 띠의 한 가지로 문·무과를 방방(放榜)할 때 급제한 자와 진하(陳賀)할 때 봉교관(奉教官) 등이 이를 띠었다. 한쪽 끝이 아래로 늘어져 '야(也)'자 모양으로 되기 때문에 붙여진 이름이다.

상황이었지. 나는 제1장부터 제7장까지 모두 눈을 감고 좌우로 조금씩 몸을 흔들며 한 번은 소리를 높이고 한 번은 낮추면서 한 글자도 틀리지 않고 한 번도 더듬지 않았으니, 물이 절벽을 내려가듯 매끄러웠네. 여기까지 읽고 나서 나는 몸을 조금 기울여 눈을 뜨고 순식간에 네댓 글자를 읽을 참이었네.

그런데 눈을 막 떴을 때 갑자기 어좌 뒤를 에워싸고 있는 새하얀 무명 휘장을 보았지. 바람도 없는데 휘장이 나풀거리더군. 휘장 폭(幅)의 솔기 부분마다 섬섬옥수의 손가락 끝이 휘장을 잡아당기고 있지 뭔가! 솔기 틈 곳곳에는 모두 한쪽 눈만 있었는데, 주시하는 눈, 깜빡거리는 눈, 흰 눈자위, 푸른 눈동자 등 온갖 모습에, 내 단전 위로 한 물건이 솟아났다네. 홀연히 내 눈앞에서 빽빽하게 뱃속에 새겨졌던 사서삼경이 모두 날아가버리고, 해질녘 바람에 내 넋은 캄캄해지더군. 곧 『사략(史略)』 첫 권의 천황(天皇), 지황(地皇), 인황(人皇)씨와 천자문의 천(天), 지(地), 현(玄), 황(黃)을 모두 잊어버리게 되니, 이 네댓 글자의 한 구절로 마침내 불통을 맞았네. 운수이니 어쩔 수 없었지. 휘장 틈에서 궁녀의 그 눈이 정신을 어지럽혔다네!"

지난 신미(辛未: 1751)년, 정시 초시(庭試初試)에서 1경(經)의 응강[5]을 할 때 나는 장 안팎의 기침 소리에 몹시 괴로웠고 부채로 땅을 치며 하는 칭찬 때문에도 몹시 괴로웠다. 장 밖의 서리들이 엉덩이를 들고 엎드린 채 머리를 쳐들고 눈은 뚫어질 듯 나를 쳐다보니, 마치 엎드린 청개구리가 눈을 부릅뜨고 풀벌레를 노려보는 것 같아 괴롭기 그지없었

---

5 '일경강(一經講)'은 문과(文科)에서 특정한 하나의 경서(經書)만을 골라 보이는 강경(講經) 시험이다.

다. 저 조대의 정신을 이렇게 어지럽혔겠구나! 휘장 틈 사이 궁녀의 눈에 대해 참으로 잘 형용된 설명이었다.

34

과거 시험장, 최고의 놀이판

&

사람들은 모두 내가 반상(泮庠)의 과장(科場)에 골몰한다고 비웃는다.
나도 분명히 해명은 못하지만, 이에 이렇게 말한다.

"저 반상의 과장이란 것은 천지간의 긴 세월 동안 큰 종정도(從政
圖)[1]였다. 이기면 참으로 기쁘지만 져도 좋으니 즐거움이 그 속에 있
기 때문이다."

국법에서는 양장(兩場)의 초시(初試)에 합격해도 승보 합제(陞補合製)
와 지방의 공도회(公都會)[2]에 응시할 수 있었다. 간혹 어떤 사람이 네댓
번의 초시에 모두 합격한 경우가 생겨, 근래 새 정식(定式)에서는 식년(式
年)의 양장 초시에 합격하면, 승학시(陞學試: 陞補合製)에 응시하지 못하

---

1 종경도(從卿圖), 승경도(陞卿圖)라고도 하는데, 옛날 실내 오락의 한 가지다. 넓은 종이에 벼
   슬 이름을 품계와 종별에 따라서 써놓고 알 또는 주사위를 굴려 소정의 규정대로 올라가며
   나온 끗수에 따라 말을 쓰는데, 최고는 영의정을 거쳐 사궤장(賜几杖)으로 끝나고, 가장 나
   쁜 것은 파직에서 사약으로 끝나게 된다.
2 각 도(道)의 감사(監司) 및 개성(開城)·강화(江華)의 유수(留守) 등이 관내의 유생을 대상
   으로 시행하는 소과 초시인데, 여기에 합격한 자에게는 다음 해의 소과 복시(覆試)에 응시할
   자격을 주었다.

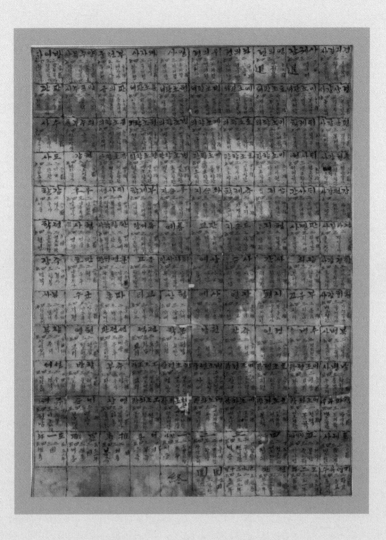

승경도판

게 했다. 다만 다음 식년의 조항은 금령(禁令) 내에 있지 않았다.

나는 을해년(乙亥: 1755) 감시(監試)의 양장 초시에 합격해서[3] 그해 겨울 승학시에 응시할 수 없었다. 종복들이 내일은 서학제(西學製)가 있을 것이고, 어제는 남학제(南學製)가 있었다고 전하기도 했고, 동학 친구들이 3초(抄), 4초(抄)에 응시하기도 했다. 그럴 때마다 마음에 돌덩이를 매달아놓은 것 같아 아무 말도 할 수 없었고, 말은 하지 않아도 마음으로는 간절히 내년 회시(會試)가 가을 9월로 미루어 시행되기를 바랐다. 2, 3월부터 7, 8월이 될 때까지 연달아 반상제(泮庠製)가 시행되기에 내 마음은 항상 초조했다. 병자년(丙子: 1756) 봄에 조정에 일이 생겨 회시가 과연 9월로 미루어졌다. 하지만 반상제는 4월이 될 때까지 아무 소식이 없었다.[4]

몹시 덥던 5월의 어느 날 집안의 아무개 조카가 들어와서 말했다.

"내일 승보시가 시행된다 합니다."

내가 얼른 말했다.

"덥겠구나! 내일 따가운 볕을 어찌 견딜까."

형님이 크게 꾸짖으며 말했다.

"승학시를 즐기자고 하겠느냐? 9월의 양장에 힘을 쏟는다면 한 번에 진사가 될 수 있을 것인데, 반백이 된 수염을 흩날리며 또 승보시에 응시하고 싶은 게냐?"

---

3 양장(兩場) 초시에 모두 합격했다는 것은 진사시와 생원시의 초시에 모두 합격했음을 말한다.

4 감시(監試)의 양장 초시에 합격한 이운영은 새로 생긴 정식(定式)으로 인해 승학시를 치르지 못하고 있었다. 그러나 원래 봄에 치르는 감시 회시(監試會試: 覆試)가 가을로 미루어지자, 그 사이의 승학시를 치를 수 있게 되어 시험 공고가 나기를 기다리고 있는 상황이다.

"그럴 일이 없습니다. 저는 내일 시험을 치지 않겠습니다."

"허튼소리! 응시하지 않을 것이면 좀 전에 '따가운 볕을 어찌 견딜까'란 말은 왜 했느냐?"

"저는 응시하지 않더라도 아우나 조카들은 응시해야 하는데, 날이 덥기에 말했을 뿐입니다."

"너는 정말 응시하지 않을 것이냐?"

"정말 응시하지 않을 것입니다."

이튿날 아침 일찍 아우와 조카들은 모두 반상으로 달려갔고 이때쯤 되니 마음이 꽤 동했지만, 어제저녁 급작스럽게 이미 형님에게 딱 잘라 말했기에 결국은 움직이지 않고 종일을 불편한 마음으로 보냈다. 아우와 조카들이 시권을 내고 나오자 나는 그들의 작품을 찾아보고는 하나같이 몹시 마음에 차지 않았다.

"너희들은 모두 풋내기들이다. 내가 시험장에 들어가지 않았기에 이 꼴이구나. 의지(誼之: 李舒永의 字, 1736~?—옮긴이)는 겨우 뽑히겠고, 나머지는 모두 필시 낙방할 것이다."

형님이 말했다.

"너희들은 풋내기라는 말은 분명 네가 어떤 생각이 있어 하는 말이겠구나."

"형님은 방(榜)이 나온 후에 한번 보십시오. 제가 어찌 이 말을 하지 않을 수 있겠습니까?"

방이 나오자 의지만 끄트머리로 합격하고, 다른 아우와 조카들은 모두 낙방했다.

나는 큰소리쳤다.

"재초(再抄)는 언제 시행됩니까? 노장(老壯)이 나서지 않을 수 없군요."

"풋내기라는 말이 참으로 이미 발단이었으니, 내 결국 진정(眞情)을 다 드러내겠다. 향교(香橋)⁵로 가는 걸음이 무슨 즐거운 일이겠는가."

형님의 말에 나는 답했다.

"허다한 아우와 조카들이 대여섯 번 낙방한 것과 수많은 '차하(次下)'⁶의 방(榜)은 절대 다른 사람에게 알려져서는 안 됩니다. 이후 초(抄)에는 제가 반드시 들어가 천(天) 조카⁷의 시권을 옮겨 써주겠습니다."

이후 7월 보름께 재초를 시행한다는 명이 나왔다. 나는 사람을 만날 때마다 이번에는 내가 시험장에 들어간다고 말했고, 형님은 번번이 그것을 꾸짖었다. 재초 전날 저녁에 달빛이 낮처럼 환했는데, 형님은 연못가를 산책하며 작약을 구경하셨고, 나도 뒤를 따르며 함께 거닐었다. 갑자기 윤사술(尹士述: 尹承烈, 1722~?)⁸이 고향으로부터 와서 달빛을 틈타 방문했기에, 같이 서서 이야기를 나누었고, 이어 함께 거닐었

---

5 성균관 동쪽과 서쪽을 감싸고 흘러내리는 동반수(東泮水), 서반수(西泮水) 두 물줄기가 만나는 곳에 놓였던 다리다.

6 차하는 시문을 평가하는 12등급 중 맨 끝이다.

7 단릉(丹陵) 이윤영(李胤永, 1714~1759)의 아들 이희천(李羲天, 1738~1771)이다. 연암 박지원의 친우이기도 했던 그는 『명기집략』이라는 중국 책을 소지하고 있었다는 이유로 참수된 인물이다. 『명기집략』은 조선 왕실의 혈통에 대한 부정적인 내용을 담고 있었는데, 사실 이희천은 책을 읽지 않은 상태에서 논란이 생기자 책을 불태웠지만, 격노한 영조는 이희천을 처형하고 그의 처자를 흑산도의 관비로 삼게 했다. 『영조실록』 116권 영조 47년 5월 26일 병인(丙寅) 첫 번째 기사에 관련 사실이 보인다.

8 윤승렬의 본관은 해평(海平), 자는 사술(士述)이다. 세자시강원필선·보덕·홍문관교리·수찬·부응교·사헌부집의 등을 지냈고, 1773년(영조49) 당상관으로 승진하여 대사간에 제수되었다.

다. 잠시 뒤 사술이 내 옷을 잡아끌어 장미 아래로 가서 앉더니 귓속말을 했다.

"우리가 내일 들어가지 않는 것은 매우 의미 없는 일이네. 시험장에서 하루 동안 짓는 것이 사접(私接)의 10수보다 나으니, 공부하는 사람들은 비록 비웃겠지만 나는 들이기고자 하네. 자네 뜻은 어떤가? 자네가 움직이지 않는다면 나 혼자 가게 될 터이니 소년배들도 곤란할 걸세."

형님이 말했다.

"사술과 건지(健之: 이운영의 字─옮긴이)는 나무 그늘 밑에서 무슨 일로 귓속말을 하느냐? 필시 내일 일일 것이니, 사술도 미쳤구나. 승보시가 무슨 즐거운 일이기에 사람의 미친 증세가 이와 같은가?"

"내일 일이 아니라 9월 회시에 대해 조금 의논했습니다"라고 사술은 말했고, 우리는 다 같이 웃고 자리를 파했다.

이튿날 내가 아우들과 조카와 함께 시험장에 들어가자 형님은 꾸짖었지만 막지는 않았다. 이 초(秒)의 방에서 나와 천(天) 조카가 뽑혔고 사술은 '이하(二下)'의 점수를 얻었다.

내가 다시 말했다.

"3초(抄)가 시행되면 제가 다시 움직이지 않을 수 없을 것입니다."

"3초에는 또 어째서 반드시 움직이려 하느냐?"

형님의 말에 내가 답했다.

"응(應) 아우가 또 낙방했으니, 제가 들어가서 시권을 옮겨 써주려 합니다."

오래지 않아 3초가 시행되었고 나는 또 아우와 조카들과 함께 들어갔다. 형님은 더 이상 꾸짖지 않으시고 그저 미친 짓으로 여겨 웃으실 뿐이었다.

시험장에 들어가니 시제는 바로 "사수(泗水)의 북쪽에서 하례하고, 황제의 자리에 나아갔다[泗水陽賀, 即皇帝位]"[9]였다. 응의 구상이 꽉 막혀 글을 짓지 못하는 중, 해는 점점 지고 있었다. 내가 첫 구를 짓고 아우에게 두 번째 구를 짓게 하니, 응이 쓰긴 했지만 대우(對偶)가 전혀 정밀하지 못했다. 사술이 대략 몇 글자를 고쳐 새로 써주자, 응이 다시 세 번째 구를 지었으나 또 네 번째 구에서 구상이 막혔다. 내가 연이어 재촉하니 응이 말했다.

"작문의 함의(含意)를 모르겠습니다."

내가 서사(敘事)의 요점을 간곡히 말해주자, 응이 그제야 네 번째, 다섯 번째 구를 짓고, 여섯 번째 구까지 거듭 지었다. 그러나 모두 몹시 형편없었기에, 내가 연달아 퇴자를 놓았다. 또 응은 가진 재능을 다 쏟았기에 더는 지을 가망이 없었다. 내가 다시 여섯 번째 구를 짓자 응도 일고여덟 번째 구를 지었고 이때 정오가 되었다. 나는 응의 시권 종이를 가져와 비로소 쓰기 시작하고 이 아래를 연달아 짓게 하여 마침내 붓을 멈추지 않고 짓는 대로 바로 써서 늦지도 이르지도 않은 시권 축에 시권을 냈다. 내 답지는 마음속에 이미 대략 구상해놓은 것이 있었기에 시권을 펼쳐 곧바로 써서 냈다. 이 시험의 방에서 응은 '삼상(三上)'으로 장원을 했고, 나는 '삼하(三下)'를 받았으며, 사술은 '차상(次上)'이었다.

---

9 관련 내용이 『사기』 권8, 「고조본기」에 보인다. "한왕 유방이 세 번 사양한 뒤에 부득이하여 '제군들이 내가 제위에 오르는 것이 유리하다고 생각한다면 나라의 이익을 위해 받아들이겠소'라고 하고서, 갑오일에 사수 북쪽에서 제위에 올랐다."

이 시험들에 응시한 것은 모두 나의 성미와 버릇이 그렇게 만든 것이니, 애초에 이 때문에 구실삼아 말해본 것이 바로 천 조카와 응 아우였다. 천 조카와 응 아우는 결국 부끄러움을 면했으니 이것만도 다행인데, 더구나 응 아우가 장원이 된 것은 처음에는 생각도 못한 일이었다. 이로 미루어 살펴보면 정성을 하나로 모으면 쇠와 돌도 뚫는다는 것이 참으로 이치가 있는 말이다.

지금 그때를 생각해보면 어제 일과 다름없지만, 손꼽아 세보니 어느덧 26년이 흘렀다. 이를 내키는 대로 써서 맥(麥) 첨지(僉知)【일전에 내가 윤사단(尹士瑞, 1726~1794)[10]에게 편지를 부쳤는데, 황간(黃澗)에서 막 돌아온 과(瓜) 태수와 온양에서 한가롭게 지내는 맥 첨지에 대한 말이 있다】에게 보여주고 마주하여 한번 웃었다.[11]

---

10 사단은 윤응렬(尹應烈)로 윤사술의 동생이다. 맥락상 일화 속에 등장하는 응(應) 아우가 바로 윤응렬을 지칭하는 것으로 보인다.

11 '과 태수(오이 태수)'는 황간현감으로 재임하다가 1780년 다시 서울로 돌아온 이운영을 지칭하고, 온양에서 편히 지내는 '맥 첨지(보리 첨지)'는 과거시험에 관해 같은 기억을 공유하는 윤사술인 듯하다. '과 태수'나 '맥 첨지'는 허물없는 관계인 윤사술, 그의 동생 윤사단(=尹應烈), 이운영 사이에서 서로를 부른 일종의 별명으로 추정된다.

含
酒場

1

망신당한 여성제

분애(汾厓) 신공(申晸, 1628~1687)[1]은 청렴결백하고 강직하여 그의 눈앞에서는 결점 없는 이가 없었다. 술을 즐겨 마셨고 취한 뒤에는 늘 남의 부족한 점을 면전에서 질책하여 고관이라 해도 예외가 없었다.

그의 지위가 종1품에 올랐을 때, 마침 정승 자리 하나가 비게 되어 곧 매복(枚卜)[2]을 해야 했다. 당시 영의정은 문곡(文谷: 金壽恒, 1629~1689)이었는데, 여성제(呂聖齊, 1625~1691)[3]가 날마다 문곡에게 문안을 갔다. 하루는 분애가 하인에게 분부했다.

"오늘 여 판서가 필시 장동(壯洞) 영의정 댁으로 갈 것이니, 너희들은 살펴보다가 그가 내 집 앞을 지나가자마자 즉시 들어와 고해라."

---

1 신정(申晸)의 본관은 평산(平山), 자 백동(伯東), 호 분애(汾厓), 시호는 문숙(文肅)이다. 1674년 평안도 관찰사로 나갔는데, 1675년 남인의 집권으로 탄핵되어 파직, 1678년 도승지로 다시 등용되었다. 예조·공조·이조 등의 판서를 거쳐, 한성 판윤을 지내고 강화 유수 재임 중 죽었다.

2 여러 사람을 전형(銓衡)하여 그 가운데서 적임자를 선택하는 것이다.

3 본관은 함양(咸陽), 자 희천(希天), 호 운포(雲浦), 시호는 정혜(靖惠)다. 숙종 때 의금부판사·병조판서·이조판서를 지낸 뒤 우의정을 거쳐 영의정에 올랐다. 인현왕후 폐위의 반대 상소가 받아들여지지 않자 울분으로 발병하여 죽었다.

정오가 되었을 때, 하인 하나가 들어와 고했다.

"여 판서 대감이 지금 막 문밖을 지나, 전도(前導)가 장동을 향해 갔습니다."

그러자 분애는 큰 주발로 홍로주를 일고여덟 번 연거푸 마시더니 문을 열고 말했다.

"초헌(軺軒)을 대기시켜라!"

마침내 초헌을 타고 문곡의 집으로 가서 명함을 올리고 들어가 뵈니, 여(呂)가 이미 자리하고 있었다. 분애는 문후를 마친 뒤 조금 떨어진 자리에서 두 손을 땅에 짚고 말했다.

"정승 자리 하나가 비었으니 곧 매복에 대한 명이 있을 것입니다. 감히 여쭈니, 대감은 누구를 마음에 두고 계십니까?"

문곡이 말했다.

"아직 명이 나지 않았으니, 마음에 둔 이가 없소."

"소인은 아무 해에 급제하여 아무 해에는 당상(堂上), 아무 해에는 가선(嘉善), 아무 해에는 정경(正卿)이 되어 지금은 종1품에 올랐으니, 내·외직의 이력으로 말하고, 학문과 재지(才智)로 말하더라도 오늘날의 정승은 소인 같은 자도 그런대로 담당할 만합니다. 그러하니 대감께서는 꼭 유념해주십시오."

"대감은 취했구려. 노년에 어찌 술 마시는 데 경계심을 갖지 않는단 말이오?"

"소인은! 오늘 술을 한 잔도 마시지 않았으니, 좀 전에 드린 말씀에 어찌 조금이라도 술주정이 있겠습니까?"

"대감은 취했소. 면전에서 정승으로 뽑아 달라 청탁하니, 취한 것이 아니면 무엇이오?"

분애는 송구해하며 몸을 움츠리고 엎드려 말했다.

"정승으로 뽑아 달라 면전에서 청하는 것이 체면을 크게 잃는 일입니까?"

"대감은 취했구려. 면전에서 정승 자리를 청탁하는 것이 체면을 잃는 일임을 대감은 어찌 모르시오. 대감은 취했소."

분애는 머리를 숙이고 한참 동안 말이 없더니, 여(呂)를 흘깃 돌아보고 크게 말했다.

"여성제, 우리는 물러갑시다. 영의정 대감께서 분부 안에서 정승을 뽑으실 것이니, 면전에서 청하여 얻을 수 있는 것이 아니요."

여(呂)는 얼굴을 붉히고 일어났다.

2

정승만 탈 수 있는 쌍교

서교(西郊)[1]의 능(陵)을 봉심(奉審)[2]하는 일이 생겨 정승 이상진(李尙眞,
1614~1690)[3]과 예조판서 분애공(汾崖公: 申晸, 1628~1687)이 조정에 하직
인사하고 영은문(迎恩門)[4] 밖 군막으로 나왔다. 역마를 갈게 되어 이
정승은 막 쌍교(雙轎)[5]를 타려는 참이었고, 분애공도 쌍교를 기다리고
있었다. 예조의 서리가 분애에게 아뢨다.

"쌍교는 이미 승정원으로 갔으니 타실 분이 있습니다. 대감께서는
응당 쌍교를 타셔야 하지만, 오늘은 대신(大臣)과 동행하셔서 예우

---

1 명릉(明陵)에서 소령원(昭寧園)까지로, 경기도 고양과 파주 두 지역을 아우르는 말이다.
2 임금의 명을 받들어 능(陵)이나 묘(廟) 등 국가의 중요한 시설과 물품 등을 살피는 일이다.
3 본관은 전의(全義), 자 천득(天得), 호 만암(晚庵), 시호는 충정(忠正)이다. 현종 때 이조참
 판·대사간·대사헌을 역임하였다. 숙종 때 이조판서·우의정·중추부판사를 지내고, 기사환
 국으로 유배된 후 죽었다. 청백리에 녹선되었고, 저서에『만암유고』가 있다.
4 명·청의 사신을 맞이하는 모화관(慕華館) 앞에 세웠던 문이다. 1537년 모화관 남쪽의 홍살
 문을 개축하여 '영조문(迎詔門)'이라고 했는데, 2년 뒤에 영은문으로 이름을 바꾸었다. 이후
 1896년 모화관을 독립관으로 고치면서 영은문을 허물고 독립문을 세웠다.
5 말 두 마리가 각각 앞뒤의 채를 끌고 가는 가마다. 조선시대에는 원칙적으로 외국에 나가는
 사신이나 관찰사, 의주 부윤, 동래 부윤 등 종2품관 이상의 벼슬아치만 쌍교를 탈 수 있었다.

받으시는 것을 낮추어야 하므로, 이런 경우는 예전부터 독교(獨轎)[6] 로 대체하는 것이 옛 법규입니다. 소인이 감히 아룁니다."

분애는 한창 만취 상태인지라 갑자기 큰 소리로 외쳤다.

"그 대신이 누구인가?"

서리가 황공해서 감히 대답하지 못하자 또 연이어 외쳤다.

"그 대신이 누구냔 말이다!"

서리가 더욱 송구하여 종종걸음으로 물러나자 분애가 다시 고함 쳤다.

"서리는 어디를 가는가?"

서리가 다시 앞으로 가까이 오자 또 고함쳤다.

"그 대신은 누구인가?"

서리가 목소리를 낮추며 말했다.

"좌의정 대감이십니다."

분애가 다시 "좌의정 누구인가?"라고 큰 소리로 수차례 이렇게 묻 더니 갑자기 또 고함쳤다.

"아, 내 알겠군. 이상진이로구나. 이상진이도 정승이 되었구나. 내가 쌍교를 탄다 해도 이상진이 어찌 옛 법을 알겠느냐?"

의정부 녹사(議政府錄事)가 공손히 손을 모으고 이상진 앞에 나아가 서서 큰 소리로 색장(色掌)과 구종(丘從)[7]을 불러 분부했다.

"예조판서가 대신의 행차 뒤에 쌍교를 타는 것은 이미 전례가 없는

---

6 말 한 마리가 끄는 가마를 말한다. 혹은 소의 등에 가마를 싣고 뒤에서 소를 모는 사람이 길 잡이 하며 가는 가마를 이르기도 하는데, 가마를 멜 사람이 없을 때 이렇게 한다.

7 색장은 관청 내 제반 부서의 실무 담당자를 말하고, 구종은 관원을 모시고 다니는 하인이다.

일이거늘 더구나 대신의 성명을 지척에서 함부로 부르고 무례한 말을 많이 했다. 조정의 체면이 엄중한데 몹시 해괴한 일이다. 장무서리(掌務書吏)는 예조판서에 대해 속히 전옥서(典獄署)[8]에 수도안(囚徒案)[9]을 내려 보내 즉시 주상께 보여드리도록[入鑑] 통지하라."

이 정승이 크게 놀라 손을 내젓고 말리며 말했다.

"너희들은 신 판서 대감이 어떤 양반인지 보아라. 저 대감이 이런 말을 해도, 너희들은 쥐 죽은 듯 들어도 못 들은 척하고 감히 한마디도 하지 마라."

---

8 조선조 때 죄수에 관한 일을 맡아 보던 관아로 태조 원년에 생겨 1894년(고종31)에 없애고 감옥서(監獄署)를 두었다.
9 옥에 갇힌 죄수의 성명과 죄명, 복역 월일을 기록한 장부다.

3

술주정이 되어버린 벼슬 청탁

교리(校理) 신노(申魯, 1680~1730)[1]는 분애공의 손자다. 술 마시길 좋아하여 매일 술이 깨어 있는 시간은 적고 취해 있는 시간은 많았다. 마침 경기도사(京畿都事) 자리에 결원이 생겼는데, 신 교리가 그 자리를 얻고 싶었다.

당시 이조판서는 도산(陶山) 이상국(李相國: 李宜顯, 1669~1745)이셨고, 이조참판은 우리 집안 봉조하 대부셨고, 이조참의는 포암(圃巖) 윤 대제학(尹鳳朝, 1680~1761)[2]이었다. 신 교리는 이조판서를 뵙고 직접 청하려고 도산 댁으로 갔지만, 도산공은 수레를 타고 출타한 터였다.

지나는 길에 신공은 한 친구를 방문했는데 때마침 술과 안주가 있었다. 친구가 권하는 데다 자신도 달라고 하여 마시는 바람에 신공은

---

1 본관은 평산(平山), 자는 백증(伯曾)이다. 1725년(영조1) 을사(乙巳) 정시(庭試)에 합격하여 교리, 이조 좌랑 등을 지냈다.

2 윤봉조(尹鳳朝)의 본관은 파평(坡平), 자 명숙(鳴叔), 호는 포암(圃巖)이다. 숙종 때 1713년 암행어사가 되고, 이조좌랑·부교리·응교·승지를 거쳐 대사간에 승진되었다. 영조 대에 승지에 재등용되고 여러 관직을 거쳤으며, 정미환국으로 파직되고 유배되었다가 다시 관직에 등용되었다.

큰 주발로 모두 수십 잔의 술을 마시게 되었다. 그는 봉두난발을 하고 동쪽으로 넘어지고 서쪽으로 엎어지며 부축 받아 말에 올라 도산공이 간 곳으로 찾아갔다.

도산공과 봉조하 대부, 포암공이 함께 자리하고 있었다. 신공은 갓을 내려 곧장 두 눈썹을 내리누를 정도로 쓴 뒤 기어가서 머리를 숙이고 엉덩이를 들며 절했다. 그는 매우 공손히 일어났다 앉으며 말했다.

"시생이 관직을 구하러 왔는데, 세 분 공께서 같은 자리에 계시니 제일은 다 이루어졌습니다."

도산공이 말했다.

"자네는 어떤 관직을 원하는가?"

이때 신공은 매우 취해서 두 눈앞은 어른대고 하늘과 땅도 구분하지 못한 채 한 조각 영혼마저 벌써 무하향(無何鄕) 속으로 떠난 뒤인지라, 경기도사 자리를 까맣게 잊어 아무 기억이 나지 않았다. 그는 갑자기 좌우를 보더니 입을 다물고 아무 말도 하지 않았다.

도산공이 말했다.

"자네는 교리가 되고 싶은가?"

신공은 고개를 저었다.

"그럼 헌납(獻納)이 되고 싶은?"

또 고개를 저었다.

"그럼 학교수(學教授)가 되고 싶은가?"

다시 고개를 저었다.

도산공이 말했다.

"지금 이 두서너 자리 외에 다른 빈자리는 없으니, 자네가 구할 만한 관직이 없네."

신공이 갑자기 외쳤다.

"의주부윤(義州府尹) 올시다!"

도산공이 말했다.

"백증(伯曾: 申魯의 字—옮긴이)이 취했구나. 의주부윤은 비국(備局)에서 천망(薦望)하는 자리[3]지 이조에서 뽑아 올리는 것이 아니네. 또 의주부윤은 공석이 나지 않았으니 어찌하겠는가."

그러자 신공은 즉시 갓을 벗고 벼루갑을 베고 누워 말했다.

"존장, 저는 의주부윤을 하겠습니다." 또 몸을 굴려 봉조하 대부에게 말했다. "영감, 저는 의주부윤을 하겠습니다." 또 몸을 굴려 포암공에게 말했다. "영공, 저는 의주부윤을 하겠습니다." 그리고는 입속으로 '나도 의주부윤을 할 테다'라며 끊임없이 웅얼웅얼 댔다.

그때 갑자기 개정(開政)하라는 명이 있자, 세 당상이 서로 일을 사양하여 도산공이 패초를 받고 궐에 나아갔고, 봉조하 대부와 포암공은 자리에서 헤어졌다. 이날 도목정사(都目政事)에서 교리, 헌납, 경기도사가 모두 차출되었다. 신공은 술과 고기, 생선회, 잡탕, 게젓 등을 큰 동이 하나에 웩웩대며 토했고, 해질녘에 말에 올라 좌우의 부축 속에 집으로 돌아갔다.

다음 날 아침 신공은 머리가 어지럽고 사지에 노곤함이 느껴져 겨우 세수하고 도산공을 뵈러 갔다.

---

3 비국은 비변사(備邊司)의 약칭이다. 처음에는 변방에 일이 생길 때마다 임시로 설치했다가 을묘왜변(乙卯倭變)을 계기로 상치아문(常置衙門)이 되었다. 임진왜란 때부터는 정치의 중추 기관으로 변모하여, 의정부를 대신해 명실공히 최고 아문(衙門)이 되었다. 『속대전』에 따르면 이조 판서·병조 판서·개성 유수·강화 유수·평안 감사·광주 부윤·의주 부윤 등의 후보를 모두 비변사에서 세 명씩 갖추어 올리도록 했다.

도산공이 말했다.

"자네는 어제 어찌 그리 과음했는가?"

"어제 일이 전혀 기억이 안 납니다. 도대체 시생이 무슨 말을 했습니까?"

"자네는 관직을 구하러 왔다고 말하더니, 오로지 의주부윤 자리만을 원한다고 했네."

신공이 깜짝 놀라 말했다.

"그것 외에 다른 말은 안 했습니까?"

"다른 말은 없었네."

"시생은 경기도사 자리를 청할 생각이었는데, 취해서 잊어버렸습니다. 의주부윤이라고 말한 것을 다른 사람은 들은 이가 없습니까?"

"자네 과음의 해악이 이 지경이로군. 어제 정사에서 이미 경기도사를 치출했는데, 적임자가 없어 간신히 비망(備望)했네. 자네가 말해 줬더라면 이 자리를 얻는 것이 뭐가 어려웠겠는가. 이는 자네가 스스로 초래한 것이니, 이제부터는 경계하도록 하게."

신공은 몹시 놀라서 말했다.

"어제 정사가 열렸습니까?"

그리고는 그는 정지(政紙)를 찾아보고 지붕만 쳐다보고 탄식하더니, 한참 뒤 한 번 웃고 자리를 떠났다.

4

모든 것은 묘지기 종의 죄

며칠 뒤 한식(寒食)에 신공(申魯, 1680~1730)은 서교(西郊)로 성묘하러 가는 길에 아현(阿峴)의 한 친구를 방문했다.

주인이 말했다.

"오늘은 자네가 일찍 움직였군."

"오늘이 한식이라 선산에 성묘 가던 차에 오랫동안 자네를 만나지 못했기에 잠시 들렀네."

"요즘 상여(相如)의 목구멍1은 갈증이 나지 않는가? 내게 박주(薄酒)가 있으니 두세 잔 대작하기 딱 좋다네."

이렇게 말한 주인은 손수 매감(梅龕)2을 열고 사기병 하나를 꺼냈다.

신공이 말했다.

"나는 안 마시겠네. 자네 혼자 마시게."

---

1 한나라 때 문장가 사마상여는 일찍이 소갈병(消渴病)이 있어 이를 핑계로 관직을 사퇴하고 무릉현(茂陵縣)에서 한가롭게 살았다. 소갈병은 갈증은 느끼는 병증이 있기에, 항상 술에 목마른 신노를 사마상여에 빗대어 말한 것이다.
2 매화를 위한 별도의 감실(龕室)로 매각(梅閣) 또는 매옥(梅屋)이라고도 한다.

주인은 "어찌 술이 있는데 신 백증(伯曾: 申魯의 字—옮긴이)이 마시지 않을쏜가?"라고 하더니, 하인을 불러 술안주를 마련해 오게 했다.

"내 어제부터 술을 끊었네."

"허튼소리! 자네는 매번 술을 끊었다고 했지만, 며칠 못가 곧 곤드레만드레 술에 취하니, 자네가 술을 끊었다는 것을 나는 못 믿겠네."

주인은 스스로 한 잔 따라 마시고 또 한 잔을 마시더니 신공에게 권했다. 신공은 머리를 흔들고 물러앉으며 말했다.

"나는 술을 끊기로 맹세했네. 며칠 전 취해버려 경기도사 자리를 얻지 못하고 나서 술을 끊기로 맹세했네."

그리고는 도산(陶山: 李宜顯, 1669~1745)과 모인 자리에서 있었던 일을 말해줬다. 주인은 크게 웃으며 더는 억지로 권하지 않았고, 신공은 자리에서 일어나 묘소로 떠났다.

해가 저물 즈음 신공이 다시 왔는데, 두 뺨은 이미 좀 불콰한 빛을 띠고 있었다. 그는 문에 들어서자마자 말에서 내리지도 않고 말했다.

"자네는 어서 아침에 매감 속에 있던 술병을 꺼내게."

"술 끊은 자도 술을 찾는가?"

"오늘은 이미 계(戒)를 어겼으니, 어찌 오늘 밤 진탕 마시지 않겠는가. 내일부터는 정말로 술을 끊을 걸세."

"오늘은 어째서 계를 어겼는가?"

신공이 말했다.

"내가 계를 깬 것이 아니라 바로 묘지기 종의 죄일세. 내 그 종의 죄에 대해 태(笞)를 쳐도 좋고, 장(杖)을 때려도 좋고, 죽여 극형에 처하더라도 안될 게 없네. 성묘하고 제사를 지내는데, 초헌(初獻: 첫 술잔을 신위 앞에 올리는 것—옮긴이)을 하고 나서 퇴주 그릇을 찾았지만, 묘지기 종이 빈 그릇을 가져와 대기하지 않았지. 아헌(亞獻: 둘째 술잔을 신위 앞에 올리는 것—옮긴이)이 시급하지만, 초헌한 술을 땅에 붓는 것은 불경스럽지 않겠나. 잔을 비울 방법을 백방으로 생각해봐도 끝내 좋은 도리가 없는지라 마침내 조금 물러 나와 내가 마셨네. 아헌 때에도 이렇게 하고 네다섯 위(位) 선영의 퇴주를 모두 내가 마셨지. 오늘은 내가 계를 어긴 것이 아니라 묘지기 종의 죄일세. 태와 장을 치고 죽여도 오히려 가볍다 하겠네."

그리고는 밤새도록 실컷 마시다가 술병이 비자 다시 술을 구하려고 자리에서 일어났다.

5

죄 없는 좌수를 곤장 친 김진규

죽천(竹泉: 金鎭圭, 1658~1716)이 평안도의 어사였을 때 용강현(龍崗縣)[1]에 출두했다. 그는 연달아 홍로주(紅露酒) 30여 잔을 마시더니, 갑자기 버럭 소리를 지르며 현의 좌수(座首)를 잡아들이라 하고는 불문곡직하고 서른 대의 곤장을 친 뒤 방면했다. 다음 날 아침 세수하고 앉자 서리가 앞에 공수(拱手)하고 섰다. 죽천이 서리를 보고 말했다.

"내 어제 과하게 취했었다. 취중에 실수는 없었느냐?"

"다른 사달은 없었지만, 본현의 좌수가 죄를 범한 일이 전혀 없는데도 공연히 한 차례 엄형을 내리셨습니다."

죽천이 깜짝 놀라 말했다.

"그렇다면 너는 어찌하여 나를 말리고 그를 해명해주지 않았느냐?"

"그 당시에 사또의 위엄이 추상같았으니 소인이 어찌 감히 그리하겠습니까."

죽천이 한참을 묵묵히 있다가 말했다.

---

1 지금의 평안남도 용강군이다.

"이 무슨 큰일이랴. 그놈이 이미 용강의 좌수가 되었으니, 만약 젖먹이 시절부터 좌수가 된 뒤까지 평생의 과오를 따져본다면, 그놈에게 어찌 한 차례 정강이를 때리며 문초할 죄가 없겠느냐?"

6

만취한 전별회의 풍경

죽천(竹泉: 金鎭圭, 1658~1716)과 판서 윤세기(尹世紀, 1647~1712)[1]가 수령
으로 나가는 친구를 전별하는 자리에 함께 갔다. 주인과 객이 모두 흠
뻑 취하자, 윤공이 말했다.

"어릴 적 친우가 수령으로 먼 곳에 나가니 매우 아쉽네. 이런 이별에
전별히는 글이 없을 수 없지."

그러더니 좌우에 명하여 종이와 붓을 가져오게 했다. 윤공은 곧 종
이를 펴고 쓰기 시작했는데, 동그라미를 그리거나 점을 찍기도 하며,
종횡으로 쓰고 기울거나 곧게 엇갈려 칠해 온통 까마귀 형상을 만들
어놓았다. 결국 종이가 빈 곳이 없이 온통 시커먼 하나의 문서가 되자
붓을 던지고 누워 우레처럼 코를 골며 잠들었다. 죽천이 그 종이를 가
져와 눈앞에 딱 붙여 꼼꼼히 보고 부채로 땅을 쳐가며 중얼중얼 읊고
서 말했다.

"명작이군."

---

1 본관은 해평(海平), 자 중강(仲綱), 호 용포(龍浦), 시호는 효헌(孝獻)이다. 숙종 시대에 장령
·승지·병조판서·호조판서·우참찬·좌참찬 등을 지냈다.

"이 구절은 실제의 말이야."

또 "이 구절은 즉경(卽景)이로세. 전편이 절창(絶唱)이로군"이라 하더니 종이를 던지고 역시 우레처럼 코를 골며 곯아떨어졌다고 한다.

7

술 대신 받은 얼음과 김치

죽천(竹泉: 金鎭圭, 1658~1716)과 지재(趾齋: 閔鎭厚, 1659~1720)[1]가 동반하여 서교(西郊)에서 반우(返虞)[2]하는 한 친구를 맞이해 위로했다. 해질녘 돌아가려 할 때 죽천이 지재를 돌아보고 말했다.

"배도 고프고 목도 마르니 어디로 가면 한잔할 수 있겠나?"

"시인의 심정은 매일반이나 갈만한 곳이 없군."

"아무개 벗은 어떤가?"

"그 친구는 인색해서 가면 반드시 낭패일 걸세."

"어찌 그럴 리 있겠는가? 자리에 앉으면 시장하다고 대감이 솔직히 말해야 하네."

마침내 두 공은 수레를 몰고 그 친구 집에 도착해서 안부 인사를 마쳤다.

---

1 민진후(閔鎭厚)의 본관은 여흥, 자 정순(靜純), 호 지재(趾齋), 시호는 충문(忠文)이다. 여양부원군(驪陽府院君) 민유중(閔維重)의 아들이며, 인현왕후의 오빠이자 송시열의 문인이다. 기사환국 때 삭직되었다가 갑술옥사로 인현왕후가 복위되자 복직되었다. 대사간·강화부유수·형조참의·한성 판윤 등을 지냈다.
2 장례 후에 신주를 모시고 원래 살던 집으로 돌아오는 의례를 말한다. '반혼(返魂)', '흉제(凶祭)'라고도 한다.

지재가 말했다.

"우리가 시장하여 늦은 시간이지만 잠시 들어왔네."

그러자 주인이 하인을 불러 분부했다.

"민 판서 대감과 김 판서 대감이 지금 시장하시니 들어가 내간(內間)에 알리고 어서 조촐한 음식을 마련해 오너라."

점점 해가 넘어가려 할 때, 어린 여종이 흑칠(黑漆)한 작디작은 개다리소반을 내왔다. 상에는 작은 사기 접시 두 개가 놓여 있었는데, 하나는 궁에서 나누어준 얼음이었고 하나는 푸릇한 부들김치였다. 두 공은 젓가락을 내려놓고 문을 나서 수레에 올랐다. 지재가 죽천을 돌아보며 말했다.

"내가 말하지 않았던가? 대감이 그래도 그럴 리 없다고 하는 바람에 공연히 헛걸음만 했구려."

두 공은 크게 웃고 돌아갔다.

8

피마하지 않은 민흥수

부여 현감 민흥수(閔興洙, 1685~1751)[1]가 만취해서 말을 타고 종각(鍾閣)
을 지나고 있었다. 저 멀리서 안롱(鞍籠)과 승상(繩床)[2]을 지닌 한 쌍의
전도(前導)가 다가오더니 늦추는 소리로 "피마(避馬)하시오! 피마하시
오!"라고 외쳤다. 점점 더 말머리에 가까워지자, 민공은 "오고 있는 이
가 누구인가?"라고 물었다.

전도가 "영의정이십니다"라고 하니, 민공은 대번에 눈을 부릅뜨고
큰 소리로 말했다.

"사대부가 광좌(李光佐, 1674~1740)가 있다 해서 말에서 내리겠느냐?"

그러고는 빠르게 말을 몰았다. 광좌가 민공의 소리를 듣고 사람을
시켜 누구인지 묻자, 견동(牽童)이 말했다.

---

1 본관은 여흥(驪興), 자는 백기(伯起)이다. 대사헌을 지낸 민기중(閔蓍重)의 증손이자 통덕랑
(通德郎)을 지낸 민진로(閔鎭魯)의 아들이다. 1737(영조13)년에 부여 현감으로 재직했다.
2 '안롱'은 수레나 가마를 덮는 우비로, 사자를 그린 두꺼운 유지(油紙)로 만든다. '승상'은 호상
(胡床) 또는 교상(交床)이라고도 하는 의자의 일종으로, 간편하게 접을 수 있도록 윗부분을
노끈으로 얽어 만들었는데, 보통 관원들이 하인에게 갖고 다니게 하거나 사찰에서 승려들이
사용했다.

"안국동 민 판관이십니다."

당시 민 장령(掌令) 공은 아직 대직(臺職)³에 통망(通望)되지 못하고 마침 해주판관(海州判官: 종5품 벼슬—옮긴이) 자리를 부탁하고 돌아가는 길이었으나, 광좌는 민공이 장령(掌令: 사헌부의 정4품 벼슬) 공이 되었다고 여겨, 전도에게 분부하여 피마 소리를 내지 말라고 하고 지나갔다.

---

3 대간(臺諫)인 사헌부와 사간원의 관직을 말한다.

9
벌거벗은 잔치 손님

민공(閔興洙, 1685~1751)이 한창 더운 철에 친구 집 잔치에 참석했다. 과음으로 정신이 아득해져 눕고 싶었지만, 대청에는 많은 손님들이 늘어앉아 있어 빈 곳이 없었다. 민공은 곧 일어서서 대청을 내려가 담 근처에서 오줌을 눴는데, 주변에 잔치에 온 부인네들의 육인교(六人轎)와 사인교(四人轎) 일고여덟 대가 늘어서 있었다. 민공은 갑자기 가마의 발을 걷고 육인교 속으로 들어가 갓과 버선을 벗더니 도포, 창의(氅衣), 속곳을 차례로 벗어 실오라기 하나 걸치지 않은 상태로 몸을 웅크리고서 가마 속에 누워 잠들었다.

그 당시 대청의 손님들은 술잔을 들고 서로 권하기도 하고, 삼삼오오 둘러앉아 속삭이기도 하고, 난간에 기대어 담배를 피우기도 했으며, 어떤 이는 일어나 가려다가 주인이 만류는 바람에 일어나지 못하기도 했다. 그중 한 사람도 민공이 간 곳을 아는 이가 없었다. 대청 아래 청지기, 하인, 마졸(馬卒), 가마꾼도 모두 이리저리 오가며 각자 남은 술에 약간 취해 있었고, 무리 지은 사람들은 시끌벅적하여 한 사람도 민공이 가마에 들어가는 광경을 보지 못했다.

그즈음 마침 해가 져서 외당(外堂)의 손님들은 점점 자리를 파하고,

내당(內堂)의 부인들도 안주인에게 물러간다고 고했다.

안주인이 말했다.

"육촌(六寸)이 먼 사이입니까? 팔촌(八寸)이 서먹한 사이인가요? 우리가 남자였다면 어찌 날마다 어울리지 않았겠습니까? 다만 여자인 탓에 함께 도성 안에 살면서도 3, 4년, 5, 6년을 만나보지 못했지요. 마침 저희 집에서 혼례를 치르느라 여러분들이 왕림해주셨는데, 어수선하여 쌓인 정도 다 나누지 못했습니다. 거의 얼굴도 잊을 지경이었는데, 어찌 그리 돌아가는 길을 재촉하십니까."

부인들이 말했다.

"부녀자의 출입은 지극히 어려운 일입니다. 이왕 왔으니 어찌 종일 있거나 하룻밤 묵으면서 모시고 즐거운 시간을 보내고 싶지 않겠습니까마는, 저의 시아버님께서 대궐에 입직하시는데, 내일 자릿조반할 쌀을 아직 준비해놓지 못했습니다."

"저는 시어머님의 생신이 모(某) 일이라 지금부터 쉬지 않고 부지런히 손을 놀려 장옷과 치마를 바느질해야 하고, 또 간소한 국숫상을 생각 중이라 여러 전방(廛房)에서 재료를 사야 할 일이 있고 방물장수와 오늘 포시(晡時)에 만나기로 약속이 되어 있습니다."

"저는 내일 학제(學製)가 시행된다 들었는데, 지아비의 시지(試紙) 비용과 새벽에 밥 지을 땔나무를 모두 준비하지 못했습니다."

"저는 젖먹이가 설사병을 앓는 중인데, 종일 젖을 먹이지 못해 마음이 쓰입니다."

안주인이 말했다.

"여러분의 사정이 이러하니 감히 억지로 붙들 수가 없군요. 하지만 젓가락 댈 만한 음식이 전혀 없는 간소한 찬상(饌床)이겠지만, 부인들은 필시 시장하리라 생각합니다. 저녁때가 가까웠으니 부인들은 부디 잠시 앉아 계십시오."

그리고는 부엌 종을 재촉하여 속히 저녁밥을 들여왔다.

각 집의 가마꾼은 부리는 사람이거나 임시로 고용한 군병인 파락호(破落戶)들이었는데, 이들이 중문(中門) 밖에 둘러서서 잡담을 했다.

"안현(鞍峴)의 봉화는 꺼졌고, 잠두(蠶頭)의 봉화는 올렸군.[1] 오늘 밤 순경(巡更)은 도감(都監)인가? 어영청(御營廳)인가?"

이즈음 내당에서는 저녁상을 이미 물리고 부인들은 차츰 가마에 오르기 위해 나오고 있었다. 어떤 부인이 한편으로 대청을 내려가 신을 신으면서, 한편으로는 대청 위로 고개를 돌려 안주인과 남은 얘기를 풀어내고 있었다. 이때가 황혼녘인지라 여종이 손으로 발을 걷고 얼굴은 대청을 향해 말했다.

"날이 점점 저물고 있으니, 마님은 어서 가마에 오르십시오."

그 부인은 바삐 서두르던 터라 가마 안을 눈여겨보지 않고 곧장 가마 문으로 다가가 몸을 굽혀 등 쪽부터 몸을 가마 속에 들인 뒤에 앉았다. 그 부인이 갑자기 크게 소리 질렀다.

"아이고! 이게 무슨 물건인가? 가마에 가득 들어찬 것이 불룩하기도 하고, 움푹하기도 하며 물컹하고 뜨끈하니, 괴이하고 괴이하다!"

이에 내당과 사랑의 노소(老少)를 막론한 주인과 객, 남녀 종복들은

---

1 안현은 서대문 쪽에서 홍제동으로 넘어가는 고개다. '안현의 봉화'는 안현 봉수(烽燧)로 무악(毋嶽) 동봉과 무악 서봉의 봉수를 말하며, '잠두의 봉화'는 목멱산 봉수로 남산의 봉수를 말한다. 봉수의 관장은 중앙에서는 병조의 무비사(武備司)가 했는데, 안현 봉수에서 봉화 신호를 받아 종점인 목멱산 봉수에 전달해야 했다.

허둥지둥하며 일제히 말했다.

"이 무슨 변괴인가? 이 무슨 변괴인가? 얼른 횃불을 가져와라!"

불빛을 비추어 보니 바로 취한 사람이었다.

수많은 가마꾼과 마졸(馬卒)이 가마 밖에 모여선 가운데 한 가마꾼이 말했다.

"이놈의 상투를 움켜쥐고 속히 끌어내어 내가 가마에 달린 굴대 몽둥이로 흠씬 때려서 갈빗대를 부러트려 보내겠소."

다른 가마꾼이 말했다.

"이놈을 어찌 갈빗대만 부러트리고 말 뿐이겠소? 필(必)자 모양으로 꽁꽁 묶어 칼을 씌우고 옥에 가두어 세 차례 엄형(嚴刑)을 내리고, 강진(康津), 해남(海南), 위원(渭原), 벽동(碧潼)[2]으로 유배지를 정해 보내야 하오."

그런 중에 한 마졸이 무리 속으로 뛰어들어 와 자세히 보더니 크게 외쳤다.

"이분은 저의 상전이신 안국동 민 판관이십니다!"

사랑의 주인과 아직 돌아가지 않은 손님들이 일제히 와서 보니, 정말 민 판관이었다. 마침내 민 판관을 부축해서 대청에 올려 베개를 높이 받쳐주니, 편안히 누워 자며 그 밤을 보냈다.

민공은 하마터면 위제(魏齊)의 집에서 대자리에 말려 측간에 버려지는 재앙[3]을 면치 못할 뻔했다.

---

2 남도의 끝자락에 강진과 해남이 있고, 위원과 벽동은 그보다도 먼 평안도 압록강 가에 있는 고을이다. 민홍수의 죄를 이렇게 먼 곳으로 귀양 보낼 만큼 심각하게 여긴 것이다.

3 위나라의 승상인 위제(魏齊)는 수가(須賈)의 참소로 범수(范睢)를 벌해 갈빗대와 이를 부러
　　뜨렸다. 이때 위제는 범수가 죽은 줄 알고 그를 대자리에 싸서 측간에다 버리게 했는데, 범수
　　는 문지기를 통해 빠져나와 성명을 장록(張祿)이라 바꾸고 진나라로 망명하여 진소왕(秦昭
　　王)을 섬겨 끝내 진나라의 승상이 되었다. 『사기』 권79, 「범수열전」.

10

붓 가는 대로 쓴 호사다마

~

병진(丙辰: 1736) 연간에 나의 백부 금산공(錦山公: 李華重, ?~?)은 이성(尼城) 현감으로 나가셨고, 민흥수(閔興洙, 1685~1751) 공은 부여(扶餘)를 다스리고 있었고, 홍계흠(洪啓欽, 1690~1747) 공은 석성(石城) 현에 부임했고, 형제인 김낙증(金樂曾, 1693~1744) 공과 김낙조(金樂祖, ?~?) 공은 은진(恩津)과 함열(咸悅)에 부임했다.

중부 판서공(判書公: 李台重, 1694~1756)[1]이 삼산(三山)에서 이성(尼城)의 관아로 가서 만나셨는데, 계방관(桂坊官)[2]으로 휴가를 받은 아버님(李箕重, 1697~1761)도 쫓아가 그곳에서 모이셨다. 그때가 추석 보름께였는데, 이웃의 네 분 현감에게 편지를 보내 황산(黃山)[3]에 뱃놀이 갈 것을 청했고, 네 분 현감은 모두 가는 것을 수락했다. 약속한 날이 되었을 때, 민공은 심부름꾼을 통해 다음과 같은 편지를 보냈다.

---•---

1 이태중(李台重)은 이운영의 중부(仲父)로 본관은 한산(韓山), 자 자삼(子三), 호 삼산(三山), 시호는 문경(文敬)이다. 신임사화 때 탄핵받아 유배되었고, 후에 다시 이광좌를 탄핵하다가 유배되었다. 황해도 관찰사·예조참판·호조판서 등을 지냈다.
2 왕세자의 시위(侍衛)를 맡아 보던 관아인 세자 익위사(世子翊衛司)의 관원이다.
3 현재의 충청남도 논산군 연산면에 해당한다.

"지난번에는 마침 몹시 취한 상태라 오늘이 바로 조부의 제삿날임을 깜빡 잊고 참석한다 했으니, 몹시 부끄럽습니다. 오늘 첨형(僉兄)은 모두 모이지만 저만 불참하니, 이것이 바로 이른바 '호사다마(好事多魔)'일 것입니다."

당시 옆에 있던 민공의 맏아들이 말했다.

"'호사다마' 네 글자는 어른들에게 놀림당하지 않을까요? 고치는 것이 좋을 듯합니다."

민공이 말했다.

"내 오늘도 조금 취했다. 술에 취하여 붓 가는 대로 썼으니, 공들에게 놀림당한들 이 어찌 큰일이겠느냐?"

11

문밖의 우스운 길손과 소마의 유래

〰

'문밖의 우스운 길손[門外可笑客]'이란 다섯 글자는 바로 오늘날 다반사
인 이야깃거리다. 항렬이 낮거나 나이가 어린 사람이 존장 앞에서 뒷
간에 간다고 말하면 실례이고, 똥을 눈다고 말하면 결례이기 때문에,
대신 '소마(小馬)'라고 말한다. 하지만 이 '문밖의 우스운 길손'과 '소마'
라는 두 화제(話題)를 사람들은 모두 그 출처를 모르고 쓰고 있으니, 이
것이 슬갑도적(膝甲盜賊)[1]과 무엇이 다르겠는가? 이것이 염려되어 예전
에 들은 것을 기록해 사람들에게 보이려 한다.

옛날에 임백호(林悌, 1549~1587)가 고향 수재(秀才) 두 사람과 동행하
여 수백 리 길을 떠났다. 돈은 주머니에 담고 주머니는 안장에 매달아
5리를 가면 주막 한 곳, 10리를 가면 주막 두 곳이 있었는데, 주점을 만
나면 반드시 넘치게 술을 마시고, 양껏 다 마시면 함께 길을 떠났다.
가다가 어느 곳에 이르러 큰길을 버리고 산골짜기 사이로 향했는데,

●

1 '슬갑(膝甲: 무릎 가리개)' 혹은 '슬갑(膝匣)'이라고 한다. 『지봉유설』에 "남의 무릎 가리개를
  훔친 자가 쓸 줄을 몰라 이마에 붙였다가 사람들의 비웃음을 샀기에, 지금은 남의 글을 훔쳐
  다 잘못 쓰는 문필 도둑을 이르는 말이 되었다"라고 한 내용이 보인다.

사방을 돌아봐도 주막이 하나도 없어 목이 마르고 배도 고팠다.

그야말로 이렇게 속이 타 들어가는 즈음, 뒤는 산이고 앞은 들판인 숲속의 큰 촌락에서 높이 내걸린 크고 흰 베 휘장이 희미하게 보였다. 갑자기 땔나무 지게를 등에 지고 허리에는 초승달 모양의 작은 낫을 가로로 찬 한 초동(樵童)이 메밀 밭두렁에서 나와 일행의 말 머리를 지나쳐 갔다. 백호는 초동을 불러서 물었다.

"저 마을이 무슨 마을이냐?"

"모(某) 마을입니다."

"저 집은 누구 집이냐?"

"박 원장(院長) 댁입니다."

"왜 휘장을 쳤느냐?"

"박 원장이 달포 전에 돌아가셔서 내일이 장례를 치르는 날입니다."

"박 원장은 아들이 있느냐?"

"박 원장은 복 있는 양반입니다. 아들이 셋이고, 손자와 증손이 집에 가득하며, 전답은 이 들판의 논밭이 모두 박 원장 댁 소유랍니다. 또 외지의 수확은 얼마나 있는지도 모르며, 이 마을 수백 호 집 집마다 모두 농사짓는 소가 있는데, 태반이 박 원장 댁의 소입니다."

그렇게 말한 뒤 초동은 산으로 올라갔다.

백호공은 초동의 이야기 한 토막을 다 듣고는, 갈 길을 버리고 우회하여 말을 몰아 박 원장의 집을 향해 갔다.

두 수재가 말했다.

"갈 길은 앞쪽인데 자네는 어디를 향해 가는가?"

"내 잠시 박 원장을 조문하러 가니, 자네도 나를 따라오게."

두 수재가 말했다.

"우리가 자네를 꼭 따라갈 필요는 없지만, 기왕에 자네와 동행했으니, 자넬 두고 우리만 먼저 갈 순 없지."

그리하여 그들은 함께 박 원장 집으로 가게 되었다.

백호가 두 길손을 돌아보고 말했다.

"잠깐 문밖에 서 있게. 내 들어가 조문만 하고 곧 나오겠네."

그리고는 영좌(靈座)[2]로 들어가 앞에서 크게 통곡하고 몸을 돌려 여막(廬幕)을 나와 아버지를 잃은 삼형제의 손을 잡고 몹시 애통해했다. 일어났다 앉더니 좌우로 눈물을 닦으며 말했다.

"선장(先丈)께서는 무슨 병으로 언제 별세하셨는가? 선장이 나를 버리고 먼저 떠나가니, 나는 이제부터 세상을 살 낙이 없네. 애통하고 애통하네. 상주들이 나에게 즉시 부고(訃告)하지 않았으니, 딱한 일이지. 내 정(情)이 이러한데 오늘에야 와서 곡하니, 이 어찌 인정(人情)의 도리겠는가?"

또 말했다.

"나와 선장은 평소 정을 나누다가 지금 천고(千古)토록 저승과 이승으로 이별하게 되었으니, 몇 줄의 제문과 한 잔 술로 영결(永訣)을 고해야 하거늘, 까맣게 모르고 부고를 받지 못했네. 이번 걸음에 부득이한 큰일이 있기에 하룻밤 묵을 수 없어 무덤으로 가서 영결하려 하니, 평소 서로 좋았던 정을 저버리게 되어 애통하고 애통하네."

백호가 다시 말했다.

"주인이 술 한 동이를 가져오면 내 입으로 고하여 제문(祭文)을 대신

---

2 염습이 끝난 뒤에 죽은 이의 신위를 임시로 모셔 두는 장소. 또는 장례가 끝나고 상기(喪期) 동안 신주를 모셔 두는 장소다.

엄치영의 「음중팔선도(飮中八仙圖)」

하고 술을 올리고 떠나겠네."

이에 주인이 큰 술동이 하나를 내오자, 백호는 술을 들고 영좌 앞으로 가 크게 곡했다.

"벗이여, 벗이여! 내가 왔네. 벗이여, 벗이여! 자네는 어디를 가려 하는가? 벗이여, 벗이여! 내게 말술이 있으니 대작(對酌)할 수 있다네. 벗이여, 벗이여! 내가 우선 먼저 마시겠네."

그리고는 입을 크게 벌려 한번 들이키는데 한 동이의 삼분의 일을 마셔버리더니, 또 곡했다.

"벗이여, 벗이여! 자네도 마시게."

세 번을 이렇게 해서 한 동이 술을 다 마셔버리고는 여막을 나와 말했다.

"내 술을 마셨는데 술이 잘 내려가지 않으니, 안주를 얻을 수 있겠는가?"

주인이 정갈한 음식 한 그릇을 가지고 나오자 백호는 그것을 다 먹고 곧 일어나서 말했다.

"날이 저물었으니, 나는 가겠네."

세 아들이 통곡하고 가슴을 치며 말했다.

"고자(孤子)가 불민하여 어르신이 망부(亡父)의 집우(執友)[3]신데도 한 번도 얼굴을 뵌 적이 없으니, 감히 사시는 곳과 성씨를 여쭙니다."

"내 사는 곳과 성씨를 물어서 무엇하겠나? 나는 애자(哀子)[4]들의 선대인(先大人)과 전혀 모르는 사이라오. 그저 한번 취하기 위해 왔네."

---

3 집우는 뜻을 같이하는 벗이다.
4 상을 당한 남의 자제를 이르는 말이다.

좌중의 한 손님이 목소리를 낮추어 말했다.

"저 길손은 우습군! 버젓이 전혀 모르는 상주(喪主)에게 와서 조문하고 술을 마시고 가는구면."

백호가 말했다.

"마시고 싶어 와서 마시고 떠나니 내가 어찌 우스운 것이겠소? 문밖에 우스운 길손이 있는데, 둘은 우두커니 문밖에 서서 내게 남은 술을 기대하지만 냉수도 못 마시고 떠나게 되었으니, 이들이 참으로 우스울 뿐이지."

어느 고을의 큰 촌락에 말이 절로 죽는 일이 있었다. 마을에서 원장(院長), 장의(掌議), 좌수(座首), 별감(別監), 도감(都監), 풍헌(風憲)에다, 일찍이 시임(時任)을 지낸 수십 명이 오래된 홰나무 아래 모여 죽은 말을 썰어서 막 삶으려 할 때였다. 누군가 말했다.

"좋은 말을 먹고 술을 마시지 않으면 사람이 상합니다."

모두들 "이 말이 일리 있습니다"라고 하며, 시골 막걸리 몇 동이를 받아 왔다. 한창 술 마시고 고기를 먹으니 호기가 한껏 살아났다. 푸른 내와 너른 들을 굽어보니 산길은 구불구불하고 풍경도 아름다웠다. 누군가 말했다.

"이런 멋진 자리에 어찌 풍월 한 구절이 없을 수 있겠습니까?"

이에 사람들이 모두 수염을 배배 꼬고 어깨를 으쓱대며 시구가 떠오르면 소리 높여 읊었다.

어떤 이는 "나무 위에 새가 앉아서 곡(哭)하네[木上鳥伏哭]"라 하고, 어떤 이는 "노인이 늙으니 사람들이 모이질 않는구나[翁老人不族]"라 하고, 어떤 이는 "자갸[5]의 딸은 슬금[6]하구려[者歌女瑟琴]"라고 했다. 허다

한 시구들을 다 기록할 순 없지만 대체로 모두 이런 따위였다.

이때 한 행각승(行脚僧)이 산길에서 내려와 나무 그늘 아래 자리를 잡고 앉아 다리를 쉬었다. 은퇴한 좌수인 좌중의 한 노인은 마침 매우 취해서 돌을 높이 베고 십 년 동안 장식해온 유별선(油別扇)[7]을 부치고 있었다. 부채고리에는 말똥처럼 새카만 호두알과 연노랗게 물들인 무명 수건, 그리고 향청에서 오래 쓴 쇠뿔 투서(套書: 도장—옮긴이)가 달려 있었다. 그는 부채를 접었다 펼치고 흔들고 또 흔들며, 배를 드러내고 누워 이 행각승을 흘겨보다가 갑자기 고함을 쳤다.

"무슨 중이 고기를 먹으려 하나? 양반들이 한창 술 마시고 시를 읊는데, 욕심 사나운 중이 당돌히 와서 앉는가?"

이 승려가 말했다.

"산승이 배가 몹시 고프니, 고기 한 점 먹고 싶습니다."

좌수는 아이를 불러 고기 한 접시를 가져오라 하여 산승더러 가까이 와서 먹으라 했다. 이 승려는 바로 고기를 다 먹어 접시를 비우고는 일어나 바지춤을 내리고 쭈그려 앉으며 말했다.

"고기를 먹었으니 똥을 누지 않을 수 없군요."

잠시 뒤 승려의 항문 쪽에서 주먹만 한 작은 말 한 마리가 느닷없이 튀어나왔는데, 네 다리가 가늘고 뾰족해서 연약한 버들가지 같았다.

---

5 자기, 당신이란 뜻의 우리말이다.
6 겉으로 보기에는 어리석고 미련해 보이지만 속마음은 슬기롭고 너그러운 것을 뜻하는 우리말이다.
7 기름종이를 바른 별선(別扇)이다. 별선은 보통 부채보다 특별히 잘 만든 부채, 혹은 더위를 식히기 위한 용도 외의 특별한 용도로 모양이나 재료를 다르게 하여 만든 부채를 말한다. 윤선(輪扇), 합심선(合心扇), 혼선(婚扇), 진주선(眞珠扇), 대파초선(大芭蕉扇) 등이 있다.

말은 곧 무성한 풀 언덕 속으로 가서 날뛰며 흙으로 목욕하고 풀을 뜯
고 물을 마셨으니, '소마(小馬)'라는 말은 대개 이 이야기에서 나왔다고
한다.

12
끼니를 대신한 술 한 잔

어느 해 무렵 역사에 이름이 전하지 않는 박(朴)이라는 자가 있었다. 그는 괴이한 것을 숭상했고 사람들과 어울리기를 좋아하지 않았다. 한 번 영천(榮川) 군수를 맡았다가, 관직을 그만두고 돌아와 문을 닫아걸고 독서하며 일 년 내내 세수도 하지 않은 채 편안하고 한가롭게 지냈다.

하루는 그의 여종이 담을 마주하고 사는 오 판서(吳判書)의 종과 우물가에서 다투는 일이 생겼다. 길에서 오 판서의 종이 박공의 종을 쫓아 그의 집 창문 밖에까지 와서 옥신각신했는데, 아침부터 한낮까지 그치지 않고 서로에게 상스러운 욕을 퍼부었다. 박공이 이를 듣고서 괴로움을 견디다 못해, 문을 열어서 자신의 종은 볼기 치고 오 판서의 종은 잘 타일러 가게 했다.

하지만 그 종은 떠나지 않고 입에서 악담을 멈추지 않았다. 마침내 박공은 머리에 푸른 물을 들인 무명천을 썼다. 그 안쪽은 눈처럼 새하얗게 씨를 뺀 솜으로 장식된 것이었다. 머리에 모자를 쓰고, 몸에는 해진 황갈색 무명옷과 솜이 얇게 들어간, 위아래 가리지 않고 입는 누비 두루마기를 걸치고, 손에는 철쭉장(躑躅杖)을 쥐고 오(吳)의 집으로 갔다.

오는 바로 시와 술의 호걸을 자처하는 서파(西坡) 오도일(吳道一, 1645~1703)[1]이었다. 당시 오인(午人: 南人―옮긴이)이 정국(政局)을 담당할 때를 만나 오는 한가로이 지내며 집에만 머무르고 있었다. 벼슬을 내놓았는지라 대문에는 온통 거미줄이 뒤덮여 있고 참새 그물을 쳐도 될 정도였으니,[2] 뜰 가득한 낙엽을 누가 쓸겠으며, 섬돌 가득한 푸른 이끼에는 문을 여는 사람이 없었다[滿庭黃葉有誰掃, 侵階碧蘚無人開].

박은 느린 걸음으로 섬돌을 오르고 마루에 올라 곧장 문을 열고 방으로 들어갔다. 오는 두건도 쓰지 않고 버선도 신지 않은 채 벌거벗은 채 누워 닳아빠진 얇디얇은 무명으로 아랫도리를 덮어 가리고 있었다. 그 앞에는 여덟아홉 개의 큰 옹기 술병이 놓여 있었고, 왼쪽에는 벼룻돌, 오른쪽에는 책상이 있었다. 길고 폭이 넓은 종이는 광평(廣平)의 설화지(雪花紙)[3]와 대방(帶方)의 오색 닥종이[4]로, 이리저리 산처럼 쌓여 있었다.

오는 박이 방에 들어오는 것을 봤지만 그를 위해 일어나지 않고 그

---

1 자는 관지(貫之), 호는 서파(西坡), 본관은 해주(海州)다. 숙종 때, 부제학·도승지·대사헌을 거쳐 이조참판·공조참판·대제학·병조판서 등을 역임했다. 1702년 민언량(閔彦良)의 옥사에 연루, 장성에 유배되었다가 그곳에서 죽었다. 술을 좋아하여 숙종으로부터 과음의 경계를 받고 한때 술을 끊었다가 귀향 갈 즈음에 다시 폭음했다는 일화가 전한다.

2 벼슬에서 물러난 뒤 한가하고 적막한 오도일의 상황을 묘사하고 있다. 『사기』, 「급정열전」에 한나라 적공(翟公)이 정위(廷尉)로 있을 때에는 빈객이 서로 다투어 찾아오는 바람에 문전성시를 이루었다가, 파직된 뒤에는 한 사람도 찾아오지 않아 문 앞에 참새 잡는 그물[雀羅]을 칠 정도가 되었다는 고사를 인용한 구절이다.

3 설화지는 강원도 평강(平康)에서 생산되던 빛깔이 매우 흰 종이로, 평강의 옛 지명이 광평(廣坪)이다.

4 대방은 남원(南原)의 옛 이름이며, 특산품으로 닥종이가 있다. 조선시대부터 남원 지역에는 남원군 산내면 상황, 중황, 하황마을 주변에 한지를 전문으로 제조하는 지소(紙所)가 있었다.

저 똑바로 쳐다볼 뿐이었다. 박 또한 술병 곁에 주저앉아 똑바로 쳐다볼 뿐이었다. 한참이 지나 오가 말했다.

"당신은 누구시오?"

"나는 맞은편 집에 사는 박영천(朴榮川)이오."

"나는 취하면 삼공 육경(三公六卿)의 이름도 모두 잊어버리는데, 내 어찌 전임(前任) 영천 군수를 알겠소? 당신은 도대체 누구시오?"

"당신은 문장으로 이름났지만 끝내 대과에 급제하지 못한 박심(朴鐔, 1652~1707)을 아시오?"

오는 고개를 끄덕이며 말했다.

"알지요. 그런데 박심은 이미 죽었소."

"나는 그의 형이오."

"당신도 양반이었구려."

"그렇소."

"양반이면 문자를 아니, 당신도 글을 하시오?"

"어찌 글을 못하는 양반이 있겠소? 나도 글을 잘한다오."

"당신은 술도 마실 줄 아시오?"

"내 술도 잘 마시지."

"저 병에 술이 있으니, 당신이 따라 마시시오."

"나는 당신이 주는 벌주(罰酒)를 마시러 온 게 아니니, 당신이 먼저 마시구려."

오가 "좋소"라 하고는 큰 표주박으로 술을 마시자 박도 마셨다. 이렇게 서너 번, 너덧 번 술잔을 주고받았다.

"시를 한번 지어보시오."

"시와 술은 같은 것이니, 시 역시 당신이 먼저 지어야 하오."

오가 붓을 휘둘러 절구(絶句) 한 수를 짓자 박도 화운(和韻)했다. 오가 마침내 박의 손을 잡으며 말했다.

"오늘 시 친구를 잘 얻었구려. 또 짓는 게 어떻소?"

"안될 것 없소."

오가 또 곧바로 시를 짓자 박도 곧바로 수창(酬唱)했다.

이렇게 술 마시고 시를 짓고, 시를 짓고 술 마시기를 반복하여 완성된 시가 수십 첩에 이르렀는데, 마지막으로 박이 취하여 낙구(落句)에 "내관(內官)이 부축해 대명궁(大明宮)5을 나오네"라고 썼다. 오가 한참을 뚫어지게 보다 말했다.

"이 구절의 풍격(風格)이 참으로 좋지만, 이게 무슨 말인지 모르겠소. 혹 어떤 내력이 있소?"

박이 웃으며 말했다.

"이는 내가 왕년에 겪은 일을 쓴 것이오. 예전에 나는 여러 해 동안 헌부(憲府)의 감찰(監察) 일을 했소. 집이 가난하여 매일 조정으로 출근할 때 밥이나 죽을 먹거나 그저 술 한 잔만 마신 채 관복을 입고 갔지.

하루는 조참(朝參) 때에 주상이 정전(正殿)의 옥좌(玉座)에 앉아 계셨고 내가 압반(押班)6을 맡아 나아가게 되었는데, 이날 집에 쌀독이며 술병이 모두 비어 밥과 죽을 모두 거르고, 술로도 목을 축이지 못

---

5 당나라의 궁전 이름으로, 봉래궁(蓬萊宮)이라고도 한다. 장안의 동쪽에 있는데, 고종 때 봉래궁으로 개칭했다. 전하여 흔히 제왕의 궁전을 가리킨다.

6 조회나 중요 행사에서 벼슬아치의 서열에 따라 자리할 위치를 정돈하고, 위계질서를 감찰하는 일이다.

한 채 빈 속으로 궐에 나아갔소. 날은 춥고 주린 배는 꾸르륵대는데 꼿꼿이 조정 반열의 첫머리에 서서 때때로 보좌(寶座)를 우러러보니 마치 붉은 구름 한 송이가 엉긴 듯했소. 붉은 소매의 궁녀들이 큰 유리잔을 받들어 올리는데, 그때 나는 운몽택(雲夢澤) 같은 술 창자[7]가 뒤집혀서 가만히 있지 못하고 반열에서 나와 땅에 엎드렸다오.

주상께서 승지를 시켜 땅에 엎드린 까닭을 하문하시자 천신(賤臣)이 일어섰다가 엎드려서 '소신은 집이 가난하여 매일 조정에 나아갈 때 한 잔 술로 죽과 밥을 대신했는데, 오늘은 술도 마시지 못한 채 날이 저물고 있으니, 너무 주려서 엎드렸나이다'라고 말했소.

주상께서 '술을 내려라'라고 하셔서 일어나 큰 술잔으로 술을 마셨고, 주상께서 '잘 마시는구나'라고 하시며 또 술을 내리셔서 이렇게 여덟 번인가 아홉 번을 마셨소. 이날 나는 죽도 밥도 먹지 않고서 빈 속에 연거푸 큰 술잔으로 여덟아홉 번 들이켰는지라 술은 게워 올라오고 머리는 어지럽고 다리는 풀렸으며, 두 눈은 침침하고 어질어질하였소. 백관의 반열을 가지런히 해야 함도 모르고, 천지가 무슨 물건인지 분간도 못 한 채 옥산(玉山)이 화전(花甎) 위에서 무너져 내렸지.[8]

주상께서 이미 술에 곯아떨어진 정황을 통촉하시어 마침내 젊은 내관에게 명하여 부축하게 해 대명전(大明殿) 문밖으로 내보내셨소. 그

---

7 운몽택은 술을 많이 마실 수 있는 창자를 비유한 말이다. 원래 운몽택은 초나라 칠택(七澤) 중의 하나로 사방 9백 리의 큰 늪이다.
8 『세설신어』에 용모가 아름다운 사람이 술에 취해 몸을 가누지 못하는 것을 '옥산이 무너지다'라고 했다. 화전은 꽃무늬가 놓인 벽돌로, 한림원 북쪽 뜰 앞에 화전을 깐 길이 있었기에 한림원을 이른다.

구절은 이런 지난 일을 추억하며 붓 가는 대로 써본 것일 뿐이오."

오는 갑자기 벌떡 일어나 몸을 굽혀 두 번, 세 번 절을 올렸다.

"괴이하구려! 그게 무슨 모습이오. 절은 무슨 의미요?"

"당신은 천상(天上)의 낭관(郎官)이라 할만하오. 나는 어릴 때 등과
(登科)해서 금화(金華)와 옥당(玉堂)에서 모두 시강(侍講)하거나 지척
에서 주상을 모시며 근밀하게 주선하는 경우가 많았소. 황봉주(黃
封酒)9에 취하고 진수성찬을 실컷 먹은 적도 여러 번이오. 은사(恩
賜)를 성대히 받아 은총이 지극하고 지극했던 것이지.

하지만 한 번도 내관이 부축하고 나간 일은 없었으니, 지금 당신이
입은 은총은 다시없을 특별한 예우로, 소동파가 금련촉(金蓮燭)을
들고 한림원(翰林院)으로 돌아간 일10 못지않소. 당신은 천상의 낭
관이라 할 만하니, 이것이 내가 여러 번 절하고도 멈출 줄 모르는 이
유라오."

---

9 관청에서 빚어 황색 비단이나 종이로 봉한 술이다.

10 당나라의 영호도(令狐綯)와 송나라의 소동파가 임금과의 야대(夜對)에서 물러나올 때 임
금이 특별히 금련촉을 주어 보냈다 하여 신하에 대한 임금의 배려를 일컫는다.

13

술 마시고 명정 쓰기

죽천(竹泉: 金鎭圭, 1658~1716)이 한 번은 몹시 가난한 친구 집 초상에 조문하러 갔다. 상제(喪制)는 가슴 치고 곡하며 말했다.

"어르신께서 명정(銘旌)을 써주시길 부탁드립니다."

죽천은 이를 허락했지만 앉은 곳이 너무 좁아 다른 곳으로 자리를 옮기고자 했다. 하지만 집채가 더는 없어서 문간(門間) 처마 아래에 멍석을 폈다. 막 향불을 피우고 명정을 쓰기 위한 아교 섞인 가루를 만들면서 죽천이 상가의 집사(執事)에게 말했다.

"내게 큰 병이 있네. 글씨 쓰는 일을 하려고 하면 반드시 술을 마시고 술의 힘을 빌려야 붓이 움직이니, 그렇지 않으면 글자가 잘 써지지 않네."

집사는 "응당 술을 구해 올리겠습니다"라 하고, 안채로 들어갔다.

한참 뒤 여종 하나가 나타났는데, 반백의 머리칼을 얼굴에 치렁치렁 늘어뜨린 채 한겨울 부엌에서 거북이 등짝처럼 갈라 터진 손으로 서산(西山)에서 사온, 위는 넓고 바닥이 좁은 사발을 쥐고 있었다. 사발에 담긴 청황색은 흡사 큰 종기를 침으로 찔러서 나온 고름 같은 탁주였다. 여종이 와서 좌우를 둘러보고 말했다.

"영전장(靈餞匠)께서는 어디 계십니까? 술을 가져왔습니다."

죽천이 그릇을 받아 한번 입에 대보고 미간을 찌푸리며 말했다.

"이 영전장이 술을 좋아하긴 하지만 이 술은 정말 한 번에 다 마셔 그릇을 비우기 어렵군."

그리고는 사발을 자리 오른쪽에다 치워버렸다【하인은 필시 명정(銘旌)을 일러 영전(靈餞)이라고 말한 것이다】.

14

육두풍월의 유래

세상 사람들은 남의 상스러운 시문(詩文)을 보면 매번 '육두풍월(肉頭風月)'이라고 말하는데, 육두(肉頭)라는 말은 어디에서 나왔는가? 심하다. 세상 사람들이 둔하고 경솔하여 와전을 답습하다 보니 이 지경에 이르렀다.

어느 해 즈음, 호남의 암행어사가 배로 나주(羅州)의 회진(會津)[1]을 건넜다. 배가 막 강가를 떠났을 때 강가에서 갑자기 건장한 관원 두서너 명이 나타나 다급한 소리로 "거기 배는 속히 돌아와 배를 대라"라고 외치며 계속 불러댔다. 뱃사공은 고개를 돌려 한번 보고는 황급히 배를 돌리며 더 빨리 대지 못할까 걱정했다.

어사가 말했다.

"배가 이미 물가를 떠났는데 어찌 돌아가 대려 하는가?"

"이 고을의 좌수(座首)가 외창(外倉)[2]에서 지금 돌아와 본주(本州)로

---

1 회진은 나주 지역의 주요 집산지다. 통일신라시대에는 해상 교류를 통해 중국 유학승과 견당사 같은 인물들과 각종 물자가 모이는 국제적인 무역항이기도 했다.
2 각 읍에서 환곡 등을 보관하기 위하여 설치한 관용 창고를 말한다.

가는데, 배가 지체되면 혹여 곤장을 맞을까 두렵습니다"라고 뱃사공은 말했다.

이렇게 말하는 사이 배가 벌써 강가에 도착했다. 잠시 뒤 좌수가 굽이 높은 제주산 말을 올랐고, 말 뒤에는 근수노(跟隨奴),[3] 소리(所吏),[4] 통인(通引), 창고직(倉庫直), 일수(日守)[5] 등 네댓 명이 나는 듯이 달려와 말에서 내려 배에 올랐다.

이때쯤 서산(西山)의 해는 산으로 기울고 있었고, 잔잔한 수면에서 비단결 같은 잔물결이 일었는데, 때때로 은빛 비늘의 물고기가 물결 한가운데에서 튀어 오르는 것이 보였다. 이 좌수는 외창에서 마셨던 막걸리 몇 사발로 인해 정히 호기로운 흥을 주체 못하다가, 갑자기 물에서 튀어 오르는 물고기를 보고 흥취가 한층 올라 부채로 뱃전을 치며 말했다.

"기이하구나! 저 고기[肉]여. 글을 읽지 않은 것이 평생의 한이로군. 식자(識者)가 이걸 본다면 필시 풍월을 읊을 텐데."

또 부채로 뱃전을 두드리며 말했다.

"고기[肉]."

다시 높은 소리로 "고기[肉]"라 하고, 거듭 낮은 소리로 "고기[肉]"라고 하더니 또 길게 한숨 쉬고 짧게 탄식하며 "어찌할 수 없구나"라고 했다. 또 연거푸 부채로 치며 "고기, 고기[肉肉]……"라 하더니, 어사를 돌아보고 말했다.

---

3 관원이 출입할 때 따라다니며 시중드는 하례(下隷)다.
4 지방 행정 구역의 하나인 소(所)의 관리다.
5 지방 관청에 딸려 천한 일을 하던 하인들로, 일수 양반(日守兩班)이라고도 불렀다.

"조대는 어디 사는 길손이십니까? 글을 잘 아시는지?"

"지나가는 객으로 문자는 좀 안다오."

"이런 풍경에서 풍월을 읊고 싶지만, 글을 모르는 것이 한스럽습니다. 고기 육(肉) 한 글자만 얻었고 육자 아래 적합한 글자를 얻지 못했으니, 조대가 육자 아래 글자를 내려줄 수 있을지요?"

"뛸 '도(跳)'자가 좋을 듯하오."

"도는 무슨 뜻입니까?"

어사가 도자의 의미를 풀어서 말해주자 좌수는 몹시 기뻐하며 다시 부채로 배를 두드리며 말했다.

"육도(肉跳)."

다시 연달아 육도라고 중얼대는데, 입술소리와 잇소리로 육도를 내뱉고, 잇몸소리로 목구멍소리로 짧고 길게 혹은 높고 낮게 끊이지 않고 육도, 육도라고 하다가 배가 맞은 편 강가에 정박하자 말을 타고 읍내로 가버렸다.

어사는 타던 말이 느려서 뒤쳐졌기에 황혼녘에야 고을에 도착했다. 곧장 객사로 들어가 출두(出頭)하고 좌수를 불러들였다. 좌수는 숨을 헐떡이고 땀을 물처럼 흘리며 엎드려 어사를 알현하고 감히 쳐다보지 못했다.

어사가 말했다.

"너는 나를 아느냐?"

좌수는 고개를 들어 한 번 보고 말했다.

"아무리 생각해 보아도, 어디서 배알(拜謁)했는지 끝내 기억이 나지 않습니다."

"너는 좀 전에 나룻배에서 했던 풍월을 읊어보아라."

좌수는 황공하여 어쩔 줄 몰라 하며 입술 사이로 아주 작게 육도라고 읽었다.

"그렇게 작은 소리로 읽으면 엄한 곤장을 면치 못할 것이니, 다시 큰 소리로 읊어보아라."

좌수의 한 조각 정신은 곤장이라는 한 마디가 너무 두려워 곧 어릴 적 젖 먹던 힘까지 다해서 벽력같은 큰 소리로 '육도', '육도'라고 읊었다.

"잘 읊었다. 다시 소리 높여 읊어보아라."

저물녘에서 삼경(三更)쯤까지 이 좌수가 계속해서 '육도', '육도'라고 목청껏 읊었다. 어사는 크게 웃고 그를 돌려보냈고, 나주는 무사할 수 있었다.

상스러운 시구를 육도라고 말하는 것은 이 일에서 나온 것이다.

15

늙은 좌수가 쫓겨난 까닭

판서(判書) 권상유(權尙游, 1656~1724)[1]가 아들의 관례(冠禮)를 황강(黃江)
에서 치르려고 하여 날을 잡은 뒤, 서울에서 술을 싣고 배 한 척으로
강을 거슬러 올라갔다. 집에 돌아온 뒤, 편지로 제천(堤川)에 사는 은퇴
한 늙은 좌수를 관례를 치를 때 부르는 손님으로 초대했는데, 사람들
이 모두 비웃었지만 고집하며 뜻을 굽히지 않았다.

　　당일이 되어 그 손님이 당도했다. 예법에 따라 동쪽 섬돌[2]과 서쪽
섬돌로 나뉘어 읍양(揖讓)하고 오르락내리락하면서 삼가(三加)의 예[3]
를 행했다. 관례가 끝나고 손님이 물러가겠다고 고하자 주인이 말했다.

　　"내게 박주(薄酒)가 있으니, 바라건대 좀 더 머물러 주시게."

1　본관은 안동, 자 계문(季文)·유도(有道), 호 구계(癯溪), 시호는 정헌(正獻)이다. 도학자인 맏
　형 상하(尙夏)를 스승으로 섬긴 뒤에 송시열의 문하에서 수학했다. 호조판서·예조판서·한
　성 판윤·우참찬을 지냈고, 이조판서가 되어 숨은 인재들을 등용했다.
2　원문은 '조계(阼階)'로 '조(阼)'는 주인이 오르는 동편 계단이다. 『논어』, 「향당」편에 예가 보
　인다.
3　관례에서 관을 세 번 갈아 씌우던 의식으로, 초가(初加)에는 입자(粒子), 단령(團領), 조아
　(條兒), 재가(再加)에는 사모(紗帽), 단령(團領), 각대(角帶), 삼가(三加)에는 복두(幞頭), 공
　복(公服)을 썼다.

"어찌 감히 명을 따르지 않겠습니까."

이에 손님과 주인은 마주 앉고 다른 손님들은 나란히 앉아 마침내 잔을 돌렸다. 먼저 계당주(桂棠酒)[4]를 큰 주발에 따라서 주고받고, 다음은 감홍로(甘紅露), 또 그다음은 벽향주(碧香酒), 이성(尼城)의 노산춘(魯山春), 여산(礪山)의 호산춘(壺山春), 이강고(梨薑膏), 죽력고(竹瀝膏)[5] 등의 갖가지 독한 술이었다. 각각 서른 잔에서 마흔 잔이 되도록 마시고 나자 좌수가 말했다.

"소생은 너무 취하여 더는 마실 수 없겠습니다."

"아! 이게 무슨 말인가? 나와 존장은 반면식도 없는 사이지만 일찍이 존장의 센 주량이 당대에 적수가 없다고 물리도록 들었기에, 내 일부러 왕림해주십사 청하여 함께 대작(對酌)하려 한 것인데, 불과 마흔 잔의 술에 갑자기 너무 취했다고 하다니, 아! 이 무슨 말인가?"

"소생이 마신 것은 막걸리입니다. 그런 술이라면 과연 한 동이, 두 동이도 마실 수 있지요. 깊은 산골에서 나고 자랐는지라 막걸리만 마셨을 뿐인데, 오늘 마신 술은 세상에 난지 60년 만에 보는 일찍이 이름도 알지 못했던 진품들입니다. 속에서 술이 게워 올라오니, 은

---

4 '계당주(桂當酒)'를 이르는 듯하다. 계피와 당귀를 소주에 넣어 만든 술이다.
5 '감홍로'는 지치 뿌리를 꽂고 꿀을 넣어서 거른 평양 특산의 소주다. 맛이 달고 독하며 붉은 빛이 난다. '벽향주'는 멥쌀로 덧술하여 빚는 술로 술 빛깔이 푸르고 색이 맑은 술이다. '노산춘'도 멥쌀로 덧술하여 빚는 술인데, 술의 맛과 색깔이 특이하다. 특히 충청도 지방의 향토주로 알려져 있다. '호산춘'은 맛과 향이 뛰어난 '춘주(春酒)'의 대명사로, 삼양주법으로 빚은 전통 명주(銘酒)이다. '이강고'는 쌀과 보리를 원료로 약주를 빚어서 전통 소주를 내린 후 또다시 내린 소주를 고아 50도 이상의 소주를 만들고, 여기에 배·생강·울금·계피를 넣어 38도 이상의 술로 제성하여 빚는 술이다. '죽력고'는 푸른 대의 줄기를 불에 쬘 때 흘러나오는 기름을 섞어서 만든 소주로 아이들이 중풍으로 별안간 말을 못 할 때 구급약으로도 썼었다.

빛 해변에 꽃이 만발한 천 그루 나무와 강가의 푸른 산이 달려가고 달려오며, 만 리의 끝없는 하늘이 개미와 맷돌6처럼 돌고 돕니다. 대감의 책망을 받더라도 소생은 오늘 감히 술을 한 잔도 더 마시지 않겠습니다."

권공은 즉시 큰 소리로 "못난 사내로다!"라고 일갈(一喝)했다. 갑자기 대청 뒤편에서 뇌신(雷神)과 꼭 닮은 수염이 부숭부숭하고 건장한 하인이 달려 나왔다. 그는 칠가상(七架上) 흰 양털 전립(氈笠)7을 낮게 쓰고 앞에서 인사하며 공손히 읍(揖)했다. 권공이 다시 호통치며 말했다.

"속히 이놈을 끌어내라! 아들 관례의 손님으로 그를 초대한 것은 그가 덕행(德行)이 있어 고을에서 칭송받기 때문이 아니었다. 그저 주량이 대단하다는 말을 들었기에 대작하며 하루를 유쾌하게 보내고 싶어서였는데, 오늘 마신 술이 이 정도에 불과할 뿐이니, 내가 남의 말을 잘못 듣고 제천 좌수를 아들 관례의 손님으로 불러서 공연히 온 세상의 한없는 조롱을 받게 되었구나. 어서 이놈을 끌어내라!"

6　원문의 '의마(蟻磨)'는 『주비산경』에 있는 의마의 논설에서 나온 말이다. 가령 맷돌은 서쪽으로 돌고 개미는 동쪽으로 간다면 맷돌은 빠르고 개미는 늦으므로 개미가 맷돌에 휩쓸려 서쪽으로 가버린다는 이야기인데, 여기서는 술에 취해 빙글빙글 돌고 있는 좌수의 시야를 말한다.

7　'칠가상(七架上)'의 의미가 명확하지 않다. 이와 비슷한 '칠가량(七架梁) 흰 양털 당모자(唐帽子)'라는 구절이 『영미편』 하권, 「단설」 17칙에 다시 등장하는데, 다음 구절을 통해 '칠가상'은 '칠가령(七家嶺)'을 잘못 쓴 것으로 추정할 수 있다. 참고로 칠가령은 중국 영평부(永平府)에서 60리 지점에 있는 역(驛)의 이름이다.

"새벽에 칠가령(七家嶺)을 넘었는데, 고개에서 당모자(唐帽子)를 꺼냈다. 우리나라에 육목잡극(六目雜劇)이 있는데 창갈(唱喝)하여 일곱 번에 이르면 문득 칠가령(七家嶺) 당모자(唐帽子)라 하는데, 대개 이 때문이었다." 김선민(金善民, 1772~1813), 『관연록(觀燕錄)』 권上.

16

뒤탈이 없는 지장술

우리 고조부(李廷夔, 1612~1671)[1]께서 홍주(洪州)목사로 임명되어 다음
날 조정을 하직하고 길을 떠나려 할 때였다. 온 조정의 벗들이 일제히
와서 전별했는데, 모두 청호(靑湖: 李一相, 1622~1666)[2]와 호곡(壺谷: 南龍
翼, 1628~1692)[3] 같은 당대의 명사들이었다. 하루 종일 단란하게 술잔을
나누며 술병이 비면 다시 채우고, 채우고 또 채우다가 공들이 말했다.

"술이 끝내 양에 차지 않습니다. 어찌 홍주의 지장(支裝)[4] 술을 들여
오지 않고서 흠뻑 취하겠습니까?"

---

1 이정기의 본관은 한산(韓山), 자 일경(一卿), 호는 귀천(歸川)으로 이운영의 고조부다. 현종
  초 대사간·이조참의·경기도 관찰사를 지냈다. 1671년 대기근 때 한성부 좌윤으로 진휼청의
  제조가 되어 굶주리는 백성을 구제했다.
2 이일상의 본관은 연안, 자 함경(咸卿), 호 청호(靑湖), 시호는 문숙(文肅)이다. 서인 계열로 효
  종, 현종에 걸쳐, 대제학·공조판서·예조판서 등을 지냈다. 사신으로 청의 실정을 보고, 효종
  의 북벌계획 수립에 도움을 주었다.
3 남용익의 본관은 의령(宜寧), 자 운경(雲卿), 호 호곡(壺谷), 시호는 문헌(文憲)이다. 통신사
  의 종사관으로 일본에 다녀왔으며 예조판서·이조판서 등을 지냈다. 기사환국 이후 유배지
  에서 세상을 떠났다.
4 새로 부임한 수령을 맞을 때 그 지방 관아에서 새 수령에게 주던 특산물이다.

고조부가 말했다.

"지장은 조정을 하직하는 날 쓰는 것이 각 읍(各邑)에서 널리 행하는 규례이니, 아직 조정을 하직하지도 않고 먼저 들이는 것은 안 되오."

"그렇지 않습니다. 지장을 조정을 하직하기 전에 쓸 수 없다는 것은 혹시라도 체직(遞職)될 실마리가 있어서이지만, 내일 새벽이면 조정을 하직할 테니 지금은 달리 걱정할 일이 전혀 없습니다. 혹 그럴 우려가 있더라도 새로 제수되어 교대할 자도 필시 오늘 이 자리에 있는 이들 중에서 나올 것입니다."

그리하여 지장 술을 들여 와 연거푸 마셔버렸다.

이날 저녁 우리 고조부는 내직인 대사간(大司諫)으로 벼슬이 바뀌었고, 교대할 사람도 과연 이 자리에 있던 손님이었다고 한다.

17

원관정에서 열린 영성한 시회

~~

경오(庚午: 1750)년 가을, 영덕(盈德) 현감 홍우집(洪禹集, 1679~?)[1]과 판결
사(判決事) 민택수(閔宅洙, 1687~1756)[2] 두 어른이 같은 마을의 두 노인을
데리고 술병을 찬 채, 원관정(遠觀亭)[3]에 계신 아버님을 방문했다. 임재
윤공(尹心衡, 1698~1754)[4]과 참의 황합(黃梜, 1699~1771),[5] 정언 이언세(李
彦世, 1701~1754)[6] 세 어른도 약속 없이 모여, 이내 술병을 열어 천천히
술을 따라 마셨고 병이 비면 다시 술을 구해왔다.

-------------------●----------------

1 본관은 남양(南陽〔唐〕), 자는 성백(成伯)이다. 1726년(영조 2) 병오(丙午) 식년시에 합격했고,
  장악원 주부·좌랑·판관·영덕 현감 등을 지냈다.
2 본관은 여흥(驪興), 자는 성기(聖基)다. 양사의 관원들과 함께 계를 올려 신임사화 때 화를
  당한 노론 4대신을 신원하는 데 앞장섰고, 집의로 있을 때 언로를 개방할 것을 건의했다.
3 서대문 밖 서지(西池)가에 있었던 정자다. 『옥국재유고』, 「기년록」에 따르면 이운영은 서지에
  서 연꽃을 감상하며 문회(文會)를 열어 벗들과 교유하기도 했다.
4 윤심형은 이운영의 스승으로 본관은 파평(坡平), 자는 경평(景平), 호는 임재(臨齋)다. 1722
  년 정언에 재직 중 소론의 과격파 김일경이 왕세제(英祖)를 죽이려 발각된 사실을 규탄하
  여 상소했으나 소론파의 방해로 묵살 당했다. 신임사화, 정미환국 등으로 삭직되고 파직당
  했으나, 뒤에 부제학에 기용되어 예조참판에 이르렀다.
5 본관은 창원(昌原), 자는 몽응(夢應)이다. 지평·수찬·부교리·헌납·겸사서를 역임하고,
  1767년 부총관(副摠管)에 특별히 제수되고 공조참판을 거쳐 1769년 대사헌에 올랐다.

208 | 술

점차 석양빛이 난간으로 들어왔을 즈음, 어른들이 모두 상당히 취해 있었다. 홍공이 말했다.

"오늘 모인 사람이 여덟 명이니 두 사람이 합해 한 구절씩 지으면 여덟 명이 네 구절을 지을 수 있겠소. 연구(聯句)로 시 한 편 짓기 참으로 좋소이다."

홍공이 먼저 일곱 글자를 읊자 민공이 이었고, 두 노인도 이어 시를 지었다. 나는 벼루 옆에 서서 네 노인이 지은 것을 봤는데, 모두 너무 엉성하여 염(簾)⁷이 이루어지지 않거나, 대구가 되지 않기도 했다. 네 노인은 또 서로 수정하고 여러 번 고치며 종이 가득 붓칠했지만, 온갖 허점이 드러나 결국 흠잡을 부분이 많았다.

이때 아버님도 몹시 취해서 난간에 기대어 섰고, 그 탓에 시구를 지을 수 없을 것 같아 나는 내심 많이 걱정되었다.

홍공이 말했다.

"이제 아무개【아버님의 자(字)】차례이니, 어서 짓게."

아버님은 즉시 "연꽃은 져도 싱그러운 기운 남기네〔荷敗猶能留爽氣〕"라고 읊으셨다. 홍공이 "다음은 경평(景平: 尹心衡의 字—옮긴이) 차례일세"라 하며 손으로 임재(臨齋: 尹心衡의 號—옮긴이)를 흔들었다. 임재는 막

---

6 본관은 공주(公州), 자는 미중(美仲)이다. 1744년(영조20)에 정언으로서 삼정승을 무고하고, 탕평책을 저지·조롱했다 하여 함경도에 유배되었고, 그 이듬해에 가서야 유배가 취소되었다. 10년 동안 폐고(廢錮)되어 있다가 죽었다. 영조는 이언세의 절의를 높이 사서, 나라에 일이 있으면 이 사람이 종사관이 될 만하다고 했다.

7 염은 한시에서 자음의 높낮이를 맞추는 형식의 하나다. 안쪽과 바깥쪽의 각 짝수 글자 음운의 높낮이를 가위다리 모양으로 서로 어긋 매겨 번갈아 차례가 바뀌게 하는 가새염 등이 많이 쓰인다.

베개를 베고 눈을 붙이려던 차에 홍공이 불러서 깨우자 눈을 뜨고 말했다.

"아무개가 벌써 지었습니까?"

그리고는 두루마리를 가져다 한번 읊조려보고는 "좋군!"이라고 하더니, 즉시 시구를 읊었다.

"버들은 시들어도 온통 맑은 가을 머금고자 하네〔柳衰渾欲帶清秋〕."

홍공이 말했다.

"몽응(夢應: 黃杼의 字―옮긴이)인가? 미중(美仲: 李彦世의 字―옮긴이)인가? 다음은 누구 차례인가? 어서 지어 시를 완성하게."

황공이 말했다.

"저는 시를 지을 줄 모르니, 어찌 갑작스레 응할 수 있겠습니까?"

홍공이 말했다.

"구천(九天)에서 떨어지는 벼락불은 바가지를 써서라도 피할 수 있지만, 오늘 시를 짓자는 약속은 몽응이 천만 가지 꾀를 부려도 피할 수 없네. 몽응이 귀밑머리에 옥관자를 달고 있다 해도, 나이로 따지면 우리 아이들 또래에 불과하니,[8] 노인이 먼저 시를 읊었는데 몽응이 지어서 완성하지 않는단 말인가?"

황공이 몹시 난감해하더니 마침내 말했다.

"경평이 나 대신 지어주게. 오늘 모임에 아무개【바로 중부(李台重, 1694~1756)의 자(字)인데, 중부는 당시 지방에 임명되어 나가 계셨다】가 없어 섭섭하니, 이런 뜻을 담아 나 대신 시구를 지어주게."

---

8 통정대부는 품계를 나타내는 옥관자를 망건에 붙였다. 황합은 정3품인 참의로 종6품인 현감 홍우집보다 벼슬은 높지만, 나이는 어린 상황이다.

임재가 말했다.

"구상(構想)이 좋군. 내 자넬 위해 지음세."

그리고는 난간에 기대 낮게 읊조렸다. "연회에 와서 서운하니, 연회에 와서 서운하니[當筵悄悵, 當筵悄悵]"

이렇게 여러 번 읊더니 또 웃으며 말했다.

"다음 세 글자가 어렵군! '한 사람이 모자라네[少一人]'가 딱 맞는데, '소(少)'자는 상성(上聲)이고 '인(人)'자는 평성(平聲)이니 어렵군, 어려워!"

다시 낮게 "한 사람이 모자라네. 한 사람이 모자라네"라 읊더니, 또 말했다.

"'일(一)'자가 입성(入聲)이라 안타깝네. 참 어렵군."

이공이 대뜸 "'일(一)'자가 입성(入聲)이라도 그다지 해될 게 없네. 나라면 응당 평성(平聲)으로 대구를 지었겠지만, 옛 시인들에게도 이런 종류는 많았지"라고 했다. 그리고는 곧 "어느 누각에 있는가, 어느 누각에 있는가[何處樓, 何處樓]"라고 읊더니, 부채로 땅을 몇 번 두드리면서 말했다.

"혜초(蕙草)를 차고 노닐며 읊으리니,[9] 어느 누각에 있는가[蕙佩行吟何處樓]."

이렇게 마침내 한 편을 완성했지만, 위 시구 중 절반은 너무 엉성해서 끝내 흠이 많은 점이 아쉬웠다.

---

9 유배지를 떠도는 굴원의 처지를 지방에 보임된 이운영의 중부의 상황에 빗댄 구절이다. 굴원은 「이소」에서 "내 이미 난초를 구원에 심었고, 또 혜초를 백묘에 심었노라"라 했고, 또 「어부사」에서 "강담에서 노닐고 택반에서 읊조릴 적에"라고 했다.

18

술꾼에게 걸맞은 시험문제

아버님이 단양(丹陽) 수령으로 계실 적에, 판서공(判書公)인 중부(李台重, 1694~1756)가 경강(京江)¹ 입구에서 임재공(臨齋公: 尹心衡, 1698~1754)과 참판 이의철(李宜哲, 1703~1778), 합천군수 홍장한(洪章漢, ?~?) 세 어른을 이끌고 함께 배를 타고 물길을 거슬러 올라가며 사군(四郡)²을 두루 유람하려고 했다.

배가 단양에 정박해서 열흘 동안 머물렀는데, 하루는 봉서정(鳳棲亭)³에서 백일장이 열렸다. 시제(試題)를 걸려고 할 때, 중부께서 나를 돌아보고 말했다.

"너는 올해 글짓기를 시작했느냐?"

"시작했습니다."

---

1 예전에 서울의 뚝섬에서 양화나루에 이르는 한강 일대를 이르던 말이다. 서울로 오는 세곡, 물자 따위가 운송되거나 거래되었다.

2 호서 지방에서 산수의 풍광이 아름다운 네 곳으로, 단양(丹陽)·청풍(淸風)·제천(堤川)·영춘(永春)을 이른다. '사군계산(四郡溪山)', '사군산수(四郡山水)' 등으로 불렀다.

3 단양 옛 관아의 누정으로 20세기 초반까지 그 모습이 남아 있었다. 겸재 정선의 구학첩(丘壑帖)의 그림 가운데 단양의 「봉서정도(鳳棲亭圖)」가 있다.

정선의 「봉서정도」

"초벌해놓은 글짓기 책을 가져오너라."

그래서 나는 물러나 책을 가지고 와 올렸다. 책자 제1장에 쓴 것은 '의적(儀狄)을 멀리하다[疏儀狄]'[4]이고, 제2장에 쓴 것은 '술지게미 언덕이 바로 봉래산이다[糟丘是蓬萊]'[5]였다. 중부가 보시고 말했다.

"주제를 하필 '소의적(疏儀狄)'으로 택했느냐? 참으로 좋구나."

그리고는 임재공을 돌아보며 말했다.

"이것으로 시(詩)와 부(賦)의 시제를 통일함이 어떤가?"

임재공이 "좋네"라 하고 마침내 시제를 써서 걸었다.

임재공은 곧 시냇가로 가 읊조리며 앉았다가 갑자기 몸을 돌려 시제판(試題板)이 걸린 쪽을 향해 앉으며 말했다.

"하마터면 그르칠 뻔했군. 좀 전의 초책(草冊)을 다시 가져오너라."

다시 책을 가져와 올리자 임재공이 쭉 훑어보고 말했다.

"시제(詩題)를 응당 '조구시봉래(糟丘是蓬萊)'로 바꿔야 한다. 아무개【중부의 자(字)】영감이 '소의적(疏儀狄)'으로 시와 부의 시제(試題)를 같게 한 것은 바로 넌지시 타이르는 뜻을 담은 것인데, 내 처음에는 깨닫지 못했다. 아무개【아버님의 자(字)】께서 주인이 되고, 우리 셋은 객이 되어 오암(五巖)과 이담(二潭)[6] 사이에서 서로 이끌며 질탕하게

---

4 『역대사선』, 「하후씨」에 "옛날부터 예락(醴酪)이 있었는데, 이때에 이르러 의적(儀狄)이 술을 빚었다. 우(禹)가 마신 후 맛있다고 하면서 '후세에 반드시 이 술로 인하여 나라를 잃는 자가 있을 것이다'라 하고, 마침내 의적을 멀리하였다"라는 구절이 있다.

5 이백의 「월하독작」시에 "게 조개 안주는 신선약이고, 술지게미 언덕은 곧 봉래산이라. 좋은 술 실컷 퍼마시고, 달밤에 누대에서 취해볼거나"라는 구절이 있다. 『이태백집』권22.

6 오암과 이담은 단양의 대표적인 명승지였다. 오암은 상선암(上仙巖), 중선암(中仙巖), 하선암(下仙巖), 사인암(舍人巖), 운암(雲巖)이고, 이담은 구담(龜潭)과 도담(島潭)이다.

놀려 했는데, 아무개 영감이 우리가 과음할까 염려해서 '소의적'으로 시와 부의 시제를 같게 했던 것이다. 그 뜻은 참으로 아끼는 마음에서 나온 것이지만, 주객(酒客)의 풍모에서 볼 때 결코 시와 부의 시제를 똑같이 할 수는 없다."

그리고는 시제를 새로 써서 달았다. 중부가 웃으며 말했다.

"나는 정말 별 뜻 없었는데, 영감은 어찌 속뜻이 있으리라 생각하시오? 처음에는 영감이 내게 마시지 않겠다고 말했지만, 이제는 파계(破戒)하고 싶어서 시제를 기어이 고치고 마는구려."

임재가 말했다.

"내가 참으로 병통이 많아, 이번 여행에는 과음하고 싶지 않았소. 헌데 아무개 어른이 주인 사또가 되고 우리 세 사람은 연석(宴席)의 손님이 되었소. 선비를 모아 재주를 시험하면서 '소의적'으로 똑같이 시부(詩賦)의 시제를 삼는다니, 어찌 이런 살풍경이 있단 말이오? 저것[糟丘是蓬萊]으로 부제(賦題)를 삼고, 이것[跣儀狄]으로 시제(詩題)를 삼는다면 술 마심을 경계하는 뜻과 거나하게 마시는 정취, 두 가지가 모두 행해져도 패착은 아닐게요."

이 일이 어제처럼 생생한데 어느덧 30여 년이 되었다. 당시의 해학과 풍치는 이미 예전에 먼지나 그림자 같은 일이 되어버렸으니, 지금 이 글을 쓰면서 풍수지탄(風樹之歎)의 심정을 가누지 못하겠다.

바둑
棋場

1

바둑 이야기를 기록한 이유

작은 기예라고 해서 바둑을 하찮게 여겨서는 안 된다.[1] 그 궁(宮)은 1년
의 360일에 해당되고, 그 방괘(方罫)는 산하(山河)와 대지(大地)를 형상
하니,[2] 바야흐로 바둑판을 마주하고 지혜를 다투게 되는 것이다. 어느
누구인들 온 바둑판을 집어삼키고 싶은 마음이 없겠는가? 허나 조개
와 도요새가 서로 버티는 형상[3]이 되기도 하고, 홍구(鴻溝)를 반으로

---

1 『맹자』, 「고자」上에 "지금 바둑은 비록 작은 기예이지만 마음을 오롯이 하여 뜻을 다하지 않
  으면 이룰 수 없는 것이다"라고 했다.
2 바둑판에는 가로, 세로줄이 각각 19개 그어져 있고 이들이 교차하는 지점이 361개이다. 궁
  (宮)은 이 교차점을 말한다. 방괘(方罫)는 바둑판의 눈을 이르는데, 이는 사활(死活)과 관련
  된 집의 모양이다.
3 바둑을 둘 때, 팽팽하게 대치하고 있는 상황을 빗댄 것이다. 조개와 도요새가 서로 입을 물고
  물리면서 다투며 버티다가, 결국은 어부에게 둘이 모두 잡힌다는 이야기가 『전국책』, 「연책」
  에 전한다. 관련 성어로 '방휼지세(蚌鷸之勢)', '어부지리(漁父之利)', '일거양득(一擧兩得)' 등
  이 있다.
4 홍구는 옛날 중국의 운하 이름으로, 한나라와 초나라가 패권을 다툴 때 서로의 경계선으로
  삼았던 곳이다. 『사기』, 「고조본기」에 "항우가 이에 두려워한 나머지, 한왕(漢王)과 천하를
  중분(中分)하기로 약속하고, 홍구 이서(以西)를 떼어 한나라에 주고 자신은 홍구 이동(以
  東)을 차지하기로 하였다"는 내용에서 나온 구절이다.

김홍도의 「위기도(圍碁圖)」

나누기도 하며,4 각자 오(吳)와 촉(蜀)을 지켜야 하기도 한다.5 공격과 수비로 형국이 바뀌는가 하면, 죽고 살기의 수는 복잡다단하다. 바둑에는 허다하게 정교하고 그렇지 못한 수가 있는바, 마음의 지략(智略)이 은미하면서도 끝없이 펼쳐지니, 바로 상산(商山)의 네 노인의6 경우다. 두 노인은 바둑을 두고, 다른 두 노인은 바둑판 옆에 앉아 있다. 이런 판에도 구경하는 자에게 묘수가 있으니, 장안(長安)의 술집에서 판이 벌어졌을 때 곁에 서서 뚫어지게 보는 것은 그럴 만한 까닭이 있는 것이다.

그렇지만 문밖에 신발 두 켤레는 흩어져버렸고,7 바둑판 위의 바둑돌은 이미 거둬졌으니, 예전에 공수(攻守)와 살활(殺活)의 때에 누에실과 쇠털8 같은 정교함으로 운용한 지략은 모두 하늘의 뜬구름같이 되었고, 적벽(赤壁) 여울머리 모래 속의 꺾인 창을 아는 이는 없어지고 말

———————————————●———————————————

5 두 나라가 서로의 안위에 영향주는 밀접한 관계라는 말인데, 승부를 다투는 바둑판에서도 서로 이해관계가 입술과 이처럼 연결된 판세를 이른다. 『삼국연의』 119회에 "오(吳)나라와 촉(蜀)나라는 순치(脣齒)의 관계다"라고 한 내용에서 나온 구절이다.
6 진(秦)나라 말기에 난을 피하여 상산(商山)에 은거한 동원공(東園公)·하황공(夏黃公)·녹리 선생(甪里先生)·기리계(綺里季)를 이른다. 상산사호(商山四皓)라고도 한다.
7 소식의 「관기」 시에서 "누구신가 바둑을 두시는 분은, 문밖에 두 켤레의 신발이 놓였나니"라고 했다. 『소동파시집』 권41.
8 원문의 '잠사우모(蠶絲牛毛)'는 누에실과 쇠털로, 아주 복잡하고 정밀한 이치, 또는 이러한 이치를 자세하게 분석하는 것을 의미한다. 여기서는 바둑 운용의 정교함을 말한다.
9 "꺾인 창 모래에 잠겼어도 쇠는 썩지 않아, 이것을 가져다 갈고 닦으니 전조(前朝)의 것임을 알겠네"라고 읊은 두목의 「적벽」 시에서 비롯된 구절이다.
10 사안(謝安, 320~385)은 남북조시대 진(晉)나라의 재상이다. 부견(符堅)의 침략을 두려워하지 않고 친한 친구들을 모두 불러 모은 다음, 조카인 사현(謝玄)과 별장을 걸고 내기 바둑을 두는 등 태연하게 행동했다. 뒤에 치밀한 계략으로 부견의 대군을 막아냈다. 『진서』 권79, 「사안열전」.

았다.[9] 사씨(謝氏) 집안 부자(父子)가 별장을 걸었던 것과[10] 깊은 계곡 고부(姑婦)의 대화[11]는 후세 사람들이 무슨 수로 그 신묘한 수법과 책략의 경지를 알 수 있겠는가? 나는 바둑의 대가들에 관해 일찍이 상고할 만한 문헌이 없음을 한탄했다.[12] 이에 우리나라에 널리 전해오는 몇 가지 일을 기록하여, 호사가(好事家)들로 하여금 이를 보고 더욱더 찾아 모으게 하려고 한다.

---

11 당나라 왕적신(王積薪)의 고사에서 나온 구절이다. 그가 현종(玄宗)을 따라 순행하던 중 한 깊은 계곡에서 어떤 시어머니와 그 며느리를 만나 유숙하게 되었다. 밤중에 시어머니와 며느리가 불도 켜지 않고 멀리 떨어진 방에서 각자 목소리만으로 바둑을 두기에 왕적신이 몰래 그 수를 받아 적었다. 아침이 되어 왕적신이 두 사람을 만나 자초지종을 묻고, 며느리로부터 바둑에 대한 묘수를 배워서 천하의 일인자가 되었다고 한다. 『집이기』.

12 원문은 '기송무징지탄(杞宋無徵之歎)'이다. 기송(杞宋)은 춘추시대에 각각 하(夏)나라와 은(殷)나라를 이었던 나라이다. 공자가 이들 나라에서 하나라와 은나라의 예를 상고하려 하였으나, 증거로 댈 문헌이 없다고 탄식한 고사가 『논어』, 「팔일」에 보인다.

2

뛰는 놈 위에 나는 놈

~~

국조(國朝) 중엽에 공자(公子) 덕원령(德原令)[1]은 바둑을 잘 두어 온 나라를 통틀어 적수가 없었다. 또한 바둑에 벽(癖)이 있어 날마다 바둑 친구들과 왕래하며 세월을 보내니, 하루라도 바둑을 두지 못하면 조급증이 생겨 견딜 수 없어 했다.

어느 날 아침부터 갑자기 폭우가 쏟아져 평소 어울리던 바둑 친구들이 한 명도 오지 못했다. 울적하니 홀로 앉아 빈 바둑판을 어루만지다가 드러누워 잠을 청하기도 했지만, 잠이 오지 않자 문을 열고 먼 곳이나 가까운 곳을 바라보기도 했다. 그러다 갑자기 해진 장삼을 걸친 스님이 사립문에 기대어 서 있는 모습이 눈에 띄었다. 덕원은 아이종을 불러 이 스님을 불러오라고 하여 다가가서는 물었다.

"선사(禪師)는 어느 산에 머무르며 탁발하시오?"

---

1 선조 연간에 활약한 국수로 종실(宗室)로만 알려졌을 뿐 이름, 출생 등은 알 수 없다. 김도수 (金道洙)의 「기자전(碁者傳)」을 비롯하여 『청구야담』, 『기문총화』, 『박소촌화』 등 각종 문헌에 후대 국수의 잣대가 된 조선 중기의 최고수로 기록되어 있다. 임진왜란 당시 명나라 장수 이여송과 대국한 이야기가 전해져 온다.

"칠보산(七寶山)입니다."

"어찌하여 내 집 문에 서 있었소?"

"비를 피하고 있었습니다."

"선사는 바둑을 둘 줄 아시오?"

"네 개의 돌을 포위해두면 죽고, 두 집을 점하면 산다는 정도만 대강 아니, 이를 어찌 바둑을 둔다 하겠습니까?"

덕원은 "선사는 마루로 올라와 나와 바둑 한판 둡시다"라 하고 마침내 이 스님과 대국하게 되었다. 딱 반국(半局)이 지나 바둑판의 형세를 보니, 덕원이 크게 이기고 있었다. 덕원이 스님에게 바둑돌을 놓으라고 재촉하자, 스님이 말했다.

"속이 급하니 소피(所避)를 보고 오겠나이다."

덕원이 허락하자 스님은 마루를 내려가서 나갔는데, 나간 지 한참이 되어도 다시 들어오지 않았다. 덕원은 아이종을 불러 스님을 찾게 했지만 찾을 수 없었다. 덕원이 연이어 종을 불러 다시 찾아보게 하면서 노해서 여러 번 소리쳤다.

당시 덕원의 백씨(伯氏)가 뒷방 한 칸을 깨끗이 치우고 홀로 지내며 병을 조섭(調攝)하고 있었다. 문밖을 나서지 않고 사람들과 만나지 않은 지 여러 해였다. 그는 사랑채에 있는 덕원이 급히 아이종을 불러 큰소리로 꾸짖고, 그 기세가 자못 거센 것이 몹시 괴이했다. 기어이 지팡이를 짚고 사랑채로 나가 물었다.

"종이 무슨 사달을 냈기에 이 정도로 큰 소리로 화를 내느냐?"

덕원이 스님과 바둑을 두다가 스님이 갑자기 사라진 정황을 상세히 말하자, 덕원의 백씨가 말했다.

"중은 이미 떠났으니, 종이 어찌 찾을 수 있겠느냐?"

"그 중이 함부로 바둑을 둔다고 자부하여 저와 대국하게 되었는데, 겨우 반국(半局) 만에 스스로 열세임을 알고는 오줌 눈다고 거짓말 하고 한 판을 끝내지도 않고 가버렸네요. 제가 반드시 이 중을 찾고 자 해서 화를 냈습니다."

백씨가 바둑판을 꼼꼼히 살펴보고 물었다.

"누가 백돌을 잡고, 누가 흑돌을 잡았느냐?"

"제가 흑돌이고, 중이 백돌입니다."

"지금 누가 먼저 둘 차례냐?"

"중이 먼저 둘 차례입니다."

"내가 이 판의 형세를 보니 너는 졌고 중이 이기고 있는데, 너는 어 찌 중이 열세라서 도망갔다고 하느냐?"

"그 중의 이 대마(大馬)를 제가 이미 죽였고, 또 제가 이렇게 크게 집 을 점했는데, 형님은 어찌 중이 이기고 제가 졌다고 말씀하십니까?"

"아아, 너는 여러 해를 바둑으로 세상에 나서서 당대에 적수가 없다 고 자처했는데, 지금 네 바둑의 졸렬함이 어찌 이 지경이냐?"

"하! 그 무슨 말씀입니까? 이 판의 형세로 보면 제가 어찌 남에게 지 고 있을 리가 있습니까?"

백씨가 손으로 한 곳을 가리키며 말했다.

"만약 그 중이 여기에 돌을 놓았다면 너는 어찌 대응할 셈이냐?"

덕원은 한참을 자세히 보더니, 깜짝 놀라서 말했다.

"비범하군요! 형님의 바둑 실력이 이렇게 뛰어난데, 동기간으로 반 평생 한집에 살면서 제가 이제껏 몰랐습니다. 기이하고 기이합니다. 감히 묻는데, 형님은 언제 바둑을 배우셨습니까? 어찌 평소에는 바 둑을 두지 않고 남이 바둑 두는 것을 보고서 항상 모르는 척을 하

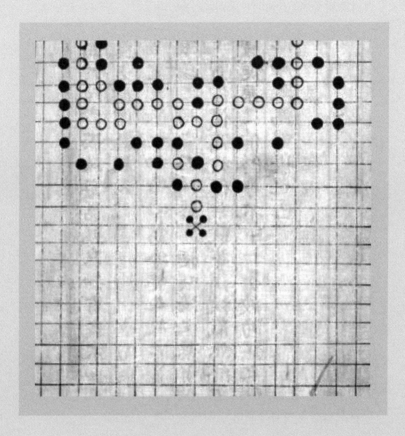

『영미편』에 수록되어 있던 기보

셨습니까?"

백씨가 말했다.

"네 이제부터는 스스로 너의 경망스러움을 알겠느냐? 바둑이 비록 작은 재주이긴 하나, 그 수준과 기술에는 또한 천층만층이 있는 것이다. 나는 네가 바둑으로 명성을 얻는 것을 보았기에 너의 이름을 드날리게 하고자, 바둑의 장(場)에서 자취를 감춰버리고 숨어 문밖을 나가지 않았다. 천하에 인물이 허다하니 어찌 너보다 뛰어난 자가 없겠느냐? 그런데도 너는 매번 거들먹대며 자신밖에 모르고 다른 인물이 더 있음을 모르는 것이 아니더냐! 내 생각에 그 중은 지나다가 네가 고수(高手)라고 하는 누군가의 말을 듣고 왔는데, 너와 대국해보고 네 실력이 이렇게 형편없는 것을 내심 비웃었을 것이다. 그래서 이 수를 두지 않고 떠나며 혹시라도 네가 깨닫길 기대했지만 너는 끝내 모르는구나. 아! 너의 바둑은 졸렬하고 졸렬하도다."

아, 저 칠보산의 스님은 참으로 덕원보다 몇 수 뛰어난 수준이었으나, 석장(錫杖)을 짚고 훌쩍 떠나 끝내 어디로 갔는지 알 수 없다. 덕원의 백씨는 죽을 때까지 한 번도 바둑을 두지 않았다. 그 둘의 바둑의 경지를 아무도 알아보지 못했으니, 한스러울 뿐이다.

3

방 안 노부인의 가르침

덕원령(德原令)이 2, 3백 리의 행역(行役)[1]을 하면서 아침에 일어나면 저녁에야 쉬었다. 막 길을 가려던 때 갑자기 비를 만났는데, 다음 객점은 아직 멀고 야윈 말과 아이종 하나만 대동한 채 흠뻑 젖어 걱정이 이만저만 아니었다. 때마침 멀리 몇 그루의 느릅나무와 버드나무 숲 사이로 서너 채 집이 있는 촌락이 드러나 보였고, 큰길과의 거리는 대략 2리쯤 되었다. 마침내 갈 길을 버리고 이 촌가로 찾아 들어가니 부서진 울에 대문도 없었다. 울타리 안에는 작은 집이 있었는데 몹시 정갈했다.

울 밖에 있는 작은 돌우물에서는 한 노파가 막 동이를 안고 와서 물을 긷고 있었다. 덕원은 말에서 내려 난간에 앉아 아이종에게 소나무 처마 아래에 말을 매도록 했다.

앉아서 집채를 둘러보니 집의 동쪽에 방 한 칸이 있었고, 방의 양쪽 창은 작은 자물쇠로 잠겨 있었다. 집 벽 사면에는 모두 고서화(古書畵)가 붙어 있고, 집 서북쪽 모퉁이에 네 다리가 부서진 바둑판이 놓여

---

1 나라의 토목공사나 군사(軍事) 등 공무로 인해 타향에 돌아다니는 것을 말한다.

있었다. 그 바둑판 위로 나란히 놓인 바둑통 한쌍에는 흑백의 바둑돌이 나뉘어 담겨 있었다.

덕원은 이를 본 뒤, 바둑돌 반 움큼을 쥐고 손안에서 굴리며 앉아 주인이 바둑 두는 사람이라는 생각을 했다. 하지만 문이 잠겨 외출 중인게 분명한데, 출타한 곳이 먼 곳인지 가까운 곳인지 알 수 없었다. 게다가 그가 언제 귀가할지도 알 수 없었다. 묻고 싶지만, 물을 만한 사람이 없어 적이 주저하고 있었다. 이윽고 좀 전의 그 노파가 물을 길어 난간 앞을 지나 안쪽으로 들어가려 했다. 덕원이 이 노파를 불러 말했다.

"내 한 마디 묻고 싶다."

노파는 걸음을 멈추고 몸을 돌려 서서 말했다.

"하실 말씀이 있으면 물으시지요."

"내 지나던 길손인데, 비를 피해 이 집에 들렀다. 창문이 다 잠겨 있는데, 주인이 출타한 것 아니냐?"

"이 댁 주인은 바로 저의 상전이신데, 일이 있어 사흘 걸리는 곳으로 가셨습니다요."

"언제 돌아온다고 하셨느냐?"

"몇 가지 처리할 일이 생겨, 응당 몇 달 후에나 돌아오실 것입니다."

"주인은 출타했어도, 이 댁에 혹 작은 주인이 있느냐?"

"없습니다. 내간에는 안 상전만 계시고, 사랑에 손님을 접대할 이도 없어 손님께서는 묵으실 수 없을 듯합니다."

"날이 아직 저물지 않았으니, 산비가 갠다면 바로 출발할 것이다. 내 묵어가려는 게 아니다."

덕원이 다시 물었다.

"집에 바둑판이 있는데, 바둑 두는 이가 있느냐?"

"제 상전께서 잘 두십니다."

"네 상전 말고 또 잘 두는 자가 있느냐?"라고 덕원이 다시 물었다.

"없습니다."

"어찌 그럴 리 있느냐? 5리, 10리 밖에서라도 바둑 두려고 왕래하는 자가 있다면 너는 말해보아라."

"정말로 없습니다. 5리, 10리는 말할 것도 없고, 50리, 100리에도 바둑을 아는 이가 한 명도 없습니다."

"바둑은 한 사람이 혼자서 두는 것이 아니라 반드시 대국하는 자가 필요한 것이다. 정말 네 말대로라면 집에 바둑판은 무엇하러 둔 것이냐?"

노파가 빙긋 웃으며 말했다.

"제 상전께서 독서하고 틈이 나실 때 간혹 안 상전과 대국하십니다."

덕원은 깜짝 놀라 기이해하며 한참을 곰곰이 생각하면서 손으로는 끊임없이 바둑돌만 굴렸다. 노파가 다시 항아리를 들고 난간을 지나가려 하자 덕원이 다시 노파를 불렀다.

"바둑의 우열은 차치하고, 어찌 네 상전과 안 상전 말고 사방 백 리 사이에 바둑을 아는 자가 더 없을 리 있겠느냐? 이는 필시 그런 사람이 있는데도 네가 말하지 않은 것일 뿐이다."

이 노파는 덕원에게 수차례 집요한 질문을 받고, 난처함을 견디다 못해 말했다.

"만일 있다면 제가 어찌 말하지 않겠습니까? 정말로 한 사람도 없습니다요. 다만 제가 어릴 때부터 상전 내외분의 대국을 익히 봐온 터라 바둑의 생살(生殺)은 대강 압니다."

덕원은 또 한 번 크게 놀라 황급히 말했다.

"그랬다면 너는 왜 빨리 말하지 않았느냐? 네가 이리로 올라와 나와 바둑 한판 둬보자."

"제 실력이 형편없으니 어찌 귀한 손님을 모시고 바둑을 두겠습니까. 또 저녁 짓는 일이 늦어지고 있는데, 어느 짬에 바둑을 둔다고요?"

"내 실력도 형편없으니, 서투른 두 사람이 상대해 바둑 두기 참으로 좋겠다. 해가 아직 높으니 바둑을 너덧 판 두어도 저녁밥은 늦어지지 않을 것이다."

그리하여 노파는 마침내 난간에 올라 바둑을 두었다. 한 판이 끝나고 집을 계산해보니 덕원이 두 집을 졌고 다른 한 판에서는 노파가 한 집을 졌다. 노파는 한번 웃고는 대청에서 내려가 신을 신으며 말했다.

"저녁밥이 늦은 듯합니다."

덕원이 다시 물었다.

"너의 상전 내외의 수법은 누가 낫고 누가 못한가?"

노파는 한참 곰곰이 생각하더니 말했다.

"맞수입니다만, 안 상전께서 조금 더 나은 듯합니다."

덕원이 또 노파의 실력은 상전에 비해 어느 정도인지를 묻자, 노파는 놀라서 말했다.

"저는 그저 직진만 할 줄 아니, 어찌 바둑을 둔다고 하겠습니까? 그저 두 상전이 바둑 두는 것을 익히 보았을 뿐, 태어난 이래 손에 바둑돌을 잡은 적이 없었고, 아까 손님을 모시고 대국한 것이 바로 평생 처음 두는 것이었습니다. 그러니 상전들의 수법에 비한다면 그 실력 차가 필시 몇 등급이나 떨어지고도 남습니다."

"기이하고 기이하구나! 어찌하면 네 안 상전의 뛰어난 수법의 경지를 알 수 있겠느냐?"

노파는 "그런 방법은 없습니다. 없어요"라 하고, 이웃집으로 가서 섶단에 불을 붙여 와서는 안으로 들어가버렸다. 노파의 안 상전인 노부인이 노파에게 물었다.

"좀 전에 사랑에서 바둑 두는 소리가 들리던데, 어찌 된 일이냐?"

"비를 피하는 손님이 사랑채 난간에 들어오셨는데, 바둑판이 있는 걸 보고는 바둑 잘 두는 이가 있냐고 물어서, 쇤네가 생원 어른과 마님[媽老阿]【마노아(媽老阿)는 헌하(軒下)이니, 헌하는 곧 지금의 속칭 抹數下(말수하)이다】[2]께서 때때로 대국하는 일을 말했습니다. 손님이 또 끈질기게 '또 다른 사람은 없느냐?'고 물어서, 쇤네가 마침내 바둑의 생살을 대강 안다고 대답했습니다. 손님이 기어코 저와 대국하기를 청해서, 겨우겨우 두 판을 마쳤습니다."

"승부는 이렇게 되었느냐?"

노파는 "각각 한 판씩 이겼습니다"라고 하고, 또 혼잣말로 중얼거렸다.

"그 손님은 바둑돌에 미쳤습니다요."

"너는 그게 무슨 말이냐?"

"손님은 마님의 수법과 경지가 정녕 어느 정도인지를 어찌하면 알 수 있겠냐고 여러 번 말했으니, 이런 손님이 미친 게 아니라면 뭐겠습니까요."

부인은 열쇠를 가져와 노파에게 주며 말했다.

---

2 헌하는 상대의 신분을 높여서 지칭하는 말이다. 말수하(抹數下)는 말루하(抹樓下)를 이르는데, 이는 요즘 자신의 부인을 편하게 부르는 호칭인 '마누라'의 음차다. 그러나 예전에는 지금과 달리 군왕 및 존귀한 사람과 그 부인에 대한 호칭이었다.

"창을 열고 이 손님을 방으로 들어오라고 청해 편히 쉬게 하고 저녁밥을 지어드려라."

노파가 다시 나가 문을 열고 안주인의 말을 전하자, 덕원이 말했다.

"정말 감사하고 감사하오."

잠시 뒤, 저녁밥이 다 되자, 부인은 노파를 불러서 말했다.

"너는 저녁상을 가지고 가서 손님께 올리고, 또 '손님께서 진정으로 이 늙은이의 수법을 알고자 한다면 오직 한 가지 방도가 있으니, 오늘 밤은 편안히 주무십시오'라고 말해라. 내일 아침에 너는 손님과 문밖에서 대국을 하거라. 내가 들창 안쪽에 앉아 판세를 엿보다가, 네가 잘못 두는 곳이 있으면 내가 틈으로 바느질자를 내밀어 가르쳐주겠다. 너는 손님의 의사를 살펴보고 와서 고해라."

노파는 밥상을 받들어 손님에게 올리고, 노부인이 말한 것을 낱낱이 설명했다. 덕원이 몹시 기뻐서 즉시 말했다.

"삼가 명을 받들겠습니다."

다음 날 아침 덕원은 노파와 대국했는데, 부인이 방 안에서 노파의 바둑을 지도해주자 덕원이 내리 세 판을 두 배나 세 배 차이로 졌다. 덕원이 마침내 한 점을 먼저 깔고 두었지만, 또 세 판을 졌고 다시 넉 점을 먼저 깔고 두었는데도 또 세 판을 졌다. 결국 덕원이 여섯 점을 깔고 두었고, 그런 뒤에야 비로소 각 세 판을 번갈아 이기고 지더니 끝이 났다.

4

노장은 죽지 않았다

~~

덕원(德原) 이후에도 당연히 수많은 국수(國手)들이 있었지만, 사책(史冊)에 누락되어 전해지지 않는다. 6, 70년 전에는 최기상(崔器祥)이 독보적이었고, 또 최기상의 후배인 변흥평(卞興平)이 나왔으나 그 실력은 최기상보다 조금 못해 대국할 때 반드시 한 점을 먼저 깔고 두었다. 그러나 최는 만년에 변에게 자주 패했고, 변은 간혹 한 점을 떼고 두어도 이기기도 했다. 변이 그때마다 말했다.

"최근에 제 수법은 한층 높아졌고, 최 주부(主簿)께서는 이미 노쇠하셨습니다. 이제는 저와 맞수가 되었으니, 지금부터는 제가 먼저 깐 돌을 없애도록 허락해주십시오."

최는 미소 지으며 말했다.

"정녕 그리하겠는가?"

"반드시 그리하겠습니다."

"네가 경솔하구나. 너는 내일 아침 일찍 오너라."

변은 알겠다고 하고 떠났다. 이튿날 아침에 변이 최를 찾아가자 최가 말했다.

"내가 노쇠하여 기력이 크게 떨어져 매번 어수선하게 바둑을 두었기에 네가 이리도 함부로 말하는구나. 내 오늘 하루 종일 단 세 판을 둘 것인데, 너는 반드시 세 판을 내리 질 것이고, 세 판 중 한 판은 반드시 두 배 차이로 질 것이다."

변이 냉소하며 말했다.

"어찌 그럴 리가요? 그 법칙이란 것이 멀리 있지 않을 것입니다[其則不遠]."[1]

마침내 대국이 시작되었다. 이날 최는 앞에 화로를 놓고 화로에 불을 지펴가며 큰 사발에 아이 오줌을 받아와 불에 쬐어 데웠다. 그가 처음 바둑돌을 놓을 때는 느릿느릿 여유로웠으며 담소하며 응수했다. 그러다가 평원과 광야에서 수많은 말이 다투어 달리는 형세에 이르자, 맑은 하늘에 흩날리는 우박이나 회오리바람에 소나기처럼 연이어 수십 개의 바둑알을 놓았다. 바둑판 옆에서 구경하던 자들이 미처 수를 헤아려볼 수조차 없었다. 달무리가 겹겹인 10월의 해성(垓城)에서 위급한 존망(存亡)이 한 호흡 사이에 임박한 형세[2]를 만나게 되었을 때는, 바로 팔짱을 끼고 물러나 앉아 명주 솜으로 아이 오줌을 적셔 눈을 씻어야 했다. 최가 두어 식경(食頃)이 지나서야 바둑돌을 놓으니, 변은 정신이 아득하여 응수할 방법을 알 수 없었다.

아침 해가 동쪽 창에 가득할 때부터 남산에 봉화가 오를 때까지 겨우 세 판의 바둑을 마쳤다. 첫판에서 최는 두 배 차이로 이겼고, 둘째

---

1 원문 '기칙불원(其則不遠)'은 『시경』, 「벌가」에서 나온 구절로, 표준으로 삼아야 할 법이 바로 눈앞에 있음을 이르는 말이다. 그런데 여기에서는 최기상이 호언한 승부 예측이 곧 틀릴 것이고, 변홍평 자신이 반드시 이기게 될 것임을 강조한 말이다.

2 항우는 해하(垓下)에서 유방의 군대에게 겹겹으로 포위된 뒤, 끈질긴 추격을 피해 오강(烏江)으로 달아났으나 사세가 이미 기울었음을 알고 그곳에서 자결한다. 『사기』 권7, 「항우본기」.

판은 다섯 집 차이로, 셋째 판은 한 집 차이로 이겼다. 최가 마침내 변에게 호통치며 말했다.

"너는 지금도 감히 다시 함부로 혀를 놀리겠느냐?"

변은 입도 뗄 수 없었고, 구경꾼들은 모두 혀를 내둘렀다.

5
스님의 단 한 수

임금의 어가(御駕)가 영희전(永禧殿)[1]으로 거둥한다 하면, 길가 집집마다 사람들이 찾아와 자리를 차지했다. 소년, 유생, 공경(公卿) 및 온갖 벼슬아치 집안의 부녀자들이 당일에 앞서 자리를 잡았으니, 행차 깃발의 위의(威儀)를 구경하기 위해서였다.

변흥평(卞興平)은 일찌감치 구류가(九琉街)[2]에 있는 깨끗한 약방 하나를 차지하고, 네댓 명의 바둑 친구들을 데려왔다. 그들과 더불어 막 바둑을 겨루려고 할 때, 한성부(漢城府)의 도가(導駕)[3]도 도착했는데, 맨 앞에는 해당 부서의 관원들, 다음은 한성부의 낭관(郎官), 맨 마지막으로 한성부 판윤(判尹)이 지나가며 한 줄로 죽 늘어섰고, 매를 든 조

---

1 조선의 역대 임금 중 태조·세조·원종·숙종·영조·순조의 영정을 모셨던 전각이다. 나중에 남별전(南別殿)으로 바꿔 불렸으며 서울 남부에 있었다.
2 미상이다.
3 임금이 거둥할 때 벼슬아치가 먼저 나가서 길가에 사는 백성에게 길을 쓸고 황토를 펴 깔게 하던 일이다.
4 각 관청의 사령들은 보통 검은 옷에 검은 벙거지를 쓰게 되었으므로, 그를 조례 혹은 검은 하인이라고 말한다.

례(皂隸)[4]들이 또 한 줄로 뒤따랐다. 평정건(平頂巾)을 쓴 수많은 서리와 금관조복(金冠朝服)의 당상들은 가장 후미에서 따라왔다. 길이 정리되었는지, 황토는 깔렸는지, 길 좌우 민가의 창문에 구멍이 있는지 없는지를 점검했고, 민간의 잡인들이 길을 막는 것을 엄금하기 위해 매질하여 몰아내는데, 호령이 추상(秋霜)같았다.

이때 삼삼오오 큰길을 따라 오가던 자들은 도포와 복건 차림의 유생, 너덜너덜해진 갓을 쓴 광주(廣州)의 조대뿐 아니라 의관이며 역관, 한량이며 장님에다 절뚝발이까지 있었으며, 손에 대광주리를 쥔 여인, 머리에 밥상을 인 사람, 삶은 밤을 팔거나 담배를 파는 사람 등 수십의 인물들이었다.

그런데 갑자기 이들은 한성부 사령과 남부(南部) 서원(書員)[5]들로부터 호되게 얻어맞게 되었다. 서원들이 때려서 쫓아내자 이들은 잠시 뒤 일제히 흩어져 달아나 약방 안으로 들어왔는데, 넘어지거나 엎어지기도 했고 어지럽고 혼란스레 뒤엉켜 한 덩어리가 되었다. 어느덧 도가 하던 관원도 지나가고, 큰길엔 오가는 사람들을 금하던 이들도 사라져버렸다. 이제 한 덩어리로 뒤엉켜 있던 사람들은 곧 서서히 문을 열고 각자 동서남북으로 흩어지기 시작했다.

그들 중에는 어디 사는지 모를 산승(山僧)이 한 명 있었다. 그가 처음 사람들 무리에 끼어 약방에 들어왔을 때, 몸은 누덕누덕 기운 삼베 장삼을 걸치고, 머리는 10년은 빨지 않은 듯한 베 고깔(曲葛)을 썼으며, 그 위로 하늘로 높게 솟은 패랭이(蔽陽子)를 낮게 눌러 쓰고 있었다.

산승은 약방 마루에서 바둑 대결을 구경하면서 사람들을 따라 문

---

5 서원(書員)은 각 아문에 배속되어 서무를 보던 하급 관료로 서리(書吏)보다 격이 낮다.

을 나서지 않았다. 마치 고점리(高漸離)가 송자(宋子)의 대청에서 축(築) 소리를 들었던 것처럼[6] 동쪽에 서 있기도 했고, 서쪽에 서 있기도 했다. 발돋움하여 마루에 오를 듯했고, 난간을 잡고 올라서 남의 등 뒤에서 눈도 깜빡이지 않고 흑돌과 백돌 놓는 곳을 뚫어지게 보기만 했다.

마침 판세가 조개와 도요새가 서로 버티면서 티끌 같은 차이로 사활이 갈리는 때가 되자, 변은 손을 멈추고 입 '구(口)'자 모양으로 돌을 놓은 곳[7]을 한참 응시하다가 마침내 한 수를 두었다. 이 산승은 자신도 모르게 나오는 대로 '끌끌' 혀를 찼다.

변과 대국하는 자가 한 수를 두어 흑돌과 백돌을 교대로 놓았는데, 세 번째 수에서 변의 요충(要衝) 진영 일대의 기러기 모양의 진(陣)은 모두 장평(長平)의 구덩이에 매장 당한 꼴이라,[8] 삼신산의 불로초가 있다 해도 다시 살릴 길이 없었다. 변은 앉은 자리에서 물러나며 깜짝 놀라서 말했다.

"좀 전에 등 뒤에서 혀 차는 소리를 낸 자가 누구냐?"

좌중의 한 사람이 말했다.

---

6 바둑 대결을 구경하고 있는 산승이 바둑 두고 있는 사람들보다 한 수 위임을 암시하는 구절이다. 형가가 진시황 시해에 실패한 뒤, 그의 벗인 악사 고점리는 이름과 성을 바꾸고 다른 사람의 종이 되어 송자(宋子) 고을에서 고생하고 있었다. 주인집의 대청 위에서 어떤 객이 축(築)을 치는 것을 듣고 "저 사람은 잘 치는 곳도 있고 잘못 치는 곳도 있다"고 하자, 종자가 이 말을 고했다. 그러자 그 주인이 "저 좋은 음률을 아는 사람이다"라 하고는, 고점리를 불러 축을 치게 하니, 좌중에 있던 사람들이 다 축을 잘 친다고 한 내용이 『태평어람』 권500, 「인사」에 보인다.

7 입 '구(口)'자 모양은 바둑의 행마법(行馬法)의 한 가지인 마늘모(厶) 형태를 말한다.

8 전국시대에 진(秦)나라 장수 백기(白起)가 투항한 조(趙)나라 병사 40만을 장평(長平)에서 생매장했다. 『사기』 권73, 「백기열전」.

"저 중입니다."

변은 승려를 불러다 앉히고 물었다.

"아까 내가 이 행마(行馬)에서 실수했는데, 혹시 살릴 방법이 있는가?"

산승은 손수 흑돌과 백돌 세 개씩을 줍더니, 한 알을 두면서 말했다.

"첫 번째 수를 어찌 이 궁(宮)에 두지 않으셨습니까?"

대국했던 자와 변이 죽었던 것을 자세히 보니 과연 살아나 있었다. 그러자 변은 앞에 둔 바둑판을 쓸어버리고 산승을 붙잡아 앉히며 말했다.

"자네는 나와 바둑 한판 두세."

대국이 무르익어 반쯤 됐을 때 변의 기세가 크게 올랐고, 산승의 기세는 크게 위축되었다.

산승이 말했다.

"소승이 매우 긴요한 일이 있어 바둑을 끝까지 두지 못하겠습니다. 판은 이쯤에서 그쳐도 충분하니, 물러가길 청합니다."

"바둑을 반밖에 두지 않았는데, 공연히 돌아가려 하니 어찌 이런 법이 있소? 아까 그대는 대국판 밖에서의 안목으로 마침 우연히 맞추어 함부로 나와 우위를 겨루고자 했던 게로군. 이제 판세가 급박한 것을 보고는 판을 끝내지도 않고 가려 하다니, 산승의 못난 심보가 이렇단 말인가?"

이 산승은 재차 삼차 계속 물러가길 청했지만, 변은 끝까지 허락하지 않고 호통치며 돌을 놓으라고 재촉했다. 산승은 마침내 변을 뚫어지게 보면서 말했다.

"정말로 빈승(貧僧)이 돌을 놓게 하시렵니까?"

"산승은 끝까지 어리석고 망령되군. 망언은 그만하고 어서 바둑을 두게!"

처음에 산승은 가부좌를 하고 앉아 있었는데, 이때는 어깨를 으쓱하더니 두 무릎을 세워 쭈그리고 앉았다. 산승은 거친 주먹을 높이 쳐들어 허공에서 엄지손가락을 바둑판으로 떨어뜨리려 하는데, 그 기세가 공공씨(共工氏)가 축융(祝融)과 싸우다 머리로 부주산(不周山)을 들이받아 하늘을 괴는 기둥이 부러지고 땅을 버티는 밧줄이 끊어지는 것[9]과 같았다. 딱! 하는 일성(一聲)과 함께 산승의 손안에 있던 백돌 하나가 십자로 나뉘어 부서져 네 개가 되었고, 그의 엄지손톱은 갈라져 '인(人)'자 모양이 되었다. 온 좌중 사람들이 자세히 보니, 변의 동서남북 네 개의 대마(大馬)가 모두 살길이 없어져버렸다. 변이 하늘을 쳐다보며 아무 말을 못 하자, 산승이 큰 걸음으로 나가며 말했다.

"제가 가기를 청했을 때 가라고 허락했으면 아무 일도 없었을 것을 공연히 지나가는 산인(山人)을 붙잡으셨군요. 원래 이 수법은 이렇게 저열(低劣)합니다."

변은 몹시 화가 나서 그의 사는 곳과 법호(法號)를 다시 묻지도 않았다. 애석하도다! 떠도는 이의 자취를 사람들은 알 길이 없구나.

---

9 상고(上古) 시대 공공씨(共工氏)가 축융(祝融)과 싸우고 이기지 못하자, 노하여 머리로 부주산(不周山)을 들이받아 하늘을 받치는 기둥이 부러지고 땅을 묶어 둔 밧줄이 이지러졌는데, 여선(女仙)인 여와씨(女媧氏)가 오색의 돌을 갈아서 하늘을 깁고 자라의 발을 잘라서 사극(四極)을 세우자, 땅이 평정되고 하늘이 완전하게 되었다고 한다. 『회남자』, 「남명훈」.

6

절교를 부른 바둑판

지평(持平) 김굉(金硡, 1703~?)[1]은 나의 외가 숙부이다. 소론(少論)의 준론(峻論)을 흠모하여 문장가로 자부하며 새문[新門] 밖에 살면서 각정(角亭)의 조씨[2]와 반송(盤松)의 이씨[3]와 교유했다.

하루는 김굉이 조갑빈(趙甲彬, 1704~?)[4]을 방문했는데, 조는 바야흐로 손님들과 바둑을 두던 참이었다. 바둑판이 한창 무르익어 김이 방에 들어왔는데도 조는 쳐다보지 않았다. 좌중의 네댓 명의 손님도 바둑판을 둘러싸고 앉아 거기에만 주목할 뿐 김과 안부 인사를 나누지 않았다. 김이 그들 틈에 끼어 앉으며 말했다.

"내가 왔네."

---

1 본관은 경주(慶州), 자(字)는 대숙(大叔)이다. 1735년(영조11) 을묘(乙卯) 증광시(增廣試)에
  합격하여 가주서·황해도사·사헌부지평 등을 지냈다.
2 조갑빈(趙甲彬)의 집안을 가리킨다. 팔각정 부근은 양주(楊州) 조씨들이 모여 살았던 세거
  지였다.
3 이운영(李運永)의 집안을 가리킨다. 반송방(盤松坊)은 지금의 서울 서대문구 지역으로, 이
  운영의 집안은 17세기 중반 이래로 서대문(새문) 밖에 일가를 이루고 살았다.
4 본관은 양주(楊州), 자(字)는 현부(玄夫)다. 1755년 나주(羅州)의 벽서사건으로 관작이 추
  탈된 조태억(趙泰億)의 아들이다. 참봉·봉사 등을 지냈다.

조는 응답하지 않았고 손님들도 돌아보지 않았다. 김이 다시 말했다.

"내가 왔네."

세 번을 이렇게 하자 조가 바둑돌을 놓으며 "내가 왔네"라고 말했다. 대국하는 자도 돌을 놓으며 "내가 왔네"라고 말했다. 이때부터 돌을 놓을 때마다 동쪽에서 "내가 왔네"라 하고, 서쪽에서도 "내가 왔네"라고 했다. 김은 불쾌한 낯빛으로 일어서며 말했다.

"나는 가네."

조가 다시 돌을 놓으며 "나는 가네"라고 했고, 대국하는 자도 "나는 가네"라고 했다.

김이 집으로 돌아와 다음 날 아침 장문의 편지를 써서 절교하자, 조가 답장을 써서 크게 나무랐다. 김은 더욱 화가 나서 조가 찾아와도 만나려 하지 않았다. 이에 조씨들과 이씨들이 김씨네 집에 모두 모이게 되었는데, 여러 사람이 마음을 풀라고 타이르자 조갑빈이 여러 말을 늘어놓으며 잘못했다고 사과한 뒤에야 화해할 수 있었다. 그러나 끝내 예전만큼 살뜰한 사이로 지낼 수 없었고, 세 집안 밖으로도 이 소문이 전해져 오래도록 끊임없이 웃음거리가 되었다.

7

백일 동안 둔 천 번의 바둑

내 고조부이신 참판 부군(參判府君: 李廷虁, 1612~1671)께서는 바둑을 잘 두셨지만 남과 대국하는 경우는 드물었다. 한번은 승지가 되어 승정 원에 들어갔는데, 어느 동료 관원이 바둑에 대해 경계하는 말을 하자, 고조부는 그가 자신과 같이 바둑에 출중한 인물이라고 생각했다. 신 시(申時)에 퇴청했을 때, 나란히 말을 타고 그 관원의 집으로 가서 바로 바둑을 뒤보니 맞수의 실력이었다.

고조부는 승정원 하례(下隸)를 돌려보내면서 동틀 무렵 오라고 하 고, 자신의 집에 사람을 보내 저녁밥을 가져오게 하는 등 쉬지 않고 바 둑을 뒀다. 파루(罷漏)[1] 종이 울리고 나서야 비로소 궐에 출근하였고, 신시에 퇴청하여 다시 동료 관원의 집으로 가서 전날같이 보냈다. 그 다음 날도 이렇게 보냈는데, 석 달 남짓 지나 직책이 바뀌고서야 그만 두었다.

고조부는 그 대국의 첫날부터 말에서 내려 대청에 올라 공복을 벗

---

1 도성에서 야간에 통행을 금했다가 새벽이 되어 통행을 풀 때 치던 종으로, 서울에서는 밤 10 시경에 인정종(人定鐘)을 치고, 새벽 4시 남짓에 파루종을 33번 치던 것이 관례였다.

지도 않고 곧장 바둑을 두기 시작했고, 집에서 밥이 오면 한 수도 더 두지 않고 밥을 다 먹고 나서야 판을 마쳤다. 파루 종소리가 들리고 승정원 하례가 와서 궐에 나아갈 때가 됐다고 고하면, 비록 바둑판에 한창 크게 죽이고 살리는 묘수가 있다 해도, 한 수도 더 두지 않았다. 판이 거의 끝나가 서너 수만 두면 계가(計家)[2]할 수 있을 때조차 한 수도 더 두지 않았으며, 판을 쓸어버리지도 않았다. 그 바둑판을 그대로 들어 서루(書樓)에 보관한 뒤 자물쇠로 잠그고, 세수만 하고 머리를 다시 매만진 다음 사모(紗帽)를 쓰고 즉시 일어나 출근했다. 신시가 지나 퇴청해서 돌아오면 바로 그 바둑판을 꺼내서 대국을 마저 끝냈다.

　백일 남짓 그렇게 보내면서 신시에서 오경(五更) 삼점(三點)까지 잠시도 눈을 붙인 적이 없었고, 거의 천 번의 바둑을 두었지만 싫증을 몰랐다. 그 벽호(癖好)며 집중력은 남들이 참으로 따라갈 수 없는 것이었다. 바둑이 한창 무르익어도 출근할 때가 되면 한 수도 더 두지 않았으니, 또한 선배들이 조심하여 감히 직무에 태만하거나 소홀하지 않았음을 알 수 있다. 고조부께서 벼슬을 그만둔 뒤에는 동료 관원과 왕래하며 밤낮없이 바둑을 겨뤘다는 말을 더는 듣지 못했으니, 이는 유련황망(流連荒亡)[3]에 대한 경계가 있었던 것이라 생각한다.

---

2 바둑을 다 둔 뒤에 이기고 진 것을 가리기 위하여 집 수를 헤아리는 것이다.
3 놀이를 탐닉하여 벗어날 줄 모르는 것이다. 유련은 배를 타고 놀이하는 것이고 황망은 주색(酒色)과 수렵을 말한다. 『맹자』, 「양혜왕하」.

영미편
瀨尾編

하권

장기
博場

1
추노꾼의 훈수

어느 해 무렵, 경상 감사(慶尙監司) 아무개는 대구 판관(大丘判官)과 아끼는 첩을 놓고 내기 장기를 두게 되었다. 마침 그의 장기가 위급하여 존망(存亡)이 한 호흡 사이에 달린 급박한 형세가 되었다. 곰곰이 들여다보았지만 둘 만한 수(手)가 없었던 감사는 장기 알을 놓지 못하고 있었다. 해가 저물려 하자 판관이 말했다.

"사또가 한 판 지셨습니다."

"어찌 그럴 리 있나?"

"수가 있으면 빨리 두십시오."

"천천히 생각하면 응당 수가 생길 것이네. 너무 재촉하지 말게."

그때 추노(推奴)[1]하여 만금(萬金)을 받게 된 자가 소장(訴狀)을 안고 선화당(宣化堂)[2] 아래에서 제사(題辭)[3]를 요청했다.

---

1 노비가 소유주의 거주지를 이탈하여 외지에 가서 살았을 때에 소유주가 이를 찾아가서 사실을 밝히고 노비 또는 그 후손들로부터 공포(貢布) 또는 몸값을 징수하던 일이다.
2 각 도의 관찰사가 사무를 보던 정당(正堂)이다.
3 관부(官府)에서 백성의 소장(訴狀) 또는 원서(願書)에 대하여 적절한 처리를 내리던 글발이다.

감사가 말했다.

"내 지금 대국(對局) 중이니, 잠깐 기다리라."

소장을 안은 사람은 오랫동안 기다렸고, 이윽고 해가 산으로 떨어졌다. 그자는 영외(檻外)에서 시립(侍立)하던 어린 구실아치를 보고는 다가와 귓속말로 물었다.

"지금 사또와 판관의 판세와 승패는 어떠하냐?"

구실아치가 말했다.

"사또의 수가 막혀서 단수(單手)에 승패가 결정될 듯한데, 사또께서 일부러 지체하며 두지 않고 계십니다."

소장을 지니고 있던 자가 말했다.

"너는 내게 장기판의 형세를 그려서 보여다오."

구실아치가 군령판(軍令板: 군대의 명령을 적은 판—옮긴이)을 가져와 장기판의 형세를 그려 상황을 보여주자, 소장을 가진 자는 꼼꼼히 쭉 훑어보더니 곧바로 구실아치의 손바닥에 '앞 차(車)가 뒤집혔는데도 뒤 차(車)가 경계하지 않고,4 왼 포(包)는 성벽을 견고히 지키고 있지만,5 오른 포(包)가 다시 날아든다(前車已覆, 後車不戒, 左包堅壁, 右包再飛)'라는 열여섯 글자를 크게 쓰고 그에게 귓속말했다.

"너는 판관의 등 뒤에 서서 크게 세 번 기침 소리를 내고 손바닥을

---

4 『한서』, 「가의전」에 "속담에 '앞 수레(車)가 뒤집히자 뒤 수레(車)가 조심한다'라고 했습니다. 진(秦)나라가 빨리 망하게 된 그 자취를 볼 수 있습니다. 그런데 피하지 않으니, 이는 뒤 수레(車)가 또 장차 뒤집힐 것입니다"라고 한 구절이 보인다.

5 하승천(何承天, 370~447)의 「안변론」에, "성벽을 견고히 하고 들판을 비우고 나서 그들이 오는 것을 기다린다"라는 구절이 보이는데, 성에 들어가 지키며 적에게 먹을 것을 주지 않기 위해 들판을 비우는 전술을 말한다.

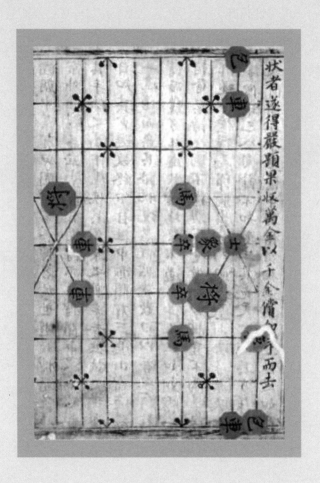

『영미편』에 수록되어 있던 기보

펼쳐 사또를 향해 높이 들어라. 일이 성공하면 내 응당 천금으로 너에게 보상하겠다."

구실아치가 마침내 그 말대로 했다. 감사는 세 번의 기침 소리를 듣고 이상하게 여겨 쳐다보았고, 곧 그 손바닥 안 열여섯 글자를 보고 장기판을 내려다보더니 천천히 말했다.

"판관은 어서 첩을 바치게."

그러자 판관이 말했다.

"장기를 진다면 첩을 어찌 감히 바치지 않겠습니까?"

감사가 마침내 벽력(霹靂)같은 손놀림으로 네 번의 수를 옮겨 두자 판관은 수가 막혀 그 판을 지게 되었다.

밤이 되었을 때 감사는 구실아치에게 물었다.

"네 손바닥의 열여섯 글자는 누가 쓴 것이냐?"

구실아지가 사실대로 대답하자, 소장을 가지고 있던 자는 마침내 엄제(嚴題)⁶를 얻어 과연 만금을 거두어들였고, 천금으로 그 구실아치에게 보상하고 떠났다.

---

6 백성이 낸 소장(訴狀)이나 원서(願書)에 기록하는, 관청의 엄한 판결이나 지령이다.

2
두 개의 장기판

국조(國朝) 중엽에 신고제(申固濟)[1]라는 자가 있었다. 장기를 잘 두는 것
으로 세상에 이름이 나서 장기판에서 노닌 지 여러 해 동안 경향에 적
수가 없었다. 오대산(五臺山)의 어느 노승도 장기를 잘 뒀는데, 신(申)의
명성을 듣고 그 수법이 어느 정도인지 알고 싶어, 여러 번 고수인 승려
를 보내 그를 시험했다.

노승은 자신의 실력이 그보다 좀 뒤짐을 스스로 알았기에 끝내 직
접 가지는 않았다. 신(申)도 오대산 승려에 대해 듣고 매번 한번 만나고
싶었지만 만날 길이 없었다. 그는 늘그막에 문득 개연히 탄식하며 말
했다.

"장기에 대한 내 벽(癖)으로 여러 해 장기판에서 노닐었지만 끝내 적
수를 만나지 못했다. 인생이 아침이슬 같으니 하루아침에 갑자기
죽는다면 오대산 승려와 장기 한 번 겨뤄보지 못할 터인데, 어찌 여
한(餘恨)이 되지 않겠는가."

---

1 미상이다.

그리고는 종을 불러 말에 채비하고 즉시 말을 타고 청문(靑門: 도성의 東門—옮긴이)을 나와 오대산을 향해 떠났다.

원래 오대산 승려는 나이가 이미 팔십여 세라 자신이 죽었는지 살았는지도 모르고, 지금 어느 산 어느 암자에 있는지도 몰랐다. 결국 신(申)이 노승과 만나 그 승패가 어찌 결판났는지는 다음 회에 해설을 들어보도록 하자[且聽下回分解].[2]

각설하고, 노승은 심중에 이미 그가 반드시 오리라 생각했기에 오랜 세월을 기다리고 있었다. 자신은 비록 오대산 꼭대기 깊고 외진 처소 안에 머물렀지만, 그의 상좌승(上座僧)과 손상좌(孫上佐)들은 다른 산에서 하안거(夏安居)와 동안거(冬安居)[3]하며 팔도의 큰 사찰에 나뉘어 머무르고 있었다. 그 수가 수백은 되었는데, 각자 생계를 위한 절간의 사무(事務)로 바랑 하나를 메고 손에는 육환장(六環杖)을 쥐고 도성에 출입하는 자가 끊이지 않았다. 이 승려들은 도성에 들어가면 반드시 신(申)의 거동과 언행을 탐지해서 오대산 노승에게 보고했다.

하루는 산 중대(中臺)[4]의 주지승이 와서 말했다.

---•---

2 원문 '차청하회분해(且聽下回分解)'는 홍루몽, 수호전, 삼국지연의 등의 장회소설(章回小說)의 끝에 나오는 상투어로, '다음 호에 계속[to be continued]'과 같은 뜻이다.
3 하안거는 승려가 더위가 심한 음력 4월 보름부터 90일 동안 출입을 금하고 한곳에 모여 수행에 전념하는 것이다. 결하(結夏), 우안거(雨安居)라고도 한다. 동안거는 10월 보름부터 90일 동안 위와 같이 하는 것을 말한다.
4 오대산 중대 적멸보궁을 말한다. 적멸보궁은 부처의 진신사리를 봉안한 건물로, 불사리 자체가 신앙의 대상이므로 내부에 불상을 모시지 않는 공통적인 형식을 지닌다.
5 서울 중구 다동에 있던 마을로서, 조선시대 이 지역에 조정의 다례(茶禮)를 주관하던 관청인 다방(茶房)이 있어 다방골이라 했고, 한자명으로 다동(茶洞)이라 한 데서 마을 이름이 유래했다.
6 각 군영의 위관(尉官) 중의 하나로, 군대 1초(哨)를 거느리는 종9품의 무관이다.

"도성 안 다방동(多方洞)[5] 신(申) 초관(哨官)[6]이 아무 날 경성에서 출발해서 아무 날에는 어떤 객점에 묵고, 어느 밤에는 어느 절에 묵었으며, 며칠이면 이 암자에 도착해서 노사(老師)와 내기 장기를 두려고 합니다."

노승은 이 말을 듣고 손꼽아 날짜를 계산하며 그를 기다렸다. 3일째 되던 날 늦은 재(齋)가 막 끝났을 무렵, 신(申)이 과연 당도했다. 그는 곧장 노승의 처소로 찾아가 안부 인사를 나눈 뒤, 이어 말했다.

"내가 선사께서 장기를 잘 두신다는 소문을 듣고 천 리를 멀다 않고 왔으니, 고매한 수법을 한번 보고 싶소이다."

"빈승이 입산 전에는 그것을 조금 알았는데, 지금은 늙어서 벌써 다 잊었습니다. 또 바둑과 장기는 바로 선문(禪門)의 팔계(八戒) 중 하나이니, 감히 명을 따르지 못하겠습니다."

신(申)이 고집스레 계속 청하자, 노승이 말했다.

"손님께서 멀리서 오셔서 이 정도로 고집스레 청하시니 빈승도 형편에 따라 파계(破戒)하고자 합니다. 그런데 산당(山堂)의 계율이 지엄하여 이 절의 서른세 칸 요사채(寮舍寨)에는 애초 장기 도구를 두지 않았고, 그저 큰 장기, 작은 장기로 각각 일습(一襲)이 있으니 손님께서는 어떤 것을 쓰시겠습니까?"

"유쾌하구려! 크면 클수록 더 좋소."

그러자 노승은 상좌를 돌아보고 말했다.

"큰 바둑을 가져오너라."

상좌는 명을 받고 갔다. 잠시 뒤 여덟 명의 까까머리 중들이 길이는 세 칸, 넓이는 두 칸쯤 되는 커다란 널판자 끌고 와 범종각(泛鍾閣) 중앙에 놓고, 판자의 남쪽과 북쪽에 앉을 자리를 마련했으며, 상좌승 두 명은 장기판 근처에 앉아 청홍(靑紅) 두 진(陣)의 큰 장기 알을 배치했다. 원래 이 장기의 사(士)와 졸(卒)은 국자만 했고, 차(車), 포(包), 상(象), 마(馬)는 그 두 배 크기였으며, 장군(將軍)은 또 그 두 배였다.

노승은 장기판 북쪽에 서서 좌우로 돌아다니며 죽여의(竹如意)[7]로 우진(右陣)의 마(馬)를 꺼내서 어느 궁(宮)에 세우라고 지시하면, 두 상좌가 들어서 그곳에 두었다. 신(申) 역시 노승이 하는 대로 따라 하며 이렇게 연달아 40수, 50수를 두었다.

그런데 이 노승은 이미 예전부터 10년 동안 큰 장기를 익혀왔기에 눈에 익숙하고 정신을 집중할 수 있었지만, 신(申)은 이렇게 큰 장기는 태어나서 처음 본 터였다. 장기 돌을 하나 놓고 한 수를 두어 장기판의 형세를 살펴보려고 하면, 반드시 판의 사방을 다 돌아다니면서 학 다리로 발돋움하고 거위처럼 목을 쭉 빼야 했다. 비로소 장기돌이 다니는 길과 살활(殺活)의 계책을 알게 되었지만, 안목이 생소하고 정신은 산란해서 신(申)은 어쩔 수 없이 노승에게 패하고 말았다.

그는 물러나 앉으며 말했다.

"내 수법이 졸렬한 것이 아니라 이 장기가 너무 크군. 다시 작은 장기를 가지고 오시오."

"선가의 계율이 지엄합니다. 한 번 어기는 것도 안 될 일이었는데, 어찌 두 번을 범하겠습니까?"

신(申)이 몹시 성내며 고집스레 청하자, 노승이 또 마지못해 상좌를 돌아보고 말했다.

---

7 여의(如意)는 법회나 설법 때, 법사가 손에 드는 법구(法具)로 대, 나무, 뿔, 쇠 따위로 '심(心)' 자를 나타내는 고사리 모양의 머리가 있고, 한 자쯤의 자루가 달려 있다.

"작은 장기를 가져오너라."

어린 중이 손으로 주머니 속을 더듬더니 작은 나무 장기판을 꺼냈다. 크기는 손바닥의 4분의 1에 불과했고, 경계로 나누어진 정간(井間)은 마치 거미줄 같아서 있는 듯 없는 듯했다. 장군의 크기는 작은 콩알만 했고, 차, 포, 상, 마는 그것의 반, 사와 졸은 또 그것의 반절 크기였다. 진(陣)을 다 배치하고 행마(行馬)하고자 하면 작은 대나무 끝으로 밀어서 어느 궁으로 옮겨야 했다.

노승의 왼 포와 오른 차, 상, 마, 사, 졸은 서로 부딪히고 나아갔다 물러나니, 그의 손놀림은 나는 듯했다. 그러나 신(申)이 국세(局勢)를 살펴보려고 하면 등을 구부리고 머리를 숙여 거의 코가 땅에 닿을 듯했다. 비로소 청홍 두 진이 오가는 경계선을 분별할 수 있었지만, 안목이 생소하고 정신이 산란하기가 큰 장기보다 더욱 심했다. 신(申)은 다시 장기를 지자, 노발대발하며 말했다.

"이는 내 장기 수법이 졸렬하고 선사가 뛰어나서가 아니오. 큰 장기, 작은 장기 모두 태어나서 처음 본 괴이한 물건이니, 다시 적당한 크기의 장기를 가져오시오."

노승이 비웃으며 말했다.

"이렇게 졸렬한 수법으로 멀리 천 리에서 와서 나와 장기 실력을 겨루려 했다니 망령되다 할 만하오. 큰 장기로 한 판을 지고 작은 장기로도 한 판을 졌으면서 '내 수법이 졸렬하지 않다'고 말하니, 이것이 서초패왕(西楚伯王)이 오강(烏江)에서 '하늘이 망하게 하는 때이지 싸움을 잘못한 죄는 아니다[天亡秋, 非戰罪]'[8]라고 스스로 말한 것과 무엇이 다르겠소. 항우는 끝내 패공(沛公)의 적수가 아니었던 것이오. 선문의 장기는 크고 작은 이 장기판들 외에는 두는 것을 허락하지 않소."

그리고는 큰 소리로 상좌를 불러 크고 작은 바둑 도구를 거두어 가 버렸다. 신(申)은 노승에게 속은 것을 알아차렸지만 노승은 딱 잘라 거절한 뒤 다시 두는 것을 허락하지 않으니, 더는 방법이 없어 가슴속에 그저 만 길로 치솟는 화를 품은 채 돌아갔다.

---

8 항우는 해하(垓下)의 전투에서 유방에게 패하여 동성(東城)으로 쫓겨 갔을 때, 자기를 따르는 28명의 기병들에게 지금 이런 곤경에 빠진 것은 "하늘이 나를 망하게 한 것이지, 싸움을 잘못한 탓이 아니다"라고 했다. 『사기』 권7, 「항우본기」.

3

자신의 이름을 숨긴 고수

신고제(申固濟)가 길을 떠나 호서(湖西) 땅에 이르렀는데, 시골 객점에서 비를 만나 3, 4일을 머물게 되었다. 서늘하고 눅눅한 날씨에 울적해져 객지의 쓸쓸한 마음을 풀 길이 없자 주막 주인에게 물었다.

"이 마을에 장기 두는 자가 있는가?"

"3리쯤에 늙은 첨지(僉知)가 있습니다."

"자네는 그를 데려오게."

객점 주인은 알겠다고 하고 가서 잠시 뒤 노 첨지와 함께 왔다. 신(申)은 그를 방으로 불러들여 말했다.

"멀리서 온 객이 비를 만나 머물고 있는데, 소일거리가 없으니 첨지와 장기 한 판 두고 싶소."

첨지는 "좋습니다"라 하고 곧 장기판을 펼치고 진을 배열했다.

신(申)은 남과 장기를 두면 반드시 차(車) 하나와 포(包) 하나를 뗐는데, 이날도 예전처럼 차와 포를 하나씩 떼자, 첨지는 보고만 있었다. 마침내 둘은 나아가고 물러나면서 서로 맞부딪혔고, 결국 두 진(陣)에는 각각 두 개의 마(馬)만 남고 다른 장기 알이 없어 무승부가 되었다. 또 한 판을 두었지만, 다시 무승부였고 세 판을 연이어 두어도 똑같았다.

김준근의 『기산풍속화첩』 중 「장기 두고」

신(申)은 끝내 차를 놓고 포만 떼고 두었지만, 다시 서로 두 개의 마만 남으니, 여전히 무승부였다. 연이은 세 판도 같은 결과가 나오자, 신(申)은 비로소 차와 포를 모두 놓고 정신을 수습하여 다시 두었다. 하지만 하루 종일 승부가 나지 않았다. 신(申)은 손을 떼고 물러나 앉아 말했다.

"첨지는 장기를 잘 두시는구려. 그런데 처음에는 내가 차를 떼었고 중간에는 차를 놓고 포만 뗐고 마지막쯤에는 차와 포 둘 다 떼지 않았지만, 각각 마 두 개가 남아 차와 포를 뗐을 때와 똑같이 무승부가 나니 이는 무슨 까닭이오?"

"노물(老物)은 장기를 대국할 때, 고수나 하수에 관계없이 평생 무승부 내는 것을 원칙으로 삼고 있지요."

"아니, 이게 무슨 말이오? 장기에는 고수와 하수가 있어 고수가 두면 이기고, 하수가 두면 지니, 바야흐로 장기의 고수와 하수란 정해져 있는 것이오. 첨지의 무승부란 무슨 뜻이오?"

"노물은 장기에 노련합니다만, 내가 지면 내가 무안하고 남이 지면 남이 무안하니 무승부로 그저 소일거리 하는 것을 좋아합니다."

"내가 이기면 즐거운데, 어찌 남이 지면 무안할 것까지 생각할 짬이 있소? 무승부에는 어떤 뜻이 있는 게요?"

"노물이 장기를 잘하게 된 전말을 아뢰겠습니다. 노물은 어릴 때부터 한쪽 다리를 절었습니다. 매번 농사철에 온 집안사람들이 모두 들로 나가면, 노물은 병신인지라 머무르며 집을 지켰지요. 종일 방 안에 홀로 있으며 집을 지키다가 어린 마음에 답답함을 견디지 못해 집 뒤의 작은 언덕에 올라가 모갑(某甲)이를 손짓해 불렀습니다. 모갑이는 언덕 북쪽에 살았는데, 나와 동갑이었고 역시 한쪽 다리를 절어서 들에 나가지 못하고 집을 지키고 있었지요. 내 소리를 들으면 올라와서 파피리 불고 죽마를 타며 온종일 놀다 저녁이 되면 집에 돌아갔답니다. 날마다 이렇게 했는데, 오래 지나자 파피리와 죽마 놀이도 새롭지가 않아서 곧 표주박을 깎아 장기 알을 만들고 종이에 장기판을 그려 그와 장기를 두었습니다. 내가 먼저 산에 오르면 내가 그를 불렀고 그가 먼저 산에 오르면 그가 날 불러서, 나는 모갑이의 집을 등지고 내 집을 향해서 앉고 모갑이는 내 집을 등지고 그의 집을 향해 앉아, 각자 집에 사람이 드나드는지 망을 보며 하루를 마쳤습니다. 처음에는 한 번 이기고 한 번 지는 경우가 없지 않아, 다투고 성내기도 했지요. 하루·이틀, 1년·2년, 10년·20년 그리고 60년이라는 오랜 시간 동안 날이면 날마다 장기 말고는 다른 일 없이 앉으나 누우나 물을 마시나 밥을 먹으나 오직 서른두 개의 장기 알에서 눈과 마음을 떼지 않았습니다. 날마다 모갑이와 장기를 두니 나의 수를 그가 알고 그의 수를 내가 알아서 더는 계략을 쓰거나 기변(奇變)을 낼 마음이 사라져, 그저 한판 또 한판 두며 무승부로 소일하는 것을 일신의 계책으로 삼았습니다. 불행히 모갑이가 죽은 지 벌써 10여 년이 흘렀는데, 이 마을에서나 지나가는 길손 중에 어찌 장기 두는 자가 없었겠습니까마는 모두 모갑이의 실력에 한참 미치지 못했습니다. 지금은 노물이 장기를 두면서 더욱 정력을 쏟지 않고, 고수와 하수 막론하고 모두 무승부를 원칙으로 상대하고 있는데, 듣자니 도성 안에 신고제라는 자가 지금 제일의 고수라고 합니다. 만약 이 사람을 만나면 한번 승부를 내보고 싶다는 생각입니다만, 서울과 시골이 멀어 만날 길이 없으니 안타깝습니다."

그러자 신(申)이 눈을 부릅뜨고 호통쳤다.

"첨지는 망령되구려! 신고제는 나보다 고수여서 차 한 개와 포 한 개로도 여유작작할 터인데, 첨지의 장기가 뛰어나긴 하지만 어찌 그와 맞먹을 수 있겠소?"

아! 인정(人情)은 죽어도 명예를 세우는 것을 중하게 여기는구나. 남이 신고제를 제일의 고수로 인정했지만, 내가 바로 신고제라고 말하지 않고 자신의 이름을 숨겨 마치 다른 신고제가 있는 것처럼 한 것은 다만 늙은 첨지가 죽을 때까지 신고제를 최고의 고수로 알게 하고 싶어서였다. 예로부터 문장가(文章家)와 방기(方技)와 잡예(雜藝)의 말류(末流)들로서 당대에 명성을 세우고 후세에 이름을 전하여 자기를 속이고 남을 속이는 자들이 또한 대부분 이런 부류일 뿐이다.

4

고수의 경지

결성(結城) 현감 손경익(孫景翼, 1679~?)[1]은 상주(尙州)사람이다. 예전에
우리 고을에서 지주(地主)로 지냈기에 우리 집안과 교분이 있었다. 아
버님(李箕重, 1697~1761)이 김제(金堤) 군수로 계셨을 때, 손결성(孫結城)
이 와서 달포를 머물며 날마다 관아에 오가는 사방의 손님들과 내기
장기를 뒀다. 손님들이 모두 그의 적수가 되지 못하자 장교(將校) 중 고
수를 찾아 불러왔지만 역시 모두 그보다 하수였다. 장교들이 그를 이
길만한 자를 찾아내 한두 명이 왔지만, 그들도 끝내 손(孫)을 이기지
못했다. 내가 그에게 물었다.

"지금 존공이 내기 장기에서 제일의 고수라는 명성이 있지만, 영남
(嶺南)에 계실 때나 도성에 들어갔을 때도 이렇게 대적할 만한 자가
없었습니까?"

"전혀 그렇지 않네. 내가 도성에 들어가 내기 장기 둔 적도 여러 번

---

1 손경익은 상주 지역의 유명한 문인이었던 손만웅(孫萬雄, 1643~1712)의 서자다. 자는 군보
(君輔)이며 유학을 닦는 서자를 일컫는 업유(業儒)로서 1702년(숙종28) 임오(壬午) 식년시
병과(丙科)에 합격한 인물이다.

이었네만, 나와 장기 두면서 차(車)를 떼는 자는 전혀 없었고, 포(包)을 떼는 자도 많지 않았네. 동향(同鄕)의 한 사람만 차를 떼고서도 매 판마다 나를 이길 수 있었지."

"그렇다면 그가 전국에서 최고의 고수입니까?"

"전혀 그렇지 않네. 또 동래(東萊)에 모씨(某氏)가 있었는데 포를 떼고도 그 사람을 이겼고, 또 도성의 무인 집안의 이씨(李氏)는 차를 떼고도 능히 동래 사람을 이겼네. 이 군은 평생 문(文)에도 무(武)에도 종사하지 않고 해가 뜨면 나가고 해가 지면 들어와서 1년 360일을 하루도 집에 머물지 않고 이집 저집에서 장기를 두어 생계로 삼았네. 온 나라에 더는 자신의 적수가 없다고 자부했지. 자신의 백씨(伯氏)가 남원 영장(南原營將)으로 부임하게 되었을 땐, 따라가 또 장기로 원근(遠近)의 많은 이들을 초청했네. 하지만 그의 적수가 된 자는 없었고, 오직 남원의 늙은 장교 한 명만이 그를 이겼다네. 그러자 이 군은 대부분의 사람들은 사례해 보내고 오로지 늙은 장교와 1년 남짓 장기를 두었는데, 매 판 지고 말았네. 크게 분발한 그는 도성으로 돌아와 팔도를 두루 다니며 북도(北道)의 육진(六鎭)[2]에 이르러 한 고수를 만났어. 그와 한 해 남짓 교유한 뒤, 스스로 장기 수법이 한층 나아졌다고 생각했고, 남들도 이전보다 포 하나의 운용이 좋아졌다고 인정해주자 곧장 남원으로 갔다네. 그의 백씨는 이미 벼슬이 바뀌어 돌아갔네만, 늙은 장교는 여전히 그곳에 남아 있어서 결국 그와 밤낮으로 장기를 뒀다지. 모두 3, 40판을 뒀는데 여전히 매

---

2 세종 때에 김종서를 시켜서 두만강 가에 설치한 여섯 진으로 경원(慶源)·경흥(慶興)·부령(富寧)·온성(穩城)·종성(鍾城)·회령(會寧)을 이른다.

판 지자, 이 군이 드디어 손을 떼고 물러나 앉아 말했어.

'괴이하고 괴이하다! 나의 장기는 분명 전보다 포 하나의 운용이 좋아졌다. 그러나 너에게 지는 것은 역시 여전하니, 참으로 괴이하다. 이는 무슨 까닭이냐?'

'생원님은 참으로 한층 나아지셨으니, 이것이 이른바 괄목상대(刮目相對)입니다.'

'한층 나아졌는데도 너에게 지니, 어찌 괴이한 일이 아니겠느냐?'

'생원님은 작년에 매번 스물여덟 수만에 수가 막혔고, 지금은 서른두 수만에 수가 막혔으니, 이 어찌 한층 좋아졌다는 분명한 징험이 아니겠습니까?'

이 군은 마침내 그와 다시 대국하면서 더 이상 승부를 내겠다는 마음을 내지 않고 그저 서른세 수만에 수가 막히기를 바랐지만, 3일 밤낮으로 장기를 두면서 매번 서른두 수에서 수가 막히자 비로소 망연자실하여 떠났다네."

5
효갑이의 승부

어느 시골 마을의 훈장에게 아들이 하나 있었는데, 이름은 효갑(孝甲)이고 나이는 열대여섯 살이었다. 훈장은 효갑이에게 책을 읽게 했지만, 녀석은 하루 종일 이집 저집으로 놀러 다니며 이웃의 경손(庚孫)이란 아이와 장기를 두고 책은 한 글자도 읽지 않았다. 훈장은 화가 나서 이튿날 아침 효갑이의 종아리를 쳤다. 한창 엄히 꾸짖고 있을 때, 얼핏 울 밖에서 더벅머리 아이가 몸을 숨기기도 하고 얼굴을 보이기도 하며 잠깐씩 왔다 갔다 하는 모습이 보였는데, 바로 경손(庚孫)이었다. 훈장은 효갑이를 다락 안에 들어가게 하고는 말했다.

"기침 소리도 내지 말고 거기 숨어 있다가 경손이가 가면 나오너라."

그리고는 직접 다락문을 열어주었다. 잠시 뒤 경손이가 대문으로 들어와 효갑이를 연달아 부르자, 훈장이 말했다.

"효갑이는 나갔다."

경손이는 방문을 열어 머리를 들이밀고 방안을 둘러보며 말했다.

"효갑이는 어디로 갔나요? 아아. 효갑이가 있었다면 오늘은 나도 포(包)를 떼고 효갑이와 장기를 둬 한 판 크게 이겼을 것을."

효갑이는 다락 안에 있다가 경손이의 말 한마디를 듣고 화가 발끈

치밀어, 양발로 다락문을 차서 부수고 성이 나 팔을 걷어붙인 채 다락을 내려와 말했다.

"내가 너와 장기 두는데, 네가 포를 떼는 것이 옳으냐, 내가 포를 떼는 것이 옳으냐? 지금 우리 아버지를 증인 삼아 장기를 가져와서 여기서 자웅(雌雄)을 결판내자!"

활쏘기
射場

1

구멍이 없는 과녁

어느 고을에 활을 잘 쏘는 이생(李生)이란 자가 있었다. 하루는 멀리 길을 떠났는데, 길가에 큰 회화나무가 있고 나무 그늘 아래 네 노인이 무명으로 된 과녁을 매달아 놓고 활을 쏘고 있었다. 이생은 말을 나무둥치에 묶어두고 잠시 쉬다가 네 노인을 바라보았다. 그들은 다섯 발을 모두 적중시켰으며, 10여 순(巡)을 쏘아도 모든 화살이 다 적중했다. 이생은 재주를 뽐내고 싶어 근질대는 마음을 못 이기고 말했다.

"저는 지나는 길손인데 활을 조금 다룰 줄 압니다. 지금 어르신들의 활쏘기 기술을 보니 저도 활과 화살을 빌려 1순(巡)을 쏘고 가르침을 청하고 싶습니다."

네 노인은 서로 쳐다보며 몹시 곤란해하다가 결국 마지못해 허락했다. 이생도 활을 쏘아 역시 다섯 발을 다 맞추었는데, 네 노인은 칭찬 한마디를 하지 않는데다 그 낯빛을 보니 좀 편치 않은 기색이었다. 이생은 일어나서 떠나려 하다가 물었다.

"활터에서 활을 쥔 이를 만나면 그를 끌어당겨 벗 삼아 활을 쏘고, 활과 화살이 없는 자에게는 빌려주어 쏘게 하는 것이 바로 방방곡곡의 같은 풍속인데, 지금 제가 활과 화살을 빌려 1순(巡)을 쏘니 존

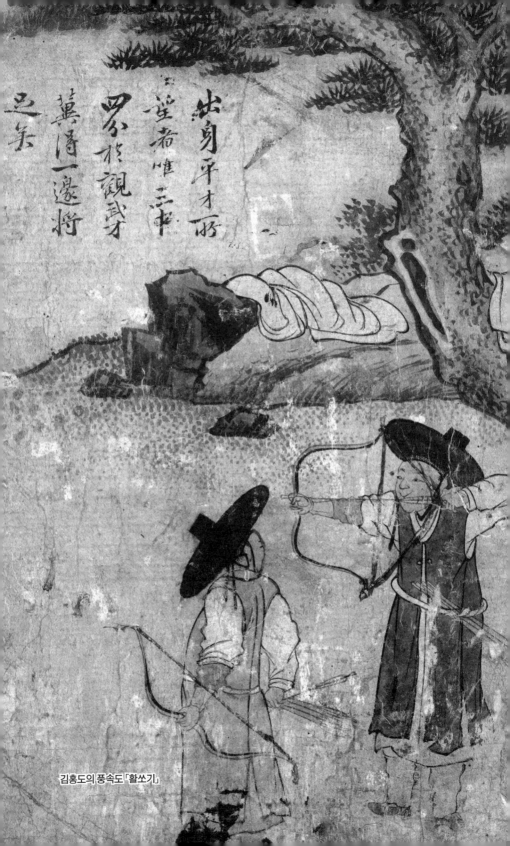

김홍도의 풍속도「활쏘기」

공들이 편치 못한 기색인 듯합니다. 어째서입니까?"

네 노인이 말했다.

"우리 네 사람은 같은 마을에 살면서 어릴 때 활쏘기를 배웠네. 편전(片箭), 세전(細箭), 유엽전(柳葉箭), 육량철전(六兩鐵箭), 기추(騎芻)[1] 등 각종 기예에 지극히 정통하여 모든 방(榜)마다 반드시 초시(初試)에 합격했지만, 운수가 기박(奇薄)하여 끝내 뜻을 이루지는 못했지. 이제 나이가 70여 살이라 더는 과거에 응시할 수 없으니, 집에 있으면서 다른 할 일이 없어 우리 네 사람이 힘을 합쳐 무명 과녁을 만들어 이 회화나무 그늘 아래 모여 소일하고 있네. 하지만 우리는 모두 집이 가난하고 무명 과녁 하나를 갖추는 데도 드는 비용이 적지 않은지라, 화살은 과녁에 이르러 힘을 소진해 그저 적중만 할 뿐, 과녁을 뚫어 구멍 내지는 말자고 서로들 약속했지. 그런데 지금 공이 쏜 화살의 힘이 너무 세서 우리 과녁을 뚫어 구멍 다섯 개를 냈으니, 우리가 어찌 마음이 편할 수 있겠는가? 그런 사정이 아니었다면 활과 화살을 빌려주는 것을 왜 망설였겠으며, 활터에 손님이 와서 쏘는 것이야 무슨 시기(猜忌)할 일이 있겠는가?"

이생이 놀라고 의심스러워 가서 그 과녁을 살펴보니, 자신이 쏜 다섯 발의 화살이 뚫은 구멍 외에는 바늘구멍 같은 작은 구멍도 하나 없었다. 그제야 그는 망연자실해서 떠났다.

---

1 『경국대전』에 따르면 무과의 시험과목은 목전(木箭), 철전(鐵箭), 편전(片箭), 기사(騎射), 기창(騎槍), 격구(擊毬), 병서(兵書) 등의 8기(技)였다. 이후 임진왜란을 거치면서 실전을 위한 과목이 추가되거나 변경되어 조선 후기 『속대전』에서는 목전, 철전, 기추(騎芻), 관혁(貫革), 기창, 격구, 유엽전(柳葉箭), 조총(鳥銃), 편추(鞭芻), 병서 등 11기로 늘었다.

딴 이야기들
單說[*]

1

기생 두향의 노래

퇴계(退溪)가 단양(丹陽) 군수로 있을 때 배로 구담(龜潭)[1]을 유람하다가
푸른 암벽에 대해 이렇게 시를 지었다.

"푸른 물은 단양의 경계, 청풍에는 명월루가 있네. 신선은 기다려도
오지 않으니, 서글프게 배 홀로 돌아오네〔碧水丹山界, 淸風明月樓. 仙人
不可待, 怊悵獨歸舟〕."

시를 다 쓰고 나서 물길을 내려가던 배가 뱃길을 돌리자, 기녀에게 그
시를 창(唱)하라고 명했는데, 두향(杜香)[2]이란 기녀가 이렇게 노래했다.

"푸른 물은 단양의 경계, 청풍에는 명월루가 있네. 신선은 기다려도

---

1 단양팔경의 하나인 구담봉은 단양군 단성면 및 제천시 수산면에 걸쳐 있는 산이다. 구담은
  물속에 비친 바위가 거북 형태를 하고 있어 붙여진 이름이다. 예로부터 이황, 이이, 김만중 등
  수많은 학자와 시인, 묵객이 구담의 절경을 찬미했다.
2 퇴계가 단양의 수령으로 있을 때의 방기(房妓)로, 임방의 『수촌집』 권3에 보이는 두양(杜陽)
  이라는 기생과 동일 인물로 추정되고 있다. 다음은 『수촌집』 권3에 보이는 두양에 관한 기록
  이다. "두양은 단양의 기생이다. 가야금을 잘 탔고 노래와 춤에 능했다. 스무 살에 요절했는
  데, 강선대 맞은편 산기슭에 묻어 달라고 유언했다. 이는 평생 객들을 따라 노닐며 잔치하던
  곳이었기에 죽어서도 잊을 수 없었기 때문이라고 한다……"

梅家去奮若

蕙園寫

신윤복의 『여속도첩(女俗圖帖)』 중에서

오지 않으니, 서글프게 배 홀로 돌아오네. 뱃사공아! 배 늦게 저어라. 행여 올까 하노라."

퇴계는 이를 매우 기특하게 여겨 두향을 칭찬하며 말했다.

"네가 내 마음을 아는구나."

이는 "신선은 기다려도 오지 않으니(仙人不可待)"란 다섯 글자가 바로 선생의 군주(君主)를 경애하는 마음을 담은 것인데, 두향의 마지막 장(章)이 만나기를 기대하는 뜻으로 채웠기 때문이었다.

2
「후적벽부」와 청석동 수박

성천 부사(成川府使) 정협(鄭悏, 1642~?)[1]은 일가(一家)가 번성하지 못해
세력이 없었지만, 오직 시를 잘 짓는 것으로 농암(農巖) 김창협(金昌協,
1651~1708)[2]과 삼연(三淵) 김창흡(金昌翕, 1653~1722)[3]에게 추천 받아 여
러 차례 지방관을 맡았다.

---

1 본관은 하동(河東), 자는 가숙(可叔)이다. 봉사·참봉·한산 군수·강화 경력·성천 부사 등을
지냈다.
2 본관은 안동, 자 중화(仲和), 호 농암(農巖)·삼주(三洲), 시호는 문간(文簡)이다. 숙종 때 대
사성 등의 관직을 지냈으나, 기사환국으로 아버지 수항이 사사된 뒤 은거하고 후에 관직도
사양했다. 문학과 유학의 대가로서 이름이 높았고, 기호학파의 한 갈래인 호론(湖論)을 지지
했다.
3 본관은 안동, 자 자익(子益), 호 삼연(三淵), 시호는 문강(文康)이다. 기사환국 때 아버지가
사사되자 형 창집·창협과 함께 은거했고, 후에 관직이 내려졌으나 모두 사양했다. 성리학에
뛰어나 형 창협과 함께 이이 이후의 대학자로 이름을 떨쳤으며, 기호학파 중 낙론(洛論)을 지
지했다.
4 임방의 본관은 풍천(豊川), 자 대중(大仲), 호 수촌(水村), 시호는 문희(文僖)이며, 송시열·송
준길의 문인이다. 호조정랑 때 기사환국으로 송시열이 유배되고 인현왕후가 폐위되자 사직
했다. 이후 인현왕후 복위와 함께 복직된 뒤 여러 관직을 거쳐 공조판서가 되었다. 저서로 문
집 『수촌집』과 야담집 『천예록』이 있다.

그가 밀양으로 부임하는 수촌(水村) 임 판서(任堕, 1640~1724)[4]를 전별하며 지은 시의 "구름 걸려 있는 좁고 험한 길에 오리 한 쌍[5] 떠나가니 아정(鵞亭)[6]에 가까운 땅에 송아지 한 마리 남기리[雲橫鳥道雙鳧去, 地近鵞亭一犢留]"[7]라는 구를 보면, 그 시의 세련됨을 알 수 있다.

만년에 성천 부사에 제수되었는데, 부임하고 나서는 세수하거나 복장을 갖추지 않고 강선루(降仙樓)[8]에 누워 날마다 시만 읊조렸다. 그는 관찰사가 순시(巡視)하러 와도 병을 핑계 대고 나가서 뵙지 않았다. 관찰사를 알현했을 때, 허물을 꾸짖지 않으니, 관원과 빈객을 접대함에 오만함이 심해졌다.

하루는 문지기가 들어와 설악산의 김 진사가 문에 당도했다고 고했다. 정공은 한창 누워 있다가 벌떡 일어서며 말했다.

---

5 원문의 '쌍부(雙鳧)'는 두 개의 신발이 둔갑한 한 쌍의 오리를 가리키는데, 지방관으로 부임하는 것을 비유한다. 후한 명제(明帝) 때 선인(仙人) 왕교(王喬)가 일찍이 섭현 영(葉縣令)으로 있으면서 매월 초하루와 보름이 되면 수레도 없이 머나먼 길을 와서 조회에 참예했다. 이를 괴이하게 여긴 명제가 태사에게 그 내막을 알아보게 한 결과, 그가 올 때마다 오리 두 마리가 동남쪽에서 날아오기에 그물을 쳐서 잡아놓고 보니 바로 왕교의 신발이었다는 고사가 전하는데, 여기에서 비롯된 말이다. 『후한서』 권82, 「방술열전·왕교」.
6 환아정(換鵞亭)을 가리킨다. 현 경상남도 산청군 산청읍에 있었던 정자로, 1395년(태조4) 산청 현감인 심린(沈潾)이 산음현의 객사 서쪽에 건립했다. 몇 차례 소실되었으나, 현재 복원되었다.
7 이 구절은 지방관으로 나가는 임방을 청백리로 유명한 위(魏)나라 사람 시묘(時苗)에 견준 것이다. 시묘가 수춘령(壽春令)에 제수되어 소박한 수레에 누런 암소를 타고 부임했는데, 1년쯤 되었을 때 소가 송아지를 한 마리 낳자 임지를 떠나면서 그 송아지를 남기며 말하기를 "내가 올 때 이 송아지가 없었으니 이 송아지는 회남에서 낳은 것이다"라 했다 한다. 『삼국지·위서』 권23 「상림전 배송지주」.
8 평안남도 성천군(成川郡) 성천읍에 있는 정자로, 관서팔경 중 하나다. 고려 충혜왕 때 부사(府使) 오장송(吳長松)이 건립했고, 1613년(광해군5)에 중건되었다.

김홍도의 『관서십경도』 중 「강선루」

"어서 문을 열어드리거라."

그리고는 측근을 불러 한편으로는 자리를 마련하면서, 한편으로는 공복(公服)을 찾아 입고 엎어질 듯 나가서 맞이했다.

자못 총명한 어느 주기(廚妓)가 내심 매우 괴이해서 넌지시 손님이 어떤 모습인지 눈여겨보았다. 문으로 들어서는 손님은 왜소한 사내로 미투리와 해진 도포의 빈한(貧寒)한 사람이었다. 하지만 정공은 접대했고, 더욱 공손하게 예를 갖췄다. 손님의 태도는 몹시 거만했다. 기녀는 곧 관청의 고지기를 맡고 있는 자신의 동생을 불러 귓속말로 은밀히 속삭였다.

"너는 좀 전에 당도하신 김 진사가 어떤 양반인지 아느냐?"

"내가 아까 홍문(紅門)⁹거리에서 그를 봤는데, 또 여기에서 걸태(乞駄)¹⁰질을 하네요."

"아! 너는 관아에서 일하는 사람이 이렇게 아둔해서야 어찌 모진 매질을 면할 수 있겠느냐?"

"그러면 그이가 어떤 양반인데요?"

"우리 사또는 부임한 뒤로 관찰사가 와도 줄곧 은근히 오만하게 대접했는데, 지금 사또가 김 진사를 대우하는 예의를 한번 봐라. 이분이 대수롭지 않은 걸태객(乞駄客)인데 우리 사또가 어찌 이렇게 공손한 태도겠느냐? 내 들으니 장동(壯洞)에 정승 아들인 김 진사라는 분이 있는데, 나라에서 관직을 내려도 벼슬하지 않고 해진 옷에 떨

---

9 홍살문(紅箭門)으로 충신, 효자, 열녀들을 표창하여 임금이 그 집이나 마을 앞, 능(陵), 원(園), 묘(廟), 궁전(宮殿), 관아(官衙) 등에 세우도록 한 붉은 문이다. 정려(旌閭), 정문(旌門), 작설(綽楔), 도설(棹楔)이라고도 한다.

10 염치없이 재물을 요구하거나 긁어 들이는 일을 말한다.

어진 신발로 나라의 산천을 주유하다가, 또 설악산에 머물면서 수년간 내려오지 않고 스스로 거사(居士)라 하면서 세상에 문장으로 이름이 났다고 하니, 이분이 필시 그분일 것이다. 너는 제발 조심해서 혹여 요리 등의 일로 죄를 짓지 말아라."

"정승 아들은 고사하고 옥황상제가 강림하더라도 별달리 조심할 일이 뭐가 있겠습니까? 그저 관가의 분부가 내리는 대로 율무며, 떡, 고기, 닭, 꿩, 생선 같은 각종 맛난 먹거리들을 모두 변통할 수 있으니, 걱정할 필요 없습니다."

"아! 네가 도대체 이렇게 아둔해서야 앞으로 필시 매질을 면치 못할 것이다. 내일 사또가 김 진사와 비류강(沸流江)[11]으로 뱃놀이 가서 고기 잡고 강선루에 오를 것인데, 이런 일들은 너는 어찌 미리 차질 없이 준비하지 않는 것이냐?"

"강선루와 비류강으로 갈 선박에는 공방(工房)이 자리를 마련할 수 있고, 내 할 일은 그저 그물로 물고기를 잡으면 분부를 기다렸다 꺼내는 것이라 대처할 수 있는 것인데, 걱정할 일이 뭐가 있겠습니까?"

"그물을 쳤는데 고기가 잡히지 않으면 어쩔 것이냐?"

"그물로 고기를 못 잡더라도 위아래 물가의 어부들 가운데 바칠 자가 많을 것이라 고기는 걱정할 게 없습니다."

"아, 너는 어찌 이 지경으로 사리(事理)를 모르느냐? 관가에서 손님을 접대하는데, 고기가 없다 해도 어찌 다른 먹을 것이 없겠으며, 그물이 없다 해도 어찌 고기를 얻지 못하겠느냐. 다만 그물을 친 뒤, 배

---

11 평안남도의 신양군과 성천군을 흐르는 강이다. 대동강의 제1지류로 양덕군에서 시작하여 대동강에 합류한다. 강선루는 이 비류강의 서쪽 기슭에 있었다.

가 그물 있는 곳을 지나가는데 그물에 고기가 한 마리도 걸려 있지 않는다면, 어찌 흥이 깨지고 무안하지 않겠느냐. 너는 분부를 기다리지 말고 반드시 오늘 밤 그물을 쳐놓고, 또 급히 위아래 물가의 어부들이 바친 고기를 거두어 모두 그물에 걸어두어라."

고지기는 그제야 "예, 그리하겠습니다"라 하고 갔다.

원래 이 김 진사는 삼연옹(三淵翁: 金昌翕)이었다. 정공이 밤늦게까지 모시고 담소하고서 마침내 분부했다.

"내일 조반 뒤에 배를 타고 강선루에 올라 비류강에 그물을 칠 것이니, 가무에 능한 기녀들을 배가 있는 곳에 와서 기다리게 해라."

이튿날 해가 높이 뜨자, 정공이 삼연옹을 모시고 배에 올라 물길을 거슬러 올라갔다. 배가 그물 친 곳에 이르러 어부가 그물을 거둬들였는데, 크고 작은 은빛의 실한 물고기들이 그물에 걸려 있자, 정공과 삼연옹은 반색하며 웃었다. 그 주기(廚妓)가 수건으로 노래하는 기녀들의 어깨를 치며 말했다.

"너희들은 어쩌면 이리 풍류와 운치가 없느냐? 그물을 걷어서 고기를 잡았는데 어찌 「후적벽부(後赤壁賦)」 한 편을 부르지 않는 것이냐?"[12]

기녀들이 그제야 모두 「후적벽부」를 목청껏 노래했다. 연옹은 평소 기물(妓物: 기생 퇴물―옮긴이)과 수작한 적이 없었는데, 이날은 그 주기를 돌아보고 말했다.

"네 이름이 무엇이냐?"

---

12 주기(廚妓)가 고기잡이에 흥을 돋우지 않는 기녀들을 나무란 것이다. 소식의 「후적벽부」에 "오늘 저물녘 그물을 걸어 고기 잡으니, 입은 크고 비늘은 가는 것이 송강의 농어처럼 생겼네"라고 했다.

기녀가 답했다.

"아무개입니다."

또 삼연옹이 "너는 글을 잘 아느냐?"라 묻자, "잘 알지 못합니다"라고 말했다.

"글을 모르는데, 어찌 '그물을 걷어서 고기를 잡다〔擧網得魚〕'란 구절을 아느냐?"

"한평생 연회에서 문인 묵객들을 모셨기에 이 문자를 익히 들었습니다."

이때부터 삼연옹은 자주 이 기녀와 수작했으며, 기녀도 잠시도 곁을 떠나지 않고 삼연옹의 말과 행동을 주의 깊게 보고 들었다. 삼연옹과 정공이 밤낮으로 말하는 것들은 바로 산수(山水)와 시문(詩文)이었다. 또 팔도의 풍속을 언급했으며, 각 처의 물산(物産)도 품평했는데, 영보(永保)의 전복,13 흡곡(歙谷)의 게,14 풍기(豊基)의 감, 백천(白川)의 떡, 연안(延安)의 젓갈,15 용인(龍仁)의 오이지, 진위(振威)의 닭산적, 서홍(瑞興)의 부추 나물, 봉산(鳳山)의 배,16 중화(中和)와 영암(靈巖)의 숭어의 우열에 이르기까지 한 바퀴 쭉 말하고 나서 끝에 이렇게 말했다.

---

13 영보는 전라도 영암에 위치한 역(驛)이다. 전복은 영암 지역 토공(土貢) 물품 가운데 하나였다. 『세종실록지리지』 권151, 「전라도 나주목」.

14 흡곡은 강원도 통천군 흡곡면 지역에 있는 현이다. 게는 그 지역 토산품으로 흡곡현의 게장〔蟹醢〕이 유명했다는 기록이 보인다. 『승정원일기』 영조 10년 갑인 5월 24일 기사.

15 연안은 황해도에 있는 읍이다. 연백평야의 중심지로, 농산물 유통이 발달했고 온천이 있다. 젓갈의 원료인 백하(白蝦: 쌀새우)가 그 지역 토산이었다. 『신증동국여지승람』 권43, 「황해도 연안도호부」.

16 봉산은 황해도 봉산군 사리원에 있는 읍이다. 예로부터 '봉산배'로 유명했고, 그 때문에 배가 원료인 술 이강고(梨薑膏)가 이 지역 특산이 되었다.

"수박은 온 나라에서 송도(松都)의 청석동(靑石洞)[17]에서 난 크고 달고도 맛 좋은 수박이 최고지."

기녀는 옆에 있으면서 모든 것을 귀로 듣고 마음에 새겼다. 이튿날 삼연옹이 정공과 작별하고 길을 떠날 때, 기녀가 말머리에서 절하자 삼연옹이 말했다.

"너는 혹 상경할 기회가 있느냐?"

"나라에서 잔치를 베풀 일이 생긴다면 소인이 응당 도성으로 갈 것이고, 도성에 가면 삼가 마땅히 찾아가 문후를 여쭙겠습니다."

"네가 도성에 오더라도 내가 그곳에 있을 때가 드물다. 그러나 네가 도성으로 오고 내가 그곳에 있다면 너는 나를 찾아오너라."

"어찌 말씀대로 하지 않겠습니까."

삼연옹은 마침내 말을 몰고 떠났다.

마침 이해 7월 무렵 조정에서 연회를 베풀자 이 기녀는 대풍류(大風流)[18]의 채비를 위해 서울로 가게 되었다. 도중에 송도 청석동을 지나는데 때마침 수박 철이라 기녀는 갑자기 그날 삼연옹의 말이 떠올랐다. 말에서 내려 원두막에 들어가 큰 수박을 하나 사서 먹어보니, 과연 평생 처음 본 크고 달고 맛있는 수박이었다. 기녀는 삼연옹이 문장에 뛰어난 고아한 선비로서 뭇 이치에 모두 밝다는 것을 더욱 믿고 흠모하게 되었다. 이에 또 매우 큰 수박 두 통을 사서 끌어안고 말에 올라 벽옥(璧玉)처럼 품으니, 도성으로 가 연옹에게 바치기 위해서였다. 하지

---

17 황해도 금천군 고동면에 있는 청석골[靑石峴]을 말한다. 이곳은 임꺽정의 근거지로도 이름난 곳인데, 원래 우봉현에 속해 있다가 1651년(효종2)에 우봉현과 강음현이 합쳐질 때 지금의 금천군에 속하게 되었다.

만 행렬이 녹번(鹿樊) 고개에 이르렀을 때, 말이 넘어져 수박 두 통이 모두 깨져버렸다. 기녀는 너무나 아까워서 몸소 수박을 먹었다.

도성에 들어가 연옹의 소식을 찾아 물어보니, 때마침 그는 도성에 들어와 청풍계(淸風溪)의 원심암(遠心菴)[19]에 머물고 있었다. 기녀는 곧 돈 300문(文)을 들고 직접 종로로 가 수박 가게를 두루 다니며 아주 큰 수박을 찾았고, 이내 두 통을 얻었다. 한 통은 170문, 또 한 통은 130문에 사서 돌아와 주칠(朱漆)한 큰 나무바가지에 담고 네모반듯한 대유지(大油紙)로 덮은 뒤, 다시 1천 조각으로 꿰맨 아청색(鴉靑色)[20] 보자기로 꼼꼼히 싸매고, 물동이를 잘 이는 여염의 여인더러 머리에 이게 하고서 자신은 장옷을 머리에 쓴 채 원심암으로 찾아갔다.

암자는 풍계(楓溪)에서 가장 깊숙한 곳에 있었다. 소나무와 단풍나무가 빽빽하여 그윽하기가 인간 세상이 아니었으며, 초당 세 칸은 그림 속 경치처럼 말쑥했다. 기녀가 대청 앞에 서서 어린 서동(書童)을 불러

---

18 대풍류는 무용의 반주나 행차 때의 행진 음악으로 사용되는 관악(管樂)을 이르는 말이다. 대풍류의 '대(大)'는 관악기를 의미하는 '대(竹)'와 같으며, 악기 편성은 피리, 해금, 대금, 장구 등이다.

19 청풍계(淸風溪)에 있던 암자다. 청풍계는 인왕산 동쪽 기슭 일대의 골짜기로, 원래는 푸른 단풍나무가 많아 '청풍계(靑楓溪)'라고 불렸던 곳인데, 병자호란 때 강화도를 지키다 순절했던 김상용이 별장으로 꾸미면서 맑은 바람이 부는 계곡이라는 의미인 '청풍계(淸風溪)'로 바뀌었다.

20 같은 청색이라도 우아한 색을 '번루' 또는 '아청(鴉靑)'이라 부른다. 『규합총서』에는 번루에 대해 "일명, 계장초(鷄腸草), '닭의장풀'이니 그 꽃이 칠월에 피되, 볕을 오래 쬐면 시드니 아침에 막 활짝 피었을 때 많이 따서 조그마한 사기병에 노란 꽃술을 가려 넣고 부리를 단단히 막아둔다. 하룻밤 지나면 변하여 물이 된다. 이것을 모시에 들이면 아청빛 같아서 기이하다. 이 물로 책에 비점을 찍으면 청화묵(靑花墨)보다 훨씬 낫고, 흰 꽃이 반만 핀 때 부어 물들이면 다 푸른빛이 된다"고 기록하고 있다.

성천 기녀 아무개가 와서 뵙고자 한다고 아뢰니, 삼연옹이 대청으로 들어오라고 명했다. 기녀는 마당에서 절하고 대청에 들어가 앉아 문후를 여쭈었다. 삼연옹은 가운데 자리에 앉아 있었고, 책상 위에 몇 권의 책이 펼쳐져 있었다. 좌우에는 대여섯의 제자들이 나뉘어 앉아 각자 책을 잡고 펴서 읽고 있었다. 모두 서로 쳐다보며 이상히 여겼지만, 감히 아무 말도 하지 못했다.

삼연옹이 말했다.

"조정에서 연회를 베풀기로 해서 틀림없이 네가 오리라 생각했는데, 정말로 왔구나."

몇 마디를 주고받고 난 뒤 기녀가 말했다.

"소인이 오다가 청석동에서 잘 익은 수박을 보고 두 통 가져왔으니 감히 진사 어른께 바칩니다."

"네가 내 말을 한 번 듣고 잘 기억한 것은 총명하다 할 만하고, 또 그 물건을 보고 가져와 먹으라고 권한 것은 다정하다 할 만하구나."

그리고는 수박을 가져오라 명하고, 쪼개게 하여 몇 조각 씹어보고는 "시원하고 맛있구나! 이 수박은 끝내 명성을 헛되게 얻은 것은 아니었구나"라 하고, 제자들에게 직접 나누어주며 말했다.

"자네들은 이런 수박을 맛본 적이 있는가? 온 나라에서 품질이 제일인 수박이 바로 청석동에서 난 것이라네."

제자들은 다투어 수박을 먼저 가져가 먹더니, 입을 모아 말했다.

"평생 이렇게 달고 시원한 수박을 본 적이 없습니다."

또 혹은 내심 예(禮)가 아닌 물건이라고 여겨 먹지 않는 자도 있었다. 기녀가 하직 인사하고 떠나자 삼연옹이 말했다.

"저 기녀는 매우 총명한 물건이다."

삼연옹이 그 뒤 몇 년 동안 육진(六鎭)을 유람할 때, 북로(北路)의 수령들이 모두 힘껏 그를 접대했고 또 반드시 기녀의 풍류로 운치를 돋우었지만, 삼연옹은 끝내 기녀들과 말을 나눈 적이 없었다. 그러나 때로는 각 읍의 수령들에게 기녀의 풍류를 품평하며 항상 이렇게 말했다.

　　"성천의 기녀 아무개는 지혜롭고 명민하니, 360개 고을에 이런 인물이 없소이다."

　　북관(北關)의 기녀 아무개는 매우 호탕한 기질과 호승심이 있었다. 어느 날 화가 나서, 걸어서 성천의 기녀에게로 가 만나서 물었다.

　　"댁은 예전에 삼연 김 진사를 뵌 적이 있소?"

　　"그렇소."

　　"김 진사는 육진을 유람하며 기녀들과 말을 섞지도 않았는데, 항상 당신의 총명함은 칭찬했소. 댁은 어떻게 김 진사에게 이런 평을 얻게 된 것이오?"

　　성천 기녀는 「후적벽부」와 청석동 수박에 관한 일을 자세히 그 기녀에게 말해주었고, 둘은 한바탕 웃고 헤어졌다. 삼연옹은 진실로 성천의 기녀에게 속았지만, 그녀는 정말로 지혜롭고 명민했다. 성천 기녀를 걸어가 만난 북관의 기녀도 호락호락한 이는 아니었다. 애석하다! 두 기녀의 이름이 모두 전해지지 않으니 안타까울 따름이다.

3

이지함을 꾸짖은 노인

토정(土亭: 李之菡, 1517~1578)[1]이 여러 해 묏자리를 찾다가 보령(保寧)에서 묘혈(墓穴) 한자리를 잡게 되었다. 오서산(烏棲山)[2]에 올라 내려다보니, 산의 행룡(行龍)[3]이 뚜렷하기가 펼친 손바닥 같았다. 산에서 내려와 갔던 그 장소를 찾았는데, 넓은 들판이 평평하고 아득히 펼쳐있어 산줄기[龍]를 찾을 방도가 없었다. 오서산에서 묏자리까지 갔다가, 다시 오서산에 오르며 계속 오고 가니 날마다 오간 것이 반년이 넘어 버렸다.

그러던 어느 날 오서산에서부터 청라동(靑蘿洞)을 지날 때, 초막 앞

---

1 이지함의 본관은 한산(韓山), 자는 형백(馨伯)·형중(馨仲), 호는 수산(水山)·토정(土亭)이다. 아산과 포천에서 현감을 지냈으며 평생 청빈하게 살았다. 천문, 의약, 복서, 지리와 음양에 통달하여 많은 일화를 남겼다. 아산 현감 재직 시 걸인청을 만들어 빈민을 구제했고, 1578년 재임 중 사망했다. 토정의 묘소는 서해가 내려다보이는 충남 보령시 주교면 고정리에 있으며, 아버지의 묘소를 포함한 직계존속 14기의 묘가 모여 있다. 일화 속에 이지함이 찾았던 묏자리를 이곳으로 추정할 수 있다.
2 충남 보령시 청소면, 청라면, 청양군 화성면, 홍성군 광천읍 경계에 있는 산이다. 높이는 790m로, 금북정맥의 최고봉이고, 예로부터 까마귀와 까치가 많이 살아 까마귀 보금자리[烏棲]라 불렸다.
3 풍수지리에서, 높았다 낮았다 하며 멀리 뻗어나간 산맥을 이르는 말이다.

에서 한 노인이 한창 소를 몰며 밭을 갈고 있었는데, 갑자기 채찍으로 소등을 철썩 때리고 큰소리로 소를 꾸짖었다.

"돌이 발굽에 닿으면 조금 동쪽으로 가서 피해야 하거늘, 저 짐승이 어리석기가 꼭 이지함 같구먼."

토정을 깜짝 놀라 그 앞으로 가서 두 번 절하고 땅에 엎드려 애걸했다.

"감히 어르신의 가르침을 청합니다."

"나는 스스로 밭이나 갈 뿐인데, 무슨 가르칠 일이 있겠는가."

"소생이 어버이를 위해 묏자리를 찾은 지 10년 만에 묘혈 하나를 얻었는데, 행룡의 자리를 찾고자 했으나 못 찾았으니, 불쌍히 여겨 가르쳐주시길 감히 애걸합니다."

"평지에서 용을 찾고 돌을 버리면 어찌하는가?"

토정을 그때 크게 깨닫고 마침내 석맥(石脈)을 찾으러 가니, 오서산에서부터 묘혈 자리까지 석맥이 쭉 연결되어 있었으며 높아졌다 낮아졌다 하는 형상이 모두 풍수지리법의 글과 일치했다. 이튿날 토정이 노인을 찾아갔는데 초막은 이미 헐려 있었고 노인도 보이지 않았다. 이웃사람들에게 물으니 모두 이렇게 말했다.

"노인의 이름도 모르고 어디서 왔는지도 모르오. 초막을 짓고 밭을 간 지 일 년이 되었는데, 이번 밤에 까닭도 없이 어디로 갔는지 모르겠소."

4

이지함을 가르친 늙은 노비

토정(土亭: 李之菡)이 이원(梨園)[1]의 관원일 때, 이륙 좌기(二六坐起)[2]에 나아가게 되어 공복을 갖춰 입고 말에 올라 문을 나섰다. 거리에는 아이들이 곳곳에서 한창 연을 날리고 있었는데, 토정은 머리를 들고 연을 쳐다보다가 손에 부채를 쥐고 말안장을 두드렸다. 이렇게 말안장을 두드린 것이 바로 금(金)·석(石)·포(匏)·토(土)·사(絲)·죽(竹)·혁(革)·목(木)의 음운과 장단에 잘 어울렸다.

막 종각 모퉁이를 지나는데, 두 연(鳶)의 실이 뒤엉켜 서로 잡아당기다가 갑자기 한 연의 실이 끊어졌다. 거리의 아이들이 사방에서 박수를 치며 말했다.

"뜬다, 떠!"

그리고는 한순간에 모두 우르르 몰려 연이 가는 곳으로 달려갔다.

---

1 장악원(掌樂院)의 다른 말로, 조선시대에 음률에 관한 사무를 맡아보던 관청이다.
2 장악원에서 악공이나 의녀들에게 음악과 춤 등을 가르칠 때, 그들의 생업을 고려하여 한 달에 6일(2, 6, 12, 16, 22, 26일) 동안만 나와서 배우게 한 일을 이른다. 이륙개좌, 이륙일, 이륙좌라고도 한다.

사대부 집안 열 살 남짓의 동자(童子), 의관(醫官)과 역관(譯官)과 상인 집안의 소년들, 초립둥이, 땋은 머리나 더벅머리 아이들이 물레를 쥐기도 하고, 손으로 실을 더듬으며 끌어당기기도 했는데, 당혜나 나막신, 짚신을 신은 이들이 넘어지고 엎어지며 큰길을 꽉 메우니 말이 앞으로 나갈 수 없었다.

이때 토정이 부채로 두드리다가 한 음절을 틀렸는데, 말 뒤에 있던 이원의 늙은 관노(官奴)가 엉겁결에 혀 차는 소리는 냈다. 토정이 비로소 자신이 잘못 친 것을 깨닫고 말 뒤의 늙은 관노를 돌아보았다. 늙은 관노는 토정이 돌아보는 것을 보고 그 자리에서 절을 올리며 "소인은 이 자리에서 떠나겠습니다"라고 하더니, 날듯이 도망가버렸다. 토정은 장악원으로 간 뒤, 여러 날 이 늙은 관노를 찾았지만 끝내 찾을 수 없었다.

5

활로 애첩을 쏜 조대

홍계관(洪啓寬)[1]은 국조(國朝)에 이름난 점쟁이였다. 한번은 먼 길을 떠났는데, 해질녘에 길을 잃게 되었다. 어찌할 바를 모르다가 앞서 이끄는 종에게 앞의 아무 물건이라도 더듬어 찾아보라고 했다.

종이 말했다.

"캄캄한 곳에 별다른 물건은 없고, 손을 대보니 그저 짧고 작은 나무 말뚝 한 쌍[短小雙末木]이 있습니다."

"다시 만져보아라."

"나무 말뚝에 큰 새끼줄[大藁索]이 있습니다."

홍(洪)은 "이는 필시 소를 묶어 놓는 곳일 터이니, 멀지 않은 곳에 응당 인가가 있을 것이다"라 했다. 다시 "쌍목(雙木)은 임(林)이고, 고삭(藁索)은 대승(大繩, 굵은 노끈―옮긴이)이지"라고 몇 번을 중얼대더니, 종에게

---

1 조선 세종~성종 때의 맹인 점술인이다. 홍계관(洪繼寬)이라고도 한다. 그의 이름을 딴 '홍계관리(洪啓寬里)'라는 마을이 있을 정도로 신묘한 점술로 유명했다.『범허정집』,『부계기문』,『오주연문장전산고』에도 점을 쳐서 홍윤성(洪允成), 상진 등의 운명을 맞힌 일화가 실려 있다.

큰소리로 임대승(林大繩) 세 글자를 외치게 했다.

알고 보니, 이곳에서 1후장(帿場: 활쏘기 할 때 과녁을 세워두는 거리—옮긴이) 되는 곳의 작은 언덕 너머에는 옛날에 승지(承旨)를 지냈던 임대승(林大升)의 집이 있었다. 지금은 승지의 아들이 그곳에 살고 있었는데, 큰 땅을 소유하고 많은 노비들을 거느리며 산 지 오래되어, 온 마을이 그 집안을 경외했다.

이날 밤 승지의 아들은 갑자기 누군가 '대승'이라고 외치는 것을 듣고 크게 노하여 사람을 시켜 잡아 오게 했다. 임(林)가네 노비와 울 밑의 많은 마을 사람들이 횃불을 들고 와서 장님인 홍(洪)을 붙잡아 갔는데, 마치 노련한 솔개가 병아리를 움켜쥐고 가는 듯했다. 홍(洪)이 꽁꽁 묶여 임씨 집에 들어서자, 임 조대가 말했다.

"너는 누구길래 감히 세상을 떠난 사대부의 성명을 이렇게 함부로 부르느냐?"

"소맹(小盲)은 홍계관이라고 합니다. 칠흑 같은 밤에 길을 잃었기에 물건을 잡아 점을 쳐 인가를 찾으려 했는데, 주인댁 선친의 휘(諱)를 범한 줄 전혀 몰랐습니다. 부디 화를 푸시길 바랍니다."

조대는 홍계관이라는 세 글자를 듣자마자 곧 그의 포박을 풀고 방으로 맞아들여 밥을 지어 대접하고, 이어 말했다.

"대단한 명성은 익히 들었소. 서울과 시골이 멀리 떨어져 있어 얼굴 마주할 길이 없었거늘, 오늘 운 좋게 만났구려."

그리고는 사주(四柱)를 꺼내 운명의 길흉을 물었다. 홍(洪)은 괘를 펼쳐서 중얼대며 손가락을 몇 번 꼽더니, 깜짝 놀라 몸을 움츠리고 말했다.

"주인의 수명이 오늘 밤 끝나게 되니, 평생의 신수(身數)는 더 논할 게 없습니다."

"흉(凶)을 피하고 길(吉)을 따를 방도가 어찌 없겠소!"

"활을 당겨 평소 제일 아끼는 것을 쏘아 죽인다면 혹 재앙을 물리칠 방도가 될 수 있으니, 한번 시도해보십시오."

조대는 즉시 활을 당겨 화살을 걸고 곧장 매[鷹]가 앉은 횃대로 향하면서 속으로 '이것이 내가 최고로 아끼는 물건이니, 쏠 것이다'라고 생각했다. 그러다 문득 또 '이 매는 없어져도 다시 얻을 수 있으니, 내게 제일 소중한 것은 말이 첫 번째이고 매는 그다음일 것이다'라 생각하여 결국은 포기하고 마구간 앞으로 갔다. 활시위를 당기려다가 갑자기 또 생각했다. '이 말이 탐라산 명마이긴 하지만 훗날 다시 곱절의 가격으로 구한다면 말은 또 얻을 것이니, 내가 가장 아끼는 것은 말도 아니다. 첩일 것이다!' 조대는 또다시 말을 포기하고 가서 첩의 창문 앞에 이르렀다. 활시위를 당겨 겨누자 첩이 창을 마주하여 미소 지으며 말했다.

"생원님은 오늘 취하셨습니까? 활시위를 당겨 무얼 하려 하십니까?"

조대는 "요망하고 간사하구나! 네 주둥이로 무슨 말을 하려 하느냐!"라 하고, 마침내 힘껏 화살을 쏘았다. 그런데 끝내 정(情)의 뿌리가 끊어지지 않아 시위를 당길 때 마음이 흔들려 화살의 경로가 조금 왼쪽으로 가게 되니, 화살은 첩의 귀밑머리 근처를 스쳐 지나 북벽 아래 놋쇠로 장식된 큰 종이 등롱(燈籠)에 적중했다. 첩의 안색은 흙빛이 되었고, 잠시 뒤 종이 등롱에서는 피가 흘러나왔다. 조대가 깜짝 놀라 등을 열고 살펴보니, 그 속에 중 하나가 장검을 손에 쥐고 오른쪽 배에 화살을 맞은 채 죽어 있었다.

위태로웠도다! 만약 활을 당긴 한 사건이 없었다면 조대의 수명은 이날 밤 다했을 것이고, 활을 당겼더라도 매나 말을 쏘는 데 그쳤다면 공연히 매와 말만 무고하게 죽이고, 조대의 죽음은 막지 못했을 것이다. 그러니 이날 밤 장님 홍계관이 온 것과 활을 당겼지만 매나 말을 쏘지 않은 것은 모두 운수다. 이미 전적으로 운수에 달린 일이고 보면, 등롱 속의 중이 살았다 해도 조대 역시 반드시 죽지는 않았을 것이다.

6

다섯 달 만에 낳은 아이

3, 40년 전 내포(內浦)[1]에 지화봉(池華封)이라는 자가 점치는 것으로 이름을 떨쳤다. 같은 마을에는 선비 집안의 조씨(趙氏)라는 이가 있었는데, 춥고 굶주려 거의 죽을 지경이었다. 같은 고을에 주가(周哥)라는 부유한 평민에게 여식이 있어, 조 선비는 그녀에게 장가들고 싶어 인편을 통해 말을 전했다. 주씨는 혼인을 허락하고자 했지만, 권하는 자들이 반이고 막는 자들도 반이어서, 혼인을 시킬지 말지 결정하지 못하고 있었다. 조 선비는 지화봉의 집에 가서 점을 쳐서 혼사의 성사 여부를 알고 싶었다. 지화봉은 "정자산(鄭子産)을 만나니, 의리상 주(周)나라의 곡식을 먹지 못한다"라는 점괘를 말했다.

"알고 싶은 것은 혼사이거늘, 지금 이 점사(占辭)는 무슨 말인가?"

"혼사는 반드시 성사될 것입니다만, 점사는 나도 무슨 말인지 모르

---

1 내포는 '바다나 호수가 육지 안으로 깊이 휘어 들어가 이를 따라 포구가 발달한 지역'을 뜻하는데, 산이 별로 없이 구릉이 많고, 들이 넓게 펼쳐져 있는 지리적 특성이 있다. 이중환의 『택리지』에 따르면 현재 충청남도의 홍성, 태안, 서산, 당진, 보령, 아산의 일부 지역이 여기에 속한다.

겠습니다. 일단 두고 보십시오."

얼마 되지 않아 혼사가 이루어지고 처(妻)가 집에 들어왔는데, 다섯 달 만에 아이를 낳았다. 옥사(獄事)가 이루어져 그 실정을 조사해보니, 주가의 여식이 예전에 정(鄭)씨 남자와 사통하여 임신한 것이었다. 조씨는 주(周)씨와 의절(義絶)하여 결국 그 곡식을 먹을 수 없게 되었다.[2]

---

2 "정자산을 만나니, 의리상 주나라의 곡식을 먹지 못한다[遇鄭子產, 義不食周粟]"라는 지화봉의 점사는 춘추시대 때 정(鄭)나라 대부인 정자산이란 인물이나, 의리상 주나라의 곡식을 먹지 않은 백이 숙제(伯夷叔齊)의 고사와는 관계가 없다. 이는 "정씨 아들이 태어나는 일을 만나, 의리상 주씨의 곡식을 먹지 못한다"로 풀이될 수 있다.

7

글자로 점치기

점을 치는 법에는 척전(擲錢)[1]과 시초(蓍草)[2] 외에도, 관매(觀梅)[3]와 집물(執物)이 있어 그 방법이 다양하다. 이 밖에 또 석자법(釋字法)이 있는데, 송(宋)나라 때 왼쪽을 봐도 군(君)이고 오른쪽을 봐도 군(君)이 되었다거나, 흙[土] 위에 일(一)이 바로 왕(王)자라거나, 졸(卒)을 만나면 쳐부수고[碎], 피(皮)를 만나면 찢었다[破]는 등의 일[4]은 그 유래가 오래되었다.

근래에 송오이(宋五以)[5]가 감시 회시(監試會試)에 응시했다. 회덕(懷

---•---

1 동전 따위를 던져서 그 나타나는 면에 따라 길흉을 점치는 일이다.
2 신령한 풀의 이름으로, 처음 싹이 돋을 때부터 50개의 잎이 똑같이 나와 자란다고 한다. 50은 대연(大衍)의 수이므로, 그 풀을 가지고 산대를 삼아 점쳤다.
3 관매는 송나라 때 소옹(邵雍)이 만든 점법인 매화수(梅花數)를 가리킨다. 임의대로 한 글자의 획수를 취하여 8획을 제하고 남은 수로 괘(卦)를 얻고, 또 한 글자의 획수를 취하여 6획을 제하고 남은 수로 효(爻)를 얻은 다음 역리에 의거해 길흉을 판단하는 것이다.
4 '문(問)', '일(一)', '석(石)'자를 석자(釋字)한 것이다. 송나라 고종(高宗)과 점쟁이 사석(謝石)의 고사에 나오는 이야기로 해당 내용이 『역경몽인』 권1상 「주역」, 『천중기』 등에 보인다.
5 오이(五以)는 송환성(宋煥星, 1722~?)의 자다. 송환성은 1744년에 일화의 내용처럼 식년시인 감시 회시(監試會試)에서 장원을 했다. 거주지가 회덕(懷德)인 인물이므로 저본의 '송오이(宋五而)'를 '송오이(宋五以)'로 교감했다.

德)에 있던 그 제부(諸父)는 시험 날이 되자, 과거 시험의 성패가 몹시 궁금했다. 계부(季父)인 집의공(執義公: 宋能相, 1709~1758)이 옆 사람에게 책을 펴고 글자를 짚게 했는데, 곧 '야(也)'자를 가리켰다. 집의공이 말했다.

"이 아이가 응당 장원을 하겠군."

옆 사람이 말했다.

"'야'가 어찌 장원이 될 형상입니까?"

집의공은 "'야'에 사람 '인(人)' 변이 딸리면 '타(他)'가 되는데, 지금 '야'자에는 달리 인(人) 변이 없으니, 달리 사람이 없다면 나 홀로일 뿐이기 때문이지"라 했고, 오이(五以)는 과연 장원을 차지했다.

송맹원(宋孟源)[6] 대인도 이 방술(方術)에 정통했다. 어떤 이가 의원에게 와서 제 어머니의 병을 묻자, 의원이 말했다.

"증세를 살펴서 알아내기 어렵군요."

맹원 대인이 마침 그 자리에 있었는데, 의원이 돌아보며 말했다.

"공께서 글자를 해석해서 증세를 살펴보시고 말씀해주십시오. 그러면 제가 약을 처방하겠습니다."

어머니의 병을 물었던 아들이 '내(乃)'자를 썼다. 맹원 대인이 말했다.

"이는 태기(胎氣)일세."

"어째서 그리 말하십니까?"라고 옆에 있던 사람이 말했다.

"아들(子)이 와서 '내'자를 쓰니, '아이를 밴 것(孕)'이 아니고 무엇이겠는가."

나중에 물어보니 정말 태기였음을 알게 되었다.

---

6 미상이다.

또 어떤 이는 북도(北道)에 사람을 보내 말을 구했는데, 말의 등급이 어떤지 알고 싶었다. 이에 '북(北)'자를 쓰고 맹원 대인에게 물으니, 대인이 답했다.

"'북(北)'은 왼쪽이 '상(上)'이고 오른쪽이 '상(上)'이니, 말 역시 안장을 얹어 사람이 타도 상품(上品)일 것이고, 짐을 실어도 상품일 걸세."

말이 도착했는데, 과연 그가 말한 대로였다.

8

개를 낳은 한씨와 노씨

한원(翰苑)의 고사(故事)에는 선진이 후진을 놀린 일이 다양한데, 간혹
희롱하는 문제를 내주어 글을 짓게 한 경우가 있었다. 손필대(孫必大,
1599~?)라는 이가 선진이고 한씨(韓氏) 성과 노씨(盧氏) 성의 두 한림(翰
林)은 후진이었다. 하루는 손(孫)이 한과 노 성씨로 희제를 내주어 두
후진에게 글을 지어내게 했다. 두 후진이 곧 글을 지어냈는데, 그 문장
은 다음과 같았다.

"한은 번성한 성이고 노는 번성한 성이니, 아들을 낳으면 반드시 훌
룡하고 손자를 낳으면 반드시 훌룡하다[韓大姓盧大姓, 生子必大生孫必
大]."1

손필대는 이를 보더니 붓을 들어 비점(批點)하여 모든 대(大)자 옆에
점 하나를 더 찍었고, 그 문장은 이렇게 바뀌었다.

---

1 이 구절은 '한(韓)'과 '노(盧)'라는 자신의 성씨를 높이는 동시에, 선진인 '손필대(孫必大)'의
이름을 가지고 희롱한 작문이다. '生子必大生孫必大'라는 구절은 '아들을 낳으면 필대(必大)
고, 손자를 낳으면 필대(必大)다'라고 해석될 수 있으며, '손자를 낳으면 반드시 훌룡하다[生
孫必大]'는 구절도 '손필대(孫必大)를 낳았다'로 풀이할 수 있다.

"한은 개[犬]의 성이고 노는 개[犬]의 성이니, 아들을 낳으면 반드시 개[犬]이고 손자를 낳으면 반드시 개[犬]이다[韓犬姓盧犬姓, 生子必犬生 孫必犬]."2

---

2 본래 '한로(韓盧)'는 사나운 사냥개로, 전국시대 한(韓)나라에서 나던 검은 털의 명견이다. 손필대는 후진들의 문장에 점 하나를 찍음으로써 본래 한로(韓盧)의 의미를 살리면서 후진 의 작문을 되받아치며 놀리고 있다.

9

씨름으로 벼슬길이 막힌 한림

어느 해 무렵 한 한림(翰林)이 입직(入直)했는데, 몇 년 동안 구석진 한
원(翰苑)을 벗어나지 못했는지라 마음을 다잡지 못했다. 어느 밤 달빛
이 낮처럼 밝고 대궐의 물시계가 똑똑 떨어지자, 한림은 평상복에다 사
모(紗帽)만 쓰고 중정(中庭)을 거닐었다. 한원과 선전관청(宣傳官廳)[1]이
담을 사이에 두었을 때, 담 밖으로 떠들며 웃는 소리가 들려왔다.

한림이 담장의 구멍 난 곳에 가서 뒷짐을 지고 보니, 당시 여러 선전
(宣傳)들이 달밤을 틈타 정원을 거닐다가, 같이 놀며 씨름을 하고 있었
다. 이 한림은 본래 어릴 때 씨름장에서 놀아본 적이 있어 그 수법에
또 매우 능숙했다. 선전들이 한 덩어리로 뭉쳐 달빛 아래 노는 것을 보
고 옛 버릇을 잊지 못해 자기도 모르게 한 걸음씩 앞으로 다가가 선전
무리에 이르게 되었다. 한 선전이 돌아보고 이상히 여겨 물었다.

"자네는 어디의 관원인가? 선전관청은 본디 선임자가 아니면 들어
올 수 없거늘 자네는 당돌하게 여기에 왔군."

---

1 형명(形名), 계라(啓螺), 시위(侍衛), 전령(傳令), 부신(符信)의 출납 따위를 맡아보던 관아다.

"나는 입직한 한림인데, 달빛 아래 정원을 거닐던 중 씨름 놀이를 보게 되어 여기까지 왔소."

선전들이 말했다.

"3백 년 된 고풍(古風)을 무너뜨릴 순 없으니 오늘 저 한림은 중벌을 받아야겠지만, 씨름 한 판으로 죄를 면해주지."

그러더니 한 선전이 와서 한림의 바지춤을 움켜잡았다. 한림이 한 손으로 선전의 두 다리 사이를 들어 올리고, 한 손으로 선전의 뒤통수를 거두어들이자 이 선전은 반수(半手) 만에 '태(太)'자 모양으로 땅에 내다 꽂혔다. 선전들은 분통을 터뜨리며 차례로 씨름 기술이 좋은 자들을 준비시켜 내보냈지만, 이 한림이 양손으로 선전의 바지춤을 들어 한 길쯤 공중에 띄워서 던져버리거나 다리 하나로 선전의 두 다리를 쳐서 벌려 '팔(八)'자 모양으로 만드니, 선전은 힘없이 제풀에 쪼그려 앉게 되었다. 허다한 선전들이 다리가 부러지거나 얼굴이 찢어져서 감히 더는 한림과 기술을 겨루려는 자가 없었다. 물시계가 다 하고 달이 지자 각자 자리를 파하고 돌아갔다.

옛말에 "나쁜 말은 하루에 천 리를 날아간다" 했는데, 과연 그러했다! 이튿날 아침 어느 곳에서 나졸(邏卒)들이 전도(前導)하는 사헌부 관원이 크게 호통치며 사헌부 대청으로 들어갔다. 잠시 뒤, 헌부(憲府)의 신계(新啓)[2]에 "한림이 얼마나 청요(淸要)한 벼슬인데, 지난밤 입직한 한림 아무개는 선전관과 씨름 놀이를 했으니, 여지없이 조정을 욕되게 하고 관원을 수치스럽게 했습니다. 청컨대 한림 아무개에게 속히 삭판(削版)[3]의 법을 시행하소서"라고 하니, 윤허하셨다. 이 한림은 30여 년

---

2 사간원이나 사헌부에서 죄인의 죄상을 들어 임금에게 아뢰던 문서다.

동안 벼슬길이 막혀 관직이 황해도사(黃海都事)에 그치고 말았다.

---

3 삭거사판(削去仕版)의 준말로 벼슬아치의 명단에서 이름을 깎아내는 것이다. 죄지은 벼슬
아치를 처벌하는 규정의 하나로, 첫 벼슬 이후 임명된 모든 관직을 말소한다.

10

정철의 회초리

송강(松江) 정철(鄭澈, 1536~1593)[1]이 의정(議政)이었을 때, 남인(南人)이 삼사(三司)의 합계(合啓)[2]를 발하려고 먼저 서간(書簡)으로 상통하니, 삼사의 관원들이 모두 '삼가 잘 알았다'라고 써 보냈다. 이튿날 궐에 나아가 발계(發啓)[3] 할 때가 되었다.

어느 삼형제가 있었는데, 맏이가 부학(副學), 둘째는 집의(執義), 막내는 헌납(獻納)이었다. 새벽이 되어 둘째와 막내가 맏이 집에 모여 삼형제가 함께 궐로 가려고 공복을 갖춰 입고 모친께 들어가 문안 인사를 올렸다. 세 아들이 일어나 절한 뒤 나가려 하자 어머니가 말했다.

"예전에는 너희들이 궐에 나아갈 때 한 번도 절을 한 적이 없었는데,

---

1 본관은 연일(延日), 자 계함(季涵), 호 송강(松江), 시호는 문청(文淸)으로 기대승·김인후·양응정의 문하생이다. 우의정·좌의정 등을 역임했으며, 『관동별곡』 등을 지은 조선 중기 문신 겸 시인이다. 당대 가사문학의 대가로서 시조의 윤선도와 함께 한국 시가사의 쌍벽으로 일컬어진다.

2 사간원·사헌부·홍문관 중 세 관사 또는 두 관사가 합동으로 올리던 계사(啓辭)다.

3 임금이 재가하거나 의금부에서 처결한 죄인에 대하여 미심적은 부분이 있을 때 사간원·사헌부에서 죄명을 갖추어서 아뢰는 일이다.

오늘 절하는 것은 무슨 뜻이냐?"

부학이 말했다.

"지금 조정에 큰 의론이 생겨 대신(大臣)을 논핵하려고 합니다. 청한 바를 허락받으면 소자들은 무사할 것이고, 혹 그렇지 못하여 삼사가 도리어 죄를 입는다면 소자들은 귀양길을 면치 못하고 궐에서 곧장 길을 떠나야 하니, 그렇게 되면 어머님께 하직 인사를 올리지 못하기 때문입니다."

"소임을 잘 수행하여라. 너희들은 이미 벼슬길에 나가 임금을 섬기니, 생사(生死)와 화복(禍福)을 어찌 염두에 두겠느냐. 나 때문에 염려하지 말고 그저 일의 시비(是非)를 잘 판단하여 행하도록 해라."

"자애로운 말씀이 이와 같으니, 감히 공경히 받들지 않겠습니까."

몸을 일으켜 문을 나서려 할 때, 어머니가 갑자기 불렀다.

"조정의 일을 부인네가 알 수 있는 것은 아니나, 너희들이 논핵하려고 하는 사람이 누구냐?"

"좌의정 정철입니다. 소인배들의 우두머리로서 정승 자리를 차지하고 국사를 그르치고 있기에, 대론이 벌떼처럼 일어나 오늘 조정에서 발계하게 되었습니다."

어머니가 깜짝 놀라서 말했다.

"정 상공(相公)은 큰 군자이거늘 시론(時論)이 어찌 소인(小人)이라고 한단 말이냐. 군자를 소인으로 지목하면 너희들이 장차 소인이 될 것이니, 너희들은 절대로 이 계(啓)에 참여해서는 안 된다."

"이미 '삼가 잘 알았다'라고 써 보냈는데, 지금 갑자기 계에 참여하지 않는다면 소자들은 무리에서 버림받아 다시는 갓을 쓰고 행세할 수 없을 것입니다."

"군자를 소인이라 지목하면 사책(史冊)이 기록하여 소인이 될 터인데, 갓을 쓰고 행세하는 것이 역사에 만고(萬古)토록 소인이 되는 것보다 낫단 말이냐? 나는 일개 부인일 뿐이니 어찌 조정의 일을 알겠느냐. 너희들이 조정에서 하는 일을 나는 모두 전적으로 맡겼었다. 그러나 정 상공에 대해서는 내가 그분이 큰 군자임을 잘 아니, 너희들은 절대로 이 계에 참여해선 안 된다."

"어머님은 지나치십니다. 군자인지 소인인지는 부인들이 알 수 있는 것이 아니니, 정(鄭)이 군자라는 것을 어머님께서 어찌 아십니까? 어머님이 너무 지나치십니다."

어머니가 말했다.

"내가 처자(處子)였을 때, 정 상공과 옆집에 살았었다. 우리 집과 정가네는 몹시 가난해서 나와 상공은 혼기가 지나도 혼인을 못하고 있었지. 그러니 봄날이 더디 흐르며 꽃은 붉고 버들은 푸르러지는 때가 올 때마다 노처녀가 어찌 표매(標梅)[4]의 원망이 없었겠느냐. 때때로 다락에 올라가 창문 틈으로 정공을 몰래 엿보았는데, 정공은 본디 풍채가 아름다운 수재(秀才)로 목청을 열고 곤산(崑山)의 옥 부서지는 것 같은 소리로 고문(古文)과 시가(詩歌)를 읽으셨지. 이럴 때면 나는 흠모하는 마음을 가누지 못하였다. 하루는 달빛이 낮처럼 환하고 꽃향기가 사람에게 풍겨올 때, 두 집안은 텅 비어 사람이 없고 정 상공이 마침 홀로 앉아 글을 읽고 계셨다. 내가 마침내 허물어진 담장을 통해 걸어가 곧장 상공이 있는 대청으로 들어갔지.

---

4 『시경』, 「소남 표유매」에서 나온 말이다. 이 시는 혼기를 놓쳐버릴까 두려워하는 여자의 탄식을 노래한 것으로, 남녀가 문왕의 교화를 입어 제때 혼인하는 내용이다.

정 상공은 보아도 보이지 않는 듯 태연히 책을 읽었고, 읽기를 마치자 비로소 책을 덮고 정색하며 물었다.

'낭자는 사대부 집안 규수인 듯한데, 무슨 일로 이리 오셨습니까?'

'저는 남쪽 이웃집의 여자입니다. 과년한 나이에 규방에 머물고 있어 초조하고 울적한 마음을 가누지 못하고 있사온데, 수재도 이제껏 초례(醮禮)를 치르지 못하고 계십니다. 생각건대 정욕은 남녀가 똑같으니, 제가 매번 수재의 모습을 훔쳐보다가 연모하는 마음을 품은 지 오래되었습니다. 그래서 지금 달밤에 사람이 없는 틈을 타 이렇게 당돌한 걸음을 했습니다.'

정 상공은 고개를 숙이고 생각에 잠기더니 잠시 뒤 마침내 입을 여셨다.

'낭자는 뜰로 내려가서 작은 복숭아나무 가지를 꺾어 오시오.'

내가 가지를 꺾어 정 상공에게 드리니, 상공이 받아들고 말했다.

'낭자는 치마를 걷고 서서 내 회초리를 받으시오. 구멍을 뚫고 서로 어울리는 것은 바로 성인께서 분명히 경계하신 것인데,[5] 낭자가 이를 어겼으니 어찌 이 회초리를 면하겠소?'

나는 몹시 부끄러워져 치마를 걷고 획획 소리가 나도록 회초리 일곱 대를 맞고 돌아왔으니, 정 상공이 군자라 할만 하느냐, 소인이라 할만 하느냐? 내가 죽기 전까지는 너희들은 절대 이 계에 참여해선 안 된다."

이때 세 아들은 서로 돌아보며 말이 없다가 밤이 되어 모두 병이 났

---

5 『맹자』, 「등문공하」에 "부모의 명령과 중매쟁이의 말을 기다리지 않고, 구멍을 뚫고 서로 엿보며 담을 넘어 서로 따라다니면 부모와 국인들이 모두 천하게 여기는 것이다"라고 했다.

다고 삼사에 통보하여 패초(牌招)[6]에 나아가지 않았으며, 연이은 세 번의 패초에도 모두 나아가지 않았다. 이 세 형제는 '삼가 잘 알았다'라고 써 보내고도 병을 핑계로 대론에 동참하지 않았기에, 참혹한 탄핵을 받게 되었고 평생토록 벼슬길이 막혀버렸다.

---

6 승지를 시켜 왕명으로 신하를 부르던 일이다. '명(命)'자를 쓴 목패(木牌)에 부르는 신하의 이름을 써서 승정원의 하례를 시켜 보냈다.

11
옥황상제의 방귀

어느 해 무렵, 옥황상제가 건청전(乾淸殿)에 납시어 성대히 뭇 선관(仙官)들을 불러 모이게 했다. 한 선관이 향로 탁자 앞에 나와 엎드리자 상제가 하교했다.

"요즘 하계(下界)에는 아첨하는 풍속이 널리 퍼져 천하의 일이 날로 그릇되어 간다. 너는 하계로 내려가 심하게 아첨하는 자 한 명을 잡아 오라."

선관이 상제의 뜻을 받들고 내려가니, 얼마 되지 않아 심하게 아첨하는 자 한 명을 압송해와 향로 탁자 앞에서 직접 아뢰었다. 잡아들여온 죄인이 궁전의 뜰에 엎드리자 옥황상제가 큰 소리로 꾸짖으며 말했다.

"이런 형편없는 놈! 임금이 내린 옷을 입고 임금의 녹을 먹으면서, 곧은 도(道)로 임금을 섬기지 않고 날마다 아첨을 일삼아 임금의 마음을 교만하게 만들어, 이 때문에 생민(生民)은 도탄에 빠지고 천하의 일은 날로 그릇되어 가고 있으니, 네 죄는 만 번 죽어도 용서하기 어렵다."

이때 옥황상제의 노기(怒氣)가 하늘을 찔러 손으로 향로 탁자를 탕

탕 치고 앉았다가 일어서며 자신도 모르게 '뿡'하고 방귀를 뀌었다. 이 죄인이 몸을 일으켰다가 다시 엎드려 말했다.

"옥황상제께서 아름다운 볼기를 높이 드시어 보배로운 방귀를 널리 베푸셨다고 생각하옵니다."

옥황상제는 '아름다운 볼기〔玉臀〕'와 '보배로운 방귀〔寶屁〕'라는 문자를 듣자, 내심 은근히 기뻐서 하늘을 찌르던 노기가 갑자기 구름이 걷히고 비가 개듯 사라졌다. 상제는 곧 천천히 말했다.

"너는 글을 잘 짓는구나!"

죄인이 대답했다.

"추황대백(抽黃對白)[1]을 대강 압니다."

옥황상제가 말했다.

"너의 죄는 실로 용서하기 어렵다만, 네가 없으면 하계의 문연각 태학사(文淵閣太學士)[2]는 적임자를 찾기 어려울 듯하니, 지금은 특별히 너를 용서하여 돌려보내도록 하마."

---

1 변려문의 형식으로, 글을 짓는 데 있어 이리저리 대우(對偶)를 맞추어 화려하고 아름다운 문구를 늘어놓는 것이다.
2 문연각은 명·청대의 황실 도서관이다. 태학사가 황제를 모시고 이곳에서 독서하고 서적의 주해(注解) 작업을 했다.

12

금부처가 향한 곳

속리산 법당에 오랫동안 금부처를 모셔놓았는데, 몇 천 몇 백 년이나 되었는지 모른다. 어느 날 갑자기 금부처가 감실(龕室) 밖으로 나와 한 다리는 가부좌를 하고 다른 한 다리는 펴고 섰다. 사찰의 승려들은 깜짝 놀라 모두 가사(袈裟), 장삼(長衫), 곡갈(曲葛)을 갖추어 입고 재(齋)을 열었다. 그 가운데 향로전(香爐殿)[1]의 한 노승이 땅에 엎드려 고했다.

"부처님은 지금 감실을 떠나서 어디로 가려고 하십니까? 삼가 듣건 대 아무 날에 개골산(皆骨山) 표훈사(表訓寺)에서 영산회(靈山會)[2]를 연다고 하니, 부처님은 이곳에 가고 싶으십니까?"

부처는 고개를 저었다.

"아무 날에 지리산 신흥사(神興寺)에서 무차회(無遮會)[3]를 연다고 하니, 부처님은 이곳에 가고 싶으십니까?"

---

1 사찰에서, 불전에 향을 공양하는 승려가 기거하는 건물이다.
2 석가모니가 영취산(靈鷲山)에서 제자들과 함께했던 모임으로, 주로 법화경을 설했다. 원래 영취산은 인도 비하르 주 라즈기르 근처에 위치한 산이다.
3 성범(聖凡), 도속(道俗), 귀천, 상하 따위의 구별 없이 일체 평등으로 재시(財施)와 법시(法施)를 하는 대법회다.

「영취사 영산회상도(靈鷲寺靈山會上圖)」

부처는 또 고개를 저었다. 노승이 다시 물었다.

"그렇다면 평안도 묘향산(妙香山)으로 가시렵니까? 함경도 칠보산(七寶山)입니까? 황해도 구월산(九月山)입니까? 경상도 가야산(伽倻山)입니까? 서울 근처 남한산(南漢山)이나 북한산(北漢山)입니까?"

부처는 모두 고개를 저었다.

노승이 또 물었다.

"그렇다면 장차 멀리 떠나서 중국으로 가시렵니까? 아니면 유구(琉球)나 일본이나 서양으로 가려 하십니까?"라고 묻자,

부처는 다시 고개를 저었다.

향로승은 속에서 화가 치솟아 드디어 사나운 목소리로 물었다.

"그러시다면 제가 듣자 하니 도성 내 벽장동(壁藏洞)[4]의 안음(安陰)[5] 기생 취섬(翠纖)[6]의 집에서 장안의 호걸들과 대전별감(大殿別監), 금군(禁軍), 출신(出身), 재상 명사(名士), 겸종(傔從), 의관, 역관, 선혜청과 호조의 서리(書吏), 삼문(三門) 밖 한량패들, 사대부 집안 난봉꾼 유생들이 아무 날 기생을 끼고 모여 술자리를 연다고 하니, 부처님께서는 그곳에 가고 싶으십니까?"

부처는 비로소 고개를 끄덕였다.

아첨이란 것은 옥황상제도 좋아하고, 적막함을 싫어하고 떠들썩함을 좋아하는 것은 금부처도 어쩔 수 없구나.

---

4 벽장동은 현재 서울 송현동과 사간동 일대로 이 부근에 기방(妓房)이 많았다고 한다.
5 지금의 경상남도 함양군 안의면이다.
6 미모와 재주로 서울에서 유명했던 함양 출신 기생 취섬(翠蟾)을 이른다. 『청성잡기』, 「성언」에 그녀의 의협한 일화가 보인다.

13

돌아가신 아버지께 맞은 사연

어느 해 무렵의 일이다. 심도(沁都: 강화—옮긴이) 유수(留守)[1] 아무개와 경력(經歷)[2] 아무개가 있었는데, 유수는 경력의 손아랫사람이었고, 경력은 곧 유수 아버지의 벗이었다. 경력이 연로해 병이 들자 유수가 때때로 문안 인사를 드리러 갔다. 어느 날 밤 달빛을 틈타 유수가 이아(貳衙)[3]로 가서 밤이 깊도록 한담을 나누게 되었다. 유수가 말했다.

"듣자니 어르신이 소싯적 영신곡(迎神曲)을 잘해서 어르신과 어울리던 벗들은 거의 다 그것을 들었다고 하는데, 시생은 나중에 태어나한 번도 들어보질 못했으니 몹시 아쉽습니다. 오늘 밤 한가로우니, 어르신께서 시생에게 들려주실 수 있을지요?"

"상관(上官)이 듣고 싶어 한다면, 이는 어렵지 않네. 하지만 아랫것들이 몰래 듣는다면 신(神)을 청할 수 없으니, 상영(上營: 유수가 직무를 보

---

1 정2품의 특수 외관직(外官職)으로, 조선시대에는 수도방위를 위해 행정적, 군사적으로 중요한 지역에 유수부를 두어 유수를 파견했다. 개성, 강화, 광주, 수원, 춘천에 두었다.
2 각 부(府)에 두었던 종4품 벼슬로서, 도사(都事)와 함께 부 등급의 주요 관아에서 실무를 장악했다.
3 강화 유수의 보좌관인 경력의 집무소다.

는 관아—옮긴이)과 이아의 아랫것들을 물러가도록 명하고, 밖에서 사방의 창과 문을 닫아걸어 외부인이 못 들어오도록 하게."

유수는 몹시 기뻐하며 즉시 아랫것들에게 창과 문을 잠그고 물러나도록 명했다. 경력은 곧 큰 별선(別扇)을 펼쳐 천천히 흔들며 느릿느릿 말하기 시작했다.

"넋이여, 넋이여. 망자의 넋이여! 한번 가시면 어느 때나 돌아오시려나. 사람이 죽으려 할 때 인력으로 살릴 수 있다면, 우미인(虞美人)이 죽게 되었을 때, 초패왕(楚伯王)은 어찌 살리지 못했으며,[4] 양귀비(楊貴妃)가 죽게 되었을 때, 당명황(唐明皇)은 어찌 살리지 못했을꼬.[5] 죽고 사는 것은 하늘에 달려 있고, 목숨의 길고 짧은 것은 수(數)가 있는 것이라 천고 만고의 영웅호걸들이 하나같이 죽어서 청산(靑山)과 백양(白楊)[6] 속으로 돌아갔다네. 넋이여, 넋이여. 어찌할꼬. 오늘 밤 달은 밝고 바람은 맑은데다 술과 안주가 있으니, 넋이여, 넋이여. 돌아오소서!"

그리고는 갑자기 부채를 높이 들고 양어깨를 치켜세워 큰 소리로 말했다.

"왔다, 왔어. 내가 왔다. 한번 화려한 집을 떠나 텅 빈 산중에 눕고

---

4 초패왕 항우가 해하에서 포위되어 곤경에 빠졌을 때, 우미인과 술 마시고 노래하기를, "힘은 산을 뽑고 기운은 세상을 덮었건만, 때가 불리함이여, 오추마가 가지 않누나. 우야, 우야, 너를 어찌할까"라고 하자, 우미인이 "대장께서 의기가 다하였으니 천첩이 어찌 사오리까"라 하고 먼저 칼을 받아 자살했다는 고사가 유명하다.
5 당 명황은 당 현종(唐玄宗)을 말한다. 당 현종이 안녹산의 난을 피해 파촉으로 몽진하는 길에 좌우의 요구로 인하여 마외역에서 양 귀비를 죽이고 눈물을 흘렸다고 한다.
6 두보의 시 「장유(壯遊)」에 "두곡에 노인들 이미 많이 죽어, 사방 들에는 백양이 많구나"라고 했다. 백양은 고대 중국에서 무덤 위에 심는 나무로, 전하여 무덤을 가리키는 말이 되었다.

나니,[7] 몇 번이나 해가 바뀌었나. 빈 산 앙상한 나무에 빗소리 쓸쓸하니, 내 이 때문에 슬퍼하고, 석인(石人)[8]과 망주석(望柱石)[9]은 모두 말이 없으니, 내 이 때문에 슬퍼하노라. 내가 왔네, 내가 왔어. 기쁘게 날 맞는 자 누구인가."

그러더니 갑자기 다시 부채를 던져버리고 왼손으로 오른쪽 소매를 걷고, 오른손으로 왼쪽 소매를 걷어 올린 채, 두 팔을 휘두르고 무릎을 맞대며 유수에게 바짝 다가가 말했다.

"가상하고 기쁘다. 내 아들아. 내가 떠나올 때 너는 병이 없었고, 네 나이 아홉 살에 너는 마마를 앓지 않았구나."

유수는 곧 관을 벗고 땅에 엎드려서 말했다.

"시생이 죽을죄를 지었습니다. 어르신께서는 부디 용서해주십시오."

경력은 못 들은 척하고 손으로 유수의 등을 어루만지며 말했다.

"막막한 저승에서 내 너로 인해 눈을 감지 못했고, 쓸쓸한 세월 동안 내 너 때문에 마음이 사라지지 않는구나. 가상하고 기쁘다. 내

---

7 '화려한 집[華屋]'은 인생의 무상함을 비유하는 '화옥산구(華屋山丘)'에서 온 말이다. 진(晉)나라 양담(羊曇)은 사안(謝安)의 생질로, 평소 사안에게 지극한 사랑을 받았다. 사안이 죽자 양담은 사안이 살던 서주로 차마 지나가지 못했는데, 어느 날 술에 취한 상태에서 타고 있던 말이 서주의 문에 이르자, 양담은 슬픈 감회를 이기지 못하여 말채찍으로 문을 두드리면서 "살아서는 화려한 집에 거처하더니, 영락하여 산언덕[山丘]으로 돌아갔구나"라는 삼국시대 위(魏)나라 조식의 「공후인」을 읊으며 통곡했다는 고사가 전한다. 『진서』 권79, 「사안열전」.
8 돌로 사람 형상을 만들어 무덤 앞에 세운 것이다. 왕릉이나 지체 높은 사람의 무덤 앞에 세우며, 문석인·무석인·동자석 따위가 있다.
9 무덤 앞의 양쪽에 세우는 한 쌍의 돌기둥이다. 돌 받침 위에 여덟 모가 진 기둥을 세우고 맨 꼭대기에 둥근 대가리를 얹는다.

아들아. 너는 문필에 능하고, 이미 관례도 치르고 장가도 들었구나."

유수는 갖가지로 애걸해도 경력이 듣지 않자 문을 열고 도망가려고 했지만, 사방의 창문과 방문은 모두 잠겨 있었다. 경력이 연거푸 말했다.

"진사 급제를 네 능히 해냈으니, 가상하고 기쁘구나. 내 아들아. 한림 주서(翰林注書)와 금화옥당(金華玉堂)을 네 모두 해내니, 가상하고 기쁘구나. 내 아들아. 옥관자, 금관자[10]에 강화 유수를 해오다니, 가상하고 기쁘구나. 내 아들아."

유수는 매를 맞겠다고 몇 번이나 애걸하며 말렸고, 경력은 그제야 유수의 볼기를 까서 부채를 거꾸로 쥐고 몇 번 호되게 때리고 나서야 멈추었다.

예로부터 종종 이런 부류처럼 어른을 공경할 줄 모르고 예의 없는 자가 있었다. 이것이 심승지(沈承旨)[11]가 염라부(閻羅府)를 떠나 한 번 만나서 통문(通文)하여 말한 까닭이니, 보는 자들은 경계할 줄 알라.

---

10 관자는 망건에 달아 당줄을 꿰는 작은 단추 모양의 고리로, 신분에 따라 금·옥·호박·마노·대모·뿔·뼈 등 재료를 달리하였으니, 옥관자는 3품 관원을, 금관자는 2품 관원을 상징한다.
11 미상이다.

14

박태상의 감식안

만휴(晩休: 朴泰尙, 1636~1696)가 인재 알아보는 식견을 청성(靑城)[1]은 늘
탄복하며 신이하게 여겼다. 어느 해 청성이 사신으로 연경(燕京)에 갔
다가 시장 사람이 토판(土版)으로 책을 찍어 내는 것을 보더니, 하룻밤
새 수십 권을 찍어낼 수 있겠다는 생각이 들었다. 그는 곧장 중국인의
문집 가운데 자신의 시 수십 수를 끼워 넣고 찍어내보았다. 돌아가 만
휴를 시험하기 위해서였다.

다시 압록강을 건너 고양(高陽)에서 묵고 이튿날 연은문(延恩門)[2] 밖
에 당도했다. 시집은 여전히 가마 안에 있었다. 청성은 나와서 맞이하
는 각 관사(官司)의 서리들을 보고 물었다.

---

1 청성공(淸城公) 김석주(金錫冑, 1634~1684)로 추정되며, '청성(靑城)'은 '청성(淸城)'의 오기
(誤記)인 듯하다. 김석주의 본관은 청풍(淸風), 호는 식암(息庵), 자는 사백(斯百)이다. 그는
1682년 사은사가 되어 청나라를 다녀왔고, 같은 시기 박태상은 승지의 직임을 맡고 있었다.
김석주는 박태상에 대해 "지금 사람들은 예를 아는 선비를 꼽을 때 반드시 임하(林下)를 일컫
지만, 내 소견으로는 학식이 넓고 예문(禮文)에 깊은 이로는 박태상보다 나은 이가 없다"라고
평한 바 있다. 『숙종실록』 13권, 숙종 8년 7월 2일 정미 첫 번째 기사; 『숙종실록』 13권, 숙종
8년 8월 13일 무자 첫 번째 기사; 『명재유고』 41권, 「이조판서박공신도비명」 참조.
2 영은문(迎恩門)을 말한다. 명나라 사신을 맞이하던 모화관(慕華館) 앞에 있던 문이다.

"백동(栢洞) 박 승지(承旨)는 지금 직명(職名)을 띠고 있느냐? 아니면 직명 없이 집에 거처하고 있느냐?"

"박승지 영감은 지금 정원(政院)에 입직해 계십니다"라고 어느 서리가 대답했다.

청성은 곧 가마 안의 책을 가져다 소매에 넣고 역마를 갈아타고 대궐로 나아가 복명(復命)³했다. 그리고는 승정원에 앉아 승선(承宣)들과 안부 인사를 나누고 나서, 소매 속의 책을 꺼내 만휴에게 건네주며 말했다.

"그곳에서 새로 나온 문집이 있기에 사행(使行)길에 심심풀이로 소매에 넣어 왔으니, 영감이 한번 보십시오. 이 시는 어떤 시 같습니까?"

만휴는 한번 훑어본 뒤, 서리를 불러 명했다.

"너는 옥당(玉堂)으로 가서 내가 상번(上番) 교리를 오라 청한다고 말해라."

잠시 뒤 교리 박태소(朴泰素, 1640~?)가 왔는데, 그는 바로 만휴의 사촌 아우였다. 만휴가 책을 교리에게 주며 말했다.

"너는 이 문집에 해동(海東) 시가 섞여 있는 것을 보아라. 괴이하다."

교리공은 일고여덟 판(板)을 대강 훑어보더니 서리를 돌아보고 말했다.

"너는 휴지를 찢어 작은 쪽지를 만들고 풀통을 가져와라."

서리가 쪽지와 풀통을 올리자, 교리공은 한 권 끝까지 책장에 쪽지

---

3 명령 받은 일을 집행하고 나서 그 결과를 보고하는 것으로, 여기서는 사신을 다녀온 후에 보고한 것이다.

를 붙이더니, 다시 만휴에게 드리며 말했다.

"섞여 있는 해동의 시는 모두 수십 수인데, 전부 쪽지를 붙여놓았습니다."

만휴가 다시 한번 열람하고 말했다.

"쪽지가 붙은 것은 과연 다 해동의 시로군."

청성이 책을 가져다 보니, 자신의 시에 모두 쪽지가 붙어 있었다. 청성은 만휴의 신이함에 대해 예전보다 더욱 탄복하게 되었다.

15

역적을 알아챈 강규환

무신란(戊申亂)[1] 때, 판서 박사수(朴師洙, 1686~1739)[2]가 영남 안무사(嶺南安撫使)가 되어 강(姜) 빙군(聘君)[3]과 유내(柳徠, 1687~1728)를 불러 벼슬 없는 종사관으로 삼았다. 강 빙군은 노부모를 보살피느라 뒤늦게 군문으로 가서 군막으로 들어가 옷을 갈아입고 유내와 직접 만나게 되었다. 안무(安撫)를 알현한 강 빙군은 곧 물러나 돌아가기를 청했다. 안무가 물었다.

"무슨 사단이 생겼는가?"

---

1 1728년(영조4) 3월 정권에서 배제된 소론과 남인의 과격파가 연합해 무력으로 정권 탈취를 기도한 사건으로, 이인좌가 중심이 되었기 때문에 이인좌의 난이라고 하며, 무신년에 일어났기 때문에 무신란이라고도 한다.

2 본관은 반남(潘南), 자 경로(景魯), 호 내헌(耐軒), 시호는 문헌(文憲)이다. 황해도·평안도의 관찰사를 거쳐 호조판서·우참찬에 이르렀고, 판결사로 있을 때 영조의 명으로 송인명과 『감란록』을 찬술했다.

3 이운영의 처부(妻父)인 사인(士人) 강규환(姜奎煥, 1697~1731)이다. 여기에서 빙군은 '조정에서 예를 갖추어 관리로 초빙한 숨은 선비'와 '장인어른'을 중의적으로 지칭하고 있다. 『조선왕조실록』 영조 4년 3월 19일 여섯 번째 기사에 "영남 안무사 박사수가 사폐하니, 명하기를 '전적(典籍) 유내와 사인 강규환을 종사관으로 차출하여 대동해가라'"라고 한 기록이 보인다.

"조금 전에 유내를 만났는데, 그가 '오늘 우리는 한배를 타고 풍랑을 만나게 될 형세일세'[4]라고 했으니, 그는 역적입니다. 소생은 그와 일을 도모하고 싶지 않습니다."

"강 종사관은 지나치군. 그것은 말실수에 불과한데, 어찌 단숨에 역적이라고 의심해서 함께 일을 도모하지 않으려고까지 하는가?"

안무의 말이 끝나기도 전에, 군문의 교졸(校卒)이 의금부 도사가 역적 일당을 들어와 잡으려고 군문 밖에 말을 세우고 있다고 들어와 고했다. 즉시 문을 열어 의금부 도사를 맞아들이니, 곧바로 유내를 붙잡아 법대로 큰 칼[枷杻]을 머리에 씌워서 떠났다.

---

4 강규환은 유내의 말을 단순한 말실수로 여기지 않고, 서로 뜻이 다름에 대한 암시적 표현으로 본 것이다. 유내는 이인좌의 난을 공모한 죄로 1728년 곤장을 맞아 사망한다. 관련 고사로 "오(吳)나라와 월(越)나라 사람들은 서로 미워하지만, 한배를 타고 가다가 풍랑을 만나게 되면 왼손과 오른손이 서로 구원하듯이 한다"라는 구절이 『손자수』에 보인다.

16
천렵하기와 장터 구경

![ornament]

보화(葆和) 임매(任邁, 1711~1779)[1]가 예전에 들려준 이야기다. 그가 스무 살 남짓이었을때, 네다섯 명의 친구들과 모여서 정문(程文)[2] 시를 지었다. 하루는 저녁밥을 먹은 뒤, 사람들과 가본 적 있는 곳에 대해 한담을 나누었는데, 모인 자들이 모두 나이가 어려 백 리 밖으로 나가 본 자가 매우 드물었다. 그중 한 사람이 말했다.

"나는 북쪽으로는 장동(壯洞)[3]까지 가보고, 동쪽으로는 명륜당까지 가봤고, 서쪽으로는 정릉동까지 가봤고, 남쪽으로는 청파(青坡)[4]까지 가봤네."

사람들이 크게 웃으며 말했다.

---

1 본관은 풍천(豊川), 자는 백현(伯玄), 호는 보화당(葆龢堂)·보화재(葆和齋)이며, 정읍 현감·부여 현감·낭청·공조정랑 등을 지냈다. 임매는 이운영의 처남으로 그가 저술한 야담집 『잡기고담』은 『영미편』 창작에 영감을 주었다.
2 과거 시험장에서 쓰는 일정한 법식이 있는 글로, 과문체(科文體)의 문장을 말한다.
3 종로구 통의동·효자동·창성동에 걸쳐 있던 마을로서, 원래 이곳에 창의문이 있어 창의동이라 하던 것이 변해서 장의동이 되고, 이것이 줄어 장동(壯洞)이 되었다.
4 현재 용산구 청파동이다. 푸른 야산의 언덕이 많았던 데서 마을 이름이 유래되었다고 한다.

"청파라니, 장하군! 무슨 일 때문에 청파로 출타했나?"

"반혼(返魂)[5]하는 친구를 맞이해서 곡을 했지."

나는 고금도(古今島)[6]에 들어가본 적이 있기에, 먼 곳까지 노닐어본 것으로는 으뜸이라고 자랑한다. 서쪽으로 정릉동까지 가봤다고 한 것은 참으로 포복절도할 만하지만, 종종 이와 비슷한 이들이 있다.

근세에 봉사(奉事) 남혁로(南赫老, 1733~?)[7]라는 자가 있었다. 그는 한참을 저잣거리에 머물다가, 마침 모처(某處)로 천렵 나갈 날짜를 서로 약속하고 있는 친구 몇 명을 만났다.

남(南)이 말했다.

"천렵에는 무슨 흥취가 있는가?"

"자네는 예전에 천렵을 본 적이 없는가?"

"그렇네."

"천렵의 흥취란 한마디로 다 하기 어렵지. 맑은 시냇가로 가서 울창한 그늘에 앉아 너른 들을 바라보는 것만으로도 이미 세속을 벗어난 흥취가 대단하지만, 더욱이 그물을 던져 고기를 잡아 퍼덕대는 은빛 고기를 삶고 회 쳐서 술 권하고 밥을 곁들인다면 그 즐거움을 어찌 이루 말할 수 있겠나?"

"즐겁겠군그래! 자네들은 이를 어찌 더 일찍 말해주지 않았는가."

---

5 장례 후에 신주를 모시고 원래 살던 집으로 돌아오는 의례를 말한다. '반우(返虞)', '흉제(凶祭)'라고도 한다.

6 전라남도 완도군 북부 강진만(康津灣) 안에 있는 섬이다. 완도·신지도·조약도 등 큰 섬들이 남쪽에 둘러 있고, 그 사이에 초완도·넙도·고마도 등 작은 부속 섬들이 산재해 있다.

7 본관은 의령(宜寧), 자는 중회(重晦)다. 1759년(영조35) 기묘(己卯) 식년시에 합격하여 이후 찬인·참봉·봉사·직장 등을 지냈다.

"자네가 나이 마흔에 한 번도 천렵을 못 봤다는 것을 누군들 알았겠는가."

"자네들이 약속한 곳까지는 거리가 어느 정도인가? 나도 가서 함께 하고 싶네."

다들 "성곽을 나서서 10리에 불과하네. 온다니 참으로 좋지만, 공무를 보는 자가 오는 게 어찌 쉽겠는가?"라고 하자, 남(南)은 "내 꼭 감세"라고 말했다.

약속한 날이 되자, 남(南)은 사람들과 함께 약속한 곳으로 갔다. 바람은 부드럽고 햇볕은 따뜻했으며 맑은 시내는 앞에 있고 짙은 그늘은 해를 가려주었다. 탁 트인 들의 경치 속에 낚시하고 그물질하는 자들이 모래톱을 오가니, 남(南)은 태어난 이래로 이런 경계(境界)는 처음 본 것이라 마음이 몹시 즐거웠다.

그런데 갑자기 동남풍이 급히 불어 사방이 캄캄해지더니 소나기가 엄청나게 퍼부었다. 사람들은 모두 옷이 심하게 젖게 되었다. 간신히 촌부의 대삿갓과 도롱이를 찾아 구해서 흠뻑 젖는 것은 피했지만, 물고기는 한 마리도 잡지 못했다. 저물녘 드디어 비가 개자 황급히 말을 몰아 각자 집으로 돌아갔다. 그 뒤로부터 남(南)은 남들이 천렵에 대해 말하는 것을 들을 때마다, 번번이 큰 소리로 말했다.

"누가 천렵이 좋다 하던가? 자손에게 해서는 안 된다고 전하여 경계할 것이 바로 천렵이야. 옛 시문에 보이는 도롱이와 삿갓[蓑笠]이란 글자는 맑고 깨끗한 아취(雅趣)가 있었는데, 내가 한번 이것들을 착용해보니 목이 아파 견딜 수 없더군. 머리에 석모(席帽)[8]를 쓰고 속

---

8 등석(藤席)으로 만든 모자로 관직에 나가기 전에 착용한다.

세의 거리를 달리는 것이 바로 내 분수 안의 일이지. 생선이 먹고 싶으면 날듯이 가서 3문(文) 돈에 칠패(七牌)[9]의 밴댕이를 사오면 맛이 좋을 걸세."

또 더 심한 자가 있으니, 바로 안성(安城)의 조대다. 조대는 몸가짐을 삼가서 집에 머물며 꼭 필요치 않은 교유는 하지 않았기에, 발길이 한 번도 5리 밖으로 이른 적이 없었다. 먹고 사는 일은 안으로 현명한 처가 있어 모두 주관하고, 얼마간의 전답은 소작인들이 수확하니, 조대는 그저 집에 있으면서 먹고 잘 뿐이었다. 그러던 어느 날 조대가 갑자기 천장을 쳐다보고 장탄식을 하자, 처가 물었다.

"어찌 그러십니까?"

"안성 장(場)[10]은 나라에서 유명한 큰 도회지인데, 장부가 세상에 태어나 안성 경내(境內)에서 나이 마흔이 되도록 살았으나 지금까지 안성 장을 구경하지 못했으니, 내 인생이 가련하여 탄식했소."

"그게 어찌 어렵겠습니까? 내일이 바로 장이 열리는 날이니 가서 구경하시지요."

조대는 몹시 기뻐했다. 이튿날 동이 트자 밥을 먹고 난 조대는 석 자 되는 도포를 떨쳐입고 네 번이나 꼴 먹인 송아지를 끌고 와서 탔다. 문

9　조선시대 서울 시내에 있던 난전(亂廛) 시장으로 지금의 서소문 밖에 있었다. 설치 시기는 분명하지 않으나, 이미 18세기 전반기에 이현(梨峴)·종가(鍾街: 종로)와 함께 서울의 가장 큰 상업 중심지의 하나로 발전했다. 칠패에서는 시전과 마찬가지로 미곡·포목·어물 등을 비롯한 각종의 물품이 매매되었는데, 그중에서 어물전이 가장 규모가 크고 활발했다.

10　안성은 충청도·전라도·경상도를 잇는 교통의 요지이자 농산물의 집산지다. 사통팔달하는 육로를 따라 삼남과 한양으로 통하는 이곳 5일장은 조선 3대 시장으로 손꼽히는 유명한 상업 중심지이기도 했다. '안성맞춤'이란 말도 무엇이든 구할 수 있는 상설시장의 기능이 있는 안성 장에서 유래한 말인데, 특히 유기그릇과 가죽 꽃신이 유명했다.

「태평성시도」 중에서

을 나서려 할 때, 처가 50전을 주머니 안에 넣어주며 말했다.

"곧바로 낫을 산 뒤에 떡이나 고기를 드시고, 나머지 돈으로 동쪽, 서쪽의 좋은 물건들을 사서 밤이 되기 전에 돌아오세요."

조대는 "알겠네"라 하고, 드디어 소를 몰아 시장으로 가는 허다한 사람들을 따라 물을 건너고 들판을 지나갔다.

고을 안 장거리에 도착하니, 평생 처음 보는 객사, 향교, 관아, 각 공해(公廨), 창고 등이 화려하고 웅장하여 진시황의 아방궁이 정녕 어떠한지 모를 지경이었다. 저잣거리 문에 오가는 수많은 군중도 땀방울을 서로 흩뿌려 비를 이룬다[揮汗成雨]11고 할 만했다. 각 가게에는 펼쳐놓은 쌀, 콩, 생선, 소금과 떡, 엿, 과일이 산처럼 쌓여 있고, 최상품의 붓, 먹, 주패(珠貝), 화포(花布), 반포(斑布), 용과 달을 그린 듯한 나무빗, 오색을 섞어 짠 행전(行纏)이며 요대(腰帶), 자줏빛 사슴가죽 주머니, 은이나 놋쇠, 백동(白銅)으로 장식한 작은 칼 등을 늘어놓았다. 또 일찍이 이름도 몰랐던 허다한 물건들에 눈은 휘둥그레지고 입은 딱 벌어져 마치 유리창(琉璃廠)12 저잣거리에 들어간 듯했다.

이때는 해가 아직 일러서 시장 입구에 사람과 물건의 10분의 3이 모여 있었다. 조대는 곧 시장 사람들이 모여 있지 않은 빈터로 가서, 나뭇가지를 꽂아 소를 매어놓고 자신은 사람들 무리 속으로 갔다. 동쪽, 서쪽으로 가서 구경하고 동서남북을 오가며 떡과 고기를 사 먹었다. 마

---

11 안성 장의 규모가 커서 모인 인파가 많음을 이른다. 『사기』 권69 「소진열전」에 "제나라 서울 임치에 가면 사람들이 어찌나 많은지 소매를 치켜들면 장막을 이루고 땀방울을 서로 흩뿌리면 금방 비를 이룬다"라는 구절에서 인용했다.

12 골동품·서화·서적·문방구 등을 파는 북경 선무문(宣武門) 밖의 유명한 상가로, 18세기 이후 큰 호황을 누렸던 곳이다.

침 해가 저물 때가 되어 드디어 무리 밖으로 뛰쳐나와 소를 찾았는데, 아까는 시장 사람들이 모여 있지 않던 빈터에 지금은 엄청난 인파가 빽빽이 들어차 있었고, 소는 간 곳이 없었다. 이 조대는 시장 안을 두루 다니며 소를 찾았지만 실패했고, 다시 큰길을 따라가며 찾으려 했지만 큰길에는 또 갈림길이 많았다.

해가 저물자 결국은 걸어서 집으로 돌아갔다. 방에 들어서면서 벌써 온 얼굴에 대단히 노기를 띠고 목소리를 성난 듯 가다듬어 문을 열고 말했다.

"이 집안 가장은 누구인가?"

처가 답하지 않자 또 한층 큰 소리로 가장이 누구냐고 물었다.

"오늘 서방님이 저자에서 탁주 몇 주발을 드셨군요. 평소에는 술주정을 않으시더니, 오늘 갑자기 가장이 누군지 왜 물으십니까?"

조대가 더욱 큰 소리로 말했다.

"양반가가 망했구나. 지아비가 가장을 물으면 아녀자는 그저 누가 가장인지 내게 말하면 될 터인데, 탁주나 술주정 같은 말은 도대체 무슨 허튼소린가?"

"이 집의 가장은 서방님이 아니겠습니까."

"그렇다면 가장 된 자가 혹 실수한 것을 아녀자의 도리로 묵묵히 보아 넘기는 것이 옳은가, 아니면 옥산(屋山)[13] 같은 가장에게 성내고 욕하는 것이 옳은가?"

---

13 '옥산'은 지붕 가운데 있는 가장 높은 수평 마루인 용마루다. 여기에서는 자신이 집안에서 가장 중요한 인물인 가장임을 강조하기 위해 쓰였다. 관련 속담으로 '집 안의 용마루'가 있다.

"가장이 조금 실수하더라도 그저 묵묵히 보아 넘겨야지 어찌 옥산에게 성내고 욕하는 도리가 있겠습니까?"

조대가 그제야 웃으며 말했다.

"오늘 내가 소를 잃고 돌아왔소."

처는 놀라서 나오는 탄식을 이길 수 없었지만, 이미 아무 소리 않겠다고 허락했는지라 역시 웃으며 말했다.

"어떻게 잃으셨는지요?"

조대는 있었던 상황을 자세히 고해주고는 말했다.

"사람들이 안성 장, 안성 장하더니 과연 참으로 천하의 장관이었네! 소 한 마리 잃었다 해도 무엇이 아깝겠는가."

아! 세간에는 간혹 한 가지 괴상한 논리가 있다. 내 밥만 먹고 내 집 안에만 있으면서 문밖으로 한 걸음도 나가지 않는 것을 매우 당연한 도리(道理)로 여겨, 남이 사방으로 산을 오르고 물가로 가서 멀리 노닐고 두루 보는 것을 보고는, 저런 것들이 어찌 조금이라도 내게 유익한 것이 있겠는가 생각하고, 분주히 길로 달려 나가 심지어 그런 이들을 때리고 욕하며 비웃으니, 이는 구설(口舌)을 갖고 논쟁하기 어렵다.[14] 저 정릉의 남 봉사와 안성의 조대를 살펴본다면 사람들은 거의 예전의 과오를 알게 될 것이다.

---

14 멀리 노닐고 두루 본 적도 없으면서 이를 비웃는 자들과는 논쟁할 가치가 없음을 말하는 이운영의 논평이다. 『사기』 권55, 「유후세가」의 "골육 간에 벌어지는 이 일은 구설을 가지고 쟁론하기 어렵다"라고 한 유후(留侯)의 말에서 나온 구절이다.

17

인황씨를 비웃은 천황씨와 지황씨

어리석은 사내의 발길이 청루(靑樓)를 가까이하면 반드시 집안을 망친다.

어느 해 무렵, 만금(萬金)을 가진 부유한 역관의 아들이 있었는데, 어느 이름난 기녀에게 푹 빠져 날마다 아버지와 할아버지가 모아놓은 재물로 구슬, 보배, 금비녀, 옥가락지, 눈처럼 흰 양가죽 장옷, 은그릇, 유기그릇, 청동화로, 하늘이 빚은 오색찬란한 초목(草木)과 금어(禽魚) 무늬의 늙은 회나무 영목(瘿木)[1]으로 만든 기기묘묘한 크고 작은 경대(鏡臺), 주석 장식을 한 상하층의 장롱, 그 안에 담긴 다홍·초록·자주 빛의 대단(大段), 오색 수당혜(繡唐鞋)[2]·운혜(雲鞋)[3]·초혜(草鞋: 짚신—옮긴이)·은행코 가죽신, 백자도(百子圖)[4]·채련동도(採蓮童圖)·분양행락도

---

1 '영목(影木)'이라고도 한다. 특정한 나무의 이름이 아니라, 나무의 병으로 인해 무늬가 생긴 목재를 두루 칭하는 말이다.
2 수를 놓은 비단으로 만든 울이 깊고 앞코가 작은 가죽신이다.
3 '온혜(溫鞋)'라고도 한다. 앞부리와 뒤꿈치에 구름무늬를 새긴 여자의 마른신이다.
4 '백동자도(百童子圖)'라고도 한다. 부귀한 저택의 정원 등을 배경으로 어린 동자들이 함께 어울려 놀고 있는 모습을 묘사한 그림으로, 조선 후기 궁중 장식화와 민화의 주요한 화제로서 유행했다. 남아선호사상과 자손 번성의 염원을 담은 대표적인 길상화 중 하나다.

(汾陽行樂圖)[5]·요지연도(瑤池宴圖),[6] 영모화(翎毛畵)[7]·모란화(牧丹畵)·책가화(冊架畵),[8] 병풍과 족자, 대야나 타구(唾具) 등을 구해서 샀다. 모든 일용품은 값을 따지지 않고 반드시 한양·송도·평양·통영·전주 등지의 최상품을 사들여 기녀의 집을 물건으로 가득 채웠다.

또 날마다 주머니에 바둑돌 모양, 개 혓바닥 모양의 새하얗고 질 좋은 은자(銀子)를 담아 남군칠(男君七)과 여군칠(女君七)[9]에서 갖가지 어육과 신전골의 실국수며 붓골교 순례(順禮)네의 소국주(少麴酒)[10]를 사와서 밤낮없이 먹고 마셨다. 사방팔방의 허풍선이, 파락호, 악동들과 함께 돈치기, 골패노름 등을 하고 놀면서 천금을 한꺼번에 써버리기도 했다.

수양제(隋陽帝)와 당명황(唐明皇)도 사치가 극도에 달하여 결국 재물

---

5 '곽분양향락도(郭粉陽享樂圖)', '곽자의행락도(郭子儀行樂圖)' 등으로도 불린다. 수많은 자손들과 평생을 행복하게 살았다는 당나라 장군 곽자의의 생일잔치 장면을 그린 그림이다.

6 서왕모(西王母)와 목왕(穆王)이 곤륜산 요지(瑤池)의 잔치에 참석한 장면과 초대받은 신선들이나 불보살이 도착하고 있는 모습을 그린 그림으로, 불로장생을 염원하는 마음으로 신선들의 이상세계가 시각적으로 구현된 길상화다.

7 새와 동물을 소재로 그린 그림이다. 새와 동물은 인간의 삶을 보호하고 도와주는 벽사(辟邪)와 길상(吉祥)의 대상으로 즐겨 그려졌다.

8 책을 비롯한 도자기·문방구·향로·청동기 등이 책가 안에 놓여진 모습을 그린 그림으로, 우리말로 '책거리(冊巨里)'라고도 한다. 이 그림은 궁중과 상류 계층뿐 아니라 서민들에게까지 확산되면서 민화의 핵심적인 주제로 자리 잡았다.

9 18세기 도성의 유명한 술집이다. 서명인(徐命寅, 1725~1802)의 시 「저녁에 종루 거리를 지나다가 짓다」의 주에 "여군칠과 남군칠은 모두 큰 술집으로 도성에서 유명했다"라는 내용이 보인다.

10 막걸리의 하나이다. 누룩을 적게 하여 찹쌀로 담근 술로서 맑은 수정 빛깔이 나며, 충청남도 서천군 한산(韓山)에서 나는 것이 유명하다. 며느리가 술맛을 보느라고 젓가락으로 찍어 먹다 보면 저도 모르게 취하여 일어서지도 못하고 앉은뱅이처럼 엉금엉금 기어 다닌다고 하여 '앉은뱅이술'이라고도 한다.

이 다했는데, 이 부유한 역관 아들 수중의 돈이 어찌 오래 갈 수 있었 겠는가? 일 년 반이 안 되어 부유한 역관의 집은 사방 벽만 겨우 남고 두 주먹은 텅 비게 되었다. 결국 이 방탕한 사내는 백 번 기운 누더기를 걸친 채 추위에 떠는 거지가 되었고, 그 기녀는 점점 그를 쌀쌀맞게 대 했다.

다시 선혜청 호남색(宣惠廳湖南色) 서리(書吏)의 잘생긴 외아들이 나 타나 수시로 오가며 돈을 써댔다. 하루는 기녀가 조용히 역관 아들에 게 말했다.

"범이 생고기를 먹는 것을 누구나 다 압니다. 기방의 생계는 그저 사 내를 맞이하는 데 달렸으니, 오늘부터는 당신과 끝내기를 청합니다."

역관 아들은 훌쩍대고 탄식하며 말했다.

"내 수중에는 아무것도 없으니, 네가 매일 여러 사내를 맞이하더라 도, 정말 맹세컨대 내 티끌만큼도 마음에 두지 않는다. 다만 나는 돌아가 부모, 형제, 처자 그리고 길에서 부딪치게 될 친척과 친구들 을 볼 면목이 없으니, 또 장차 부끄러워 죽고 싶구나. 내가 이제 어찌 떠나겠느냐? 나는 오래도록 네 집에 머물면서 네가 물린 밥 몇 수저 를 먹고, 너를 위해 물과 땔나무를 나르고, 마당을 깨끗이 청소하길 원하니, 너는 부디 나를 애달피 여겨 머물게 해다오."

기녀는 고심하더니 한참 뒤에 말했다.

"나쁠 것 없지요. 허나 난처한 일이 하나 있으니, 당신을 아무개 서 방, 아무개 사과(司果)[11]로 부르면 남이 듣기 해괴하고, 그렇다고 당

---

11 오위(五衛)에 둔 정6품의 군직(軍職)이다. 현직에 종사하고 있지 않은 문관, 무관 및 음관 이 맡았다.

신 이름을 함부로 부르는 것은 절대 안 될 일이니, 떠날 '거(去)' 한 글자 외에 다른 방도는 없습니다."

"좋은 수가 있다. 서방이나 사과로 부르지 말고, 또 이름을 입에 올려 부를 필요도 없이 나를 천황씨(天皇氏)라 이름하여 부르면 내 응당 '예예' 하고 대답할 것이다."

그러자 기녀가 머무는 것을 허락했다. 이때부터 선혜청 서리 아들이 날마다 와서 즐길 때면, 천황씨는 잠시도 문병(門屛)을 떠나지 않고 머리를 숙이고 그릇을 씻거나 더러운 것을 치우는 등의 일을 했다.

일 년이 지나지 않아 선혜청 서리 아들도 재산을 탕진했다. 다시 한 별군직(別軍職) 젊은이가 왕래하며 돈을 물 쓰듯 하자, 기녀는 또 서리 아들을 내쫓았다. 서리 아들이 말했다.

"너는 천황씨가 머무는 것을 이미 허락했다. 너는 나를 지황씨(地皇氏)로 부르고 머물게 해다오."

그러자 기녀는 웃으며 허락했다. 천황씨와 지황씨 두 사람은 일찍 일어나고 늦게 잠들면서 기방의 온갖 가지 책무를 정연(整然)하게 하여 조금도 게을리 함이 없었다.

바야흐로 11월이 된 어느 날, 날씨가 쌀쌀해지자 천황씨와 지황씨는 해진 옷에 이가 들끓어 가려움을 견딜 수 없었다. 한창 문 앞에서 양달을 향해 마주 앉아 이를 잡아 죽이는데, 이때 별군직이 어디에서 술에 좀 취한 채로 양가죽, 족제비가죽으로 된 길고 짧은 갖옷을 겹겹이 입고, 사방 가장자리를 담비 꼬리로 댄 담비가죽의 큰 휘항(揮項)12을 단단히 쓰고서 새하얗고 굽이 높은 달마(撻馬)를 타고 견마(牽馬)까지 잡혀서 왔다. 그는 머리에 칠가량(七架梁) 흰 양털 당모자(唐帽子)13를 쓰고 융단처럼 윤이 나는 큰 전립으로 눌러썼으며, 몸에는 흑삼승

(黑三升) 협수의(挾袖衣)[14]를 입고, 허리에는 포도알 모양으로 된 무소
뿔 자루 장식의 은장도를 비스듬히 차고, 발에는 모가 많이 난 지혜(紙
鞋)를 꿰신고 날듯이 말을 달려 문에 이르렀다. 별군직은 곧 말에서 내
려 몇 번 크게 기침 소리를 내더니 주렴과 휘장을 걷어 올리고 문을 들
어서 안쪽으로 갔다. 천황과 지황은 함께 남몰래 비웃으며 별군직의
뒤통수에 대고 손가락질하며 말했다.

　"저놈도 내년 이맘때는 졸지에 인황씨(人皇氏)가 되겠구먼. 저놈은
　그것도 모르고 우쭐대면서 한없이 거들먹거리는군."

　인황씨는 참으로 가소로워서 남들이 그를 비웃어도 되겠지만, 천황
과 지황이 인황을 비웃는 것은 스스로 부끄럽지 않겠는가? 내가 보건
대 패가망신하여 천황, 지황, 인황이 된 자들이 세간에 무수히 많으니,
유독 발길이 청루(青樓)를 가까이한 자만 그렇게 된 것은 아니다.

12　머리에서 어깨까지 덮는 방한모 중 하나다. 이엄(耳掩)에서 비롯된 것으로, 검은 공단에 쥐
　　가죽, 담비가죽으로 안을 댔다. 어깨까지 덮을 수 있는 크기로, 앞가슴에서 끈으로 여민다.
　　상류층 노인이 썼으나 재료를 달리하여 군병도 사용했다.
13　'칠가량(七架梁)'의 의미가 명확하지 않다. 다만 다음 구절을 통해 '칠가령(七家嶺)'을 잘못
　　쓴 것으로 추정할 수 있다. 참고로 칠가령(七家嶺)은 중국 영평부(永平府)에서 60리 지점에
　　있는 역(驛)의 이름이다. "새벽에 칠가령(七家嶺)을 넘었는데, 고개에서 당모자(唐帽子)를 꺼
　　냈다. 우리나라에 육목잡극(六目雜劇)이 있는데 창갈(唱喝)하여 일곱 번에 이르면 문득 칠
　　가령(七家嶺) 당모자(唐帽子)라 하는데, 대개 이 때문이었다." 김선민(金善民, 1772~1813),
　　『관연록(觀燕錄)』권上.『영미편』전반에 걸쳐 이와 같이 원래 뜻과 관계없이 음차(音借)해
　　서 어휘를 표기하는 경우가 다소 확인된다.
14　삼승(三升)은 성글고 굵은 베를 말하며, 협수의(挾袖衣)는 소매통이 좁아 활동하기에 편한
　　군복이다.

18

대지팡이와 병든 말의 진가

한 조대와 한 상제(喪制)가 길을 가다 만나서 길가 나무 그늘 아래에서 시원한 바람을 쐬게 되었다.

이 조대는 원래 퉁소를 잘 불어서 대나무를 보면 퉁소의 품질이 좋은지 아닌지 알 수 있었는데, 상제가 지닌 가느다란 대지팡이[시골 풍속에 상제가 나가서 다닐 때 상장(喪杖)은 여차(廬次)에 남겨 두고 작은 죽장(竹杖)을 가지고 다닌다]를 보니, 퉁소를 만들 대나무로 매우 좋은 것이었다.

이 상제는 원래 말을 잘 볼 줄 알아서 암말 뱃속의 새끼가 3백 리를 달릴지 혹은 5백 리, 1천 리를 달릴지 알 수 있을 정도였는데, 이날 조대가 탄 새끼 밴 암말을 보니 그 망아지가 천리마가 될 것이 확실했다. 조대와 상제는 각자 속으로 대나무와 말에 군침을 흘렸지만, 대가도 없이 남의 말을 달라고 청할 수 없었고, 상제의 대지팡이 또한 요구해 얻을 수 없었기에 둘 다 말을 꺼내지는 못했다. 그러나 중얼대며 무언가 말하고 싶었다.

해가 산으로 떨어져도 일어서지 못하다가, 참다못한 상제가 먼저 조대를 향해 말을 꺼냈다.

"존공(尊公)이 타신 말은 피골이 상접하여 얼마 못 가서 죽을 것이니, 참으로 가엾구려."

"가난한 선비의 말이 지치고 여윈 것은 늘 있는 일인데 어찌 꼭 죽을 리가 있소?"

"이 말의 병은 이미 치료하기 어려우니 정녕코 죽게 될 것이오."

그러더니 또 혼잣말로 '저것이 축생이긴 하지만 죽는 것을 두고만 보다니, 가련하구나. 만일 내가 데려다 먹여 기르면서 치료하면 어쩌면 살릴 길이 생길 텐데, 수중에 재물이 없으니 어찌할 수가 없구나'라고 했다.

조대가 말했다.

"말이 반드시 죽을 것이라면 존공이 어찌 살릴 수 있소?"

"내가 말 치료법을 조금 알고 있기에 혹 살릴 방도가 있을 듯하지만, 이 또한 꼭 그리되리라 보장하긴 어렵다오. 하지만 좀 전에 한 말은 그저 측은한 마음에서 나온 것일 뿐이오."

"존공이 기왕 사람을 사랑하고 사물을 아끼는 마음으로 꼭 데려가고 싶다면, 청컨대 존공의 상장과 서로 바꾸는 것이 어떻겠소?"

상제는 "이는 무엇이 어렵겠소이까? 내 진짜 상장은 상차에 남겨두었고, 이 지팡이는 나가서 다닐 때 쓰는 것이라오"라고 하고, 마침내 죽장(竹杖)을 말과 바꾸었다.

조대와 상제는 각자 기뻐하며 일어나 춤이라도 출 듯 자리를 떠났다.

19

말라죽은 대추나무

〰️

어느 해 무렵이었다. 보은 현감(報恩縣監)은 초목이 번성하는 시기에 대해 익숙하지 못했다. 마침 삼월 그믐쯤이 되어 여러 수목에 핀 꽃과 돋은 잎을 보게 되었는데, 유독 한 경내(境內)의 대추나무 천 그루, 만 그루가 꽃도 피지 않고 잎도 나지 않은 채 말라서 생기가 없었다. 그는 곧 순영(巡營)에 이렇게 보장(報狀)했다.

"본현(本縣)의 대추나무가 지난겨울 큰 추위에 상했습니다. 지금 온갖 나무들이 모두 활짝 피었지만, 경내의 대추나무 수만 그루만 대부분 말라 죽어 예전에 영문(營門)에서 복정(卜定)[1]하신 대추를 봉진(封進)할 수 없게 되었으니, 그런 연유를 먼저 첩보(牒報)[2]합니다."[3]

———————●———————

1 정기적으로 징수하던 공물(貢物) 외에 상급 관아가 필요에 따라 하급 관아에게 그 지방의 토산물을 강제로 바치게 하던 일이다.
2 첩정(牒呈)으로 보고하는 일이다. 첩정은 하급 관아에서 상급 관아로 올리는 공문서이다.
3 보은 대추는 국가에 현물로 납입하는 공물(貢物)로 그 지역 대표 특산품이었다. "삼복에 비가 오면 보은 처자가 울겠다"라는 속담도 수확한 대추로 혼수를 마련한다는 데서 나온 것이다. 이 이야기는 대추의 명산지에 부임한 현감이 정작 대추나무의 개화 시기조차 모른 채 성급하게 상부에 공문부터 올렸다는 어이없는 사정을 전하고 있다.

20

게를 처음 본 관찰사

༄

호남의 한 관찰사는 평생 문을 닫아걸고 글만 읽어 문사(文辭)는 잘했
지만, 여러 사물을 두루 아는 것은 부족했다. 그는 다스릴 지역에 부
임해 게를 처음 보게 되었는데, 몹시 기이하여 곧장 이렇게 장계(狀啓)
했다.

"바닷가에 어떤 물건은 큰 다리가 두 개고 작은 다리는 여덟 개며,
두 눈은 하늘을 향해 치켜뜨고, 앞으로 걷고 뒤로 걷습니다. 겉은
뼈고 안은 살이며, 누런 장(醬)은 고기 맛이 납니다."

21

개가 오줌 눌 때 발을 드는 이유

~~~

개가 오줌을 눌 때는 반드시 발 하나를 든다. 여기에는 고사(古事)가 관련되어 있는데, 세상 사람들 중에 이를 아는 이가 드무니 애석하다.

옛날에는 솥의 발이 네 개, 개의 발이 세 개였다.

하루는 천하의 개들이 모두 모여 연명(聯名)하고는 옥황상제에게 이렇게 상소했다.

"저 솥이란 것은 한곳에 서서 밑에서 불을 때어 온갖 것들을 그 안에서 찌고 익히니, 발이 네 개인 것은 과합니다. 개란 것은 산에서 사냥하면 여우와 토끼를 뒤쫓으며 가파른 언덕을 오르내리고, 집에서 지키면 울타리 구멍으로 도적이 드나드는지 망보며 밤낮으로 분주합니다. 이것이 직분이니, 발 세 개는 부족합니다. 부디 바라건대 솥의 발은 하나 없애주시고, 개의 발은 하나 더해주십시오."

그러자 옥황상제는 이를 허락했다. 이때부터 솥의 발은 세 개, 개의 발은 네 개가 되었으며, 개가 오줌을 눌 때는 반드시 발 하나를 들고 이렇게 말하게 되었다.

"이 발은 옥황상제께서 하사하신 것이니, 행여 오줌이 묻을까 두렵다."

22
십시일반의 우정

~~~

이인엽(李寅燁, 1656~1710)[1]이 처음 이조판서가 되어 상소하고 비답을 받은 뒤, 이튿날 정패(政牌)[2]에 명을 받고 정사(政事)에 나아가게 되었다. 그의 조카인 이하곤(李夏坤, 1677~1724)[3]은 소년 진사로 문학과 식견이 있어 당세에 명망이 높았다. 그 숙부도 그에게 기대하여 평소 공사(公私)의 대소사를 반드시 그를 불러 의논했다. 그는 이날 조카를 불러 이렇게 물었다.

"내일 정사에서 아무 자리, 아무 자리를 어떻게 배망(排望: 후보를 있는 대로 다 올리는 추천—옮긴이)해야 한때의 여론을 만족시킬 수 있겠느냐?"

"이판께서 처음 출사(出仕)하시는 정사라 사람들이 모두 기대할 것

---

1 본관은 경주(慶州), 자는 계장(季章), 호는 회와(晦窩)다. 기사환국으로 정계에서 물러났다가 복귀한 후, 원칙론에 입각하여 노론의 독주를 견제했으며, 강화 유수 때는 강화도의 방비를 강화하기 위해 힘썼다.
2 승지가 왕명을 받아 신하를 관직에 부르는 목패다. '명(命)'자를 쓴 목패에 부르는 신하의 이름을 써서 원례(院隸)를 시켜 보냈다.
3 이하곤은 이인엽의 조카가 아니라 맏아들이다.

이니, 반드시 인심(人心)을 눌러 복종시켜야만 장차 실망하지 않을 것입니다. 지금 부제학의 통청(通淸)[4]에는 아무개, 아무개 세 사람을 우선해야 하고, 대통(臺通)[5]에는 아무개, 아무개 세 사람을 우선해야 합니다. 수령은 비록 삼사(三司)와는 다르나, 역시 청렴결백함과 자신을 다스린 것으로 명성과 공적이 쌓인 자를 차출해야 하고, 구차히 평소 친분을 따라서 잘 어울리기만 하는 사람을 의망(擬望)[6]해서는 안 되니, 아무 목사에는 아무개, 아무개가 아니면 안 되고, 아무 군수에는 아무개, 아무개를 버리면 안 됩니다."

"네 말이 모두 옳으니, 내 의당 그 말대로 할 것이다."

조카가 다시 말했다.

"재랑(齋郎) 한자리가 있는데, 이 또한 자의(諮議)와 세마(洗馬)로 명망을 쌓은 사람으로 배의(排擬)[7]해야 합니다. 지금 이조판서의 첫 정사의 체면에는 방금 아무개를 여기 의망(擬望)할 만합니다."

그런데 숙부는 대답하지 않았다. 조카는 두 번, 세 번이나 말했지만, 숙부가 또 답하지 않았다. 날이 저물어 자리를 파하고 이튿날 조카는 일찍 일어나 숙부를 뵈러 갔고, 잠시 뒤에 정패가 나왔다. 이(李)가 공복을 갖춰 입고 초헌(軺軒)에 오르려 할 때, 조카는 다시 재랑에 대해 말하며 대청 위에서 중계(中階)로 따라 내려와 중언부언했다. 하지

---

4 학식과 문벌이 높은 사람을 청관(淸官)의 후보자로 천거하는 일, 또는 그 후보자로 천거된 사람을 이른다.

5 한 사람의 대간(臺諫)을 뽑을 때 세 사람의 후보자를 추천하는 일을 말한다.

6 이조에서 적임자를 세 명 뽑아 후보자로 올림을 이른다. 이때 제일 적합하다고 생각되는 자를 수망(首望), 두 번째를 중망(中望) 또는 부의(副擬), 맨 끝을 말망(末望)이라 했다.

7 벼슬아치의 후보를 뽑기 위해 그 명단을 차례로 적어 놓고 의논하는 일을 말한다.

만 숙부는 또 대답하지 않았고, 조카는 이를 몹시 이상하게 여겼다. 그는 그저 숙부의 첫 정사가 여론과 잘 화합하길 바라는 마음에서 누차 말한 것뿐이었다. 하지만 숙부가 여전히 수긍할 뜻이 없어 보이자 조바심이 났다.

조카는 재랑 후보가 과연 어떻게 배망되었는지 알고 싶어서 사방 이웃에 사람을 보내 정망(政望)[8]을 빌려 보니, 그날 수많은 망통(望筒)[9]과 삼사의 신통(新通),[10] 수령의 차출은 하나같이 자신의 말을 따랐는데, 유독 재랑의 의망은 자신의 말대로 하지 않은 것이었다. 수의(首擬: 첫 번째 의망—옮긴이)한 자가 평소 중망(衆望: 여러 사람의 후보자—옮긴이)에 들지 않았던 나이 든 진사(進士)였다. 조카는 내심 몹시 실망하여 곧장 일어나 숙부의 집으로 가 숙부의 퇴청(退廳)을 애타게 기다렸다. 해질녘에 드디어 숙부가 돌아오자 즉시 대청을 내려가 섰다가 숙부의 초헌이 섬돌에 이르자 급히 물었다.

"재랑의 의망은 어찌 그리하셨습니까?"

답이 없었다. 숙부가 초헌에서 내리자 다시 물었지만, 또 답이 없었다. 대청에 오른 뒤 또 물으니, 숙부가 그제야 돌아보고 웃으며 말했다.

"어찌 그리 부산을 떠느냐. 나를 따라 내당으로 들어오너라."

따라서 내당으로 들자 숙부는 마루 한가운데 서 있었다. 조카가 다시 재랑의 일에 대해 묻자 숙부는 또 웃으며 말했다.

"너는 방 안으로 들어가 네 숙모와 함께 나오너라."

---

8 이조에서 정사(政事)를 행하기 위해 관직과 후보자를 적어 작성한 문서를 말한다.
9 어떤 직임에 합당한 자를 적은 문서로, 곧 후보 명단을 말한다. 망단자(望單子), 망기(望記)라고도 한다.
10 새로 어느 벼슬에 임명될 자격이 있는가를 결정하는 것이다.

조카가 방 안에 들어가 숙모와 함께 나오자, 이(李)는 그제야 공복을 벗고 방석에 앉아 말했다.

"부인은 앉으시고, 진사도 앉아라. 내 응당 너에게 재랑의 일에 대해 말해주마. 옛날 우리 집안이 뼈에 사무치게 가난했음을 부인을 알겠지만, 진사는 여전히 잘 모를 것이다. 어느 해 무렵 동네의 아무개, 아무개 예닐곱 명이 아무개 집에 모여 정문(程文)11의 표(表)를 짓기로 약속하고서 나에게 함께하자고 요청하기에 내 허락했다. 이튿날 아침 일찍 내가 아무개의 집으로 가려고 할 때, 서책 약간을 침구와 함께 챙겨서 여종을 시켜 미리 그 집에 보내두고, 네 숙모에게 '나는 오늘부터 아무개네로 가서 표(表)를 지을 것이니, 아침밥과 저녁밥을 마련해 보내시오'라고 말해두었다. 그리고는 아무개의 집으로 갔는데, 아침밥이 과연 왔지. 그날 표(表)하나를 짓고 저녁이 되었는데, 내 밥은 오지 않았다. 같이 공부하는 사람들은 차례대로 밥이 와서 다 먹고서 나를 돌아보고 묻더구나.

'자네 밥은 어찌 오지 않는가?'

나는 '늦더라도 꼭 올 걸세'라고 말했지만, 종이 울려도12 밥은 끝내 오지 않았다.

사람들이 말했지.

'자네 밥이 끝내 오지 않으니, 필시 쌀을 못 구한 게로군.'

나는 '집에 있을 때 간혹 밥을 거를 때가 있으니, 무엇이 해롭겠는가'

---

11 과거 시험장에서 쓰는 일정한 법식이 있는 글로, 과문체(科文體)의 문장을 말하는데 과정문(科程文), 과문(科文)이라고도 한다. 시(詩), 부(賦), 표(表), 책(策), 의(疑) 등이 있다.

12 인정종(人定鐘)이 울린 것을 말한다. 밤 10시경에 인정종을 28번을 쳐서 통행을 제한했고, 5시경에는 파루종(罷漏鐘)을 33번을 쳐서 통행을 허용했다.

라고 했지만, 주인은 마음이 몹시 불편하여 따로 밥을 지어주려고 했는데, 나는 군이 만류해서 못하게 했었다. 이튿날 아침 주인이 내 밥을 같이 지으려고 하자, 나는 또 애써 말렸다. 사람들은 밥이 도착하자 내게 나눠 먹자고 권했고, 나는 '어찌 매번 밥을 거를 리 있겠는가. 우선 기다렸다가 내 밥이 정말 오지 않으면 뒤에 오는 밥을 나눠 먹어도 무방할 걸세'라고 말했다. 그런데 시간이 지나도 내 밥은 오지 않았고 맨 마지막 밥상이 오자 벗들이 또 나눠 먹자고 했지. 내가 '좀 더 기다려보게'라고 하자, 아무개 벗이 큰 소리로 말하더구나.

'벗들끼리 밥을 나눠 먹는 것이 안될 일이 뭐가 있는가? 자네는 어제 저녁밥을 거르고 오늘도 기다리고 있네. 지금 내가 밥을 먹은 뒤에는 더는 밥이 올 곳이 없네. 자네 밥이 끝내 오지 않는다면, 조금 기다리긴 뭘 기다린단 말인가?'

나도 대답할 말이 없어 결국 밥을 나누어 먹었지. 그날 저녁 아무개 벗의 밥이 먼저 오자 또 내게 나눠 먹길 권했고, 나는 또 그것을 먹었지. 이튿날 아침과 저녁에도 아무개 벗, 아무개 벗의 밥을 나눠 먹고, 연일 표(表)를 지어 편(篇)을 완성했다. 그런데 그날 밤이 되어 누워 곰곰이 생각해보니, 이렇게 밥을 나눠 먹는 것은 벗들에게 내가 가난하여 밥을 댈 수 없다고 말하면서 그들에게 밥을 나눠달라고 애초에 청한 일이 아닌 터라, 밥을 기다렸다 오지 않는다고 남의 남은 밥을 먹는 것이 의리에 합당한지 아닌지 모르겠더구나. 생각하고 또 생각하며 밤새도록 잠을 이루지 못하다 밝기를 기다려 집으로 돌아가려고 했지. 벗들이 왜 떠나는지 물었는데, 나는 사실 별 탈도 없는지라 갑자기 할 말이 없어 이렇게 말했다.

'병이 나서 돌아가야겠네.'

'자네는 무슨 병인가? 두통인가? 복통인가? 필시 자네는 밥 때문일 것이니, 자네 도량이 이렇게 적은 줄 몰랐네. 가난하여 밥을 못 먹는 것은 사대부의 본모습이네. 동지와 친구와 동연(同研)이 글을 지으면서 밥이 없는 자가 밥이 있는 자와 반을 나누어 먹었는데, 이것이 어찌 티끌만큼이라도 마음에 담아둘 일인가?'

벗들이 몹시 말렸지만, 나는 끝내 옷자락 떨치고 일어나 집으로 돌아가 곧장 내당 한쪽으로 들어가 방문을 열고 너의 숙모를 책망하여 말했다.

'아무리 쌀이 없어도 여섯 끼 중 다섯 끼를 거르다니, 이 어찌 아녀자가 부엌 살림하는 도리겠는가?'

그리고는 방 안으로 들어갔는데, 네 숙모는 대답 한마디 없이 캄캄한 방 안에서 몸을 구부리고 벽을 향해 누워 있었다. 내가 앉아서 자세히 보니 네 숙모의 두 눈 언저리에는 그저 글썽이는 눈물만 비처럼 흐르고 있더구나. 나는 비로소 깜짝 놀라 말했다.

'아녀자가 가장의 밥을 다섯 끼나 연달아 걸렀으니, 이 어찌 좋아서 한 일이겠소. 필시 도저히 어쩌지 못할 까닭이 있었을 게요. 좀 전에 한 책망은 손가락을 깨물고 배꼽을 물어뜯어도[咋指噬臍]13 이미 어

---

13 자신의 행동을 몹시 후회하는 모습이다. 원문의 '색지(咋指)'는 화산 정상에 올라 미친 듯이 통곡했던 한유가 조카사위 장철에게 준 시에서 이 일을 두고 "미치광이 짓 한 것을 손 깨물며 후회하고, 경계 삼아 가슴에 아로새겼네"라고 한 구절에서 나왔다. 『동아당창려집주』 권2, 「답장철」. 또, 원문의 '서제(噬臍)'는 궁지에 빠진 사향노루가 그 배꼽의 사향 때문에 사람에게 잡혀 죽게 되어 배꼽을 물어뜯으려 하지만 소용이 없다는 뜻으로, 후회해도 이미 늦음을 비유하는 말이다.

쩔 수 없으니, 대할 낯이 없고 위로할 말이 없구려.'

그리고 몸을 돌려 외당으로 나왔다. 당시 날씨가 초겨울이었지만 온돌을 때지 못한지 이미 여러 날 되었고, 북쪽 창문의 틈을 막지 못하여 얇은 옷엔 냉기가 일었다. 시름은 만 갈래인데, 얼마간의 책은 모두 동접(同接)의 처소에 있어 곁에 마음 붙일 만한 책 한 권이 없었고, 침구도 동접 처소에 있어 피곤해서 몸을 기대고 싶어도 기댈 것이 없었다. 내 스스로 '이 몸을 주인이라 할 수도 없고, 객이라 할 수도 없구나'라고 생각하며 그야말로 근심스레 앉아 어찌할 바 모르고 있던 때였다. 갑자기 집 모퉁이에서 어떤 이가 여기가 이 진사(進士)댁이냐고 큰 소리로 묻더구나. 여러 번 물어도 문에서 손님 맞는 아이가 집에 없었고, 한참 지나도 응답하는 이가 없자 그 사람이 머리를 긁적이며 근심스레 말했다.

'사람들이 말한 이 진사댁이 분명 여기인데, 지금 사람이 없으니 이제 누구에게 물어야 하나.'

내가 그제야 문을 열고 너는 어디서 와서 누구 집을 찾으려 하냐고 묻자, '여기가 이 진사댁입니까?'라 해서, 내가 '그렇다. 너는 어디의 서찰을 가지고 왔느냐?'라고 했다.

그러자 그자가 '소인은 아무 능(陵)의 서원(書員)입니다. 진사님께서 참봉에 제수되셨기에 망통을 가지고 왔습니다'라 하고 이어 정망을 바쳤는데, 내가 수의(首擬)[14]로 정말 성상의 낙점을 받은 것이었다. 서원이 말했지.

---

14 수망(首望)으로 의망(擬望)된다는 뜻이다. 1인의 관원을 채용하는데 3인의 후보자를 임금에게 추천한다. '수망'은 그 추천 안(案)의 맨 앞에 적힌 후보가 되었다는 말이다.

'나리의 번(番)은 글피이니, 모레 숙사(肅謝)[15]하시면 글피에 입직하실 수 있습니다.'

얼마 안 되어 어느 곳의 친구가 축하 편지를 써 보내와 '관원이 된 것은 축하할 일이네만 필시 저녁밥을 걸렀을 것이니, 쌀 한 말을 보내네'라 했고, 아무개 친구는 땔나무를 보내왔고, 아무개 재상은 모자 값을, 아무개 정승은 단령(團領)[16]감을, 아무개 혜랑(惠郎)은 흑화(黑靴)[17] 값을, 아무개 호랑(戶郎)은 각띠[18] 값을 보내왔다. 이날 저녁 나는 고기 맛도 보고 배불리 밥을 먹을 수 있었다. 이튿날 새벽 숙배하고, 삼일째 되는 날 번차(番次)에 나아가서 마침내 예전에 모인 6, 7명의 동학들을 데려와 여러 사람이 함께 재소(齋所)로 가서 날마다 표(表)를 지었지. 번을 바꾸게 되면 예전 모인 곳에 모이고, 번에 나아가면 재소에 모여서 이렇게 2년을 하루도 거르지 않고 날마다 공부했다. 표(表) 7백여 수를 얻게 되어 마침내 급제했고, 차례차례 발탁되어 자리를 맡아 지금 지위가 여기에 이르렀다. 가도(家道)의 청빈함은 실로 그대로이나, 아무 년, 아무 달, 아무 날에 재랑이 되었을 때부터 지금까지 하루 두 그릇의 밥을 한 번도 거른 적이 없었다.

---

15 벼슬에 임명된 자가 처음 출사하기에 앞서 궁중에 참배하는 것을 숙배(肅拜) 또는 사은(謝恩)이라고 하는데, 이것을 합쳐 숙사(肅謝)라 한다.

16 깃을 둥글게 만든 공복(公服)이다. 색에 따라 흑단령(黑團領)·홍단령(紅團領)·백단령(白團領)·자단령(紫團領)의 구별이 있다.

17 관리들이 공복 차림에 신는 검은 빛깔의 갓신이다. 흑피화(黑皮靴)라고도 한다

18 각대(角帶)를 말한다. 무소뿔로 장식했으며 종3품에서 9품까지의 관원과 향리(鄕吏)는 흑각대(黑角帶, 검은 빛깔의 무소뿔로 만든 각띠)를 착용했기에, 각대라 하면 하급 관리를 지칭한다.

당시 나를 재랑으로 차출한 전관(銓官)[19]을 내가 하루도 잊은 적이 없는데, 당시의 전관은 이미 세상을 버렸고 소과(小科)에 급제한 아들이 있지만 나이가 마흔에 가깝고 빈궁하여 지금 낙향하려고 한다. 사우(士友)들 사이에 명성이 알려지진 않았지만 또한 상조(常調)[20]의 음관(蔭官)이 될 만하니, 내 전관으로서 재랑을 차출하는 데 있어 이 사람을 버리고 자의와 세마로 명망 있는 사람을 뽑으려 한다면 너무나 모진 일일 것이다. 이것이 내가 네가 여러 번 말해도 답하지 않은 까닭이다."

그 조카가 아무 말이 없자 부인이 말했다.

"대감은 훌륭한 정사를 하셨습니다. 이분은 몇 년 동안 벼슬살이를 하고 나서 수령으로 부임할 만합니다. 훗날 대감이 다시 이조에 들어가시면, 또 유념하시어 이분을 풍요한 고을의 수령으로 뽑아주시길 간절히 바라고 또 바랍니다."

---

19 인사행정인 전선(銓選)을 맡은 관원으로, 문관은 이조에서 무관은 병조에서 맡았다.
20 평상시의 관리 승진법이다.

23

늙은 조대의 자격지심

~~~

내포(內浦)에서 화성(華城)으로 가는 길은 배를 타고 큰 나루를 건너면 매우 빨랐지만, 험하기로 소문나 있어 사람들이 몹시 조심했다. 어느 늙은 조대가 큰 나루를 건너려고 나룻가에 도착했는데, 이날은 바람이 약간 불어 배 안쪽에 물이 흥건했다. 조대는 말에서 내려 나루에 앉아 사공을 불러 배 안의 물을 퍼내고, 노를 정비하며 근심거리에 대비[繻袽][1]했다. 그러다가 문득 한 1후장(帿場: 활쏘기 할 때 과녁을 세워두는 거리—옮긴이)쯤 되는 곳을 바라보니, 또 어떤 말 탄 사람 하나가 나루 쪽으로 오고 있었다. 그는 잠시 뒤 도착해서 말에서 내려 조대와 마주 앉았다.

늙은 조대는 험한 나루에 바람이 불고 작은 배에 사람이 많아지자 위험하지나 않을까 속으로 심히 걱정하고 있다가, 이내 모선(毛扇)[2]으로 얼굴 반쪽을 가리고 노기를 가득 띤 채, 나중에 온 조대를 향해 고함쳤다.

---

1 원문의 '수여(繻袽)'는 환난에 미리 대비하는 것을 말한다. 『주역』, 「기제괘·육사」에 "배에 물이 스며들어올 때 옷과 헌 옷을 장만해두고 종일토록 경계한다"라고 한 구절에서 온 표현이다.
2 벼슬아치가 추운 겨울날에 얼굴을 가리던 방한구다. 네모반듯하게 겹친 비단 양편에 털이 있는 가죽으로 싼 긴 자루가 달렸다.

김홍도의 『행려풍속도병(行旅風俗圖屛)』 중 「나루터[津頭待舟]」

"어디 사는 존공(尊公)인지 모르겠으나, 어찌 이리도 심하게 사람을 흉내 내시오?"

그 사람은 놀라서 사과하며 말했다.

"어찌 흉내 낸 일이 있겠습니까?"

"나는 집안이 가난하여 항상 암말을 타고, 몸에는 무명 도포를 걸치며, 머리에는 낡은 모전(毛氈) 호연건(浩然巾)[3]을 쓰오. 지금 존공도 암말에 무명 도포, 낡고 낡은 흰 모전으로 된 호연건을 써서 내 차림새와 흡사하니, 이것이 흉내 낸 것이 아니면 무엇이오?"

그 사람이 웃으며 말했다.

"시골구석 가난한 유생이 무명 도포와 낡은 모건(氈巾)에 암말을 타는 것은 본래 늘 있는 일인데, 이걸 가지고 흉내 냈다고 하시니, 존공의 말씀이 너무 심하십니다."

조대는 "허튼소리! 그렇지 않소'라 하더니, 이어 얼굴을 가린 모선을 치우고 말했다.

"타는 말과 의관뿐이 아니오. 다른 것도 틀림없이 나를 흉내 내었소. 내 불행히 병을 앓아 왼눈이 애꾸인데, 존공도 나를 흉내 내어 왼눈이 애꾸니, 애꾸눈이 어찌 흉내 낼만한 일이오? 존공의 흉내는 너무 심하게 미워한다 할 만한 짓이오. 지금 내가 배를 타고 큰 나루를 건너려 하자, 공도 배로 건너려 하는 것이오? 예로부터 큰 나루는 험하고, 더욱이 오늘은 바람이 있어 배에 물이 스며들어 새려 하니, 사람과 말이 많으면 반드시 큰 낭패를 볼 것이오. 내가 배에 오

---

3 긴 폭의 천이 등 뒤쪽을 덮게 되어 있는 두건으로, 당나라 시인 맹호연(孟浩然)이 썼다 하여 붙여진 이름이다.

른다고 공도 흉내 내어 이 배에 오르지는 마시오."

마침내 그는 배에 올라 아이종을 재촉해 말을 끌어와 배에 들이고, 사공에게 속히 물가를 떠나라고 크게 외쳐서 강 한가운데로 가버렸다. 뒤에 왔던 그 조대는 얼굴이 시뻘겋게 되어 말 한마디도 하지 못한 채, 모래톱에 우두커니 서서 배가 떠나는 것을 바라보다 말을 타고 다시 왔던 길로 갔다.

24
자신의 장례를 치를 뻔한 조대

민백남(閔百男, 1689~1755)[1] 공이 성주(星州)에 부임하게 되었다. 빈궁할 때 사귄 광주(廣州)의 늙은 조대가 와서 작별했는데, 민공이 다정하게 대접하고서 그에게 말했다.

"자네는 집에서 할 일이 없으면, 봄여름 사이에 한번 내 고을로 와서 한동안 머물다가 가게."

"길이 멀어 출발을 기필하기도 어렵네만, 간다고 해도 문지기에게 막힌다면 낭패가 아니겠는가?"

민공은 손수 작은 쪽지를 잘라 문첩(門帖)[2]을 만들어주며 "꼭 오게, 꼭 와"라 말하고 작별하고 떠났다.

조대가 집으로 돌아가 보니, 봄철의 궁핍이 갈수록 심해져 거친 밥도 거르기 일쑤였다. 이에 간신히 여비를 마련한 뒤, 이웃에게 애걸해

---

1 본관은 여흥(驪興), 자는 백승(伯繩)이다. 민정중의 증손이고 민진장의 손자이며 민재수의 아들이다. 1726년(영조2) 음사로 관직에 진출하여 나주 목사 등을 지냈고, 1747~1750년에 성주 목사를 지냈다.
2 궁궐이나 병영의 문에 드나드는 것을 허락해주는 표로, 문표(門標)라고도 한다.

말만 빌려 겨우 타고서 하인도 없이 가죽 주머니 하나에 행구(行具)를 모두 담아 안장에 걸고 성주로 출발했다. 새벽이면 출발하고 저녁에는 머물며 떠난 지 며칠이 되니 성주까지 백여 리만 남게 되었다. 그런데 문득 안장 앞 가죽 주머니를 보니 끈이 떨어져 온데간데없었다. 조대는 원래 심성이 지극히 옹졸한지라 가죽 주머니를 잃어버리자 마음속에 이런 생각이 떠올랐다.

'내가 성주에 도착해도 이미 문첩이 없으니, 문지기에게 저지 당할 것이다. 정녕 가는 것이 내겐 무익하다. 남원(南原) 아무 촌에 세전노(世傳奴)가 있으니, 어쩌면 노비의 집으로 가서 여비를 얻어 집에 돌아가는 게 상책일 것이다.'

결국 조대는 길을 돌려 남원 땅을 향해 갔다.

각설하고, 어느 읍 어느 촌의 사람인지는 모르나 아무개 이름의 한 조대가 말을 타고 하인도 없이 성주로 가고 있었다. 그는 길에서 주인 없는 가죽 주머니를 주워 안장에 매달고 갔는데, 저녁에 성주의 읍점(邑店)에 이르렀다. 그에겐 이미 4, 5일 전부터 심한 열병(熱病) 증상이 있었고, 날로 심해지고 있었다. 여기에 노독(路毒)까지 더해져 이날 읍점에 투숙하자 그는 곧 천지 분간도 못할 정도로 정신이 혼미해졌다. 읍점의 주인이 밥을 지어 올렸지만, 한 술도 뜨지 못하고 삼경(三更)에 이르러 명이 다했다. 읍점 주인은 관청의 민공에게 들어가 고했다.

"그의 몸을 뒤져서 호패를 가져오기 위해 점원이 몸수색을 했으나 호패는 없었고, 그의 가죽 주머니만 점원이 들고와 '호패는 없었고, 행구에 이런 물건만 있는데 이중 혹 살펴볼 만한 것이 있습니까?'라고 말했습니다. 감히 이렇게 가져와 바칩니다."

민공이 주머니를 뒤져보니 돈 수십 문(文)과 문첩 한 장만 있었는데,

문첩을 살펴보니 바로 자신이 화압(花押)하여 광주 조대에게 준 것이었다. 민공은 본래 옛 친구에게 정이 깊은 사람인지라, 이를 보고 비통함을 가누지 못해 눈물로 옷깃을 적시며 즉시 수레를 준비시켜 나가서 곡(哭)하려고 했다. 민공의 맏아들이 애써 말리며 말했다.

"아무개 어른이 돌아가신 것은 비록 참담하지만, 증상이 열병인데 직접 만나신다니, 어찌 이런 도리가 있겠습니까?"

아들이 옷을 잡아끌며 극구 말리자, 민공은 자리를 정하고서 곡하고 후하게 입관(入棺)하여 광주에 부고를 전했다. 그의 세 아들이 오기를 기다렸다가 또 장례비와 제수(祭需), 산 사람의 생계에 쓸 것들을 다수 전하고 발인(發靷)하여 돌아가게 했다.

그런데 광주 조대는 남원의 노비 집으로 갔다가 말이 병이 나서 스무날 남짓 머물렀고, 한 달여가 지나서야 집으로 돌아왔다. 마침 날이 저물 때쯤 문을 들어서자 곡소리가 들려 자세히 보니, 여막 안에는 조대의 세 아들이 모두 상복을 입고 제사를 지내고 있었다. 늙은 아내가 죽었다고 생각한 조대가 곧 큰 소리를 내며 들어가니, 이 세 아들이 아버지를 보고 소스라치게 놀라 의식을 잃고 혼절했다. 조대도 놀라고 당황해서 세 아들을 보니 모두 다섯 칸 여섯 마디의 대나무 지팡이[3]를 쥐고 있었다. 조대는 더욱 놀라고 당혹스러워 따뜻한 물을 가져다 세 아들의 입에 부으며 이들을 깨웠다. 각자 일의 전말을 말하니, 비로소 세 아들은 상복을 벗게 되었다. 성주의 부물(賻物)로 그런대로 꽤 넉넉하게 지냈지만, 다만 관을 처리해서 청산(靑山)에 묻는 일 때문에 또 하나의 근심거리가 생겼다고 한다.

---

3 아버지의 상(喪)에는 대나무 지팡이를, 어머니의 상(喪)에는 오동나무 지팡이를 짚는다.

25

아무개 어른의 부고

~

어느 아무개 재상이 평안(平安) 감사에 제수되었다. 떠날 때가 되어 빈
궁할 때의 벗인 아무개 노인이 와서 작별했는데, 재상은 곡진한 정으로
슬퍼하며 마음을 가누지 못하다가 자신의 아들을 돌아보고 말했다.

"내가 멀리 가더라도 너는 반드시 자주 이 어른에게 가서 안부를 여
쭙고, 인편마다 편지로 꼭 이 어른의 사는 형편을 상세히 알려다오."

아들이 공손히 알겠다고 답하자, 재상은 마침내 변방으로 갔다.

반년쯤 만에 아들이 아버지를 뵙기 위해 평양 감영으로 가니, 재상
이 아들을 꾸짖으며 말했다.

"내 떠날 때, 너더러 편지할 때마다 꼭 아무개 어른의 형편을 알리라
고 거듭 말했었다. 내가 이곳에 온 지 서너 달은 네가 과연 아무개
어른의 일을 알려왔는데, 몇 달 이후로 지금까지 더는 한 글자도 알
려주질 않는 것은 어째서냐?"

"아무개 어르신은 아무 달, 아무 날에 별세하셨기에, 형편에 대해
알려드릴 만한 일이 더 이상 없었습니다."

재상은 깜짝 놀라고 충격 받아서 말했다.

"아무개 벗이 죽었구나, 죽었어!"

재상이 다시 말했다.

"그렇다면 어째서 부고를 알리지 않은 것이냐?"

"소자가 아무 달, 아무 날 보낸 편지에 이미 자세하게 고했습니다."

아버지는 "허튼소리! 그런 일이 없다"라고 하더니, 손수 서찰 두루마리를 뒤져서 땅에 던지며 말했다.

"네 편지가 모두 여기 있으니, 네가 어디 한번 아무개 벗의 부고를 알린 편지를 찾아내보거라."

아들은 한참을 찾더니, 마침내 서찰 하나를 가져와 올리며 말했다.

"이것입니다."

아버지가 처음부터 끝까지 여러 번 자세히 보고는 다시 땅에 던지며 말했다.

"이 편지 속에 어떤 구절이 아무개 벗의 부고를 알린 것이냐?"

아들이 손가락 끝으로 '모장무사연사무(某丈無事然事無)'란 한 구두(句讀)에 줄을 긋고 말했다.

"여기입니다."

아버지는 한참 동안 그것을 뚫어지게 보다가 말했다.

"누가 너에게 글을 이렇게 가르쳤단 말이냐. 참으로 개돼지로다!"【某丈無事然事無[1]는 바로 '아무개 어른의 무사(無事)함은 그런 일이 없습니다'였다】

---

1 '모장무사연사무(某丈無事然事無)'를 '某丈/無事/然事/無(아무개 어른의 무사함은 그런 일이 없습니다)'라는 구두로 보면 결국 아무개 어른이 무탈하지 못하다는 말이다. 아들은 이것으로 아무개 어른의 별세를 알렸다고 생각했고, 아버지는 같은 구절을 반대의 뜻인 '某丈/無事然/事無(아무개 어른은 무사한 듯하니, 일이 없습니다)'로 보아 친구가 무탈하게 지내고 있다고 생각한 것이다.

26

쓸모없는 사위 놈

어느 마을의 한 늙은 조대에게 두세 명의 아들과 조카 그리고 한 명의 사위가 있었다. 사위는 『심경(心經)』과 『근사록(近思錄)』을 읽었는데, 유달리 고집불통인 괴이한 인물일 뿐이었지만, 학식이 있는 자라는 평판 때문에 온 동네의 혼례와 상례 등의 예(禮)에 대한 일은 모두 그의 말을 따랐다. 늙은 조대는 고질병을 크게 앓아 차가운 성질의 약제를 복용하고는, 병의 기운과 약의 효력이 서로 다투어 뚫고 막다가 까무러치고 말았다. 마침내 초혼(招魂)[1]하고 수시(收屍)[2]하게 되었는데, 상을 치르는 모든 일과 절차를 이 학자 사위가 주관했다.

습렴(襲斂)[3]을 하려고 할 때, 학자가 "습(襲)은 따로 습하고, 염(斂)은 따로 염하는 것이 본래 예법이다. 시속에서 습과 염을 같이 하는 것은 매우 무식하니, 나쁜 것을 본받을 순 없다"라고 하고, 먼저 습을 마쳤다.

---

1 사람이 죽었을 때, 그 혼을 소리쳐 부르는 일이다. 죽은 사람이 생시에 입던 윗옷을 가지고 지붕에 올라서거나 마당에 서서, 왼손으로는 옷깃을 잡고 오른손으로는 옷의 허리 부분을 잡은 뒤 북쪽을 향하여 '아무 동네 아무개 복(復)'이라고 세 번 부른다.
2 시신의 머리와 팔다리를 바로 잡아 두는 일이다. 천시(遷屍)라고도 한다.
3 시신을 씻긴 뒤 수의(壽衣)를 갈아입히고 염포(斂布)로 묶는 일이다.

상인(喪人)과 복인(服人)들은 모두 작은 병풍 밖에서 염할 도구를 준비하고 있었는데, 늙은 조대는 문득 열이 내리고 몸이 서늘해져 병세가 구름 걷힌 맑은 하늘처럼 좋아지니, 위(胃)가 움직이기 시작해 밥을 먹고 싶은 생각이 들었다. 그는 즉시 하품하고 기지개를 켜면서 말했다.

"아이들은 어디로 갔느냐? 왜 이리 오랫동안 내게 미음을 권하지 않는 것이냐?"

병풍 밖의 상인과 복인들, 손님과 하인들은 놀라고 기쁘고 의심되고 당혹스럽기도 하여 엎어질 듯 허둥댔고, 어떤 이는 미음을 가져와 조대에게 올리려고 했다.

이 학자가 큰 소리로 말했다.

"상제(喪制)들은 지극한 정(情)으로 망극하더라도 이렇게 경솔히 행동하지 마십시오. 죽은 이는 다시 살아날 수 없는 것이 당연한 이치입니다. 장인어른께서 이미 운명하셨거늘 어찌 다시 일어날 리가 있겠소? 이는 필시 풍사(風邪)이니,[4] 빨리 붙들어서 소렴(小斂)하시오."

그리고는 한편으로 손님 중 힘깨나 쓰는 이들에게 지시하여 시신을 꼭 잡아 염금(斂衾)에다 눕히려고 했다. 이 조대가 사위의 말을 듣고 스스로 자신의 차림새를 보니 습구(襲具)로 매우 단정하게 꾸며져 있었다. 사마온공(司馬溫公) 상찬(像贊)에서처럼 심의(深衣)와 대대(大帶: 넓은 띠—옮긴이)를 두르고 팔 벌려 두 손 마주 잡고 천천히 걷는 것(深衣大帶, 張拱徐趨)은 이 지경에 이르러서는 도저히 할 수 없는지라, 조대는 평생의 기력을 다해서 붙잡는 사람들을 뿌리치고 '정(丁)'자 모양이 되어 작은 창문으로 뛰쳐나가 울타리 밖으로 달려나갔다.[5]

---

4 사위는 시신 외부에서 사기(邪氣)가 침입하여 장인의 시신이 움직인다고 생각한 것이다.

이때 온 집안은 놀라 당황하고 통곡하며 상인, 복인, 빈객들이 모두 일제히 나가서 조대를 쫓아가자, 온 마을 사람들도 모두 나왔다. 때는 어둑어둑해졌는지라 횃불은 든 자, 몽둥이를 든 자들이 서로 부르고 대답하길 "동쪽으로 가보고 서쪽으로 가봐라. 나는 남쪽부터 가볼 테니, 너는 북쪽부터 가봐라"라고 했다. 이 학자는 저 멀리에서 그림쇠처럼 둥글고, 곱자처럼 반듯하게〔規圓矩方〕6 걸어와서 말했다.

"빨리 붙잡아 와서 혹시라도 실수 없게 해라."

이 조대는 가시덤불 속과 자갈밭 속에서 일곱 번 넘어지고 여덟 번 거꾸러지니, 천지가 아득해져 갈 만한 곳이 없었다. 마침내 다시 집 뒤에 울타리가 이지러진 곳을 통해 들어가 캄캄한 가운데 손으로 안방 뒤창을 더듬어서 들어갔다. 이 당시에 안방에 있던 많은 부녀자와 여종들은 모두 문밖으로 나가고, 조대의 늙은 아내만 남아 머리를 풀어 헤치고 가슴을 치며 목 놓아 울면서 등불을 마주해 누워 있었다. 조대는 숨을 헐떡이며 말했다.

"내 정말 맹세컨대 죽지 않았으니, 현명한 임자가 나 좀 살려주게. 나를 다락 속에 숨겨서 틈으로 미음 같은 것들을 내게 주시오."

그 부인은 남편의 말대로 그를 다락에 숨기고 자주 미음을 갖다 주었다. 풍사를 뒤쫓던 외당의 사람들은 그것을 놓쳤지만, 방법이 없었기

---

5 염(斂)을 당할 위기에서 점잔 빼고 격식을 차릴 수 없어 정신없이 달아나는 조대의 모습을 묘사하고 있다. 주희는 6선생 화상찬(畵像贊)에서 사마온공을 두고 "심의에 큰 띠 두르고, 어깨 벌려 손 모으고 천천히 걷는 모습"이라고 칭송한 바 있다.

6 죽지 않은 장인을 끝까지 염하려는 고집스럽고 외골수인 학자 사위의 모습을 풍자하고 있다. 주희는 6선생 화상찬(畵像贊)에서 정이천을 두고 "그림쇠처럼 둥글고, 곱자처럼 반듯하다"라고 칭송한 바 있다.

에 돌아와 어찌할 줄 몰랐다. 고자(孤子)들도 이런 상리(常理)를 벗어난 변괴와 망극한 변고를 당해 그저 땅을 치며 죽고 싶을 뿐이었다.

이윽고 밤이 다하여 동이 트자 부인은 아들과 조카, 사위를 불러들여 천천히 말했다.

"내 지아비는 정말 죽지 않았다. 너희들은 자세히 보고 그 말을 들어봐라."

그리고는 손수 다락을 열고 조대를 부축해서 나왔다. 조대의 안색은 평소 같았고 말과 행동이 침착하여 조리가 있자, 풍사에 대한 말들은 마침내 그치게 되었다. 며칠 만에 조대는 날로 점점 안정되어갔고 나중에는 원근(遠近)의 축하 손님들이 줄을 이었는데, 조대는 그때마다 말했다.

"집안사람 중 제일 아낄 만한 이는 마누라이고, 세상천지에 제일 아끼지 말아야 할 자는 사위 놈이다. 학자란 정말 쓸모없는 것들이다!"

27

황금색 여우의 변신

꽃꽃

50년 전 내포(內浦)에 권 생원(權生員)이란 자가 있었다. 그는 풍채가 좋고 수염이 아름다웠으며 키는 7척에 음성은 큰 종소리 같았고, 지주(地主)로서 큰 저택에 살았기에 마을 사람들은 그를 경외했다. 그의 행랑(行廊)에는 권 생원의 사내종과 사냥꾼이 살았는데, 사냥꾼은 권 생원의 집 뒤 밤나무 동산에 덫을 놓아 때때로 노루나 토끼를 잡아 저자로 가서 쌀과 바꾸어 입고 먹는 것에 보냈다.

하루는 권 생원이 어떤 이와 대청 위에 앉아 바둑을 두고 있었다. 사냥꾼은 이 대청 아래를 지나 밤나무 동산으로 걸어가 덫을 놓은 쪽을 바라보았는데, 권 생원이 옷이 덫에 걸린 채로 앉아 큰 소리로 사냥꾼을 꾸짖으며 말하고 있었다.

"고얀 놈이 여기에 덫을 쳐 놓았군. 내 똥을 누러 오다가 옷이 덫에 걸렸으니, 너는 어서 와서 덫을 치워라."

사냥꾼은 조금 전에 권이 있던 대청 아래쪽에서 오면서 분명히 그가 대청 위에서 바둑 두는 것을 보았기에, 이는 필시 늙은 여우일거라고 생각했다. 그러나 다시 보니 이놈의 의관과 머리카락이 하나하나 권 생원과 매우 흡사했다. 사냥꾼은 평소 권 생원을 경외한 터라 이놈에게 노한 꾸짖음을 당하자, 문득 반신반의(半信半疑)한 마음이 생겨 감히 바로 손찌검을 하지 못했다. 즉시 돌아가 대청 아래에 서서 고개를 들고 다시 보니 진짜 권 생원이 여전히 대청 위에서 아까처럼 바둑을 두고 있었다. 사냥꾼은 다시 동산에 올라 기필코 때리려고 했지만, 이놈이 멀리서 사냥꾼을 보더니 또 큰 소리로 "어찌 빨리 와서 나를 풀어주지 않느냐!"라고 꾸짖었다. 사냥꾼은 다시 의심스럽고 두려워 대청 아래로 와서 섰는데, 이렇게 네다섯 번을 반복했다.

권 생원이 문득 사냥꾼이 와서 수시로 고개를 쳐들고 대청 위를 바라보는 것을 보게 되었다. 권은 즉시 "이놈이 무례하구나. 너는 어찌 감히 그렇게 고개를 쳐들고 대청 위를 바라보느냐?"라고 호통쳤다.

"토끼 덫에 짐승이 걸려 있는데, 위장(僞裝)하여 생원님의 형상을 하고 있기에 알쏭달쏭하여 감히 와서 대청 위를 쳐다보았습니다."

권이 웃으며 말했다.

"이는 필시 여우일 것이니, 너는 가서 때려죽이고 오너라."

사냥꾼이 다시 동산에 올라가자, 이놈의 노기가 갈수록 더 충천(衝天)하여 위엄이 서릿발 같으니, 사냥꾼은 또 때리지 못하고 다시 내려왔다. 권이 "너는 여우를 때렸느냐?"라고 묻자, 사냥꾼이 "두려워서 감히 못했습니다"라고 했다. 권이 마침내 대청을 내려오며 말했다.

"너는 몽둥이를 쥐고 나를 따라오너라."

권이 앞장서고 사냥꾼이 뒤에서 따르며 마침내 동산으로 들어갔는데, 이놈이 미소 지으며 "저 친구가 또 왔군"이라고 하더니, 다시 큰 소리도 사냥꾼을 꾸짖으며 말했다.

"네가 감히 가짜 권 생원과 함께 와서 몽둥이를 쥐고 나를 치려 하느냐!"

권이 말했다.

"너는 이놈을 때려라."

사냥꾼이 몽둥이를 치켜들자, 이놈이 또 큰 소리로 사냥꾼을 꾸짖었고, 사냥꾼은 다시 벌벌 떨며 물러나 감히 손을 대지 못했다.

권이 말했다.

"너는 왼손으로 내 오른손을 잡고, 오른손으로 몽둥이를 들고 이놈을 세게 쳐라. 의심할 것 없다."

사냥꾼이 왼손으로 권 생원의 손을 잡자, 한 조각 단전(丹田)이 마치 태산(泰山)같은 의지처를 얻은 듯했다. 그는 마침내 단번에 놈을 치면서 이렇게 말했다.

"이놈이나 저놈이나 개자식인 권 생원이구먼!"

단매에 즉시 죽이고 보니, 한 마리 황금색 늙은 여우였다.

금리를 홀린 임제의 언변

임백호(林白湖: 林悌)가 자줏빛 대단(大段)[1]으로 된 내의(內衣)를 입고 종가(鐘街)를 걸어가고 있었는데, 헌부의 금리(禁吏)가 그를 붙들며 말했다.

"서방님은 금법(禁法)을 어겼으니 헌부로 가셔야 합니다."

"내가 무슨 금령(禁令)을 어겼느냐?"

"서방님의 자줏빛 비단옷이 금령을 어긴 것이 아니면 무엇입니까."

"그렇다면 내 아침에 정승인 아차부(阿次父: 숙부―옮긴이) 댁에 가서 먹은 염통 산적과 양포탕(胖炮湯)이 아직 뱃속에 있으니, 이 또한 금지된 것이냐?"

"소고기가 금지된 것임을 어찌 말로 다 하겠습니까? 서방님의 두 가지 죄가 한꺼번에 드러났습니다."

"내 주먹이 비록 작으나 단번에 악양루(岳陽樓)를 때려 부술 수 있

---

1 중국에서 나는 비단인 '대단(大緞)'을 이른다. '한단(漢緞)'이라고도 한다.
2 문과 초장(初場)과 생원시(生員試)의 종장(終場)에서 보이던 시험의 한 가지로, 사서의 의의(疑義)를 논술하게 하는 것이다. 의(疑)는 사서 가운데에서 의심이 들 만한 대목의 글 뜻을 설명하게 하는 것이고, 의(義)는 경서의 글 뜻을 해석하게 하는 것이다.

고, 과장(科場)에서 사서의(四書疑)[2]를 지으면 첫머리에서 반드시 팔(八)자로 타개(打開)[3]하지. 지금 내가 한주먹으로 너의 두 눈썹 사이를 한번 치면 너의 이 머리통은 팔 자로 쪼개져 순식간에 죽을 것이다. 이렇게 한다면 장차 세 가지 죄로써 논할 것이냐?"

"살인자를 사형에 처하는 것은 지엄한 국법입니다. 더구나 금령을 어긴 사람이 금리를 때려죽인 경우이지요. 결국 서방님은 장차 크나큰 곤경에 처하게 될 것입니다. 서방님은 저를 때려죽일 수 있으니, 어서 저를 때려죽이십시오."

백호가 하늘을 우러러 크게 웃으며 말했다.

"너를 때려죽이면 곤경에 처하겠구나. 지금 영의정, 좌의정, 우의정이 모두 나의 진가(眞家)와 외가의 삼촌, 오촌 숙부님들이다. 이조, 호조, 예조, 병조, 형조, 공조의 참의, 참판, 판서, 단 한 명의 대사헌, 유일한 집의, 두 장령, 두 지평, 열셋의 감찰이 나의 사촌이거나 오촌, 칠촌이며, 처남이나 매부며, 형이거나 아우거나 조카뻘이고, 옛날 동학과 수하(手下)와 벗들이다. 내가 너를 때려죽이면 네 시신은 해당 부서의 경조윤(京兆尹)이 검시(檢屍)할 것이고, 나는 살인 사건의 주범으로 감옥에 갇힐 것이다. 그러면 만조백관과 친척이 옥문 밖으로 와서 위문하면서 모두 술과 고기를 보내올 것이고, 나는 세 겹의 양가죽을 바닥에 깔고 담비 가죽 이불을 몸에 덮으며, 계

---

3 좌우의 획이 분명한 팔(八) 자의 모양처럼 명확한 논리로 분명하게 설명하는 것이다. 주자가 유자징에게 준 편지에, "성현이 팔(八)자로 타개했거늘 사람이 스스로 깨닫지 못하고 도리어 밖을 향해 허황되게 내달린다"라고 했다.
4 소주에 계피와 꿀을 넣어 삭힌 술이다.

당주(桂糖酒)[4]와 감홍로(甘紅露)[5]를 날마다 취하도록 실컷 마시고, 양(胖), 전복, 꿩, 닭, 생선은 물려서 젓가락을 다시 대지 않을 정도로 먹을 것이다. 결국에는 형조에서 조율(照律)하여 공신(功臣)의 적손(嫡孫), 대왕의 몇 촌친(寸親)인 공의(功議)[6]라는 이유로 형(刑)을 각각 한 등급 줄일 것이고, 사형에서 감면되어 먼 변방으로 귀양 가게 될 것이다. 유배지가 경원(慶源)과 종성(鍾城)[7]으로 정해져 동문(東門)을 나가자마자 흰 장막은 구름 같고, 전송하는 사람이 시장처럼 많으며 초헌과 평교자, 푸른 나귀와 흰 나귀가 그 수를 셀 수 없을 정도일 것이다. 술과 밥을 먹다 지쳐 이날은 누원(樓院)에서 묵고, 회양(淮陽)과 금성(金城)에 이르러서는 백청(白淸)[8]을 섞어 꿀꺽꿀꺽 잣죽을 마시며, 안변(安邊)에 도착했을 때는 육진(六鎭)의 큰길 가에 수령과 곤수(閫帥)들이 성대히 음식을 바치고 후하게 선물을 주지 않는 이가 없을 것이다. 내가 유배지에 도착하면 날마다 두만강가로 나가 북병사(北兵使)와 북평사(北評事)와 더불어 사냥하고 술에 취해 노래할 것이며, 밤마다 삼와양사(三瓦兩舍)[9]로 가서 관기들을 불러

---

5 지치 뿌리를 꽂고 꿀을 넣어서 거른 평양 특산의 소주다. 맛이 달고 독하며 붉은빛이 난다.

6 공의는 팔의(八議: 죄를 감면할 여덟 부류의 사람들)의 하나인 의공(議功)과 의친(議親)의 합칭이다. 의공은 나라에 큰 공이 있어 훈적에 오른 사람이며, 의친은 임금의 동성인 8, 9촌 이내, 임금의 할머니·어머니의 시마(緦麻) 이내, 왕비의 소공(小功) 이내, 세자빈의 대공(大功) 이내의 친족이다. 이들이 죄를 지으면 형을 감해준다.

7 경원과 종성은 육진(六鎭)에 속하는 변방 지역이다. 육진은 세종 때에 김종서를 시켜 여진족의 침입에 대비해 함경도 두만강 하류 지역에 설치한 군사상 요충지로, 종성, 온성, 회령, 경원, 경흥, 부령을 이른다.

8 빛깔이 희고 품질이 좋은 꿀이다.

9 송나라와 원나라 때, 기루나 오락장 등의 총칭으로 여기에서도 기방이나 도박장 등을 말한다.

들일 것이고, 육박(六博)과 장기로 놀고 웃으며 즐길 것이다. 이듬해
봄에 나라에 큰 경사가 있어 사면 받아 귀향할 때, 내가 굽이 높은
달마(韃馬)[10]를 타고 말구종들을 앞뒤로 하여 2천여 리를 날듯이
타고 가면 마침 한식(寒食) 때를 만날 것이다. 한식날 동풍에 버들가
지가 날리고 석양이 산에 떨어질 때쯤 행차는 동대문 밖에서 수십
리 떨어진 땅에 이를 것이다. 문득 길가에 외로운 무덤이 어지럽게
우거진 수풀 사이에 새로 생겨난 것을 보게 될 테지. 백양나무는 우
수수 소리 내고 산비는 부슬부슬 내리는데, 소복을 입은 한 여자가
애절하게 흐느끼는 곡소리에 나는 말을 세우고 물을 것이다.

'저 무덤이 누구의 무덤이기에 정성이 지극한가? 저 곡(哭)하는 이
는 뉘 집의 아낙인가?'

길가의 술파는 노파가 이렇게 말할 것이다.

'이는 작년 가을 사헌부 금란 서리(禁亂書吏)가 종가에서 자줏빛 옷
의 양반에게 한주먹을 맞고 머리가 팔자로 깨져서 죽은 아무개의
무덤입니다. 저 소복의 아낙이 바로 헌리(憲吏)의 처인데, 오늘이 한
식이라 와서 곡하는 것입니다.'

너는 한번 생각해보아라. 이때가 되면 너는 죽었고 나는 살아 있음
이 정녕 어떠하냐."

"서방님의 언변이 너무도 좋습니다. 제가 잡아가지 않을 테니, 이야
기를 한 번 더 하여 제게 또 들려주십시오."

백호가 말했다.

───────────●───────────

10 두만강 건너 사는 야인(野人)이 기른 말로 청마(淸馬), 호마(胡馬)라고도 하는데, 조선에 수
입되어 주로 임금이 타거나 전투할 때나 역참의 말로 쓰였다.

"이놈이 고얀 놈이로군! 내 말이 경신년(庚申年) 말의 강(講)[11]이 아닌데, 어찌 다시 할 수 있겠느냐?"

그리고는 성큼성큼 걸어가버리자, 금리는 뒤에 떨어져 절을 올렸다.

---

11 '경신년 글강 외듯 한다'는 속담은 '한 가지 일을 여러 번 되풀이하여 신신당부함'이나 '하지 않아도 좋을 말을 거듭 되풀이함'을 이르는 말이다. 여기에서 원문 '庚申年末講'은 이 속담과 의미가 상통한다. 관련하여 편자 미상의 한역(漢譯) 속담집인 『동언해(東言解)』에서는 '庚申年書講'을 '一試再講, 何其重復.'이라고 풀이했다. 이 구절은 『영미편』상, 「과장」8에서도 쓰이고 있다.

29

제멋대로 옥살이

어느 해 무렵 한 서리(書吏)가 종로에서 어떤 조관(朝官)을 만났다. 서리가 말머리에 절하며 말했다.

"날씨가 이렇게 더운데, 나리께서는 어디 가시는 길입니까?"

"나는 지금 입직하려고 한다."

조관도 서리에게 물었다.

"너는 어디를 가는 게냐?"

"소인은 지금 막 전옥서(典獄署)에 갇혔던 참입니다."[1]

대개 국조 중엽에는 법망이 엉성해져 사대부들이 편의대로 일하는 게 심해졌다. 옥당(玉堂)을 의금부에 내려 추고하면 애초에 금오문(金吾門: 의금부의 정문—옮긴이)을 보지도 않고 광통교(廣通橋)[2] 부근 깨끗한 민가를 차지하고 거처했으며, 빈객과 온 조정 사방에서 넘쳐 흐르도록

---

1 전옥서는 서울 중부 서린방(瑞麟坊: 현재 종로구 세종로 1가 부근) 의금부 옆에 있었다. 수감되었던 서리가 마음대로 종로를 활보하다가 조관을 만난 것이다.
2 한양 중부 광통방(廣通坊)에 있던 다리. '광교(廣橋)'라고도 한다. 청계천에 놓인 다리 중 가장 큰 다리였다.

술과 안주를 끊임없이 보내왔고, 상의원(尙衣院)과 공조의 침선(針線) 노비, 내의원과 혜민서의 의녀, 각 궁의 구사(丘史)[3]들을 불러들여 노래나 거문고, 육박(六博)이나 장기 놀이로 밤낮을 보냈다. 조관 중 3천 리 밖으로의 유배형이나 3년간의 노역형에 처한 자는 대부분 연서(延曙)[4]나 청파(靑坡)[5]에 머물며 귀양살이를 했고, 심지어 삼문(三門) 밖의 관례와 혼례 잔치에 참석하는 자나 모화관(慕華館)에서 영위(迎慰)하여 동작(銅雀)과 서빙고(西氷庫)[6] 길에서 반혼(返魂)[7]하는 자도 있었다. 그런 경우가 너무 심했기 때문에 대신이 연석(筵席)에서 아뢰어 금지했다고 한다.

---

3 임금이 종친과 공신에게 특별히 딸려 준 관노비를 말하며, 품위(品位)에 따라 숫자가 정해져 있었다.

4 연서역(延曙驛)으로, 한양에서 의주로 가는 길목에 있었던 첫 번째 역참이다.

5 현재 용산구 청파동이다. 푸른 야산의 언덕이 많았던 데서 마을 이름이 유래되었다고 전한다.

6 궁중에서 쓸 얼음을 갈무리하고 그 출납에 관한 일을 맡아보던 관아다. 지금의 서울특별시 용산구 서빙고동에 있었다.

7 장례 후에 신주를 모시고 원래 살던 집으로 돌아오는 의례를 말한다. '반우(返虞)', '흉제(凶祭)'라고도 한다.

30

세 승객과 세 아낙의 사정

벽란도(碧瀾渡)는 험한 나루터다. 하루는 바람의 형세가 나빴지만 배를 띄웠다. 그러자 배가 중류에 갔을 때 풍파가 크게 일어 배가 뒤집히려고 했다. 배 안의 사람들은 모두 두렵고 겁이 나 낯빛이 변했다. 그중 어떤 의원이 일어서 발을 구르며 말했다.

"이중탕(理中湯),[1] 이중탕!"

승려는 말했다.

"관세음보살, 관세음보살. 석가여래, 석가여래."

무녀가 말했다.

"왕신(王神), 둑신(纛神), 제석(帝釋).[2] 왕신, 둑신, 제석!"

풍파가 가라앉고 배로 건너기 편하게 되자, 이 세 사람은 각자 자신

---

1 이중탕은 비위(脾胃)가 차서 배가 자주 아프고 설사하는 데 쓰는 처방이다. 배[腹]와 배[舟]가 동음이의어이기 때문에 이 약의 이름을 부르며 급박한 배[舟]의 상황을 낫게 하려는 의원의 주문(呪文)이라 할 수 있다.
2 모두 무당이 섬기는 신의 이름으로, '왕신'은 수로왕(首露王)을 신격화하여 이르는 말이고, '둑신'은 군사에 관한 일을 주관하던 무(武)의 신이며, '제석'은 집안사람들의 수명, 곡물, 의류 및 화복에 관한 일을 맡아보는 신이다.

에게 공이 있다고 생각했다.

어느 마을 근방의 우물가에서 세 명의 촌 아낙이 물을 긷고 있었는데, 모두 입을 삐죽이고 입술을 실룩대며 눈물을 흘리고 있었다. 한 노파가 어찌하여 우느냐고 묻자, 한 아낙이 말했다.

"저는 막 조반을 지으려고 김을 섶 불에 구웠는데, 화력이 세지 않기에 동쪽 집에서 불을 빌려다가 불길을 더 지피려 했습니다. 그런데 돌아와서 보니 섶의 불길이 세져 김이 모두 타 재가 되어, 시아버님이 매섭게 제 머리를 때렸습니다. 동쪽 집에 갔다 온 사이에 김이 재가 될 것이라고 누가 생각이나 했겠습니까? 이 일에 저는 죄가 없으니, 이 때문에 울고 있습니다."

다른 아낙이 말했다.

"저는 조반을 지으려 했는데, 아궁이 밑에 불이 없었고 주변에 불을 담을 그릇도 없었습니다. 어쩔 수 없이 체를 가지고 서쪽 이웃에게로 달려가 체 위에 재를 깔고 불을 빌려 재 위쪽에 놓고 집에 돌아왔습니다. 그런데 돌아와서 보니 불기운이 재에 스며들어 체 위쪽이 타서 너덜너덜해져 불과 한 손바닥 정도의 크기가 되었는지라 시어머님이 노하여 뺨을 쳤습니다. 서쪽 이웃에게 갔다온 사이에 불이 스며들어 체를 태울 줄 누가 알았겠습니까? 이 일에 저는 죄가 없으니, 이 때문에 울고 있습니다."

또 다른 아낙이 말했다.

"저는 일찍 일어나 물을 긷고 쌀을 일어 밥을 지었는데, 양지쪽에서 아이를 안고 젖을 먹이다가 저도 모르는 새 두 눈이 감기고 졸음이 몰려왔습니다. 서방님이 발로 차 일으키며 밥이 늦다고 꾸짖자 놀라서 벌떡 일어나 솥을 열고 보니 밥이 다 되어 있었습니다. 그래서 나무 주걱[粥畢兒][3]을 가지고 밥을 푸려고 할 때, 갑자기 허리와 배가 몹시 가려워서 속바지 춤을 뒤집어 큰 이[虱] 두 마리를 주워 문턱에다 죽이려고 했는데, 그러려면 몇 걸음을 옮겨야 하는지라 밥을 올리는 것이 늦을까 두려웠습니다. 결국 이를 주걱 뒤쪽에 놓고 손톱으로 죽이고 즉시 그 피를 닦아내고 밥을 펐는데, 서방님이 이를 보더니 제 머리채를 잡고 기둥에다 쳐버리지 뭡니까. 주걱의 뒤는 주걱의 앞면과는 다르고 또 이미 피도 닦았는데, 무슨 더러울 게 있겠습니까. 이 일에 저는 죄가 없으니, 이 때문에 울고 있습니다."

이 두 가지 일이 세상에 널리 전해온 지 이미 오래되었지만, 배 안의 저 세 사람이 공이 있는지 없는지, 우물가의 세 아낙이 죄가 있는지 없는지는 지금까지도 딱 잘라 정해진 것이 없다. 그러니 우선 기록해두고 백세(百世) 뒤를 기다린다.

3 주걱[粥畢兒]의 옛말은 쥬걱, 쥬게, 쥭 등인데, '죽가예(粥畢兒)'는 이를 발음하기 위해 음차한 것이다.

31

약을 알맞게 달이는 방법

一

한 노인이 평생 병을 달고 살아 탕약을 차나 밥처럼 여겼다. 그는 탕약 달이는 일을 종들에게 맡기지 않고 세 며느리에게 번갈아 가며 시켰는 데, 첫째 며느리는 매번 덜 달이고 둘째 며느리는 매번 과하게 달여 노인이 꾸짖었지만, 셋째 며느리만은 더하지도 덜하지도 않게 딱 알맞게 약을 달이니, 노인이 매번 이를 칭찬했다. 첫째, 둘째 며느리가 마침내 셋째 며느리에게 물었다.

"나는 매번 과하게 달일까 걱정되어 마음이 조마조마하기에 달이고 나면 번번이 덜 달이게 되고, 나는 매번 덜 달일까 걱정되어 마음이 조마조마하기에 달이고 나면 번번이 과하게 달이게 되네. 이 때문에 시아버님에게 꾸지람을 당하네. 더하지도 덜하지도 않고 딱 알맞게 약을 달이는 데 무슨 요령이 있는가?"

셋째 며느리가 말했다.

"제게 묘수가 있지요."

"상세한 방법을 듣고 싶네."

"이는 어려울 게 없습니다. 저는 약재를 가져와 약탕관에 담고 생강 세 알, 대추 두 알, 물 열네 홉을 법대로 알맞게 섞어 화로 위에 약탕

관을 잘 올려두고 그 아래쪽에 불을 지핍니다. 그리고는 젖을 아이 입에 물리고 한잠 푹 자고 일어나면 시아버님이 말씀하십니다. '약을 아직 못 달였느냐?' 그러면 저는 즉시 '약은 이미 다 달였습니다' 라 하고 약수건을 가져다 약을 걸러 내리는데, 너무 달여 약이 부족하면 군물[客水: 뜨거운 물에 타는 맹물―옮긴이]을 보태서 가득 채우기도 하고, 덜 달여서 약이 너무 많으면 그릇을 기울여 약간 쏟아버리기도 합니다. 그리하면 약이 매번 딱 맞게 됩니다."

무릇 세상 사람들이 환약을 만들고 탕약을 조제하고 생선과 고기를 요리하는 데 반드시 법대로 하고자 한다면, 결국 이 노인의 셋째 며느리처럼 물을 보태어 가득 채우고 그릇을 기울여 쏟아버리는 짓을 하지 않을 자가 드물 것이다.

32

고르고 고른 사위

어느 해 무렵 한 재상이 아무개 재상을 방문했다. 대문을 들어선 뒤에 중문 밖에서 수레에서 내리자. 열대여섯 살쯤 되어 보이는 어떤 동자가 위아래 옷을 모두 벗고 발가벗은 채로 두 팔은 펼치고 중문에 두 다리로 서 있었다. 그 모습은 '태(太)'자 모양과 비슷했다. 재상은 문으로 들어가고 싶었지만 그럴 수 없자 이 동자가 누구인지 물었고, 문하인(門下人)[1]이 "주인 대감의 아들입니다"라고 말했다. 이 재상이 말했다.

"내가 들어가 너의 부친을 뵈려고 하거늘, 너는 어른 공경의 도리를 모르고 이렇게 문을 막고 서 있는 것이냐?"

"손님은 서인(西人)입니까? 남인(南人)입니까?"

"서인, 남인을 동자는 왜 묻느냐?"

"손님이 서인이면 제가 응당 몸을 기울일 것이니 제 왼쪽으로 들어가시고, 혹 남인이면 머리를 숙여 제 다리 아래를 통해 들어가십시오."

"나는 서인이다."

---

1 권세 있는 집에 드나드는 지위가 낮은 사람이다.

그러자 동자는 몸을 비스듬히 해서 섰고, 재상은 마침내 들어가 주인을 만나게 되었다. 재상은 안부 인사도 생략하고 대감에게 아들이 몇 명인지 물었다.

대감이 말했다.

"외아들입니다."

"혼처를 정했습니까?"

"아직 못했습니다."

"제게 현숙한 딸아이가 있는데 배필을 고르고 있는지라 지금까지 중매를 하지 않았습니다. 원컨대 이제 대감과 혼약을 맺고 싶습니다."

주인이 웃으며 말했다.

"배필을 고르다가 지금 제 아이를 택하신 것입니까? 제 아이는 심히 제멋대로인지라 지금까지도 천지를 분간 못하여 끝내 사람이 되지 못할 듯하니, 대감의 말씀을 받들어 따르지 못하겠습니다."

"그렇지 않습니다. 어릴 때 몹시 제멋대로라 해도 장차 볼 만한 점이 생길 것입니다. 큰 사람은 늦되는 법이라 학문에 나아가는 것이 늦어도 전혀 나쁠 게 없으니, 진실로 혼약을 맺고 싶습니다."

주인이 마침내 마지못해 허락하자, 손님이 매우 기뻐하며 돌아와 방으로 들어가 부인에게 자랑스레 말했다.

"내 오늘 비로소 훌륭한 사위를 구했소."

부인도 기뻐하여 서둘러 길일을 택해 혼례를 치렀다.

이 신랑은 위금(委禽)[2]하고 나서 재상의 생관(甥館)[3]에 거처했는데, 날마다 처가의 시종 및 노비들과 함께 농지거리나 축국(蹴鞠)[4]을 하고 저잣거리로 놀러 다니며 떡과 과일을 움켜쥐고 가는 짓을 했다. 재상은 더욱더 그를 기특하게 여기며 대성할 그릇이라고 여겼고, 부인도 동조하여 그렇다고 생각했다. 3년이 지나도 나아지는 것이 없이 놀러 다니고 농지거리하며 온갖 악행을 다 하자 부인이 드디어 이를 근심하여 수시로 조용히 재상에게 말했다.

"어찌 조금도 말리지 않습니까?"

"부인네들이 어찌 알겠소. 동상(東床)⁵이 스물이 되면 반드시 볼 만할 것이오."

스물이 되어도 여전하여 부인이 또 이를 말하자 재상이 말했다.

"부인은 조금만 기다리시오. 우리 동상이 나이 서른에는 반드시 묘한 이치가 있을 것이니."

서른이 되어도 여전하여 부인이 다시 말하니 재상이 말했다.

"괴이하다! 그저 두고봅시다. 마흔이 되면 반드시 볼 만할 것이오. 묘한 이치에는 곡절이 있는 법이니, 틀림없이 의심할 여지가 없소."

얼마 되지 않아 이 재상은 세상을 떠났는데 반혼(返魂)하는 날이 되자 온 조정의 고관들이 모두 동작진(銅雀津)에서 맞이하여 위로하고,

---

2 혼례의 납채(納采)에서 기러기를 보내는 일로, 전하여 혼인을 맺는 것을 말한다.

3 '췌관(贅館)'과 같은 뜻으로 사위가 거처하는 방을 말하는데, 전하여 처가에서 더부살이하고 있음을 의미한다.

4 '축국(蹴鞠)'과 같다. 가죽 주머니로 공을 만들어 쌀겨나 털 또는 공기를 넣어 발로 차던 민속놀이다. 우리나라에서는 삼국시대부터 조선 말까지 행해졌는데, 오늘날의 축구와 같은 것으로 일명 농주(弄珠) 또는 기구(氣毬)라고도 불렸다.

5 사위의 별칭이다. 진(晉)나라 태부 치감(郗鑒)이 왕씨 가문에 사람을 보내 사윗감을 고를 때, 모두 의관을 단정히 하고 나와서 극진하게 맞았는데, 오직 왕희지만은 이를 아랑곳하지 않고 동상에 누워 배를 내놓은 채 호떡을 먹고 있었다. 이를 기특하게 여긴 치감이 그를 사위로 고른 고사에서 유래했다. 『세설신어』, 「아량」.

청파로(靑坡路)를 통해 들어왔다. 중복(重服)과 경복(輕服)[6]을 입은 이들은 각각 해당 상복을 입고 뒤를 따랐고, 여러 빈객은 복인(服人)들의 뒤에서 천천히 수레와 말을 몰고 갔다. 시마복(緦麻服)을 입은 이 신랑은 뒤처져 있다가 떡 가게로 들어가 산빙(散氷)[7]과 송편 등을 사다가, 입에 넣고 먹으면서 소매 속에도 넣어 말을 타고 뒤따랐다. 그는 말을 채찍질하고 두 다리로 등자(鐙子)를 밟고 서서 장니(障泥)[8]를 울리며 여러 빈객을 부딪치고 지나가면서 복인들의 행렬로 들어가려 했다. 빈객들 중 대여섯 명의 재상들이 바야흐로 큰길에서 수레 머리를 나란히 하고 일(一)자 모양으로 가고 있었는데, 한 재상이 옆 수레의 재상을 돌아보고 말했다.

"저 치가 아무개 공이 마흔 살이 되기를 기다려온 사위인데 쉰, 예순이 되어도 볼 만할 게 없을 것 같군요."

그리고는 전도(前導)들에게 일제히 피마(避馬)를 외치게 했다. 이 신랑은 안장에서 몸을 굽혀 숙이더니 제복(祭服) 소매를 높이 치켜들고 일어나 돌아보며 말했다.

"공사(公事)로 가는 중입니다."

재상들은 모두 크게 웃으면서 멈추었다. '공사로 간다[公事去]'는 것은 대개 비변사의 낭관이 한시가 급한 공사를 회공(回公)[9]할 때 길에서

---

6 중복은 사촌이나 고모 또는 고종사촌 등 대공친의 상사 때에 아홉 달 동안 입던 복제이고, 경복은 소공·시마 따위와 같이 짧은 기간에 입는 상복이다.
7 '산빙(散氷)'은 '산병(散餠)'을 잘못 쓴 듯하다. 산병은 흰떡을 재료로 하여 개피떡 비슷하게 반달 모양으로 빚어 소를 넣은 떡이다.
8 말을 탄 사람의 옷에 흙이 튀지 않도록 가죽 같은 것을 말의 안장 양쪽에 늘어뜨려 놓은 기구다.

대신을 만나더라도 안장에서 몸을 숙이고 단령(團領)의 소매를 들고 돌아보며 "공사로 가는 중입니다"라고 말했던 것이다. 그렇게 하면 말에서 내리지 않았다는 이유로 논책하지 않는 것이 예로부터 정해진 규례였다. 이 신랑은 재상의 아들이자 사위였기 때문에 이런 사실을 들어서 알 수 있었고, 끌어와 예(例)로 삼은 것이었다.

---

9 의정부에 도착한 공문을 의정(議政) 이하 모든 관원에게 회람(回覽)시키는 일이다.

33

정충신의 뒤끝

한서평(韓西平, 1557~1627)[1]의 사위인 정백창(鄭百昌, 1588~1635)[2]은 나이 어린 문관으로 명망이 한창 성대했다. 하루는 서평을 찾아가 뵈었는데, 때마침 정충신(鄭忠信, 1575~1636)[3]이 먼저 자리하고 있었다. 그의 언행과 주선(周旋)함을 보니 교만함과 자중(自重)함이 줄곧 명문(名門) 무반(武班)의 태도를 취하고 있었다. 정백창은 마음이 몹시 못마땅해서 끝내 정색하고 말했다.

"영감은 재주와 지혜로 인해 조정에서 발탁하여 등용했습니다. 조

---

1 서평부원군(西平府院君) 한준겸(韓浚謙)으로, 본관은 청주(淸州)다. 경성 판관을 지낸 한효윤의 아들이며, 인조의 장인이다. 예학(禮學)과 국가의 고사(故事)에 밝고, 『광해군일기』 편찬에 참여했다.

2 본관은 진주(晉州), 자 덕여(德餘), 호는 현곡(玄谷)·곡구(谷口)·대탄자(大灘子)·천용(天容)이다. 동부승지가 되고, 예조참의·대사간을 거쳐 이조참판이 되었다. 이행원의 치죄를 태만히 한 죄로 파직, 대사간에 복직되었으나 척신이라는 논란으로 사직했다. 경기도 관찰사로 있던 중 병사했다. 저서로는 『현곡집』 7권 3책이 있다.

3 무신으로 본관은 금성(錦城)이다. 임진왜란 때 권율을 종군하여 무명(武名)을 떨치고, 이괄의 난을 평정하여 진무공신(振武功臣)이 되었다. 저서로는 이항복이 북청으로 유배되었을 때의 기록인 『북천일록』이 있다.

정이 인재를 등용하는 법은 진실로 이와 같아야 합니다만, 우리나라가 문벌(門閥)로 명분을 정한 것은 그 유래가 오래되었습니다. 영감의 한미한 처지로는 무릇 관원(官員)들 사이의 예의나 응대나 주선함 등의 절차에 있어 응당 자처하는 도리를 생각해야만 합니다.”

정충신은 불민함을 사과하고 바로 일어나 가버렸다. 서평이 웃으며 정백창에게 말했다.

“너는 저이가 누구인지 알고서 좀 전에 그렇게 말했느냐?”

“그는 호남의 일개 통인(通引)이었는데, 이렇게 교만합니다. 조정이 그가 재주가 있다 해서 등용했는데, 그가 어찌 감히 이렇게 합니까. 그가 존비(尊卑)를 모르도록 만들어 이 지경으로 교만하게 되었으니, 장인어른의 무리도 모두 그 책임을 면치 못하십니다.”

“훗날 너는 반드시 정충신에게 곤욕을 당할 것이다.”

“어찌 그럴 리가요. 그가 화가 났다 해도, 저에게 장차 어떻게 하겠습니까.”

얼마 지나지 않아 이괄(李适, 1587~1624)의 변란이 일어나자 정충신이 이괄을 토벌하는 부원수로 조정에 하직 인사하고 출발했는데, 정백창을 불러 종사관으로 삼아 고양(高陽)으로 와서 알현하게 했다. 백창이 허둥지둥 여장을 꾸려 출발해서 고양에서 뵙기를 청하자 정충신이 말했다.

“군문(軍門)에 일이 많으니, 파주(坡州)로 와서 알현하라.”

파주로 가자 장단(長湍), 장단으로 가자 송도(松都), 송도로 가자 김천(金川), 김천으로 가자 평산(平山), 평산으로 가자 서흥(瑞興), 서흥으로 가자 봉산(鳳山), 봉산으로 가자 황주(黃州)라고 말했다. 황주에 이르러 알현을 청하자 군문에 서 있게 하더니, 나와서 장계(狀啓) 한 통을 주고 말했다.

　"이것은 한시가 급한 장계이니, 밤을 새워 말달려 도성으로 가서 승
　정원에 바치도록 하라."

　정백창이 장계를 가지고 발마(撥馬)[4]를 타고 이틀 반 만에 도성에
들어가 승정원에 장계를 바쳤는데, 원래 장계 속에 쓴 말은 '종사관 전
교리(前校理) 정백창은 사람됨이 미련하여 종사관의 임무를 감당하지
못하니, 지금 우선 파면한다'라고 한 것일 뿐이었다.

---

4 각 역참에 속하여 중요한 공문서를 교대로 변방에 급히 전하던 발군(撥軍)이 타던 역마다.

34

그릇 뚜껑을 머리에 쓴 조대

한 조대는 어려서부터 늙을 때까지 가난함이 뼈에 사무쳐 매번 남의 좋은 옷차림이나 타는 말이나 그릇들을 보면 늘 부러워 마지않았다. 늦게 낳은 아들 하나가 큰 부잣집에 장가를 들었는데, 한번은 조대가 부자 사돈집에 방문하게 되었다. 주인 사돈이 그를 크게 환영하여 우선 따뜻한 술과 좋은 안주로 대접했다. 저녁이 되어 막 밥상이 손님 사돈 앞에 놓였을 때, 갑자기 내간(內間)에서 몹시 다급하게 '아이고' 소리가 들려왔다. 주인 사돈이 벌떡 일어서며 말했다.

"사돈은 쉬고 계십시오. 제게 연로한 어머님이 계시는데, 평소 흉복통(胸腹痛)을 앓다가 지금 다시 발병했습니다. 제가 들어가서 급히 소청(蘇淸) 등의 환약[1]을 드시게 하고 의원을 찾아 약을 지어야 하기에 사돈과 마주하고 밥을 먹을 수 없겠군요. 사돈은 쉬고 계십시오."

---

1 소청원(蘇靑元)을 이르는 듯하다. 소청원은 오동나무씨만 한 알약으로, 한 번에 30, 40알씩 생강을 연하게 달인 물로 먹는다. 기(氣)를 고르게 하고, 풍담(風痰)을 흩어주는 효능이 있다고 한다.

"사돈은 그런 말씀 마십시오. 훤당(萱堂: 남의 어머니를 높여 이르는 말—옮긴이)의 병환이 이와 같으신데 어찌 저와 마주하고 밥을 먹겠습니까. 저 혼자 밥을 먹어도 무슨 문제가 있겠습니까."

주인 사돈은 결국 내간으로 들어갔다. 손님 사돈이 밥상을 보니 상 위에 있는 10여 개의 그릇과 나란한 수저들이 모두 눈처럼 흰 은이었다. 조대는 내심 몹시 기뻐서 밥을 다 먹은 뒤, 손에 그릇 뚜껑을 쥐고서 이리저리 살펴보다가 문지르고 즐기며 차마 내려놓지 못했는데, 서초패왕(西楚伯王)이 공이 있는 자에게 봉작(奉爵)을 내릴 때가 되면 인수(印綬)가 닳도록 차마 주지 못하는 광경2과 아주 비슷했다. 조대는 갓을 벗고 두골(頭骨)에 그릇 뚜껑을 얹었는데, 이 조대의 머리는 이미 다 벗어져 고추 모양의 작은 상투를 북쪽으로 옮겨 그릇 뚜껑을 머리 위에 딱 맞추어 쓰니, 더는 털 한 올만큼의 틈도 없게 되었다. 조대가 한번 사방으로 머리를 흔들어보니 그릇 뚜껑이 머리 위에 잘 붙어 있어 마침내 호연건(浩然巾)3을 그릇 뚜껑 위에 눌러썼고, 다시 갓을 호연건 위에 눌러쓰고는 갓끈을 매고 앉아 있었다.

잠시 뒤, 여종이 물린 상을 가지고 내간으로 들어가자 안주인 사돈이 상을 가져와서 앞에 두게 하고는 손님 사돈이 어느 정도 밥을 먹었

---

2 조대가 은 그릇을 몹시 갖고 싶어 손에서 놓지 못하는 광경이다. 한신이 항우의 사람됨을 유방에게 평하면서 "항왕은 사람을 만나면 공경하고 자애로운 태도로 대하면서 말 역시 인정이 넘치게 하며, 누가 병에 걸리기라도 하면 눈물을 흘리고 음식을 나누어 주기도 하지만, 정작 자기 부하가 공을 세워서 봉작을 내려야 할 경우에는 그 인수(印綬)가 닳도록 손에 쥐고서 차마 주지를 못하니, 이것이 이른바 부인의 인(仁)이라고 하는 것이다"라고 말한 고사가 전한다. 『사기』 권92, 「회음후열전」.
3 긴 폭의 천이 등 뒤쪽을 덮게 되어 있는 두건으로, 당나라 시인 맹호연(孟浩然)이 썼다 하여 붙여진 이름이다.

는지 꼼꼼히 보고, 국, 구이, 어육, 식초로 버무린 채소 중 어떤 그릇에 젓가락을 대었는지 여러 번 살피다가 문득 밥그릇에 뚜껑이 없는 것을 깨닫고 깜짝 놀라 말했다.

"너는 그릇에 뚜껑도 없이 손님에게 상을 내간 것이냐?"

"어찌 그릇에 뚜껑을 닫지 않았겠습니까. 뚜껑을 잊고 가져오지 않았습니다."

"너는 가서 가져오너라."

안사돈이 속으로 그릇 뚜껑을 덮었는지 아닌지 반신반의하고 있을 때, 여종이 빈손으로 들어와 말했다.

"정말 해괴한 일입니다. 그릇 뚜껑이 갑자기 온데간데없습니다."

안사돈이 종을 매우 꾸짖으며 말했다.

"허튼소리! 네가 정녕 뚜껑을 잘 덮었다면 뚜껑이 지금 공연히 어디로 갔겠느냐. 뚜껑을 찾고 잃고는 본디 큰일이 아니지만, 사돈이 얼마나 귀한 손님인데 뚜껑 없는 그릇으로 밥을 내갔단 말이냐. 사돈은 장차 나를 사람 축에도 끼워주지 않을 것이고, 또 '사부인은 무얼 만들었는가'라고 생각할 것이다. 너를 천 번 살점을 발라내고 만 번을 벤다 해도 아까울 것이 없다."

"뚜껑을 분명 덮었으니, 다만 마땅히 다시 가서 찾아오겠습니다."

종은 다시 나가서 방과 벼룻집과 책상 밑, 부들자리와 대자리 밑을 샅샅이 찾았지만 모두 없었다. 급기야는 손님 사돈의 무릎 밑으로 손을 넣어 이리저리 더듬어 찾았다. 조대는 마음속으로 이렇게 중얼거렸다.

'내가 처음에는 참으로 좋아서 감상하느라 잠깐 머리에 써봤는데, 지금 이런 지경이 되니 일이 매우 난처하게 되었다. 오늘 밤 주인과 한방에서 자게 되어 옷과 갓을 벗을 때가 되면, 온갖 계책을 써도

이 은그릇 뚜껑에 대해 둘러댈 길이 없겠구나.'

이렇게 천 번 만 번 생각하다 돌연 단공(檀公)의 삼십육책(三十六策) 중 달아나는 것이 상책(上策)[4]이었음을 떠올리고 갑자기 큰 소리로 호통쳤다.

"네가 내 무릎 밑을 더듬으니 내가 그릇 뚜껑을 훔쳤다고 여기는 것이냐? 원통하고 분한지고! 공연히 사돈댁에 왔다가 이런 큰 치욕을 만났구나!"

또 큰 소리로 막남(莫男)을 불러 말했다.

"어서 말을 채찍질해 오너라. 나는 돌아갈 것이다."

주인 사돈은 내당에 있다가 사랑(舍廊)의 손님 사돈의 목소리가 높아진 것을 들었다. 다시 한두 마디의 불만스러운 말을 대강 듣고는 깜짝 놀라 맨발로 뛰쳐나오며 말했다.

"사돈께서는 무슨 일이십니까?"

"사돈의 종이 제가 그릇 뚜껑을 가져갔다고 생각하여 손으로 제 몸을 더듬어 찾았습니다. 제가 비록 가난하나 어찌 사돈의 그릇 뚜껑을 훔칠 사람이겠습니까? 오늘 무슨 낯으로 사돈댁에 묵을 수 있겠습니까? 저물었지만 저는 가겠습니다."

"사돈은 이 무슨 말씀이십니까. 천 번을 죽여 마땅한 계집종이 손으로 사돈을 더듬어 찾았다니 제가 장차 때려죽이겠습니다."

그리고 한편으론 건장한 종을 불러 다듬지 않은 나무를 가져오라고 했다.

----

4 단공은 유송(劉宋) 때의 장군 단도제(檀道濟)로, 지략이 뛰어나서 고조를 따라 북벌할 때 누차 공을 세웠다. 그가 만든 서른여섯 계책 중 마지막 계책인 삼십육계는 전세가 불리하면 달아나는 계책이다. 『남사』 권45, 「왕경칙열전」.

손님 사돈이 말했다.

"종을 죽이든 살리든 사돈 마음대로 하시고, 저는 가겠습니다."

그리고는 몸을 일으켜 대청을 내려가자 주인 사돈이 황급히 달려 대청을 내려가 두 손으로 손님 사돈의 허리를 껴안았다. 손님은 벗어나려 하고 주인은 말리려 하면서 동쪽으로 끌어당기고 서쪽으로 붙잡으니 주인과 손님이 서로 버티게 되었다. 원래 이 조대의 갓끈은 거의 10년 된 낡은 것이라 해지고 찢어져 몇 가닥 실만 남아 있어서 초왕(楚王)의 궁중에서처럼 끊을 필요도 없이 좌우로 잡아당기는 사이 저절로 끊어졌다.[5] 끈이 끊어지자 갓이 떨어졌고, 갓이 떨어지자 호연건과 은그릇의 뚜껑이 동시에 같이 땅에 떨어지며 '땡그랑' 소리가 났다. 이 손님 사돈의 수치는 말할 것도 없었고, 주인 사돈은 무안하여 몸 둘 바를 몰랐다.

이는 창힐(倉頡)이 새 발자국을 보고 글자를 발명해 부끄러울 '수(羞)'자를 만든 이래로, 이전의 오랜 세월과 이후의 오랜 세월 동안 은그릇의 수치로는 응당 제일일 것이다. 또 두 가지 수치스러운 이야기가 있어 은그릇 뚜껑과 우열을 다툴 만하지만 음란하기에 빼놓는다.

---

5 초 장왕(楚莊王)이 신하들과 잔치를 하던 중 촛불이 꺼지자 어떤 이가 장왕의 애첩을 희롱하였는데, 애첩이 그의 갓끈을 끊고 장왕에게 일러서 찾게 했다. 장왕은 모든 신하의 갓끈을 끊게 하여 그의 비행을 숨겨주었고, 그 신하는 이후 진(晉)과의 전쟁 중 목숨 바쳐 장왕을 지켰다고 한다. 『설원』.

35

백어혈에 빠진 박 진사

어느 해 무렵 경성(京城)에 박 진사(朴進士)라는 자가 있었다. 그는 이른 봄 취기를 띤 채 말을 타고 동작(銅雀) 나루의 빙판을 건너다가, 말이 발을 헛디뎌 백어혈(白魚穴)[1]로 떨어져 머리까지 빠지게 되었다. 대개 물에 빠진 자는 반드시 세 번을 떠올랐다 세 번을 가라앉은 뒤에야 빠지는데, 이 진사가 수면 위로 세 번째 떠오르자 하인은 손으로 진사의 상투를 움켜쥐고 얼굴 부분만 끄집어내어 물을 마시지 않게 할 뿐, 더 이상 몸 전체를 건져주지 않았다.

"너는 어째서 내 전신을 건져주지 않느냐!"라고 진사가 말했다.

"세 가지 일이 있으니, 진사님이 제게 이 일들을 허락해주시면 당장 꺼내드릴 수 있고, 그렇지 않으면 살쩍머리(관자놀이와 귀 사이에 난 머리 털—옮긴이)도 놓아버릴 것입니다."

"열 가지 일이건 백 가지 일이건 내 모두 네 뜻을 따를 것이니, 너는

---

1 얼음에 뚫려 있는 구멍을 백어혈이라고 한다. 김시민(金時敏, 1554~1592)의 『동포집』 권1에 "……가고 가다 동작 나루 이르러, 얼음 위 건너는 마음 위태롭구나. 종종 얼음에는 구멍 있으니, 이를 백어혈이라 하노라……"라는 구절이 보인다.

어서 나를 위로 건져 올려다오."

"눈 쌓인 도성에서 야화(夜話)하는 습관이 다시 할 만한 것입니까?"

"하지 않겠다, 하지 않아!"

"말을 빌려서 삼경(三更)이 되도록 돌려주지 않는 습관[2]이 다시 할 만한 것입니까?"

"하지 않겠다, 하지 않아!"

"황혼의 향기로운 풀밭에서 말달리는 습관[3]이 다시 할 만한 것입니까?"

"하지 않겠다, 하지 않아!"

세 가지 일을 모두 하지 않겠다고 진정으로 맹세하자, 하인은 그제야 그의 상전을 건져 올려줬다고 한다.

---

2 '빌려온 말이 삼경이 되었다'는 속담에서 나온 표현이다. 말을 잠깐 타고 돌려주겠다고 했는데, 시간이 흘러 밤늦은 삼경이 되었다는 뜻으로, 잠깐 빌려온 물건이 오래되었음을 비유적으로 이르는 말이다.

3 이 구절의 뜻은 명확하지 않다. 다만 『오주연문장전산고』 논사류1의 "'기생 집에 10년 동안 묵고 나니, 황혼길에 백마가 또 그곳으로 가네'라는 시를 지어, 영원히 명교(名敎)의 버림을 받는가 하면, 말[馬]을 베어 죽이는 죄까지 짓게 되니, 어찌 슬프지 않은가"라는 구절로 보아 기생 집을 자주 드나드는 박진사의 방탕한 습관을 말하는 듯하다. 『오주연문장전산고』의 구절은 기루에 스스로 간 말의 목을 베어 죽인 신라 김유신과 기생 천관의 일화를 차용한 것이다.

36

신선이 된 여종

도성에 한 어리석은 조대가 있었는데, 백일승천(白日昇天)[1]을 몹시 원하여 방술에 따라 수련하고 공부했다. 어떤 노성(老成)한 사람이 말했다.

"이는 모두 망령된 짓이다. 웅경조신(熊經鳥伸)과 후허호흡(煦噓呼吸)[2]을 해서 승천할 수 있었다면, 사람들이 모두 승천하여 땅 위에는 한 사람도 남아 있지 않았을 것이다. 그저 어린아이 모양의 삼(蔘) 한 뿌리를 얻어 복용한다면 승천할 수 있다. 그러나 이 일이 어찌 가능하겠는가."

조대는 곧 수련하는 일을 포기하고 땅을 팔고 처자식을 버린 뒤, 부엌일 하는 여종 하나만을 데리고 산삼이 나는 강계(江界)[3]에서 제일 깊고 외진 곳으로 들어가 집을 짓고 3년을 살았다. 여종은 밥 짓는 일만

---

1 도를 극진히 닦아 육신을 가진 채 신선이 되어 대낮에 하늘로 올라가는 것을 이른다.
2 『장자』, 「각의」에 "새로운 기운을 들이쉬고 탁한 공기를 내쉬며, 묵은 것을 토해내고 신선한 공기를 들이마시며, 곰이 나뭇가지에 매달리듯 새가 공중을 날며 두 다리를 쭉 펴는 듯하는 것은 바로 장수를 위한 것이다[吹呴呼吸, 吐故納新, 熊經鳥申, 爲壽而已矣]"라고 했다.
3 평안도 북동쪽에 있는 고을 이름이다. 고구려, 발해의 땅이었다가 발해 멸망 후 거란, 여진이 분산 거주한 것을 1361년(공민왕10)에 고려의 땅으로 수복했으며 방어의 요충지다.

했는데, 갑자기 열흘이나 연달아 아침밥 때가 늦어지자 조대가 여종에게 물었다.

"너는 어찌하여 거의 열흘 전부터 아침밥을 늦게 하는 것이냐?"

"열흘 전부터 우물에 물 길으러 갈 때마다 우물 안에서 한 옥동자가 나옵니다. 키는 반 척쯤이지만 사지와 이목구비가 모두 분명하고 머리카락은 헝클어져 늘어져 있으며 입술은 붉게 칠한 듯하고 얼굴은 윤기가 나고 발그스레합니다. 물 위에서 놀다가 나오면 제가 번번이 귀여워하면서 안고 놀다가 밥 짓는 것이 조금 늦어졌습니다."

조대가 이를 듣고 몹시 기뻤는데 그것이 동자삼(童子蔘)임을 알았기 때문이었다. 그는 여종에게 신신당부하며 말했다.

"내일 너는 옥동자를 안아서 오너라."

이튿날 아침 여종은 정말 옥동자를 안아 왔고 조대는 너무도 기뻐하며 곧 큰 솥에 옥동자를 던져 넣고 솥 가득 물을 채워 큰 뚜껑으로 솥을 덮었다. 그리고는 손수 뽕나무를 쪼개서 여종에게 문무화(文武火)[4]로 하루 낮과 하룻밤 동안 달이게 했다. 솥 밖으로 향기가 새어 나오자 조대는 곧 사방의 이웃들을 두루 찾아가서 작별하며 말했다.

"내 오늘 승천하여 떠나는데, 특별히 작별하러 왔소."

듣는 이들은 모두 속으로 냉소했지만 마지못해 대답했다.

"매우 아쉽소. 잘 가서 신선이 되시구려."

조대가 집에 돌아와 문으로 들어섰는데 향기는 사라지고 여종은 보

---

4 문무화는 약이나 차를 달일 때 적당한 시간과 농도 등을 맞추기 위해 화력을 높였다 낮췄다 하는 것이다. 화력을 낮추는 것을 문화(文火)라고 하고, 화력을 높이는 것을 무화(武火)라고 한다.

이지 않았다. 내심 몹시 괴이하여 솥을 열고 보니, 맑은 물만 있을 뿐 옥동자는 사라지고 없었다. 마침내 조대가 여종을 큰 소리로 부르자 여종은 반공중에서 공손히 대답했다.

"저는 솥에서 나는 달큰한 향기에 침이 멈추지 않고 흘렀습니다. 그래서 솥을 열고 옥동자를 다 먹어버렸습니다. 조금 있으니 두 겨드랑이가 절로 들려서 발을 디디려 해도 안 됩니다. 저는 이제 하늘로 올라갑니다."

조대가 머리를 들어 쳐다보니 처음에 손바닥만 했던 여종이 문득 바둑알 같은 크기가 되었고, 다시 콩과 팥 크기가 되었으며, 다시 털끝만 해지고 말았다. 조대는 발을 땅에 구르며 "내가 먹으려고 했거늘 어찌 네가 다 먹어버렸느냐!"라고 했지만, 아무리 혀를 차며 안타까워한들 다시 어찌할 수 없었다.

본래 여종은 신선이 될 기골(氣骨)이었고 조대는 일개 어리석은 기골이었을 뿐이니, 기골을 바꾸는 것이 어찌 사람의 힘으로 될 일이겠는가. 옛날에 부처에게는 먹는 방법이 있었으니, 이 먹었다는 말은 믿을 만한 것인지도 모르겠다.

37

송길이 배를 훔친 까닭

세간에서는 모두 진상한 배를[梨] 훔쳐 먹은 송길(宋吉)을 알고 있지
만,[1] 송길 이야기의 전말을 모르고 있으니 어찌 안타깝지 않은가.

원래 송의 형제는 열한 명인데, 맏이의 이름은 구(口), 둘째는 려(呂),
또 그다음은 품(品), 기(器), 오(吾), 인(咅), 질(叱), 공(公), 구(咎), 고(古)로,
이들이 송길의 열한 명의 형제다.[2] 대개 그 이름 지은 것이 입 구(口)자
를 취했기 때문에, 송길의 형제들은 모두 먹고사는 일에 근심이 있었
다. 심지어 길(吉)은 열한 개의 구(口)자로 이름을 지었기에[3] 먹고사는
일에 근심이 가장 심하여 결국은 진상하는 배를 훔쳐 먹은 죄를 범했
다. 유사(有司)가 법대로 처리하는 일은 무릇 예측할 수 없어서, 특별히
구(口)자로 이름을 지었다는 이유로 용서하는 도리를 적용했다. 마침

---

1 『숙종실록』4권, 숙종 1년 11월 4일 무자 첫 번째 기사에 "예전에 상번 군졸(上番軍卒) 송길
  이 진상하는 배를 훔쳐 먹었다"라고 언급하고 있다.
2 열한 명 형제의 이름에 모두 입 구(口)자가 들어가 있다. 공(公)에는 입 구(口)가 없는 것 같지
  만, 사사 사(厶)는 입의 상형(象形)이 변한 것이므로 입 구(口)를 넣었다고 할 수 있다.
3 길(吉)의 윗부분인 선비 사(士)를 파자(破字)하면 십(十)+일(一)=11이므로, 길(吉)은 '11개
  의 구(口)'라고 풀이할 수 있다.

내 만천(曼倩)이 군산(君山)에서 술을 훔쳐 마신 사례4에 의거해 죽음
만은 면할 수 있었다.

---

4 만천은 한무제(漢武帝) 때 사람인 동방삭(東方朔)으로, 문사에 능하고 해학도 잘했다. 속설
   에는 "그가 서왕모의 복숭아를 훔쳐 먹고 장수했기에 삼천갑자 동방삭이라 일컫는다"라고
   했다. 진(晉)의 장화(張華)가 지은 『박물지』 권8에 한무제가 군산에서 얻은 불사주를 동방삭
   이 가로채 마셔버리자 한무제가 그를 죽이려고 한 일화가 보인다. 동방삭은 "처형당해 자신
   이 죽는다면 불사주의 효험이 없는 것이고, 효험이 있다면 처형해도 죽지 않을 것이다"라고
   말한 언변으로 한무제의 용서를 받는다.

38

『격몽요결』과 『계상요쾌』

"입춘대길(立春大吉)에서 석 삼(三)자를 빠트린다"[1]는 말이 전해온 지 오래되었다. 어떤 이는 "어찌 이럴 리가 있겠는가. 이는 일 벌이길 좋아하는 자가 견강부회한 말이다"라고 하니, 대체로 이처럼 예로부터 전해진 기이한 것은 모두 견강부회한 것으로 귀결되는가?

내가 황간(黃澗)에서 재임했을 때[2] 이사흥(李思興)이라는 예방(禮房)

---

1 『승정원일기』에 이 구절이 몇 차례 보이는데, "……차소위입춘유일자의(此所謂立春遺一字矣)(영조 47년 6월 4일 계유 1771년 기사)", "……정류입춘대길락일자의(正類立春大吉落一字矣)(영조 48년 5월 6일 경자 1772년 기사)", "……가위입춘대길락삼자야(可謂立春大吉落三字也)(영조 27년 11월 26일 무자 1751년 기사)" 등으로 조금씩 변형되어 쓰이고 있다. 기본을 모르는 무지한 상태나 상황을 비유한 당시 상용구나 속담으로 보인다.

2 이운영은 1780년에 황간 현감의 임기가 다하여 서울로 돌아왔는데, 이듬해 재직 중 기강을 바로잡지 못했다는 이유로 암행어사 이정운(李鼎運)의 탄핵을 받아 다시 재직했던 황간으로 귀양을 가게 된다. 유배 첫해인 1781년 여항(閭巷)의 패사(稗史)와 예전에 겪었던 일들을 모아 『영미편』 두 책을 완성한다.

3 아전의 학식이나 재주가 게 꼬리(게 꽁지)처럼 보잘것없는 것을 비유적으로 이른 말이다. 김균(1888~1978)의 『대동천자문』에 '게 꼬리 같은 지식, 개 가죽을 쓴 얼굴'이라는 구절을 차용했다. 『대동천자문』은 우리나라의 역사와 인물, 풍속, 속담만을 주제로 삼고 있는 한문 초학 입문서다.

아전이 있었다. 문사(文詞)가 짧은 게[蟹] 꼬리 같은지라[3] 문서와 장부를 정리할 때마다 태반은 잘못 써서 내가 볼기를 친 적도 많았다. 하루는 순영(巡營)에 보고하는 월말의 보장(報狀)을 보게 되었는데 그가 향교의 서책을 차례대로 적으면서 『격몽요결(擊蒙要訣)』을 『계상요쾌(繫象要快)』로 잘못 써놓았다. 이를 미루어 본다면 입춘대길에서 석 삼(三)자를 빠트린다는 것이 어찌 그럴 리가 없겠는가? 후세 사람들이 반드시 장차 『계상요쾌』를 견강부회한 말이라고 여길 것이니, 내가 분별하지 않을 수 없다.[4]

---

4 봄 춘(春)을 파자하면 석 삼(三)+사람 인(人)+날 일(日)이다. 그래서 '입춘대길(立春大吉)'을 쓰면서 석 삼(三)을 빠트린다는 것은 '낫 놓고 기역자도 모르는' 상황이라고 할 수 있다. 사람들은 그렇게까지 무식할 수는 없다고 말하지만, 이운영은 황간에서 자신이 겪은 아전의 경우를 보아 충분히 그럴 수 있다고 말하고 있다.

39

원님의 부채질

어느 어리석은 원님은 말 한마디 행동 하나마다 모두 자신을 존귀하게 여기고 자만했다. 그는 매번 부채질로 바람을 일으킬 때, 반드시 손을 높이 들어 뒤통수에다 부채질했다. 아전들이 모두 속으로 이를 비웃기도 하고 또 매우 답답하게 여겼다. 하루는 아전들이 연방(椽房: 아전이 집무하는 처소—옮긴이)에서 대화했다.

"우리 원님의 부채를 누군가 가슴과 배 사이로 부치게 할 수 있다면 우리가 응당 소를 통째로 삶아 대접할 터인데."

옆에 있던 한 통인(通引)이 말했다.

"제가 원님의 부채를 배꼽 밑으로 내려서 부치게 할 수 있다면, 상조(上詔: 이방—옮긴이)들께서는 정녕 소를 통째로 대접할 수 있습니까?"

나이 든 아전들이 말했다.

"네가 이를 처리할 수 있다면 우리가 어찌 너를 속이겠느냐?"

"제가 지금 들어가서 원님이 부채를 낮추도록 할 터이니 상조들께서

---

1 관아 앞에 있는 세 개의 문으로, 정문(正門)·동협문(東夾門)·서협문(西夾門)을 말한다.

는 모두 삼문(三門)¹ 틈을 통해 훔쳐보십시오."

이에 통인은 곧장 달려 들어가 책상 앞에 엎드려서 숨을 헐떡이며 안절부절못했다. 미련한 원님은 한창 큰 베개에 기대어 반쯤 누운 채로 손을 높이 들고 천천히 부채질하다가 곧 큰 소리로 말했다.

"저 통인은 무슨 할 말이 있어 책상 앞에 와서 엎드린 것이냐?"

통인이 목소리를 낮추어 말했다.

"암행어사가 지금 홍문(紅門)² 거리에 있기에 감히 이렇게 들어와 고합니다."

미련한 원님은 깜짝 놀라 일어나 등을 굽히고 코가 거의 바닥에 닿은 채, 부채를 낮춰 배꼽 아래로 부치며 말했다.

"이를 장차 어찌한단 말이냐!"

"소인이 다시 나가서 동정(動靜)을 자세히 염탐해서 들어와 고하겠습니다."

"그리해라!"

통인이 나가자 아전들이 말했다.

"너는 어떻게 원님이 부채를 낮추게 만들었느냐?"

"방법이 있지요. 어찌해서 묻습니까? 그저 소나 빨리 삶으십시오."

"원님의 부채가 비록 낮아졌지만, 등을 굽히고 코가 거의 바닥에 닿은 것은 보기에 온당치 않으니, 도리어 예전에 뒤통수에다 부채질하는 것만 못하다. 너는 원님이 몸을 펴고 앉아 가슴과 배 사이에다

---

2 홍문은 홍살문[紅箭門]이라고도 한다. 능(陵)·원(園)·묘(廟)·궁전(宮殿)·관아(官衙) 등의 입구에 세우는 붉은 칠을 한 문이다. 둥근 기둥 두 개를 세우고 지붕이 없이 붉은 칠을 한 살[箭]을 나란히 박았다.

부채질하게 할 수 있느냐? 그렇게 하면 즉시 소 세 마리를 삶아서 네게 대접할 것이다."

"타고난 병통은 저도 어찌할 수 없습니다. 제가 원님이 다시 뒤통수에다 부채질하게 만든다면 상조들께서는 소 두 마리를 삶아 줄 수 있습니까?"

아전들이 "좋다!"라고 하자, 통인이 다시 책상 앞으로 달려 들어가서서 큰 소리로 말했다.

"좀 전의 객은 어사가 아니라 추노꾼이었습니다."

그러자 원님은 고개를 쳐들고 배를 내밀며 일어나 앉아 손을 높이 들고 뒤통수에다 부채질하며 말했다.

"네 말이 옳다. 필시 추노꾼일 것이다. 정말로 어사였다면 우리 정승 아차부(阿次父: 숙부—옮긴이)께서 일찌감치 사람을 보내 알렸을 것이다."

40

오줌 파도와 밤껍질 배

~~~

한 조대는 키가 대추씨만 했다. 1년 360일을 밤마다 아내와 동침했지만, 수시로 유곽에도 백로가 물고기를 엿보는(白鷺窺魚) 걸음[1]을 하여 아내가 이를 근심했다. 어느 날 아내는 조대를 손에 쥐고 요강(溺缸)으로 던져버렸다. 요강에는 밤껍질 한 조각이 오줌 파도 위로 둥둥 떠 있었는데, 조대가 마침 밤껍질 가운데 떨어지게 되었다. 배는 가볍고 파도는 잔잔해져 완연히 오줌 한가운데 떠 있게 되자, 조대는 멀리 바라보고 흐뭇하게 손으로 뱃전을 두드리며 읊었다.

"아름답구나! 산하의 견고함이여. 참으로 천하의 지극한 보배로다."[2]

●
---

1 조대가 외도하는 모습이다. 성여학(成汝學, 1557~?)의 『속어면순』, 「십격묘법」에 여종을 겁탈하는 방법 중 하나로 '백로가 물고기를 엿보듯이' 한다는 구절을 차용했다. 이 구절은 이운영의 가사 「임천별곡」에서도 보이는데, 평민 할멈이 동침을 요구하는 늙은 양반을 힐난하면서 하는 말이다.

2 밤껍질 배를 타고 가는 소인(小人) 조대가 주변 경관에 감탄하면서 읊는 시이다. 위 무후(魏武侯)가 배를 타고 서하(西河)를 따라 내려가면서 주변을 둘러보고 오기(吳起)에게 "아름답구나, 산하의 견고함이여! 이것은 위(魏)나라의 보배로다"라고 한 구절에서 차용했다. 『오자직해』.

삼경쯤에 아내가 요강을 끌어와 오줌을 누니 조대는 다시 박수 치고 탄성을 지르며 높은 소리로 낭랑하게 읊었다.

"아마도 은하수가 하늘에서 떨어지는 게 아닐까!"3

오경 삼 점의 첫 타종(打鐘)에 종각에서 종을 울렸고 파루(罷漏)4하는 소리가 온 도성의 8만 집에 가득 찼다. 조대는 다시 배에 기대어 웃으며 읊었다.

"한밤의 종소리 나그네 배에 들려오네."5

아침이 밝자 여종이 요강을 들고 뒤뜰로 들어가 뜰 주변의 잿더미에 오줌을 버렸고, 밤껍질과 조대는 한꺼번에 잿더미 옆으로 떨어졌다. 마치 대양을 표류하던 뱃사공이 갑자기 육지로 나온 듯이 조대는 배회하며 두리번거렸다. 원래 이 잿더미의 사방으로 소녀들이 봉선화, 제비꽃[蠻圖南],6 맨드라미꽃, 패랭이꽃, 붉고 흰 여뀌꽃을 빙 둘러 심어놓았었다. 비 온 뒤 처마의 낙숫물이 땅에 떨어져 부엌 아궁이로 흘러 들

3　소인(小人) 조대가 아내의 오줌 폭포수를 보고 읊는 시이다. 이백의 「여산 폭포를 바라보며」라는 시에 "햇빛이 향로봉 비추어 붉은 놀이 생겼는데, 멀리 보니 폭포는 앞 내[前川]가 거꾸로 걸린 듯하네. 삼천 척 높이를 곧장 쏟아져 내리니 아마도 은하수가 하늘에서 떨어진 게 아닐까"라고 한 구절에서 차용했다.

4　도성에서 야간에 통행을 금했다가 새벽이 되어 통행을 풀 때 치던 종으로, 서울에서는 2경 3점 밤 10시경에 인정종(人定鐘)을 치고, 5경 3점 새벽 4시 즈음에 파루종을 33번 치던 것이 관례였다.

5　당나라 장계(張繼)의 시 「풍교야박」에 "달 지고 까마귀 울 때 서리는 하늘 가득한데, 강 단풍 고기잡이 불 곁에서 시름겹게 조누나. 고소성 밖 한산사에, 한밤중 종소리가 나그네 배에 이르네"라고 한 구절에서 차용했다. 『전당시』 권242, 「풍교야박」.

6　의미가 명확하지 않다. 만도남(蠻圖南)은 '오랑캐가 남쪽을 도모한다'로 풀이할 수 있으므로, 오랑캐들이 침략하는 시기에 피고 오랑캐의 투구를 닮았다는 이유로 오랑캐꽃이라고 불린 제비꽃을 지칭하는 듯하다.

어가려 하자, 집안사람들이 이를 걱정해서 지팡이 끝을 조금 꽂아 물길을 북동쪽으로 틔워 잿더미로 흐르게 했고, 이것이 다시 남서쪽의 여뀌꽃이 핀 땅으로 흘러 들어갔다. 햇살은 따뜻하고 구름은 맑으며 풍경은 그지없었다. 조대는 잿더미 꼭대기로 올라가 천 리의 눈길을 극진히 할[7] 작정으로, 곧 한 다리는 짧고 한 다리는 길게 하여[8] 한 걸음 한 걸음 올라가며 읊었다.

"촉도(蜀道)의 험난함은 하늘에 오르기보다 어렵구나!"[9]

---

7 당나라 왕지환(王之渙, 688~742)의 「등관작루」에 "천 리의 눈길을 극진히 하고자, 다시 한 층을 더 오른다"라고 한 구절에서 차용했다.

8 잿더미로 된 산 정상을 올라가는 소인 조대의 모습을 묘사한 구절이다. 원문 '일각단일각장(一脚短一脚長)'은 『주자어류』 권97에 보이는 구절인데, 『주자어류』에서는 하나의 기준을 자기 편할 대로 달리 적용한다는 뜻으로 썼다.

9 잿더미 산을 오르는 소인 조대가 힘들어하는 심경을 읊은 시이다. 이백의 「촉도난」에 "아! 위태롭고도 높아라, 촉도의 험난함은 하늘에 오르기보다 어렵도다"라고 한 구절에서 차용했다.

41

하늘이 낸 두 외골수

어느 훈련도감(訓鍊都監) 포수(砲手)의 모친이 죽었다. 발인(發引)하고 노제(路祭)를 지낼 때가 되어 포수는 곡을 멈추고 엎드렸다. 축관(祝官)이 "영구(靈柩)의 수레에 멍에를 맸습니다〔靈輀旣駕〕"라고 축문(祝文)을 읽자, 이 포수가 갑자기 손을 들고 몸을 일으켜 세워 큰소리로 외쳤다.

"아, 멍에를 맸으니 벌떡 일어나 가라!"

이 목소리는 원래 포수가 여러 해 군문에 소속되어 있으면서 귀에 익고 눈에 익은 것과 비슷했다. 바로 기(旗)를 드는 군병이 머리를 조아렸다가 일어서 가는 것을 독려하기 위한 것이었는데, 아! 이날 자신도 모르는 사이 이런 실수를 하게 되었다.

김백곡(金得臣, 1604~1684)[1]이 한 번은 '가지에 바람 불어 새의 꿈이 위태롭네〔風枝鳥夢危〕'라는 구절을 얻었지만, 그 대구를 얻지 못해 늘

---

1 김득신의 본관은 안동(安東), 자 자공(子公), 호는 백곡(栢谷) 또는 귀석산인(龜石山人)이다. 음보로 참봉이 되고, 1662년(현종 3) 증광문과에 병과로 급제, 가선대부에 올라 안풍군(安豊君)에 봉해졌다. 후에 화적에게 살해되었으며, 당시 시로 이름났다. 저서에 『백곡집』, 『종남총지』 등이 있다.

이 생각에 골몰하고 있었다. 어느 날 조상의 기제사를 지내게 되어 초헌(初獻)을 마친 뒤 막 축문을 읽으려고 했다. 이때 밤기운은 청명하고 향로에는 푸른 연기가 맴돌았는데, 백곡은 갑자기 '새의 꿈이 위태롭네〔鳥夢危〕'의 대구를 얻게 되었다. 그는 곧 손으로 바닥을 치고 일어나 읊었다.

"풀잎에 이슬 내려 벌레 소리 젖어드네〔草露蟲聲濕〕!"

포수와 백곡은 청탁(淸濁)의 차이가 있기는 하나, 참으로 하늘이 낸 한 쌍이다.

42

어느 문관의 일편단심

예로부터 글은 잘 짓지만, 그 생애를 돌아보면 기괴한 자가 많았으니, 그 까닭은 무엇인가?

3, 40년 전 한 문관(文官)은 거벽(巨擘)으로 칭송 받았다. 일찍 과거에 급제하여 김천 찰방(金泉察訪)이 되었을 때, 함양(咸陽) 기생 월섬(月蟾)을 총애해서 데리고 돌아와 반년을 집안에 두었는데, 그 아내의 사자후(獅子吼)[1]가 심해서 어쩔 수 없이 다시 돌려보내게 되었다. 몇 년 뒤 영남 지방 수령으로 제수되었는데, 부임한 지 얼마 되지 않아 파직되어 돌아가게 되니 미처 월섬과 함께하지 못했다.

절절한 마음으로 도성으로 돌아온 뒤에는 남쪽으로 가는 사람을 만나면 반드시 월섬에게 빽빽하게 쓴 연서(戀書)를 전해달라고 부탁했다. 그러나 월섬에 관해 '버들잎 푸른 봄날 문밖에 말 매여 있고, 붉은 촛불 밝힌 밤에 기루에서 사내 맞이한다[門外綠楊春繫馬, 樓中紅燭夜邀郎]'[2]라고 말을 전하는 이들이 많았다. 아무개 문관은 이를 모두 믿지

---

1 질투심이 강한 아내가 남편에게 암팡스럽게 떠드는 일을 비유적으로 이르는 말이다. 원래 부처의 위엄 있는 설법이나 크게 부르짖어 열변을 토하는 연설을 비유한 말이다.

않았고 말해준 자에게 화를 냈다.

얼마 되지 않아 송도(松都) 문관 아무개가 사근(沙斤)[3] 찰방이 되어 월섬과 가까운 사이가 되자 월섬은 1년 중 반 이상을 사근 역참으로 가서 머물렀다. 아무개 문관은 이 소식을 듣고 크게 노하여 사람을 만나기만 하면 사근 찰방에 대해 성내고 욕하며 말했다.

"아무개는 나와 안면은 없지만 같은 조정에 있었던 정이 특별하거늘 그가 어찌 감히 내가 오랫동안 마음을 둔 것과 사사로이 친하단 말이오! 개새끼, 소새끼 같은 치요."

가는 곳마다 이런 말을 내뱉으며 노기가 충천하자, 사근 찰방이 이를 듣게 되었다. 그는 스스로 '나는 세도 없는 빈한한 가문이고 저 이는 미원(薇垣: 사간원—옮긴이)과 백부(柏府: 사헌부—옮긴이)를 출입하니, 앞으로 어떤 곤경을 당할지 모르겠구나'라고 생각하며 내심 몹시 고민했다. 그러던 어느 날 정성이 가득한 빼곡한 안부 편지를 써서 편지와 함께 몇 가지 물건을 보냈는데, 월섬과 관련된 본래 일은 애초에 언급하지도 않았다. 인편을 통해 아무개 문관에게 편지를 보내자 그가 답서 한 통을 보내왔다. 내가 예전에 그 편지를 한 번 보았지만 다 기록할 수는 없고, 그 대략은 이러하다.

"나는 조그마한 재주도 없지만 외람되게 성은을 입어 아무 년, 월, 일에 어느 고을의 수령을 제수 받았소. 조정을 하직한 날이 지나자,

---

2 문관의 믿음과 달리 다른 사내를 만나고 있는 월섬의 근황을 보여주는 구절이다. 이는 당나라 한굉(韓翃)의 「잡곡가사·수조」 중 "문외벽담춘세마 누전홍촉야영인(門外碧潭春洗馬, 樓前紅燭夜迎人)"이란 구절과 북송 안수(晏殊)의 「완계사」 중 "문외녹양춘계마 상전홍촉야호로(門外綠楊春繫馬, 牀前紅燭夜呼盧)"라는 시구에서 각각 차용했다.
3 경상남도 함양군 수동면에 있었던 역(驛)의 이름이다.

아무 동(洞)의 아무개 판서, 아무 동의 아무개 참판과 참의, 참지, 승지, 대간, 판결사 아무개, 응교 아무개, 교리, 수찬, 사간, 집의, 헌납, 장령, 정언, 지평 등 백여 명의 존객들이 전별하는 자리에 와서 모두 '이제 가면 함양의 월섬을 다시 만날 것이니, 참으로 축하할 만하오'라고 했으니, 월섬이 나의 옛 정인(情人)임을 온 조정이 다 같이 알던 일이었소. 다만 이러하기에 영남의 감사(監司)와 병사(兵使), 별성(別星)과 수령들이 매번 나를 불러서 만나 좋은 낯으로 대해주었으며, 술과 안주를 대접하고 먹을 것을 후하게 보내주며 예우하여 내보냈고, 감히 예에 어긋난 말을 서로 하지 않았거늘, 지금 그대는 월섬과 사사로이 놀아났으니 이것이 무슨 일이오. 이 어찌 같은 조정에서 서로 공경하는 도리란 말이요? 아니면 알면서도 이런 짓을 저지른 것이오? 반드시 회답해주기 바라오. 담배 두 근, 말린 꿩 두 마리, 광어 한 마리, 말편자 세 개는 도로 물려서 보내겠소."

이 당시 사근 찰방은 일이 생겨 영하(營下)로 와서 앉아 있었는데, 예닐곱 명의 수령들이 빼곡히 모여 앉아 있던 중 이 편지를 좌중에서 받게 되었다. 찰방이 편지를 열어 한번 읽어보고 답장을 쓰려고 했는데, 그는 본래 글솜씨가 변변찮고 문장을 잘 짓지 못해서 몹시 고민하고 근심했다. 온 좌중의 사람들이 아무개 문관의 편지를 가져다 보고 허리가 끊어지게 웃지 않는 이가 없었다. 그중 한 수령이 말했다.

"이 편지에 답하는 것은 어려울 게 없네. 내 자네를 위해 초안을 써 줌세."

그리고는 찰방에게 붓을 쥐게 하고 안부 인사를 운운하여 불러주고 나서 말했다.

"저는 천 리를 나그네로 떠돌며 외로이 역관(驛館)에서 지내다가 남자의 풍류로 인해 절로 기생들을 불러들이게 되었습니다. 아무개 기생은 전당(錢塘)의 시든 연꽃인지라 애초에 수절할 뜻이 없었고,[4] 장대(章臺)의 안개 긴 버들은 모두 푸른 가지를 꺾으려는 사람이 많 았습니다.[5] 저는 처음에 그 기생이 집사께서 정을 주고 돌보아준 사 람임을 모르고 어둑할 무렵 오고간 흔적을 남기고 말았습니다. 지 금 집사께서 이 정도로 꾸지람을 하시니 이제부터 다시는 감히 월 섬의 집에 한 발짝도 가까이 가지 않겠습니다."

세간에서 글줄이나 얼추 알면서 화류장(花柳場)에서 지킬 수 없는 자에게 내 이르노니, 이를 보고 경계할 줄 알도록 하라.

───────────●───────────

4 전당은 절강성 항주부에 속한 현으로 10리에 걸쳐 연꽃이 자라는 명승지가 유명하다. 기생 월섬을 시든 연꽃으로 비유하여 애초에 아무개 문관에 대한 정조를 지킬 뜻이 없었음을 말 하고 있다.

5 월섬에게 접근하는 남자가 많았음을 비유한 구절이다. 당나라 한굉이 장안에서 첩 유씨와 헤어진 뒤 안사(安史)의 난이 일어나자 유씨가 출가하여 비구니가 되었는데, 뒤에 한굉이 평 로절도사 후희일(侯希逸)의 서기가 되었을 때 사람을 시켜 유씨에게 "장대의 버들이여, 장대 의 버들이여, 옛날의 푸르름을 지금도 지녔는지. 휘늘어진 긴 가지 옛날과 똑같다면, 다른 사 람 손에 행여나 꺾일지도"라는 시를 지어 보냈다. 그런데 그 뒤에 과연 유씨가 번장(蕃將)인 사타리(沙吒利)에게 겁탈을 당했다가, 후희일의 부장 허준(許俊)의 계교 덕분으로 한굉에게 되돌아오게 되었다는 이야기가 당나라 허요좌(許堯佐)의 '유씨전(柳氏傳)'에 실려 있다. 『전 당시』 권29.

43

성리학 하는 노새

일가인 선산 부사(善山府使) 조명규(趙明奎, 1702~?)[1] 어른은 임재(臨齋) 윤공(尹心衡, 1698~1754)[2]의 매서(妹婿)이다. 윤공 댁은 남산 아래에 있고 조공 댁은 북악산 아래 있어서 조공이 신랑이었을 때, 윤공 댁에서 본가로 돌아가려고 윤공의 노새를 타고 나오게 되었다. 노새는 잘 먹이지 못해 피골이 상접하여 백 번을 채찍질해야 한 걸음을 내디딜 정도였다. 행차가 종로에 이르자 조공이 말에서 내려 노새를 몰았던 종에게 말했다.

"네 노새는 네가 끌고 가거라. 내 두 다리로 걷는 것만 못하구나."

하인도 무안해하다 곧 화가 나서 노새를 세게 때리며 말했다.

"장흥동(長興洞) 심진사 댁에는 사론(士論)하는 나귀〔士論驢〕가 있는

---

1 본관은 임천(林川), 자는 사취(士聚)다. 1726년(영조2) 병오(丙午) 식년시에 합격하여 1748년에 선산 부사에 제수되었다.
2 윤심형(尹心衡)은 이운영의 스승으로 본관은 파평(坡平), 자는 경평(景平), 호는 임재(臨齋)이다. 1722년 정언에 재직 중 소론의 과격파 김일경이 왕세제(英祖)를 죽이려다 발각된 사실을 규탄하여 상소했으나 소론파의 방해로 묵살당했다. 신임사화, 정미환국 등으로 삭직되고 파직당했으나, 뒤에 부제학에 기용되어 예조참판에 이르렀다.

데, 이제 우리 집에서는 이학(理學: 성리학—옮긴이)하는 노새[理學騾]가 나왔구먼!"

때는 을미년과 병신년 즈음이었는데, 이회(尼懷)의 시비3로 인해 유생들의 상소가 날마다 관서에 쌓여갔다. 관학(館學)의 유생은 밤낮으로 상소 대표자[疏頭]로서 상소를 짓고 적었으며, 장의, 색장을 차출하는 등의 일로 분주했다. 그러나 유생들의 집은 모두 몹시 가난하여 말이 없었고, 오직 참판 심성희(沈聖希, 1684~1747)4에게 나귀 한 마리가 있었기에 수많은 유생이 모두 심공의 나귀를 빌려 타서 잠시도 한가하게 서 있을 때가 없었다. 몇 개월 되지 않아 심공의 나귀가 죽고 말자 당시 사람들이 "사론하는 나귀"라고들 했다.

---

3 숙종 때 윤증과 송시열이 서로를 비방했던 사건이며, 집권 세력이었던 서인이 노론과 소론으로 분파하는 한 계기가 된 사건이다. 송시열의 거주지는 회덕(懷德)이고, 윤증의 거주지는 이성(尼城)이기 때문에 이를 '이회시비(尼懷是非)' 혹은 '회니시비(懷尼是非)'라고 한다.

4 본관은 청송(靑松)이고, 자는 이천(而天)이다. 진사시를 거쳐 성균관에 들어갔다가 익릉 참봉이 되었다. 삼사의 요직과 이조판서·대사헌을 지냈으며, 노론으로서 소론에 맞서 여러 차례 강력한 언론 활동을 펼쳤다.

44

염소인지 양인지

~~~

진위 현감(振威縣監) 김사혼(金思渾, 1719~?)[1]은 훌륭한 문장이 동류 중 출중하여 열여덟 살에 진사에 급제했지만, 사무(事務)에 허술하고 태도가 세속과 어울리지 못했기에 사람들이 비웃었다.

그의 동네에 오랫동안 병을 앓은 노인이 있었는데, 의원이 양고기를 복용하면 병이 분명히 나을 것이라고 말했다. 집안사람들이 널리 구해서 양 한 마리를 얻었지만 병은 이미 손을 쓸 수가 없었고, 양은 급작스레 중문에 묶이게 되었다.

김(金)이 조문하려고 가서 상갓집에 이르렀는데, 중문 밖에서 양을 보고 염소인지 양인지 알 수 없었다. 서서 자세히 보고 또 앉아서 보다가, 마침내 양을 마주해 쪼그리고 앉아 입안에서 중얼대며 "염소·염소, 양·양, 염소·염소, 양·양"이라 읽더니, 위의 염소와 위의 양을 해석하면서 읽고, 아래 염소와 아래 양을 음(音)으로 읽으면서 끊임없이 외워댔다. 한창 염소인지 양인지를 구별하려고 연달아 "염소·염소,

---

1 본관은 경주(慶州), 자는 혼연(渾然)이다. 1738년(영조14) 무오(戊午) 식년시에 합격하여 참봉, 직장, 주부 등을 거쳐 1774~1777년에 진위 현령을 지냈다.

양·양"이라고 읽으니, 사람이 오고가는 것도 전혀 깨닫지 못했다.

이때 서너 명의 조문객들이 상인(喪人)을 조문한 뒤, 여차(廬次)에서 나오다가 김이 "염소·염소, 양·양"이라고 읽고 있는 모습을 보고 부채로 등을 때리며 말했다.

"염소든 양이든 일단 놔두고, 빨리 상인을 조문해라. 상인이 곡을 그치지 못해 기가 끊어질 듯하다."

그러자 김은 흘낏 보더니 들어가서 조문했다.

이후에 김이 '만 리 푸른 하늘에 외기러기 높이 나네〔萬里靑天一雁高〕'라는 시구를 짓자 사람들이 "지척에 있는 염소와 양도 구별하지 못하는데 만 리에 떠 있는 기러기를 어찌 알 것인가. 이는 필시 솔개를 보고 기러기라고 한 것이다'라고들 했다.

김시민의 말장난과 시 짓기

동포(東圃) 김 공[1]은 기궤(奇詭)함을 몹시 숭상하여 사람들이 모두 비웃었지만 달라지지 않았다. 한 번은 다른 사람들과 모인 자리에서 한 조관(朝官)을 만나서 청했다.

"내가 10여 통의 조장(弔狀)을 보낼 곳이 있으니, 자네가 거느리고 있는 사람 한 명을 내일 보내주게."

조관은 이를 승낙하고, 즉시 "조례(曹隸) 한 명은 내일 일찍 아무 댁에 가서 조장을 나누어 전해드리고 오너라"라고 분부했다.

조례가 응낙하고 곧 말했다.

"아무 댁의 문정(門庭)을 모르니 어떻게 찾아가야 합니까?"

이내 김 공이 문을 열고 손짓으로 그 조례를 불러서 말했다.

"내 집은 알기 쉬워 다시 잊긴 어렵다〔吾家易知, 復難忘〕.[2] 너는 사포

---

1 김시민(金時敏, 1681~1747)으로, 본관은 안동, 자는 사수(士修), 호는 동포거사(東圃居士)다. 김창협에게 수학했으며, 특히 시로 이름이 높았다. 사옹원 주부·낭천 현감·진산 군수 등을 역임했다.

2 고악부시 「상봉행」에 "그대 집은 참으로 알기 쉬워요. 알기는 쉽고 다시 잊기는 어려워요"라고 한 구절에서 차용했다. 『고금사문유취별집』 권29, 「고악부」.

서(司圃署)[3]를 아느냐?"

"압니다."

"너는 사포서에 동쪽 담장이 있는 것을 아느냐?"

"압니다."

"네가 내일 구불구불한 사포서의 동쪽 담장 밖을 따라오면 담장이 끝나는 곳에 돌우물이 있을 것이다. 너는 반드시 조심해서 그 우물을 건너와라. 발을 헛디뎌 우물에 빠질까 두려우니, 우물에 빠지면 네 뼈는 으스러지고 말 것이다. 우물을 건너 몇 걸음 되지 않는 곳에 세 갈래의 작은 골목이 있는데, 앞쪽 골목으로 들어가지 말고 오른쪽 골목으로도 들어가지 말고 왼쪽 골목을 택해서 들어가면, 오른쪽에 기와집 한 채와 초가집 한 채가 있을 것인데 모두 여염집이다. 이곳을 지나면 앙상한 버들 한 그루가 있고 대문도 중문도 없이 거적자리로 앞을 가린 곳 안에 허물어져 가는 세 칸짜리 집이 있을 것이다. 그 집 가운데에 한 사람이 앉아 머리에 동파관(東坡冠)을 쓰고 앞에는 책상을 둔 채 또 꿇어앉아 책을 읽고 있을 것이니, 그 사람이 바로 나다. 그러나 거적자리로 앞을 가린 곳 안으로 함부로 들어가지는 말아라. 내실(內室)과 가까워 외인(外人)이 들어갈 수 없다."

평소의 망령된 말이 대부분 이런 종류였다.

어느 해 초에, 동복(同福) 현감 박정양(朴挺陽, 1710~?)[4]이 세배를 하러 왔는데 김 공이 말했다.

---

3 세종 12년에 침장고(沈藏庫)를 개칭한 것으로 궁중의 원포(園圃), 채소에 관한 일을 맡아보는 관아다. 관원은 사포(司圃: 정6품), 별제(別提: 종6품), 직장, 별검(別檢), 그 외에 이속으로는 서원 다섯 명, 고직(庫直) 한 명, 사령(使令) 다섯 명을 두었다.

"내 설날 시 한 수를 지었네. 자네는 들어보고 싶은가?"

"듣고 싶습니다."

김 공이 말했다.

"내 땔감 살 돈이 없으니 무슨 수로 외당에 불을 때겠는가? 매번 늙은 처와 같이 잤다네. 설날 동이 트지 않았을 때, 어떤 이가 문밖에서 사람을 불렀는데, 여종은 다른 곳에 나가 있었고 더는 응대할 자가 없어서 내가 손수 바지춤을 쥐고 문으로 나가서 보았네. 내가 지금 주원(廚院: 사옹원─옮긴이)에서 직책을 맡고 있는지라 주원의 관원 한 명이 온 것이었지. 내가 어찌 왔는가를 물으니 관원이 말했네.

"주원의 옛 법규에 오늘 낭관들은 모두 도제조 대감에게 세배해야 하기에 감히 와서 고합니다."

그래서 내가 읊었지.

"'아침에 온 원리(院吏)가 전규(前規)를 알려주네〔朝來院吏報前規〕.'

주원의 법도가 이와 같으니 응당 즉시 가야 할 일이지만, 나는 탈 말이 없기에 간신히 서쪽 담 밖의 마병(馬兵)의 말을 빌려 공복을 갖춰 입고 문을 나섰네. 그래서 내가 읊었지.

'말은 서쪽 이웃에게 빌려 관복 갖추고 달리노라〔借馬西隣束帶馳〕.'

제거(提擧)5 댁의 쉬는 곳〔歇所〕에 도착한 뒤 명함을 바치려고 하니 말하더군.

'대감께서 아직 세수를 하지 않으셨고, 흰죽을 방금 올렸습니다.'

---

4 본관은 함양(咸陽), 자는 자호(子豪)이다. 1747년(영조23) 정묘(丁卯) 식년시에 합격하여 봉사·직장·동복 현감을 지냈다.
5 사옹원의 정3품 또는 종3품의 임시직으로 다른 관아의 음관이 임시로 겸임했다.

정오가 되자 고생이 끝도 없기에 갖가지로 애걸해서 바야흐로 명함을 바칠 수 있었네. 그래서 내가 읊었지.

'애걸하여 주문(朱門: 高官의 집―옮긴이)에 새해 명함을 바쳤네[乞納朱門新歲刺].'

근심 속에 세월을 보내어 미리 기억하지 못했다가, 문득 종가의 여러 전방 기둥과 길가 여염집을 보고는, 한순간에 다음처럼 입춘첩(立春帖)을 썼지.

'나라 근심하는지라 풍년 들기 원하고, 임금 사랑하는지라 태평의 도를 바라노라[憂國願年豐, 愛君希道泰].6 요임금은 일월, 순임금은 건곤이네[堯日月舜乾坤]. 문(門)은 춘하추동의 복을 맞고, 호(戶)는 동서남북의 재물을 들인다[門迎春夏秋冬福, 戶納東西南北財].'

이날이 바로 입춘이지만 내가 잊고 있었을 뿐이었지. 그리하여 내가 읊었지.

'초라한 초가의 제목 없는 입춘시[忘題白屋立春詩].'

주원의 한가한 벼슬은 평소에는 별다른 일이 없지만, 이날은 일이 많았다 할 만했네. 내 그리하여 읊었지.

'한가한 벼슬이 이날은 도리어 일이 많구나[閑官此日還多事].'

내가 비록 근골은 쇠했지만, 아직은 건강했었는데 이날은 몹시 지치고 피곤했었네. 어쩌면 한 해가 바뀌었기 때문일까? 그래서 내가 읊었지.

'쇠한 몸뚱이 올해는 곱절로 고달프다[衰殼今年倍覺疲].'

---

6 주자가 도부(桃符)에 "임금 사랑하는지라 태평의 도를 희망하고, 나라 근심하는지라 풍년 들기 원하노라"라고 한 구절을 차용했다. 『주자어류』 권107.

이날 일들로 귀신도 반드시 나를 비웃을 것이란 생각이 들어서 내
읊었지.

'묵묵히 헤아려보니 동황(東皇)[7]도 나를 비웃으리〔默識東皇應哂我〕.'

돌아온 뒤 곧장 사모(紗帽)를 벗어 바닥에 던져버리고 늙은 아내를
불러 술을 찾아 마셨네. 그래서 내가 읊었지.

'집으로 돌아와 사모(紗帽) 벗고 우묵한 술잔 맞이한다〔歸家脫帽御深
巵〕.'"

대저 시구를 떠올려 남을 향해 외워 전하는 자가 퇴고의 솜씨를 부
리지 않고 눈을 부릅뜨거나 터럭을 잡아당기지도 않으면서 그저 깊이
팔짱을 끼고 단정히 앉아 평범하고 담담한 말을 한다면, 그 시는 노련
한 두보(杜甫)와 위대한 소식(蘇軾)이라 해도 모두 남을 감동시키지는
못할 것이다. 읊은 시를 들어보면, 모름지기 동포 공처럼 하는 것이 상
책이다.

---

7 봄을 주관하는 신을 일컫는다. 봄은 동방(東方)과 청색(靑色)으로 대표되기 때문에 동제(東
帝), 동군(東君), 청황(靑皇), 청제(靑帝) 등으로 불렸다.

46

왕 노인의 관과 수수쌀

어떤 마을에 상(喪)이 나자 마을의 빈객들이 일제히 모여 필요한 물건을 마련했다. 관을 다 마련했을 때, 어느 손님이 말했다.

"관이 작아 시신이 들어가지 않는군."

그러자 다른 손님이 말했다.

"그렇지 않네."

그리하여 갑과 을은 관이 크니 작니 논쟁을 그치지 않았다.

누군가 말했다.

"이 문제는 매우 쉽다네. 아무개가 돌아가신 분과 키 차이가 없으니, 그가 관 속에 들어가 누우면 크기를 알 수 있지."

사람들이 아무개에게 관에 들어갈 것을 권했지만, 그는 내키지 않아 했다.

어떤 사람이 말했다.

"아무개는 하려고 하지 않는군. 이 사람은 다른 아무개와 키가 같으니, 다른 아무개가 관에 들어가게."

다른 아무개도 하려고 하지 않자, 그중 한 소년이 왕(王)씨 성의 노인을 향해 말을 꺼냈다.

"아무개와 아무개가 모두 관에 들어가려고 하지 않으니, 왕 생원께서 관에 들어가는 것이 마땅합니다."

"사람들이 모두 하려 하지 않는데, 자네는 어찌 나를 들어가게 하는가?"

"어르신은 『사략(史略)』을 읽지 않으셨습니까? '먼저 관중(關中)에 들어가는 자는 왕〔先入關中者王〕'[1]입니다."

"자네의 말은 총명하긴 하나, 어른을 공경하는 도리는 전혀 알지 못하는구나."

그러자 소년은 노인에게 사죄했다.

소년은 이튿날 왕 노인의 집으로 가 다시 사과했는데, 왕 노인이 화를 풀자 소년이 말했다.

"어르신은 올해 살아갈 방책이 어떠십니까?"

"이번 가을에 내가 굶어 죽게 생겼네."

"지나치십니다. 어찌 그런 지경이 되겠습니까."

"내게 몇 뙈기의 밭이 있어 수수를 심어 여물고 있었네. 베서 타작하면 몇 섬의 수수쌀을 거둘 수 있었는데, 어제 아무개의 상갓집에 갔다 돌아오니 참새 새끼들이 수수를 다 쪼아 먹고 한 톨도 남지 않았네. 내 말이 과한 것이 아닐세."

소년은 깜짝 놀라서 말했다.

"『사략』에 '왕(王)의 목숨이 모수(毛遂)의 손에 달렸다〔王之命懸於遂手〕'[2]라고 했으니, 어르신의 말이 과한 것이 아니군요!"

---

1 "처음에 초나라 회왕이 여러 장수들과 약속하기를 먼저 관중(關中)에 들어가 평정하는 자를 왕으로 삼겠다 하였다"는 구절이 『통감절요』 권3에 보인다. 소년은 이 구절을 "먼저 관 속에 들어갈 자는 왕 노인"이라고 해석하고, 노인에게 관에 들어가길 권한 것이다.

2 모수가 자신을 꾸짖는 초왕에게 "'왕의 목숨이 이 모수의 손에 달려 있다'"라고 한 모수자천
(毛遂自薦)에 관한 구절이 『통감절요』 권1에 보인다. '모수(毛遂)의 손'을 우리말로 하면 수수
(遂手)이므로 소년은 '왕지명현어수수(王之命懸於遂手)'를 '왕 노인의 목숨이 수수에 달려
있다'라고 해석한 것이다.

시호를 짓는 한 방법

이유(李維, 1704~1738)[1] 공은 자(字)가 대심(大心)으로, 도암(陶菴) 이재(李縡, 1680~1746)의 사촌동생이다. 공부가 독실하고 견해는 분명했으며, 행실은 고상하고 언론은 준엄하여 도암이 일찍이 스스로 그에 미치지 못한다고 여겼다. 다만 옛것을 심히 숭상하여 기이함에 가까운 한두 가지 일이 없지 않았다. 후대의 속된 자들이 사사로이 '문위공(文危公)'이라 시호(諡號)했는데, 시법(諡法)에 따라 70구의 표(表)를 '문(文)'이라 했고, 말 위에서 꿇어앉는 것을 '위(危)'라고 한 것이다.[2]

---

1 본관은 우봉(牛峰), 자는 대심(大心), 호는 지암(知菴)이다. 조부는 우의정을 지낸 이숙이고, 부친은 강원감사 이만견이다. 이재는 그의 종형으로 이유는 그의 문인이 되었다. 이유는 서른다섯의 젊은 나이로 요절했는데, 이재는 그의 묘지명에서, "군은 기개가 크고 재주는 툭 트였다. 교류를 중시하고 의론을 좋아하였다"고 기록하고 있다.

2 평소 그의 면모 중 표문(表文)을 잘 지었던 특징은 '문(文)'자, 말 위에 꿇어앉는 등의 기이한 행동은 '위(危)'자와 부합한다 생각하여 붙인 시호일 것이다. 이러한 행적에 관련된 기록은 문헌에 보이지 않는다.

청포묵과 복어로 시 짓기

봉조하 대부[1]가 일찍이 광릉(廣陵)의 우천(牛川)에 머물면서 하돈(河豚: 복어―옮긴이) 일곱 마리를 얻어 아버님(李箕重, 1697~1761)께 내려보낸 적이 있었다. 아버님은 하돈을 삶으라고 시키고 체로 집에서 빚은 소면춘(少麵春)을 걸러 쪽지로 지례 대부(知禮大父)[2]를 부르니, 지례 대부는 즉시 기꺼워했다. 당시에 절도사 전일상(田日祥, 1700~1753)이 담을 사이에 두고 살고 있었고 담장이 무너져 창문으로 서로 보였는데, 술이 생기면 꼭 초대했다. 아버님은 곧 "술과 돈(豚)이 있으니, 영공은 오시게"라며 불렀다.

전(田) 영공이 말했다.

"객이 있으니, 객이 가면 곧 감세."

돈(豚)이 잘 익자, 큼직한 주발 하나에 하돈을 담고 청포채(靑蒲菜) 한 접시와 소면춘 한 병으로 안에서 상을 차려 내왔다. 아버님이 다시 전 영공을 부르며 오라고 재촉하자, 전 영공이 말했다.

---

1 이운영의 족조(族祖)인 이병상(李秉常, 1676~1748)이다.
2 경상북도 지례 읍의 현감을 지낸 이운영의 족숙(族叔) 이성중(李性重, ?~?)이다.

"객이 막 갔으니, 나도 가겠네."

그러나 지체하며 오지 않자, 지례 대부가 손으로 청포를 가리키며 읊었다.

"전 영공이 오지 않으니, 우리는 그저 묵묵(默默)히 마주하누나[田令公之不來, 吾輩但默默相對]."

그리고는 웃음을 터트리며 말했다.

"혹시 이에 대한 대구(對句)가 있는가?"

아버님은 즉시 손으로 하돈을 가리키며 읊었다.

"판서 숙부께서 보내주셨으니, 우리는 바삐[僕僕] 감사해야 하리[判書叔之下送, 吾輩宜僕僕稱謝]."

대개 청포의 속명(俗名)은 묵(黙)이고, 하돈의 속명은 복(僕)이다.

49

닷새 동안의 경조윤

정해(丁亥: 1767)년에 내가 경조랑(京兆郞)이었을 때, 이심원(李深遠,
1721~1771)[1] 대감이 아윤(亞尹)에 제수되었다. 3일째가 되어 사은 숙배
를 했고, 이튿날 나는 관례대로 명함을 바치고 가서 뵈었는데, 그다음
날 이 대감이 도승지에 특별히 제수되어 궐로 나아갔다. 내가 마침 이
대감과 편지를 주고받을 일이 있어 작은 서찰 끝에 이렇게 썼다.

"대감의 공명(功名)은 5일경조(五日京兆)에 불과할 뿐이군요. 일전에
관단마(款段馬)를 타고 10리를 달려 명함을 내민 일이 한스럽습니다."[2]

그러자 답서는 이러했다.

"편지 말미의 말씀은 천고의 준비된 말이라 할 만하오."

7일이 지나 이 대감은 다시 아윤에 제수되었고, 특지(特旨)로 당일

---

1 이유수(李惟秀)로 심원(深遠)은 그의 자이다. 이유수의 본관은 전주(全州), 호는 완이(莞爾)
다. 1747년(영조23) 유학으로 정시 문과에 장원한 뒤, 그해 정언이 되고, 곧 지평을 거쳐 수찬
이 되었다. 대사간·예조참판·형조판서 등을 역임했다.
2 5일경조는 오래 계속되지 못하는 일이나 관직을 이르는데, 서한(西漢)의 장창(張敞)이 경조
윤(京兆尹)에 임명되었다가 며칠 후에 면직되었던 고사에서 온 말이다. 관단마는 후한(後
漢) 마원(馬援)의 고사에 나오는 매우 느리고 작은 말이며, 전하여 하급 관직을 비유한다.

자리에 부임했다. 이 대감이 관청에 부임하여 하리(下吏)에게 분부했다.

"낭관들은 예를 행하는 것을 권정(權停)[3]하고 오직 아침에 남부(南部) 살옥(殺獄)을 검시한 낭관만 청(廳)에 오르라."

나는 하는 수 없이 공복을 갖춰 입고 앞으로 나아가 예를 행했다. 이 대감은 자리를 내려주더니 수염이 흔들리도록 웃음을 터트리고 말했다.

"지난번의 5일경조(五日京兆)가 지금은 7일이 됐으니, 또 정녕 어떠한가?"

---

3 정해놓은 규례에 의하여 행하는 일을 사정이나 형편에 따라서 잠시 멎거나 그만두는 것을 말한다.

천렵꾼을 끌어들인 방법

아버님(李箕重, 1697~1761)이 단양 군수로 계셨을 때다. 형님(李胤永, 1714~1759)이 황강(黃江)의 권 징사(權徵士)[1]를 방문해서 단양 사인암(舍 人巖)[2]의 기이한 수석(水石)을 몹시 자랑하고 또 맛있는 물고기에 관해 서도 언급하자, 징사가 말했다.

"내 장차 가서 구경하고 또 물가 유람도 함세. 그런데 아자제(衙子 弟)[3]와 천렵하면 매번 관인(官人)들이 많이 나타나서 진솔한 흥취가 자못 줄어들더군. 혹 관인들로 번잡하지 않고 천렵할 수 있는 방도 가 있는가?"

"있지. 그러나 좀 어렵다네."

---

1 권진응(權震應, 1711~1775)이다. 징사(徵士)는 조정의 부름을 받은 학식과 덕행이 높은 선비 를 일컫는 말로, 권진응은 어려서부터 한원진의 문하에서 독서에 전념하여 과거시험을 보지 않았으나, 의정부 대신들과 이조의 당상관들이 모여 인재를 추천하는 초선(抄選)으로 시강 원의 정7품 자의에 임명되었다.

2 충청북도 단양군의 남쪽 대강면의 남조천에 면해 있는 기암절벽으로, 단양 8경 중 제4경이 다. 사인암이라는 지명은 고려 말 우탁(禹倬)이 사인(舍人) 벼슬에 있을 때 이곳에서 자주 노 닐었다는 사연에 따라 조선 성종 때 단양 군수 임재광이 이름을 붙였다고 전해진다.

3 아버지를 따라 지방 관아에 묵고 있는 수령의 자제를 말한다.

"어째서 그런가?"

"물가에 송생(宋生) 아무개란 자가 있는데, 물고기를 잡는 데 선수라고 알려졌네. 이 사람 혼자 물고기를 잡으면 10여 명이 포식할 수 있네. 한 번은 이 화백(李華伯)[4]이 송생과 함께 물가로 나가서 그물질, 낚시질로 손수 크고 작은 물고기를 잡아 회로 먹고 삶아 먹으며 배불리 실컷 먹었지만, 나는 아자제라서 이 사람이 나 때문에 옷을 벗고 물에 들어가려 하지 않네. 촌부의 행동으로는 이렇게 해도 이상할 게 없겠지만, 그가 지금 한창 공조(功曹: 구실아치—옮긴이)의 직임을 맡고 있어서 필시 더 곤란해할 것이라 생각하네."

"돌아가서 화백과 잘 요리하면 송생을 반드시 움직일 수 있을 걸세."

형님이 돌아온 지 얼마 안 되어 권 징사가 와서 아버님을 모시고 담소했고, 우리 형제와 화백도 그 자리에 있었다. 형님과 징사와 화백은 내일 사인암으로 들어가 유람할 일에 대해 말하다가, 징사가 화백을 돌아보고 말했다.

"송생이 물고기를 잡게 하는 일은 자네가 담당하게."

화백이 말했다.

"응당 그리 힘쓰겠지만, 그가 지금 직임을 맡고 있어서 나도 마음대로 데려갈 수 없네. 자네가 말을 꺼냈으니, 수령 어르신께 허락을 얻게."

---

4 이현국(李顯國, 1712~1792)으로 본관은 완산(完山)이다. 이현국은 이관중(일화에 등장하는 이율(而栗)), 이의중, 이정중, 이안중의 아버지이며, 이 가운데 이안중(李安中, 1752~1791)은 고시와 악부에 뛰어난 문인으로 알려졌다. 이안중의 문집으로 『현동집』이 있으며, 김려가 편찬한 『담정총서』에도 이안중의 작품이 전한다. 이안중의 집안은 5대조 후원(厚源)이 우의정을 역임한 명문이었으나 차차 몰락했고, 아버지 이현국 대부터 충청도 단양에 거주했으며 이 시기 이운영의 집안과 교유했던 것으로 보인다.

그러자 징사가 알겠다고 했다. 말이 끝나기도 전에 송 공조가 관가의 곳간 열쇠를 바치려고 들어와 뵈었고, 징사가 아버님에게 청했다.

"저 공조를 내일 산행에 데려가고 싶으니, 특별히 하루 여가를 허락해주십시오."

아버님은 "이는 어려울 게 없다"라 하고, 이어 공조에게 명했다.

"내일 일찍 권 자의(諮議)를 모시고 다녀오너라."

공조가 공경히 응낙하자, 징사가 다시 화백에게 말했다.

"내 청은 이미 허락을 얻었으니, 이후의 일은 자네가 모두 이뤄야 하네."

화백은 미소 짓고 여러 번 공조를 돌아보며 말했다.

"내일 절로 응당 묘리(妙理)가 생길 것이야."

공조는 이미 권 징사가 천렵하러 오고 싶어 했다는 통보를 듣고 알고 있었기에, 자신이 물고기를 잡을 일이 생길 것이라고 백에 칠팔십 정도 짐작하고 있었고, 좌중에서 주고받는 말을 듣게 되자 곧 얼굴이 온통 붉어지며 창피한 기색을 띠었다. 화백이 이를 보고 또 그를 움직여보려 한 뜻에 곤란함을 느꼈다. 내가 화백을 향해 말했다.

"내일 일은 내가 다 맡을 테니, 노형은 그저 노형의 맏아들 이율(而栗)[5]을 데려가십시오."

"내 아이를 데려가는 것은 매우 쉬운 일이네만, 그 아이가 가는 것이 고기 잡는 데 무슨 득이 되겠는가?"

---

5 이관중(李寬中, 1731~1773)으로 본관은 완산(完山)이다. 이운영의 백씨 이윤영의 『단릉유고』 권13에 이관중의 인장(印章)에 관한 명(銘) 「이관중이율도서명(李寬中而栗圖書銘)」이, 『단릉유고』 권9에는 이관중의 시에 화운한 「화여회이이율관중암중락팔사(和如晦李而栗寬中巖中樂八事)」가 실려 있다.

"옛날에 판서 서필원(徐必遠, 1614~1671)[6]은 구들을 잘 놓아서 한번 그의 손길을 거치면 한줌의 땔감을 태워 서너 칸 방의 구들이 종일 따듯했습니다. 하지만 누가 서공에게 온돌을 놓게 할 수 있었겠습니까? 당시 서공의 집은 아현(阿峴) 깊은 곳이고, 정승 이숙(李䎘, 1626~1688)[7]의 집은 아현의 마을 입구여서 사랑(舍廊)에서는 온 동네에 오가는 사람들을 높은 곳에서 내려다봤지요. 이공은 이조판서이자 서공에게는 손윗사람이었고, 서공은 교리(校理)이자 손아랫사람이었습니다. 이공이 갑자기 사랑의 구들을 부수고 돌을 펼쳐 놓더니, 사람을 시켜 서공이 내일 아침 입직하러 궐에 간다는 사실을 알아냈습니다. 이튿날 일찍 이공은 직접 돌을 쥐고 깔면서, 쩔쩔매는 늙은 하인을 큰 소리로 꾸짖었는데, 소리의 기세가 자못 격앙되었습니다. 서공이 막 공복을 갖춰 입고 말머리에 납패(鑞牌)를 세우고 마을 입구로 나와 올려보니, 이공이 서서 큰소리로 하인을 꾸짖고 있었지요. 결국 서공은 말에서 내려 들어가 절하고 말했습니다.

'존장은 무슨 사단이 있기에 이렇게 일찍 기침(起寢)하셨습니까?'

이공은 이렇게 대답했습니다.

'내 지금 구들을 고치고 있는데, 미장이의 솜씨가 너무 형편없어서

---

6 본관은 부여(扶餘), 자 재이(載邇), 호 육곡(六谷), 시호는 정헌(貞毅)이며, 김집·정홍명의 문인이다. 정언·충청도 관찰사·전라도 관찰사·대사간·강화 유수·형조판서·병조판서 등을 역임했다. 강화 유수로 있을 때 조정에 품계를 올려 섬 안의 수군 이하 제반 정액(丁額)을 모두 본부에 속하게 하여 국방의 강화를 꾀했다.

7 본관은 우봉(牛峰), 자 중우(仲羽), 호는 일휴정(逸休亭)이며, 송시열의 문인이다. 1636년(인조14) 병자호란에 11세의 어린 나이로 포로가 되어 심양으로 잡혀갔다가, 사신으로 간 이덕인의 주선으로 귀국했다. 1655년(효종6) 춘당대 문과에 병과로 급제한 뒤 수찬을 지내고, 간관(諫官)으로 명성이 높았으며 우의정에 이르렀다. 시호는 충헌(忠獻)이다.

꾸짖어 물러나게 하고 내가 지금 직접 하려고 하네.'

그러더니 손수 돌 하나를 쥐고 온돌 위에 펼쳐 놓았습니다. 서공이 서서 이를 보고 말했습니다.

'존장은 잘못하셨습니다. 돌의 뾰족한 끝을 북쪽으로 좀 옮기십시오.'

이공이 그 돌을 서공의 말대로 조금 옮기자, 서공이 '너무 북쪽으로 갔습니다. 조금 남쪽으로 옮기십시오'라 했고, 이공이 다시 그것을 조금 옮기자 서공이 꼼꼼히 보고 '끝내 온전히 좋지는 못하군요'라 하더니, 자신이 손으로 한 면을 들어 잘 배치하고, 서서 왼쪽에서 보고 오른쪽에서 보고는 말했습니다.

'흠이 없습니다.'

이공이 또 돌 하나를 잡고 차례차례 배치하자 서공이 말했지요.

'이렇게 하시면 불은 막히고 구들은 습해지니, 존장은 여기에 다른 돌을 놓고 이 돌은 방 모서리에 쓰면 좋겠습니다.'

이공이 그 돌을 버리고 다른 돌을 가져와 놓으니 서공이 말했습니다.

'이렇게 하시면 구들이 도리어 울퉁불퉁해지니 작은 돌덩이로 그 밑을 받치십시오.'

이공이 작은 돌덩이를 가져다 받쳤는데, 이리저리 무너지고 끝까지 평평해지지 못하자 서공은 두 손으로 돌을 들어 그것을 고르게 만들고는 말했습니다.

'흠이 없습니다.'

이공이 또 돌 하나를 가져다 깔자, 서공이 마침내 공복을 벗고 들어오며 '존장은 조금 물러나 서 있으십시오'라고 했습니다. 그러더니 손수 돌을 하나둘 배치하여 네모반듯하게 차례로 이어나갔고, 순식간에 네 칸의 방에 구들이 다 깔렸지요. 이어 고운 진흙을 거미 줄 모양으로 펴 바르고[8] 모래도 법식대로 두텁게 깔더니, 손을 씻고 공복을 입고 말을 타고 나가면서 말했습니다.

'이 뒤의 일은 솜씨가 없는 미장이라도 충분히 할 것입니다.'

이는 이 정승이 계획적으로 서 판서에게 구들을 놓도록 만든 것입니다. 내일 제가 이율과 함께 그물을 들고 물에 들어가면, 물고기는 필시 놀라 달아나서 소용돌이나 자잘한 돌 틈으로 들어가버려 한 마리도 잡을 수 없을 겁니다. 이때가 되면 송 공조가 장차 서서 보기만 할까요? 아니면 서 판서가 공복을 벗고 손수 돌을 들어 깔았던 것처럼 할까요? 저와 이율이 발 한 번 적신들 무엇이 나쁘겠습니까."

그러자 공조가 말했다.

"어찌 아생원(衙生員)인 이 석사(李碩士)께서 행전(行纏)을 풀고 물거품을 맞도록 두겠습니까. 소생은 삼가 명하신 대로 물에 들어가는 것을 꺼리지 않겠습니다."

그러자 온 좌중이 크게 웃었다. 이튿날 송생이 물고기 잡는 것을 구경했는데, 그물을 펼치고 거두는 것은 말할 것도 없고 왼손, 오른손으로 찾아내어 발로 밟고 입으로 무니, 물고기를 잘 잡는다고 알려진 것에는 그럴 만한 이유가 있었다. 나는 민 대감과 함께 과시(科詩)를 공부하면서 이 정승의 옛집에 묵은 적이 있었는데, 그곳은 서공이 구들을 깐 뒤로 고치지 않았다고 한다.

---

8 구들을 깔 때, 구들장 사이의 틈을 사춤돌(돌을 쌓아 올릴 때, 돌과 돌의 틈에 박아 돌리는 돌)로 채우고 진흙으로 메워 바르는 것을 '거미줄 치기'라고 한다.

51

나의 투호 실력

◦⌣◦

병술(丙戌: 1766)년 내가 계방(桂坊: 세자익위사—옮긴이)에 있을 때, 춘방(春坊: 세자시강원—옮긴이) 관원 아무개들, 옥당(玉堂) 관원 아무개, 병조 관원 아무개, 상방(尙方) 관원 아무개가 함께 투호(投壺)로 재주를 겨루기로 약속했다.

이튿날 늦은 아침에 옥당의 소대(召對)에 들어갔다 물러 나오니, 상방에서 미리 2백 동(銅)을 군칠가(君七家)[1]로 보내 술과 안주를 사다 놓았다. 우리는 동쪽, 서쪽 편으로 나뉘어 가운데 투호병을 놓고 병에 화살을 던졌다. 매순(每巡)을 3순(三巡)으로 정식 삼아 초순(初巡)이 끝났고 3순을 던져 투호살을 계산하니, 우리 편이 이겼다. 차순(次巡)은 저쪽 편이 이겨서, 종순(終巡)에 이르자 곧 승패를 결정짓는 판이 되었다. 사람들은 모두 정신을 모아 각자 노력하여 1순, 2순을 던지고 난 뒤 투호살을 개인적으로 계산해보니, 우리 편이 이미 수백 발이나 진 상태로, 오직 마지막 1순의 순서만 남게 되었다. 이제 상황은, 가령 그 1순

---

1 군칠가는 18세기 도성에 있던 유명한 술집이다.

「투호도」

에서 저쪽의 화살이 적고 우리의 화살이 많다 해도 이미 2순에서 던져서 패하게 된 화살 수를 절대 보상할 수 없었으니, 백척간두에서 만에 하나 다툴 것은 우리가 전호(全壺)가 되고 저쪽이 패호(敗壺)가 되는 경우뿐이었다.[2]

나와 신자수(申子壽, 1731~?)[3]가 겨루는 짝이 되었는데, 나와 자수 둘 다 황금이나 질그릇 내기[金瓦注][4]에 실수할까 하는 마음에 먼저 던지고 싶지 않아 두세 번 서로 양보했다. 자수가 막 승기를 타서 손을 높이 들어 화살을 던지니 쟁그랑 소리를 내며 병으로 들어갔고, 나도 이어 던져 명중했다. 두 번째 화살에서 동서의 짝이 모두 명중했고, 세 번째 화살에서 동서의 짝이 다시 명중했다. 열두 번째 화살까지 이르는 동안, 관이(貫耳)가 되기도 했고 중심(中心)[5]이 되기도 했다. 동서의 짝이 연달아 명중하니, 애초에 초순(初巡)에 처음 던질 때 관료들의 배

---

2 살 열두 개가 병 구멍이나 귓구멍에 다 꽂힌 것을 '전호(全壺)'라고 하고, 열두 개가 다 꽂히지 않았을 때를 '패호(敗壺)'라고 한다. 큰 점수 차이로 지고 있는 위기 상황에서 이길 수 있는 방법은 우리 편의 살은 다 들어가고, 상대편의 살은 하나도 들어가지 못하는 방법밖에 없다는 말이다.

3 신대년(申大年)이다. 신대년의 본관은 평산(平山), 자는 자수(子壽)이다. 1774년(영조50) 증광시에서 을과 7위로 문과 급제했다. 1779년(정조3) 노론 벽파로 정조의 즉위를 반대한 홍인한과는 인척이고, 정조의 대리청정을 반대한 윤양후와는 절친한 친구라는 이유로 사간원 대사간 김문순의 탄핵을 받았다. 1793년(정조17)에는 강계 부사가 되었다.

4 관련 내용이 『장자』, 「달생편」에 보인다. "질그릇을 내기에 걸고 활을 쏘는 자는 솜씨가 좋아지고, 띠쇠로 내기 활을 쏘면 마음에 겁을 내고, 황금 덩이를 걸고 활을 쏘는 자는 정신이 하나도 없게 되는데, 재주는 똑같지만 아끼는 마음이 있게 되면 외물을 중시하기 때문이다. 외물을 중시하면 내면은 졸렬하게 되기 마련이다." 여기에서는 투호살이나 승패가 달린 상황 자체를 '황금이나 질그릇' 같은 외물로 보고 한 말인 듯하다.

5 투호병에 달린 귓구멍에 화살을 넣으면 관이(貫耳), 투호병 안에 화살을 넣으면 중심(中心)이다.

리(陪吏)와 노복들이 모두 빙 둘러 시립(侍立)한 채 구경하다가, 차순(次巡)과 종순(終巡)에 이르러 해가 정오가 되자, 구경하던 자들은 모두 지쳐 영외(楹外)나 소주방(燒廚房)으로 흩어져 담배를 피거나 한담을 나누거나 조는 자들이 생겨났다. 그런데 어떤 서리가 남아 있다가 나와 자수가 열두 발을 연달아 명중시키는 것을 보고 곧 바삐 영외로 걸어 나가 손짓으로 사람들을 부르며 말했다.

"자네들은 어디 갔는가? 계방 나리와 상방 나리가 지금 방금 쌍으로 전호를 했네."

이에 옥당 서리, 춘방 서리, 계방 서리, 병조와 상방의 이례(吏隸), 관료들의 겸종과 하인, 조는 자, 담배 피는 자, 한담하는 자들이 일제히 기둥 사이 섬돌 위로 달려와서 어깨를 맞대고 등을 나란히 한 채 빙 둘러 모여 구경했다.

이러할 때, 이미 각자 열네 발을 던져 모두 명중했고, 동쪽 편과 서쪽 편에는 각각 열다섯 번째 화살만 남게 되었다. 사람 그림자가 담처럼 에워싸니 투호병은 껌껌한 그늘에 가려져 병의 입과 귀도 분간하지 못할 정도였다.

자수가 마침내 구경꾼들에게 손을 내저어 조금 물러나게 했는데, 손에 화살을 쥐고 위를 봤다 아래를 봤다 던질 듯 던지지 못한 것이 여러 번이었다. 던지고 난 뒤, 화살이 날듯이 병 입구로 들어가려다 갑자기 쟁그랑하는 소리가 났다. 화살이 병 둘레에 맞으면서 땅에 떨어진 것이었다. 동쪽, 서쪽의 관료들과 이례들은 동시에 박장대소했다. 나도 화살촉을 여러 번 낮게 높게 겨누면서 자수와 마찬가지로 손끝에 있는 화살을 빨리 던질 수 없었다.

저편에서 말했다.

"빨리 던지게!"

우리 편이 말했다.

"힘내게!"

나는 마침내 마음과 손끝의 힘을 다해 한번 던졌다. 화살이 내 몸을 떠나자마자 두 눈은 흐릿해지고 어질어질해서 투호병과 사람, 담과 벽, 기와며 자갈이 모두 보이지 않고 그저 귓가에 쟁그랑하는 한 소리가 들렸지만, 이 화살이 명중했는지 땅에 떨어졌는지 알 수 없었다. 갑자기 어떤 이가 등 뒤에서 부채로 내 어깨를 치며 말했다.

"진기(珍奇)하군. 진기해!"

그제야 나는 큰소리치며 말했다.

"자네들은 투호에 있어서 내가 누구인지 알겠는가! 지금도 재주를 더 겨루자고 할 텐가?"

내 평생을 돌아보건대 말할 만한 재능이 한 가지도 없지만, 이날의 이 한 수는 잘한 일이라고 할 만하다. 통쾌한 일이라고도 할 만하다. 남들에게 자랑하여 떠벌릴 만하기에 여기에 붓 가는 대로 써둔다.

52

『영미편』을 짓게 된 경위

〜〜

나는 일찍이 『난실만필(蘭室漫筆)』[1]을 보고, 좋아하여 그대로 흉내 내
보려는 뜻이 있었다. 마침 봄비가 지루하게 내려 문을 닫고 일이 없자
드디어 붓 가는 대로 써 내려갔고, 황계(黃溪)의 귀양처에 이르러 여기
까지 쓰게 되었다.

생각건대 세상에 널리 전하는 기이한 이야기들 중에는 기록할 만한
것이 끝이 없어서, 다 쓰고자 한다면 늙어 죽어도 끝낼 수 없는 때에
이를 것이다. 오늘은 다른 이와 물가에 가기로 약속해서 마침내 시동
을 불러 종이와 먹, 벼룻집을 치워버리고 낚싯대를 들고 나가니, 나의
기록은 물고기를 잡는 곳에서 끊어지리라.

때는 신축(辛丑, 1781)년 곡우(穀雨)[2]다.

---

1 『난실만필』은 『잡기고담』의 별칭으로, 저자인 임매(任邁, 1711~1779)의 호에서 유래한 서명
  이다.
2 24절기의 하나다. 청명(淸明)과 입하(立夏) 사이에 들며, 봄비가 내려서 온갖 곡식이 윤택해
  진다고 한다. 양력으로는 4월 20일경이다.

못다 한 이야기
拾遺

1

일부러 바꾼 투호병

ॐ

병진(丙辰: 1736), 정사(丁巳: 1737)년 즈음에 아버님(李箕重, 1697~1761)의 벼슬은 부솔(副率)[1]이었다. 대전탄일(大殿誕日)에 후반(候班)을 파한 뒤, 춘방(春坊: 세자시강원―옮긴이)과 계방(桂坊: 세자익위사―옮긴이)의 동료들이 모두 계방에 모였다. 당시 문학(文學)[2]이었던 봉조하 원경하(元景夏, 1698~1761)[3]는 그 자리에 있다가, 정교하게 잘 만든 계방의 투호병을 보고 놀라서 물었다.

"어찌하여 계방의 투호병은 이리도 정교하고 멋있는가? 춘방의 투호병은 너무 투박하니 춘방 투호병과 바꾸세."

계방의 공들은 허락하지 않았지만, 원공은 서리를 불러 춘방의 투호병을 가져왔고, 힘으로 계방의 병을 가지려 했다. 봉조하 남유용(南

---

1 세자 익위사의 정7품 벼슬이다.
2 세자 시강원의 정5품 벼슬이다.
3 본관은 원주(原州), 자 화백(華伯), 호 창하(蒼霞)·비와(肥窩), 시호는 충문(忠文)이며 목사 원명구의 아들이다. 정시 문과에 장원을 하여 정언·봉상시제조 등을 거쳐 이조참판을 지냈다. 부제학으로서 호남의 전정(田政) 문란을 상소하기도 했고, 사후에는 영의정으로 추증되었다. 문집에『창하집』10권이 있다.

有容, 1698~1773)[4]은 시직(侍直)[5]이고, 봉조하 정실(鄭宗, 1701~1776)[6]은 부솔(副率)이었는데, 모두 다투어 병을 잡았지만 남공은 본디 여유롭고 담박해서 싸움에는 그다지 힘을 쓰지 못했고, 정공은 약간 힘이 셌지만 원공의 힘에는 대적할 수 없었다. 거의 빼앗길 지경이 되자, 아버님을 돌아보고 말했다.

"자네는 어찌 팔짱만 끼고 앉아 힘껏 나를 돕지 않는가?"

아버님은 나라의 기물은 사사로이 서로 바꾸어 가질 수 없다는 뜻으로 원공을 향해 한두 마디 말하고, 은밀히 눈을 깜빡이면서 정공을 방으로 밀어 넣고 말했다.

"춘방의 투호병이 수수하기는 하나, 이 물건은 효묘(孝廟)께서 심양(瀋陽)에 가지고 가셨다가 환궁하신 뒤에 춘방에 내려주신 것일세. 계방에서 주상이 내려주신 병을 보고 춘방이 그 병을 가진 게 내심 몹시 부러워서 사사로이 병을 만들어둔 것인데, 화백(華伯: 元景夏의 字—옮긴이)이 고사(故事)를 모르기에 애써 가지려는 것이니, 자네는 겉으로는 난색을 보이면서 가져가도록 내버려두게."

이날 춘방의 투호병은 계방의 투호병이 되었다. 나도 한 번 본 적이

---

4 본관은 의령(宜寧), 자 덕재(德哉), 호 뇌연(雷淵)·소화(小華), 시호는 문청(文淸)이다. 대제학 남용익의 증손자이고, 동지돈령부사 남한기의 아들이며, 이재(李縡)의 문하에서 공부했다. 영조 때 승지·예조참판 등을 지냈고, 『뇌연집』, 『명사정강』 등의 저서가 있다.
5 세자 익위사의 정8품 벼슬이다.
6 본관은 연일(延日), 자 공화(公華), 호는 염재(念齋)며 이재(李載)의 문인이다. 정철의 후손으로 할아버지는 정호(鄭澔)이고, 아버지는 정순하(鄭舜河)이다. 1733년(영조9) 생원시에 장원하고, 1748년 세자시강원 보덕·응교·필선을 역임했고, 1762년 예문관제학이 되었다. 1768년 평안도 관찰사를 거쳐 이조판서에 올랐으며, 1770년에 치사하고 봉조하가 되었다. 편서로 『송강연보』가 있다.

있는데, 뒤에 갑신(甲申: 1764)년에 내가 부솔로 입직해서 옛날 투호병을 찾았지만 이미 오유선생(烏有先生)이 되어버려[7] 매우 탄식하며 아쉬워했다.

---

7 더 이상 존재하지 않음을 말한다. 오유선생은 한나라 사마상여가 「자허부」에서 자허(子虛), 오유선생(烏有先生), 무시공(亡是公)이라는 가공의 세 인물을 설정하여 문답을 전개했던 것에서 유래했는데, '자허'는 빈말, '오유선생'은 무엇이 있느냐?, '무시공'은 이 사람이 없다는 뜻이다. 『한서』 권57, 「사마상여전」.

2

낡은 사모의 용도

न양좌(羅亮佐)의 아들 나준(羅埈)은 경학에 밝은 것으로 명성을 떨쳐 정우량(鄭羽良, 1692~1754)은 어릴 때부터 그를 스승으로 섬겼다. 뒤에 정(鄭)의 지위가 높아졌지만, 평소 나(羅)의 지조가 높은 것을 알기에 감히 관직으로 서로 ■■하지 않았다. 하루는 정(鄭)이 이조판서의 직임을 맡고 있으면서 나(羅)에게 문안을 갔다. 전도(前導)가 골목을 들어서자, 나(羅)는 급히 옛집에서 쓰던 다락 안의 낡은 사모(紗帽)를 찾아 머리에 쓰고 앉았다. 정(鄭)이 책상 밑에서 절을 하고 자리 잡아 앉고는 괴이쩍게 여겨 물었다.

"어른께선 어찌하여 사모를 쓰셨습니까?"

나(羅)는 크게 웃으며 말했다.

"내가 이것을 쓰는 것은 당연하오. 내 조상도 대대로 이것을 썼으니, 조상이 쓰는 것을 자손은 마땅히 써야 하는데, 나만 어찌 홀로 이것을 쓰지 않겠소? 대감의 질문은 좀스럽고 속되구려."

정(鄭)은 비로소 나(羅)의 뜻이 어디에 있는지 알게 되었다. 이튿날 정사에서 나(羅)는 장작(匠作)의 수망(首望)에 올랐으며, 마침내 벼슬에 나아갔다.[1]

1 나양좌(羅亮佐)는 나양좌(羅良佐, 1638~1710)를 말한다. 나준(羅埈)은 기록에서 확인되지 않으며, 나양좌(羅良佐)의 실제 아들은 나연(羅演)이다. 『승정원일기』 영조 12년 6월 2일 기사에 의하면, 나양좌의 아들 항렬인 나준(羅浚, 1688~1739)이 고려시대 장작감(將作監, 匠作監)에 해당하는 선공감(繕工監)의 가감역(假監役)에 제수되었고, 그날 정우량은 이조참의로 정사에 참여했다. 그러므로 나준(羅浚)이 이 일화 속 주인공인 듯하다. 이 일화에 나오는 정보들은 실제 기록과는 조금씩 다르다.

3

꿈에서 받은 난초의 의미

현묘(顯廟) 경신(庚申: 1680)년에 수촌(水村) 임 판서(任堕, 1640~1724)는 진사 이만견(李晚堅, 1666~1717) 공과 별시(別試)에 같이 합격하고, 한곳에 모여 회시(會試)를 위한 글공부를 함께했다. 임공은 대궐에서 난초 화분 두 개를 보내어 임공과 이공에게 나누어 하사하는 꿈을 꾸었고, 깨고 나서 내심 매우 기뻐하며 회시의 길조라고 여겼다. 회시 날이 되어 두 공은 모두 낙방했지만, 이공은 남자아이를 얻었는데, 바로 도암(李縡, 1680~1746) 선생이었다.

임공은 이공에게 말했다.

"내가 꿈을 꾸고 내심 나와 자네가 응당 같이 과거에 합격하리라 생각했지. 끝내 그렇게 되지는 못했지만, 자네는 아들을 얻었으니, 그래도 위로가 될 만하네. 나는 그저 낙방했을 뿐이군."

23년 뒤 임오(壬午: 1702)년 정시(庭試)에서 「의란조(猗蘭操)」[1]의 표제

---

1 공자가 지은 거문고 곡으로, 공자가 위(衛)나라에서 노(魯)나라로 돌아오다가 은곡(隱谷)에서 향기로운 난초가 무성한 것을 보고, 수레를 세우고 금(琴)을 가져다 연주하면서 시대를 만나지 못한 자신의 신세를 한탄했다고 한다. 『악부시집』, 「금곡가사2·의란조」.

를 만나 임공과 도암공이 함께 합격했다.[2]

2 일화 속의 정보와 달리 경신(庚申, 1680)년은 현종이 아니라 숙종 6년 때이다. 또 도암 이재의
   아버지는 이만견이 아니라 이만창(李晩昌, 1654~1684)이다. 그 외, 임방과 이재가 함께 치른
   알성시의 시험 시기와 시험 문제는 『국조문과방목』의 정보와 일치한다.

4

형제의 시 짓기 대결

어느 고을에 두 형제가 있었는데, 형은 책을 좀 읽고 글도 대강이나마 지었고, 아우는 책을 읽지 않았고 글을 잘 짓지도 못했다. 그러나 아우는 때로 백일장이나 순제(旬題)[1]에서 간혹 방목(榜目)에 이름이 올랐고, 형은 나이가 쉰이 되도록 이름이 방목에 걸리지 못해 매번 길고 짧은 한숨을 내쉬었다. 하루는 형이 아우에게 말했다.

"네 문장은 나보다 훨씬 못한데, 너는 때로 방목에 이름이 오르고, 나는 방(榜)마다 떨어지니 이 무슨 까닭이냐?"

"형님의 문장이 저보다 열 배는 낫다고 하지만, 과장(科場)에 이르면 형님의 문장은 매번 제지(題旨)에 착실하지 못하니, 이 때문에 이롭지 못했던 것입니다."

"어찌 이럴 리가 있겠느냐? 네 문장은 제지에 착실할 수 있느냐?"

"저의 작문은 형님의 작문에 비해 당연히 매 편이 착실합니다."

형제가 논쟁하게 되자 아우가 말했다.

---

1 지방 향교의 유생에게 열흘마다 글 제목을 내주고 자신의 집에서 제술하여 바치게 하던 일이다.

"이는 말로 다투기는 어렵습니다. 지금 울타리 너머의 아무개가 갓을 잃고 동쪽 이웃인 김씨 양반이 훔쳐갔다고 의심하고 있습니다. 김생(金生)은 이런 일이 없다고 직접 말했지만, 아무개가 의심을 풀지 않자 김생과 아무개는 크게 싸웠습니다. 이 일을 가지고 시를 짓길 청하니, 형님과 제가 단 한 구절씩 지어 훌륭한 문인에게 보여주어 우열을 정합시다."

형님이 "좋다"라고 하여, 두 형제는 드디어 각자 한 구절씩 지었다. 형님의 시는 "허유(許由)[2]는 천하도 받지 않았거늘, 양반이 어찌 상놈의 관을 훔치랴[許由(天下猶)不受, 兩班寧盜常漢冠]"였고, 아우의 시는 "평생 냉수에 ■■을 씻고 싶었으니, 내가 너의 관을 훔쳤다면 나는 네 아들이다[平生冷水欲洗■, (吾)盜爾冠吾爾子]"였는데, 훌륭한 문인에게 가져가 보여주니, 보는 자들이 모두 아우의 작품을 뽑았다.

아! 과장(科場)의 문자를 살펴보면 시운(時運)의 성쇠를 알 수 있는데, 근세에 과거 시험관들은 오로지 제지(題旨)에 착실한 시문만을 뽑았기에 한 시대의 문풍(文風)이 천하에 천박하고 비루해져 저 허유와 냉수의 시구를 한 번 읽어내는 것도 감당하지 못하게 되었다. 한 시대의 취사(取捨)가 모두 이와 같으니, 어찌 한심하지 않겠는가. 삼가 지금 문단의 우두머리가 되는 자들에게 바라노니, 이를 보고 경계할 줄 알라.

───────────●───────────

2 요 임금 때 은사로, 요 임금이 천하를 양보하려 하자 거절하고 기산에 숨었으며, 또 그를 불러 구주의 장(長)으로 삼으려 하자 영수(潁水)에 가서 귀를 씻었다고 한다. 『고사전』, 「허유」.

영미편

瀬尾編

원문

『瀨尾編』 上

科場

1.

玄參議光宇, 海西人也. 發解於鄉試, 其赴會試也. 與一老人一少年同行, 遂同入場屋. 試題乃畢諴事也. 老人自是大巨擘, 見試題, 文思水湧山出, 頃刻間圓了一篇, 仍展試券, 自寫之. 玄令亦搆半篇, 方寫券, 少年則工夫不熟戞澁, 不能下筆, 只等待玄令之呈券爲覓句潤色, 圖免曳白地. 于時老人已寫券訖, 然時刻尙早, 萬場中無一儒生呈券者. 老人展券一讀, 點檢誤字與落字違格. 讀一行, 便從頭捲軸. 如是者三四回, 或微詠或高唱, 以手擊節, 以扇打地, 忽誤觸墨壺, (飜)[1]倒了試券. 壺中盛了臕脂, 水靑木皮和水濃磨海州首陽梅月墨汁. 瞥然間汨汨滴滴地, 遍汚畜文紙前面付了試券, 連幅兩幅, 做箇山水畫屏風. 這老人不作一聲咄, 只兩瞳淚汪汪如雨下. 玄令及少年, 亦不勝惋歎咄嗟, 縷縷說話, 慰解老人, 老人遂拭淚而坐. 玄令寫券訖, 乃呈券, 取少年草藁, 方加點化若干處, 忽少年向老人發說曰: "侍生極知不安, 然尊丈今日事, 莫非數也, 今無奈何. 尊丈所作文, 旣屬無用, 侍生净書於侍生之試券而呈之無妨, 敢請尊丈俯許之." 這老人瞠然視少年, 帶得不平之色. 良久, 忽高聲曰: "君言良是, 亟取君試券書之. 嗟! 吾今年七十有三, 前後赴會圍, 數十餘次, 今日所作爲最得意. 吾雖此生更無決科之望, 鄉里少年之適値此會, 得做進士也. 非惡事, 亟取試券書之." 少年不勝歡喜, 展券抽筆. 玄令曰: "君筆不及吾筆之敏, 吾爲君書." 遂濡毫而書之, 老人坐其傍, 句句呼之字字呼之. 書了第一第二句, 又書第三句七字. 老人曰: "此以下七字, 勿書之." 以手指界限之空七字, 乃書四句以下連書內連幅外連幅, 仍書後幅訖. 老人曰: "今而後可書第三句空七字." 玄令曰: "諾." 老人低聲曰: "寫了'學'字." 玄令書之. 老人左手展開摺扇, 覆'學'字, 右手持鏡障眼, 左看右看, 四面視八面視, 或恐人之過而見之. 玄令曰: "以扇覆字墨不乾矣, 欲屏去之." 老人力挽曰: "此七字爲緊要處, 人見之則

---

1 저본의 훼손으로 판독이 불가능하지만, 문맥상 '번(飜)'으로 판단하여 번역했다.

事休了." 更持扇緊覆之, 又曰: "寫了'士'字." 玄又寫之. 又以扇覆, 又看望人之來否. 又曰: "寫了'存'字." 又曰: "寫了'之'字." 又曰'可'字, 又曰'去'字, 又曰'矣'字. 旣寫則字字扇覆, 旣畢書, 乃'學士存之可去矣'七字也. 玄令曰: "此七字有何新奇尊丈秘之乃爾? 又'存之'二字, 是何語耶?" 老人曰: "君不多讀, 故不解此耳. 存之乃畢諴字也. 此場中必鮮有用存之者, 是存之二字, 必然入格, 君勿多言." 遂呈券及考券時, 參副諸試官, 乍看第一第二句, 或曰: "冷水." 或曰: "古談." 或曰: "迂闊." 以朱筆抹打之. 又讀學士存之, 僉曰: "凶哉! 是何語耶?" 又打抹之. 獨上試官, 徐以朱筆, 還生抹處曰: "儒生盡精作文, 試官瞥看而抹打. 又自古通患, 諸公知戒也." 諸試官曰: "'學士存之', 其成說乎? 此而不落, 此場中更無落幅紙, 四面朱筆, 如斜風裏雨腳貫革場箭鏃, 飛也似入來." 上試官乃正色却坐曰: "諸公有知畢諴字者乎?" 僉曰: "畢諴字, 不載於傳記, 不出於稗說, 後世誰有知者, 然畢諴字之知不知, 何關於此券之考乎?" 上試官曰: "諸公鹵莽如此, 低視他人文字可乎? 存之乃畢諴之字也. 此儒生博覽, 故能知而用之, 文雖有疵, 固當恕之, 且吾觀全篇, 固迂闊無味, 然不失題之本旨, 此必是五六十年前實才也. 五六十年內, 文體大變, 此作雖不合於諸公時體之眼, 此文決不可落黜." 遂大書'次上', 諸試官大慚無敢更言者. 少年遂得高中.

2.

晚休朴公, 吾先君子之外王考也, 以藻鑑名於一代. 典文衡嘗主試增廣初試, 表題乃'漢群臣賀於園陵幸行之日, 甘露降於陵樹也.' 晚休如廁而還, 諸試官, 方取一試券, 以筆亂打之. 晚休瞥見, 其講題句曰: '豈無他山, 必於園陵之樹. 適在是日, 可見天地之心.' 晚休遽曰: "諸公休矣. 試觀此講題句, 此試卷不可泛忽看過, 須聚精更看之." 諸試官素嘗服晚休之藻鑑, 故卽皆捨筆而取券諦觀之, 俄者之亂打者, 純是白玉無瑕矣. 諸試官皆曰: "吾輩醉眼, 幾乎失了實才." 遂置高等.

3.

朴靈山師厚丈, 多讀博覽, 其爲程詩, 瞻厚工鍊. 試看其崖海日出題詩敍事, '龍顔在背宿誰家? 魚腹當頭催我行.' 一句則其工夫到處可知矣. 然而出而遊泮庠, 東敗西喪, 名不掛榜. 吾族祖井谷副學公, 以學敎授設庠制也. 覽朴公之券, 始也打其第一第二第三句, 又濡朱筆, 將打抹鋪頭句, 忽然微吟一回, 又高吟一回, 更看第一二三句, 命書吏拭去朱筆打抹痕, 來連下批點七八句, 書'二下', 置壯元. 自此朴公所向, 必捷聲名, 遂大播.

4.

某年間, 帶方府伯某之東床某, 登上舍, 將榮到帶方. 帶方伯大供帳, 遍邀境內進士. 赴席會者二十餘人新恩, 至美風神眇少年. 座中有八十老進士問新恩曰: "尊公年紀幾許?" 曰: "四五少一." 曰: "參榜於初場乎?" 曰: "終場." 曰: "呈券以義乎以疑乎?" 曰: "義也." 又問"做義凡幾首?" 曰: "年少, 故不能致力於行文工夫, 初試前做三首, 會試前做二首, 平生所作合爲五首." 老人曰: "京華士夫, 何做義之多至此?" 新恩笑曰: "致力於終場工夫者, 做文多, 或五六百, 小不下百首, 方可鍊熟. 今做五首義, 僥倖參榜, 尊公之謂多作, 誠不可曉也." 老人曰: "老物做義四千首, 七十後始做進士. 請說曾前所經歷. 老物少時做義五百首, 出而應擧, 連不利. 又做五百, 又不利. 發憤又做千首然後, 方得每榜參名, 而猶不利於會試. 又做千首前後, 凡做三千, 自此見題, 初不搆思, 下筆便已成章. 每榜必居魁, 或居第二第三, 而終然不利於會試, 心竊悻之. 意者工夫終有所未盡耶? 又一膝做千首, 如是之際, 年踰七十矣. 某年鄉試, 又魁初解, 明年赴會圍, 入場門已封, 題未懸. 老物與同鄉數少年, 占地而坐, 忽有京華一少年容貌端雅步履安詳, 來坐席上曰: '老人居在南原乎?' 曰: '然.' 又問'老人做義萬首果然乎?' 曰: '萬首浪傳, 而老白首至此, 自然所作爲累千矣.' 曰: '少年, 故全不知義程式, 望老長指敎之.' 老物心竊悻之, 竊聞京華士子多孟浪,[2] 此少年必借述於初試也. 遂答曰: '尊公眞箇不知義程式, 則何以做初試, 入此場乎?' 曰: '吾以陞補初試合製初試, 赴今日之場, 然至於義之爲文, 不但做不得, 他人文字亦看不曾, 少年寧有一分欺情於老人乎.' 老物遂以起頭也如此, 蓋字如此, 是以如此, 大抵, 鳴呼篇終如此, 一篇程試, 反復言之. 少年曰: '但如斯而已, 則不至甚難, 初學亦足依樣葫蘆矣.' 老物曰: '無難耳, 但解綴文則可爲之, 尊公努力.' 少年遂起去移步數十武, 老物呼曰: '敢請更話一句.' 少

---

2 저본에는 '맥랑(麥浪)'으로 되어 있으나, 『일성록』 정조 15년 신해(1791) 4월 4일 기사의 용례에 따라 '맥(麥)'을 '맹(孟)'으로 교감했다.

年更來坐席老物曰: '雖涉唐突, 願聞尊公姓名, 使得知榜出後立落之如何.' 曰: '鄙人即趙文命.' 乃起揖而去. 榜出則趙乃居魁. 老物以四千首積工, 始得參第五名, 意謂趙雖文章士, 平生不知義之爲何許文字, 但聽吾言一遍, 初手作文, 寧有二百榜居魁之理乎? 此必借述, 急索科作而見之, 乃自搆, 非借述也. 爲文精切而有華采, 但不知程式, 故只依老物之言, 逐條做去, 或恐違越於程式, 不敢騁筆. 而下一半句枝辭蔓語, 其於經義之闡明, 要約分明, 宜乎其居魁也. 至若老物之作, 筆頭滑, 終不無贅說話剩文字之雜錯, 所以讓頭於趙公者也. 老物謂司馬遷蘇東坡非可畏, 可畏者乃京華才士也. 彼趙公如彼, 尊公之五首義, 謂之多也, 老物之言, 非妄耳." 新恩頗有憮然色.

5.

某年間, 驪州牧使某夢, 東軒方席上黃龍盤臥, 忽風雷大作, 衝天而上. 牧使睡覺, 故遲遲不起枕. 時春塘臺試, 期不遠, 意欲觀先坐此席者爲誰人. 俄而牧使之子, 自書室出來問寢, 坐于席邊空地. 牧使曰: "何不即席坐, 坐於知印輩往來之地?" 其子以手推席移身, 坐前鋪席處. 牧使悶甚, 然任之, 遂起盥洗訖, 開戶而坐, 座首直入, 拜謁於席上. 牧使曰: "今番春臺, 座首將欲觀光乎?" 座首曰: "民生來不習科文, 不赴白日場, 春塘大科, 何敢生意乎?" 牧使曰: "科擧在數, 不必自己善文. 數通則何患不得文?" 座首曰: "科場雖或有借文呈劵者, 今世誰人看了八面, 不知驪州座首代述科文? 以公而言, 目今外倉分糶巡使行部, 擧行事甚多, 以私而言, 無以辦試具行資, 惶恐不敢承命." 牧使厲聲曰: "吾一出言, 座首安敢多談?" 仍呼工房, 使探得下江船, 小帖紙書試具行資物種若干, 署花押搨印而授與之曰: "明日發程, 入場, 善處事也. 如或曳白而歸, 則將不免受笞汰去矣." 座首敬諾而退, 翌早騎船一宿而抵泊京江, 然自少在野, 家看農, 不然非座首則都監, 長在鄉廳, 曾不踏興仁門內一步地, 入城無寄食處. 嘗聞出嫁從妹在第二橋畔, 周行滿城, 艱辛尋覓其家. 而去其從妹, 逢着從兄, 於積阻餘, 探問家庭碗大匙小底事, 仍問所以來之由. 座首具以事狀言之, 仍曰: "赴擧, 萬萬非吾所欲, 爲迫於城主之命, 作此千般厭萬般苦之行. 吾將何以得免曳白?" 殊覺頭痛時, 其從妹婿在傍曰: "君勿慮也. 吾將入場有同硏友四五人. 要得做及第之文則難矣, 但求免曳白至易. 第我鬚邊多懸鷄炙也." 相與大笑而罷. 留二日, 將入場三更量往弘化門外, 待開門. 座首疲甚坐睡於多士簇立之中, 夢一金冠朝服人, 以笏打座首肩背曰: 睡了! 如是忘却了'拱'字則奈何?" 座首大喫驚起立, 門始開矣. 隨衆萬死一生艱辛入場, 日出時懸題. 其從妹婿及同研諸人, 方低首圍坐, 製者製, 寫者寫. 人皆着忙着慌, 獨座首閒無事坐了. 入場時從妹, 以藥果二立裹破冊張以贈之曰: "場中必虛腸, 出此啗之." 是時座首探袖中, 出而啗之, 啗訖視冊張, 元來此冊張, 乃『表東人』. 冊張上精書表一篇竝書, 望則當題, 與試所懸題, 無一字加減. 座首雖不能作文, 兒時嘗受通史二三劵, 能略解幾箇字, 見此心甚怍之. 一接諸人, 皆次第呈劵, 座首乃曰: "此『東人』, 是何許文字耶? 無論善惡, 寫此呈劵, 何如?" 諸公試看一看, 聚首一讀皆曰: "措大胡不早言此乎? 此是佳作, 寫此呈劵, 不徒免曳白, 甲科亦可, 乙科亦可!" 一接諸人相云: "某也書法敏速, 取驪州措大試紙書之." 其中一人, 被諸人之勸, 抽毫書之, 運筆如飛, 字亦楷精, 瞥眼間書了過半, 忽看『東人』張, 有火落痕大如大豆, 缺一字. 其人停筆, 諸人搆思要得可合字. 甲者曰: "某字如何?" 乙者曰: "不馴." 丙者曰: "其字極好!" 甲者曰: "未妥." 諸人爭難曰: "三士會則大提學, 此一字, 寧有不得之理?" 方在苦吟敲椎之中, 座首忽想起夢中忘却了'拱'字之事, 遽曰: "拱字如何?" 諸人齊聲曰: "極好極好! 此措大乃能文士也." 遂書'拱'字呈劵, 座首遂擢甲科第一人.

6.

科場之有關節蹊逕, 其來久矣. 昔者, 春塘試士, 有京華士子, 與命官約, 以呈劵於最末軸最末張. 旣寫劵, 而故不呈以待滿場之畢呈. 有一遐方措大與京華士子連席而坐, 見京擧子故爲遲滯之狀, 心怪之. 暗想道此必有妙理, 亦寫劵而不呈以觀京擧子之動靜. 是時日勢近晡, 臺上連呼, 試帳方掩, 試劵也速呈. 滿場多士, 皆已呈劵, 或登壯元峰開壺飮酒, 或坐池邊掬水洗面, 有障扇熟睡者, 有取水洗飯者, 吸草者, 啗鷄炙者, 摺兩傘捲席者, 來者去者, 立者坐者, 對立而偶語者, 萬殊其狀. 滿場中, 未呈劵者, 獨此京鄕兩擧子, 拱手對坐, 時時睥睨, 與兩鷄欲鬪者, 十分相似. 看看西日下山, 忍不得京擧子, 先向鄕擧子問曰: "君胡寫劵而不呈?" 鄕擧子曰: "此所謂我歌査唱, 君則何不呈劵?" 京擧子曰: "吾則平生性癖, 必呈劵於最末軸, 君若呈劵則吾亦呈劵." 鄕擧子曰: "怪哉! 君之性癖, 一何與我同耶? 是所謂詩人意思也. 君不呈劵, 吾亦不呈劵." 京擧子曰: "若爾則得不曳白乎?" 鄕擧子曰: "遐方冷跡, 寧有春塘試做及第之理? 呈券而落榜, 無毫分勝於曳白, 寧曳白, 吾死也, 不呈卷." 京擧子曰: "今日夢惡, 遇了鄕曲土木公, 此何等憂患!" 鄕擧子曰: "今夜夢亂, 遇了京華瘧疾魔, 此何等厄會!" 京擧子無奈此鄕擧子, 操操悶悶, 忍住不得, 又向鄕擧子語曰: "今則吾兩人, 俱將曳白, 君更思之, 豈無善處之道乎?" 鄕擧子曰: "有一條好道理, 君持吾券, 吾持君券, 吾兩人, 各自盡死力疾走, 疾足者, 可呈於末³軸, 君意以爲何如?" 京擧子曰: "恰好好." 於是, 兩人換持試券, 兩券也緊握, 三步做一步, 縱使天神在背後叫了住了, 脚便不聽了. 遇高則跳, 遇凹則超, 儒巾兩耳, 飽受風, 摺向後面飛也, 似走去, 瞥然間近了臺下. 京擧子忙忙呈鄕擧子之券, 鄕擧子在京擧子十許武之後, 纔見京擧子之呈券, 乃誤跌足, 落身薑田隅池中, 和試券也, 滾倒淖泥中. 京擧子, 旣呈鄕擧子之券, 始回身立, 喘吁吁, 流汗如水. 定睛看了鄕擧子之抱券, 落在池水中, 雖驚呼頓足, 已無奈何. 鄕擧子, 遂擢第.

7.

趙后溪裕壽, 以文章有盛名, 尤工於騈儷, 然困作也, 故晚而不第. 晚休文衡時, 節製有命, 承牌詣闕外, 北溪李相國, 以內局都提調, 先已在闕外候班矣. 晚休行禮數訖, 兩手據地曰: "小人今將進泮宮試士. 目今朝著, 提學望乏少, 可悶, 儒生中有文章士, 登第則可以典文衡, 小人欲揀取之, 如何?" 北溪曰: "誰也?" 曰: "趙裕壽也." 北溪曰: "吾亦聞此人之名, 取之爲當." 晚休曰: 小人與此人, 曾無半面之分, 但一見其文, 今雖揀取之, 不可謂之私, 而終是考官之先屬意於擧子, 恐不得爲十分當然底道理, 故疑莫之定, 敢以奉稟矣. 北溪曰: "大監之意, 直出於爲朝廷求大提學而已, 此非屬意於儒生也, 然以大監之藻鑑, 得其文而取之可也, 如或坼封而見之, 使人覘其呈券之軸等事, 皆不可爲矣." 晚休曰: "小人, 嘗見其私藁, 足以見其文而知之, 至若蹊逕不正之事, 豈忍爲乎?" 北溪曰: "如是則努力必得, 無或遺珠也." 晚休, 遂往洋官懸題, 以后溪宿搆中解題同而命意彷彿者, 出題. 后溪之兩姪, 隨后溪八場. 其小姪, 磨墨洗硯, 取后溪之草藁, 看檢寫券, 覓出『類聚』、『東人』等冊子. 其大姪立后溪之背後, 視后溪之作, 瞥然謄出移書自己試

●

3 저본에는 '미(未)'로 되어 있으나, 문의(文意)상 '말(末)'로 바로잡았다.

券, 自頭句至'何圖'以上四長句, 無一字變改, 全用之. '何圖'以下, 自製寫之, 方寫望則當於券紙. 其小姪見此大驚, 卽提其從兄, 附耳低聲語曰: "兄乎! 此何事也? 今日大提學之嘗嘉賞吾叔父之儷文, 又嘗嗟惜叔父至今不第, 兄豈不聞乎? 今日之題, 乃叔父宿搆中同解題也. 今日叔父必然登第, 兄乃用叔父四長句, 先呈之! 在他人, 尙不可, 況以子姪而爲此乎? 其從兄曰: "唉爾! 不解事, 胡至此甚. 叔父, 今日丁寧曳白, 吾以叔父之文, 得第有何不可? 吾券雖寫訖, 叔父若呈券則何難吾券之折乎? 吾券姑摺, 藏冊袂, 爾試觀之. 叔父之曳白, 丁寧矣." 后溪, 方苦吟製'何圖'以下, 字字敲椎, 句句鍊削, 纔成一句, 高吟低唱, 以扇拍地三四遍. 始乃呼其小姪, 使書試券, 下山之斜日, 無力挽止. 是日也后溪, 竟曳白, 其大姪, 擢第.

8.

權公某, 贅居驪州元氏家. 權公軀殼碩大, 酒戶食量, 數十倍於常人, 不甚致力於公車文字, 五十而名不掛榜,[4] 又不留意於產業. 元自是富饒家, 而待權公頗薄, 所以濟施之道, 年年減削之. 權公赴擧則元每曰: "不緊矣. 公然費了道路房錢店婆酒債也." 然權公聞科則必動. 某年間, 參榜於別試初試, 多士之得初解者, 皆日夜着忙讀講作文, 獨權公則不讀不做, 聞隣家有酒, 夙往飫了. 日日如是, 應講日, 隨多士往焉, 及登講席. 見講章, 權公自喉間, 出蚯蚓聲, 低微斷續, 聽者不能卜其句讀. 諸考官, 自帳內問曰: "擧子讀書聲, 何其低微乎?" 權公又細細發聲曰: "晝夜讀講冊, 喉腫, 聲不能高矣." 考官曰: "擧子云何?" 權公又如前云云, 試官曰: "擧子之言, 不能聽得." 書吏曰: "擧子喉生腫云矣." 考官曰: "喉雖病, 講亦重, 寧有不聽講聲而出椎之規? 更高聲讀之." 權公又細細發聲曰: "旣非庚申年未講, 講無再讀之規, 喉實病, 聲無可高之望." 考官曰: "然則書不字而退." 權公曰: "吾已讀講而無一字半句誤讀, 吾豈書不字乎?" 考官曰: "考官不聽之講, 何以出椎乎?" 權公曰: "擧子讀, 而考官不聽, 此豈擧子之罪乎? 自試所明言'某句讀, 汝誤讀, 則可書不字.' 不然而擧子公然書不字乎?" 爭難半日, 權公, 竟堅坐不退. 諸考官不堪支離, 乃出粗椎. 及到會試日, 多士, 咸聚殿庭. 一宰相子第, 方携席, 占坐處, 兵曹書某, 以役書入場中, 携宰相子弟, 往月廊第三間前柱下, 附耳語曰: "夜夢, 此柱

---

4 저본의 '방(傍)'을 '방(榜)'으로 바로잡았다.

下, 黃龍衝天而去, 進士主, 必坐此柱下, 無使他人來坐." 彼進士, 布席於柱下, 貼背於柱而坐焉. 日出時, 懸策問題, 進士自是富文藻者也, 下筆便已成虛頭, 俄又成中頭. 取試券開硯, 將磨墨時, 權公適過此. 權公與此進士, 有些面分, 權公仍坐曰: "今日意塞, 曳白丁寧. 君作幾許? 暫許我一見." 進士曰: "起草而未圓, 無足相示者." 權公作色曰: "平生故舊, 情誼自重, 試場文字, 秘不相示, 此豈道理?" 遂以泰山相似大身軀, 闖坐柱下之席. 這進士, 自是尖尖弱骨, 輕如秋葉, 被權公之肩磨膝逼, 不覺四大全身退出柱外. 試文也, 猶屬餘事, 此身之退出柱外爲懊悶, 乃出袖中草藁, 示權公曰: "幸君少退坐雲看也." 權公遂袖其藁, 起身立曰: "今則吾事濟矣. 得此虛頭中頭, 滿場中許多親舊, 何處不得逐條, 此以下原弊救措篇終, 吾雖自爲, 無難." 便大踏步出去曰: "君自是善文者, 更製也. 此紙則吾持去矣." 這進士大驚, 欲趕去還奪, 而自心中忖度強弱不敵, 恐不可得, 又恐此身一起柱下之坐, 或爲他人之占得, 遂不往追, 更製之. 權公去, 便寫券, 逐條以下, 或用他人文或自製以呈. 留休城中一日, 翌日騎欸段, 出城還鄉. 一宿於店舍, 又翌日早發前進, 日亭午, 去呂州前路, 爲二十許里. 倦甚少憩樹陰下, 忽有急足數人, 自京城路來到樹陰下問權公, "此去呂州邑內爲幾許里, 且從何處路去乎?" 權公曰: "何爲而問乎?" 曰: "持秘封去." 權公曰: "汝出榜目, 則吾當指示前路, 竝指及第人門巷." 其人出榜目, 李光佐巍等, 權公亦參榜矣. 權公乃迂回指呂州路曰: "自此直南, 從某山右, 涉某川, 少東, 是呂州路, 距此爲五十里. 李家在邑內某向處, 權先達在其妻家元宅. 權至貧, 搜其家, 無可直一文者, 元自是巨富, 然吝甚, 汝輩去無所得, 汝輩但依吾言, 急往先搜李家故遲. 至黃昏來到元宅, 一人呼榜聲, 一人躍入北籬, 破其壁而登其樓. 當此之時, 渾舍婦女婢僕輩, 必皆窺圍中門在前面, 更無一人, 看守後面. 樓上多年所儲銀錢、銅器、綿布等物, 汝其隨意攫出, 仍直入外廊, 復收去衣服什物也." 其人唯唯而去, 權公乃語其僮奴曰: "吾爲及第矣. 汝其鞭馬疾驅歸家, 愼勿發此言, 只待俄者秘封軍." 遂上馬從間路前發, 未晡時抵家. 密語其夫人, 使收拾若幹衣服、瓶盎、米粟而深藏之, 又丁寧囑勿漏此言, 索飲一大椀酒, 始乃往見元. 元曰: "今番, 又公然壞捐了多少錢!" 少頃, 聞光佐家榜聲, 鄰里聳動赴觀者, 來來去去, 絡續於門外. 及到日色初昏, 近人卜遠人迷之時, 一箇秘封軍, 直入元堂中, 大呼榜聲, 盡取屋中所在物而去, 樓中物, 一皆攫去. 權公明早, 當發應榜之行, 而以無馬爲憂. 元曰: "騎吾馬以去." 權公曰: "聘丈此驛,即名骨而價多, 外甥體重, 近二百里疾馳, 病發可慮." 元曰: "應榜爲重, 馬病何暇念及, 且此馬, 汝其永騎也. 馬是耽羅新買來, 日行三百里, 價是四百緡." 權公每曰: "及第非快, 聘丈愛此馬, 平日不曾許我五七里騎出, 今吾得, 此爲快事也."

9.

鄭參判彦燮, 遞歸寧邊府使. 後三四年寧之儒生三人, 赴監試會試入京. 會試初場翌日, 三儒來謁鄭台問候訖, 自袖中出場屋所作詩, 願聞利病欲知立落之如何. 其一人, 乃老實才, 而鄭台在寧時, 頻頻承顏, 二人少年而初面也. 鄭台取老實才作, 乍看而摺置之, 次取兩少年作, 再三覽過, 徐曰: "有數則足可以待榜." 至於老實才作, 終無一言提及. 老實才, 始意 '吾則數年出入官家, 略有顏情, 且嘗嘉獎科文, 勸之努力. 今見吾作, 雖或失意, 必蒙獎許矣. 今乃只向兩少年, 謂足以待榜, 甚是恠事, 不堪泄菀,' 遂近前, 更坐而請曰: "小生所作, 有何疵病乎?" 鄭台默然者良久乃曰: "場中事, 雖慌忙, 處事何如是胡亂? 君之作, 君更仔細看之." 老實才, 更取自己作, 看了又看曰: "更看, 無違格妄發處, 未知全篇能不失題旨耶." 鄭台曰: "君胡昨日之醉, 今亦未醒乎? 篇固不失題旨, 句語亦多動人, 然但第一二兩句押韻, 奈若之何?" 老實才, 更取草看之則乃第一句押韻天字, 第二句, 又押天字.乍看不能出一聲, 兩眶淚汪汪如雨下.鄭台熟視, 不勝慘然, 乃以善辭慰解曰: "違格無妨, 妄發何傷? 數通則亦可爲之, 初二句疊韻, 古今寧有此乎? 但以行連書, 試官之醉眼, 無恠乎不能省覺." 畢竟試官眼醉, 這儒生, 便高中.

10.

南九萬中別試初試, 與同硏友某甲某乙, 做策問於鵝峴. 會試期迫, 忽一日人有來言 '東大門外馬場橋邊, 黃龍從空中落地, 滿城人, 方犇波往見.' 南促轡馬, 將出見, 要某甲偕往, 某甲曰: "吾則不去." 南曰: "不去何意?" 某甲曰: "見龍忌登科, 今會試迫頭, 往見落地之龍, 不祥甚矣, 吾則不去." 南曰: "見龍妨科之說, 自是無稽. 縱使其言有據, 環一世登科者無數, 從古見龍者爲幾人? 雖終身不第, 吾則必往." 屢起某甲, 某甲竟不聽, 又要某乙偕往, 某乙始難之, 南苦起某乙强勉, 將起身, 某甲力挽, 則又還坐. 被攙掇挽住, 乍東乍西, 欲起還坐者, 凡七八次. 看看日勢向晚, 南遂獨往, 纔出東郭, 腥氣逼人. 既至馬場橋, 蜿蜒脩鱗, 橫臥平沙. 混天地, 作一黃金世界, 這神物, 時時擧頭角, 向空中噓氣, 每一噓, 則自遠遠空中飛來一片黑雲. 噓之又噓, 片片黑雲, 從四方來, 掩翳龍之全身, 頃刻, 天地都是黑暗暗, 龍更不見. 於是風雷大作, 黑雲捲散, 龍已上天, 此乃龍之變化也. 是科也, 南巍捷, 後登鼎席, 某甲, 後亦登科入相, 獨某乙, 三人中最善文, 而大小科竝不做, 蔭仕也亦不得. 南之寧不得第, 必欲見龍, 某甲之寧不見龍, 以必第爲意, 縱有優劣之可論, 然同歸於各有所守. 彼某乙之被驅則行, 被挽則住, 專無自己主見管攝我七尺身軀, 宜乎彼二人如彼而此一人之獨無成就也.

11.

有一措大善文善筆, 然嗜酒甚, 每赴場屋, 見試題, 必飲一大白, 一盃一盃復一盃, 便沈冥不省, 天地及夜, 涼露下, 方睡醒而起, 時則萬場無一人, 試帳已掩. 前科如是, 後科如是, 平生不得呈券, 親朋, 每嘲笑之, 亦不以爲意. 日月如流, 居然年過四十, 兩兒子成長, 皆善文筆. 赴擧則兩子隨入父, 雖醉倒, 兩子一製一寫, 榜出輒高中, 然會試則每曳白, 前後發解, 近二十次. 年七十一, 又點初解, 會試日子, 只隔數日, 兩子侍其父親坐而垂泣, 措大曰: "汝輩胡爲泣乎?" 兩子曰: "大人春秋, 已高, 從今不可更赴場屋. 兒子輩, 只懸望今番會試, 而大人必復過飲而曳白, 兒子輩, 安得不泣乎?" 措大見其垂泣, 聞其眞情, 不覺愀然感動乃曰: "吾爲汝輩不飮入, 語婦女輩, 炊餠盛柳器, 屏去酒壺也." 兩子承命, 歡天喜地, 整頓書冊筆墨等物, 去酒而包餠, 作爲一擔. 試場日, 兩子扶其老親, 至棘門外, 送入場中, 在門外終日等待. 這措大, 入場時, 是九月晦間, 寒霜初下, 天氣寥慄. 老人頗覺體冷又腸虛, 飮戶翻動, 然旣許兩兒以不飮, 雖欲飮, 又無酒, 且開柳器, 取一片餠, 咀嚼餠. 是平生不近口者, 胃氣不開, 强呑則喉棘入. 口者艱辛和涎嚥下肚裏, 在手者還擲柳器, 悄然萬事不入心, 拱坐而已. 忽聞隣接雨傘下二人相語曰: "日寒不久, 試題當懸, 吾輩且飮一盃如何?" 聽其語音, 認是南隣某友之子也. 老人乃字呼其人曰: "某甫." 其人側耳一聽, 亦認此老人, 乃慌忙起來曰: "坐在咫尺, 而尙不識尊丈之占地." 於此老人曰: "君有酒乎?" 曰: "有有." 老人曰: "日寒氣不舒泰, 君幸分我一小盃." 其人曰: "今日之寒, 無異冬日, 小盃酒, 不足以發醺氣." 遂滿斟一大瓢以進. 老人曰: "過矣." 去其三分之二. 其人曰: "尊丈酒量, 侍生稔知. 此酒非過, 何減之有?" 老人搖首揮手曰: "過矣過矣." 其人曰: "非過矣." 强進之. 老人曰:

"吾許兩兒以不飲矣, 日寒故索飲之. 君苦勸如此, 去其半, 與我飲." 其人始聞知其眞情, 乃去其半而進之. 老人一吸而盡, 滿臉堆下笑來曰: "儀狄, 眞聖人也! 今以後, 可作驚人句, 而懸題何其遲遲耶?" 少焉自臺上呼一聲, 高高懸了詩賦題幷解題押韻, 時刻分明大書特書, 糊貼繩貫, 懸在板子上. 這老人擡頭, 看了一遍試文也, 欲聚意構思, 而元來此老大飲戶, 而俄者之飲少. 如許一片精神, 都在糟丘鄉, 相如之喉轉渴, 東野之肩不高. 強撚髭而苦吟, 忽叉手而無心. 欲更索飲於其人, 而俄旣搖首揮手, 過矣過矣, 無顏更去索飲. 或坐或臥, 忍住不得, 遂起身立. 移步彷徨, 忽見不遠地三少年圍坐開壺細酌. 就中一少年, 乃異姓遠戚侄也. 老人住了脚發聲曰: "少年有酒, 獨飲可乎?" 這少年顧視而驚謝曰: "不悟戚丈之在此." 遂斟一盃進. 老人曰: "斟酒於栗殼, 喉也不足沃, 腔何以澆?" 少年曰: "場中不可得大杯, 雖小杯, 連斟之, 恐無妨." 老人曰: "好好矣!" 遂連倒了七八杯, 始回身還坐. 終然酒未十分滿量, 思飲轉甚, 又起立負手, 行滿場中, 遇酒則無論情親情疎宿面貌生眼鼻, 索飲之. 南庭引了白醪, 北庭吸了紅醑, 大碗小盃, 亂無巡, 灌下肚裏. 始擺擺搖搖, 脚底平地, 忽高忽低, 歸來玉山自頹, 忘却了此身方在試場中. 此老從前醉到此境界, 輒將試紙, 以紙繩緊縛了左脚, 便睡, 今又依前試紙也縛在左股邊, 破扇子障面, 冊褓筆硯餠器也都携來, 作枕, 坦腹而臥. 腦懷陶然, 尻輪神馬, 去去向無何鄉裏, 不禁鼾息如雷. 看看西日下山, 入場多士, 紛紛納劵已了, 鱗次收拾書冊, 出門而去. 最晚一少年, 呈劵過去, 見醉睡老人, 熟視乃其祖父如兄若弟莫逆之交也. 此老之平生醉睡曳白, 這少年亦稔知, 今乃目見不勝嗟咄, 乃附耳高聲而提醒之. 千呼而不應, 萬喚而又不應, 又以兩手, 翻轉其身, 而連呼之. 此老始微開睫, 直視少年曰: "汝何曾餉我一盃? 誰謂我醉? 我也今日酒也, 一勺不飲." 又曰: "乾坤天地, 會試是何物? 可笑可笑. 進士何物, 及第何物? 王侯將相, 皆可笑." 忽以扇拍地曰: "孔某盜跖, 皆塵埃." 便闔眼冥然. 這少年計無奈何, 將起立, 瞥見左脚邊縛着試紙, 便沈吟一回, 遂草草走草試文一篇解下試紙, 忙忙寫了, 呈劵於最末軸. 更來欲扶起, 老人則重如泰山, 萬牛難回, 不得已少年亦出去. 恰恰到黃昏, 老人被露灑面, 始欠伸而起, 天色已黑, 試廳上, 列燭如星, 滿場虛, 無一人頭也. 覺暈如墜烟霧, 細想自己當日事, 西楚伯王, 沈舡破釜之雄圖, 都消了幾盞麴蘗, 擧顏將無以更見兩兒. 方在千般思萬般想之中, 手探左脚邊, 試紙亦沒有矣. 忽然生好箇道理, 口裡不言, 心裡暗商, '歸見兒輩, 吾將如是說去.', 遂收拾筆硯兩鬢鬖鬆, 儒巾也掛在腦後, 步出棘圍門. 于時兩兒子, 各持左右門扇, 垂頭而泣. 這老人以扇打兩兒之肩曰: "翁也出, 兒也睡耶? 大兒小兒, 都是豚犬耳." 兩兒大喫驚, 左右扶護曰: "大人何爲過飮至此? 今日又曳白乎?" 老人曰: "今日則早早呈券. 爾看我左股無紙, 旣呈券, 飮之何傷? 飮了多少, 今始睡覺而出." 兩兒聞此, 相顧懽喜, 扶老人上馬歸家. 纔入室, 兩兒請見草稿, 老人大責曰: "汝輩, 全不識奉老之道! 吾過飮纔醒, 飢倦俱甚. 汝輩當催進夕飯, 整衾枕, 使我穩眠度夜, 以待淸朝, 今乃索見草藁乎?" 兩兒敬諾而退, 擎進夕飯. 飯訖曰: "汝輩退去, 吾欲就寢." 兩兒俱退去, 於是老人張燈而坐, 敲椎作試場文, 滿意圓了全篇. 藁紙也, 墨汚數三處, 摺了井井, 恰似場中暗草樣. 納之袖中, 穩睡過夜, 翌日淸朝, 兩兒來問寢. 老人乃曰: "吾袖中有場中草藁, 汝輩出而看, 草不失題旨, 頗是得意, 然立落在數, 不在文." 兩兒搜出袖中草稿, 聚首一讀, 果是得意佳作. 兩兒大喜踊躍曰: "今番, 大人必高中." 老人欹枕大笑曰: "兒輩不知科擧在數不在文." 兩兒退出, 方謀準應榜之具, 老人悶甚, 力挽而不聽. 及至榜出日, 兩兒出門入門, 懸望榜聲之至. 老人悶甚, 呼兩兒曰: "汝輩全不解事, 吾必落榜." 語未已, 持榜者, 大呼入門, 兩兒懽天喜地, 顚倒出門. 老人疾呼曰: "此必虛聲, 汝輩勿妄動也!" 兩兒手持榜目而進曰: "今榜目, 明白寫了大人姓名如此, 何以謂之虛聲耶?" 老人曰: "咄咄恠事! 榜雖如此, 萬萬無此理. 吾則丁寧落榜矣." 正說之際, 那夕陽場過去走草少年來賀, 乃細細說道當日委折. 老人乃高聲曰: "我不云乎? 科擧在數, 不在文."

12.

一措大, 自是累世田舍翁, 略有田莊. 自少時, 以看農爲事, 夢裏也念不到作文應擧矣. 年近二十而迎婦, 婦家貧寒, 然族黨盛而皆勤攻文赴擧, 而每榜得初解者, 少不下四五人. 新婦入舅家許多年, 未嘗見夫婿之赴擧也, 心甚恠之, 一日從容問措大胡不赴擧. 措大曰: "科擧非如拾芥, 捨我田家百務而作此麥浪之行, 非得計也. 且一赴擧而糜費多, 我也盟誓不擧." 婦曰: "不然. 吾見郎家之收穫, 用之一年, 而庭中每餘露困十餘, 某處之水田幾許, 某鄕之旱田幾何, 有牛幾首, 每年必買土千餘金. 家人產業, 只不飢不寒足矣, 安用此巨富爲? 赴科而得科, 雖不可必, 生子而赴科, 生孫而赴科, 又勤力於文字, 科甲之來, 亦可望. 以此爲子孫計, 乃兩班家道理, 只埋頭於田野間, 子子孫孫, 只知有禾麥, 目不識丁, 不知科擧之爲何樣物, 豈非可悶之甚? 一赴擧, 糜費多, 不過一年百金, 郎君之家, 此物, 乃九牛一毛, 郎君何惜費乃爾? 且以儒名, 聞科而必赴擧, 籬下村人, 方以兩班待之. 不然則與座首別監家等耳, 不足謂之兩班矣. 郎君須更思也." 措大低頭暗想室婦之言, 誠有理矣. 遽曰: "賢妻之言, 果然見得是. 自今吾將赴擧是秋式年監試." 措大之妻, 殺鷄春米, 以送措大. 措大往試所, 觀光往還, 費了一旬, 始歸家, 數日聞榜出, 而措大落榜. 風傳某邑某爲壯元, 某邑某某也某也, 巍參云云. 措大入內間, 其妻曰: "吾家之某村阿次父高中, 今榜某村早父亦參榜, 某村某弟亦參榜, 某村某侄亦參榜." 措大曰: "不干我, 說話聽也厭了, 夕飯也速持來." 是時飯已排床, 妻呼又鬟, 擧床來. 措大乃擧匙揷取飯, 大如拳, 擧匙至口處, 顧其妻曰: "俄者君言誰也高中, 誰也亦參?" 妻曰: "俄己言之, 再說何爲?" 措大曰: "我忘之耳, 爲我更言之." 妻又曰: "某村阿次父高中." 措大乃大開口, 納其匙, 瞬其目而呑其飯曰: "初試雖好, 其味恐不如此大匙飯也." 又擧匙曰: "又誰參榜?" 其妻笑曰: "某村早父." 措大又呑飯曰: "渠雖初試, 今夕飯也必不得喫." 飯訖, 遂屈指計曰: "今番試場, 紙筆墨費錢幾何, 往來路資爲幾何. 鷄也米也所費無數, 公然損我稻合爲幾斛? 若以此稻之數分散, 子母息或長利, 或貿鹽於浦村, 或貿綿花於峽中, 則當得錢幾許, 可以買良田幾斗落? 公然聽不解事婦女之言, 作此損財不緊之行. 且科擧固非如我輩之可得, 然旣赴之後落榜, 終然有無聊底意, 聞某也某也之參榜, 我心不能不不好. 自今以後, 眞盟誓吾不赴擧也.

13.

一措大, 善公車文, 前後占初試, 幾數十次, 數奇, 每見黜於會試. 年七十, 又參鄕試榜, 赴會試, 留連於泮村. 一日早朝獨坐, 朝日方杲, 見主人家東壁障子塗紙, 乃試紙也. 起而近前, 諦視之, 乃自己曾前會試所呈之券, 凡三丈而皆是入格者也. 措大甚恠之, 莫知其所以然, 政在理會不得之中, 主人自外而至. 措大呼主人入室問: "此試紙何爲而塗此障子乎?" 主人曰: "落幅紙之塗人屋壁, 自是常常例事, 何致恠而問耶?" 措大曰: "此落幅, 乃入格之券, 得不恠乎?" 主人曰: "生員主, 至今不知此妙理乎?" 措大曰: "吾實不知." 主人曰: "此乃換秘封也." 措大曰: "換秘封云者, 只換改秘封而已, 原幅, 當歸做生進者之家, 此券之在此塗障子, 何也?" 主人曰: "換秘封, 只改秘封, 乃中古鈍賊手也. 近年試官, 亦已知有此弊, 另加防奸

之道. 換秘封, 只改秘封, 則割封間, 刀割處摺印. 及天地字書畫濃淡生熟, 難得
左右之如一, 所以奸狀之綻露也. 今則人巧百出, 試所吏, 取低等入格之券, 自試
題至試文, 依原幅謄移於他紙, 朱筆批抹, 割封塡字摺印, 皆依原券而爲之. 原幅
則仍持來, 用之如落幅矣." 措大曰: "然則何許人, 爲此無狀之事乎?" 主人曰: "館
主人爲魁首, 試所書吏爲次.館主人, 只受遠客房錢, 何以責應接客而不乏自已衣
飯乎? 時或有如此橫財, 得以支過矣." 措大仰屋長歎, 有淚霑裾. 主人問: "生員
主, 何爲傷懷至此?" 措大曰: "障子上, 彼三幅券, 皆吾之昔年試文也." 語未了主人
滿面通紅大驚曰: "此乃吾之所爲也, 全不知生員主之試券. 吾乃爲殃及子孫之事
矣." 措大曰: "主人, 休這般說. 此莫非吾之數也, 吾今日始知科擧在數不在文. 明
日吾將歸去, 主人幸爲我措備行具." 主人曰: "生員這何說乎? 會試再明, 明日歸
去, 這何說乎?" 措大曰: "人力不能勝天定, 入格試券三, 會試皆入於換秘封, 吾豈
做進士之八字乎? 我也盟誓明日歸去矣." 主人曰: "人力豈不勝天定? 今番吾將使
生員主必做進士, 生員主勿復發歸去之說, 安心善飯睡." 措大曰: "主人何以能使
我做進士乎?" 主人曰: "是無難耳, 又當用換封之手." 措大曰: "吾老白首攻文, 以
換封做進士, 已不光鮮, 又事或綻露, 則大事出矣." 主人曰: "生員主之試文, 三度
入格, 歸於換封, 今雖換封做進士, 無一毫不光鮮, 且生員主年已七十, 只做進士
爲上策, 何論光鮮不光鮮乎? 事之綻露, 勿生狐疑也. 以吾之手, 行此之事, 鬼神也
不知, 生員主勿復狐疑也." 這措大被主人之苦挽, 不得歸去, 亦不入場, 畢竟以八
道拇指屈雄巨擘, 做換秘封進士而去.

14.

某年間, 國子長某, 設陞補, 初抄以首陽山出古風題, 再抄以富春山出題. 童子輩,
只願鴻門宴易水別等事實之多者, 前日逢首陽山, 意匠艱窘, 埋怨者多. 今又逢富
春山, 衆童子大患, 至欲戟手而罵之. 有一童子大字書紙面曰: '昨日首陽山, 今日
富春山. 先生雖好山, 小子不好山. 先生如好山, 何不早歸山. 好山不歸山, 眞是假
獵山.' 以呈之. 國子長, 監之一笑, 句句飛點, 書二上. 今戊戌七月十六日, 永同知縣
某, 設白日場, 古風題, 乃'戊戌之秋, 七月旣望, 登稽山【稽山乃永同別號也】館, 憶
蘇東坡赤壁故事有感也. 有一千可殺萬可殺.' 蒼髥老措大, 爲童子借作頭句曰: '罪
重罰輕, 恩補稽山.' 永同知縣, 見此大怒, 欲捕得其作者深治之, 乃以其券揮場而

召呈劵童子. 一童子大樂意謂當得壯元, 乃進謁, 知縣問: "此汝之所作乎? 抑借作乎? 直告也. 若不以實言之, 難免重罪." 童子乃以實對, 乃拿入借作儒生, 帶枷囚之, 問曰: "我有何罪過? 汝云罪重罰輕." 儒生曰: "非敢曰城主有罪, 乃指東坡也." 知縣怒未解, 左右賓客力挽而事得已. 彼罪重罰輕之句, 自不成說, 干我何事, 發怒至此? 雖怒, 枷囚又過矣. 惜乎! 永同知縣, 曾不聞八角山國子長之大度量耳.

15.

北軒詩文, 竹泉不甚許與焉, 然北軒不心服. 竹泉嘗出令設陞補, 清朝入泮宮去了. 時是九月初也. 北軒即來入竹泉燕居之堂, 問守廳童子奴曰: "昨夜, 令監看何書?" 童奴指案上一卷書曰: "乃此冊也." 視之乃『世說』. 北軒蹲坐案邊, 諦視卷之下, 方微微有容一髮罅隙處. 乃以第五指爪尖, 納其罅隙而開卷, 得孟嘉落帽事. 遂掩卷出門去, 路遇一親故. 儒生穿細苧布靑色道袍, 騎驢向東去. 北軒問: "君何往?" 曰: "赴泮." 北軒曰: "赴泮欲居魁耶? 只欲參榜乎?" 這儒生曰: "參榜亦難必, 居魁豈其易乎?" 北軒曰: "隨我來." 這儒生不肯, 北軒牽挽, 與之同歸, 走草答嘲落帽詩以與這儒生曰: "寫此而呈." 這儒生曰: "此題之出, 何以知之?" 北軒曰: "必然此題出矣, 勿多言, 速入去." 這儒生赴泮見題, 遂寫呈, 果居魁. 竹泉出榜歸家, 即呼北軒謂曰: "吾今榜得一詩, 乃近來所無之佳作." 北軒: "近來, 除某也某也, 寧有別箇人耶?" 竹泉曰: "不然, 某也某也, 皆不及, 如汝輩, 落下數等." 北軒曰: "豈其然乎? 願問起句." 竹泉誦傳之, 北軒曰: "平平耳, 雖小姪, 亦當作此句." 竹泉曰: "勿妄言, 汝惡能作此句?" 北軒曰: "願聞第二句." 竹泉又誦之, 北軒曰: "俄者不以實告, 小姪固有罪, 然此乃小姪之作也." 竹泉曰: "汝之宿搆乎?" 曰: "非也, 當日製之." 曰: "汝何以知此題之出乎?" 乃具告以當日狀. 竹泉曰: "然則汝何不作嘲落帽而加答字乎?" 曰: "叔父出此題, 則必慮場中或有宿搆者. 且取新奇, 故小姪猜得如此而加答字矣." 自此竹泉每於文字之評論消商處, 待北軒, 大異於前云. 一說云此詩十一句, 曾是李瑞雨之宿搆也, 一儒生得此, 無以塡其下, 北軒足之, 竹泉得此, 句句批點, 十一句以下, 以朱筆圈抹之, 出語北軒曰: "今番, 得一詩, 頗佳. 近日無此手, 恐是李瑞雨宿搆, 十一句以下, 乃別人足成之. 此必是汝之所爲也." 北軒始服其叔父之藻鑑. 今竝存之, 未知孰是.

16.

沈佐郎餘慶, 晚休少時友也. 監試期迫, 晚休造訪沈, 方閉門開筆硯, 作程文. 晚休曰: "落榜之文, 作之何爲?" 沈曰: "咄咄怪事, 吾之文分明勝似大監之文, 大監之文分明落下吾之文, 而大監做大提學, 吾則五十名不掛榜, 此何故也." 晚休曰: "果然君之文勝於我, 我之文不及君. 然君之作文, 終是未達一間, 今若一聽吾言, 則必做初試矣." 沈曰: "定然則聽從台言何難. 但恐台言未必然." 晚休曰: "必然必然, 如其不然, 則君是少時切友而老儒臨科, 吾豈相戲乎?" 沈曰: "吾將一從台言, 台其言之." 晚休曰: "自今日勿作文, 只取『史略』七卷, 精看五遍." 遂起去. 沈乃淨掃室勵精神, 看了一秩史略赴場, 果高中. 沈往謝晚休仍問: "看史略, 何以爲做科之術?" 晚休曰: "徐當知之." 仍打閑語而罷. 及到會試定日, 晚休又往訪沈. 沈曰: "吾從台言得參初解, 老白首臨科, 作文極苦." 晚休曰: "君欲必做會試乎?" 曰: "然." 曰: "然則勿作文, 更取史略, 精讀十遍." 沈曰: "然則會試必做乎?" 晚休曰: "吾豈妄言? 必做無疑." 沈又讀十遍, 遂成進士. 心甚異之, 後從容問於晚休曰: "『史略』之五遍看十遍讀, 何益於科文? 而吾從台言而收效, 請問其故." 晚休曰: "君多讀博覽, 君之腹中, 嘗貯六經百家, 君每作文, 必欲盡用君腹中所貯, 其爲文終欠精約, 是所謂黔縡文也. 人多爲君言之, 君亦自知爲病, 然終無以醫之, 所以『史略』爲對症之藥耳." 沈曰: "史略何以爲藥?" 晚休曰: "史莫如『資治通鑑』而太浩汗, 故約之爲『紫陽綱目』, 又有『少微通鑑』. 然猶嫌其枝煩, 刊之又刊, 只取其萬萬不得已大事紀而在之者, 乃『史略』也, 精切要約, 無如此書者, 所以君之收效也." 沈曰: "然則台更指我做及第之道." 晚休大笑曰: "勿生非分之望. 君之爲人歇, 及第不可做, 縱使做, 不如不做." 沈以文筆名於世, 而竟不第, 官止水部員外. 今敦義門額字, 乃沈佐郎筆也.

17.

肅廟丁酉, 乃監試. 式年初試, 當設於丙申秋, 而朝家有事, 退設於翌年秋. 時甲午、乙未、丙申三年條陞補學製, 皆未行, 竝於初試後會試前, 或間日或逐日設行. 吾先君子, 竝參陞補合製初試, 出拜芝村丈席於豐壤. 芝村曰: "汝將赴會試兩場而終場文汝曾不曾, 將何爲計?" 對曰: "會試尙餘七日, 今日還城, 自明日開硯爲做五六首計矣." 芝村曰: "無益耳. 勿作文, 取『心經』精讀十遍." 先君子退而讀

『心經』, 赴場製呈程義, 竝中進士生員.

18.

英廟庚戌, 庭試取士題, 乃本朝實錄廳進『肅廟寶鑑』也. 我仲父判書府君, 回題下短句曰: "至於別錄之書, 尤是大義所在." 同坐者某人曰: "今日考官純是少論, 君之短句, 即老論名啣, 如此而能不見黜乎?" 仲父曰: "雖見黜, 遇此題而用此句, 方是老論習氣性癖所在, 吾則必用." 遂呈券. 時三從叔監司公, 亦用此句. 是日考官, 頗物色取之, 欲得老論一二人塞責之, 顧無以知之, 及得吾仲父從叔券, 直書三下. 蓋是榜二十人, 而吾仲父從叔外, 更無老論.

19.

泮庠製, 儒生之談笑閒說話以晚呈卷, 爲高致者, 其來久矣. 洪公啓迪長國子, 設陞補. 旣行庭揖, 懸題, 使蠅頭巾兩吏分立月臺上. 許多亞房使令, 遍行滿場中, 大呼曰: "士子之晚呈券爲積年痼弊. 今日將必矯此弊, 多士須知此意, 必於限內呈券. 過了午時, 則雖李謫仙蘇東坡復生, 其文如珠玉錦繡, 斷然不考, 滿場中知悉." 諸生聞此, 皆相顧冷笑. 或有以扇障面而睡者, 或有展開莊馬八大家大讀, 相與評論秦漢以下文章蹊逕, 或有說去年秋遊覽楓岳海山壯觀者, 略無搆思作文底意思. 乃於午時正中, 有一儒生呈券. 洪公直書二下, 揮場大呼曰: "一天出二下, 多士知悉." 諸生相顧動色, 然猶無致力速圓篇之意, 依舊安閑暇豫前日套子. 俄而又一儒生呈券, 又書二下揮場曰: "二天又出二下, 多士知悉." 自此稍稍有呈券者絡續不絶, 連書二下或三上, 鱗次揮場曰: "巍等已多出. 此後呈券, 次上之外, 恐無他等, 多士知悉." 於是滿場多士, 撓撓攘攘, 如聞北虜渡鴨綠江倭寇越對馬島而來, 又如大洋中梢工忽遇狂風, 皆手忙脚亂, 不屬草藁, 展開試券, 飛也似揮灑去, 未暇取捨玉石, 忙忙寫了, 爭先納券. 旣畢收券, 時正午末, 洪公乃揀取最善作數篇, 書二上二中, 餘皆較其高下. 分其第次. 榜出後洪公語曰: "今日早呈之詩賦, 吾不知其遜於前日燭下苦吟之作." 洪公在國子時, 多士無敢更蹈昔日晚呈之習者.

20.

肅廟甲戌, 南人當局. 四學教授, 皆已設四等學製, 每榜南人九人西人一人, 西人被

抄者合爲十六人. 是多南人皆黜去, 淸城爲國子長, 將行合製. 一日因人紹介邀致
十六人中一人問曰: "尊之文筆, 何如?" 對曰: "平平無過人, 但猶人而已." 淸城曰:
"平平自好, 安用過人? 尊能合製場, 做詩八首賦八首, 限內納券乎?" 曰: "不能."
又問: "筆能寫十六券乎?" 曰: "此則盡死力可爲之矣." 淸城曰: "尊試寫詩賦各一
句." 其人乃寫之, 淸城曰: "合製日, 尊勿自作文, 只寫十六券." 其人入場, 寫十五
人卷, 要十五人合力作自己文, 以呈之. 淸城只取此十六人, 出榜.

21.

牧谷李尙書, 以澤堂之曾孫, 畏齋之從孫, 睡村之從子. 飭躬而有文華, 士友皆期
許, 聲名藉藉. 丁酉秋, 尹仁川心宰丈, 隨其從兄臨齋公, 初入陞補[5]場中. 多士方
會下葦臺, 待門開. 尹公語臨齋曰: "君範當入來乎?" 臨齋公曰: "必入來矣." 尹公
曰: "君範來, 兄須使我知之." 臨齋: "諾." 日漸高, 自香橋外, 騎馬騎驢騎騾者
步者, 輕佻者厚重者端雅者, 三三五五, 十百成群, 皆聚臺下. 最後一儒生, 胖大如
彌勒身, 身被木綿布靑色道袍, 汗流如漿, 喘吁吁, 立臺上. 臨齋公起揖曰: "老兄
昨日東庠榜, 又見屈, 可咄咄." 其人曰: "逐日落傷, 將不免瘀血成腫矣." 又轉身向
臺下人叢中去了. 仁川公問曰: "俄者兄主起揖者誰也?" 臨齋曰: "是君範也." 仁川
公曰: "吾飽聞君範之名, 每欲一見, 今見之, 乃餤骨【餤骨則東人打乖不中時體
者之方言也】也! 兄主何爲而每言君範君範? 君範背後, 倭總角肩荷斑布袱擔子
者爲誰?" 臨齋公曰: "是君範之妾子也." 仁川公曰: "袱中物, 是何物?" 臨齋公曰:
"是君範書冊也." 仁川公拍掌大唉曰: "萬古天下, 安有率妾子而入陞補場中之名
下士乎? 直是驪州約正耳, 自今兄主勿言君範宜矣." 是秋牧谷以合製初試捷, 會
試又登第, 後丙寅年按節關西. 仁川公除江西縣令, 奉其大人圉巖公赴任, 臨齋公
爲覲圉巖公往西衙. 及其回還也, 仁川公送臨齋公, 偕至平壤, 牧谷公要臨齋及仁
川公, 登練光亭, 大張風樂. 酒酣, 臨齋公低聲回語仁川公曰: "敬以, 驪州約正, 今
定何如? 吾欲說汝丁酉秋下葦臺上云云之說於君範." 仁川公低頭揮手曰: "兄主
是何言也? 少時忘發, 悔之無及."

---

5 저본의 '폐보(陛補)'를 문맥상 '승보(陞補)'로 바로잡았다.

22.

姜聘君與李司諫敏坤, 多年同研於公車文. 某年增廣初試初場, 同席坐做論, 李公見姜公草藁起頭七八行, 乃移席去他處. 姜公曰: "厚而, 忽欲各坐, 何也?" 李公曰: "今見君起頭, 吾雖作, 決知其不及矣. 今日之場, 只取論疑各一首, 雖多取, 不過各二首, 吾寧做疑而呈之." 遂起去做疑, 抱券往懸題板下, 姜公先已持疑心券, 方呼收券卒矣. 李公恠而問姜公曰: "君俄者做論, 今又持疑心券來, 何也?" 姜公曰: "俄者之論, 爲季父製呈, 今此券乃吾之券也." 李公遂取姜公券一讀曰: "今日場, 吾虛行, 將努力於終場矣." 中場終場, 兩公同研製呈, 及榜出, 姜公貫三場壯元, 李公以策問居第二, 姜公之季父進士柱宇氏, 亦高中. 科文雖薄枝, 然做科文到得此地位, 則亦足快也. 姜公抱經術, 旁通星曆地理兵家等諸文, 有盛名於一時. 崇飮病發, 竟不第, 年未四十而終.

23.

有儒生某, 多年遊泮庠場, 平生至願, 乃呈券於末軸末張, 不能爲. 庚申年八九抄場, 意塞, 三更後始圓篇寫券, 視場中, 虛無人. 始大樂宿願之酬, 猶慮黑暗地有人, 左手指券, 右手携燭籠, 遍行杏樹下, 東西月廊, 明倫堂後面, 至溷廚, 竝無一人. 於是促步往欲呈券.收券吏脫下蠅頭巾, 曲身如蝦子樣睡在楹間, 亞房使令數人, 亦垂頭兩膝間, 鼾息如雷. 以手掀動楹間之睡吏喚醒而呈卷, 吏乃拭雙眸, 書九月二字於卷尾曰: "異哉, 今日之收券也. 李書房主呈券, 則恰滿月字軸, 乃無少數百張也." 某儒大驚問曰: "鷄將鳴矣. 今亦有未呈券者乎? 李書房是何許人乎?" 吏曰: "新門外盤池邊李書房, 名是匡呂, 尙未呈券." 又問: "李在何處?" 曰: "方在此廳底." 某儒乃坐而諦視之黑暗中, 微有火光, 透照藁席外, 乃揭席而入見之, 李以木綿被圍其身, 展開券紙, 置于前券面三層六間. 每間皆已書詩句, 而但每句空一字或二三字. 李方苦吟覓字, 以手敲椎得字, 則乃寫塡於空處, 倦則滅火而臥. 某儒出來坐廳前, 以觀其動靜, 良久李呼小奴, 使擧火. 某儒又入見, 李又苦吟得字而寫塡, 又滅火. 如是凡七八次, 某儒不堪支離, 遂不復入見而出歸. 但見李作多歎服處, 意謂今番李必居魁. 及榜出則某儒居魁, 榜無李名. 某儒甚恠之, 後數日, 索見自己券券背書月字軸. 始知李之當日曳白, 自已之末張呈居魁, 不自以爲光鮮也.

24.

丙寅秋, 余赴陞補再抄. 國子長南泰良, 題則休道君王薄賈生也. 斜陽時呈券, 遍行場中, 見他人詩句, 洪參判梓, 坐明倫堂後面, 方撚髭苦吟. 洪台之甥姪金正禮, 與南有嫌, 不呈券, 爲其舅氏寫券, 券紙擴摺三層鋪地, 展開紙頭間. 正禮濡毫握管, 以待洪台之得句. 洪台苦吟, 不下筆, 余要正禮拂開全幅而見之, 其首句曰: "湘水悠悠君莫吊, 西京愷悌非南荊." 全篇圓滿雅潔, 多警句, 余甚歆歎, 意謂今榜洪必壯元. 及榜出, 余則被抄, 洪不掛名, 心竊怪之, 後聞之洪曳白. 余見其已書十八句傍立睨視者, 移時而出步行十里, 出城門. 洪台之苦吟敲椎, 竟不做等閒回下一二句者, 余至于今, 疑之不釋于中.

25.

甲子, 余赴陞補八抄. 渡溺杏樹下, 忽一紙鳶, 自墻外飛入, 漸漸低下. 余跳身而取其絲, 略略牽, 躍絲短, 故騰空不過丈餘, 竟落地. 余遂回身還, 國子長晉菴李相公, 俯視大呵呵. 是日之榜, 余得三中, 前此余之參榜, 每在三下次上之間. 是日之作無勝於前日, 而等高一層者, 抑李公自幼時癖於紙鳶, 故見余飛鳶, 喜賞之歟.

26.

己巳陞補場, 余與尹體健同席坐. 體健方刀割秘封, 書其名字, 有一知舊過去而戲之曰: "支離哉! 尹勉升. 升字有何好義, 取而爲名? 每榜次上尹勉升, 看其名, 亦覺支離." 體健之婦弟柳元之曰: "君雖不言, 此兄明年則必改名矣." 曰: "何以知之?" 曰: "此兄本名斗字, 其意欲做科, 故取禾邊斗字以爲名矣. 年紀婉晩, 科無可望, 只欲做陞補初試, 遂改斗爲升. 今則陞補初試, 亦無可望, 所望乃合製初試也, 明年必改升爲合. 自斗而爲升, 自升而爲合, 減之又減, 此兄之人事凡百, 亦減之又減." 聞者皆絕倒. 後十年體健進士又登第, 今鬖玉. 嗟乎! 九原難作, 體健不能生貴詫張於元之也.

27.

奉朝賀大父嘗言, "少時入陞補場見題而意塞, 移時不能成頭句, 忽見尹淳坐咫尺地起草, 其頭句, 無病可用. 余卽移書於吾之券紙, 尹望見謂曰: '君胡竊人之句乎?' 余曰: '此句乃君之所作乎? 古有詩人意思一般同之語. 君旣能作此句, 吾獨不能作此句乎? 適會君作此句, 吾亦作此句, 君何言吾竊句乎?' 尹大哂而更無言."

28.

戊寅陞補, 余與金正禮同坐. 每斜陽時, 靑坡接一隊成群而來, 四面圍立, 而睨視以觀吾輩之作文, 正禮頗苦不能堪. 余則呈券後, 亦往觀彼輩之動靜, 正禮輒問余何處去. 余曰: "往見靑坡接." 曰: "靑坡接在何處?" 曰: "東月廊第四間." 曰: "有可觀乎?" 曰: "壯觀耳! 豈止可觀而已." 正禮曰: "吾亦呈券而往見之." 然正禮每四五更量呈券, 故一未往見. 第十抄正禮呈券於三更末四更初, 旣收拾書冊筆硯. 畢余曰: "今日君早呈, 可以往見靑坡接." 正禮曰: "好." 起身往呼韓元禮, 偕之東月廊. 是時, 申史源、崔烜、李漢慶、申孟權輩十二三人, 張燭四五箇, 一時展券而書之, 或有始寫者, 或有寫半者, 又或有寫垂畢者. 其所用筆, 多是敗禿水筆. 或有取黃毛新束者, 以刀斷其尖頭而用之者, 或有取不薄不厚書札紙, 以指尖緊捲大如大棗核, 揷於竹管, 濡墨, 於紙頭而揮灑者. 其字樣, 大如掌, 一畫如墨杵, 一畫類枯枝, 皆以詭恠爲主. 每書一句, 擧券而示左右曰: "何如?" 甲曰: "吾則閣筆." 乙曰: "猛打. 譽之者出靑天, 毁之者埋黃泉." 其揚扢擻揄動靜云爲, 頗與吾輩, 相與不同. 其中又有臥而熟睡者, 又有以拳打其臀而喚起, 則睡者拭眸伸脚而起. 一人曰: "吾昨往陽川地黃昏時, 聞陞補令, 黑夜步來三十里, 足繭, 水入胞中, 痛苦甚. 有誰囊中貯針乎? 幸破我胞." 一人曰: "吾有醫馬之針, 汝其解襪而擧足." 又數人强解其襪, 橫臥其人而出其足, 一人以小針破胞處. 其人不甚痛而故大叫發阿苦聲, 一接皆大笑. 又一人言: "妻病頗苦, 今日作文全不入心." 一人曰: "汝妻之病, 數日以後, 其危矣." 其人大驚曰: "何爲其然也?" 曰: "近日九抄十抄西學製中學製, 逐日奔走, 數日後, 陞補合製了當後, 則汝將與妻, 晝夜同處, 有陰凶不測之事, 病安得不危乎?" 其人以扇打之, 自中諸人及吾輩, 皆大笑. 聞鍾鳴回身出去. 正禮曰: "靑坡接, 果是可觀! 吾許多年遊泮庭, 曾未見今日, 以前之行, 都是虛[6]行耳."

6 저본의 '허(許)'를 문맥상 '허(虛)'로 바로 잡았다.

29.

竹泉長國子時, 有一儒呈賦一句曰: "同宋玉之悲秋, 類越金之傷春." 竹泉諷詠數
回, 不解越金傷春之出處, 然以對好, 故批點書三中. 榜出日, 袖其券, 驅輍軒, 直
造製賦生家, 問越金出處. 其人曰: "得宋玉悲秋而無其對, 日勢迫昏, 恐曳白以意
杜撰而爲之, 非有古事也." 竹泉笑曰: "無其事者, 杜撰而爲之, 似若有其事者, 此
尤難矣. 雖是杜撰, 亦必有所以然, 尊其言之." 其人曰: "吾里中有村童越金者, 年
前夭死. 越金之母, 悲念不已, 然村女不記越金死日, 每春至前郊草靑, 則必呼越
金而哭曰: '汝以此時死云爾!' 故偶然想起此事而用之." 竹泉曰: "有此事, 故尊能
作此句, 無此事則尊雖巧於杜撰, 不能爲此矣."

30.

余嘗疑監試之稱謂漢城試. 適覽朝報, 問諸傍人, 奉朝賀大父笑曰: "汝後生不知
耳. 古者監試開場於漢城府及東學故云爾." 余對曰: "漢城府狹窄, 已難開場, 何
況東學乎?" 奉朝賀大父曰: "在古則如汝幼沖文不熟者, 初不入場, 人士不至甚多
矣. 記余童時寓居東學隔墻屋子. 遇開場日, 余終日立於墻下, 聽知場中動靜. 時
限過則自廳上大呼, 時已過未呈券儒生退去, 然儒生猶寫券, 必欲納於帳後. 於
是以三股絞絢大藁索, 軍士持其兩端, 敺去滿庭儒生, 儒生以曳白爲大羞恥, 死
也不欲持曳白券, 出門乃跂足跳身, 擲其券於墻外. 余每拾得二三十張或四十餘
張, 有寫半者數行書者, 又或有不下一點墨者. 取而習字, 極好矣. 噫! 是時去古爲
五十餘年, 人士之多寡, 文體之盛衰, 士習之不正, 固已多矣." 今計余承聞奉朝賀
大父之詔諭, 居然已爲四十餘年. 其間凡百之變改, 不一奈之何. 古之人以曳白爲
羞恥, 今之士反以晚呈院後曳白爲高致. 儒生之多, 十倍於八九十年之前, 學製之
設於中西學, 乃萬萬行不得之事, 而至今因循, 不思矯改, 所以儒生之不入場, 坐
於閭家而製呈者有之, 甚至於在家而製呈者亦有之. 此固士習之不端, 而開場於
兩學, 乃不成事理. 朝廷之上, 不思矯改之道, 爲可慨耳.

31.

世或有弄假成眞者. 曾有一箇措大能製而不能講者, 赴東堂中初試者. 親舊皆以
不緊沒着落笑之, 措大亦安而受之. 及到會試期迫, 問卜者得七大文講章. 誦習之

不數日, 便融會貫通, 開口背誦, 無一字錯誤. 遂赴講席, 連出六講章, 皆一如占辭. 已是誦習爛熟, 竝無事出桩,[7] 至於第七出講章, 乃非占辭所云而未嘗誦者也. 指大乃以虛腸爲托, 討食數三次, 自帳內數加催促, 又托裏急, 請如廁歸. 而應講試官許之, 而使軍士一人伴去防奸. 措大登廁坐, 軍士當廁門立, 措大故久久不起, 軍士促之. 措大曰: "汝是京軍乎? 鄕軍乎?" 曰: "以鄕軍上番矣." 曰: "居在何邑?" 曰: "某邑." 曰: "然則汝居邑內耶? 抑在外村耶?" 曰: "邑內居生." <曰>: "汝旣在邑內, 能知某妓乎?" 曰: "知之." 曰: "好在乎?" 曰: "好在, 然生員主何以知某妓乎?" 曰: "某年間某使君時, 吾隨往, 過三年於冊房, 與某妓同處. 盟山誓海, 情愛無比, 路遠歲久, 消息斷絶, 不能忘情矣." 這軍士曰: "若爾則生員主得非某洞居某生員主乎?" 曰: "然. 汝何以知吾居住?" 曰: "我也來時, 某妓作一封情書授了我, 買一椀白酒勸了我, 重言復言, 千懇萬懇, 要我傳此書於生員主, 而我也遐土村氓, 初入京, 東西南北不分行, 顧何以尋覓生員主門庭而傳書乎? 至今在我囊中." 遂以手探囊出遞與措大. 措大忙手坼開, 蠅頭細字, 橫書竪書, 無非相思之情話. 措大看之又看, 一看再看. 如是之際, 廳上書吏, 望見之大聲曰: "彼廁中講生, 展紙而看, 軍士何不禁之?" 試官曰: "烏是何言也?" 分付書吏去奪其紙, 講生也斯速押來. 這措大見書吏之來, 忙忙開兩手掌, 滾轉妓札, 作一栗子大丸子, 納之口中, 和涎沫汩瀝, 呑下肚裡去. 只押來講生, 試官曰: "俄者廁上, 汝取何許紙看過乎? 得非講章乎?" 措大曰: "應講至嚴, 何敢私見講章, 又何處得來講章乎? 俄者之紙, 卽袖中休紙, 將以拭穢也." 出而看之. 試官曰: "胡說! 俄出講大文, 不可施行." 卽改出他大文, 乃是占辭所曾出者也. 措大便以霹靂講一瞬之頃竝大文諺釋章下註, 如熟路之驅輕車, 氷江之馳雪馬. 讀了已了, 試官皆相顧稱贊, 而出通桩. 是措大公然做明經及第.

32.

一措大公然中東堂初試. 應講日, 隨衆往及登講席, 自帳內出講章. 措大顧書吏曰: "吾虛腸不能出聲, 取胖湯來." 旣喫了曰: "此猶不足, 取鷄膏來." 又曰: "熟肉鮧魚蒸餠也飯也." 啗之又啗, 喫了飽了. 更無思食之念然後, 顧書吏徐曰: "吾之

---

7 저본의 '출생(出牲)'을 '출생(出桩)'으로 바로 잡았다.

肚子, 飽了八九分, 吾今將往楊州七十里, 午店雖不炊點心, 可得無饑乎?" 吏曰: "然." 指大遂書不字而起." 試官曰: "擧子何爲徒喫而不講乎?" 措大曰: "士之應擧, 不過是口腹之計也, 今日旣得喫飽了, 何用講爲?" 遂起去.

33.

一措大, 自是雄經. 累次應講, 而見講章則必動誤讀而落第. 最晩年居太學下齋, 赴親臨殿講, 又不通而出來, 知舊往問: "今番又胡爲而不通? 誤讀者是何經書何大文那箇字乎?" 一措大曰: "數也, 無可奈何. 吾之眼中及肚裡, 森然布列詩、書、易、庸、學、論、孟大文, 與大註小註, 竝諺解開刊得分明. 我也聲如洪鍾, 唇聲齒聲舌聲, 皆足以協五音六律, 吾寧有講不通之理? 向者累次不通者, 講席每紛擾, 吾心輒動. 帳外之書吏也臺諫也, 咳嗽聲唱喏聲, 帳內諸試官之爭難也, 私酬酢也, 讀講時以扇拍案而稱贊者, 無非動心處, 所以吾每不通者也. 今番則異於前之應講. 旣陞殿曲拜, 坐講席, 諸試官承旨翰林注書, 皆伏抑首, 四面無咳嗽唱喏聲, 一殿之內, 肅肅穆穆. 御座前, 香爐篆烟繚靑香氣襲人. 當是時, 吾心淸意專, 六講章, 竝已純通, 及第已是吾掌中物耳. 心頭忽念起靑衫也, 幞頭也, 鹿皮靴子也, 也字金帶也. 又念起注書、典籍、兵禮曹佐郎、康津縣監、梁山郡守. 又忽念起持平承牌, 司憲府烏衣卒已在吾馬頭唱導. 俄而第七講章出, 吾開口翻舌, 讀幾沒章, 只餘四五字一句節. 蓋吾自第一章至第七章, 皆闔眼而左右微動身, 一聲高一聲低, 無一字錯誤, 無一聲澁滯, 水下絶壁也相似. 讀到此, 乃微側身開眼, 將瞥然讀四五字. 眼方開時, 忽見白雲色木綿揮帳圍了寶座之後. 無風而帳忽拂動, 帳之每幅線縫處, 有纖纖玉手指尖句引帳子! 縫罅處處皆有隻眼, 有定睛者有瞬睫者, 白眸靑瞳, 千態萬狀, 吾丹田上跳出一箇物. 忽然吾之眼前, 森森肚裡開刊四書三經, 皆飛去, 斜陽風, 我胸中黑窣窣. 便與史略初卷天皇地皇人皇氏, 千字文天地玄黃, 都忘了, 這四五字一句節, 遂不通. 數也, 無可奈何. 龐精哉! 這帳罅宮娥之眼孔也." 往在辛未, 余以庭試初試, 一經應講, 蓋帳內外咳嗽聲極苦, 以扇拍地稱贊又極苦. 帳外之書吏, 高其尻低其肩背, 昂其首, 眼欲穿而直看我, 恰似靑蛙之伏而努眼視草虫者, 爲極苦之最甚者. 那措大龐精哉! 帳罅宮娥眼孔之說, 眞善形容也.

34.

人皆嘲余有苦癖於泮庠場. 余亦不自分解, 又從而爲之說曰: "夫唯泮庠場者, 乃天地間萬古大從政圖也, 勝固欣然, 敗亦可喜, 樂在其中." 國法雖中兩場初試, 亦赴陞補合製·外方之公都會. 或有一人而幷參五六初試者, 挽近新定式, 中式年兩場初試, 則不許赴陞學. 但後式年條, 不在禁令中. 余中乙亥監試兩場初試, 是冬不得赴陞學. 女婢童奴, 或傳明日西學製昨日南學製, 同研親舊之赴三抄四抄也. 每心頭如懸石塊放下, 不得口, 雖不言, 心上苦願明年會試退行於秋九月. 自二三月至七八月, 連設泮庠製, 此心常憧憧. 丙子春, 朝家有事, 會試果退定於九月, 然泮庠製至于四月, 寂寂無聲. 五月中天氣方甚熱, 家傔某, 自外入曰: "明日設陞補." 余遽曰: "熱哉! 明日何以堪暴陽." 伯氏大呵責曰: "陞學有何可樂? 努力九月之兩場, 可得一進士, 飄此蒼髯, 又欲赴陞補乎?" 余對曰: "無是事, 弟則明日不赴矣." 伯氏: "胡說! 旣不赴, 則俄者何以堪暴陽之說, 胡爲發?" 余對曰: "弟雖不赴, 諸弟姪當赴, 日熱故云爾." 伯氏曰: "汝眞箇不赴乎?" 對曰: "眞箇不赴." 翌早諸弟姪, 皆赴泮, 是時意興頗動, 然昨刁倉卒, 旣賣言於伯氏, 故遂不得動, 終日意甚不樂. 諸弟姪呈卷出來, 余索見諸弟姪之作, 皆太不滿意, 余曰: "汝輩皆生菜. 吾不入去, 故如此. 誼之僅堪被抄, 餘皆必落無疑矣." 伯氏曰: "汝輩生菜之說, 汝頗帶得些甚麼意思出來矣." 余對曰: "伯氏試看榜出後, 弟安得不發此言乎?" 榜出而誼之獨末添, 諸弟姪, 皆落榜. 余大言曰: "再抄何間設行乎? 老將不可不起." 伯氏曰: "生菜之說, 固已發端, 余果畢露眞情矣. 香橋之步, 有底樂事." 余對曰, "許多弟侄之落榜於五六, 百次下榜, 誠不可使聞於他人, 後抄則弟必入去, 寫天侄之券." 後七月望間, 再抄出令. 余逢人, 每說今番吾入去, 伯氏輒誚責之. 到再抄前日, 夕月色如晝, 伯氏步池邊, 看檢花藥, 余亦隨後盤桓. 忽尹士述, 自鄕來, 乘月見訪, 對立而叙話, 仍共與徘徊. 良久, 士述牽余衣去坐薔薇下, 附耳語曰: "吾輩明日不入去, 甚無義. 場中一日作, 勝於私接十首, 工夫人, 雖唉之, 吾欲入去, 君意何如? 君不動則吾之獨往, 少年叢中亦難矣." 伯氏曰: "士述與健之, 樹陰下附耳所語何事? 必是明日事, 士述亦顚狂矣. 陞補有何樂事, 人之狂也, 乃如此乎." 士述曰: "非明日事, 乃以九月會試事, 有些商量." 遂一唉而罷. 翌日, 乃與諸弟侄入去, 伯氏誚責而不之禁焉. 是抄之榜, 余與天姪被抄, 士述得二下. 余又曰: "三抄設, 則吾將不得不更動." 伯氏曰: "三抄, 又何爲而必動乎?" 余對曰: "應弟又

屈, 弟將入去, 爲之寫劵." 未幾設三抄, 又與諸弟姪入去. 伯氏不復誚責, 而只以
顚狂哂之而已. 旣入場, 題是氾水陽賀, 卽皇帝位也. 應之意塞, 不能作, 看看日勢
向晚. 余作頭句, 使作弟二句, 應乃作之, 而對偶少不精. 士述略點化數字, 應又作
第三句, 又意塞於第四句. 余連促之, 應曰: "莫知所以命意." 余乃丁寧言所以叙事
之要, 應乃作第四第五句, 至第六句屢作, 而皆拙甚, 故余連退之. 應又技窮, 無更
製之望. 余又製第六句, 應又作七八句, 是時日正午矣. 取應之劵紙, 始寫, 使連作
此以下, 遂不停筆, 隨作隨書, 呈于不早不晩之軸. 余則心上已略有排鋪, 遂展劵
而直寫之以呈. 是榜, 應之以三上爲壯元, 余得三下, 士述次上. 是擧也, 都出於余
之性癖習氣之所使然, 當初所以藉口爲說看, 乃天姪應弟. 天姪應弟之畢竟得免
無聊, 蓋亦倖耳, 又況應也占魁, 尤出始料之外. 推此以觀, 精誠一到金石可透, 眞
有此理耳. 今思之, 無異昨日事, 屈指以計, 居然已改二十六年. 漫書此, 擬示麥僉
知【日前余寄尹士瑞書, 有黃澗纔歸瓜太守溫陽高臥麥僉知之語】, 對一笑.

酒場

1.

汾崖申公, 廉潔亢直, 眼前無完人. 喜杯酌, 每醉後, 面責人之不足處, 雖大官, 不
數也. 位登崇品, 適鼎席缺一, 不久當有枚卜之擧. 時首相文谷也, 呂聖齊, 逐日往
候文谷. 一日汾崖分付隸僮曰: "今日呂判書, 必往壯洞領議政宅, 汝輩看望, 纔過
吾門, 卽卽入告." 日方午, 一隸入告曰: "呂判書大監, 方過門外, 前導向壯洞去矣."
汾崖乃連酌紅露八九大椀, 開戶曰: "持輞軒來!" 遂驅車往文谷宅, 納刺入謁, 呂
則先已在坐矣. 汾崖問候訖, 離席兩手據地曰: "鼎席缺一, 不久當有枚卜之命, 敢
請大監屬意於誰耶?" 文谷曰: "姑無成命, 曾不留意." 汾崖曰: "小人登科幾年, 堂
上幾年, 嘉善幾年, 正卿幾年, 今躋崇品, 以內外履歷而言之, 以文學才諝而言之,
今日之政丞, 如小人者亦足苟充耳, 萬望大監留念焉." 文谷曰: "大監醉矣. 衰年
何不持戒於盃酌乎?" 汾崖曰: "小人也今日酒也, 不飮一酌, 俄者所言, 豈有一毫醉
談乎?" 文谷曰: "大監醉矣. 面請卜相, 非醉而何?" 汾崖悚縮俯伏曰: "卜相之面請,
當爲大失體乎?" 文谷曰: "大監醉矣. 面請卜相之爲失體, 大監豈不知乎? 大監醉

矣." 汾崖垂首無言良久, 顧睨呂大聲曰: "呂聖齊, 吾輩退去. 領議政大監分付內卜相, 非面請可得爲者矣." 呂艴然而起.

2.

西郊陵寢有奉審事, 李相尚眞, 禮曹判書汾崖公, 辭朝, 出迎恩門外軍幕. 當遞馬, 李相方將乘雙轎, 汾崖公亦整待雙轎. 禮曹吏入稟汾崖曰: "雙轎乃已行銀臺, 則許乘者也. 大監固當乘雙轎, 然但今日, 則與大臣同行耳, 押尊故自前以獨轎代之者, 乃古規也. 小人敢稟." 汾崖方大醉, 忽大聲曰: "大臣誰也?" 吏惶恐不敢對, 又連聲曰: "大臣誰也!" 吏益悚懼趨而退, 又大聲曰: "書吏何處去?" 吏又近前, 又大聲曰: "大臣誰也?" 吏低聲曰: "左議政大監." 又大聲曰: "左議政誰也?" 如是者屢次, 忽又高聲曰: "唉! 我知之, 乃李尚眞耳. 李尚眞亦爲政丞. 吾雖乘雙轎, 李尚眞安知古規?" 政府錄事, 拱手進立于李相之前, 高聲呼色掌丘從分付曰: "禮曹判書之乘雙轎於大臣行次之後, 已是無前例之事, 況斥呼大臣姓名於咫尺之地, 多發無禮之說, 朝廷體面何等嚴重, 事極駭然. 禮曹判書, 掌務書吏, 斯速下送典獄囚徒案, 當刻內入鑑事知委." 李相大驚, 搖手止之曰: "汝輩視申判書大監爲何等兩班. 彼大監, 雖這般說, 汝輩聽若不聞, 鼠死也似, 無敢出一聲."

3.

申校理魯, 汾崖之孫也. 喜盃酌, 每日醒時小, 醉時多. 適京畿都事有窠, 申校理欲爲之. 時長銓陶山李相國也, 亞銓吾家奉朝賀大父也, 三銓圃岩尹大提學也. 申校理將謁長銓面請, 至陶山宅, 陶山公命駕出他矣. 申公歷路, 訪一親舊, 適會有酒有肴矣. 申公被親舊之勸, 又索飮之, 凡飮數十大椀. 頭髮鬖鬆, 東倒西仆, 扶腋上馬, 尋到陶山公所之處. 陶山公及奉朝賀大父圃岩公, 同坐一席矣. 申公低笠子, 直壓兩眉, 匍匐而進, 首下尻高, 拜禮也. 極恭起而坐曰: "侍生爲求官而來, 三公同席而坐, 吾事濟矣!" 陶山公曰: "君欲何官?" 是時, 申公醉到十分, 兩眼昏花片片, 天也不省, 地也不知, 一片靈臺, 都已向無何鄕裡去了, 便忘了京坼都事, 記不得. 便左右視, 噤口不言. 陶山公曰: "君欲爲校理乎?" 申公棹頭. "欲爲獻納乎?" 又棹頭. "欲爲學敎授乎?" 又掉頭. 陶山公曰: "卽今數三窠之外, 更無他窠, 君無可求之官矣." 申公忽高聲曰: "義州府尹!" 陶山公曰: "伯曾醉矣! 義州府尹, 乃備局薦望, 非吏曹差出者也. 又奈義州府尹不作窠何?" 申公便去笠子, 枕硯奩而臥曰: "尊丈, 我也義州府尹爲." 又轉身, 向奉朝賀大父曰: "令監, 我也義州府尹爲." 又轉身, 向圃岩公曰: "令公, 我也義州府尹爲." 遂連不絕口裏喃喃'我也義州府尹爲'. 忽開政有命, 三堂相讓, 陶山公承牌詣闕, 奉賀大父及圃岩公席散. 是日政, 校理、獻納、京畿都事, 皆差出. 申公咯咯吐酒也肉也魚膾也雜湯也蟹醢也一大盆, 黃昏時上馬, 左右扶擁回家去. 翌日淸朝, 覺頭暈四肢疲倦, 强盥洗, 往謁陶山公. 陶山公曰: "君何昨日過飮乃爾?" 申公曰: "昨日事, 全然記不得, 未知侍生有何言乎?" 陶山公曰: "君言求官而來, 但曰願爲義州府尹矣." 申公大驚曰: "此外更無所言乎?" 陶山公曰: "無他言矣." 申公曰: "侍生爲請京畿都事, 而醉而忘之. 至於義州府尹之說, 得無它人聽者乎?" 陶山公曰: "君之過飮之害至此. 昨政已差出京畿都事, 而無其人, 艱辛備望. 君若發言, 得此何難? 是君之自取, 自今知戒, 如何." 申公大驚曰: "昨日開政乎?" 遂索見政紙, 乃仰屋咄咄者, 良久一咲而去.

4.

後數日寒食, 申公將上墓西郊歷路, 訪阿峴一親舊. 主人曰: "今日君早動矣." 申公曰: "今日寒食, 作先山省掃行, 阻久, 故暫訪君耳." 主人曰: "近日相如之喉不渴乎? 吾有薄酒, 政好對酌二三盃." 手開梅龕, 取出一陶壺. 申公曰: "我也不飮, 君其獨酌." 主人曰: "寧有有酒不飮之申伯曾乎?" 呼赤脚, 使具下酒物來. 申公曰: "吾自昨日斷飮矣." 主人曰: "胡說! 君每言斷酒, 而不數日便而酩酊沈冥, 君之斷酒, 吾不取信." 主人自酌一盃而飮, 又酌一盃, 而屬之申公. 申公掉頭退坐曰: "吾盟誓斷酒矣. 數日前醉了, 不得爲京畿都事, 遂盟誓斷酒矣." 因述陶山席上事, 主人大咲, 不復强勸, 申公起向楸下去了. 日晡時, 申公更來, 而兩顴已帶得些紅潮. 纔入門, 未下馬, 便曰: "君速出朝者梅龕中酒壺也." 主人曰: "斷酒者亦索酒乎?" 申公曰: "今日已破戒, 無寧今夕痛飮. 自明日眞箇斷飮." 主人曰: "今日胡爲破戒?" 申公曰: "非我破戒, 乃墓直奴之罪也. 吾墓直奴之罪, 笞之可也, 杖之亦可也, 誅之殛之, 無不可也. 上墓行祭, 旣行初獻, 索退酒器, 墓直奴不持待空器. 亞獻時急, 初獻酒之灌于地不敬, 盃無可空之道, 百爾思量, 終無好道理, 遂小退自飮之. 亞獻時又如此, 四五位先瑩退酒, 吾皆飮之. 今日非我破戒, 墓奴之罪, 笞杖誅殛, 尙云輕耳." 遂犯昏劇飮, 壺乾, 更沽而起.

5.

竹泉關西繡衣時, 出頭於龍崗縣. 連飮紅露三十餘盃, 忽屬聲拿入本縣座首, 不問曲直, 加刑三十度, 拿出之. 翌朝, 盥洗而坐, 書吏拱立于前, 竹泉顧書吏曰: "吾昨過醉矣, 醉中得無過擧乎?" 吏曰: "無它事端, 然本縣座首, 無一罪犯, 而公然嚴刑一次矣." 竹泉大驚曰: "若爾則汝何不救解之?" 吏曰: "當其時, 使道之威風如秋霜, 小人安敢乃爾." 竹泉默然良久曰: "此胡大事? 渠旣做了龍崗座首, 若數渠平生過惡自哺乳至于座首以後, 則渠豈無刑推一次之罪乎?"

6.

竹泉與尹判書世紀, 同赴親舊出宰餞席. 賓主皆醉到十分, 尹公曰: "少時親友, 出宰遠方, 悵然悵然. 此別不可無贐章." 命左右取紙筆來, 遂展紙落筆, 或圈或點, 橫竪斜正, 作抹鴉狀. 畢竟紙無空地, 都是一箇黑帖, 乃擲筆臥, 鼾睡如雷. 竹泉取其紙, 障眼諦視之, 以扇拍地, 喃喃諷詠曰: "名作." 曰: "此句乃實際語." 又曰: "此句卽景也. 全篇乃絶調也." 投其紙, 又鼾睡如雷云.

7.

竹泉與趾齋作伴, 迎慰一親舊西郊返虞. 夕陽時將歸, 竹泉顧趾齋曰: "又飢又渴, 何處去則可得飮乎?" 趾齋曰: "詩人意思一般同, 然無可去處矣." 竹泉曰: "某友何如?" 趾齋曰: "此友客, 去必狼狽." 竹泉曰: "寧有是理? 纔入座, 台須直言虛腸." 兩公遂驅車至某家, 寒喧罷, 趾齋曰: "吾輩虛腸, 故日雖晚, 暫入矣." 主人呼赤脚分付曰: "閔判書大監, 金判書大監, 方虛腸, 入告內間, 速具小饍來." 看看日欲下山, 小叉鬟奉進小小黑漆高足床. 床上排兩箇小沙楪匙, 一是散氷, 一是靑蒲荣也. 兩公下箸, 遂出門登車. 趾齋顧竹泉曰: "吾不言乎? 大監猶不以爲然, 故公然作虛行." 兩公大笑而歸.

8.

閔扶餘興沫大醉, 騎馬過鍾閣, 遠遠地, 挾持鞍籠繩床雙前導來, 緩聲呼, "避[8]馬避馬!", 漸漸近了馬頭, 閔公問"來者爲誰?" 前導曰: "領議政." 閔公遽瞋目大聲曰: "士大夫下馬於光佐乎?" 速驅馬. 光佐聽閔公之聲, 使人問爲誰, 牽童曰: "安國洞閔判官也." 時閔掌令公, 未及通臺職, 適歸海州判官屬耳, 光佐意閔公爲掌令公, 乃分付前導勿作避馬之聲而去.

9.

閔公暑節赴知舊家宴席, 過飲昏冥欲臥, 然衆賓列坐堂上, 無隙地. 閔公乃起下堂, 溲溺於墻下, 墻下列置赴宴婦人六人轎四人轎[9]七八座. 閔公忽揭簾, 入六人轎中, 去笠去襪, 鱗次解道袍氅衣小衣, 赤條條地曲身臥轎中睡了. 那時堂上衆賓也, 或擧酒相屬, 或三三五五圍坐而細語, 或憑欄而吸靈茶, 或有起身將去, 被主人挽住, 欲起而未起者, 竝無一人知得閔公去處者. 堂下之傔從·儓輿·馬卒·轎夫, 亦皆來來去去, 各自帶得些殘盃之醺氣, 人叢中擾擾, 亦無一人看了閔公之入轎時光景. 那時正是太陽下舂, 外堂之衆賓, 稍稍席散, 內堂衆婦人, 告退於主人婦人. 主人婦人曰: "六寸遠乎? 八寸疎乎? 吾輩若是男子, 則豈不逐日相從乎? 秖緣女身, 故同城而三四年五六年不相見, 適會鄙家行婚禮, 故衆婦人賁臨, 撓撓不能吐情蘊. 幾乎面孔也亦忘, 何其催歸也?" 衆婦人曰: "婦女出入極難耳. 旣來, 豈不欲終日或留宿陪穩, 而鄙身尊舅, 入直闕中, 明日粥早飯米, 未及措備." "鄙身尊姑, 生辰某日, 方艱辛拮据, 將裁縫一長衣一裳, 又謀草草麪床, 各廛有買賣事, 與方物婆約以今日晡時相面." "鄙身明日聞設學製, 家夫之正草價, 曉炊之柴, 竝未備." "鄙身乳兒, 患泄之中, 終日不哺乳爲關念." 主人婦人曰: "衆婦人事故旣如此, 不敢苦挽. 然草草饌床, 全下不箸之物, 諸婦人想必虛乏矣. 夕炊時近, 諸婦人幸少坐." 仍促廚婢, 速進夕飯. 各家轎夫, 或是借人, 或是雇軍破落戶, 環立中門外誶語曰: "鞍峴烽滅, 蚕頭烽擧. 今夜巡更都監耶? 御營廳耶?" 如是之際, 內堂夕床已撤, 衆婦人, 次次乘轎而出. 一婦人一邊下堂納履, 一邊回顧堂上與主人婦人作絮話. 時是黃昏, 又鬟以手揭簾, 面朝向堂上曰: "日漸昏矣, 娘娘速入轎." 那婦人忙遽中, 不諦視轎中, 直當轎門, 弓其身, 從背後納身轎中坐. 那婦人忽大聲曰: "阿苦! 是何物也? 有物滿轎, 或凸或凹, 柔軟而熱, 恠哉恠哉!" 於是, 內堂外堂, 主也客也, 無少無長, 男奴女僕, 搶搶擾擾, 齊曰: "此何變恠? 此何變恠? 速燃

---

8 저본의 '피(彼)'를 '피(避)'로 바로잡아 번역했다.
9 저본의 육인교(六人驕)와 사인교(四人驕)의 '교(驕)'를 모두 '교(轎)'로 바로잡아 번역했다.

火來!" 以火照之, 乃一醉人也. 許多轎夫馬卒, 簇立轎外, 一轎夫曰: "這漢子也髻髮速捽曳出來! 吾將以轎子連軸竿, 猛打折脅而送之." 一轎夫曰: "這漢子, 豈折脅而止乎? 將必字樣結縛, 枷囚典獄, 嚴刑三次, 定配送康津·海南·渭原·碧潼." 有一馬前卒, 闖入人叢中, 諦視之, 乃大聲曰: "是吾上典安國洞閔判官也!" 外堂主人和衆賓未及歸者, 一齊往看之, 果是閔判官也. 遂扶上堂高枕, 而安臥度夜. 險些兒閔公幾不免魏齊堂中卷簀厠中之厄也.

10.

丙辰間, 吾伯父錦山公, 出宰尼城, 閔公興洙宰扶餘, 洪公啓欽蒞石城, 金公樂曾·樂祖兄弟蒞恩津咸悅. 仲父判書公, 自三山往會尼衙, 先君子以桂坊官受暇, 亦追會焉. 時是中秋望間, 簡邀四隣宰, 要作黃山舟遊, 四隣宰皆許赴. 及期, 至閔公走專价送書曰: "曩也適劇醉, 今日乃祖父忌辰忘却了, 許赴, 極愧愧. 今日僉兄皆會, 而弟獨不參, 此正所謂好事多魔也." 時閔公之胤子在傍曰: "好事多魔四字, 得不被諸丈之譴乎? 改之恐好." 閔公曰: "吾今日亦少醉, 醉後信筆, 縱被諸公之譴, 此胡爲大事耶?"

11.

'門外可笑客'五字, 即今時恒茶飯話頭也. 凡卑幼者之於尊長前, 曰如厠, 則不恭, 曰放糞, 則不敬, 故曰小馬. 然這門外可笑客與小馬二話頭, 人皆不知出處而用之, 此何異於膝匣之盜乎? 庸是之懼, 玆錄前聞, 以示于人. 昔林白湖, 與鄉秀才二人作伴, 作數百里行. 錢貯于囊, 囊掛于鞍, 五里單牌, 十里雙牌, 遇酒店, 則必沾飲, 飲了滿量, 方前發行. 行至一處, 捨大路而向山谷間, 顧望四面, 無一箇旗亭, 喉渴肚飢. 政是悄然之際, 依微見背山臨野林藪中大村落, 高張許大白布帳. 忽有一箇樵童背負着擔柴支機, 腰橫初月樣小鎌, 自蕎麥田畔出來, 憂過馬首. 白湖招樵童問曰: "彼村何村?" 曰: "某村." "彼家誰家." 曰: "朴院長宅." "何爲張布帳?" 曰: "朴院長月前喪逝, 明日行葬禮矣." 又問: "朴院長有子乎?" 曰: "朴院長有福底兩班也. 有子三人, 孫曾滿堂, 田地也, 此野中水田旱田, 都是朴院長宅物, 又有外方收獲, 不知多少, 此村數百戶家家皆有農牛, 太半是朴院長宅牛也." 樵童遂上山去了. 白湖公聽了樵童一句說話, 遂捨前路逗鞭, 向朴院長家去. 二秀才曰: "去路在前, 君向那裏去乎?" 白湖曰: "吾將蹔吊朴院長而去, 君亦隨我而來." 二秀才曰: "吾輩之隨君往不緊, 而旣與君同行, 不可捨君而獨先之也." 遂同至朴長院家. 白湖顧二客曰: "少立於門外. 吾當入吊即出." 遂入靈座前大慟哭, 回身出廬次, 與三孤握手大慟, 起坐左右拭淚曰: "先丈以何病以何日別世耶? 先丈棄我而先逝, 從今我無生世之樂, 慟矣慟矣. 哀輩之不卽通訃於我, 可咄咄. 如我之情分, 今日始來哭, 此豈情理乎?" 又曰: "以吾與先丈之平日情分, 今當千古幽明之別, 當有數行文單盃酌之告訣, 茫然不承訃. 今行有迫不得已大事, 故不可留一日, 臨穴永訣, 孤負平日相好之情, 慟矣慟矣." 又曰: "主人持一盆酒來, 吾將口告以代祭文, 薦酒而去." 主人乃取一大盆酒來, 白湖乃持酒詣靈座前, 大哭曰: "友乎友乎! 我來矣. 友乎友乎! 君欲何之? 友乎友乎! 我有斗酒, 可以對酌. 友乎友乎! 吾且先飲." 遂大開口一吸, 吸了一盆三分之一. 又哭曰: "友乎友乎! 君亦且飲." 如是者三次, 吸了盡一盆酒, 乃出廬幕曰: "我飲酒, 不下酒, 可得下酒物乎?" 主人取出來一器精饌, 白湖喫了, 乃起曰: "日晚矣, 吾去矣." 三孤哭擗曰: "孤子不敏, 尊丈乃亡父執友, 曾未承顏, 敢請居住姓氏." 白湖曰: "我之居住姓氏, 問之何爲? 吾與哀之先大人, 曾無半面之雅, 只爲一醉而來." 座中有一客低聲曰: "可笑哉! 彼客也. 公然來吊八面不知之喪人, 飲酒而去." 白湖曰: "欲飲而來, 得飲而去, 吾豈可笑乎? 門外有可笑客, 二人佇立門外, 望我餘瀝, 不得飲冷水而去, 此眞可笑耳."

某鄉中大村有自死馬. 村中有院長、掌議、座首、別監、都監、風憲, 曾經時任凡數十人聚於古槐樹下, 方宰死馬而烹之, 一人曰: "食善馬, 不飲酒, 傷人." 僉曰: "此言有理." 遂沽來村濁白幾盆, 方飲酒喫肉, 豪氣政發. 俯臨淸溪廣野, 山路迂回, 風景亦佳. 一人曰: "如此勝會, 何可無一句風月?" 於是, 人皆撚髭聳肩, 得句而高吟. 或曰: '木上鳥伏哭.' 或曰: '翁老人不族.' 或曰: '者歌女瑟琴.' 許多詩句不可悉記, 而大抵皆此類也. 于時, 有一行脚僧, 從山路來, 屛坐樹陰下, 歇了脚. 座中一箇老白首, 退閒座首, 政醉到十分, 高枕石頭, 揮來十年莊得油別扇. 扇環懸得楸子樣馬糞、香黃染木綿手巾、鄉廳舊用牛角套書. 摺了扇, 開了扇, 搖之又搖, 坦腹而臥, 睨視這行脚僧, 忽高聲曰: "何物僧欲喫肉乎? 兩班方飲酒賦詩, 頑僧唐突來坐乎?" 這僧曰: "山僧飢甚, 願喫一點肉." 座首呼兒, 取一樏肉來, 使山僧近前喫了. 這僧便喫了沒樏, 仍起脫下袴頭, 蹲坐曰: "喫肉, 不可不放屎." 俄而, 這僧人穀道後, 忽躍出小如拳一箇小馬, 四蹄也尖尖如弱柳枝. 便向豐草堤裏去了,踶躍浴土, 齕草飲水, 小馬之說, 蓋出於此云爾.

12.

某年間有史失其名姓朴者, 尙詭而不喜與人馳逐. 一任榮川郡守, 罷官而歸, 杜門
看書, 終年不盥洗, 俯仰自在. 一日, 女婢與對閈吳判書之婢, 相勃溪於汲井, 路吳
婢追趕朴婢, 至朴公窓外, 說去說來, 以俚褻惡言相加, 自朝至午不止. 朴公聽之,
不堪其苦, 乃開戶而坐笞其婢, 諭解吳婢使去, 吳婢不去, 唇嘴間惡說不已. 朴公
乃頭戴靑染木綿布, 內裝雪色似去核綿花. 頭容帽, 身着沈香色木綿破布、裝綿細
縷飛周遮無尊卑之衣, 手持躑躅筇, 步之吳家. 吳乃自處詩酒豪吳西坡也. 時値午
人當局, 吳方養閒屛居. 車懸而蛛網已遍門掩, 而雀羅可張, '滿庭黃葉有誰掃, 侵
階碧蘚無人閉.' 朴緩步登堦, 升其堂, 直開戶入堂. 吳不巾不襪, 赤條條地臥, 以弊
破薄薄木綿, 被掩了下體, 前置大陶壺八九, 左硯石右筆床. 紙也長牋廣幅, 廣平
之雪花, 帶方之五色彩楮, 或橫或斜, 堆之如山. 吳見朴之入門, 而不爲之起, 但直
視而已. 朴亦蹲坐於陶壺之側, 但直視而已. 良久, 吳曰: "汝爲誰?" 朴曰: "吾是對
門居朴榮川也." 吳曰: "吾醉則三公六卿, 都忘其姓名, 我安知曾經榮川守乎? 汝定
爲誰?" 朴曰: "汝知名於文而竟不第朴鐔乎?" 吳頷之曰: "我知了, 然朴鐔已死矣."
朴曰: "我是朴鐔之兄也." 吳曰: "汝亦兩班也." 朴曰: "然." 吳曰: "兩班解文字矣,
汝亦文乎?" 朴曰: "寧有以兩班而不文者乎? 吾亦能文." 吳曰: "汝亦飮酒乎?" 朴
曰: "飮亦能之." 吳曰: "彼壺有酒, 汝其酌而飮之." 朴曰: "我非來喫汝之罰, 汝其
先飮." 吳曰: "諾." 乃飮一大瓢, 朴亦飮. 如之相酬三五瓢. 吳曰: "汝其賦詩." 朴曰:
"詩酒等耳, 詩亦汝當先之." 吳走題一絶句, 朴亦走和之. 吳乃握朴手曰: "今日好
得詩伴, 又賦何如?" 朴曰: "不妨." 吳又走草, 朴又走酬. 飮了又賦, 賦了又飮, 詩成
至數十疊, 最後朴醉, 題一落句曰: "黃門扶出大明宮." 吳諦視者久曰: "此句風神,
固好然, 但不知此何說話, 抑有來歷耶?" 朴笑曰: "此吾寫吾往年所經歷也. 曩吾多
年做憲府監察, 家貧, 每日淸朝赴公時, 或飯或粥, 或但飮一盃酒, 束帶而去. 一日
朝參殿座, 吾當押班進去, 是日家中瓶盎俱空, 飯粥竝闕, 酒也亦不得沃喉, 空腹
詣闕. 天寒腹鳴, 鵠立鵷班之首, 時時仰瞻寶座, 如凝一朵紅雲. 紅袖宮娥, 擎進琉
璃深盃, 當是時, 我也雲夢澤一般酒腸翻動, 按住不得, 遂出班伏地. 有聖敎承旨下
問所以伏地之由, 賤臣起伏曰: '小臣家貧, 每赴公時, 以一盃酒代粥飯, 今日則酒也

亦不得飮, 日勢已晚, 飢乏而俯伏矣.' 上曰: '賜之酒.' 起飮一大椀, 上曰: '善飮矣.' 又賜之, 是者凡八九矣. 是日吾不粥不飯, 連倒八九大椀於空腸中, 酒越涌上來, 頭也暈, 脚也軟, 兩眼之昏花片片, 百官之班次, 不知是整是齊, 天地不分爲何物, 玉山自頹於花甎之上. 天日已燭沈冥之狀, 遂命小黃門扶腋, 而出送大明殿門外. 往事追想, 信筆書之耳." 吳忽起立, 傴僂納拜, 至再至三. 朴曰: "怔底哉! 彼何狀也? 拜之何意?" 吳曰: "汝可謂天上郞耳. 我也少年登科, 金華玉堂, 皆是宿硏昵侍尺五周旋近密者, 多矣, 至於醉黃封飫珍饌, 亦屢矣. 便蕃受賜爲榮爲寵, 至矣盡矣. 但未曾有黃門扶出之擧, 今汝之所被恩寵, 乃不世之異數, 可以不讓蘇東坡蓮燭歸院. 汝則可謂天上郞, 此吾所以屢拜而不知止者也."

13.

竹泉嘗出吊寒貧親故家初喪, 喪人哭擗曰: "乞得尊丈筆寫銘旌." 竹泉許之, 但坐處狹窄, 欲移坐. 然更無堂宇, 乃鋪網席於門間簷下. 方爇爐調膠粉, 竹泉語喪家執事者曰: "吾有大病. 將爲書役, 則必飮酒借酒力而落筆, 不然字不善成." 執事者曰: "謹當覓酒以進之." 遂向內間入去了. 久之, 有一赤脚婢, 半白半黑髮被面垂下, 以三多廚中龜坼之手, 持西山買來口潤趾尖之沙鉢, 鉢中盛了靑黃色, 恰似大腫破針之濃汁濁酒, 來左右視曰: "靈牋匠何處在? 酒也持來." 竹泉受之, 一接口嚬眉曰: "此靈牋匠, 雖嗜酒, 此酒則誠難一吸盡器矣." 遂置鉢于席右【下賤謂銘旌必曰靈牋】.

14.

世人見人鄙俚詩文, 輒曰肉頭風月, 肉頭云者, 出於何處? 甚矣! 世人之鹵莽襲訛, 乃至此也. 某年間湖南暗行繡衣, 舟渡羅州之會津. 舟纔移岸, 岸上忽有豪健官人數三, 疾聲呼曰: "彼舡也斯速回泊!" 連呼不已. 篙工回首一見, 惶忙回舡, 猶恐不及. 繡衣曰: "舟已離岸何爲回泊?" 篙工曰: "本州座首, 自外倉方還向本州, 舡也遲滯, 或恐受杖." 正說之間, 舡已泊矣. 少頃, 座首騎着耽羅高蹄馬, 馬後跟隨、所史、通引、倉庫直、日守等四五人, 飛也似馳到, 下馬而登舡. 時當西日含山, 水面無風, 錦紋淪漣, 時見銀鱗玉尺跳躍波心. 這座首自倉所飮了幾椀村濁醪, 政自不勝豪興, 忽見魚躍于水, 意興一層滔滔, 以扇拍舡舷曰: "奇哉! 彼肉也. 平生恨不讀書, 如使識字人見此, 必作風月." 又以扇拍舡舷曰: "肉." 又高聲曰: "肉."
又低聲曰: "肉." 又長吁短歎曰: "無可奈何!" 又連聲拍扇曰: "肉肉." 顧謂繡衣曰:
"措大何處客? 能識字耶?" 繡衣曰: "過去客而略解文字." 座首曰: "如此風景, 欲
作風月, 然不識字可恨. 只得一肉字, 肉字下不得合用字, 措大能下肉字下字乎?"
繡衣曰: "跳字似好." 座首曰: "跳是何意?" 繡衣乃解釋跳字之意而言之, 座首乃
大樂, 更以扇拍舡曰: "肉跳." 又連聲曰肉跳, 唇聲曰肉跳, 齒聲曰肉跳, 牙頰聲喉
間聲, 或短或長, 或高或低, 連不絕肉跳肉跳, 舟泊彼岸, 騎馬向邑內去了. 繡衣馬
鈍落後, 黃昏時, 始入州中, 直入客舍, 出頭召入座首. 座首喘吁吁, 流汗如水, 俯
伏謁, 不敢仰視. 繡衣曰: "汝知我乎?" 座首仰首一瞻曰: "百爾思之, 終不記何處
拜謁耳." 繡衣曰: "汝且吟俄者舟中風月!" 座首不勝惺恐, 只自口吻中微讀肉跳.
繡衣曰: "低微難免重棍, 更高聲而吟之." 座首一片靈臺, 最畏棍之一字, 於是, 盡
兒時哺乳之氣力, 聲如霹靂, 高吟肉跳肉跳. 繡衣曰: "善吟矣! 更高聲吟之." 自黃
昏至三更量, 這座首連不絕高吟肉跳肉跳. 繡衣大哋而退送之, 羅州得以無事.
鄙俚詩句, 謂之肉跳, 方是.

15.

權判書尙游, 將冠子於黃江, 旣卜日, 自京城載酒, 一舡溯流而上. 旣還第, 書邀堤
川居退老座首, 爲命字之賓, 人皆譏哂之, 而堅不改. 及日至, 賓亦至矣. 乃依節
文, 分阼階西階, 揖讓升降, 行三加之禮. 禮畢, 賓告退, 主人曰: "某有薄酒, 請少
留." 賓曰: "敢不從命?" 於是, 賓主對席, 衆賓列坐, 乃行盃. 先斟桂棠酒一大椀,
酬酢之, 其次甘紅露, 又其次碧香酒, 尼城之魯山春也, 礪山之壺山春也, 梨薑竹
瀝膏等, 各樣峻烈之品也. 飲各到三四十椀, 這座首曰: "小生過醉, 不可更酌." 權
公曰: "烏! 是何言也? 僕與尊, 曾無半面之雅, 而嘗飽聞尊之飲戶之大無敵於當
世, 吾故請屈, 要與對酌矣. 酒也不過四十椀, 遽謂之過醉, 烏! 是何言也?" 座首
曰: "小生所飲, 乃濁白也. 果然能飲一甕二甕. 生長深峽, 只飲濁白而已, 今日所
飲, 乃生世六十年看不曾名不知之異品也. 胸膈上, 酒將越涌上來, 銀海邊花發千
樹, 江上之靑山, 馳去馳來, 萬里之長天, 回斡如蟻磨, 雖被大監之責敎, 小生也
今日酒, 不敢更酌一勺." 權公便大聲一喝呼曰: "惡男!" 忽自廳事後面, 走進來一
簡毛臉雷公十分相似健奴子, 低着七架上白羊毛氈笠, 唱喏于前. 權公又大喝曰:

"速拿出這箇漢! 邀渠爲冠子之賓者, 非爲渠有德有行見稱於鄕中. 只聞巨量, 故欲對飮以暢快一日, 今其酒戶, 不過如斯而已, 吾乃誤聽人言, 邀堤川座首爲冠子之賓, 公然使我受無限譏嘲於一世. 速拿出這漢也!"

16.

我高祖考, 除洪州牧使, 明日將辭朝登程. 滿朝儕友, 一齊來別, 皆是靑湖·壺谷, 一代名流也. 終日盃酒團欒, 壺乾更沾, 沾之又沾. 諸公曰: "酒終未恰量, 何不入洪州支裝酒而盡醉?" 我高祖考曰: "支裝之用之於辭朝日, 乃各邑通行之規也. 未辭朝而先入之, 不可." 諸公曰: "不然. 支裝之不得用於辭朝前, 乃慮或有遞職之端, 而明曉將辭朝, 今萬萬無他慮. 雖或有此慮, 新除交承, 必出於今日此座中." 遂入支裝酒, 連斟. 是夕, 我高祖考內遷大司諫, 交承, 果是座中客云爾.

17.

庚午秋, 洪盈德禹集, 閔判決事宅洙兩丈, 携同閒閒兩老人, 佩酒, 見訪先君子於遠觀亭. 臨齋尹公及黃參議枏李正言彦世三丈, 不期而會, 乃開戶細斟, 壺乾更沾. 看看至斜陽入檻, 諸丈皆醉到七八分. 洪公曰: "今日會者八人, 二人合作一句, 八人可作四句, 正好聯句成一律." 洪公先呼七字, 閔公繼之, 二老人又繼之. 余立于硯北, 而視之四老人之作, 皆太草率, 或不成簾, 或不成對. 四老人, 又互加点化, 屢改之, 塗抹滿紙, 然瘡疣百出, 終多瑕疵之可言者. 時先君子亦醉甚, 倚欄而酪酊, 恐不可以作句, 余心甚悶之. 洪公曰: "次至某甫【先君子字】矣, 速製之." 先君子卽呼曰: "荷敗猶能留爽氣." 洪公曰: "次至景平矣." 以手搖臨齋. 臨齋方憑枕闔眼, 被洪公喚醒, 乃開睫曰: "某甫已作乎?" 取軸一吟曰: "好矣." 卽呼曰: "柳衰渾欲帶淸秋." 洪公曰: "夢應耶? 美仲耶? 誰爲當次? 速製而圓篇也." 黃公曰: "吾不解作詩, 何以應卒乎?" 洪公曰: "九天上下來之霹靂火, 猶可戴瓢而免也, 今日詩令, 夢應雖有千般謀萬般智, 不可逃矣. 夢應雖鬢邊懸玉, 計其年, 不過是吾兒儕輩耳, 老人首唱, 乃以夢應之不作而不圓乎?" 黃公窘甚, 乃曰: "景平幸爲我製之, 今日之會, 某甫【乃仲父之字, 而仲父是時出補外塞】之不在, 爲可恨, 以此意爲我作句也." 臨齋曰: "意匠好矣, 吾爲君作句." 遂憑欄微吟曰: "當筵怊悵, 當筵怊悵" 屢回吟之, 又笑曰: "下三字難矣, 合用少一人, 而少字上聲, 人字平聲, 難矣難矣!” 又微吟曰: “一人少, 一人少.” 又曰: “可恨一字之爲入聲, 難矣難矣!” 李公遽曰: “不妨不妨, 一字之入聲.吾當以平聲作對, 古詩家, 此類多矣.” 卽曰: “何處樓, 何處樓.” 以扇拍地數回, 乃曰: “蕙佩行吟何處樓.” 遂得圓篇, 然上折半之太草率, 終多瑕疵爲可恨.

18.

先君子守丹丘時, 仲父判書公, 自京口携臨齋公及李參判宜哲洪陝川章漢三丈, 同舟溯流, 將遍遊四郡. 旣到泊丹丘, 留休浹旬, 一日, 設白日場於鳳棲亭. 將懸題, 仲父顧小子曰: “汝今年始做事乎?” 對曰: “始之矣.” 又敎曰: “持草冊來.” 退而持冊奉進之. 冊子中第一丈所書, 乃踈儀狄, 第二丈所書, 乃糟丘是蓬萊也. 仲父覽之曰: “題何必擇爲踈儀狄? 自好.” 仍顧臨齋公曰: “以此詩賦同題, 何如?” 臨齋公曰: “好矣.” 遂書題而懸之. 臨齋公方臨溪沉吟而坐, 忽轉身向懸題板而坐曰: “幾乎誤了. 更取俄者草冊來.” 更持冊以進之, 臨齋一覽曰: “詩題當改以糟丘是蓬萊, 某【仲父字】令之以踈儀狄詩賦同題, 乃寓意, 而吾始不寤矣. 某甫【先人字】爲主人, 吾三人爲客, 將相與提携跌宕於五巖二潭之間, 某令慮吾輩過於杯酌, 故以此詩賦同題. 其意固出於相愛, 然酒客風度, 斷不可以此詩賦同題.” 乃改書而懸之. 仲父笑曰: “吾固無心, 令何有心看作? 始令謂我不飮, 今欲破戒, 故題必改而後已也.” 臨齋曰: “我固多病, 今行不欲過飮, 而以某甫爲主人使君, 吾三人爲席上之賓. 聚士課才, 以踈儀狄詩賦同題, 寧有如許殺風景乎? 以彼爲賦題, 以此爲詩題, 戒飮之意, 痛飮之趣, 兩行而不悖矣.” 玆事瞭然如昨, 而居然爲三十餘年. 當時之雅謔風韻, 已成前塵影事, 今書之, 不勝風樹之感爾.

棋場

1.

弈不可以少數而少之也. 其宮應碁三百六旬, 其方罫象山河大地, 方其當局而鬪智也. 人孰無竝吞全局之意, 而或爲蚌鷸相持之形, 或割半於鴻溝, 或各保於吳蜀, 攻守變勢, 殺活多端. 巧拙有許多般, 心籌之入微無窮, 此乃商山四老. 二老對枰,二老坐局外, 而視者有妙理, 長安酒肆, 傍立而睨視, 有所以然之故也. 然而戶外之二屨已散, 局面之玉子已斂焉, 則向之攻守殺活, 運心機於蠶絲牛毛之妙者, 都歸太虛之浮雲, 赤壁磯頭, 無人知沈沙之折戟. 謝家父子之賭墅, 深溪婦姑之口談, 後之人, 何從而得知其手法籌謀之妙到得何等地位耶? 余於奕家, 嘗有杞宋無徵之歎. 玆錄吾東流傳數三種事, 俾好事者見此益加裒集焉.

2.

國朝中葉, 有公子德原令者, 善弈, 通國無敵手. 又癖於碁, 日日與碁伴來往以從年閱歲, 一日無棋, 則便發心癢, 不能自聊. 一日, 忽大雨自朝暴注, 所嘗與從遊之棋伴, 無一人至者. 悄然獨坐, 手撫空局, 或馮枕而欲睡, 睡也不來, 或開戶而遠近看望, 忽見一箇破衲僧人倚門扇立. 德原呼童奴, 招這僧近前, 問曰: "禪師何山寄鉢?" 曰: "七寶山." 曰: "胡爲立吾門?" 曰: "避雨也." 曰: "師能棋乎?" 曰: "粗知置四箇則殺, 占二宮則活, 此何足以碁云乎哉?" 德原曰: "師也上堂來, 與我碁一局." 遂與這僧對局. 恰恰過半局, 視局勢, 德原大贏矣. 德原促僧人落子, 僧人曰: "裏急, 請少避而來." 德原許之, 僧下堂出去, 去了良久, 不復入來. 德原呼童奴, 尋覓僧人而不得. 德原連呼童奴, 使更推尋, 屢發聲氣. 時德原之伯氏, 嘗淨掃後房一間, 獨處養病, 不出戶外, 不與人交接者多年. 是時, 聞德原之在外堂急呼童奴, 而呵責之聲氣頗高, 甚怪之, 扶杖出外堂, 問曰: "童奴有何事端, 聲氣之高, 乃至此乎?" 德原具以與僧棋而僧忽去之狀, 德原伯氏曰: "僧已去, 童奴何以尋之?" 德原曰: "這僧妄自許以能奕, 旣與弟對局, 纔半局而自知勢蹙, 詐言溲溺, 未卒局而去, 弟必欲得此僧, 故乃爾." 其伯諦視局面, 而問曰: "執白者誰, 執黑者誰?" 季曰: "弟黑而僧白." 伯曰: "今誰將先手?" 季曰: "僧當先手." 伯曰: "以吾觀局勢, 汝輸僧贏, 汝何言僧勢蹙而逃去乎?" 季曰: "這僧之此大馬, 我已殺了, 我也占宮, 其大如許, 兄乃謂僧贏而弟輸乎?" 伯曰: "唉! 汝幾多年以碁遊世, 自處以無敵於當代, 今汝碁之劣, 乃如是乎?" 季曰: "烏是何言也? 以此局勢, 吾寧有見輸於人之理哉?" 伯以手指一處曰: "如使這僧落子於此, 則汝將何以應之?" 德原熟視良久, 乃大驚曰: "異哉! 兄之棋之手, 高妙如此, 而同氣之間, 半生同室而居, 吾乃不知, 異哉異哉! 敢問兄何時學棋? 平日何不圍棋, 見人棋常如不知者然乎?" 伯氏<曰>: "汝今以後, 乃自知汝之妄乎? 奕雖小技, 然其高下巧拙, 亦有千萬層. 吾看汝以棋

得名, 故欲使汝擅名, 吾遂斂跡於碁場, 蟄伏不出戶外. 天下之人物許多, 豈無高
於汝者, 而汝每昂然只知有我, 不知更有他人乎! 意者, 彼僧過聽人之言謂汝一手
而來, 旣與之對局, 汝之手低下如此, 心窃冷笑之, 故不着此手而去, 冀或汝之悟
之, 而汝終不悟. 唉! 汝之碁, 劣哉劣哉!" 噫! 彼七寶僧, 儘高於德原數等, 錫杖飄
然, 終不知去向何處, 德原之伯, 終身不下一子. 彼兩棋之閫域, 人莫得以知之, 爲
可恨也已.

3.

德原令作數三百里行役, 晨起暮歇. 正行之際, 忽遇雨, 前店尙遠, 弱馬單僮, 沾濕
甚悶. 遙見數株楡柳林缺處露出三家村, 去大路約二里許. 遂捨前程尋入村家, 破
籬無門, 籬中有小軒, 頗精洒. 籬外有小石井, 一箇老婆方抱甕而汲水. 德原下馬
坐軒上, 使童奴繫馬於松簷. 坐而視堂宇, 軒之東面, 乃一間房, 而房雙牖以小鑰
鎖之. 屋壁四面, 皆粘古書畵, 軒西北隅, 置四脚破棋局. 局上疊一雙棋奩, 奩中
分貯黑白棋子. 德原見此, 手持碁子半掬, 磨弄而坐. 意主人是奕者, 而戶牖下鑰,
分明出外, 而但不知其出是遠是近, 又莫知其歸之遲速如何. 欲問而無人可問, 政
在躊躇之中, 俄而老婆汲水過軒前, 向裏面入去. 德原呼這婆曰: "我有一句話欲
問." 這婆住了脚回身立曰: "有這話可問." 德原曰: "我是過去客, 避雨來此房子,
戶牖下鑰, 莫是主人出去乎?" 婆曰: "此家主人, 乃吾之上典, 而有事出三日程矣."
又問: "幾時言旋." 曰: "有些經紀, 歸期當在數朔後." 又問: "主人雖出, 宅中抑有
小主乎?" 曰: "無有, 內間只有內上典, 外堂無接賓之人, 客位恐不可寄宿矣." 德
原曰: "日未晚, 山雨晴, 則當前發. 吾非爲寄宿也." 又問: "軒上有局, 有誰棋乎?"
曰: "吾之上典能之." 又問: "汝之上典外, 又有能此者乎?" 曰: "無有." 曰: "寧有是
理? 雖五里十里之外, 如有以棋來往者, 婆其言之也." 曰: "眞箇無有. 莫言五里十
里, 雖五十里十十里, 解棋者, 曾無一箇." 德原曰: "棋非獨自一人爲之者, 必待對
局者. 眞如婆言, 軒上局, 何爲置之?" 婆微笑曰: "我上典, 讀書之暇時, 或與內上
典對局矣." 德原大驚異之, 沉吟者久, 但手弄碁子不已. 這婆更持甕過軒下去, 德
原又呼婆曰: "棋之優劣, 姑置之, 夫豈有婆之內外上典外, 四面百里之間, 更無解
棋者之理乎? 此必有其人而婆不言之耳." 這婆被德原之再三緊問, 不堪其苦, 乃
曰: "如有之, 我也何故不言? 眞箇沒有一人, 但我也自兒時, 慣見內外上典之對局,

粗知生殺." 德原又喫一番大驚, 遽曰: "旣然, 婆何不早自言之? 婆也上軒來, 與我棋一局." 婆曰: "我也手拙, 何以陪尊客圍碁? 又夕炊向晚, 碁何暇爲?" 德原曰: "我手亦拙, 正好兩拙之相對, 日尚高, 棋雖閱四五局, 夕炊不暮." 婆遂登軒下棋. 旣卒局計宮, 德原輸二宮, 又一局婆輸一宮. 婆一唉, 下堂納履曰: "夕炊恐暮." 德原復問曰: "婆之內外上典手法, 孰優孰劣?" 婆沉思良久曰: "敵手, 然內上典恐少勝." 又問 "婆之手比上典, 如何?" 婆驚曰: "我也直路耳, 何足以碁云乎? 但慣見兩上典之落子而已, 生來手不執棋子, 俄陪客位對局, 乃一生初度也. 比諸上典之手法, 其落下, 必不止數層耳." 德原又曰: "異哉異哉! 何以則可以得知婆內上典手法高妙到得處乎?" 婆曰: "沒道理, 沒道理!" 遂去之隣家, 束薪取火, 入內去了. 婆之內上典老婦人問婆曰: "俄聞外堂有落子聲, 何也?" 婆曰: "有避雨客位, 入外堂之軒, 見棋局而問能棋者, 婢子以生員主與媽老阿【媽老阿即軒下, 軒下卽今之俗稱抹數下也】時時對局之事. 客又苦問: '更有他乎?' 婢子遂以略知生殺對之. 客又苦要對局, 故黽勉而卒二局矣." "勝負何如?" 曰: "各一局." 婆又獨語曰: "這客, 狂於棋子矣." 那婦人曰: "爾何語?" 婆曰: "這客屢言何以則得知媽老阿手法造詣之定如何, 這客非狂而何?" 那婦人取鑰匙授婆曰: "開牖, 請這客入室安歇, 炊飯供了." 婆更出開門致內言, 德原曰: "多謝多謝." 俄而, 夕供已具, 那婦人召婆謂曰: "爾持飯去供客, 且語, '客位情願欲知老身之手, 則只有一條道理, 今夜客位穩睡度夜.' 明日平明, 爾與客位對局於戶外. 老身坐牖內, 窺視局勢, 爾若有誤着處, 我從穴隙出布帛尺, 以指教之. 爾探客位之肯否, 來告也." 這婆奉飯床, 進供于客, 遂一一說道老婦人之云云. 德原大喜遽曰: "謹當惟命!" 翌朝, 德原與這婆對局, 那婦人在戶內指教婆子, 德原連三局輸了, 或倍或三倍. 德原乃先置一子, 又輸三局, 又先置四箇, 又輸三局. 乃置六箇夫然後, 始得互勝互負各三四局而罷.

4.

德原後, 當有許多國手, 史闕不傳. 六七十年前, 有崔器祥獨步, 崔之後進, 又有卞興平, 少劣於崔, 對局必先下一字. 崔之晚年, 崔多見敗於卞, 卞或去其一字, 而亦得贏. 卞輒曰: "比年以來, 吾之手, 長得一層, 崔主簿已衰矣. 直與我敵手, 從今許我去先下之子." 崔微哂曰: "定然乎?" 卞曰: "定然矣." 崔曰: "爾妄耳, 爾且明日早來." 卞應諾而去. 翌日清朝, 卞造崔, 崔乃曰: "我衰矣, 精力大減, 每胡亂着去, 故爾妄言乃爾. 我今日終日, 但下三局, 爾必三局連輸, 三局之內, 一局必倍數而輸矣." 卞冷笑曰: "豈其然乎? 其則不遠." 遂開局. 是日崔置爐於前, 爇火於爐, 取童便一大椀, 照火而煖之. 其始下手也, 徐徐緩緩也, 談笑而應之, 及到平原曠野萬馬爭馳之勢, 則晴天之飛雹, 飄風之急雨也, 似一連下數十子. 局外之觀者, 未及推步, 而見之. 若遇垓城十月月暈重重危急存亡迫在呼吸之形, 則乃袖手却坐, 以雪綿子漬童便洗眼, 數食頃, 始下子, 卞茫然莫知所以應之. 自朝旭初滿東牕時, 至終南擧烽, 纔了三局棋, 第一局, 崔贏倍數, 第二局贏五局, 第三局贏一宮. 崔乃大喝卞曰: "爾今復敢妄撓舌乎?" 卞不能開口, 觀者皆吐舌.

5.

大駕將幸永禧殿, 路傍家家戶戶, 人皆來占. 少年儒士, 公卿百官家婦女, 前期入處, 將以瞻羽旄之儀. 卞興平先已占九琉街邊一箇精洒藥局, 携四五棋伴至. 方與之爭棋時, 京兆導駕且至, 該部官先之, 京兆郎次之, 最後京兆尹過去, 一字排立, 持笞之皂隸, 又一字隨. 蠅頭巾許多書吏, 堂上金冠朝服, 殿後而來. 檢飭道路之修不修, 黃土之鋪不鋪, 當道左右閭家牕戶之有隙穴與否, 最禁白衣雜人之攔街者, 鞭打笞毆, 號令如霜. 當時之時, 三三五五, 遵大路而來來去去者, 道袍幅巾之儒生也, 破笠絲撑之廣州措大也, 醫官也譯官也閑良也盲人也躄者也, 女人之手持竹筐者, 頭戴飯床者, 賣烹栗賣靈草者數十人物. 忽被漢城使令南部書員之猛打, 一頓毆逐之, 一齊奔入到藥局中, 或跌或仆, 紛紛撓撓, 團作一塊. 俄而, 導駕官已過去了, 大道上人來人去, 無人更禁者, 這衆人團作一塊者, 乃徐徐開門, 各向東西南北去了. 就中不知何處山僧, 始入衆人叢中, 入到藥局, 身被懸鶉百結之一布衫, 頭掛十年不澣濯之布曲葛, 曲葛上低壓着通天蔽陽子. 看望藥局軒上之爭棋, 不隨衆人出門去了. 如高漸離之宋子堂聞筑, 或立于東, 或立于西, 跂足而若將登軒, 攀檻而從人肩背後, 不瞬目, 只看黑白子之落處. 正當局中蚌鷸相持毫釐殺活之際, 卞停手, 睨視以口點穴者久, 乃下一子, 這僧不自覺信口作咄哉聲. 對局者下一子, 黑白交下, 第三手而卞之要衝營壘一帶鴈陣, 都沒長平之坑, 縱有三神山不老草, 還魂無路. 卞却坐大驚曰: "俄者背後咄聲者, 誰也?" 座中一人曰: "彼僧也." 卞呼僧而坐問曰: "俄者, 我失手乎這馬, 抑有可活之道乎?" 僧手拾黑白各三子, 而落一子曰: "第一手, 何不置此宮乎?" 卞與對局者, 熟視之死者, 果生

矣. 卞乃掃去前局, 留僧坐曰: "爾與我圍一局." 酣戰至半局, 卞之勢大張, 僧之勢
大蹙. 僧曰: "小僧有緊切事, 故棋不必了. 局止此足矣, 請退去." 卞曰: "棋至半局,
公然歸去, 寧有此理? 俄者, 汝以局外之眼, 適會偶中, 妄欲與我爭長. 今見局勢
急迫, 乃欲不卒局而去, 山僧心術之不美, 乃如是乎?" 這僧至再至三, 請退不已,
卞堅不許, 大喝促下子. 僧乃睜睛視卞曰: "眞箇使貧僧落子乎?" 卞曰: "到底山僧
之愚妄, 妄談休了, 速下子!" 始也僧踟跌而坐, 於是, 乃竦其肩, 竪雙膝而蹲坐. 高
攌麤拳, 從空擘將下來落着局面, 其勢如共工氏與祝融戰, 頭觸不周山, 天柱折而
地維決. 鏗然一聲, 這僧手裏之一箇白子, 十字破分, 作四箇, 這僧拇指爪甲, 裂作
人字樣. 滿座諦視之, 卞之東西南北四大馬, 都沒生路. 卞乃仰天而無語, 僧乃大
踏步出去曰: "我請去時, 許我歸去, 都無事, 公然挽過去山人. 元來這手也, 低劣
若是." 卞大發慚, 不復問居住法號. 惜乎! 浮雲蹤跡, 人無得以知之.

6.

金持平磁, 余外戚叔也. 慕少論之峻論, 以筆翰自許, 居新門外, 與角亭之趙, 盤松
之李, 相從遊. 一日, 訪趙甲彬, 趙方與客圍棋. 棋方酣, 金入室, 而趙不視也. 座
上之四五客, 亦繞局而坐, 注目於局, 不與金作寒暄. 金闞坐曰: "我來矣." 趙不應,
衆客亦不顧也. 金又曰: "我來矣." 如是者三, 趙落子曰: "我來矣." 對局者亦落子
曰: "我來矣." 自此每落子, 東邊曰: "我來矣." 西邊亦曰: "我來矣." 金作色起曰:
"我去矣." 趙又落子曰: "我去矣." 對局者亦曰: "我去矣." 金歸家, 翌日淸明, 作長
書而絶交, 趙復書大責之. 金愈怒, 趙往見而金不見之. 於是, 諸趙諸李, 齊會金
家, 衆人勸解, 趙甲彬費辭摧謝然後, 得以和解. 然終不能如前日之款洽, 三門外
傳, 笑久而不已.

7.

余高祖考參判府君, 善奕而罕與人對局. 嘗爲承旨, 入院中, 有僚官一人語反棋, 意
其超出等類. 申退時, 遂聯鑣同之僚官家, 即開局, 蓋敵手也. 退送院隷, 使曉來,
送人本第, 持夕飯來, 碁不輟. 至鍾鳴, 始詣闕, 及申退, 又至僚官家, 如前日, 又明
日如是, 積三朔餘, 遞官而止. 蓋自初日下馬上堂, 不解公服, 便下棋, 飯至則不下
一子, 飯已卒局. 聞鍾鳴, 院隷來告詣闕時至, 則雖局面方有大生殺機關, 不復下

一子. 局垂畢, 下三四子, 則可以計宮, 不下一子, 亦不掃去. 擧其局, 藏于書樓, 下
鑰, 只盥洗, 改斂髮, 加紗帽, 卽起赴公. 申後退歸, 卽出其局而了當之. 積百許日,
自申時至五更三點, 不曾霎時交睫, 翻覆幾千局, 而不知倦, 其癖好也精神也, 人
固不可及. 棋方酣, 而赴公時至, 則不下一子, 亦可見前輩小心不敢怠忽於職事也.
及其罷官之後, 不復聞與僚官來往爭棋通晝而達夜, 想是有荒亡流連之戒也.

『瀨尾編』 下

博場

1.

某年間, 慶尙監司某, 與大丘判官博賭寵姬. 監司之博, 危急, 存亡迫在呼吸, 監司熟視, 而無可下之手, 故不着. 日將夕, 判官曰: "使道輸一局矣." 監司曰: "寧有是理?" 判官曰: "有手則速下之." 監司曰: 徐當有手, 勿相促迫." 時有推奴可得萬金者, 抱狀立宣化堂下, 乞得題辭. 監司曰: 吾方對博, 少待之." 抱狀者待已多時, 看看日下山(矣). (乃)瞬楹外侍立(之)知印童, 來附耳問■ "今使道與判官, 局勢勝敗如何?" 知印曰: "使道手窮, 單手將決局, 而使道故遲遲不下手耳." 抱狀者曰: "爾爲我圖局勢而示之." 知印取軍令板, 圖局勢以示狀者, 狀者熟視一遍, 乃大書'前車已覆, 後車不戒, 左包堅壁, 右包再飛.' 十六字於知印手掌, 附耳語曰: "爾立判官背後, 大咳嗽三聲, 開掌向使道高擧之. 事成則吾當以千金報償爾." 知印遂依其言而爲之. 監司聽得三聲嗽, 恠而視之, 乃見知印掌中十六字, 俯視博局, 徐曰: "判官, 斯速進納寵姬." 判官曰: "博輸, 姬安敢不納." 監司遂下霹靂手四轉手, 判官手窮而局輸. 當夜監司問知印曰: "爾掌中十六字, 是誰書也?" 知印以實對, 抱狀者遂得嚴題, 果收萬金, 以千金償知印而去.

2.

國朝中葉, 有申固濟者. 善博名於世, 遊於博場多年, 京外無對手. 五臺山有老僧, 亦善博, 聞申之名, 欲知其手法之高下, 屢使其闍梨之高手者往試之. 老僧自知其少遜, 故終不自往. 申亦聞有五臺山僧, 每欲一逢場, 而無其路. 晚境忽慨然發歎曰: "以吾之癖於博而幾多年遊於博場, 終不遇敵手. 人生如朝露, 一朝奄歸化, 則不得與五臺僧一爭博, 豈不爲遺恨耶?" 遂呼僮輔馬, 卽騎出靑門, 向五臺山去了. 原來五臺僧, 年已八旬餘, 不知其生其死, 又不知其方在何峯何箇庵子. 畢竟申與僧得相遇, 其輸其贏定如何, 且聽下回分解. 却說老僧心中, 固已料申之必來, 待之已許多年. 老僧, 雖在五臺山最上層源僻丈室中, 老僧之上佐僧孫上佐之結夏結多於他山, 分在八路大刹者. 其數爲累百, 各爲衣飯寺中事務, 肩荷一鉢囊, 手持六環杖, 出入都城者, 絡繹不絶. 這僧輩入都, 必探知申之動靜云爲, 傳報五臺老僧. 一日山之中臺住持僧, 來言'都城內多方洞申哨官, 某日自京城發程, 某日宿某店, 某夜宿某寺, 幾日當到此菴, 將與老師賭博'. 老僧聽了, 屈指計日而待之. 第三日晚齋纔罷, 申果至. 直尋到老僧丈室, 敍寒暄, 仍曰: "吾聞師善博, 不遠千里而來, 欲一睹高手." 老僧曰: "貧僧入山前, 粗能知此, 今老矣, 已忘之. 且棋博, 卽禪門八戒之一, 不敢聽命." 申固請不已, 老僧曰: "客位之遠來, 強請至此, 貧僧亦欲從權破戒, 然山堂之戒律至嚴, 此寺三十三房寮, 初不留博具, 只有大博小博各一部, 敢請各位用大用小何居." 申曰: "快哉! 大大益善." 老僧顧上佐曰: "持大博來." 上佐領命去. 俄而八箇光頭, 曳得一箇長三間廣二間餘之大板子, 置于泛鍾閣中央, 設席于板子之南北, 上佐僧二人, 坐局上, 排布靑紅兩陣大博. 元來這博士卒如斗, 車包象馬倍之, 將軍又倍之. 老僧立于局之北, 左右巡行以竹如意指揮之出右陣馬立于某宮, 則兩上佐舉而置之. 申亦依老僧而爲之, 如是連下四五十手, 這老僧曾已費十年工夫於大博, 眼目慣習, 精神專一, 然彼申則生來初見如此大博, 落一子行一手, 欲察局面之形勢, 則必周回局東西南北, 跂鶴脛延鵝頸. 方知往來路徑殺活機關, 而眼目生疎, 精神散亂, 申無可奈何見敗於僧. 退坐曰: "非我手劣, 此博太大, 更持小博來." 老僧曰: "禪家戒律至嚴. 一犯之, 已不可, 何況再乎?" 申怒勃勃, 固請之, 老僧又黽勉顧上佐曰: "取小博來." 小闍梨手探囊中, 出小木局, 其大不過手掌四分之一, 其分界井間如蛛絲, 若存若無. 其大將軍大如小豆, 車包象馬半之, 士卒又半之. 旣排陣訖, 欲行馬則以小竹尖推以移之某宮. 老僧左包也右車也, 象馬士卒, 衝突進退, 運手如飛, 而彼申欲察局勢, 則曲其背屈其首, 幾乎鼻至於地. 方得卞靑紅兩陣往來分界, 眼目之生疎, 精神之散亂, 又甚於大博矣. 又見敗, 大發憤曰: "此非博手之我劣而師優也. 大博小博, 皆是生來初見怾底物件, 更持中博來." 老僧冷笑曰: "如此拙手, 千里遠來, 欲與我爭博, 可謂妄耳. 大博負一局, 小博亦負一局, 謂之非我手劣, 此何異於西楚伯王烏江上自言'天亡秌, 非戰罪'乎? 項羽終非沛公敵手. 禪門之博, 大小博各一局之外, 不許更着." 大呼上佐, 轍去大小博具. 申自知見瞞於老僧, 然僧旣牢拒, 不許更着, 更沒道理, 方寸內, 只抱萬丈忿火而歸.

3.

申固濟出行, 至湖中, 遇雨於野店, 留滯三四日. 湫濕憹苑, 無以聊遣客愁, 問店主
人曰: "此里中有博者乎?" 曰: "三里許有老僉知." 申曰: "爾與俱來." 店主人應諾
而去, 小焉與老僉知俱來. 申乃延入室語曰: "遠客, 遇雨留滯, 無以消日, 願與僉
知博一局." 僉知曰: "好矣." 乃開局布陣. 申則與人博, 必去其一車一包, 是日亦依
前去一車一包, 僉知視之而已. 遂兩相衝擊進退, 畢竟兩陣, 只各餘兩馬, 更無他
物, 無勝無負. 又一局, 又如前, 連三局皆如前. 申乃置車而去包, 其各餘兩馬, 而
無勝無負又如前. 連三局又如前, 申乃竝還置車包, 收拾精神而更着之, 終日亦無
勝無負. 申乃斂手却坐曰: "僉知善博矣. 然始也吾去車, 中也置車而去包, 末來竝
不去車包, 然其各餘兩馬, 無勝無負一如去車去包時, 此其故何也?" 僉知曰: "老
物對博, 無論高手低手, 平生以無勝無負爲法矣." 申曰: "烏是何言乎? 博有高低
手, 高着者勝, 低着者負, 方是定博之高低手也. 僉知之無勝無負, 是何意也?" 僉
知曰: "老物老於博矣, 我負則我無聊, 人負則人無聊, 無勝無負, 但消日自好." 申
曰: "我勝則快, 何暇念人之負而無聊耶? 無勝無負有何趣味乎?" 僉知曰: "老物
請言老物老於博之顛末. 老物自兒時躄一足. 每農時渾家皆出野, 老物以病身, 故
留之守屋. 終日獨在屋子裏省守, 兒心不堪鬱鬱, 走上屋後小崗, 手招某甲. 某甲
者在崗北, 與老物同甲而亦躄一足, 不能適野而守屋. 聽我聲則走上來, 吹葱騎
竹, 遊戲竟日, 夕時歸家. 日日如此, 久覺葱竹之戲, 亦不新奇, 乃削瓢爲博, 畫紙
爲局, 與之爭博. 我先上山, 則我招渠, 渠先上山, 則渠招我, 我則背某甲家, 向吾
屋而坐, 某甲背吾屋, 向渠家而坐, 各自看望人出入屋中以終日. 始也不無一勝一
負, 至於爭怒之境. 及至一日二日, 一年二年, 十年二十年, 至於六十年之久, 日復
日博外更無他事, 坐也臥也, 飲水也飽飯也, 寓目寓心, 無非四八三十二箇博子耳.
日與某甲對博, 我手渠知, 渠手我知, 更無運心機出奇變之心, 但一局, 又一局, 無
勝無負以消日爲身計. 不幸某甲之死, 已過十餘年, 同里或過去人客中, 豈非傳者,
而皆落下某甲數層矣. 今則老物之於博, 尤不用精力, 無論高手低手, 一皆以無勝
無負之法待之, 竊聞都城內有申固濟者當今一手也. 若遇此人, 思欲一決勝負, 而
京鄉落落, 無逢場之道, 爲可恨." 申瞋目大喝曰: "僉知妄矣! 申固濟高於我, 一車
一包, 綽綽有餘, 僉知之博雖高, 豈能與申固濟抗衡乎? 噫! 人情之抵死以立名爲
重也. 人旣以申固齊許一手, 不曰我是申固濟, 乃隱諱其姓名, 若有別般申固濟者

然, 但欲使老僉知至死認申固濟之爲一手. 終古文章家方技雜藝之末, 立名於當時, 傳名於後世, 自欺而欺人者, 亦多此類耳.

4.

孫結城景翼, 尙州人也. 曾經吾鄉地主, 故與吾家有契分. 先君子守金堤時, 孫結城來留月餘, 日與衙中去來東西南北之客賭博. 客皆不能敵, 乃搜問將校輩高手而招至, 亦皆出孫之下. 於是, 諸校求得可以勝孫者, 一二人以來, 然亦終不能勝. 余問孫曰: "尊公今行賭博, 可得一手之名, 而第未知在嶺南時及或入都城也, 其無對敵, 亦如此否?" 孫曰: "不然不然. 余入都賭博亦屢矣, 與我博而去車者絶無, 去包者亦無多. 同鄉有一人, 去車而能每局勝我." 余曰: "其人乃通國一手乎?" 曰: "不然不然. 又有東萊某姓人, 去包而勝此人者, 又有城都李姓武族人, 去車而勝東萊人者. 李君平生不業文不業武, 日出而出, 日入而入, 一年三百六十日, 無一在家時, 東家西舍以爭博爲契活, 自許通國更無敵手. 李君之伯氏爲南原營將赴任, 李君隨往, 又以博延攬遠近幾多人, 無能敵手李君者, 獨南原老校一人能勝李君. 李君乃謝去許多人, 獨與老校博周年餘, 每局見輸. 大發憤還京, 遍遊八路, 至北道之六鎭, 得一高手. 與之遊歲餘, 李君自謂博手長得一層, 人亦許以長於前一包, 李君乃直向南原去. 其伯氏已遞歸, 老校尙在, 遂與之博終日夜. 凡三四十局, 依舊每局見敗, 李君乃斂手却坐曰: '怾哉怾哉! 吾之博, 分明比前長得一包. 然見敗於汝, 亦依舊, 怾哉怾哉. 此何故也?' 老校曰: '生員主眞箇長得一層, 是所謂刮目相對矣.' 李君曰: '長一層, 而亦見敗於汝, 豈不是怾事乎?' 老校曰: '生員主, 昔年每二十八手而手窮, 今則三十二手而手窮, 此豈非長一層之明驗耶?' 李君遂更與之對局, 不復以勝負爲心, 只欲三十三手而手窮, 然窮晝達夜凡三日, 每三十二手而手窮, 始茫然自失而去."

5.

某鄉村一學究有一子, 名孝甲, 年十五六. 使讀書, 而終日遊走於東家西舍, 與隣童庚孫者象戲, 書也不曾讀一字. 學究怒, 明早撻孝甲. 方峻責之, 忽見籬外一髫童, 或隱身或露面, 乍去乍來, 乃庚孫也. 學究使孝甲入樓中曰: "勿出咳嗽聲, 潛藏之, 待庚孫去, 出來也." 遂手開樓門. 少頃庚孫入門來, 連呼孝甲, 學究曰: "孝甲, 出去矣." 庚孫乃開戶納頭視房中曰: "孝甲何處去乎? 咄哉! 如使孝甲在者, 今日我又去包而與渠博, 大捷一局矣." 孝甲在樓中, 聽庚孫一句話, 火性大發, 以兩足蹴破樓門, 怒騰騰扼腕下樓曰: "我與爾博, 爾去包可乎? 我去包可乎? 今以吾父爲證人, 持博來, 決雌雄於此!"

射場

1.

某邑有善射者李生. 一日出行, 路傍有大槐, 槐陰下有四老人懸小布而射. 李生繫馬樹根小憩, 見四老人, 皆五矢俱中, 射十餘巡, 無一矢不中. 李生爲技癢所使, 乃曰: "我是過客, 粗能操弓. 今見諸老人射法, 吾亦願借弓矢射一巡請教." 四老人相顧頗持難, 末乃强許之. 李生乃射而亦五矢俱中, 四老人無一句稱贊語, 視其顏色, 帶得些不平之意. 李生將起去, 乃問曰: "射場之遇操弓人, 挽之作伴而射, 無弓矢者, 借之使射者, 乃到處同然之俗, 今我借弓矢, 射一巡, 尊公輩似有不平之意何也?" 四老人曰: "吾四人同里居生, 少年學射. 片箭、細箭、柳葉箭、六兩、騎蒭各樣技藝, 皆極精, 每榜必參初試, 然數奇, 終不能成功. 年今七十餘, 不能更赴擧, 家居無他事, 吾四人合力作化小布, 會此槐陰以消日. 而吾四人皆家貧, 一小布之成, 所費不小, 吾四人相約, 使矢力盡於布處, 只中布而已, 無或穿布生穴矣. 今尊公矢力猛, 穿我布生出五箇穴, 吾輩安得不悶於心乎? 不然, 借弓矢何慳, 射場之有客來射, 何猜之有?" 李生驚疑, 往看其布, 自己所射五矢穿穴之外, 更無一針孔, 乃茫然自失而去.

單說

1.

退溪守丹陽時, 舟遊龜潭, 題詩蒼壁曰: "碧水丹山界, 淸風明月樓. 仙人不可待, 怊悵獨歸舟." 旣寫畢, 下舟回棹, 命妓唱歌, 妓有杜香者, 歌曰: "碧水丹山界, 淸風明

月樓. 仙人不可待, 怊悵獨歸舟. 舟子아 배ᄂ지져어라 행혀 올가하노라." 退溪大奇
之, 稱賞之曰: "汝知吾心矣." 蓋仙人不可待五字, 乃先生寓愛君之意, 杜香卒章,
足以庶幾遇之意故也.

2.

鄭成川悏, 門族孤單, 而祗以能詩得吹噓於農淵, 屢典郡府. 見其贐水村任判書
赴任密陽詩 '雲橫鳥道雙鳧去, 地近鵝亭一犢留.'之句, 其詩之工鍊可知矣. 晩年
除成川府使, 旣赴官, 不盥巾, 臥仙樓, 日以哦詩爲事. 雖觀察使巡到, 辭以病, 不
出謁. 觀察入見, 不以督過, 其接待使星賓客, 簡傲甚. 一日閽吏入告雪嶽山金進
士到門. 鄭公方臥, 遽起曰: "速開門." 呼左右, 一邊設席, 一面索帶索冠, 顚倒出
迎. 有廚妓稍穎悟者, 心甚恠之, 竊識視客之爲何狀. 及客之入門, 乃藐小男子, 麻
鞋弊袍, 便一寒窶子, 然鄭公之接待執禮愈恭, 客則簡慢甚. 廚妓乃招其弟方帶官
廳庫直者, 附耳密語曰: "汝知俄者來到金進士爲何許兩班乎?" 曰: "我已見之於紅
門街, 又是乞駄之行." 廚妓曰: "唉! 汝做公的, 不敏如此, 而何能免笞捶之苦乎?"
庫直曰: "然則此是何許兩班乎?" 曰: "吾使道到任後, 雖巡使道至, 一皆以埋沒
簡傲接待之, 汝試觀吾使道所以待金進士之禮. 此豈尋常乞駄客, 而吾使道之執
恭如此乎? 吾聞壯洞有金進士以政承之子, 國家官之而不仕, 弊衣破鞋, 周遊國中
山川, 又棲身於雪嶽, 多年不下山, 自稱以居士, 文章名於世, 此必是此人也. 汝其
小心, 無或以烹飪等事獲罪也." 庫直曰: "休說政承之子, 縱是玉皇上帝降臨, 有
何別般小心之事? 只依官家分付之下, 薏苡也餠也肉也, 鷄雉魚鮮, 各樣佳品, 皆
可以措辦, 此不足爲憂." 妓曰: "唉! 汝到底不敏如此, 將必不免笞捶耳. 明日使道
又與金進士舡遊沸流江, 網魚上降仙樓, 此等事, 汝何不早爲之整待乎?" 庫直曰:
"降仙樓及沸流江船隻, 工房可以設鋪陳, 吾所擧行者, 乃網魚, 待分付出, 可以
措備, 此何足爲憂?" 妓曰: "設網而魚不得則奈何?" 庫直曰: "網雖不得魚, 上渚下
渚之漁[10]夫進排者多, 魚不足爲憂." 妓曰: "唉! 爾不解事胡至此乎? 官家接賓, 雖
無魚, 豈無他物, 雖無網, 豈不得魚? 但旣設網, 舟過網處而網不胃一鱗, 豈不敗

---

10 저본의 '어(魚)'를 뒷부분의 '상저하저어부진배지어(上渚下渚漁夫進排之魚)'라는 구절에
   의거해 '어(漁)'로 교감했다.

興而無聊耶? 汝須不待分寸, 今夜設網, 又急收上渚下渚漁夫進排之魚, 皆冒于網子也." 庫直始唯唯而去. 元來這金進士, 是三淵翁也. 鄭公陪語至夜深, 乃分付曰: "明日早食後, 當舟上降仙樓, 設網於沸流江, 能歌能舞之妓, 來待舟次." 翌日日高, 鄭公陪淵翁, 乘舟溯流而上. 舟至網處, 漁夫收網, 大魚小魚銀鱗玉尺, 冒掛于網, 鄭公與淵翁動色發咲. 廚妓以手帕打歌妓之肩曰: "爾輩何其沒風韻? 舉網得魚, 何不誦後赤壁賦一遍?" 諸妓乃竝喉誦後赤壁賦. 淵翁平生不與妓物酬酢, 是日顧廚妓曰: "爾名云何?" 對曰: "某也." 又問"爾能識字乎?" 曰: "不能." 又問: "不識字, 何以知舉網得魚?" 曰: "一生陪侍文人墨客遊宴, 故慣聞此文字矣." 自此淵翁時時與廚妓有酬酢, 廚妓亦須臾不離左右, 留心看聽淵翁之言語動止. 窮晝達夜, 淵翁與鄭公所語者, 乃山水詩文. 又及八路風俗, 又評品各處物產, 至如永保之鰒, 歙谷之蟹, 豐基柿, 白川餅, 延安食醢, 龍仁沈瓜, 振威鷄炙, 瑞興之韮菜, 鳳山之生梨, 中和靈岩秀魚之優劣, 皆說去一遍, 末乃曰: "西瓜則通國無如松都靑石洞之所產碩大而甘且美者也." 廚妓在傍, 皆耳聽而心記之. 又翌日淵翁與鄭公作別登程, 廚妓拜於馬首, 淵翁曰: "爾或有上京便耶?" 妓曰: "國家若有進宴之擧, 則小人當赴京, 赴京則謹當進身問候矣." 淵翁曰: "爾雖入京, 我在京時少, 然爾入京我在京, 爾來見我." 妓曰: "敢不如命." 淵翁遂驅馬去. 適會是年七月間朝家進宴, 廚妓以大風流差備赴京. 路過松都之靑石洞, 方是西瓜之節, 妓猛想起淵翁當日之語, 遂下馬入園頭幕, 買喫一大瓜, 其甘美碩大, 果是平生初見也. 妓益信慕淵翁之爲文章高士衆理俱明. 於是又買取絕大者二箇, 抱持上馬, 拱之如璧, 將以入京持獻淵翁也. 行到鹿樊峴, 馬跌, 二瓜俱破, 妓無限咄嗟而自喫. 旣入京, 探問淵翁消息, 適會入城, 時方住淸風溪之遠心菴矣. 妓乃持錢三百文, 自往鍾街, 遍行西瓜廛, 求絕大者, 乃得二箇. 一箇以一百七十文, 一箇一百三十文買歸, 盛于朱漆大木瓢, 覆以方正大油紙, 更取千片縫鵝靑色袱子, 裹結精緻, 借一善戴水閣家女戴首, 自以長衣蒙首, 進往遠心菴. 菴在楓溪之最深處, 松楓落落, 幽夐非人境, 草堂三間, 瀟洒如畫景. 妓立于堂前, 招小書童, 稟告成川某妓來謁, 淵翁命進入堂中. 妓拜于庭, 入堂坐問候. 淵翁方主壁坐, 冗上開數卷書, 左右分坐五六弟子, 各執書繙閱, 皆相顧疑怪之, 而不敢言. 淵翁曰: "朝家定進宴, 我固意汝之來, 汝果來矣." 語數轉妓曰: "小人來從靑石洞, 見西瓜爛熟, 持來二箇, 敢進進士主前矣." 淵翁曰: "汝一聞吾言而能記有之, 可謂慧性, 又見其物而持來相餉, 亦可謂多情矣."

遂命取來, 使劈破之, 自嚼數三片曰: "爽美哉! 是瓜也, 終是名不虛得." 乃手分與群弟子曰: "諸君, 嘗喫此瓜乎? 西瓜之通國第一品, 乃靑石洞所種." 群弟子爭先取喫之, 皆曰: "平生未曾見如此甘爽之品." 又或有心以爲非禮之物而不食者. 妓旣辭而去, 淵翁曰: "彼妓極是慧物." 後數年遊六鎭, 北路守令, 莫不致力接待之, 亦必有妓樂以助風致, 淵翁終無與妓輩接語, 時向各邑守令, 評品妓樂輒曰: 成川某妓之慧敏, 三百六十州, 無此人物." 北妓名某, 頗有俠氣與勝癖. 一日發憤, 徒步往見成川妓問曰: "汝曾見三淵金進士乎?" 曰: "然." 曰: "金進士遊六鎭, 無與妓輩接語, 時時稱汝之慧敏. 汝何以得此於金進士乎?" 成妓, 俱以後赤壁賦靑石洞西瓜事告之, 大笑而罷. 淵翁固見瞞於成妓, 然成妓眞箇慧敏矣. 北妓之徒步往見成妓, 亦非草草者. 惜乎! 兩妓之名, 皆不傳, 爲可恨也已.

3.

土亭積年求山, 占得一穴於保寧. 登烏棲山俯視則山之行龍, 瞭然如開掌. 及下山而尋其去處, 廣野平衍茫然, 無尋龍之道. 自烏棲山而至穴處, 而又登烏棲山, 來來去去, 日日來去者, 亦强半年. 一日自烏棲山過靑藘洞, 草幕前有一老人, 方驅牛耕田, 忽以索鞭, 砉然打牛背, 大聲叱牛曰: "有石觸蹄, 少東而避之, 彼畜之迷惑, 恰與李之菡一般." 土亭大驚, 乃進前再拜, 伏地哀乞曰: "敢請丈人指敎之." 老人曰: "吾自耕田, 有甚指敎之事." 土亭曰: "小生爲親求山十年而得一穴, 欲尋行龍處, 而不得, 敢乞哀憐而指敎之." 老人曰: "平地尋龍捨石奚以?" 土亭乃大悟, 遂尋石脈而去, 自烏山至穴處, 石脈相連, 高低起伏, 皆合方文. 翌日土亭乃往訪老人, 草幕已毀之, 老人亦不見. 問諸隣人, 皆曰: "老人不知姓名, 不知從何來. 結幕耕田爲一年, 無端今夜不知去向何處."

4.

土亭梨園官時, 將赴二六坐起, 具公服騎馬出門. 街上群兒, 方處處飛紙鳶, 土亭擧頭望見紙鳶, 以手把扇打馬鞍. 是打鞍者, 乃諧和金石匏土絲竹革木音韻長短也. 方過鍾閣隅, 二鳶絲合相牽, 忽一鳶絲斷. 街上羣童四面拍手曰: "浮也浮也!" 一時犇波, 皆向鳶去處走. 士夫家十餘歲童子·醫譯市井家少年·草笠者·編髮髫頭者, 或持絲車, 或以手探絲曳, 唐鞋者木履者草履者, 跣者仆者, 騈闐大道, 馬不能前. 當是時土亭打扇, 誤了一節, 梨園老隷在馬後, 失口發咄哉聲. 土亭始悟其誤打, 顧視馬後老隷. 老隷見土亭之顧視, 即地納拜曰: "小人自此去矣." 遂飛也似走去. 土亭赴院後, 屢日尋覓老隷, 竟而不得.

5.

洪啓寬[11]國朝名卜也. 嘗出行, 日暮失路. 罔知所爲, 使牽僮探得面前某物. 僮曰: "黑暗地無他物, 觸手只有短小雙末木." 洪曰: "更探之." 僮曰: "末木有大藁索矣." 洪曰: "此必是繫牛處, 不遠地當有人家." 又沉吟數回曰: "雙木是林, 藁索是大繩." 使僮大聲呼林大繩三字. 元來是處一帳場地隔小岡, 有故承旨林大升家. 承旨之子在焉, 大莊院盛奴僕, 居此多年, 一村畏愝之. 是夜忽聞人呼大繩, 大怒, 使人捉來. 林家奴子及籬下許多民戶, 擧火而來, 捉去洪盲, 如老鴟之攫去鷄雛. 結縛入林家, 林措大曰: "爾是何等人, 敢斥呼不在世士夫姓名乃爾耶?" 洪曰: "小盲乃洪啓寬也. 黑夜失路, 執物作占, 欲得人家, 全不知觸犯主人宅先諱, 萬乞寬怒." 措大繩聞洪啓寬三字, 遂解縛而延入室炊飯而供之, 因曰: "飽聞聲華. 京鄉落落, 無緣相面, 今幸逢着." 乃出四柱問身命吉凶. 洪布卦沈吟屈指數回, 愕然竦身曰: "主人命盡於今夜, 平生身數, 更無可論." 措大曰: "豈無避凶趨吉之道乎!" 洪曰: "彎弓而射殺平生最所鍾愛之物, 或爲禳灾之道, 第試之也." 措大即彎弓搭矢, 直向鷹架前, 心上謂'此吾最愛物, 將射之', 忽又思之, '雖無此鷹, 亦當更得, 吾之所愛, 恐馬爲第一, 鷹居其次.' 遂捨而去廏前. 將開弦, 忽又思之. '馬是耽羅名骨, 然他日更以倍價求之, 馬當復得, 吾之所愛者, 馬亦未耳, 其妾乎!' 又捨馬而去, 至妾之窗前. 張弓矢而向之, 妾當窓微哂曰: "今日生員主醉耶? 張弓矢欲何爲?" 措大曰: "妖哉邪哉! 爾嘴何話!" 遂盡力而發矢. 終是情根未斷, 弦開時心動, 矢路少左, 矢從那妾蟬鬂邊過去, 正中北壁下豆錫粇大紙籠. 彼妾也面色如土, 俄頃血從紙籠中流出. 措大大驚開籠而視之, 籠中臥一箇頭陀, 手持長釖, 矢中右腹而死. 危哉危哉! 倘微彎弓一事, 措大其命, 盡於是夜, 雖彎弓, 若止射鷹馬, 則公然枉殺鷹馬, 無救措大之死. 然則是夜洪盲之來, 彎弓而不射鷹馬, 都是數也. 夫旣一歸之於數, 則籠中之頭陀, 雖不死, 措大亦未必死耳.

---

11 저본의 '관(瓘)'을 모두 '관(寬)'으로 바로잡았다.

6.

三四十年前, 內浦有池華封者, 以卜有盛名. 同里有士族趙姓人, 寒餓濱死. 同郡有周哥富民有女, 趙生欲妻之, 因人送言. 周欲許之, 勸者半沮者亦半, 周方持兩端. 趙生往問卜於池家, 願知婚事之成否. 池題曰: "遇鄭子產, 義不食周粟." 趙曰: "所欲知者婚事, 今此占辭, 是何語如也?" 曰: "婚事必成, 然占辭吾亦不知爲何語, 第觀之." 未幾婚成妻入門, 五朔而分娩. 獄成而覈其實, 周女曾與鄭姓男子私奸受胎. 趙與周義絶, 粟終不得食.

7.

占之法, 除擲錢蓍草, 有觀梅執物, 其方多端. 此外又有釋字法, 宋時左視君右視君, 土上一乃王字, 遇卒而碎, 遇皮則破等事, 其來久矣. 挽近宋五以之赴監試會試也. 其諸父在懷德, 當試場日, 以科事得失關心. 其季父執義公, 使傍人開卷拈字, 乃拈也字. 執義公曰: "此兒當做壯元." 傍人曰: "也字何以爲壯元之象?" 曰: "也從人邊爲他字, 今也字, 他無人, 他無人則獨我而已." 五以果居魁. 宋孟源大人, 亦精於此術. 有人來問其母病於醫家, 醫人曰: "執症難矣." 孟源大人適在座, 醫人顧曰: "願公釋字執症而言之, 某當命藥矣." 問而病者書乃字. 孟源大人曰: "是胎候也." 傍人曰: "何以言之?" 曰: "子來書乃, 非孕而何." 後問知果是胎氣. 又有人送人求馬於北道, 欲知馬是何等品. 乃書北字問孟源大人. 答曰: "北是左上右上, 馬又韉鞍爲上品, 駄擔亦上品." 馬至, 果如其言.

8.

翰苑故事先進之謔後進多端, 或出戲題, 使作文. 有孫必大者即先進, 有韓姓盧姓二翰林, 乃後進也. 一日孫以韓盧出戲題, 使二後進製文以進. 二後進乃製進, 其文曰: "韓大姓盧大姓, 生子必大生孫必大." 孫覽已, 取筆批點, 每大字傍加一點, 其文變爲韓犬姓盧犬姓生子必犬生孫必犬.

9.

某年間, 一翰林入直, 數年不出幽菀, 不能爲懷. 一夜月色如晝, 禁漏丁東, 翰林便服, 但加紗帽, 散步中庭. 翰苑與宣傳官廳隔墻時, 聞墻外出喧笑聲. 翰林乃至墻缺處, 負手而視之, 時衆宣傳乘月步庭中, 相與戲脚觝. 這翰林自是童年遊於脚觝場, 手法亦慣熟矣. 旣見衆宣傳之團作一塊戲了月下, 宿習難忘, 不覺步步近前, 身到衆宣傳叢中. 一宣傳顧視怪問曰: "君是何官? 宣傳官廳, 自是非先生不得入, 君乃唐突至此." 翰林曰: "我是入直翰林, 步月庭中, 爲觀脚觝戲到此." 衆宣傳曰: "三百年古風, 不可壞了, 今日彼翰林當重罰, 以脚觝一場贖之." 一宣傳來執翰林之袴頭. 這翰林一手擡起宣傳之兩脚間, 一手去了宣傳之腦後, 彼宣傳半手太子樣倒地. 衆宣傳大發憤, 鱗次裝出善手者, 這翰林, 或以兩手擡擧宣傳之袴頭, 離地丈餘而投之, 或以隻脚打開宣傳之兩脚, 作八字樣, 無力而自蹲之. 許多宣傳, 或折脚或破面, 無敢更與翰林埒技者. 漏盡月沈, 各自罷歸. 古語云: "惡言, 一日飛千里." 信乎哉! 翌日淸朝, 何處栢府官前導烏衣卒, 大喝入大廳. 俄而憲府新啓, "翰林是何等淸選, 而去夜入直翰林某, 與宣傳官作脚觝戲, 其辱朝廷而羞搢紳無餘地矣. 請翰林某亟施削版之典." 依允. 這翰林枳塞三十餘年, 官止黃海都事.

10.

松江議政時, 南人將發三司合啓, 先發簡通, 三司諸官, 皆書謹悉. 翌日將詣闕發啓時. 有三兄弟, 伯是副學仲執義季獻納. 當曉仲季同會伯氏家, 將同赴闕, 三兄弟俱公服入省其母親. 三子起拜而出, 母曰: "他日汝輩詣闕, 未嘗拜, 今日拜何意?" 副學曰: "今朝廷有大論, 將論劾大臣. 得請則孩兒輩可得無事, 如或不然而三司反被罪, 則孩兒輩將不免嶺海之行, 自闕下直登程, 不可拜辭慈顔故耳." 母曰: "善爲之. 汝輩旣出身事君, 死生禍福, 何可計較. 無以吾爲念, 只視事之當否而爲之." 三子皆曰: "慈敎至此, 敢不敬奉." 起身將出戶, 母遽呼曰: "朝廷事, 非婦人所可知, 然汝輩之所欲論乃誰人?" 三子曰: "左議政鄭澈, 以小人之魁首, 居鼎席而誤國事, 大論蜂起, 今朝發啓矣." 母大驚曰: "鄭相公, 乃大君子也, 時論何以謂之小人. 指君子謂小人, 汝輩將爲小人, 汝輩斷然不可參此啓." 三子曰: "旣書謹悉, 今忽不參啓, 孩兒輩將見棄時輩, 不可復得戴笠而行世矣." 母曰: "指君子謂小人, 史冊書之, 其將爲小人, 戴笠而行世, 其勝於史冊之萬古小人乎? 吾一婦人耳, 安知朝廷事. 汝輩之立朝行事, 吾皆一任之, 然至於鄭相公, 吾知其爲大君子, 汝輩斷然不可參此啓." 三子曰: "母氏過矣, 爲君子爲小人, 非婦人之所可知者, 鄭之爲君子, 母氏何以知之? 母氏過矣過矣." 母曰: "吾處子時, 與鄭相公隔墻而居.

吾家與鄭家, 皆貧寒, 吾與鄭相, 皆過時不婚, 每當春日遲遲花紅柳綠之辰, 老處女, 安得無標梅之怨乎. 時或登樓, 穴牖而窺見鄭相, 鄭相自是美風骨秀才, 開喉發崑山碎玉聲, 讀古文詩歌, 是時吾心不勝歆慕. 一日月色如晝, 花香襲人, 兩家寂寂無人, 鄭相方獨坐呻唔. 吾乃從墻缺處移步, 直入鄭相堂中. 鄭相視而不見, 讀自如, 讀旣訖, 始掩卷正色問曰: '娘子似是士族家閨秀, 此行是何事耶?' 曰: '吾是南隣隔墻家女子也. 過時處閨, 不能無惆菀之思, 秀才亦至今未醮. 竊想男女情慾男女一般, 吾每窺見秀才之顏範, 留精久矣. 今乘月夜無人, 作此唐突之步.' 鄭相低頭沉吟, 移時乃曰: '娘子下庭, 折來小桃枝.' 吾折桃枝, 進于鄭相, 鄭相受之曰: '娘子褰裳立, 受我楚. 鑽穴隙相從, 即聖人燗戒, 娘子犯之, 烏得免此乎?' 吾大慙, 遂褰裳而受耄楚七箇歸, 鄭相其可謂君子乎小人乎? 我死之前, 汝輩斷不可參此啓." 於是三子者相顧無言, 皆以當夜病發樣通報三司而牌不進, 連出三牌而皆不進. 這三兄弟以旣書謹悉稱病不參大論, 被慘駁, 枳塞終身.

11.

某年間, 玉皇上帝御乾淸殿, 大會衆仙官呼來. 一仙官進伏香案前, 教曰: "近來下界, 諂諛成風, 天下事日非. 爾下去下界, 拿捉來諂諛甚者一人." 仙官領了玉旨下去, 不多時押諂諛甚者一人, 面奏香案前. 拿入罪人伏殿庭, 玉皇高聲責教曰: "爾這無狀! 衣君之衣, 食君之食, 不以直道事君, 日事諂諛以驕君心, 以之生民塗炭, 天下事日非, 汝罪萬死難赦." 當是時玉皇怒氣勃勃, 手拍香案, 且坐且起, 不覺出放氣一聲. 這罪人起伏曰: "欽惟玉皇上帝玉臀高聳寶屁洪宣." 玉皇聽得玉臀寶屁字, 中心暗暗歡喜, 勃勃怒氣, 忽然雲收雨捲, 乃徐曰: "汝能屬文乎!" 對曰: "粗知抽黃對白." 玉皇曰: "汝罪固難赦, 而微爾則下界之文淵閣太學士, 恐難其人, 今特宥汝送歸."

12.

俗離山法堂舊安金佛, 不知爲幾千百年. 忽一日金佛出龕外, 一脚跙跌, 一脚伸立. 寺中僧徒大驚, 皆具袈裟長衫曲葛設齋. 就中香爐殿一老僧伏地請曰: "佛今離龕, 將欲何之? 竊聞某日皆骨山表訓寺設靈山會, 佛欲赴此乎?" 佛掉頭. "某日知異山神興寺設無遮會, 佛欲赴乎?" 又掉頭. 又問 "然則將赴平安道之妙香山乎?

咸鏡道之七寶山乎? 黃海道之九月山乎? 慶尙道之伽倻山乎? 畿內之南北漢乎?"
竝悼頭. 又問 "然則其將遠而適中國乎? 抑將往琉球日本西洋乎?" 又掉頭. 香爐
僧中心火發, 乃厲聲問曰: "夫如是則吾聞都城內壁藏洞安陰翠纖家, 長安豪傑、
大殿別監、禁軍、出身、宰相名士、傔從、醫官、譯官、宣惠・戶曹書吏、三門外閑
良牌、士夫家外入儒生, 某日將俠娼會飲云, 佛欲往赴乎?" 佛乃頷之. 夫唯諂也
者, 玉皇亦喜, 惡寂寞而喜熱鬧, 金佛亦不能免焉.

13.

某年間, 沁都留守某經歷某, 留守侍生也, 經歷乃留守之父友也. 經歷老病, 留守
時時造候. 一夜乘月, 留守至貳衙夜深閑話. 留守曰: "竊聞尊丈少時善爲迎神曲
儕友多聞之者, 侍生後生, 不得一聞, 甚以爲恨. 今夜從容, 可蒙尊長使侍生得聞
耶?" 經歷曰: "上官如欲聞, 此是無難. 然下輩竊聽則不可乞, 命屛退上營貳衙下
輩, 自外鎖下四面窓戶, 俾外人不得入." 留守大喜, 即命鎖窓戶退下輩. 經歷乃展
開大別扇, 徐搖之, 慢慢發聲曰: "魂兮魂兮, 亡者氏之魂兮魂兮, 一去何時歸來兮.
人之將死也, 人力可以活之, 虞美人之臨死也, 楚伯王何不活, 楊貴妃之臨死也,
唐明皇何不活. 死生在天, 修短有數, 千古萬古英雄豪傑, 一一死歸青山白楊裡.
魂兮魂兮, 奈若之何. 今夜月白風淸, 有酒有肴, 魂兮魂兮, 歸來些." 忽又高擡扇
子, 掀起雙肩高聲 "來也來也我來也. 一別華屋, 臥空山中間, 幾度變星霜. 空山落
木雨蕭蕭, 吾以是而悲之, 石人望柱摠無語, 吾以是而悲之. 我來也我來也, 迎我
喜者有誰." 忽又擲去扇子, 左手捲右袖, 右手捲左袖, 雙扼[12]腕而膝, 逼留守曰:
"嘉悅哉! 吾兒也. 我去時, 汝母病, 汝年九, 汝不痘." 留守乃免冠伏地曰: "侍生死
罪, 伏乞尊丈恕之." 經歷聽若不聞, 以手撫留守之背曰: "重泉漠漠, 吾以汝而目
不瞑, 日月蕭蕭, 吾爲汝而心不滅. 嘉悅哉! 吾我兒也. 汝能文而能筆, 汝旣冠而旣
娶." 留守萬端哀乞而不聽, 欲開戶逃走, 四面窓戶皆着鎖. 經歷連聲曰: "進士及
第, 汝能爲, 嘉悅哉! 吾兒也. 翰林注書, 金華玉堂, 汝皆爲, 嘉悅哉! 吾兒也. 鬐玉
鬐金, 沁都留相, 汝做來, 嘉悅哉! 吾兒也." 留守萬乞受棍幾度而止, 經歷乃開留
守之臀, 倒執別扇, 猛打幾頓而止. 從古往往有一種不知敬長而無禮者如此類. 此

---

12 저본의 '와(椏)'를 문맥상 '액(扼)'으로 바로잡았다.

沈承旨所以發闔羅府一會通文之說也, 覽者知戒也.

14.

晚休之藻鑑, 靑城每歎服而神異之. 某年靑城奉使赴燕, 見燕市人以土版印冊,
一夜間能印數三十卷. 乃於華人文集中間, 間入刊自家詩數十首, 將以歸試晚休
也. 旣還渡江, 宿高陽, 翌日到延恩門外. 是詩集尙在轎中. 見各司吏胥之出迎者,
問 "栢洞朴承旨方帶職名乎? 抑無職而在第乎?" 一吏對曰: "朴承旨令監, 方入直
政院矣." 靑城乃取轎中冊納袖, 遞馬詣闕復命. 坐政院與諸承宣敍寒暄, 乃取出
袖中冊, 遞與晚休曰: "彼中有新出文集, 故爲行中破寂, 納袖以來, 令公試看之.
此詩是何等詩乎?" 晚休一覽訖, 呼書吏命曰: "爾去玉堂, 以吾言請來上番校理."
俄而朴校理泰素來, 卽晚休之從弟也. 晚休以冊授校理曰: "爾看此文集間雜東
詩, 可恠也." 校理公涉獵看過七八板, 顧書吏曰: "爾削休紙爲小籤紙, 持糊筒來."
吏以籤紙糊筒進之, 校理公以籤紙付冊丈盡一卷, 還納晚休曰: "東詩之雜, 凡爲
數十首, 皆付籤矣." 晚休更覽一遍曰: "付籤者, 果皆東詩也." 靑城取冊視之, 自家
詩皆付籤矣. 其歎服神異, 又加於前日矣.

15.

戊申亂, 朴判書師洙爲嶺南安撫使, 辟姜聘君及柳徠爲白衣從事. 姜聘君省見老
親, 追後赴軍門, 入幕更衣, 與柳徠接面. 上謁安撫, 仍請退歸. 安撫曰: "有何事
端?" 姜聘君曰: "俄見柳徠, 徠曰: '今日吾輩同舟遇風之勢.' 徠是逆賊也. 小生不
欲與之同周旋." 安撫曰: "姜從事過矣. 彼不過語言之失, 何可遽以逆賊疑之, 至
於不與之同周旋乎?" 語未究竟, 軍門校入告金吾郞立馬門外有賊陣中將入捕. 卽
開門延入金吾郞, 卽拿捉柳徠, 枷杻蒙首如法而去.

16.

任葆和嘗言, 年二十餘時, 與四五親舊會做程詩. 一日夕後, 諸人閑話話足跡所及
處, 會者皆年少, 能出百里外者絶少. 其中一人云: "吾北至於壯洞, 東至于明倫堂,
西至于貞陵洞, 南至于靑坡." 衆人大咲曰: "壯哉, 靑坡也, 緣何事出靑坡?" 曰:
"迎哭親舊返魂." 余則曾入古今島, 故詑遠遊之壯元. 夫西至于貞陵洞, 固絶倒,

然往往有類此者. 近有南奉事赫老者, 長處闤闠, 適有數三親舊相與約日川獵於某處. 南曰: "川獵有何趣味?" 僉曰: "君未嘗見獵魚乎?" 曰: "然." 曰: "川獵之趣, 一口難盡. 臨清溪, 坐茂陰, 眺覽廣野, 已多出塵之興, 又況投網得魚, 銀鱗鱍鱍, 烹之膾之, 侑觴佐飯, 樂何可勝言?" 南曰: "樂哉, 君輩何不早言此?" 僉曰: "誰知君行年四十, 曾未見川獵乎?" 南曰: "君輩約會處, 遠近如何? 吾亦欲往從之." 僉曰: "出郭不過十里, 來固好矣, 做公者來豈易乎?" 南曰: "吾必往矣." 期至, 南與諸人同至約處. 風和日暖, 清流在前, 濃陰蔽陽. 野色通曠, 釣者網者, 來往沙渚, 南生來初見此箇好境界, 心甚樂之. 忽東南風急吹, 四面昏黑, 驟雨大注. 諸人皆大沾衣, 艱辛求覓村人簑笠簑衣以避滲漏, 魚也不得一鱗. 黃昏雨始晴, 策馬忙忙各自歸家. 自後南每聞人言川獵事, 則輒大聲曰: "誰云川獵好? 子孫傳戒不可爲者, 乃川獵也. 古詩文見簑笠字, 則瀟洒有意趣, 吾一着此, 項痛不可堪. 頭戴席帽, 走塵街, 自是吾分內事. 如欲喫魚, 飛去, 三文錢買來七牌蘇魚爲旨味." 又有甚者, 乃安城措大也. 措大謹拙居家, 不作不緊過從, 足跡未嘗到牛鳴之地. 產業事, 內有賢妻, 都管之, 多少田地, 作者收穫, 措大只在屋中, 飯睡而已. 忽一日, 仰屋長歎, 妻問: "何爲其然?" 措大曰: "安城場, 乃國中有名大都會也, 丈夫生世, 居于安城境內行年四十, 至今不見安城場, 吾生可憐, 是以發歎也." 妻曰: "是何難乎. 明日乃交市也, 往觀之如何." 措大大樂. 翌日東明, 喫了飯, 三字袍拂而著, 四草犢牽而騎. 將出門, 妻以五十錢納于囊中曰: "鐥便買了, 餠肉喫, 餘數買取東西好物件, 勿犯夜, 歸來." 措大曰: "諾." 遂驅牛, 隨許多去市人, 涉水度野. 到得郡內場街里, 平生初見客舍、鄕校、郡衙、各公廨、倉庫, 壯麗雄偉, 未知秦始皇之阿房宮定如何. 市門上來來去去人物之衆多, 亦可謂揮汗成雨. 各廛上布列之米太魚鹽也餠餳果品也, 積如丘山, 最是行貨兒所鋪筆也墨也珠貝也花布也斑布也, 畫龍月如之木梳, 五色雜織之脚緊也腰帶也, 紫的鹿皮囊子也, 銀粧豆錫粧白銅粧刀子也. 又有看不曾名不知許多物件, 目瞪口呆, 如入玻瓈市. 是時日勢尙早, 市門人物之會爲十分之三. 措大乃去向市人不會空閑之地, 揷木末而繫牛, 自去人叢中. 東邊去看, 西邊去看, 東而南, 西而北, 來來去去, 買餠喫, 買肉喫. 恰恰到斜陽時, 乃衝出人叢外, 索牛, 曩也市人不會空閑地, 今爲林林叢叢一大人海, 牛無去處. 這措大遍索市中而不得, 又欲遵大路而求之, 大路之中, 又多岐路. 看看西日下山, 遂徒步歸家. 將入室, 先已滿臉帶了十分怒氣, 忽屬其聲音而開其戶曰:

"此家家長爲誰?" 妻不應, 又一層高聲而問家長誰也. 妻曰: "今日書房主, 飮得市門濁白幾椀. 居常不作醉談, 今忽問家長, 何爲?" 措大又高聲曰: "兩班家亡矣. 所天問家長, 則婦女只當向我說道誰爲家長而已, 濁白醉談等話頭, 都是胡說?" 妻曰: "此家家長, 非書房主乎." 措大曰: "夫如是則爲家長者或有失着, 在婦女之道, 默默看過可乎? 抑如屋如山嗔罵可乎?" 妻曰: "家長雖有些失, 只宜默默看過, 寧有山屋嗔罵之道乎?" 措大乃咲曰: "今日吾失牛而歸." 妻不勝驚咄, 然旣已許默默, 亦咲曰: "何以失之?" 措大具以事狀告之, 乃曰: "人言安城場安城場, 果然誠天下之壯觀! 失一牛而何惜." 噫! 世或有一種恠論, 以喫吾飯, 在吾屋子裏, 不出戶外一步地, 爲十分當然底通理, 見人之登山臨水遠遊周覽於四方者, 以爲彼何一分有益於吾身, 而犇走道路, 甚至於打罵嘲咲之, 此難以口舌爭. 觀乎此貞陵南奉事安城措大, 則人庶乎昨非之覺歟.

17.

癡男之跡近靑樓者, 必敗家乃已. 某年間, 有萬金富譯之子, 愛一名娼, 日取其父祖之積貨, 求買明珠也寶貝也金釵玉環也, 雪白也羊皮長衣, 銀器鍮器, 靑銅爐, 五色班爛天作草木禽魚紋老槐㮉木, 奇奇妙妙大奩小奩, 上層下層豆錫鏤紋粧餙底大木, 各其所裏多紅草綠紫的大段, 五色繡唐鞋·雲鞋·草鞋·銀杏尖鼻鞋, 百子圖·採蓮童·汾陽行樂·瑤池宴, 翎毛·牧丹·冊架畵, 屛風族子, 盥器唾器等. 凡百日用什物, 不評價, 必買漢陽·松都·平壤·統營·全州等一極品, 充物娼家. 又日日囊貯碁子㨾狗舌㨾白雲色天銀子, 買來男君七女君七各㨾魚肉, 履洞之細麵, 部洞橋順禮家少麴酒, 罔晝夜醉飽. 又與八風之噓風扇·破落戶·惡少年, 作投錢骨牌等, 戲一擲千金. 隋陽帝·唐明皇亦以窮奢極侈, 畢竟財竭, 彼這富譯之子, 手中銀錢, 豈能久乎? 不過一年半, 富譯家, 四壁徒立, 兩拳空空. 這蕩男子, 便成懸鶉百結之寒乞兒, 這娼女稍稍厭薄之. 又有宣惠廳湖南色書吏獨子美少年, 時時去來, 使用銀錢. 一日娼女從容語譯官子曰: "虎啗生肉, 人誰不知. 娼家契活, 只在邀郞, 今日爲始請與君絕." 譯官子獻唏歎息曰: "吾手中無物, 爾雖日邀百郞, 眞盟誓, 吾不纖芥留滯胸次. 但吾無面目歸見父母兄弟妻子街路上逢着親戚故舊, 亦將羞愧欲死. 吾將安所去乎? 吾願長在汝家, 喫了汝退飯多少匙, 爲汝搬水搬柴, 洒掃門庭, 汝其哀我而留之." 娼沈吟移時曰: "無妨, 然有一難處事, 呼君以某書房某司果, 駭人聽聞, 斥呼君名字極不可, 一去字外, 無他道矣." 譯官子曰: "有好道, 勿以書房司果喚之, 又不須擧名以呼, 稱我以天皇氏呼之喚之, 我當唯唯應諾." 娼許之. 自此惠吏子日來行樂, 天皇氏須臾不離門屛, 屈首作滌器掃穢等事. 不一年, 惠吏子, 又財盡. 却又有一箇少年別軍職來往, 用錢如水, 娼又敺逐惠吏子. 惠吏子曰: "汝既許留天皇氏, 汝其喚我地皇氏而留置之." 娼唉而許之. 天皇氏地皇氏兩箇, 早起夜宿, 責應娼家之百般事爲整整齊齊, 無或少懈. 一日正是十一月, 天氣覺寒, 天皇氏地皇氏敝衣多虱, 癢不能堪. 方對坐門前向陽地, 獵虱而劉之, 是時別軍職從何處帶得微醉, 重重着羊皮鼠皮長裘短裘, 獤皮大揮項四方緣以貂尾, 緊着之, 騎着白雲色高蹄撻馬牽奴也. 頭着七架梁白羊毛唐帽子, 壓以毛段色大氈笠, 身被黑三升狹袖衣, 帶上橫佩葡萄點犀柄銀粧刀, 足穿多耳紙鞋, 飛也似馳馬到門. 別軍職, 乃下馬大咳嗽數聲, 揭起簾帳, 入門向內去. 天皇地皇, 相與暗暗唉, 以手指別軍職之腦後曰: "夫夫也, 明年此時, 渠當作人皇氏. 夫夫也不知昂然發萬丈豪氣也." 人皇氏, 固可笑而在他人唉之可矣, 天皇地皇之笑人皇, 得不自愧乎? 以吾觀之, 敗家失身而爲天皇地皇人皇者, 世間無限, 不獨跡近靑樓者爲然.

18.

一措大一喪人, 行道相遇, 於路傍樹陰下納凉. 這措大自是善吹簫, 見竹則知簫品之好否, 見喪人所持細竹杖【鄕俗喪人出行, 則杖則留置于廬次, 取小竹杖以行.】, 乃簫竹之極佳. 這喪人自是善相馬, 至能知牝馬腹中之雛可走三百或五百千里, 是日見措大所騎牝馬孕雛, 雛當作千里馬. 措大與喪人, 各各暗暗流涎於竹馬, 然無價而不可請人之馬, 喪人竹杖亦不可求得, 兩皆不能發說而囁呫欲言. 日將下山, 而不能起, 忍不得喪人, 先向措大發說曰: "尊公所騎之馬, 皮骨相連, 不多日將死, 殊可憐也." 措大曰: "寒士之馬, 羸[13]瘠常事, 豈必死乎?" 喪人曰: "此馬病, 已難醫, 死必丁寧." 又獨語 '彼雖畜物, 立視其死, 可憐憐. 使我持去喂養醫治, 則或有可活之道, 而手中無物, 無可奈何.' 措大曰: "馬將心死, 則尊公何以能活之?" 喪人曰: "鄙身略知醫馬之法, 故庶幾或有可活之道, 亦難保其必,

---

13 저본의 '영(贏)'을 문맥 상 '리(羸)'로 바로잡아 번역했다.

然俄所云云, 但出於惻隱之一端耳." 措大曰: "尊公旣以仁人愛物之心, 必欲取去, 則請以尊公之喪杖相授如何?" 喪人曰: "此何難乎? 鄙身有眞箇喪杖留置喪次, 此杖乃出行時所用也." 遂以竹杖換馬. 措大與喪人, 各自喜, 欲起舞而去.

19.

某年間, 報恩縣監生疎於卉木敷榮之早晚. 方當三月晦間, 見衆樹木花者花葉者葉, 獨一境棗樹千株萬株, 不花不葉, 枯槁無生意. 乃報狀於巡營曰: "本縣棗樹, 傷於去冬大寒. 目今萬木皆敷榮, 而獨境內累萬棗樹, 擧皆枯死, 前頭營門卜定大棗, 無以封進, 緣由爲先牒報事."

20.

有一湖南方伯, 平生閉門讀書, 善文辭, 然短於博物. 及赴藩, 初見蟹, 大異之, 乃狀啓曰: "海邊有物, 大足二小足八, 兩眼仰天, 前行後行. 外骨內肉, 黃醬肉味."

21.

犬溲溺, 必擧一足, 此有故事, 而世人少知者, 可哀也已. 上古鼎四足, 犬三足. 一日天下之犬, 皆齊會聯名, 上疎於玉皇上帝曰: "夫鼎也者, 立于一處, 爨火于下, 而百物蒸熟于中, 四其足而過矣. 犬也者, 獵于山, 則蹤跡狐兎, 上下峻岅, 守于家, 則看望窺盜出入籬竇, 晝夜奔走. 是其職耳, 三足不足. 乞望鼎足減一, 犬足添一." 玉皇許之. 自是鼎三足, 犬四足. 犬溲溺, 必擧一足曰: "是足乃玉皇之賜也, 恐汚溺也."

22.

李寅燁初爲吏曹判書, 旣陳疏承批, 明日政牌, 當承命赴政. 李有從子夏坤, 少年進士, 有文學識見, 名重當世, 其叔父亦期待之, 居常公私大小事, 必呼而議之. 是日呼其姪問 "明日政有某窠某窠, 何以排望, 可以叶一時之物議." 姪曰: "吏判初出仕之政, 人皆想望, 必須壓服人心, 方不失望. 方今副學通淸, 某某三人當先之, 臺通某某三人當先之. 守令雖異於三司, 亦當以淸白律己有聲績者差出, 不可苟循顏情以平調人照望, 某牧使, 非某某不可, 某郡守, 捨某某不可." 叔曰: "汝言皆

是, 吾當依爲之." 姪又曰: "有齋郞一窠, 此亦當以諮議洗馬貯望人排擬, 方是吏
曹判書初政之體面, 方今某也可以擬此望." 叔不答, 姪又至再至三言之, 叔又不
答. 日暮而罷, 翌日姪早起, 往拜叔父, 俄而政牌出. 李方具公服乘軒, 姪又發齋郞
說, 自堂上隨下中階, 重言復言, 叔又不答, 姪甚疑怪之. 其心只爲叔父初政之允
協物論, 縷縷爲言, 而視其叔無肯意, 心躁悶. 欲知齋郞望之果何以排望, 走人四
隣, 借見政望, 當日許多望筒, 三司新通, 守宰差出, 一皆從自家所言, 獨齋郞望,
不用自家之言, 首擬者老進士平常非衆望所屬也. 心甚失望, 即起身往叔父之家,
苦待叔父之公退. 斜陽時, 叔始出來, 乃下堂立, 叔之軺軒至階亟問曰: "齋郞望,
何爲其然?" 又不答, 既下車, 又問之, 又不答. 既升堂, 又問之, 叔乃顧笑曰: "何其
着忙, 隨我入內堂也." 隨而入內, 叔立廳事正中. 姪又問齋郞事, 叔又唉曰: "爾入
房中, 偕汝叔母出來." 姪乃入房中, 與其叔母出來, 李乃解下公服, 坐于席曰: "夫
人坐, 進士亦坐. 吾當語汝以齋郞事. 昔年吾家, 到骨之貧, 夫人知之, 進士猶未到
底知之耳. 某年間, 洞內某也某也六七人, 約會某家做程表, 要我同做, 吾許之. 翌
日早朝, 吾將赴某家, 收拾若干書冊幷寢具, 使女婢先送置某家, 吾入語爾叔母
曰: '吾自今日往某家做表, 朝夕飯具送也.' 遂去某家, 朝飯果至. 當日做一表, 當
夕吾飯不至. 同做人鱗次飯至喫訖, 顧問余曰: '君之飯, 胡不來?' 余曰: '雖晩, 當
至.' 鍾動而飯竟不至. 諸人曰: '君飯終不至, 必是米不得.' 余曰: '在家時, 或有闕
飯時, 庸何傷乎?' 主人甚爲不安, 欲別炊飯, 吾力挽而止之. 翌朝主人欲並炊吾
飯, 吾又力挽之. 諸人飯至勸我分喫, 余曰: '寧有每每闕飯之理? 姑待之, 吾飯果
不至, 則分喫後至之飯無妨'云云. 久而吾飯不至, 最後一飯床至, 又要分喫. 余曰:
'少待之.' 某友大言曰: '朋友之分飯喫, 有何不可? 君昨夕闕飯, 今又少待之. 今吾
喫飯後, 更無飯來之處. 君飯竟不至, 則少待之將何待乎?' 吾亦無辭可對, 遂分飯
而喫, 當夕某友飯先至, 又勸我分喫, 吾又喫之. 又翌朝翌夕, 又分喫某友某友之
飯, 連日做表圓篇. 當夜臥而細思, 是分飯而喫, 初非與諸友言吾貧不可傳食請與
諸君分飯也, 待飯不至, 喫人餘飯, 未知於義當否如何. 思之又思, 終宵不眠, 待明
欲歸家. 諸友問胡爲去, 吾實無事端, 倉卒無以爲言, 乃曰: '病發, 不可不歸.' 諸友
曰: '君何病乎? 頭痛乎? 腹痛乎? 君必以飯之故也, 不意君少局量乃爾. 貧而無飯,
士夫之本色. 同志親舊同研作文, 無飯者與有飯者分半而喫, 此何可纖芥留滯於
胸次者?' 挽之甚至, 然余終拂衣而起歸家, 直入內堂一面, 以手啓戶而責汝之叔

母曰: '雖無米, 六時飯五時闕, 此豈婦人主饋之道乎?' 遂身入房中, 汝叔母無一聲答應, 黑暗房中, 曲身向壁而臥. 吾乃坐而諦視之, 汝叔母兩眶, 只有淚汪汪如雨下. 余始瞿然於心曰: '婦女之連五時闕飯於家長, 此豈樂爲哉. 必是萬萬無可奈何之故. 俄者之責, 咋指噬臍, 已無及矣, 無顏可對, 無語可慰.' 遂回身出外堂. 時當天氣初寒, 堗不熱火已多日, 北面窓戶之隙穴無障, 衣薄風冷. 愁緒萬端, 多少書冊皆在接所, 傍無一卷冊可以寓心, 寢具也亦在接所, 疲倦欲倚身而無物可倚. 自念吾身謂之主人而不可, 謂之客也亦不可, 政爾悄坐, 無以自聊之際, 忽聞牆隅有人高聲問此是李進士宅乎. 數次問之, 家無應門之童, 久而無答應者, 其人搔首發悶曰: '人言李進士宅, 分明在此, 而今無人焉, 其將向誰問乎.' 余乃開戶問爾從何來欲尋誰家, 曰: '是李進士宅乎?' 余曰: '然. 爾持何處書簡來乎?' 曰: '小人是某陵書員也, 進士主除參奉, 故持望筒而來.' 仍納政望, 余以首擬果受天點矣. 書員曰: '進賜番在三明日, 再明肅謝, 三明可以赴直矣.' 不移時, 某處親舊作賀書曰: '做官雖可喜, 夕飯必闕, 玆送一斗米.'云. 某親舊送柴, 某宰相送帽債, 某政丞送團領次, 某惠郎送黑靴債, 某戶郎送角帶債. 是夕吾得具肉味而飽飯. 翌曉肅拜, 第三日赴番次, 遂携前會六七同硏, 諸人同往齋所, 日日作表. 遞番則會前會處, 赴番則會齋所, 如是二年, 不間一日日課. 凡得表七百餘首, 遂登第, 節次升擢承乏, 今致位至此. 家道之淸貧, 固自如, 然蓋自某年某月某日得做齋郎至于今, 一日兩盂飯, 不曾廢闕. 當時銓[14]官之差我齋郎者, 我未嘗一日忘之, 當時之銓官, 已捐館, 有子小成, 而年近四十, 貧窮方落鄕. 雖未知名於士友間, 亦足爲常調蔭官, 吾以銓官而差齋郎, 捨此人, 又欲取諸議洗馬揚望之人, 不仁甚矣. 此吾所以汝累言而不答者也." 其姪默默, 夫人曰: "大監善政矣. 此人積仕幾年, 可以出宰. 他日大監復入銓地, 又留念差此人腴邑, 至望至望."

23.

自內浦赴華城者, 乘船而涉大津, 則路甚捷, 然以險稱, 人頗愼之. 有老措大, 將涉大津, 到津邊, 是日略有風, 船腹多水. 措大下馬坐津頭, 呼篙師. 汲船中水, 整

---

14 문맥의 의미와 『승정원일기』에 보이는 다수의 용례에 따라 저본의 '전(詮)'을 '전(銓)'으로 교감했다.

治櫓楫襴袥, 忽望見一帳場地, 又有騎馬一人向津頭來. 少頃至, 遂下馬, 與措大
對坐. 措大心頭甚悶以爲險津有風小船多人得不危乎? 乃以毛扇障半面, 帶得盛
怒氣, 向後來措大, 高聲曰: "尊公不知居住何方, 而何效顰人至此之甚乎?" 其
人驚謝曰: "寧有效顰之事乎?" 措大曰: "吾家貧, 常騎牝馬, 身被木綿道袍, 頭戴
破襆浩然巾. 今尊公亦牝馬木綿道袍浩然巾之破破白襆, 恰似吾裝, 此非效顰而
何?" 其人哂曰: "鄉曲寒儒, 木綿道袍破襆巾, 牝馬之乘, 自是常常例事, 執此而謂
之效顰, 尊公之言苛矣." 措大曰: "胡說! 不然." 仍去障面之毛扇曰: "不但鞍馬衣
冠, 必效我也. 我不幸有疾, 眇左目, 尊公亦效顰我而眇左目, 眇目豈可效之事乎?
尊公之效顰, 可謂疾之已甚. 今吾將乘舟涉此大津, 公亦欲舟涉乎? 從古大津險, 又
況今日有風, 舟且滲漏, 人馬多則必大敗矣. 吾雖登舟, 公勿效顰而登此舟也." 遂
登舟, 催僮奴牽馬入舟, 大唱篙師速離岸, 中流而去. 彼後至措大, 面發紅, 不能出
一語, 佇立沙頭, 望見舟去, 騎馬還從來時路去.

24.

閔公百男之赴任星州也. 有廣州窮交老措大來別, 閔公款曲接待, 且言"君在家
無所事, 春夏間一來吾邑, 留連以去何如." 措大曰: "路遠難必起程, 雖去, 阻閽則
得不狼狽乎?" 閔公手剪小片紙, 作門帖以與曰: "必來必來." 遂作別而去. 措大歸
家, 春窮轉甚, 簞瓢屢空. 乃艱備路費, 懇借隣人之馬, 但騎馬而無僮, 一革囊都盛
行具, 掛于鞍, 發程向星州. 晨發暮投, 行凡幾日, 抵星只餘百餘里. 忽見鞍前革
囊, 繩絶而無去處矣. 措大元來心性極拙, 失了革囊, 心上暗想道'我到得星州, 旣
無門帖, 阻閽. 丁寧去爲無益我. 有世傳奴在南原某村, 不如去向奴家得路費歸家
爲上策.', 遂改路向南原地去. 却說不知何邑何村, 某姓某名一措大, 騎馬而去無
奴向星州. 路去路上得無主革囊, 掛鞍而行, 暮抵星之邑店. 這措大自四五日前,
已得症重熱病, 日日添加, 加以路毒, 是日投店, 便昏不省天地. 店主人炊飯以供
之飯也, 不能飽一匙, 當夜三更命盡. 店主人入告于官閔公曰: "搜其身, 持取其戶
牌以來, 店人搜其身, 而無戶牌, 乃取其革囊入告曰: '戶牌則無有, 行具只有此物,
此中或有可考者乎?' 敢此持納." 閔公探其囊, 只有錢數十文門帖一張而已, 視其
帖, 乃自署花押與廣州措大者也. 閔公自是忠厚篤於故舊者也, 覽此不勝悲痛, 涕
淚沾濕襟, 即命輿將出哭. 閔公之胤子力挽曰: "某丈之喪, 雖可慘, 症是熱病, 親

犯之, 寧有此理?" 牽衣而苦爭之, 閔公乃爲位而哭之, 厚爲之棺斂, 通訃于廣州. 待其三孤之來, 又多賷葬需祭需生人契活之資, 而靷歸之. 這廣州措大往南原奴家, 馬病, 留滯二旬餘, 犯三旬而歸家. 適會日已昏, 入門有哭聲, 諦視之, 廬幕中措大之三子, 皆服衰行祭矣. 措大意爲老妻死矣, 乃放聲而入, 這三子得見其父親, 大喫驚, 昏倒不省事. 措大亦驚惶而視之三子, 皆持五間六節之竹杖矣. 措大又不勝驚惑, 取煖水灌于三子之口喚醒, 而各言其顚末. 始去其三子之喪服, 以星州賻物, 聊度頗饒, 然第以區處此玄木埋得靑山, 作一憂患云爾.

25.

有一宰相某除平安監司. 臨行窮交某老人來別, 宰相繾綣怊悵, 不能爲懷, 顧語其子曰: "我雖遠去, 汝必頻頻往問候此丈, 每便書必詳報此丈起居也." 其子唯唯, 宰相遂赴藩. 居半年餘, 其子爲覲親往西營, 宰相責其子曰: "吾臨行, 申申言汝每書必報某丈起居. 我來此數三月, 則汝果報來某丈事, 數月以後, 以至于今, 更無一字相報, 何也?" 其子曰: "某丈以某月日別世, 故更無起居可報之事矣." 宰相大驚愕曰: "某友, 死乎死乎!" 又曰: "既然則何不報其訃耶?" 子曰: "孩兒某月日書, 已詳告矣." 父曰: "胡說! 無此事." 手探書札軸, 投之地曰: "汝書皆在此, 汝試索出某友通訃書也." 子過索移時, 乃持進一札曰: "此是耳." 父諦視從頭至尾數三回, 又投于地曰: "此書中, 何句是某友通訃乎?" 子以指尖, 界畫'某丈無事然事無' 一句讀曰: "是耳." 父熟視良久曰: "誰教爾文如此? 眞箇是豚犬也!"【某丈無事然事無, 即아모 어른 업스신 일은 그런 일이 업삼나이다.】

26.

某鄕有一老措大有數三子姪一女壻. 女壻讀『心經』, 『近思錄』, 特一執拗恠物耳, 然以其有學者之名, 故一里婚喪等禮事, 皆用其言. 老措大患熟病, 服冷劑, 病氣與藥力, 交爭闕塞氣絶. 遂招魂收屍, 治喪凡事節次, 這女壻學者主之. 將行襲斂, 學者曰: "襲自襲, 斂自斂, 自是禮也. 時俗之兼行襲斂, 大是無識, 不可效尤." 乃先襲訖. 喪人服人, 皆在小屛外治斂具, 老措大忽熱退身凉, 病勢雲捲靑天, 胃氣開而有思食之念, 即欠伸曰: "兒輩, 何處去乎? 何久不勸我糜飮?" 屛外喪人也服人也衆賓客也奴僕也, 且驚且喜, 且疑且惑, 顚倒倉皇, 或欲取糜飮以進之. 這學者高聲曰: "喪人輩, 雖至情罔極, 勿如是輕着也. 死者不可復生, 乃理之常. 聘丈卽殞命, 豈有更起之理? 此必風邪也, 斯速扶執而行小斂." 一面指揮賓客之有力者, 扶執而將臥于斂衾. 這措大, 聽得女婿之言, 自視自己之服色, 整整齊齊裝束襲具矣. 溫公贊深衣大帶張[15]拱徐趨, 到此地頭, 萬萬不可行矣, 措大盡平生之氣力, 掉拂執扶之人, 丁字樣, 跳出小窓, 走出籬外. 於是擧家驚惶痛哭, 並喪人服人賓客, 齊出趕追, 一村皆出. 時是黃昏, 持火者持杖者, 相呼相應曰: "東邊去, 西邊去. 我從南去, 爾從北去." 這學者在遠遠地規圓矩[16] 方步來曰: "速扶來, 無或失手也." 這措大, 七顚八倒荊棘中沙石場, 天地茫茫, 無可往處. 遂還從屋後籬缺處入, 黑暗中, 手探內房後窓而入. 當是時, 內房之許多婦女女僕, 皆出門外, 只有措大之老荊, 被髮叩胸啼哭, 對燈而臥. 措大喘吁吁曰: "我也眞箇盟誓不死, 乞賢妻活我. 藏我於樓中, 從隙穴, 以糜粥等物與我." 這婦人, 乃依其言, 藏之樓, 頻頻進以糜粥. 外堂諸人之追風邪者, 失了風邪, 計窮而還, 罔知所措. 孤子輩又遭此理外變常罔極之變, 但叩地欲死. 是時夜盡而天明, 這婦人, 乃呼諸子姪女婿來, 徐曰: "吾夫眞箇不死矣. 爾輩仔細視之, 聽其言語." 手開樓, 扶擁出措大. 措大顔色如常, 言語動作, 安詳有條理, 風邪之說, 遂止. 數三日而措大日漸平, 後遠近賀客絡續, 措大每曰: "親屬中, 最可愛者妻也, 天地間, 最不可愛者女婿也. 學者乃不可用之物耳!"

27.

五十年前內浦有權生員者. 好風骨美鬚髥, 身長七尺, 聲如洪鐘, 居大莊院, 村民畏慴之. 權之廊底有權之婢夫獵夫, 獵夫設機於權之屋後栗園, 時得獐兎, 去市門, 易米而歸, 以資衣飯. 一日權坐堂上與人棋. 獵夫從堂下過涉栗園, 向設機處望見, 權生員, 衣冒於機穽而坐, 大聲叱獵夫曰: "怔底漢, 設機於此. 吾以放屎而來, 衣冒於機, 爾速來去機也." 獵夫俄從權之堂下來, 分明見權之坐堂上棋, 心知此必是老狐, 然更視之, 這物衣冠毛髮, 一一與權生員十分相似. 居常畏慴權生員, 被這物之怒叱, 忽心頭生得半信半疑, 便不敢犯手. 乃歸立于堂下, 仰首更

---

15 저본의 '장(長)'을 주희의 6선생「화상찬(畵像贊)」에 따라 '장(張)'으로 교감했다.
16 저본의 '거(炬)'를 주희의 6선생「화상찬(畵像贊)」에 따라 '구(矩)'로 교감했다.

觀之, 眞箇權生員, 依舊在堂上棋如故. 獵夫更登園, 將必打, 這物遙見獵夫, 又大聲叱 "何不速來解我!" 獵夫又疑恐, 來立于堂下, 如是者四五次. 權忽看獵夫之來時時仰首看望堂上. 權便叱罵曰: "這漢無禮. 爾安敢仰首看望堂上乃爾?" 獵夫曰: "兎機有物罥掛, 而扮作生員主貌樣, 故疑信交中, 敢來視堂上矣." 權唉曰: "此必是狐也, 爾往打殺來." 獵夫更登園去, 這物之怒氣, 去益勃勃, 威如秋霜, 獵夫, 又不得犯手, 還下來. 權問 "爾打狐?" 曰: "畏不敢耳." 權乃下堂曰: "爾持杖隨我來." 權在前獵夫在後, 遂入園, 這物微唉曰: "彼友亦來矣." 又大叱獵夫曰: "爾敢與假權生員來, 持杖欲打我乎!" 權曰: "爾其打之." 獵夫擧杖, 這物又大叱獵夫, 又戰慄退步, 不敢下手. 權曰: "爾以左手把吾手, 右手荷杖而猛打之, 無疑也." 獵夫旣以左手得把權生員之手, 一片丹田, 如得泰山之依, 遂一頓打這物曰: "彼這狗兒雛權生員!" 一棒即斃, 一箇黃金色老狐.

28.

林白湖, 穿紫的大段裏衣, 步過鍾街, 憲府禁吏執之曰: "書房主, 犯禁法, 當詣憲府." 白湖曰: "吾甚麼犯禁?" 吏曰: "書房主紫的段衣, 非犯禁而何." 白湖曰: "然則吾朝往政丞阿次父宅, 喫靈通散炙、胖炮湯, 尙在肚裏, 此亦禁物乎?" 吏曰: "牛肉之爲禁物, 何可言也. 書房主二罪, 俱發矣." 白湖曰: "吾拳雖小, 一擧可以搥碎岳陽樓, 試場中製四書疑, 虛頭必八字打開. 今以吾隻拳, 一撞爾兩眉間, 爾這頭腦, 將八字打開, 瞬睫間死矣. 如此則其將以三罪論乎?" 吏曰: "殺人者死, 三尺至嚴, 又況以犯禁之人而打殺禁吏. 畢竟書房主, 將奈天大底厄境何. 書房主, 能打殺我, 便打殺我." 白湖仰天大唉曰: "打殺爾, 有底厄境. 今領議政、左議政、右議政, 皆我眞家外家三五寸阿次父也. 吏戶禮兵刑工參議、參判、判書、單大司憲、獨執義、兩掌令、雙持平、十三監察, 或我四五七寸, 妻娚妹夫, 或兄或弟或姪行, 舊時同硏手下友也. 我打爾死, 爾尸身, 該部京兆行檢, 我也以殺獄元犯, 繫囚典獄. 滿朝百官親戚來問于獄門之外, 皆以酒肉送饋之, 吾以三重山羊皮藉于地, 狖皮衾覆諸身, 桂糖酒甘紅露, 日日醉到十分, 胖全鰒雉鷄魚鮮, 飫不復下箸. 畢竟秋曹勘律, 以功臣嫡孫大王幾寸親功議, 各減一等, 減死極邊遠竄. 配所定以慶源鍾城, 纔出東門, 白幕如雲, 送者如市, 軺軒平轎, 靑驃白騾, 不知其數. 困于酒食, 是日宿于樓院, 及至淮陽金城, 和白淸滑滑飮栢子粥, 安邊至, 六鎭沿路守令閫帥, 莫不盛供饋而厚贐遺. 我也到得配所, 日日出豆滿江上, 與北兵使評事, 射獵酣歌, 夜夜去三瓦兩舍, 招邀歌兒舞女, 六博象戲, 嬉咲爲樂. 明年春國有大慶, 蒙宥而歸, 我也騎着高蹄猼馬, 先後驅從, 飛也馳二千餘里, 適値冬至寒食百五除. 寒食東風御柳斜, 斜陽下山之時, 行到東大門外數十里之地. 忽見路傍孤墳新起於荒榛亂草之間. 白楊蕭蕭, 山雨霏霏, 有一素服女子, 哀哀咽咽的哭, 我也立馬問曰: '彼墳誰墳? 麗精哉? 彼哭者, 誰家之女?' 路傍賣酒老嫗曰: '此是去年秋司憲府禁亂書吏, 被一拳於鍾街上紫的衣兩班, 頭也八字打開而死之某亞之墳也. 這素服女, 卽憲吏之妻也, 今日寒食, 故來哭之耳.' 爾試思之. 當是之時, 爾則死而我則生定何如." 吏曰: "書房主言辯極好. 我不捉去, 願更說一遍, 使我再聽." 白湖曰: "怵底哉! 彼漢子也. 我言非庚申年末講, 何可再乎?" 遂大踏步去, 吏納拜落後.

29.

某年間一書吏遇一朝官於鍾街上. 吏拜於馬首曰: "日熱如此, 進賜何處出行乎?" 朝官曰: "吾方入直矣." 朝官又問吏曰: "汝則何往?" 吏曰: "小人方拘囚典獄矣." 蓋國朝中葉, 禁網疎闊, 士大夫占便甚. 玉堂禁推, 初不見金吾門, 占得廣通橋畔精潔閭家而居處之, 賓客傾朝, 酒肴淋漓四方之饋遺絡續, 招致尙方工曹針線婢、內局惠民醫女、各宮之丘史, 歌者琹者六博象戲, 夜以繼日. 朝官之流三千里徒三年者, 率皆居停於延曙或靑坡, 至有赴三門外冠婚宴席者, 有迎慰慕華館銅雀西氷路返魂者. 以其太甚, 故大臣陳白于筵中而禁之云爾.

30.

碧瀾渡險津也. 一日風勢惡, 而行舟, 舟中流, 風波大作, 舟將覆. 舟中人皆惶惻失色. 就中有醫人起立頓足曰: "理中湯, 理中湯!" 僧人曰: "觀音菩薩, 觀音菩薩. 釋迦如來, 釋迦如來." 巫女曰: "王神鸞神帝釋, 王神鸞神帝釋!" 及到風波定而舟利涉, 這三人各自以爲吾有功. 某村邊石井上三村婦汲水, 皆嘴尖脣反以揮淚. 有一老嫗問胡爲泣, 一婦曰: "我也方炊朝飯, 以海衣炙于薪火, 火力不猛, 故乞火於東家, 將以添火. 歸而視之, 薪燼而海衣都燒爲燼, 尊舅栗打吾頭. 東家去來之間, 誰爲意海衣之爲燼? 此吾無罪, 是以泣耳." 一婦曰: "我也將炊朝飯, 竈下無火, 左右又無盛火之器. 不得已取篩子, 走西隣, 鋪灰於篩面, 乞火, 置諸灰上而歸. 歸而視

之, 火氣透灰, 篩面焦爛, 不過一掌許大, 尊姑怒而批頰之. 西隣往來之間, 誰知火透而焦篩乎? 此吾無罪, 是以泣耳." 一婦曰: "我也早起汲水淘米炊飯, 抱兒哺乳於陽地, 不知不覺之中, 兩睫闔而睡至. 所天蹴起, 訶責以飯也遲遲, 蹶然驚起, 開鼎而視之, 飯已熟矣. 乃取木粥罦兒ㅈ기攪飯, 忽腰腹痒甚, 反袴頭而拾二大虱, 欲劉之于門闑, 則移步數武, 進飯恐晚, 遂置虱於粥罦兒之背, 以瓜劉之, 即拭去其血, 攪飯, 所天見之, 捽我髮而撞之于柱. 粥罦兒之背, 異於粥罦兒之前面, 且已拭其血, 有何不潔者乎? 此吾無罪, 是以泣耳." 此兩段事, 流傳已久, 然這舟中三人之有功無功, 井上三婦之有罪無罪, 至于今無斷案, 姑錄之以俟後之百世.

31.

一老人一生抱病, 以湯藥爲茶飯. 煎湯事, 不任婢僕, 有三子婦, 使輪回調煎, 第一子婦, 每煎不足, 第二子婦, 每過煎, 老人呵責之, 獨第三子婦, 無過不及, 煎得適中, 老人每稱讚之. 第一第二婦, 乃問第三婦曰: "吾則每恐過煎, 中心憧憧, 故既煎則輒煎不足, 吾則每恐煎不足, 中心憧憧, 故既煎則輒煎過. 所以被尊舅之責教. 無過不足, 煎得適中, 有何妙得乎?" 第三婦曰: "我也有妙得之法." 曰: "願聞其詳." 曰: "是無難. 我取藥材, 盛于藥湯罐, 薑三棗二水二七合, 如法調和. 安罐于爐上, 爇火於罐下, 乳也納兒口中, 睡也穩眠一臀而起, 尊舅: '藥煎未乎?'云爾, 則即曰: '藥己煎矣.' 乃取藥手巾, 灌下藥, 或過煎而藥不足, 則添客水以滿, 或煎不足而藥有餘, 則傾其器而覆少許, 藥每適中." 凡世人之於丸製湯劑魚肉烹飪, 凡百飲食之必欲按法而爲之者, 畢竟得免此老人第三子婦添水以滿傾器而覆之者鮮矣.

32.

某年間一宰相造訪某宰相. 既入大門, 下車於中門外, 有一年可十五六童子, 上下衣都脫却赤條條地, 張其兩臂, 雙脚立于中門, 做得一箇太字樣. 這宰相欲入門而不得, 問此童誰也, 門下人曰: "主人大監之子也." 這宰相曰: "我將入見汝之父親, 汝不知敬長之道, 乃當門而立乎?" 童子曰: "客是西人乎? 南人乎?" 宰相曰: "西人南人, 童子何問?" 童子曰: "客是西人則我當側身, 從我左邊入去, 或是南人則俛首從吾脚下入去." 宰相曰: "我西人也." 童子乃側身立, 宰相遂入見主人, 除寒暄, 問台之胤子幾人. 曰: "獨子." 曰: "定婚乎?" 曰: "未也." 客曰: "我有賢淑女息, 擇對, 故至今未行媒妁. 今願與台結婚." 主人笑曰: "擇對而今乃取吾兒耶? 吾兒橫甚, 至今目不知天地, 恐終不得成人, 台言不可承從." 客曰: "不然. 兒時橫甚, 方有可觀. 大人晚成, 就學之晚, 少無所妨, 固要結婚." 主人遂勉許之, 客大歡喜而歸, 入室而詫于夫人曰: "吾今日始求得佳婿郎." 夫人亦喜, 汲汲涓吉, 行婚禮. 這新郎旣委禽而居某宰相之甥館, 日日與聘家之儓隸婢僕, 戲謔蹴踘, 遊走街市, 攫取餅果. 宰相愈益奇之, 以爲大成之器, 夫人亦認以爲然. 居數三年而無所進益, 其遊走戲謔, 百惡俱備, 夫人始悶之, 時時從容言于宰相曰: "何不少加禁制乎?" 宰相曰: "婦女輩安知, 東床年二十, 則必有可觀." 及年二十而又如前, 夫人又言之, 宰相曰: "夫人少待之, 吾東床年三十, 必有妙理." 及三十而又如前, 夫人又言, 宰相曰: "可恠哉! 第觀之. 四十則必有可觀. 妙理曲折, 定然無疑矣." 未幾這宰相卒逝, 及至返魂日, 滿朝公卿, 皆迎吊于銅雀津, 由靑坡路入來. 重服輕服, 各服其服而隨後, 衆賓客, 在服人之後, 徐驅車馬而行. 這新郎服緫落後, 入餅廛買取散氷松糕餅等物, 一邊納口喫, 一邊納袖包, 騎馬而追及之. 以鞭打馬, 以雙脚蹴起鐙子, 以響障泥, 將以衝過衆賓客, 入于服人之行也. 衆賓中五六宰相, 方並車頭於大路, 作一字以去, 一宰相顧語並車宰相曰: "彼是某公四十留待之東床也, 雖五十六十, 恐無可觀." 仍使衆前導齊呼彼馬. 這新郎俯身伏鞍, 高攛起祭服袖, 回顧曰: "公事去." 諸宰相皆大唉而止. 公事去云者, 蓋備邊郎時急公事回公, 則雖遇大臣於路中, 俯伏於鞍, 擧團領袖, 回顧曰: "公事去"云爾, 則不以犯馬論責者, 乃故事也. 這新郎以宰相之子宰相之婿也, 故乃得聞知此事, 引而爲例.

33.

韓西平之女婿鄭百昌, 以少年文官名望方蔚然. 一日往拜西平, 時鄭忠信先已在座, 視其言動周旋, 其驕昂自重, 便一拯名武. 鄭百昌心甚不平, 乃正色曰: "令公以才謂, 故朝廷拔擢而用之. 朝廷用才之道, 固當如此, 至於我國之以門閥定名分, 其來久矣. 以令公地處之微, 凡於縉紳間禮數應接周旋等節次, 當思所以自處之道矣." 鄭忠信摧謝不敏, 即起去. 西平唉謂鄭百昌曰: "爾認彼爲誰而俄者言乃爾?" 鄭百昌曰: "渠是湖南一通引, 驕昂如此. 朝廷以渠有才而用之, 渠安敢乃爾. 使渠不知尊卑, 驕昂至此, 聘丈輩皆不免其責矣." 西平: "他日汝必受困於鄭忠信矣." 鄭百昌曰: "寧有此理. 渠雖心怒, 渠於我, 將奈何?" 未幾适變起, 鄭忠信

以討适副元帥辭朝發行, 辟鄭百昌爲從事官, 使來謁高陽. 百昌倉皇裝發, 請謁於
高陽, 鄭忠信曰: "軍門多事, 來謁於坡州." 至坡州曰長湍, 長湍曰松都, 松都曰金
川, 金川曰平山, 平山曰瑞興, 瑞興曰鳳山, 鳳山曰黃州. 至黃州請謁, 使立于軍門,
出與一狀啓曰: "此是時急狀啓, 罔夜馳赴京城, 呈于政院也." 鄭百昌持啓騎撥馬,
二日半入城, 呈狀啓於政院, 元來狀啓中措語, 只是從事官前校理鄭百昌, 爲人癡
騃, 不堪於從事官之任, 今姑汰去云云也.

34.

一措大, 自少至老, 貧寒到骨, 每見人服飾鞍馬器皿之鮮好者, 輒歆艶不已. 晚生
一子, 娶婦於巨富家, 措大一往富查家. 主人查大歡迎之, 先以暖酒精肴接待之.
既夕進飯, 方擧卓而置于客查之前, 忽聞自內間出阿苦聲甚急. 主人查遽起立曰:
"查友休處. 我有老慈親, 素抱胸腹痛之病, 今復發矣. 我將入去急灌蘇清等丸, 爲
尋醫製藥之道, 不得與查友對飯, 查友休處." 客查曰: "查友休這般說. 既是萱堂
病患如此, 則那裡與我對飯. 我獨喫飯, 庸何傷乎." 主人查遂入內去. 客查視飯
卓, 卓上十餘箇器皿, 并匙箸, 皆是雪白的銀也. 措大心甚歡喜, 飯已, 手持盂蓋,
左看右看, 摩沙愛玩, 不忍捨下, 殆似西楚伯王有功當封印刓敝忍不能予之光景
也. 去笠而加盂蓋于頭蓋, 此措大頭已禿, 苦椒樣小髻北遷, 盂蓋磕着頭上, 更
無一髮鏘隙. 措大試四面搖頭, 盂蓋也穩着在頭上, 遂以浩然巾壓着于盂蓋, 又
以笠子壓着于浩然巾, 結纓而坐. 少頃, 女婢持退床入內去, 內主人查, 使持床來
置于前, 點視客查之喫飯多少之如何, 羹炙魚肉酢齊蔬菜之下箸於何器, 看回數
次, 忽覺飯盂無蓋, 大驚曰: "爾也盂無蓋而進床于客位乎?" 婢曰: "那裡盂不磕
蓋. 蓋也忘未持來." 內查曰: "爾去持來." 內查心上盂蓋之磕不磕疑信不定, 女
婢空手入來曰: "咄咄恠事. 盂蓋也忽無去處." 內查大責婢曰: "胡說! 爾眞箇磕着
蓋, 則蓋今公然何處去乎. 蓋子之得失, 元非大事, 查頓何等尊賓, 而進飯以無蓋
之盂. 查頓其將以我比人數, 又認小娘子作何物乎. 爾也千剮萬斬, 無足惜也." 婢
曰: "蓋子也分明磕着, 第當再往索來." 婢又出去, 遍索軒房, 硯匣, 冊床底, 蒲席
竹簟底, 並沒有, 乃以手納于客查之膝底, 探左探右, 這措大心頭暗道'我也始也,
亶以愛玩, 故乍着頭上, 今到此地頭, 事涉難處. 今夜將與主人同宿, 及到解衣去
冠之際, 彌縫此銀盂蓋, 百計無策.' 千思萬想, 猛想起檀公六六走爲上策, 忽大

喝曰: "爾探我膝底, 謂我竊盂蓋乎? 痛憤哉! 公然來查家, 逢此大辱!" 又大呼莫男曰: "速鞭馬來, 吾將歸去." 主人查在內堂, 聽得外堂客查聲氣高. 又略聽一二句不平之語, 大驚徒跣出曰: "查友有何事端?" 措大曰: "查友之婢, 認我持盂蓋, 手探吾身. 我雖貧, 豈竊查友盂蓋者乎? 今日何顏留宿查家乎? 雖暮, 吾將去矣." 主人查曰: "查友此何說乎? 千可殺婢子, 手探查友, 吾將撲殺." 一面呼壯奴持不鍊木來. 客查曰: "婢之殺不殺, 查友任自爲之, 吾則去矣." 起身下堂, 主人查忙忙走下堂, 兩手抱客查之腰. 客要掉脫, 主要挽止, 東曳西扶, 主客相持. 元來這措大笠纓, 是近十年舊件, 弊裂, 只餘數莖絲, 不待楚王宮中絶冠纓, 這笠纓自絶於左右牽挽之際. 纓絶而笠落, 笠落而浩然巾也銀盂蓋也一時幷落地, 作鏗然聲. 這客查之羞, 姑置勿論, 主人查羞, 不能措身. 蓋自倉頡見鳥跡造字作此羞字以來, 前萬古後萬古, 銀盂之羞, 當爲第一. 又有二件羞, 與銀蓋爭甲乙, 而淫褻, 故闕之.

35.

某年間京城有朴進士者. 早春帶醉騎馬渡銅雀氷, 馬跌落于白魚穴沒頭. 凡落水者, 必三浮三沈而後, 仍淪沉, 這進士浮出水面第三度, 僅奴手把進士之髻, 但挑出其面部, 使不飲水而已, 更不挑起全身. 進士曰: "爾何不挑出吾全身!" 奴曰: "有三件事, 進士許我, 則方可挑出, 不爾則幷髻子也捨下." 進士曰: "十件百件事, 我都依爾, 爾急挑我上來." 奴曰: "雪滿長安, 夜話之習, 可復爲之乎?" 曰: "不爲之, 不爲之!" 又曰: "借馬三更, 不歸之習, 可復爲之乎?" 曰: "不爲之, 不爲之!" "斜陽芳草, 馳馬之習, 可復爲之乎?" 曰: "不爲之, 不爲之!" 三件事, 眞盟誓都不爲之, 奴乃挑出其上典云.

36.

京城有一癡措大, 至願白日昇天, 按方作修鍊工夫. 有老成人曰: "此皆妄耳. 熊經鳥伸, 煦噓呼吸, 而可得昇天, 則人皆可昇天, 地上更無人矣. 但得童子蔘一根而服之, 則可以昇天, 然此何可得乎." 措大乃棄修鍊之工, 賣田土捐妻子, 只携一汲婢, 入江界最深僻處産蔘地, 築屋居三年. 一婢炊飯而已, 忽連一旬, 朝飯晚時, 措大問婢曰: "爾何近十日以來, 朝飯晚乎?" 婢曰: "自十日以前, 每汲井, 則井中出一玉童子. 長半尺許, 四肢耳目口鼻, 皆分明, 毛髮鬖鬖, 唇如點朱, 顏如渥丹. 遊出水面, 婢子輒愛玩抱弄, 故炊飯少遲耳." 措大聽了大喜, 心知其爲童子蔘, 申申囑婢子曰: "明日爾抱持玉童以來也." 翌朝婢果抱持玉童來, 措大歡天喜地, 乃投玉童於大鼎, 浸水滿鼎, 以大蓋磕鼎. 手劈桑木, 使婢煎以文武之火一晝一夜. 鼎外透出香氣, 措大乃遍訪四隣作別曰: "吾今日昇天去, 特來作別." 聞者皆心頭冷唉, 然强應曰: "恨然恨然, 好去作神仙." 措大乃歸入門, 而香氣銷歇, 婢也不見. 心頭甚怔之, 開鼎而視之, 只淡水而已, 玉童沒有矣. 措大遂大呼婢子, 婢在半空中, 敬諾曰: "婢也鼎中甘香氣, 使人流涎不已, 故開鼎而唂盡玉童子矣. 頃刻兩腋自擧, 住脚不得. 婢今上天去矣." 措大仰首視之, 始也婢大如掌許, 忽焉如棊, 又如大豆小豆, 又如秋毫矣. 措大頓足地面曰: "我將喫了, 汝何都喫了!" 雖咄咄無限, 亦復奈何. 自是婢是做仙之骨, 措大一痴骨已, 而換骨, 豈人力所可容乎. 古有佛也喫方, 是喫之語, 其信乎哉!

37.

世皆知有進上梨偸食之宋吉, 而不知宋吉之顚末, 豈不悶哉. 元來宋兄弟十一人, 伯曰口, 次曰呂, 又其次曰品, 曰器, 曰吾, 曰咨, 曰吪, 曰公, 曰呇, 曰古, 吉十一弟也. 蓋其命名, 皆取口, 故吉之兄弟, 皆有口腹之累. 至於吉, 則以十一口爲名, 口腹之累爲最甚, 遂犯進供梨偸食之罪. 有司按律事, 將不測, 特以口字命名, 容有可恕之道, 遂依曼倩君山竊飮之例, 得以減死論.

38.

立春大吉落三字之說, 傳來久矣. 或謂之寧有此理, 此是好事者, 附會之言也, 夫如是從古傳奇者, 皆將歸之於附會乎? 余在黃澗時有禮房吏李思興, 文短蟹尾, 每修文簿, 太半誤書, 余笞之亦多矣. 一日見報巡營朔末狀, 其書鄕校書冊秩, 誤書擊蒙要訣爲繫象要快. 推此觀之, 立春大吉落三字, 豈無其理耶? 後之人, 必將以繫象要快爲附會之言, 余不得不辯.

39.

有一痴太守, 一言一動, 皆生貴自滿. 每搖扇引風, 必高擡手, 搖扇於腦後. 吏人皆竊唉之, 又甚悶之. 一日諸吏相語于橡房曰: "吾員主扇子, 誰能使搖之胸腹間, 則

吾輩當烹全牛以餉之." 一通引在傍曰: "吾能使員主扇子, 低搖於臍下, 上詔輩定
能以全牛餉之乎?" 諸老吏曰: 汝能辦此, 吾輩豈欺汝乎?" 通引曰: "吾方入去, 使
員主低扇, 諸上詔, 皆從三門隙窺視也." 於是通引直趨入, 俯伏於書案前, 喘吁吁
不能定. 痴太守, 方倚大枕半臥, 高擡手, 徐徐搖扇, 乃大聲曰: "彼這通引有底言,
來伏于案前乎?" 通引低聲曰: "暗行御史, 方在紅門街, 故敢此入告矣." 痴太守大
驚起, 曲其背, 鼻幾至地, 低其扇, 搖之臍下曰: "此將奈何!" 通引: "小人更出去,
細探其動靜而入告之." 太守曰: "諾!" 通引出去, 諸吏曰: "汝何以使員主低扇乎?"
通引曰: "有術在焉. 問之何爲? 但牛也速烹." 諸吏曰: "員主之扇, 雖低, 曲其背, 鼻
幾至地, 望之不似, 還不如前日之腦後搖扇. 爾能使員主平身坐, 搖扇於胸腹間
乎? 即當烹三牛以餉汝." 通引曰: "天生之病, 吾亦無奈何. 吾能更使員主搖扇於
腦後, 諸上詔可烹二牛乎?" 諸吏曰: "諾!" 通引又趨而入立于案前高聲曰: "俄者
客, 非御史也, 乃推奴客矣." 太守乃高其頸膨其腹而起坐, 高擡手搖扇於腦後曰:
"爾言是矣. 必是推奴客. 果是御史也, 則吾之政丞阿次父, 早已專人相報矣."

40.

一措大身長, 與棗核相似. 一年三百六十日, 夜夜與妻同寢處, 然時時三瓦兩舍, 或
作白鷺窺魚之步, 妻患之. 一日手持措大, 投之溺缸.缸有栗殼一片, 泛泛在溺波之
上, 措大偶落于栗殼之中. 舟輕波平, 宛在中央, 措大眺望, 欣然以手扣舷曰: "美哉!
山河之固, 誠天下之至寶也." 三更量, 妻引缸而溲溺, 措大又拍手叫奇, 高聲朗吟
曰: "疑是銀河落九天!" 五更三點第一椎, 自鍾閣撞鍾, 而罷漏聲滿長安八萬家. 措
大又倚船而唉曰: "夜半鐘聲到客船." 卽朝赤脚持缸入後庭, 棄其溺於庭畔之灰
丘, 這殼也措大也, 一幷落在灰丘之傍. 正似大洋中漂風篙工, 忽得出平陸, 這措
大徘徊顧望. 元來此灰上四面, 小女輩環植鳳仙花、蠻圖南、鷄冠花、石竹花、紅
白蓼花. 雨後簷溜落地, 將流入竈堗, 家人悶之, 持杴頭小揷, 疏之導之北東, 至于
灰丘, 又南西入于蓼花之洲. 日暖雲淡, 風景無限. 措大準擬登灰丘之最絶頂, 以
窮千里之目, 乃一脚短一脚長, 步步登登而去曰: "蜀道之難, 難於上靑天!"

41.

有一都監砲手母死. 將發引路祭時, 砲手止哭而伏. 祝讀祝曰: "靈輀既駕." 這砲

手, 忽擧手起身立, 高聲曰: "呀, 蓋旣駕, 興起去!" 聲音, 相近元來砲手積年隸軍門, 耳慣而口熟者也. 乃吹旗手軍兵叩頭起去, 呀也! 是日不知不覺有此誤著. 金栢谷嘗得風枝鳥夢危之句, 而不得其對, 每念玆在玆矣. 一日行其祖先忌祀, 旣初獻, 方讀祝. 當是時, 夜氣淸明, 爐烟繚靑, 栢谷忽得鳥夢危之對, 乃以手擊地而起曰: "草露蟲聲濕!" 砲手也栢谷也, 縱有淸濁之別, 好是天生一對也.

42.

自古善文, 而顧其平生, 則奇恠者多, 其故何也? 三四十年前, 有一文官以巨擘稱. 早登第爲金泉察訪, 嬖咸陽妓月蟾, 携而歸之, 半年家蓄, 其室內之獅子吼甚, 不得已還送之. 其後幾年, 得除嶺南宰, 旣赴任屬耳, 貶罷而歸, 未及與蟾也. 綢繆還城後, 遇南去人, 必付密密情書於蟾, 而蟾則門外綠楊春繫馬, 樓中紅燭夜邀郎, 傳說者多. 某文官, 幷不信而怒言者. 未幾, 松都文官某爲沙斤察訪, 與蟾昵焉, 蟾一年强半, 往留沙郵. 某文官聞而大怒, 逢人輒醜辱沙丞曰: 某雖與我無面分, 同朝之誼自別, 渠何敢私昵吾之舊留情物乎! 渠是狗兒也牛雛也." 到處發出此說, 怒氣勃勃, 沙丞聞此, 自念我則無勢寒門也, 彼則出入薇垣栢府, 不知前頭有何厄境, 心甚苦之. 一日款曲作滿紙問候之書, 有伴簡數種物, 本事初不提起. 因便送致某文官, 某文官有答書一通. 余曾一見, 然多不能記, 大抵其略曰: "某無寸無能, 誤蒙聖恩, 某年月日, 除某縣宰. 旣辭朝日, 某洞某判書、某洞某參判某參議、參知、丞旨、大諫、判決某、應敎某、敎理、修撰、司諫、執義、獻納、掌令、正言、持平百餘尊客, 來臨錢席, 皆曰: '今去重逢咸陽之月蟾, 可賀可賀.' 月蟾之爲某之舊眤, 通朝之所共知也. 惟其[17]如是也, 故嶺南之監兵使、別星、守令、輒招見而賜顔, 饋以酒肴, 厚遺食物, 禮以出送, 無敢以非禮之言相加, 今足下與月蟾私昵焉, 是何事也. 此豈同朝廷相敬之道乎? 抑知而犯此乎? 必賜回敎也. 南草二斤, 乾雉二首, 廣魚一尾, 馬鐵三部, 還爲退送." 是時沙丞有事往營下坐, 六七守令稠座中, 是書也來納於座中. 沙丞開書一覽, 將欲作答, 而丞自是文短, 又莫知所以措語, 悶甚作一憂患. 滿座皆取見某文官書, 莫不折腰. 就中一守令曰: "此書之答無難. 吾爲君起草." 乃使丞執筆, 呼之寒暄云云, "某千里旅遊, 孤寄郵館, 男子風流, 自不免招邀

---

17 저본의 '모(某)'를 맥락상 '기(其)'로 바로잡았다.

妓輩. 某妓錢塘殘荷, 初無守紅之意, 章臺烟柳, 摠多折綠之人. 某也始不知其爲
執事之所睨睞, 而有黃昏來去之跡. 今執事責教至此, 從此以往, 不敢復近蟾宮一
步地." 寄語世間之略解幾箇字不能有守於花柳場者, 觀於此而知戒也.

43.

趙善山明奎戚丈, 乃臨齋尹公之妹婿也. 尹宅南山下, 趙宅北山下, 趙公新郎時, 自
尹宅, 將歸本第, 騎尹公騾子而出. 騾不善喂, 皮骨相連, 百鞭行一步. 行到鍾街,
趙公下馬, 語牽僮曰: "爾騾, 爾牽去. 不如我兩脚步." 奴亦覺無聊, 乃發憤猛打騾
子曰: "長興洞沈進士宅, 有士論驢, 今吾之宅, 乃出理學騾!" 時是乙未丙申間也,
以尼懷是非, 儒疏日積公車. 館學生日夜以疏頭製疏寫疏, 掌議色掌差出等事奔
走, 而儒生家皆貧寒無馬, 獨沈參判聖希有一驢, 許多儒生, 皆借騎沈公之驢, 無
半刻閒立之時. 不數月, 沈公之驢斃焉, 時人爲之語曰: "士論驢."云爾.

44.

金振威思渾, 文華超出等類, 十八登進士, 疎於事務, 樣不入俗, 人多唉之. 金之洞
內有老人久病, 醫言服羊肉當瘳. 家人廣求得一羊, 而病已無奈何, 奄忽羊繫于中
門矣. 金往吊之, 至喪家, 中門外見羊, 不知是爲羔是爲羊. 立而熟視之, 又坐而
視, 遂與羊相向蹲坐, 口裡喃喃, 讀羔羔羊羊羔羔羊羊, 上羔上羊以釋讀, 下羔下
羊以音讀, 讀之不已. 方欲下是羔是羊, 連讀羔羔羊羊, 人去人來, 都不省覺. 是時
數三弔客, 已吊慰喪人, 自廬次出, 見金之讀羔羔羊羊, 以扇打背曰: "羔羔羊羊,
姑置之, 速吊喪人也. 喪人哭不止, 氣將絶矣." 金乃睨視入吊. 是後金有詩萬里青
天一雁高之句, 時人爲之語曰: "咫尺之羔羊, 猶不能卜, 萬里之鴻雁, 其何以知?
此必見鳶而謂之雁也."

45.

東圃金公尙詭甚, 人皆嘲之, 而不改也. 嘗於他人席上, 遇一朝官請曰: "我有十許
吊狀傳送處, 君之帶率一人, 明日借送也." 朝官許之, 卽分付曰: "曹隷一人, 明日
早往某宅, 分傳吊狀來." 一隷應諾, 便曰: "某宅門庭不知, 何以尋去?" 金公乃開
戶手招其隷, 語之曰: "吾家易知, 復難忘. 爾知司圃署乎?" 曰: "知之." 又曰: "爾知

司圃署有東牆乎?" 曰: "知之." 金公曰: "爾明日回回從司圃東牆外來, 牆窮而有石井. 爾必小心過井來也. 恐跌足而落井, 落井則爾骨糜矣. 過井不過數武, 有三叉小巷, 面前巷勿入去, 右邊巷亦勿入去, 取左邊巷入來, 則右手邊有瓦家一草家一, 皆閭家也. 過此則有禿柳一樹, 無大門中門, 以藁席遮面, 內有破屋三間. 屋中座一人, 頭戴東坡冠, 前置冊床, 又跪坐讀書, 是我也. 然愼勿入藁席遮面之內. 內近, 外人不得入矣." 平日口業多此類. 某年歲初, 朴同福挺陽造拜, 金公曰: "吾元朝作一詩, 君欲聽乎?" 朴曰: "願聽之耳." 金公曰: "吾無買柴錢, 何以爇吾外堂乎? 每與老荊同寢. 元朝未明, 有人呼人於門外, 一女婢出他處, 更無應門者, 吾手執袴頭, 出門看之. 吾方帶廚院官, 故院吏一人來矣. 吾問胡爲乎, 吏曰: '院中舊規, 今日郎官, 皆歲拜於都提調大監, 故敢來告課矣.' 吾故曰: '朝來院吏報前規.' 院規旣如此, 事當卽往, 然吾無馬, 艱辛借西牆外馬兵之馬, 具公服出門. 吾故曰: '借馬西隣束帶馳.' 旣到提擧宅歇所, 欲納刺, 則曰: '大監未盥洗矣. 白粥方進矣.' 日向午, 苦狀無限, 萬端哀乞, 方得納刺矣. 吾故曰: '乞納朱門新歲刺.' 愁中之日月, 曾未記得, 忽見鍾街上各廛樓柱及路邊閭家, 一時寫帖, '憂國願年豐, 愛君希道泰, 堯日月舜乾坤, 門迎春夏秋冬福, 戶納東西南北財等字, 是日乃立春, 而吾忘之耳. 吾故曰: '忘題白屋立春詩.' 廚院閑官居常無事矣, 是日則可謂多事. 吾故曰: '閑官此日還多事.' 吾雖衰筋力, 尙健矣. 是日甚覺瘦倦. 或者是改一年之故耶? 吾故曰: '衰殼今年倍覺疲.' 自念此日事鬼神亦必唉我矣, 吾故曰: '默識東皇應唉我.' 旣歸便脫下帽擲地, 呼老荊, 覓酒而飮, 吾故曰: '歸家脫帽御深巵.'" 夫惟得句而向人誦傳者, 不作敲推手勢, 不張目掀髮, 但深拱危坐, 平淡說去, 則其詩雖如老杜大蘸, 皆不足以動人. 聽聞誦詩, 須如東圃公爲得.

46.

某村有喪, 里中賓客齊會, 以治喪具. 旣治棺訖, 有一客曰: "棺小, 不可容屍身." 一客曰: "不然." 於是, 甲者乙者曰大曰小, 爭難不已. 有一人曰: "此甚易耳. 某也與逝者身長無參差, 某也入臥棺中, 可知其大小矣." 衆人勸某也入棺, 某也不肯. 又一人曰: "某也旣不肯,[18] 某也與某也長短一般, 某也入棺." 某也亦不肯, 就中有一

---

18 저본의 '배(背)'를 문맥에 따라 '긍(肯)'으로 바로잡았다.

少年, 向王姓老人發言曰: "某也某也, 皆不肯入棺, 王生員入棺爲當." 王老曰: "人皆不肯, 君何使我入乎?" 少年曰: "尊丈不讀史畧乎? 先入關中者王也." 王老曰: "君言雖慧, 殊不知敬丈之道." 少年摧謝. 翌日造王老家, 又謝過, 王老怒解, 少年曰: "尊丈今年調度如何?" 王老曰: "今秋則吾將餓死." 少年曰: "過矣. 何至此境." 王老曰: "吾有田幾畝, 種糖向熟. 刈而打之, 可收幾斛糖米, 昨往某喪家歸, 雀兒盡啄糖, 無一粒. 吾言非過." 少年大驚曰: "史畧云王之命懸於遂手, 尊丈之言, 非過也!"

47.

李公維, 字大心, 陶菴之從父弟也. 工夫篤見解明, 制行高言論峻, 陶菴嘗自以爲不及也. 但尙古甚, 不無一二事近詭者. 後生俗子輩, 私諡曰文危公, 按諡法, 七十句表曰文, 馬上跪坐曰危.

48.

奉朝賀大父, 嘗住廣陵之牛川, 得河豚七八尾, 下送于吾先君子. 先君子命烹豚, 篩下家釀少麵春, 以赫蹄邀知禮大父, 知禮大父即惠然. 時田節度日祥, 隔墻而居, 墻缺而戶牖相望, 有酒必招邀. 先君子便呼曰: "有酒有豚, 令公來也." 田令曰: "有客, 客去便去." 豚已爛熟, 自內盛河豚一大椀, 靑蒲菜一樏子, 少麵春一壺, 排床而出來. 先君子又呼田令促至, 田令曰: "客方去, 吾亦去." 然猶遲遲不來, 知禮大父以手指靑蒲曰: "田令公之不來, 吾輩但默默相對." 仍發笑曰: "或者有此對乎?" 先君子即以手指河豚曰: "判書叔之下送, 吾輩宜僕僕稱謝." 蓋靑蒲俗名默也, 河豚俗名僕也.

49.

丁亥, 余帶京兆郎, 李台深遠, 除亞尹. 第三日而肅謝, 其翌日余依例納刺往謁之, 再翌日李台特除都承旨赴闕. 余適有往復李台事, 作小札紙尾書曰: "台之功名, 不過五日京兆耳. 日昨之騎款段走十里而投刺爲可恨也." 其答書曰: "紙末之敎, 可謂千古準備語也." 居七日, 而李台又還授亞尹, 特敎當日赴坐. 李台旣赴衙, 分付下吏曰: "諸郎官, 禮數權停, 獨朝者南部殺獄行檢郞官陞廳也." 余不得已具公服,進前行禮數. 李台賜坐, 乃掀髯發咲曰: "向之五日京兆, 今焉七日, 乃復定如何?"

50.

先君子守丹陽時, 先伯氏訪黃江權徵士, 大鋪張舍人岩水石之奇, 又言溪魚之美, 徵士曰: "吾將往見之, 仍作濠上之遊, 然與衙子弟獵魚, 每多發官人, 殊損眞率之趣. 仰有不煩官人可以得魚之道乎?" 伯氏曰: "有之, 然頗難矣." 徵士曰: "何爲而然乎?" 伯氏曰: "溪上有宋生某, 獵魚稱善手. 獨此一人得魚, 可以飽十餘人. 李華伯嘗與宋生出溪上, 網之釣之, 以手探之大鱗細鱗, 膾之烹之, 飽得十分, 吾則以衙子弟, 故此人不欲爲我而解衣入水. 以鄕曲人事, 無恠其如此, 今則方帶功曹之任, 想必尤以爲難矣." 徵士曰: "歸而與華伯料理, 必動得宋生也." 伯氏還未幾, 權徵士來, 陪先君子語, 余兄弟及華伯亦在座. 伯氏與徵士及華伯語明日入岩遊事, 徵士顧華伯曰: "宋生得魚事, 君其當之." 華伯曰: "第當努力, 然宋方帶任, 吾亦不可任意帶去. 君其發言, 得許於主倅丈也." 徵士唯唯. 語未已, 宋功曹納官庫鑰匙入謁, 徵士請于先君子曰: "彼攻曹, 欲携去明日山行, 特許一日之暇如何." 先君子: "是何難." 仍教功曹曰: "明早陪權諮議往來也." 功曹敬諾, 徵士又顧華伯曰: "吾之請, 已得準, 向後事, 君皆完就也." 華伯微咲屢回視功曹曰: "明日自當有妙理." 功曹已聞知權徵士爲獵魚欲來之報, 七八分猜得自己之有獵掇事, 及聞座上酬酢, 便滿面通紅, 帶得羞愧之意. 華伯見此, 亦頗有難於動得之意. 余向華伯語曰: "明日事, 吾自都當之, 老兄只率去老兄之長胤而栗也." 華伯曰: "吾兒之率去, 至易至易, 然吾兒去, 何益於得魚乎?" 余曰: "昔者徐判書必遠, 善排堗, 一經其手, 則熱一握草薪, 使三四間房堗, 終日溫, 然誰能使徐公排堗乎? 時徐公家阿峴深處, 李政丞翻家阿峴巷口, 而外堂處地, 高俯臨一洞之來去人. 李公官家宰, 於徐公爲尊長, 徐公校理而侍生也. 李公忽破外堂之堗, 將鋪石, 使人探知徐公明朝當入直赴闕. 翌早李公自執石排鋪之, 呵叱老迷奴, 聲氣頗高. 徐公方具公服, 立鑣牌於馬頭, 方出巷口仰視, 李公立而呵叱奴子, 遂下馬入拜曰: "尊丈有何事端, 早起寢乃如此乎?" 李公曰: "吾方改堗, 泥匠極庸工, 故叱退之, 吾方自爲之耳." 乃手持一石, 排置于堗上. 徐公立視之曰: "尊丈誤耳. 石之尖頭, 小北之" 李公少轉其石如徐公之言, 徐公曰: "過北矣, 小南之." 李公又少轉之, 徐公諦視曰: "終然未盡善." 乃自以手擧其一面而安排訖, 起立左看右看曰: "無欠矣." 李公又持一石鱗次排置之, 徐公曰: "如此則火甕堗濕, 尊丈以他石排之, 此石用之邊隅爲可." 李公棄其石, 取他石而排, 徐公曰: "如此則堗反有凹凸, 以小石塊撑其低處." 李公取小石塊撑之, 東倒西屺, 終不平, 徐公乃以兩手擧石而安之曰: "無欠." 李公又取一石而排之, 徐公乃解公服入曰: "尊丈小却立." 遂手排一石二石, 正正方方, 魚鱗相承, 瞥眼間排了四間屋子. 仍取細泥土, 鋪蜘蛛索, 用沙土高厚如法而鋪之, 乃洗手着公服騎馬出曰: "此後事, 雖庸工, 足可爲之." 此蓋李政丞以計使徐判書鋪堗矣. 明日吾與而栗持網入水, 魚必驚散而入于涸洑亂石, 一鱗不可得. 當是時, 宋功曹其將立視之乎? 抑將如徐判書之解公服手持石而排之乎? 吾與而栗, 一洗足何妨?" 功曹曰: "那裏至使衛生員李碩士解脚緊而淺水沫乎? 小生謹當唯令不憚入水矣." 滿座大咲. 翌日觀宋生之獵魚, 投網收網, 姑置不言, 左右手探, 以足踏之, 以口含之, 以善漁見稱, 有所以矣. 余嘗與閔大之隸科詩宿李政丞舊第, 蓋是徐公鋪堗後, 不改云爾.

51.

丙戌間, 余在桂坊時, 春坊官某某、玉堂官某、騎省官某、尙方官某, 約與之投壺埒技. 翌日晚朝, 登堂召對退出, 尙方先送二百銅于君七家, 買酒肴來. 分東西耦, 置壺于中, 擲箭于壺. 每巡以三巡爲式, 初巡畢, 擲三巡而計其籌, 吾之耦勝. 次巡彼之耦勝, 至終巡, 乃是決雌雄之場也. 人皆收拾精神, 各自努力, 已擲一巡二巡, 私計其籌, 吾之耦已見輸爲累百籌, 只餘終條理一巡, 然雖使一巡之籌彼少而我多, 萬萬無以償已擲二巡見輸之籌, 百尺竿頭萬分一所爭者, 只是我全壺而彼敗壺也. 余與申子壽爲對耦, 余與壽皆懷金瓦注失着之疑, 不欲先擲而再三相讓. 壽方乘其勝氣, 高擡手而擲矢, 鏘然入壺, 余亦繼擲而中. 二矢而東西耦皆中, 三矢而東西耦亦中, 以至十二矢, 或貫耳或中心. 東西耦皆連中, 始第初巡初擲時, 諸僚之陪吏傔隸, 皆環侍而觀之, 及至次巡終巡, 日方亭午, 觀者皆倦而散於楹外或廚間, 有吸草者有閒語者有睡者. 有一吏在見吾與壽連中十二矢, 乃忙步出楹外, 手招衆人曰: "爾們何處去? 桂坊進賜, 尙方進賜, 今方出雙全壺." 於是玉堂吏、春坊吏、桂坊吏、騎省尙方之吏隸、諸僚之傔人帶率、睡者吸草者閒語者, 一齊犇來楹間階上, 亞肩疊背, 環匝而聚觀之. 如是之際, 已各擲十四矢幷中, 東西只餘第十五各一矢. 人影如堵, 壺在黑暗之地, 口耳莫卞, 壽乃手揮觀者, 使少退之, 手持矢, 低之仰之, 欲擲不擲者屢次. 既擲之, 矢也飛也似向壺口入來, 忽錚然一聲. 矢打壺郭落地. 東西耦諸僚及吏隸, 一時拍掌大唉. 余亦屢低仰矢鏃, 矢在指尖, 不能遽擲如子壽之爲. 彼耦曰: "速擲!" 吾耦曰: "努力!" 余乃努心手而一擲之. 矢纔離手頭, 兩眼之昏花, 玄之又玄, 壺也人也, 墙壁瓦礫, 幷無所睹, 但耳邊聽得鏗爾一聲, 然莫知是矢之是中是落. 忽一人從背後以扇打余肩曰: "奇哉奇哉!" 余乃大言曰: "群輩, 於投壺也, 認我爲誰! 今亦復言埒技乎?" 顧余平生, 無一能可言, 而是日之此一着, 謂之能事可矣. 謂之快事亦可矣. 足以詑張於人, 故玆漫錄之.

52.

余嘗見蘭室漫筆, 喜而有依樣胡盧之意. 會春雨支離, 閉戶無事, 遂隨筆書去, 至黃溪謪舍, 書至于此. 念世之流傳奇談之可書者無限, 如欲盡書, 則至老死無可已之時. 今日與人約赴濠上, 遂呼侍童, 屛去紙墨硯盦, 持竿而出, 吾之筆, 其絶於獲鱗云爾. 時是辛丑穀雨日.

拾遺

1.

丙辰丁巳間, 先君子官副率. 大殿誕日候班罷後, 春桂坊諸僚皆會桂坊. 元奉朝賀景夏, 時以文學在座, 見桂坊投壺精妙, 驚問曰: "是何桂坊壺精妙如此? 春坊壺, 儉拙太甚, 請以春坊壺換之." 桂坊諸公不許, 然元公呼書吏, 取春坊壺來, 將欲力取之. 南奉朝賀有容侍直, 鄭奉朝賀宗副率也. 皆爭執之, 而南公素閒澹, 爭之不甚力, 鄭公稍強, 而不能抵敵元公之力. 奪窘甚, 顧先君子曰: "君何袖手而坐不出力助我?" 先君子以公家物不可私相換取之意, 向元公說道一二句語, 微瞬, 鄭公入房謂曰: "春坊壺雖儉拙, 此具孝廟持入瀋陽回鑾後賜送春坊者也. 桂坊見玉壺, 春坊之有壺, 心甚歆慕, 私造而置之, 華伯不知故事, 故欲力取之, 君其外示難色而任其取去也." 是日春坊壺爲桂坊壺. 余亦曾一見, 後甲申余以副率入直, 索舊壺, 而已作烏有先生, 殊甚歎惜.

2.

羅亮佐之子埈, 以經明有盛名, 鄭羽良自少師事之. 後鄭位高, 然素知羅志操之高, 不敢以官職相■. 一日鄭方帶冢宰往候羅. 前導入巷, 羅急索樓中舊莊弊紗帽, 着首而坐. 鄭納拜於床下坐定, 恠問曰: "長者何爲着紗帽?" 羅大哂曰: "吾之着此物當然耳. 吾之祖先世世着此, 祖先所着者, 子孫當着, 吾何獨不着此物? 台之問之局耳俗耳." 鄭始知羅之志意所在. 翌日政, 首擬匠作, 遂入仕.

3.

顯廟庚申, 水村任判書, 與進(士)(李)公晚堅, 同發解別試, 會一處, 共隷會試文. (任)公夢自大內出送蘭草盆二箇, 分賜任公李公, 覺而心甚喜之, 以爲會試吉兆. 及到會試, 二公皆見屈, 而李公擧男子, 乃陶菴先生也. 任公語李公曰: "吾有夢, 心以爲吾與君當同登科矣. 竟不驗, 君則得男子, 猶可慰也. 吾則但落榜而已." 後二十三年壬午庭試遇猗蘭操表題, 任公與陶菴公同登第.

4.

某鄉有兄弟二人, 伯略讀書粗作文, 季不讀不作, 然季則時或參榜於都白句題, 伯則行年五十, 名不掛榜, 每長吁短歎. 一日伯語季曰: "汝文不及我遠矣. 汝則時或參榜, 吾則每榜落榜, 是何故也?" 李曰: "兄長之文, 雖十倍勝於少弟, 然至於科場, 則兄長之文, 每(不能)着緊於題旨, 所以不得利也." 伯曰: "寧有是理? 汝文能着緊於題旨乎?" 季曰: "弟作比兄長之作, 當每篇着緊." 兄弟爭難, 季曰: "此難以口舌爭. 方今隔籬某甲失笠, 疑東隣金姓兩班偷去. 金生自言無是事, 而某甲不解惑, 金生與某甲大爭. 請以此事爲題, 兄長與弟, 但作一句, 示善文人以定優劣何如." 伯曰: "諾." 兄弟二人, 乃各作一句. 伯詩曰: "許由(天下猶)不受, 兩班寧盜常漢冠." 季詩曰: "平生冷水欲洗■, (吾)盜爾冠吾爾子." 持以示善文人, 見者皆取季作. 噫! 觀乎科場文字, 可以見時運之盛衰, 近世爲主司者, 專取試文之着緊於題旨者, 一世之文風, 日下浮淺鄙俚, 不堪一讀彼許由冷水之句. 一世之取舍皆如此, 寧不寒心. 竊願今之爲詞垣宗匠者, 觀乎此以知戒焉.

찾아보기

*인명과 그 외 용어들(서명·작품명·지명·주요 개념 등)로 구분해 정리했다.
*본명과 함께 주로 사용되는 호(號), 자(字), 시호(諡號), 별칭 등은 [ ] 안에 적어 이름과 함께 표기했다.

사

아

지은이 **이운영** (李運永, 1722~1794)

18세기 문인이자 문신으로, 본관은 한산(韓山), 자는 건지(健之), 호는 옥국재(玉局齋)다. 서대문 밖에 오랫동안 터 잡고 살면서 '새문의 이씨[新門之李]'라 불린 노론 벌열가문 출신이다. 1759년 사마시에 합격해 벼슬에 나가기 전까지는 주로 부형 및 친우들과 산수를 유람하고 시 짓기에 많은 시간을 보냈다. 형조정랑에서 시작해 금성현령, 면천군수, 황간현감 등의 지방관을 거쳐 돈녕부도정과 동지중추부사에 이르렀다.
자유롭고 해학을 즐기는 기질 덕에 황간에서 유배 생활 중『영미편』두 책을 완성한다. 그간 가사(歌辭) 작가로 알려졌던 이운영은 이『영미편』을 통해 기발하고 능숙한 야담 작가로서 새 면모를 보여준다. 문집으로『옥국재유고(玉局齋遺稿)』가 전한다.

옮긴이 **이진경** (李珍璟)

늦게 시작한 한문 공부로 성균관대학교에서 고전번역 박사학위를 받았다. 야담문학 번역에 관심을 가지고 현재 프리랜서 번역가로 활동하고 있다. 한문이라는 어려운 언어를 보다 쉽고 맛깔나게 번역하기 위해 정진 중이다.

● 우리고전의풍경

웃음으로 조선을 그리다, 영미편 潁尾編

1판 1쇄 인쇄 2023년 12월 20일
1판 1쇄 발행 2023년 12월 30일

지 은 이 이운영
옮 긴 이 이진경
펴 낸 이 유지범
책임편집 현상철
편   집 신철호·구남희
마 케 팅 박정수·김지현
펴 낸 곳 성균관대학교출판부
등   록 1975년 5월 21일 제1975-9호
주   소 03063 서울특별시 종로구 성균관로 25-2
전   화 02) 760-1253~4
팩   스 02) 762-7452
홈페이지 http://press.skku.edu

ⓒ 2023, 이진경
ISBN 979-11-5550-609-7 93810

값 35,000원

*잘못된 책은 구입한 곳에서 교환해 드립니다.